女兒

NU ER LOU YI CHUN ◦ 女兒 駱以軍

目次

每個字詞都裂解，駱以軍的二個世界

楊凱麟

「我們這個被更高更高維度所解析、癱瘓的世界，我不覺得眼下的華文小說家們交出足夠的『小說反思』。」

從天地伊始至今（二十五年，十九部作品，數不清的大小文學獎項），駱以軍不曾停止探問一個最基本的文學問題，其同時亦是當代藝術、哲學、歷史、戲劇、人類學甚至是天文學與量子力學所瞄準的核心設問：什麼是虛構全面啟動的世界？

在繁複的故事群落與華麗辭藻背後，什麼是駱以軍所有作品精光綻放的精純底蘊？或者應該嘗試基進設問：這些總是宛若活體的碎形故事、如江河奔騰洩湧的魔性修辭創生何種

「非如此不可」的文學純粹空間？

答：虛構。而且是對虛構的固執創造、經營與形變。

閱讀駱以軍便是嘗試理解虛構的當代性，其無窮變貌與究極思索。書寫等同於虛構與虛構的無窮虛構，其迫臨的在場與缺席，甚至缺席的在場或在場的缺席……。

對駱以軍而言，小說家的創作從來不只是小說，而更繫於「小說反思」，在小說之中有小說的思考，以小說反思小說，或者這二者根本是同一回事，文學的雙面薇若妮卡。因此，書寫《女兒》同時亦是書寫「書寫《女兒》的方法」。作家筆下流淌的每個字都同時是「故事」與「說故事的方法」，既是目的也是工具，是小說也是讓小說斷死續生的丹藥。

其實自福樓拜以後，或者早在塞萬提斯，小說家便已不可能是天真的講故事的人。回憶、經驗、幻想、夢境、理論……都可以是小說的素樸內容，但亦都不是嚴格意義下的文學，因為所有小說都命定「已經是後設小說」，都必然投身於「小說如何（再）可能？」的究極設問與洪荒創造之中。寫小說同時也必然是寫小說自身的理論，是自我證成與自我批判的永恆回歸。

這就是當代書寫的艱難處境。文學衰竭甚至已死，這句話沒有其他意思：書寫不再有典範、不再有套式亦不再有類型可循，一切書寫都必須從零度開始，寫小說意味同時書寫使小說存在的嶄新理由與方法。文學是一種「自我奠立」之物，「『在那壞毀之境重新組裝回自己』的那想像的一生，就是『自己的一生』，終於修補回一個完整人形的時刻，恰也正是這個『自己』生命走到盡頭衰老將死的時候……」（p.574）

當然，這並不是在小說裡套索西方理論或私心準備「被評論」，亦不是要所有小說都需寫成僵硬的「後設小說」或「後現代小說」，更非在作品中繁複用典以示博學。理論、後設或用典（甚且是「假理論」、「假後設」或「假用典」）都不過是當代小說與思想結盟的多樣性實驗，然而，蟄居此書寫核心的卻是創作者的反身自問：小說家以小說探問何謂小說，正如畫家之於繪畫、作曲家之於音樂或電影導演之於電影。

對小說本質的自我設問，駱以軍從不曾須臾離開。這使得他每一落筆，文字便裂解為二，如同二道不同卻螺旋交纏的系列世界：一邊是洶洶旭旭令人咋舌的各式故事奇譚，另一邊則同步旋繞著關於此故事的「敘事條件」；一邊是文字豔如古瓷鬥彩的台灣當前生命變貌與奇觀，另一邊有「小說反思」與「虛構書寫」的強勢共生。每個滾動於紙面上的字都構成小說，同時也緊咬住小說成為小說的形上設問。

這是當代小說職人所必備的一目重瞳，語言極高明的影分身之術。

小說欲抵達虛構之化境，這是張大春一九九〇年代的未竟之業。就某種意義來說，駱以軍或許從來不曾「擺脫張大春」，相反的，在對於虛構的形上探索上，他比張大春還張大春。後者的問題不在於使現實過度虛構，而是虛構並未曾再虛構，因此停留在一種虛構的本質主義之中。文學本來就是一種未完成的狀態，但虛構從來不簡單等同於說謊或炫學，因此真正離場，「離開張大春」的，是張大春。

當代書寫誕生在一種孿生的對偶運動中，是自己對自己的內在增壓與臨界調校；既是書寫也必是書寫的書寫，書寫的生滅消長及其可能條件都束縮壓擠入每個被寫出的字詞之中，每個字因此都已蜷縮摺曲了整座宇宙的所有向度，同時是宇宙也是宇宙誕生運行之法。

透過意義與意象一再強化的濃冽字句，駱以軍使得真正的小說部位由長篇敘事成為掐頭去尾的強度斷片，再反覆炮製為鹽滷般的事件長句，最後凝煉結晶成故事字花，字即故事：故事被強勢摺曲於奇觀式的修辭增生之中，如蛇腹拉開的華麗詞藻並不是故事的妝點，而就是故事本身，這是《西夏旅館》（甚至長達十年的《壹週刊》專欄）所高度演練的小說技藝。《女兒》無疑地擴增了這種「人腦奇觀」，「如果是小說，她必須是煉金術士的小說，將雜碎、耗費低度心智在一無明狀態的，或是密度鬆散的貪嗔癡、暈車般搖晃漫遊的羅曼史，沒辦法給予啟悟的平庸大革命史……全予篩漏、高溫熔燒、濾去平庸濁汙的雜質，找尋金屬的靈魂。那或是每個句子皆是濃縮、隱喻、摺疊、典故、神話學、巫術或古樂譜的詩句。」（p.572）然而，《女兒》（或《西夏旅館》）畢竟不是詩集，高單位精練濃縮的字詞亦不太是傳統意義下的美文，那是每一次都企圖將一整個宇宙的力量壓注到被書寫的字詞之中，但每一字詞同時又都反過來成為宇宙的無窮鏡像，換言之，「在更高維度的智慧中」

練習用神的眼睛觀看世界。

正是在這個意義下，駱以軍無論如何都是巴洛克的，這是他與上一輩作家的根本差異（郭松棻的逆向書寫？）。巴洛克並不在於任何建築或繪畫形式的簡單指涉，如果在《女兒》中文字如抽象風暴般被鼓動、如戰爭機器般被驅馳，並不只是為了小說中總是無窮疊套吞噬的敘事構成或人物事件間翻滾如渦旋的錯綜關係，而是緣於對無限的迫臨想像與究極虛構。「神明已不在世界之上，而是被含納其中、肉身化於世界。」（W. Worringer）高燒熾熱的語言與冷靜敏銳的反思構成小說不可分離與不可化約的書寫操作，最高明的虛構來自這二者的相互含納，而巴洛克小說家駱以軍正是此操作的趨向無限，這是他小說風格中最強悍與最重要質地。

因此，在《女兒》中對天文學與量子力學的一再援引，在所有作品中不斷回返的文學經典與各種典藉並不是為了用典與炫學，換言之，不是對讀者的知識或歷史考校與霸凌，而是意圖以繁複的詞條語彙織就一張迫近無限的織錦，意圖由「一枚不規則拼圖小硬紙塊逆推出一幅一千片的蒙娜麗莎微笑、一坨揉掉的廢紙團繁殖出整部莎士比亞的《李爾王》、一個密碼、一個視焦重疊混亂的旅館房間似曾相識的曝光影像……如果所有發生在眼前的事，只為了作為拼組一個巨大的謎團之材料……」（p.21）。在有限與無限、極小與極大、單子與宇宙、心靈與物質間無窮摺曲擴延的操作中，書寫的巴洛克運動不言而喻。

駱以軍以愛講故事聞名，但《女兒》作為一部三十四萬字的長篇小說，恐怕沒有人能具體重述其故事，因為莫耳量巨觀的大型故事已被徹底敲碎、抿滅於強勢的摺曲操作，宇宙等級的「大故事」被按捺壓擠於字句之中，成為「字—故事」或「分子故事」，成為敷衍大故事表面的金箔與面具。《女兒》就像以極高明文字所鼓吹撐大的膜，一切都發生在膜上，如吹泡泡般無窮增生繁衍，真正的宇宙僅是這層膜的翻摺攪動。在《女兒》中，大故事被徹底瓦解與分子化，書寫《女兒》的無限方法與修辭奇觀成為故事，小說成為職人極天才與極專業的形式操演，這便是駱以軍所祭出的巴洛克小說難題：字詞的總體並不是故事，但故事無所不在。在這個意義上，駱以軍成為台灣當代小說家中極少數（如果不是唯一）能以「文字工夫」與舞鶴分庭抗禮的作者。但另一方面，作為讀者，《女兒》挑戰的恐怕更是小說與故事間過於單純的關係，戰場已經轉移到文學的分子層級，強化的魔性字詞是故事的單子化，而非僅是單純的修辭與美文，讀者的大腦亦必須「流變—分子」。

因為愛講故事而致使每個寫下的字詞都活色生香演技十足，甚至作品本身便是這些「分子故事」的盛大遊行與眾聲喧譁，各種《女兒》的「大故事」版本被反覆摺疊與微分，以「字—故事」的方式求取逼近無限的極限值：

虛構＝$\sum_{n=1}^{\infty}$（字—故事）n

在此，主宰性的大故事退隱卻又含納一切可能的故事，成為故事的無窮級數。《女兒》是一個以「字—故事」所緊緻填滿無有空隙的宇宙，對文學的信仰轉化為故事神學，成為巴洛克書寫下的「女兒神」。

《女兒》成為讀者內在巴洛克成分的試金石，文字如最飽滿碩大的複瓣杜丹層層綻放。長期以來，「教育者」駱以軍使得閱讀必然同時是一種語言維度的飛梭挪移：時而是每隔幾年便重手推出的長篇小說，時而是一週一次的《壹週刊》專欄，但亦是每天的臉書、現代詩、散見的訪談，甚至書評與導讀，虛構透過駱以軍化身無量百千萬億於各文類之中，寫狗、寫小兒子、寫按摩、抽菸、復健、小酒館、永和老家……，亦或點評當代文學風景、推薦書序、評審文學獎……；駱以軍同時是父親、兒子、專欄作家、腳底筋膜炎患者、大樂透賭徒、老菸槍、失眠與暴食症者、愛狗人與書評家。但另一方面，飛掠於各式文類並述說怪奇內容的每個字句都同時怦然響著同一種聲音，已經華美的字句其實更珠玉藏櫝地摺疊著讓所有書寫者凜然的永恆扣問：小說與小說方法的雙生雙滅。

評論駱以軍就是意圖重現這個雙星纏繞擴張的巨大文學天體，其中的暗物質、恆星、黑洞、量子糾纏與強弱交互作用⋯⋯。一切既存與外部的（文學）理論都無效（學院退散？），因為在「小說與其存有條件共生」的當代文學空間中，唯一合法的評論必然是由小說自身所就地組裝的內在思想運動。傳統思維下的「創作／評論」二分法不再有意義，因為小說家同時亦是創造小說（評論）方法的人，超越性的理論套用必須由內在性的說情所取代。評論駱以軍即是為他所曾創建的雙生世界說情。

就像馬克維奇所主演的《變腦》（*Being John Malkovich*，1999），由祕道進入馬克維奇腦子裡的男人可享有十五分鐘以他的感覺與視線觀看世界，但真正的戲劇性是，馬克維奇最後亦由這個祕道進入自己的腦子裡，於是他看到一整個「以馬克維奇為分子的世界」：男扮女裝的女高音馬克維奇、享用美食的馬克維奇，喝酒的馬克維奇，馬克維奇歐巴桑，馬克維奇媽媽與馬克維奇小嬰兒……。《女兒》或許就是駱以軍版本的《變腦》，每個人物、每個句子與每個字都成為通入駱以軍腦子並因此享有他小說家視線的密道，閱讀《女兒》以便變腦「成為駱以軍」，以便進入當代華文最風格特異的文學空間。

這樣像洋蔥層層剝開或包覆的劇中劇核中核，《女兒》裡多次援引了《全面啟動》的多層夢境，「這一切龐大到遠遠超過人類能感知的負荷、那些『多元宇宙』裡即使最輕的一根羽毛，一粒塵埃，街燈孤伶伶投在石板上如粉塵的清光，疊加再疊加之後，其重量足以壓垮那原本像紐約中央車站，可以出發、投射、到達『任何世界』的那個自由的『印記城』，那個『薛丁格的貓』的箱子。所以它到後來只剩下一種『全面啟動』的出發前的氣氛。」

（p.555）夢境無疑地早就是駱以軍啟動虛構的起點，但作為一個「以說謊作為職業」的小說家，如果一切皆謊言，皆trompe d'œil（錯視或「眼珠戲法」），或許只有一件事是真的，就是不斷扣問小說開端的巴洛克動態。就像《續齊諧記》裡著名的〈陽羨書生〉，書生口中吐出美貌妻子，妻子趁書生醉臥時也從口中吐出帥氣的年輕情夫，情夫又趁夫婦倆共寢時吐出自己的情婦，二人在彷若夢境隧道的末端對酌，然後倏而又像俄羅斯娃娃一個接一個被重新吸入口中，還原為書生。《女兒》的〈雙面維若尼卡〉亦講了一個現代的版本，二位偷情者之一在旅館中趁隙撥出手機與另一位愛人調情（喚出豢養在電子機器裡的情人？），從一個說謊空間中再召喚疊套一個新的，在謊言的套式中又嵌入另一組謊言套式……，「也就是說，她用『他必須避開她對她男人說謊』的這個小空間裡的不在場，又在夢中再開一道門，到另一個界面去和另二個情人談情說愛。只有謊言才能讓謊言原本的混沌像鏡中鏡被折射的如此純淨。」（p.269）故事間這樣的重重疊套、榫接，故事的界限與界面屢屢成為駱以軍小說中陰陽交接狼狗莫辨的虛構時刻，而正是在此，有華麗深重的文字充滿魔性地從虛空中滾滾而出。

就像所有探尋小說本質的偉大作者一樣，駱以軍不可免地將觸及宇宙論，以及宇宙論所不可或缺的詩意，這或許是《女兒》在內容上最明確的轉變之一。但同樣的，每一個談及宇宙創生量子迸射的字詞亦同時是二個世界的核裂解程序，駱以軍就像是個極高明的單口相聲大師，以一組文字同時講二個故事，故事與故事的故事。這是「肉身在宇宙之中、但宇宙從誕生到死滅又都塞擠摺入肉身」的不可能幻術。

然而駱以軍從不是一個小說教義的形式主義者，如果每個字在他筆下都裂解成小說與小說道術的雙聲合唱，那亦是因為他對文學書寫的究極探問總是鏡像映射著生命與存有的高度思索。駱以軍透過書寫從不停止地傳遞著某種「溫暖的共感」，這無疑地是他作品中不可或缺的倫理學核心部位，文學的本命。

形上學高度的虛構與倫理學深度的共感組成駱以軍一切故事的DNA，小說從每個字詞起便是倫理學與形上學所共同絞索的雙螺旋構成。比如名為「宙斯」的狗，穿越了臉書、訪談、《壹週刊》專欄與《女兒》，這是同一條狗在不同書寫平面上的形上學變貌與倫理學追索，亦是複雜生命在不同媒材上的豐饒切面，時而剪影、時而速寫、時而白描、時而照像寫實、時而濃墨重彩。

多樣化的書寫使得「狗」這個漢字裂解，高張的文學機器化身為「宙斯」嗷嗷遊走於語言平面，從搞笑的突梯事件到存有的溫暖共感，亦或從臉書到長篇小說，駱以軍以華麗的文字描摹著他所穿透的事物狀態，並總是能從傷害的各種永恆手勢中攫取存有的單義性，而且更重要的，這種愈來愈具有倫理學反思的小說書寫仍然緊緊扣問著小說的形上學奧義。

這是何以駱以軍寫著臉書（粉絲6萬人！），寫著《壹週刊》專欄（長達10年！），寫無數的推薦序與導讀，卻絲毫未曾動搖他小說書寫的份量。因為他總是懂得如何劈開字詞、劈開腦袋，讓書寫指向全新的文學機器。新作《女兒》已經上膛，存有的倫理學設問與虛構的形上學答覆，或反之，虛構的形上學設問與存有的倫理學答覆，將如同槍管中二道緊密渦旋的來福線，每個字都將由此高速擊發，而且勢必都將再指向文學的這個終極賭注。

（本文作者為台北藝術大學藝術跨領域研究所教授）

藍天使

她像坐困愁城的落難公主，空有入夜時獨自端詳的美豔，
卻沒有神仙教母替她變出赴宴的華麗蓬紗裙、珍珠項鍊和玻璃舞鞋。
沒有魔法、沒有等待在神奇光焰暗影處的王子和其他嫉妒的女性……

颱風天，從我這個老舊公寓四樓望出去，一片樹海翻湧，銀色的雨陣像電影裡古代攻城的漫天箭簇，以一種違反物理慣性的視覺效果，在我面前橫著移動，很難想像此刻我是在台北市區的老舊巷弄裡。我躊躇再三，撥了女兒的手機，想或利用這好像有超越人類力量的大自然災難臨襲的「惘惘的威脅」，聽聽她的聲音，或也可以沖淡一下每每我們父女在電話中無話可說的，像電視斷訊螢幕卻仍曝白光點亂跳竄閃的沙沙沙恐怖聲響；每每斷線後讓我沮喪、反潮，她那近乎鼻塞、像鄙棄又像被我冒犯的僵硬短覆句。「還好嗎？」「嗯。」「颱風來了別出去亂跑。」「我三天沒出門了。」「噢。」「還有事嗎？」「沒事，就是問問。」「那我掛嘍。」「噢好……」「對了，我昨天……」

我昨天自個兒扛了一盆芭蕉上我公寓頂樓……

但那些對話皆只是我自己腦海中的想像。電話那端並無人接聽。像年輕時不知畏敬造化之神，和同齡少年間惡戲開的一句玩笑話，竟如一尾灰溜溜鼻涕蟲蟄伏於時間不引人注意的脊背腰側：「萬一將來生了個女兒竟然長得和我這老爹一個模子鑄出來般，那不是天大的悲劇哇哈哈哈哈……」結果人生如夢，真的一恍惚一彈指，我這平庸可憐、像隔著霧玻璃不真切活著的一生，到了黃昏之境，扳指數來可以算作成就的，竟就是這個陰鬱、不討人喜歡、臉孔和我一樣（大下巴、高顴骨、濃眉、目露凶光、塌鼻、厚唇），如果代替我參加同學會，那些可惡的老傢伙們肯定詫笑說是我本人男扮女裝出席……那樣的一個女兒。

而她也已經步入中年……

不，仔細回想，這個像髒汙照片上故意不引人注意，每每讓自己面目模糊的女兒，似乎除了我們父女那麼難得碰面（過年時悲慘又寂寞對坐著吃便利超商訂購的微波年菜餐、或我們一道去她母親在靈骨塔的金屬格位祭拜、或幾次我在大街摔倒被人送進醫院，她接到通知虎著臉來辦住院手續），如此實體感在我眼前，像一尊無從修改的捏壞的陶瓷——是的，有幾次她那麼真實地坐在我面前，我心中像荒山月夜無法忍受的瘋狂與孤獨，想悲慘地大喊：這就是我的女兒，一個活生生的歐巴桑——完全沒有關於她生命其他時期（襁褓裡小女嬰的胖嘟嘟可愛模樣、穿著小學生制服的小女生模樣、青春期羞澀發出女性荷爾蒙或抽身架高校女生的模樣、二十跨過三十最有女人味的模樣，或她曾談過戀愛帶過哪個即使再不體面的男孩回家而變得柔和愛嬌的模樣）之印象。我，怎麼努力撥開記憶的蔓鬚褶皺，她就像已熔鑄成形、冰冷堅硬的這個不幸模樣，沉甸甸地交到我手上。

也許我這樣的描述，會誤導人們往麥特・戴蒙在《神鬼認證》系列裡那個為失憶症所苦的中情局探員傑森・伯恩的氛圍想像：靈光一閃的破碎記憶畫面。被洗掉的記憶。或是被植入的記憶。不記得自己是誰，像一顆隕石孤獨地漂在外太空。不知道從四面八方一波一波無有止盡以最專業精準程序來獵殺他的是什麼人，只能憑意志刻舟求劍，掌握每一條細節每一片碎證物，以拼出正常人無法想像的另一世界……

如果可以，我當然願意這一段（描述傑森・伯恩的）文字作為我將要展開的敘述的全景摘要：一枚不規則拼圖小硬紙塊逆推出一幅一千片的蒙娜麗莎微笑、一坨揉掉的廢紙團繁殖出整部莎士比亞的《李爾王》、一個密碼、一個視焦重疊混亂的旅館房間似曾相識的曝光影像……如果所有發生在眼前的事，只為了作為拼組一個巨大的謎團之材料……

傑森・伯恩對那個把他當瘋子的美麗女孩說：「……我可以告訴妳外面六輛車子的牌照號碼；

我可以告訴你那個女侍者是左撇子……還有坐在櫃台上那個男人的體重是九十八公斤而且也可以舉同樣的重量；我知道尋找槍枝最好的地方就是在灰色卡車的儲物箱裡；在這種海拔，我可以跑八百米而面不改色……」

「我為何知道這些呢？」

「我怎麼知道這些而不知道我是誰？」

主要是，我的意識，在蜂巢狀愈縮愈窄小的這座城市一隅，向四面八方惶恐地投石問路，從不同的他人的眼中所折射出來的「這個我」，常讓我感受不到自己是個已有一歐巴桑老女兒的老人了。昨天，我從路口松青超市旁的花店殺價買回一株芭蕉，那像古裝美人秀髮倭墜肥厚晶瑩的大葉子，又像翠綠螳螂簇張開一片片翅翼，看了真讓人歡心。我像回到年輕時光興沖沖搭計程車載回公寓，然後抱著它（真的像抱著個長髮披垂的女人）氣喘吁吁一級級上階梯。中途遇見了住二樓那戶退休老將軍和他的女看護（這個女人大約四十出頭，「貌甚寢」，但我總在樓梯間遇見她攙扶著那像老蔣晚年穿風衣戴畫家呢帽戴墨鏡一種難忘昔日風采如今卻枯瘦蹣跚步步維艱的老人上樓下樓，我觀察她對老人說話的命令句和忍耐神情，推想她可能是從看護暗度陳倉成了他孤獨殘年依偎的地下妻），我卻像個晚輩側讓了身，朗聲喊：

「齊伯伯好！」

「欸，這芭蕉真漂亮。」像對後生的應答。

所以我應該不是個老人？

我想要說什麼？

一個不存在的女兒？

但那憎恨的，被我負棄的，全身靜電般收藏著灰暗、枯燥、對她置身的這個人世的不耐煩的那張難看的臉，那麼歷歷如繪像水盞上浮著的一張黃紙符咒，上頭潦草寫著朱砂擰成一團的鬼神的文字，暈開了，紅灩灩的，哭笑不得的，讓我有愧神明的臉。

啊我想起來了，像小津安二郎《秋刀魚之味》裡，拘謹教養的笠智眾扶著喝醉而露出衰老醜態的昔日老師回到住處，出來應門的老小姐女兒，那和父親如同複印的一張扇形腮和倒吊濃眉，一張憤怒、怨懟、嫌惡自己所從出的這個衰朽發出臭味的男人……

就是那張臉。

這個颱風來得異常詭異，沒有風，雨拚命地下，無聲地，從我這窗外望出去，一片銀色的水光密覆著陰晦暗冥的樹影，一切事物都在搖晃著，時間卻被切斷了。我發現對面左斜四十五側角那公寓的一格一格亮燈的窗裡，也有幾個人影如我這樣發愁的望著外頭那像沉船舷窗看出去，沉浸在深海底的世界。不確定是這密不透風的傾盆大雨遮斷了空氣的流動，或颱風的低氣壓使然，我感到心臟像皮管栓塞的幫浦，總是打不上氣來。

「女兒，我讓妳失望了。」

不知從何時起，我養成這個自己對自己說話的習慣。問題是，連這樣獨自坐在霉濕陰暗的老舊公寓裡自言自語，我的臉上還是掛著一種乞憐的、卑鄙的笑容（噯我真的慢慢用她的眼神在看自己了）。一張蠟白的，像日本能劇面具眼洞是兩蕊下彎月那樣的臉。我易於討好人，尤其是那些惡聲惡氣的人，這一點令我非常憎厭自己。我家巷口7-ELEVEN裡最凶的那個制服女孩，醫院門診翻白眼的年輕護士，甚至郵局門口斜縮著癟豆莢般手指、臉容枯黃的腦麻痺賣刮刮樂獎券女人……只要她們一對我露出凶惡之臉，我便忍不住用一種男童似甜膩的嗓音，還有那個笑咪咪能劇面具和她們說話。這或就是衰老，像颱風的低氣壓將空氣裡什麼支撐住事物輪廓的底氣抽空了。像鐵輪圈壓著癟掉的腳踏車胎轉，或路邊老狗舔著密密麻麻爬滿跳蚤的粉紅睪丸袋……。一句話：沒勁。底氣被洩了。那些在同齡族類中醜惡的、平庸的、造物主在捏胚她們時或心情不好捺塌了鼻子撮厚了嘴唇勾歪了兩眼的臉，在我的鼻腔絨毛接收端，卻暗香浮現某一具青春的身體。不為了色情，只純粹是老人鼻子聞出了空氣粒子中比你年輕、有滋味的力量感，而產生的自慚形穢。

舉例來說，在這個窗外世界被大雨包裹成一片陰冥如夢的時刻，我在我的老公寓裡，牆壁的白堊塵粉全像泡水的蘇打餅乾，沿著癌斑裂縫，靜靜失去原本的固態支撐感，我戴著老花眼鏡，剪下幾天前舊報紙（才沒幾天，那印了鉛字的大張薄紙，已潮濕的發出一種明礬的腥味）上的一篇文章。

標題是：「老男人與他們的愛情生活」，一位叫「胡晴舫」的作者寫的：

「義大利男人貝魯斯科尼七十二歲，已婚，為人祖父。他同時是義大利總理，跟十八歲女模特兒牽扯不清，時常豪宅召妓狂歡，天天為了他熱鬧的性愛生活上報紙頭條，搞得全球皆知，他意緒飛揚向同儕炫耀，他不是聖人，但『幹起來像個神』。」

「……某層面來看，老男人的年輕女伴就像老女人的昂貴乳霜與整容手術一樣，具有某種回春效果。跟比自己年輕的對象戀愛，因為對方仍稚嫩，對世界仍充滿好奇與探索的欲望，年長的伴侶從對方的目光重新體認世界的新奇，再度發掘生命的樂趣，彷彿回復年少……」

「世代正義變成越來越迫切的議題。談及環保，當代人沒權用盡地球資源，因為尚未出生的後代對地球有同等擁有權。同樣，論及就業市場，人們越活越長，一方面無法退休，需要繼續工作養活自己，一方面卻又形成老人霸占職場資源，年輕人失業，就算找到工作也很難升遷。而最近的金融危機，各國政府為了刺激自己的經濟，擴大債務，日後當然債留子孫。

「老男人跟年輕女人在一起，真是干卿底事，但，如果真有誰該感到氣憤，應是與她同齡的男孩子。因為，某方面來說，老男人搶奪了他們的資源，就像用光了本該他們的石油藏量，迫使他們必須找尋其他替代能源。所以，真正有趣的並不是老男人一夜還能做幾次，卻是資源分配的公正性。」

好文章啊……好文章啊……我一手的拇指捺著報紙沿，另一手使著剪刀將這一小塊篇幅從那割開的方形窗洞剪下。喉頭不自覺發出肯肯的乾哮，淚花布滿了說不清是乾燥或冒油的眼角褶囊，嘴唇忍不住又弧彎成那討好的笑。也弄不分明是感動，還是被那犀利、殺氣騰騰的迫力所震懾。

「原來是……地球資源……這一回事哪。」

所以，對我女兒來說，她那樣面無表情地（是的，我曾看過Discovery，北極熊在揮掌擊殺海獅、環斑海豹、企鵝、鯨魚，乃至穿著羽絨衣的落難人類，甚至獵殺同類時，完全面無表情）看待我過於戲劇性的一切：衰老、感傷、懺情、常情不自禁哭泣，即使在頭頂上的毛囊已難看覆著一層灰白雜毛，或口腔再也遮掩不了噴吐出內臟腐爛的臭味，我還是擅長對孫女輩的年輕女孩作小伏低、撩撥調戲、調得她們咯吱顫笑……在時光河流粼粼閃爍的不同層次水波裡，我收藏著的，曾經歷過的那許多美麗感傷的昔時，對她而言，不正是貪婪地「掠奪、竊占、壟斷、竭澤而漁」，即使千百分之一，她這輩子也享受不到的，極限光焰般的經驗嗎？

像哥雅的那幅名畫〈食子的農神〉，黑暗背景前，一個灰髮、瞪大眼珠、赤裸著醜陋身體的老人，兩手緊攫著一具頭已被吃掉的孩童身軀，痛苦瘋狂卻又像歡樂地張嘴撕咬那鮮血溢流的手臂。吞食那些年輕的身軀，取得他／她們鮮活蹦跳的青春、力量、芬芳、清純如甘露的汁液、如絲緞般的黑髮、青蔥般的手指……不，不，我在這磚牆飽吸水分而變得濕答答、軟綿綿的酸臭之屋、老人公寓裡，扭絞著自己所剩無多的頭髮，呻吟地對著眼像中的那個作者，或我那徹底對我（或我這輩老人，或這些老人混濁眼珠所曾目睹過的哀愁美景、駭麗風華、驚心動魄之場面）失去同情理解的女兒，大喊：事情不是那樣的！如果人類能領會的時間奧義，是一枚像雪景玻璃那樣的球體，你必須說那是一種神的詛咒和懲罰，你必須積累足夠的時間積木與時間拼圖，才得以看見全景，但那時所交換的時光牌局已到尾聲，風中之燭一吹即滅……當一個（像我這樣的）老人，離開了他所置身的老人隊伍，兩眼發直地朝那讓他瘋魔的青春幻影走去，他所能啟動的時光硬碟，轉速是多麼的慢（所以絕不是吞食）、解析度是多麼暈糊、能承受激情的心臟是多麼孱弱……經驗，作為每一次獨一無二、非連續性的一瞬，一個貪戀美景的老人，他所能分到的資源，是年輕人恣意、奢侈、不以為意隨手亂扔，像從一個強光源分撥再分撥出來，拋到陰濕角落的半燼麥稈、將熄火柴棒，或火星渣子……

很多年前，我和妻子（是的，許多讀者或會疑惑：在我如同壁癌水漬夾纏不清的描述段落裡，有一個隱而未現的角色始終懸空，形成這個故事失落的環節。）前往她一位大學老師的住處。我想那個時間點是在我們舉行婚禮之前幾個月吧。（我之所以敢如此肯定，是因我妻子年輕時光和那老師保持著一種幽微隱祕的父女情誼，那是包括我在內其他人不得侵犯的神聖禁地。那唯一一次她帶我闖進那老師的家，是因為我們是非常恭謹、正式地去遞送訂婚喜餅。）我穿著後來婚禮所穿這一輩子唯一一套正式訂作的西裝，妻也穿了一襲以她那個年紀來說顯得超齡，不，甚至是超現實，發出耀眼光華的金蔥緞白旗袍。我們皆顯得笨拙生澀。印象中這位老師的年紀幾乎可以當我們的祖父了，那整個過程他完全沒有搭理我，用一種彷彿我們置身在十九世紀煙霧繚繞、光線陰暗、簾帳四掛的大鴉片榻上斜躺著漫聊。不，是他用一種老人的恍惚夢幻和妻在喁喁私語。那很像某個老鐘錶器械內部在不同平面軌道上靜靜滾動的小鋼珠。時間變慢了，甚至被喊停了，變成一種周而復始重複的欺罔。妻也用一種讓我陌生的、童女式的甜稚嗓音回應他。那時我少不更事，甚至不明白自己壓抑在腔內一股陰鬱的妒火。事實上那個老人在講述的內容，是關於學校董事會某個投票的過程，各路人馬各擁山頭各顯神通，鴨子划水台面下各種纏鬥慘烈不已：黑函、換票、情色事件、著作抄襲的紀錄、某一筆陳年財務帳目的追查……這一階段必須犧牲掉我方派系的某人，因為可以換到下一階段的投票的監察人席次……那是一個顛倒錯反的世界，你所看見的你以為的其實恰好是這個世界運轉方式的相反……

我記得，在那個完全無一絲與色情聯想的話語時刻，那個老人，突然——像在自己夢中沼澤熟睡的蟾蜍妖仙，始終垂著眼皮；或完全相反，電光一閃突然睜開駱駝般長睫毛綻藍玻璃的眼珠——伸出他纖細白皙花莖般的手，放在年輕的妻的腰臀上，停留了大約一分鐘，然後像撫摸一隻他豢養的貓咪，沿著她美麗的背脊弧線，以一種我難以描述的純潔的色情，緩緩地朝上移動。

那一切在我眼前發生，彷彿我是透明空氣，或他們進行的是一件最自然不過的，父與女之間的日常親暱行為。我妻子的表情和眼神像是她正承受某種恩澤、對她年輕浮躁的安撫，一種遠高於我能理解的文明的傳遞。似乎我才是那個闖入、多餘、會破壞此刻天人合一神祕之境的魯男子，進化不完全的，同時有尾鰭與前肢的半蛙半蝌蚪……

很多年後，在我的噩夢裡，那讓我魘懾呆立的三人靜止密室劇場，變成了，我和我那個醜女兒（她的年紀比當年那畫面中幻美絕倫的少女妻早已大上一輪），還有一個年紀比我大的老人。我還是一臉無助、迷惑。只不過之間權力關係，我從丈夫變成了父親。可能是我那長相完全拷貝了我臉孔的女兒，喜歡上人家。她站在一旁，用一種不討人憐愛的彆扭、固執的表情抽噎著，鼻涕在唇髭間冒著泡。她那模樣令我心碎，原來這個總是面無表情（像北極熊），拒絕讓自我的形貌意識放流進一張張漂亮女孩們爭妍鬥豔之臉的審美河流裡的醜姑娘，底層還是隱藏了一顆女性化、渴望被愛的、孤寂的心哪。但那老人卻如此眉眼嫵媚、氣定神閑，他的歲數猶大我一截，似乎擁有遠高於我的智慧、洞悉事物本質、分辨什麼才是一堆玻璃中的珍珠……我驚疑又負疚地，完全無法參透那玄機。「這老傢伙究竟是看上這醜丫頭的哪一點？」

譬如說，《藍天使》，一九三〇年代德國經典有聲黑白電影，但在那個光影如霧夢，人物因膠卷轉速不同而如禽鳥跳躍、交頭接耳講話、發條兔子般關門、開門、上樓、下樓、翻眼珠、動嘴唇的「快轉——停格——快轉——停格」運動感，加上片中人物顯得如孩童般胖胳膊胖腿，所以如今看來，還是有一種默片的滑稽、哀愁、迷離。情節大約是說，一個在課堂和私生活皆嚴肅、一絲不苟的單身老教授（他是個胖子），某次到酒館追查那些浮浪頹靡的年輕學生，結果自己墜入情網，被「藍天使酒館」的紅牌歌手洛拉搞得顛倒瘋迷，他辭去地位尊崇的教授一職，娶了洛拉，混在她周圍那些小丑、整天提著裙裾趕著上台的胖大歌女、舞台老闆、善良的鴇母、其他垂涎洛拉美貌的、進進出出後台化妝間的酒客……這些底層人物之間。幾年過去，他變得邋遢潦倒，完全像那群菸酒不離、髒兮兮傢伙中的一個，不，甚至因他離開學院殿堂無有技能，成為讓這些酒館、廉價歌舞秀混飯吃的底層人蔑視的廢物。他成了不折不扣的骯髒老酒鬼。

這是個悲慘的故事（也是我的故事）。我記得當初我在這公寓裡看這部黑白片，哭得稀里嘩啦，一遍看完又重看一遍。

那個女演員（我忘了她的名字了），作為顛倒眾生，像瑪麗蓮・夢露這樣經典美麗壞女人，她其實是個胖子。影片中洛拉在她的更衣間化妝台前，金色假髮、假睫毛的大眼、穿著吊帶絲襪（她的腿用今天的標準看真是太粗了），臀後飛翹如鳥尾翼的芭蕾舞短裙，袒酥胸露粉臂的蕾絲細肩帶（這在那個男女皆包裹嚴實的時代鏡頭裡，確實顯得很刺激），整個活脫就是個肉乎乎的白胖娃娃。

事實上她第一次天真又性感扔給教授的那件女用內褲（就是這件薔薇蕊瓣一團的內褲被教授誤當他擤鼻子的大方巾帶回住處，私下不斷嗅聞失神，才墜入那毀滅深淵），以今天眼光來看，真是胖大如包在嬰孩屁股上的幫寶適紙尿褲……

有意思的是教授面對洛拉，那張受驚嚇、斜眼偷覷、不知所措的臉：他有一張佛洛伊德加杜思妥也夫斯基的臉，禿頂、戴小圓框眼鏡、翹鬍子、突起的眉骨和巨闊有力的下巴，那原是一張嚴肅、無幽默感、頂在層層僵硬男性西裝上，缺乏風月調情天賦的臉……

當這個衰老、笨拙、僵硬的老男人，發愣坐在堆滿雜物化妝間一角，看著那個天真爛漫（但真是胖），在他眼前變魔術般褪下舞台透明紗裙，穿脫貼身衣物，把黑絲襪從她白皙渾圓的胖腿剝下、撲粉補妝，偶爾童心大發將撲粉罐（那個年代的粉罐真像一箱蛋捲盒）吹得老教授一頭一臉鬍子上全是蜜粉……

重點是，不知所措，老教授的臉讓我心碎，那是一張飽受折磨的臉，他被那一團眼花撩亂、白光搖竄的年輕胖女孩所迷惑，像一個噴著強光、粉塵懸浮飛舞的牆洞所吸引，不知所措，不能自拔。

老人靠著威儀——即使他後來淪落為掛著大紅鼻、畫上星星眼線、禿頂疏髮朝兩側抓成飛翹的兩個角，悲慘地愣站在舞台上任魔術師變出鴿子蛋再一坨糊爛砸在他深皺的額頭上，他還是一臉威儀。——讓自己不至徹底匍伏跪趴在那團恣意如白色之火輝煌燒著的廉價青春哪。我用我這一身腐朽發臭的骨骸，一堆報廢的不同指針刻度的鐘錶，一生的籌碼，還梭哈不了那讓我一瞬心旌動搖的，胖女孩身上的難以言喻的一個什麼啊……

其實，我一直在找尋那個救贖的可能，找尋我的藍天使。當然我悲傷的懷疑這整個發明一點也不特殊，像所有我們那年代高中生在更像排水溝的學校廁所哆嗦地把以一生之生產來說，自己最年輕新鮮的精液（我想像它們像蠶絲或女人的綢緞亮面襯裙一樣潔白）扔進糞坑沖掉，弄到後來你發現所有當時頭頂著結蟲屎銅罩燈泡臉色青白的巨大落空、自我厭棄感、自己的一部分也鑽進那些別人的大便條被沖進黯黑不見光的醜惡地下世界……這一切全是所有人的經驗，所有人都鎖著門在那臭到會暈死的小空間裡大便，然後把自己乾淨的精液扔進別人的大便之間一起沖走……那如此的不特殊，以至於所有除了這件事本身，其餘湧現而出的情感，全是多餘出來的情感。

「藍天使」是否也是所有頭頂稀疏髮線已變成超商櫃台掃描之條碼，獨坐書桌時刻低頭想看看自己的小弟弟，卻被肚腩遮擋，之後的人生，不用被進入時間之櫃一格一格小抽屜去分類、收藏的老男人們，每個人孤獨、祕密創造出來的小女娃？沒有人理會我們，即使，那顆菱形藍寶石或另一顆貓眼琥珀晶黃的藥丸被發明出來，我們還是羞恥和陌生人過夜，因為半夜頻尿，舌蕾消失味道的層次，渾身不知哪處發出老人的臭味，不是淡淡的甜糞味、不是癬藥膏的油膩、不是胃部乾嘔的酸味……你不知道它是從皮膚哪處冒出來的，某一小部分的你在那一刻死去的悲哀的氣味。

知道「藍天使」這個祕密的老人，都會淚光閃閃，對那給予剎那至福的小熱帶魚、小胖女孩、小南洋妞、小解語花、小惡魔、小護士……們，充滿感激。沒有人會苛責這些淚光折射下的女孩兒，她們夠不夠優、懂不懂禮貌、貪不貪婪、雞不雞歪……

那樣年輕的時光，我曾做了哪些蠢事？我記得高三時我向父母偽稱要更專注準備大學聯考，和另兩個男孩在學校附近合租了一間分租公寓雅房。我想我父母是典型那個年代，無有恆產，但相信人只要設定目標便應傾全部資源全力以赴的正直良善好人。他們在家中經濟其實頗吃緊的辰光，拿出錢來支持我那個外宿的夢想（其實我家距我念的高中，不過五站的公車路程），而我那兩位室友Y和W，各自有家境窘蹇之理由，乃至於後來那我們三人合住的公寓雅房，房租全由我母親每月放在一牛皮紙信封交給我。

那間公寓的房東，是一對在附近開一間小自助餐廳的老夫婦，先生據說以前幹過刑警。他們有一個女兒，眉眼形容極神似後來的國際名模辛蒂·克勞馥——我們三個十六、七歲的小公犢簡直把她當女神一樣崇拜——但她似乎很少露面，每晚下班回來都被一種超出她年紀該有的疲憊與老處女的蕭索籠罩，那也遠超出我們那年紀所能理解。事實上這位姊姊當時或才三十出頭，但我印象中她似乎偶爾穿著露出足踝的淡藍薄紗睡衣敲我們房門進來拉勒時，話題總環繞著「她這一生是嫁不出去了」的挫敗與自我厭惡感，我們三個過於人年輕且拙於言辭，但總內心澎湃想激情大喊：「怎麼可能！妳是我們見過最美的女人吶！」

我如今回想，那些短暫地在我們房間自艾自憐的時光，對她或也是極珍貴接受三個毛尚未長全的年輕雄性的恭維與迷戀的靈光一現。有一個畫面我當年不以為意閃過即逝：一次我獨自走在路邊，看見這位夜間女神秀髮如瀑披灑在褶縫垂墜線條柔美薄睡衣的姊姊，竟然穿著一身土氣、漿燙僵硬的晦暗褲裝制服，頭戴著一頂蠢到極致的硬殼警帽，灰頭土臉拿著一硬板抄寫人行道邊停放車輛的車牌號碼。原來她的職業是路邊停車管理員。

年輕時的我並不理解，在我置身且將在其中啟蒙、理解生命秩序（至少是一個取樣的叢結聚落）的這座城市，「階級」可能斬斷、黯淡、否定一個風華絕倫女孩的美麗。我很難把那某些夜晚拿著罐裝啤酒重複說些近乎女丑劇場的「我又老又醜嘍」、「沒有男人要我嘍」但分明在我們面前晃盪的是一具發著強光的美不可方物的「女體」（我後來回想，這個姊姊是否早已被枯寂苦悶擊倒，其實有酗酒的毛病），放置進那一身猥瑣醜陋的管理員制服裡。她像迪士尼卡通的仙杜娜拉，白日煙塵罩面的粗糙街景，晚上她父母從店裡一桶一桶拖回家的殘羹餿水，那些油膩膩必須一個個用肥皂水洗刷的鋁製餐盤，那些滷汁浸泡的、毛孔上一根根黑毛的雞腿雞翅雞胸……她像坐困愁城的落難公主，空有入夜時獨自端詳的美豔，卻沒有神仙教母替她變出赴宴的華麗蓬紗裙、珍珠項鍊和玻璃舞鞋。沒有魔法、沒有等待在神奇光焰暗影處的王子和其他嫉妒的女性……

在那間公寓裡，另有一個房間分租給三個年輕女孩，她們是附近商專的夜校生——啊以我現在的年紀回想，那真是年輕體表覆上一層淡金色絨毛的幼鹿，腿胯、後頸、耳朵、腳踝，皆尚未熟腴豐軟而帶有骨瓷的纖細易碎感——但當時我們都喊她們「姊姊」，她們也不過大我們一、兩歲吧。想來那或是個純情、苦悶、缺乏想像力的年代吧。我們那樣同一屋簷下如此靠近的，像兩畦分種雄珠與雌株的隔鄰花圃的分租公寓，少女白濛濛的胯下和少年感傷敏感的幼屌，竟然完全沒有發生任何羅曼史或咖啡與奶精攪拌的混亂情節。我和W、Y是出自完全不同家庭的台北小孩，而她們仨也是來自中南部各自不同地名的孩子，但我們卻在那賃租來的公寓裡，不知是按哪一齣我們共同腦中的劇情（我們那年代的美國輕喜劇影集《三人行》？或一部日本少女漫畫《相聚一刻》？），我們真的進入「姊弟——三個姊姊和三個弟弟」的角色扮演。我想或許在她們下意識皆被各自所從出的家庭植入了重男輕女的價值（乖巧而書念得不好的姊姊覺得天經地義弟弟除了成為讀書人毋須接觸世俗瑣事），一種「姊姊性」。確實我們三個混在彼此擞俗樣貌，同樣汗臭與球鞋裡濕黏腥騷的黑襪子，那個年代軍訓制服與平頭造成之青春期醜怪自卑，實在難有透過「性」而浮現的自我鏡像。（用現在的話語，就是「我們不是她們的菜」。）

但我分明記得，那樣年輕的時光，鎖上門的共同浴室裡，（她們的）泡在塑膠臉盆冷洗精的內褲，上面浮著一層細碎泡沫，不知為何會讓我想起水產店外用草繩綁成一串，臨死螃蟹殼掀開孔穴冒出的、薄薄的、粉紅色的、黯淡的泡沫。我是否曾將那些濕淋淋、有卡通圖案的小內褲，一坨抓在鼻前蹭聞？

很奇怪，時隔近四十年，我清楚記得她們三人的名字，各自的長相。

王美華。（即使以今天的標準，像好萊塢那些穿過紅外線蛛網陣和警報系統到私人博物館竊得的古代雕像，在光譜測定儀的虹光掃描，反覆在記憶的懷舊照片細細審視，她仍是個不折不扣的小美人兒。）

易蘭芝。（其實她的臉更美，可能混過平埔血統，眼窪深而大，雙眼皮，臉削瘦。但她可能不擅長進入一討人喜歡的角色，總是陰陽怪氣忸怩作態。在我當時爬蟲類般的破碎折光畫面，有一種陰鬱但其實腦袋是空的印象，或許她是這三個女生裡，唯一曾帶男友——好像是個蛙人——回公寓炫示的。我們仨便負氣給她取了個極難聽的綽號。但我不想重提那個綽號，免得這個故事的格調整個垮了。）

劉秀娜。（她是唯一外貌不揚的，但嗓門極大，個性也極粗鄙。）

但我回憶她們的方式，卻是經由這樣的路徑：每天下午，她們各自由不同打工處回到那公寓，抓不到規律的（所以我們猜不中誰先誰後），會匆促進那間共同浴室沖澡，換上夜校制服，然後乒乒乓乓開門關門，最後衝出門去。因為我們都是躲在自己的房間側耳偷聽外面的動靜，所以也無法判斷時間差裡外頭慌急跑進跑出的，究竟是三個裡的哪一個？偶爾會聽見王美華用可愛的、嬌嗔的聲音自說自話：「唉呀，真的要遲到了，完蛋了完蛋了。」然後給自己打氣地發出「噫嗯」的噴氣聲（她真可愛，是不是？）……

於是，當我們在不經意間終於將一切都失去的時候，難免回頭莫名痛惜地趴在那一片灰渣瓦礫上，捧起那些原本你視若垢物棄物的結晶粉屑，重新鑑視，細細翻揀，你覺得一定是有重要意義的某一碎片被你錯過了。按說不可能那麼味同嚼蠟、什麼都沒發生地就到了這個天人五衰的境界。

很遺憾，但這就是我回憶四十年前那三個面目模糊的女孩的方式：她們的乳蒂。純情絕不猥褻的，像一種將經驗孤立，與其他雜駁背景區隔出來的靜觀冥想。

我印象最深的是易蘭芝的乳頭，因為那對我和W造成極大的視覺之驚嚇與震撼：和她削瘦身軀及瓷白窄臉完全無法連結的，在那幾近平坦，微微隆起的乳房前端，是兩枚大得像狗皮膏藥那樣又黑又濃的乳暈。確實她的身軀或因過瘦，從門底百葉摺板這個仰角看上去，從大腿骨向上叉分向髖骨的一種烤肉架上擱放的鐵叉的尖銳感，一種缺乏西洋裸女畫腰臀間豐腴弧線的奇異僵硬感，一種缺乏感性，彷彿造物或臨摹時分在一種厭惡情緒下拗捏出來的造形，過多的暗影、破損印象……

但這一切比不上她在水氣朦朧中轉身，讓我們看見胸前那兩枚大得醜怪的黑乳暈來得驚嚇。「噫……」我記得我幾乎聽見我與W同時從喉間發出的「倒抽一口冷氣」。也許回憶往往修改了印痕在腦海那真正的特寫畫面。我記得從那兩枚大得異常的乳暈前，伸翹出兩粒長長的乳蒂（真的像某些當代裝置藝術用兩支馬桶抽水吸盤插在其他材料、器具拼湊的女體胸前，充當朝天戟戳刺的女人乳蒂的印象）。那兩根勃起的乳蒂，甚至給我一種「像兩隻花莖般細的嬰兒手臂，張開十指朝前張抓」的駭人意象……

怎麼回事？我記得我和W溜回房間後，驚魂未定地討論，懵懂中我們無法說出「易蘭芝的身體是出了什麼問題」這樣的話，因我們各自完全沒有其他女體閱歷，無從調度以參照。但我們下了結論：易一定是被男人上過了的，那個乳暈絕不是少女（或處女）的乳暈。我們忿忿不已，覺得被那醜怪畫面甚至擴大渲染成一種黏附而揮之不去的腐魚腥臭味，給冒犯了。（其實那干我們什麼事？）後來讀到川端《千羽鶴》那個父親備妾一個粗鄙討厭婦人乳房上橫遮過一塊醜惡的痣（菊治想像著父親曾吸吮著被那醜惡黑痣覆蓋的乳房，便說不出的嫌惡）；或是桐野夏生的《異常》，那妓女背後斑爛奪目刺青著一隻迦陵頻伽鳥；便覺得當年的自己真是狹隘膚淺的小兒科啊。

我有許多年不曾想起這些女孩了。

我最後一次見到女兒，是在另一次和這場颱風極相似的颱風過境之後。那次也是，無止無盡漫天霪雨，整個世界像被封印在巨大水族箱裡，白日時水光瀲灩，入夜則是萬籟俱被雨聲吸捲，讓人恐懼是否在這截斷、靜止的孤立時光，末日已經發生，天地間只剩你一人（我的電視沒有接第四台，也沒有電腦和網路，所以在公寓裡，無從知道外面發生了什麼事）。突然有一天，那颱風就過去了。早晨起來時，窗外是核爆般的強光，像什麼事都不曾發生過一樣。我迫不及待走到街上混在人群裡，聞著他們用體熱將身上衣褲霉潮蒸發的騷味。我擠進一家自助餐店，只為了讓那重生的、久違的人間氣，再戲劇化些添拌進熱油菠菜、糖醋排骨、滷豬腳、紅蘿蔔炒蛋、韭菜炒豬肝……這些油膩雜遝的裝飾音，在那些鐵餐盤的上方，用打洞鐵條架箍了一台電視，我發現店裡所有人都無聲張大了嘴，仰頭看著那個光源裡的切換畫面：主要是泥漿、屍體、暴漲的泥河、直升機的槳葉、一張一張痛哭流涕破碎的臉、重複播放塌毀的樓房建築，甚至看到軍隊……聽不見那些畫面的旁白畫外音，只看到一些較大的字幕：「慘！」「慟！」「五百人活埋。滅村！」

那時，在人群中，我竟然看見我女兒拭淚的側臉，她穿著一身鵝黃色的洋裝，那個時刻我覺得我女兒的臉其實是美麗的。我努力擠過那些陌生人的身體，走到她的面前，對她微笑。我想像過無數次類似這樣的畫面了。我對著女兒說：「我覺得我想起關於妳的一些事了。」

但她似乎像遇到拉保險或狂熱傳教士那樣禮貌又疑惑的臉：「對不起？」（她那眼角還掛著淚

滴的表情真是可愛。）我說：「妳是我在這世上唯一摯愛的人。」她尷尬地笑著，然後左顧右盼像是希望身旁的陌生人評評理還是什麼的。但沒有一個人理睬我們，災難在我們頭上方那個機器方格裡，像蛇髮女妖豔異的臉，把所有人都變成石像了。她又說了一次：「對不起？」然後推開我，低聲咕噥一句：「我趕時間。」便鑽出人群，走進外面街道那像核爆般讓人眼瞎目盲的強光裡。

這樣的強光喚起我記憶中一幅畫面，沒有足以向更深刻意義延伸的事件，純粹的在那飽滿塞爆每一最小單元的熾白強光，一片起伏的小丘陵地，每一莖草葉像玻璃打造在那樣叢聚挨擠本應失去單獨個體感的平面上，卻旋搓胖瘦，以不同側面折射刺目的、晶亮的光。我混在一群同樣發出濁重呼吸的人體隊伍中，這是一群二十五到三十歲的年輕男孩，同樣穿著粗布長袖草綠軍服，頭戴著像汽車汽缸會把腦殼裡灰白稠質煮沸的鋼盔，腰繫S腰帶，上頭每隔一吋鑲銅圈的小洞掛著軍用水壺、彈藥匣、防毒面具、刺刀、小摺疊椅，背後揹著六五式國造步槍……總之這一身行頭，這每一個沉默、疲憊、衣衫被汗水濕透的身體在移動中，發出嘩嘩聲響。當上百個這種單調、無有個性的金屬垂掛物與粗礪布面上的年輕身體摩擦、碰撞的聲響加總在一起時，在那一片強光將遠近事物細節俱溶解成一片妖異無影子的綠色起伏地表，便像一種大批甲殼類昆蟲移動，無有憤怒、恐懼、思想，純粹無明集體趕赴一個命運（把另一物種殲滅、或集體投河、或被氣味吸引進行集體交配之行動）的乖異感……

我記得當時在那一莖一莖草葉像鑽石稜切面展示一個更巨大覆蓋的光之劇場，在那片靜謐、妖靜的起伏小山丘的草地上，我突然看見一支豎立的白漆木牌，上頭寫著：「核生化戰訓練場。」在這七個字下方還畫著一只骷髏。

某些時刻，我心裡想：事物會和它眼前的樣貌完全剝離開來。許多年前，我和那許多同樣疲憊又厭煩的同類，頭頂鋼盔全身裹緊汗濕草綠野戰軍服和後來逐一失去真實感的瑣碎物件，像一群將被烈日曬乾的青蛙趴伏在那片閃爍著強光的綠色山丘上。我不知道當時是指揮官發生了什麼事（後來我們才輾轉從其他弟兄那兒得知：那個烈日午後，帶隊的連長和排長們才剛在一旁水泥建築工事的臨時作戰室，打開摺疊小椅坐下，旋開水壺仰頭灌水，突然叭一下倒地，排長們和班長們一團混亂，替他作CPR或聯絡營部派救護車。後來送進陸軍醫院才知道：他在那一刻就腦溢血掛了。），總之我們全被遺忘了，所有可以下命令要我們下一動該做什麼的人全不見了。我們一直趴在那兒，烈日下眼前的景物開始改變。或許也因為我們是被像「撒豆成兵」，攤開散布在這片沒有陰影沒有樹叢可躲避的起伏坡面上，所有個體皆隔著一定距離。眼前包圍住我們的，是如此超現實，是故沒有人敢率先站起離開，或起鬨向其他同伴質疑正在經歷的這件事的荒謬性。也許我們得一直趴在那兒直到體內所有液體被蒸乾，面容枯槁皺縮成木乃伊死去。我們一直趴伏在那些明亮如玻璃的草葉上，我的眼前有一隻或二隻巨大得讓我詫異的亮黑螞蟻，我幾乎可以看見牠們的臉，這之間某一刻我的那裡突然痛苦無比地勃起，脹得像熾燙的鐵棒。

私語

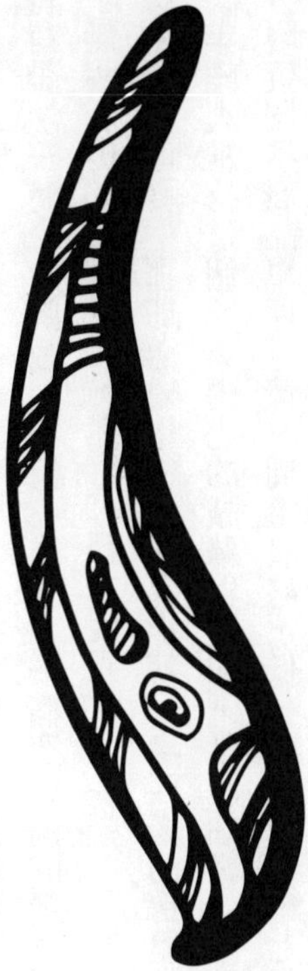

不知從何時起，「從虛空中創造一個女兒」的念頭，
便像賊惦記上博物館裡某一件被層層密織防盜系統封禁、監視、
嚴守於一間密室「不可能被盜取」的絕世名畫，纏祟住我。

那時我們走進那個公寓，其實也就是一般的靜巷裡的舊公寓，家具大抵搬空了，但固定嵌在四壁的木頭書櫃仍零落散著一些照片、任命狀，或鍍金錫製看起來廉價的獎盃，原該是客廳的空間靠廁所門邊卻擱著一張潮濕的彈簧床墊，因為床罩或床單都被收走了，所以那一格一格縫線而凸起的布面上的整塊汙漬與霉斑便裸裎著，提醒我們這個屋內曾住著一個久臥病榻之人。

這種感覺並不陌生，每每我們走進一個人去樓空的舊公寓裡，似乎之前的主人在此住了大半輩子，有一些定著、沉澱、依戀這個空間裡的什麼，並沒有隨著他們搬走而離開，空氣裡似乎懸浮著跟門外頭不一樣的氣味和粉塵。像那些神祕兮兮的風水師叫人別亂移動老厝內的大櫥櫃或老梳妝檯之類的：「物皆有神。」時光會踟躕、回憶有重量，一個空蕩蕩的老空間裡其實疊滿看不見的，舊主人沒帶走的、無明而仍在重疊於此的迷宮打轉之魂靈。

我注意到女兒的臉色發生那細微變化，她問那穿著一身西裝的房屋仲介：「這屋子是不是剛有人過世不久？」年輕人維持這個行業內化的誠摯與隨和，話語始終如精準自動鋼琴演奏，賦格於坪數、單坪價位、附近同型商品單坪行情、周邊設施、低公設比、三十七年老房子將來建商改建翻兩番的投資空間……這時眉眼也黯了黯，老實回答：「是，原先是一對老夫妻，老太太幾個月前過世。但是自然死亡。而且以民間習俗也算過了百日。應該算是乾淨了。我們公司接下這類物件，也會來燒燒金紙、簡單祝禱做個儀式，我是覺得這房子是乾淨的啦。」我不知道女兒注意到些什麼？剛剛仲介掏出大串鎖匙轉動鐵門三段鎖時，過於乾淨的磨石樓梯間，門口擺著一只不搭軋的紅漆燒冥紙爐筒？

另一次是，走進一間高架橋旁老舊大廈的七樓或八樓吧，那個大廈的中庭花園，被三連棟凵字形的自身建築遮蔽了天光，雕花鐵柵欄大門正前方又被當頭壓迫的水泥橋墩擋住，所以種植的一些變葉木、桂花、杜鵑都葉片焦枯奄頹無神。排放著機車、腳踏車的廊下有一種說不出的陰冷、甚至冷氣主機旁瓷磚壁的裂縫都冒長出個頭極大的水龍骨蕨叢，我們搭乘的電梯，穿過樓層走廊，皆有一種一進入這個時空便與外頭明晃喧鬧的真實城市遮斷隱蔽之感，一種難以言喻的陳舊和被棄置的安靜與陰暗。這在我年輕時是特喜歡這樣的居所，「地下室手記」，穴居動物理想的岩洞或礁叢，感覺蚜蟲般纍聚於此層層疊高的寄宿者，全是打不進這城市主流核心的不得志人物：二流算命師、沒聽過名字的小出版社、按摩工作室、齒模師、賣天珠或水晶的騙子，當然許多是房屋、電腦、汽車業務員分租的公寓……

我們進去看的那間屋子，之前可能是租給某間小公司當辦公室，客廳放了三張附加有滾輪分離式抽屜櫃的辦公桌，照明也是棋盤格藏在防火天花板上方的多管冰冷日光燈，我正竊喜這樣的高樓層景觀（可以鳥瞰高架橋上雙向來去的車流）及相當大的空間，卻僅收如此便宜之租金。我女兒卻附耳低聲說：

「我不喜歡這裡。」

我注意到她臉色鐵青，露出痛苦的模樣。我們急忙向愕然的仲介道歉（他還沒開始解說呢），匆匆離開那公寓，搭電梯下樓，穿過那無人的中庭花園，走到車聲又洶湧出現的馬路旁，我女兒這時汗如雨下，襯衫整個濕透，我承認當時我難免有一種「生命本身已經如此艱難了，妳又如此脆弱易感，事情不是會弄得更複雜嗎？」的煩躁。但我又想她或許只是我不熟悉的，那些體質差的女孩猛然臨襲的胃痛、經痛，或過敏、心悸……

我女兒待喘息稍平緩後，才抬頭對我說：「那個房子，我一進去就感覺非常不舒服，眼淚一直不能控制地流出來。我不騙你，有人在那個房子裡自殺了。」

奇怪的是，我從來不知道我女兒這些年，獨自一人在這城市不同地方賃租、搬遷，她都是住在什麼樣的房子？我如今回想那兩個畫面（多少有點被她戲劇化的陰鬱弄得不太愉快），我想她是否在向我傳遞一個訊息：某種她已定型的人格，她不喜歡進入已塞滿太多別人記憶與情感的空間？某種我不在場時的傷害造成的缺陷，她不再具備同情並理解他人苦痛的「多出來的感性」？

我記得我女兒曾經說過，有一次她為了要和一個狂戀的情人同居，搬離她已獨自賃租了六、七年城市高空上的一間小套房，當時她不能理解那個搬離對她是如此巨大的潰裂，從她房間氣密窗向遠方眺望，可以望見烘爐地小山丘間那尊巨大的土地公，那總可以讓她躁鬱絕望的心安穩下來。那次的搬家極不順利，打包一箱一箱書的時候，她發現她的十根手指關節全像針錐般刺痛，她每打理不到一紙箱便停下喘氣，沒來由地流淚。她內心有一種深層的恐懼，如果不在這次痛下決心，進入一個「兩個人共同」的新生活，她會在這間高空上的小方格內，光影變遷一個人慢慢慢慢老去，最後變成電影裡那種孤獨死在自己公寓許多個月後還無人知曉的老婦（張愛玲？）。

問題她請搬家公司搬去和情人分攤房租的那間小公寓，第一個晚上是獨自度過。那個舊公寓被房東重新裝潢過，整個空間簇新明亮，房租亦意外地便宜。情人養貓，但她因為過敏氣喘而不能和貓親近，兩人折衷了一個現在想來非常古怪的方式：把貓關在貯藏間裡。那天情人在自己舊住處打包沒有過來。我女兒獨睡在彈簧床墊上，整個夜晚像廣播劇有人刻意用各種道具弄出希區考克式的驚悚音效：貓們不斷在貯藏間的門板後躁鬱旋走並哀叫著；在她頭上的屋頂上，極清晰近距離有一個男人悽厲地大喊這裡所有的鄰居都對不起他，他要放火燒了這棟公寓，現在就要放火嘍，要點火嘍……我女兒背脊聳起產生幻聽似乎真有汽油從桶罐倒出汩汩的聲響。當然後來她聽鄰居說那人根本是瘋子，每晚必然來上這一段撕心裂肺的狂喊，大家全見怪不怪了。但那一夜我女兒被四面八方超現實的聲響包圍：搓麻將的、打小孩的、Wii電玩的跳舞機節拍配樂（好像是「早安少女」的舞曲）……到了半夜有人來按門鈴，我女兒簡直瀕臨崩潰，開了門，兩個黑道氣質的男人一臉愁苦：「小姐，我們是妳樓下的，你們家的水管管線好像爆了，全滲漏到我們房間。」我女兒跟他們下樓（那時已是半夜三點，她撥手機給房東和情人，全都關機）——我聽到這裡，忍不住指責女兒這樣隻身在夜裡跟著陌生人下樓，實在太大意了，如果人家是設一個局要把妳怎麼樣，妳一個女孩家……但女兒打斷我叫我聽她說下去，她說確實她心中也是忐忑，隨手抓了防身警鳴器，但到了樓下一看，才感到那兩個人真是溫和有禮——「爆破的並不是水管，而是糞管，我和他們一塊站在那空蕩蕩房子客廳這一邊，看著整個橫梁一側，全滴漏著金色的糞汁，臭氣薰天，他們在那下方排了一排臉盆和垃圾筒，大約實在是搞不定了，才決定上去按電鈴叫人。」

我女兒說，她當下就決定第二天要把全部尚未拆封的一箱箱書本雜物，找搬家公司再搬回原來的住處，後來她當然和那情人分手了（我女兒說：「只因為那個爆糞的房子。」），又回到孤獨自閉的狀態。

不知從何時起，「從虛空中創造一個女兒」的念頭，便像賊惦記上博物館裡某一件被層層密織防盜系統封禁、監視、嚴守於一間密室「不可能被盜取」的絕世名畫，纏祟住我。

那一切似乎是不很久以前發生的，但我不確定我所回憶的細節是否真切，畢竟它們並不是「我的」記憶。而是我女兒的，譬如說攤疊在桌上一張張摺好的便利紙巾（他們叫「紙手帕」），純白的邊沿竟燙印上新娘白紗蕾絲般的押花，一格一格菱形凸粒或一瓣一瓣蝴蝶花的陰刻。我很詫異他們竟會在這麼廉價、用過即丟，擦臉油擤鼻涕或抹去咖啡屋桌面前人遺留的菸灰與果汁漬印的薄薄物事上如此用心。她用礦泉水瓶裡的水淋澆在那下頭，有一瞬間一瓣一瓣的紙沿像從靜默中呻吟一聲翻翹起來，水浸入那些紙漿乾燥的細微的一小格一小格細胞膜腔內將之漲滿，視覺上和用火燒而破壞這些紙巾的細微結構時的變化近似。（我想起來我念小學二、三年級時，曾在下課時間拉著一個可能喜歡我的小女孩，躲進學校廁所，點火柴燃燒衛生紙的邊角，那火苗通常極快竄起將整張紙吞噬，逼使我們放手讓它飄進那積了一層深褐色尿垢的蹲式馬桶，我們噤著呼吸看著那著火蝴蝶般由單薄的白在橘光中變成枯灰、皺捲、甚至亮黑碎屑墜落進髒汙之水的幻化，目不暇給，浸在水裡的殘骸猶帶著小小的餘燼火苗瞬即吸飽那尿汁而黯滅。我們立刻拉下繩栓轟隆將這一切沖去。）我女兒將香菸捻熄在那替代菸灰缸的浸水紙巾上。這一個小小的動作像是我在虛空中撈抓的，她置身的某一個文明現場的首頁（home page：不是一本書的第一頁的意思，而是無論多少個隨後展開、不同版本的故事、不論最後漫漶流浪、紛歧竄走到什麼境地，最後要闔上故事前，都要回到這一頁，這個畫面，這個動作）。譬如說，我想像著我女兒蝦身、側臥在那個老男人的懷裡，他黑白灰雜駁的髮莖下巴抵著她像條溪流各種弧線交會的後頸和肩，一隻手臂像把她包覆其實漫不經心握著她孱幼、涼涼的乳房。偶爾他會像小孩玩某種發出不同合成動物叫聲之按鍵玩具那樣，輕輕旋轉她的乳蒂。但那一切是不連續的，沒有激情的，像在一組紛亂透明、將睡將醒之際的無意義夢中流連擱淺。男人說，妳好美。在我女兒的夢境裡，其實是她主動追著這個老傢伙，在他們第一次見面的時候，她就像個傻女或花癡，甜甜笑著跟著他。男人有點驚怖甚至困擾，他讀不懂那背後的訊息。這類老傢伙通常極端自戀且謹慎，他們面對這種美麗女孩，有一套放電獻殷勤的，像跳舞的樂趣。但沒有見過這樣像條迷路的犬隻一路跟著的。

妳還有什麼事要跟我說的嗎？

你家在哪裡？能不能帶我回去？

他們已換了三家咖啡屋，在那個晚上。

其實我並不想多著墨那個那男人的種種，不過在那之前的晚餐（他風度翩翩地邀請她），他對她說起兩個畫面，並不那麼特殊，但確實是我這年紀的人聽了會會心微笑的異境。

但我像那些鑑識人員捧著頭骨仔細勘察那接縫處的焦痕或黴斑，只為了證明：那些同樣以愛命名，在無數瞬現即逝神祕時刻川流過她腦海的——譬如那個夜晚她像一個夢遊症少女眼神空洞忠實跟著這個蘿莉塔爸爸一路回家；或她那樣蜷縮身體被他鬆垮老人身軀包覆著；那些像打噴嚏放屁打嗝撒尿一樣不過因身體被越過某種邊緣而發出聲響的性愛貓叫——其實未必是愛。可能是，某種怕不討人喜歡的填補感。我知道這一類的女孩。奇怪的是像這類老男人旁總不乏圍繞著這樣的女孩，有的美，有的不美。

那其實不是我想說的。在這個意識到自己對人世之領會竟大部分踩踏在追憶鏡面上的時點，我其實想透過對我女兒的描述，更誠實，更哀憫，更無執念地找到我的觀點與她的觀點可以並置而無暴力扞格的方式。我記得很多年前某一個濕冷的雨天，我帶著女兒（那時還是少女）到巷子裡一間叫「糊塗麵」的麵店用餐。我記得那桌面用濕抹布抹過殘留的油膩，店裡其他的食客在一種蒸騰的白霧裡駝著身吸麵條的咻咻聲。我女兒當時不知怎麼盯上了一個和我們併桌的，比她小許多的小女孩。那是由一個臉廓極深，可能是越南新娘的母親帶著的髒小孩。她不斷在她母親的勸哄下心不在焉邊吃邊玩，扭動身體，並用筷子敲打碗沿。我突然發現我女兒用一種讓我猛打個寒顫，如此陌生的、殘忍而嫌惡的表情瞪著那孩子。我踢了踢她的腳，用眼神和低聲輕喝（「吃妳自己的。」）警告她。但我女兒的臉像用尖鑿在一塊冰岩上雕刻而逐漸浮出愈來愈清晰的、不屬於她那年紀該有的對另一個同類的殘酷表情。那張臉上某種超出她這樣一個年輕女孩所有生命經驗所足以長出的邪惡激怒了我。我低聲咆哮要她放下筷子和湯匙，立刻跟我出去（我憤怒的氣勢反而讓坐我們對面那對母女驚嚇不已）。而後我和我女兒，一前一後，在那冷冽空氣濕雨的巷子裡快步疾走，一開始我盡量壓低聲音訓斥她：我要她明白如果她變成一個心胸狹隘、冰冷殘忍的人，那我寧可當初沒有創造她這個個體來到這世界。但後來我們在一處市場前腥臭狼藉的雞販前停下來，那一鐵籠堆疊著一鐵籠裡關著羽毛禿塌、推擠在一塊的待宰的雞，那真是生命被貶低到最賤蔑的形式，牠們在雨中瑟縮著，但雞販似乎為了稍去除一下那難忍的腥臭，拿一黃色塑膠水管對著牠們沖水。地面上漫淹著之前被宰殺的同伴的血汙、羽毛、拋棄的內臟和牠們的糞汁混淌在一起的惡濁水流。畫面上似乎我和我女兒在被街市雜音蓋過的靜默裡激烈爭吵，其實只有我一個人在說話，且被她不馴的表情激怒而愈講愈大聲，但其實誰知道那話語的內容是在艱難地想把一種愛的能力，擊打進我恐懼的有重大空缺的靈魂裡？

在微若之前有個房間

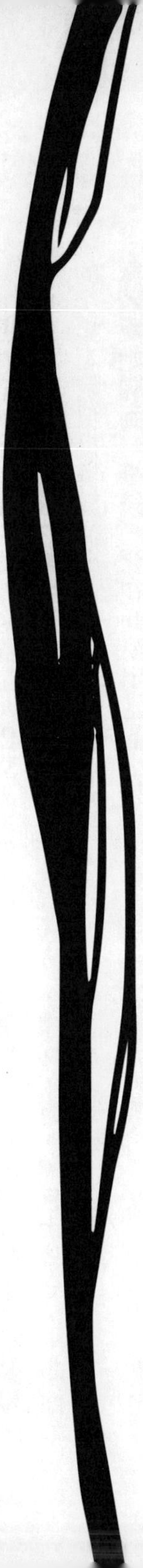

人的一生確實太短，那許多夜空煙花般的經驗，
在某時刻將之斬斷，它便無法贖償回來。

在微若之前有一個房間，那個房間可能在永和竹林路上，高樓層的商務小間，金光閃閃，四周有裝鑲金框鏡子和愛神誕生的畫，有四隻腳的搪瓷浴缸旁且擺著一盒浴鹽。我租下的那房間，書桌抽屜裡藏了什麼祕密（毒品或金蒼蠅水這樣用來加在那女孩飲料中的媚藥？或一份男女高校性愛暴力醜聞的檔案？甚至是一個跟某具屍體有關的證物）（我殺了那個援交女高中生？）但我持續面不改色，每天坐電梯到地下室早餐間，在咖啡飄香中和那些穿舊式西裝的歐巴桑（奇怪皆是孤獨一人）住客，像梵谷的〈食薯者〉在一種說不出的憂悒靜默中，吃著難吃的炒蛋、濕土司、酸奶或麥片粥。

之後是微若，我們站在像信義誠品星巴克外又像大安森林公園戶外音樂廳那樣的半戶外劇場，怎麼說呢，又像新光A8之類要下到B1層的防空壕式懸空高挑樓梯，有一幅巨大牆面，上面像攀岩場的突出石塊但接縫處插出一支支鉚釘。

微若說她騙到一筆錢，要在此演出她的小說，不外乎那些暴力、神壇、八家將少年們的亂倫噩夢之類的東西。我可能站她旁邊聽她的概念，講一段便把筆記本上一張字稿撕下用力戳在那鉚釘上，像冰箱門上吸鐵的備忘菜譜雜亂紙張。這時我聽她的小說（她的劇本）是最後一群人，像蒼蠅王會處決他們其中一位作為犧牲的刺青男生，有一個情節讓我突然想起，許多年前她尚年輕貌美時曾問過我，是否會為了作品受到前輩青睞而跟他們上床？當時我要寶講笑話（因我不相信我們之中誰會），所以話題岔開了。但我看了她這拙稚的內容，不知怎麼我相信她曾讓那些老人上過，因為那失敗胚胎般的故事，幾年前一位前輩曾私下給我看過，我現在不確定那是誰的作品。

之後是我走進一間高校地下室社團的odition場地，他們讓我坐後面出口邊一排長條鋁桌，檢查那些來應徵演員者的書面資料。我身旁幾位奇怪應是我學生時代的老師，用一種乾燥但耐煩的語音（一邊翻著他們面前的資料），詢問那些端正坐在靠背椅的美少女或美少年一些之前的表演經驗，我因是中途加入，臉上裝出「我瞭這一切狀況」的表情，但確實很難將渙散的心思集中，下意識到外套前襟內口袋掏菸，把菸叼在嘴上又意識到此時此刻不能點火抽菸，但突然不知該把這多出來的一小截白色紙卷放回哪裡，那菸在我手指間輪轉著（難道我要若無其事把它吞下去或藏在耳翼上？）。輪我問問題了，但夢的馬賽克功能使我不可能重述那個問題，事實上我在夢中無比清晰，這問題從口中說出時，就像佛陀在星空下和弟子討論寂滅這件事，或愛因斯坦和波爾那經典辯論一架一架不存在的模型，褶藏再褶藏，在那有一少女陳屍的旅館房間，某一格書桌抽屜裡，那是夢境之外我的智慧和知識完全無能力架構的提問，幾乎所有由人類妄念可能累加其上的對宇宙，善與邪惡，時間，永恆，一瞬，必須通過一代一代僧人抄寫於成捆成捆羊皮卷上的祕密，全在那個簡單的發問中啊！

但發生什麼事了？我急著離開，在那地下碉堡迷宮般的樓梯底部和另一側似乎是工友宿舍的小間穿過（有收音機的音樂和紗門前骯髒啃著西瓜瓤的小女孩），我這樣急著找門出去時，一個女孩一直追喊我：「駱大哥！」（她是我之前打工過的一家電影工作室的甜美女助理）終於在校門口被她追上，我邀她去我那旅館房間坐，她很開心答應了（我知道這會和她上床），但我房間躺著那個被迷昏的另個蹺家女孩啊！她只著三角褲裸睡在我房間小床上的形象突然浮現，而且我必須在譬如十一點以前退房，所以那甜美女孩一轉身去學校再拿個什麼東西，我立刻放鴿子跑了。

但回到旅館房間時，發現我那樓層已被一群像要來參加區運的流氓高校生占據了，每一間房門都敞開，他們三兩成群散坐在樓梯或靠牆抽菸吃便當玩掌上型電動。我發現我房間門也開著，有人也自由進出，我吼開門口聚集的幾個（事實上我非常擔憂刑警已來搜過我房間），有三個可能是他們頭的非常硬，不鳥我的恫嚇，仍散坐我書桌和床鋪，翻看我桌上的書，我操起棒球棒往其中一個長得很像現實世界我的游泳教練的傢伙後腦揮擊，現在到處都是血了，我以為他們會聯手攻擊我，結果他們互看一眼，挨打的用手指蘸流出的鼻血，他們要走出房間時他在門框旁牆上用血跡打了個勾，似乎我通過某種儀式，他們把我當自己人了。

這件事有點怪，好像後面發生的事。當我像擴散出去的波，又想起最開始的時候，我究竟在那旅館房間做了什麼黑暗、隱晦、犯罪的事？奇怪它都會修改最初「盒中的祕密」，當我從後來的地點（也許是幾小時後、一天後、幾天後、不同的時刻）想起，匆匆回頭奔赴那必須遮蔽的房裡的犯罪現場，證物，那原本心領神會的「犯下的罪」都會漂盪變貌，像賭場老千搖動的骰子杯裡的點數，你以為盯住了，鎖死了，但它就在一種搖晃的運動中被抽換掉了。這到底是怎麼回事我還是搞不太懂。

旅館房間裡等著我憂心忡忡趕回去的，在第一段好像是躺在潔白被褥被下藥而熟睡，乳房上緣和臉頰、鎖骨處皆泛著潮紅的裸體少女；在第二段，那女孩似乎已像在空調中枯萎死去的海芋花，變成一具發黑的屍體；第三段，那房間裡的女體（不管是死是活）已憑空消失，人間蒸發。我憂心忡忡的變成像被褥上的血跡、地毯的毛髮或玻璃水杯沿留下的唾液DNA證據，當我終於趕回去，那房間已被那群高校生侵入，奇怪那罪的祕密又成了鎖在書桌抽屜裡的檔案文件。

具有量子纏結現象的各個成員系統，例如兩顆以相反方向、同樣速率等速運動的電子為例，即使一顆行至太陽邊，一顆行至冥王星邊，如此遙遠的距離下，它們仍保有特別的關聯性（correlation）；亦即當其中一顆被操作（例如量子測量）而狀態發生變化，另一顆也會「即刻」發生相應的狀態變化。如此現象導致了「鬼魅似的遠距作用」（spooky action-at-a-distance）之猜疑，彷彿兩顆電子擁有超光速的祕密通信一般，似與狹義相對論中所謂的局域性相違背（維基百科「量子糾纏」）。

另一件怪異之處，是這幾個夢境的內容長度、情節繁複度、夢中進行這些事情所經過的時間差距甚大，但為何醒來後，夢外之時鐘計時卻是一模一樣的三小時？就像容量完全相同的三只碗裡頭卻盛著稀稠不同的紫米粥、豆花和湯圓？

那應該是個拍壞的公路電影。很像在剛過了木柵高工，要進深坑大約是溝子口那一帶，感覺是沿著一條河的這一邊，河的另一岸（真實世界裡應是動物園和它旁邊入夜後霓虹燈迷離閃爍那些大型電動的遊樂園）在夢中則是像〈清明上河圖〉，百工技藝、蒸籠白煙、豆漿滷汁騷味，燒餅的炕麵香，飯糰或紅麵線糊的讓人胃蛋白酶分泌的榨菜香或醋香，還有公車總站和修理廠那空曠遍地黑油漬和碎石，兩旁對陣停了上百輛金屬大象，似乎都沉浸在它們被過度勞役的疲憊之夢，但夢裡又重播著牠們白日沿途所見的風景。應是七〇年代之前的中永和。

夢中，我在的這公路旁，沿途應是除了入夜千百輛黃色甲殼蟲怪物的垃圾車，將整座城市的髒汙袋裝物、糞便擦拭紙、化妝品空瓶、速食店紙包亂啃兩口或完好如初的炸雞腿雞翅，也許有貓狗屍體、針筒、全城男人用過像淌鼻涕的保險套、整疊對過全槓龜的彩券紙、各種油印的廣告紙、房子仲介廣告、汽車廣告（豪華頁一整本）、百貨公司週年慶、名牌包DM、榨過汁的柳丁空囊、香蕉皮、餿水、爛碎的布丁或過期的牛奶運往掩埋的大垃圾場。但夢中場景卻像日本的小社區，乾淨、路欄也不是用鏽爛再塗上厚厚一層醬紅油漆的細空心鐵管，而是乳白配銀灰的塑化隔柵，路燈、站牌皆有一種電影場景的超現實的美。

我要去跟人會合的地方（在河的另一端），這站牌上有74路，一班683或684，一班指南客運，但我不確知是哪一班會過橋到河的那一頭。後來我坐上一班中小型巴士，非常怪異的是，那司機跟我說的車價竟高達六百元，不是我印象中丟兩枚十元銅板到投幣箱便綽綽有餘這樣的輕快感。另外座椅非常像long bar那樣的寬敞白沙發床，還放了舒服的靠背枕，每一車窗旁且各有不同大小的玻璃罩，大肚鴉片燈盞，但奇怪在這昏暗搖晃的車體內，竟還能那樣隔成一排一區，感覺是用魔術讓這空間壓縮在這小車體內。

我心裡想：「我不過就是搭個車到河對岸罷了。」

我低頭（奇怪車頂上方仍是長鋼管和整齊搖晃的手把）鑽進車腰附近的座位坐下，感覺自己是在一間永遠在輕度地震中的藏吧，甚至夢中聞到讓人頭暈的酥油燃燒騷味。一個年紀頗大的女人坐我身旁，但是幹！她有一雙迷死人的長腿，從那鑲金桃紅的短旗袍下襬斜簽著，問題是這車內光度非常暗，我看不清楚就在身邊的她的臉，為什麼我會有她年紀頗大的這印象呢？也許她有一張非常年輕而美麗的臉，甚至我對她整個身軀如蛇鱗的流動感，似乎也是車子行駛中偶爾窗外閃進的一抹光，一瞬即逝。

我想著，我是不是曾在某個遺忘的過往，和這女人在某次暫停某座陌生城市，在那樣的暗室包廂裡性交過呢？一種難以言說的繾綣懷念之情，我想，我曾上過她，但現在我們像陌生人並肩而坐，她悠然恬靜的在她的老去狀態，但我又想是否我弄錯了某個時空的迴路呢？

我記得前夜，我才跟妻子說：「我懷疑，我們養的這隻鸚鵡是我死去的阿嬤的投胎轉世。」「為什麼？」「牠的品格跟我阿嬤如出一格，心胸狹窄、城府頗深，但又愛美、驕傲、喜歡把自己打扮得漂漂亮亮，受限自己的出身（我阿嬤還綁過小腳），講究她那年代所知有限的女人的權利和義務（她是處女座），受威脅時充滿攻擊性，但若意識到對方力量遠大於自己，可以非常女人化的委屈臣服，生命力非常強，但身子骨非常小。」

我想，人的一生確實太短，那許多夜空煙花般的經驗，在某時刻將之斬斷，它便無法贖償回來。但我那巨大的哀愁，或想哭的衝動，或僅因為我闖進一個車窗外的街景，像電影城、蠟像館、山寨懷舊老街，外頭像電影運鏡，黃昏中煙霧蒸騰的刈包攤、豬血糕攤車，那許多細節被抹掉的遊魂之境。而我的夢外之悲知道這一車隨著車子搖晃緩慢行駛的影子們，這一切早已塌縮不存在了。

我的阿嬤死去多年，死時已九十六歲，我和她從未有深刻感情，但我闖進了某個她較年輕時的獨旅時刻。

走鐘

如今回想，那段時間，在我們所上，許多事情以一種異常、乖異的狀態次第發生。它像命運之神敲擊著五音不全的鋼琴鍵，預示、提醒、作為噴泉湧現的徵兆，

只是我們所有人都像夢遊者被一團果凍般的什麼咒魘住了。

我如今回想：根據媒體表列出的時間，那一年的三、四月間，正是這傢伙像「國王新衣」這種典型滑稽故事主角，以為自己有隱身術，將那胖大笨拙肚腩層褶陰毛發白的裸體，藏身在司法權威的冥暗死角，他是在只有自己一人的舞台上，被裝在透明玻璃箱裡，喃喃自語，進行著那些異想天開的醜行。他持續騷擾那女孩，要求她和他到汽車旅館去性交。但這時那女孩已想好戰略對付他了，她答應了他邀約（恫嚇？交換條件？）——但事實這傢伙不知是粗暴還是白癡，上回她讓他上，交換的條件（不是用檢座職權把案子壓下，只是答應把起訴書公文不寄到她家）根本就食言了，起訴書還是寄到她父母手中，於是她當應召妹的事也被家人知道了——女孩把內褲狹襠黏了一片衛生棉，和他性交後，讓那自以為魔法師操控一切的強暴者的精液，從陰道流出，被棉墊飽滿吸吮，成為證物，到國安局提告。

這個時間點，恰正是那像從燙金厚書頁掉出的乾燥只剩脈紋的淡黃色壓葉或幾乎脆成粉末的蝴蝶翅翼，掉落出一枚枚薄薄的，另一種記憶。原來在那許多個星期二黃昏，開著冷氣空調的教室裡，那個穿著一身西裝襯衫罩一件卡其夾克的這個近暮年的檢察官，整個構圖中只有他的臉，像正融化的冰淇淋不斷從顴骨、腮肉、耳際、鼻翼、眉邊、上唇……冒出汗來，且整顆頭的上方不斷冒出白霧熱氣。但其實那同一個時日，他正在他的檢察官辦公室，默劇般手忙腳亂地設計一個網罟，如何在暗處像做標本細膩地剪掉那獵物的翅骨，在哪裡插入鐵絲，哪個關節扣上彈簧鎖（讓她一掙扎便整個鎖死）……他可能忙著打電話，低聲虛構一些龐大司法機構不存在的魅影，安排不會被狗仔盯上的偏僻市郊的汽車旅館（結果還是被盯上了），他給那女孩開的全是空頭支票（全是幻術）……卻像小孩在超市偷糖，以為無人知曉卻不知監視攝影機和終端螢幕監看的大人們，全部的人都盯著他正在做的一切。

而且，這傢伙竟然是不戴保險套的。

這個男人，在我的印象裡，至少在那段時光，完全是個「走鐘的人」。「走鐘」，在台語裡是個極俚俗、普遍的詞。意即秀逗、故障、失神了、著魔了。老人家說：「這個人『走鐘』了。」就像一只原本精準運轉的鐘，突然銜接嵌合的齒輪全亂了，指針亂跑，小錘滴答亂敲，失去了一個內在原本自我控管的秩序，「讓人不認得了」。

一切像預感一樣。

我曾讀到班雅明說，馬克斯寫《資本論》時，資本主義才在初期，他其實無從看到如今我們置身其中，這個鋪天蓋地的世界。等於馬克斯寫的書預演了後來一百年資本主義發達的全景時光，或者如德勒茲有一次說，莫內晚年為何一直重複畫睡蓮，其實並非一般人所說的「重複」，其實是莫內的第一幅畫，就已經把他這一生全部的畫，預演、濃縮在其中了。

這個冒煙的人，這個「走鐘」的傢伙，當時正在性侵那個女犯人。而教室裡其他的人，渾然不知某個鐘面刻度已經挪開了，事情變得完全不一樣。我們置身其中的這個「讀書會」，有個沒人注意的窗縫被打開了，這個安靜美好的「計畫」，有原本在外面庭院的黯影侵入了，我們全部的人都將被裹脅朝那無法挽回的分崩離析傾斜過去。只是當時我們沒有一個人知道。

王陷在極大的憂疑和躁激裡，整個所辦，以我和拖雷作為王的左右鎧臂而形成之「中心」，似乎變成一種風暴將臨襲，一幢宅邸的氣壓驟然降低，這宅邸裡的一座玻璃水族箱，而我們只是三尾鱗片、頭冠、尾鰭較其他小燈管魚群、小櫻花蝦、小垃圾魚、蘋果螺、低智商的孔雀……較大型而臉孔威儀如古代戰士的神仙科魚。水族箱的過濾器馬達仍在噗噗打著靜謐的渦流，日光燈管仍把碎沙上叢蔓的水草照映出一片熠熠的綠光，打氣瓶從箱底吐出一串串珍珠也似的氣泡……但我們必須面無表情地讓其他人知道：前所未有的危機，不，可能是滅絕正在發生，有人，在這個水族箱外的某人，可能是一個集團，正把像墨汁那樣的黑水，從你們看不到的箱側，或某條形狀看不出其威脅性的橡皮管，汩汩灌進我們這個原本靜靜的、秩序井然的水族箱世界。

當然「他們」針對的，是王。

那段時間，王的表現也令我和拖雷擔憂不已。所裡的研究生、助理、那些對生命最殘酷造景並無經驗甚至無想像力的二十出頭年輕人，他們既憂疑，卻又被這不知有何事要發生的懸念挑逗著一種末日狂歡節的興奮。流言滿天飛，卻沒有一人頂真看待這即將臨迫的宮廷喋血。很多時候，我和拖雷，陪著王在所辦密室研商幾種可能的策略，我們的臉如被暗影罩住的木雕神偶，卻聽見隔牆走道上，他們近乎白癡的嘻嘩追逐笑鬧。但當我們打開所辦門，面色凝重走出（其實我們和王，三個只剩下「末日將至」之意念而無其他靈感的枯竭腦袋，也討論不出個什麼「對策」），那些男孩女孩，又裝出一張張擔憂、無辜的臉，不敢真的湊近，卻又形成一個看不見的包圍圈，小心翼翼跟在我們後面。

王在那時提出了一個「每日便當會」的構想。就是每天中午，不論晴雨，所裡的每一個人，一起在所辦的那張長橢圓桌共進午餐。當然是一人一個便當，這有點「鞏固領導中心」的儀式性，王同時展示他「臥薪嘗膽」的決心，同時要我們這個（將滅覆的）所裡每一個分子，凝聚在一塊，「交流情感和有什麼想法」（王語）。問題是，在那每天一小時的便當時光，王的表現只讓人覺得他像是一個故障的古怪鬧鐘（或像被惡作劇者從山下速食店抱來擱在那兒的，等人高的肯德基爺爺大公仔），或為故示年輕與親和，王不斷重複那從我剛進這所便聽他說過，那幾個老掉牙的屁話。所上的助理，是個年輕甜美的女孩兒，每天快中午，她都騎她那輛小速克達，下山（甚至進城）到那些上網查過口碑的館子（而非自助餐廳）包便當。那些盒餐（哦那些糖醋排骨、紅燒蘿蔔牛肉、芋艿鴨、豌豆蝦仁、正宗白菜燜獅子頭、炒豬肝，甚至最簡單的乾煎黃魚）如今仍讓我懷念而眼前蒙上一層光霧，有時難免誤遲個十分鐘，王便拿著他自備的鐵筷鐵碗敲打著，像高中重考班裡的無賴，口裡用台語叨叨念著：「便咚！便咚！便咚！便咚！」

王不成王。望之不似人君哪。

但是當那些年輕孩子不在場，只剩我們三個困坐在那間密室時，王的臉便總像在一場聚精會神的性愛中（對不起我真的每每抬頭，看見他的表情，都會浮現這個印象），充血、漲紅、似嗔怒又似憂鬱。他總算喇嘛誦咒經文嗡嗡轟轟逐條把面前那些學校發給他的公文讀完，然後抬起像蟾蜍的眼皮層層褶覆的眼，看著我和拖雷：

「你們看這要怎麼辦？」

似乎那是敵國的宣戰檄文；或是接棒跑死十幾匹馬十萬里加急密封遞呈，前線哪些城池又被敵軍吞噬淪陷的戰情快報……

王總是浸泡在他那憂傷的、如夢如幻的深水池底端不見光的泥沼裡：

「這之間一定有某個環節……是我不知道的……一定發生了某件重大的事……只是我們疏忽了……以前，以前董事長待我，不是這樣的。他以前可是，以國士之禮待我啊……」

戰爭已經開打了。不，根本沒有戰爭，我們就像一個被從皇室地圖除名的衰敗城寨，等待何時公文送達要鏟為平地的那天，全寨的死士將壯烈跟隨王一同切腹殉節。

問題是隔牆外頭那些耍白癡胡鬧（有一個胖子研究生，去夜市地攤買了一個超大尺寸粉紅色阿婆胸罩，戴在頭上扮成浣熊，追逐走廊那些尖叫詫笑的女生）的年輕孩子，根本不知道正在發生什麼事，將要發生什麼事，或已經發生過什麼事了……

商女不知亡國恨哪。

如今回想，那段時間，在我們所上，許多事情以一種異常、乖異的狀態次第發生。它像命運之神敲擊著五音不全的鋼琴鍵，預示、提醒、作為噴泉湧現的徵兆，只是我們所有人都像夢遊者被一團果凍般的什麼咒魘住了，我們一臉傻笑，渾然不覺，直到災厄以它真正完整面貌降臨，而這一切不過發生在那個禮拜之間。

譬如說，有一天傍晚，我想起有一份重要稿件放在我的研究室，便驅車返回那時應已無人所上，當我從電梯走出，面對那條已被暗影侵奪的長廊，我注意到在盡頭那端，有個朦朧的黑影。他站的位置恰在王的研究室門外，像從那毛玻璃窗洞窺看著裡面。我故意發出腳步聲朝他走去，但一直到極靠近了（這時我認出他是所裡一個研究生），他都沒有轉過頭來，直到我發聲問道：怎麼了？他才帶著一張吸毒者似笑非笑的神情，詭異地說：「裡面有火苗。」

王的研究室著火了。後來趕來的消防隊踹開門用水龍頭對裡頭強灌的那一瞬，真的像電影裡爆破畫面，一整團紅黑相混的巨大火球轟噴而出，王的藏書、書櫃、裡頭的禪房式榻榻米、小几、冰箱、電腦……全付之一炬，鑑識結果出來，起火點是王用來泡茶的一只插電熱水壺電線走火。消防隊說那一圈半徑一公尺範圍內的物件全燒成炭粉或融成膠液，瞬間燃燒高溫可能達攝氏一千五百度……

王受驚嚇之餘，仍拿出他老狐狸的氣勢，打電話向那家電熱水壺廠商要求理賠，「許多是絕版的珍藏書。」對方懾於他的地位，竟真的按賠了十萬元。而王用其中六萬元買了一套音響。

另一次是，王與我、拖雷，三人正在那密室裡，討論那惶惶莫衷一是的「對抗」、「戰略」，那將要遮蔽天空漫掩而來的黑暗時代，突然，外面走廊傳來哐啷的巨響，像電影裡有人在拉斯維加斯拉霸拉中特獎，無數銀幣像一條金屬溪流從某個窄小孔洞轟隆嘩啦的傾瀉而出……又像某種金屬簧片製作的巨大蒼蠅揮翅的尖銳顫響，我推門一看，是所裡一位男生（他們說他在外頭真實的身分是城裡那所大教學醫院的外科醫生）揮拳把走廊一排灰漆不鏽鋼書櫃的玻璃全部擊碎。我不知他是怎麼辦到的，那七、八只老式書櫃，每櫃至少六面玻璃，全部被他打碎，滿地鋪灑像裸鑽般的大小碎片和玻璃渣。感覺像是來了一組討債公司的專業打手，用鐵棍幹的。但其實卻是他一人——像我們小時候在柑仔店玩的那種「戳戳樂」玩意，一格一格紙糊封住的方型孔洞，用食指戳出連續的一眼一眼窟窿——用拳頭按次擊打出來的。我刻意讓自己面無表情看著這暴力後的流光閃爍場面（其實我確實也不知該擺出什麼表情）。我以為會看到他垂下的手滴淌著血，但好像沒有紅色液體在這畫面中出現。他只是一手扶著牆，低頭做出哮喘病人呼吸困難模樣。

後來一些多嘴的女孩告訴我，這傢伙在之前的討論課上，自以為是發表了一番簡陋的觀點，遭到大家的圍剿，沒想到就這麼抓狂發作。

那天黃昏，王在所辦廁所解手，突然歪歪跌跌出來，臉色像紙那麼白，「救……救命……」女助理衝進去看，發現蹲式便池裡一汪鮮血，我們叫了救護車，七手八腳攙著王，送進醫院急診，原來是痔瘡爆裂噴血。

這一切，在我記憶中所有事物像日蝕，眼前所見的街道、樹木、建築從它們門洞裡看進去的走廊、所有帶著恍惚笑臉的人，全像一腳踩進一軟綿綿的沼澤爛泥，你以為不過就是枚較深陷的腳印吧？卻奇幻地啟動某個類似遊樂場所有巨大機具電路的總控制閥，整個包圍住我們的這一切，都被像翻剝成它內裡的海參，或翻成反面的襪子，從原本在光天化日下的世界，「潰縮」，不，被翻進它反面的那個暗影的世界。在這一段彷彿真的有一齒輪或鐘面在軋軋擰轉的過渡時光，如果真的像「CSI重案鑑識科」在凶案現場重建一個關鍵點——為什麼王（或他帶領的，我們這個實驗室）會從原本神祕、諱深莫測的絕對權威、尊嚴，光影挪移，變成一個滑稽的處境？像一只瓷瓶在終於崩裂成碎片，內盛之水嘩啦潰瀉失去它原本被拘托住的形廓，之前的某一道致命的裂痕？到底是哪件事讓王失去了高層的青睞，使「他們」可以對我們這個所發動一次一次細膩的包抄圍剿？

所上的助理和研究生們謠傳是因為那個女人「像一隻貂鼠灰溜溜鑽到王的身邊」——我很不希望對於這事件的描述，淪為那種意淫後宮奪權或至高權力者的性私密（蔣介石的嫖妓日記？毛澤東的私人醫生回憶錄？）八卦「祕史」的拙劣贗品，所以這部分將盡量簡潔帶過——確實不知從何時起，女人出現在我們所裡的身分，儼然像是，呃，夫人（事實上所裡某些拍馬屁的同事，竟也在半公開的場合這麼喊她：「夫人」）。她正式的身分其實頗撲朔曖昧，也就是在我們這整個複雜神祕容納各領域學術專家的所裡，開了一門「護理與人性」不太引人注意之課程的兼任講師。據說她的資歷頗有問題，是山下那所醫院的護理長，原本只是王課堂的旁聽生，在某一次跟我們這個祕密計畫有重大影響之研討會上，王因準備不全或精神不濟走神而遭一位年輕的人體免疫學者的狙擊式詰問時，在觀眾席以華麗而嚴謹的發言（而且用的全是王對於這個「計畫」，長期建構起來的那整套哲學語言），「圍趙救楚」，竟意外將那極可能是敵方伏棋的發問者KO擊倒（不止一個人回憶當時的場面，女人所展現的國外免疫學期刊發表的爆炸性最新研究，竟使那原本氣勢洶洶的年輕學者支吾起來）。從此女人便成為（可能是非正式的）王的特助。這都是在我進入這實驗室之前發生的，所以我也只是輾轉從那些助理們口中聽來。女人大約五十來歲，據說離過婚，有一個念大學的女兒。但有幾次我與她在我們那光影濛昧的走廊相遇，點頭打招呼的瞬刻，在我眼中她竟像個三十多歲的女人（她總是挽著空姐那種包頭長髮髻，穿著簡潔的日系套裝，笑起來有點像上一代歐吉桑的夢中情人吉永小百合），而她對我或拖雷這樣已算是所裡權力核心的兩人說話，會非常自然帶有一種（我們上一輩人才有的經驗）「師母」的氣氛：溫暖、和煦、體己地關懷我們一些生活瑣事，彷彿我們還是那男生宿舍襪子臭烘烘亂堆的大學生；讓人懷念又感傷地想起年輕時的什麼……

女人不時地做一些燉湯，用煲湯罐提著拿到所上，交代辦公室裡的那些女助理，要多注意別讓王太操勞。王在廁所痔瘡爆裂大出血那次，也是女人不知何時出現在一片混亂的眾人裡，指揮若定（她本來就是護理專家），我們才能在那恐怖又滑稽的地獄場面（想想包括我們身上，四處滴流著從王屁股噴灑出來的鮮血）勉強鎮定，將王扛上救護車。但這一切（女人的「存在」與「出現」）僅像是一流動的時間之河，非常不引人注目地在某些間隙夾縫影子般穿閃而過。沒有人能證明王和女人除了公事之外，有任何親密關係。他們也並未住在一塊。事實上，殘忍點說，沒有人真的很關心他倆有「什麼」；在我們這個把對性的幻想全集中注意在年輕男孩女孩（譬如所上某個甜美的女助理的辦公區，總圍著那些豬哥男生）身上的世界，誰會去理會一對暮年之人拘謹又老派的，某種「老夫老妻」式的互相取暖？這裡頭完全沒有任何年輕清新或騷腥的費洛蒙在空氣中飄過，讓這建築裡最好奇之人停下來嗅嗅鼻子。在那段日子裡有太多事發生了。

但此事會演變成，我所說的，這個實驗室「如瓷瓶爆破的第一道裂紋」，乃在於王寫了一份簽呈，要將女人聘為我們所裡的專任研究員（就是我們和拖雷的職位），這個簽呈被上面退回了。其實此事淹沒在每天成千上萬的公文紙裡，根本無足驚怪。因為女人的學歷根本不符。但王卻極反常地召開我和拖雷列席的「三人小組」會議，對我們表達他的「震怒」，並出示一份十來頁他親筆洋洋灑灑寫的特別簽呈，內容不外乎「為何本實驗非聘用某某女士，借用其專業之緣由一二三四五六七……」云云，並要求我和拖雷具名。我想，王所謂的「戰爭開打了」，應就是從那次會議定調。

簽呈再度被退回，王氣急敗壞打電話給董事長特助，然董事長拒接。接下來我們所提出的幾個不同層次的經費申請或器材擴增，全被打了回票。某日，所辦公室突然來了兩個自稱是基金會方的稽查，要求調閱我們這個龐大計畫的所有紀錄、財務、研究進度和人事資料。這是從來不曾發生過的。

我忍不住又想起那個男人，那個檢察官，那個「走鐘的傢伙」，因為在印象畫派般光影篡奪了臉的細節構圖中，想到了同樣在那段時間裡的王。

我對這個男人有一個非常清晰的印象，即是：「這個一個冒煙的人。」

那時我帶領的這個「讀書小組」（那是王給我們這個鬆散編制的一個含糊、古典的命名）都是在每個星期二的黃昏聚會，如果有外人從教室外經過，一定認為這是一堂哲學所的師生在上課。我在講台上帶領他們讀德勒茲或傅柯的某段文章，更多的時間開放給他們討論。在這個「結界」（其實就是這間教室，這個黃昏的狼狗時光）之外，他們各自是所謂的社會菁英：醫生、法官、基因遺傳工程教授、白天在竹科高科技大廠研發部門位居高津的材料工程師、積路記憶體工程師、精神分析醫生，當然還有我們所裡的研究生（他們看去就是些明顯比較年輕的男孩女孩）。

我記得那是那年的三、四月間，教室外的空氣潮濕燠熱，我常從他們的專注討論中離神，視覺跑出窗玻璃外一株比人還高的樹梅，彷彿上千隻挨擠在暗影中的舌尖之樹葉間，覆滿熟透的紫色小漿果，一旁則是一株一株標兵也似的梧桐和馬拉巴栗，這個被這幢積木也似，任何時點陽光皆會被不同角度遮蔽切割之老建築包圍起來的中庭草坪，此刻一定塞滿著「瘋人院的鼻子」，各種妖豔濃郁，花瓣熟果腐爛的香味。

我們的教室裡有一台大型空調機，所以背景聲恆有一種低頻的壓縮機運轉的噪音。總之在那個畫面（那個黃昏教室裡），所有在討論著的這些人的臉，是在一種冷氣房低溫的（譬如銀行、醫院、機場、飯店大廳），眼球或皮膚下微血管較收縮或血液流速變慢的，空曠感或光度較暗一些的印象。

只有這個男人，他每次都遲到個十五分鐘，進教室後向大家致歉（當然並沒有人理會他），然後一定坐到第一排，我正對面的那個位置。是以我總是被迫一個恍神，就近距離直視他的臉。有一次我突然想通，他的臉在那畫面中和其他人的臉，如此格格不入，乃在於在那樣的課程進行的接下來九十分鐘（窗外的樹影慢慢隱沒進黑暗中），他的臉沒有停止的，像一座休火山那樣噴冒著熱氣白煙。眼鏡下的那張中年而原該是威嚴、喜怒不形於色的臉，不斷地冒汗，像敷上一層奇異的、小蛇竄動的油膜什麼的。

有一次我忍不住問他：「你是不是很熱？」

他向我道歉，並解釋實在是因為每個禮拜的這天晚上，他都是在結束幾個偵查庭之後，一路塞車趕到這來，真的有時覺得喘不過氣來。

那天晚上（就是我們稱之為「D-day」的前一晚），王要我們召集所上全部人員八點在會議室集合，說有重大事要宣布。我、拖雷和王則提早兩小時先進行密商，至於要「密商」什麼，說實話在那之前我完全沒有任何想像力或預感的啟動，不是因為那被弄得神神鬼鬼的黑盒子裡有什麼諱深莫測的祕密，反而是我感覺自己被裹脅進一個荒唐滑稽像天線寶寶的鬧劇裡而疲憊不已。我到會議室的時候，王像一尾鼓脹了整個圓囊頭部的刺針河豚，負手躁亢地繞室旋走，他各丟了一份文件在我和拖雷面前，「你們研究研究，看有什麼要補充的？」我低頭一看，某一瞬覺得自己眼睛水晶球體內的液體被針刺一個洞而緩緩流光，上頭條列著那位，王設定為假想敵的高層（就是要滅了我們這個所的那傢伙）的「十大罪狀」。我不敢相信王說他一夜未眠字句斟酌擬出來的，是這樣一份「十大罪狀」打字稿？王同時在一旁，興奮又感傷地嘀嘀咕咕，說他當初剛辭掉美國的教職，應邀回來接掌這個實驗室時，董事長多麼地待之以禮，邀請他到家裡，由夫人下廚（「那個無錫排骨的滋味啊，嘖嘖！」），還開了酒窖裡珍藏了幾十年的紅酒……但他不明白，這次的事件「開打以來」，董事長放任著「那隻狗」，這樣羞辱他、凌遲他，把臭口水含咬得他整臉都是，而且對他非常冷淡，……這是怎麼回事？當初的那個敬重和絕對信任像黑暗中的一根鋼弦，是在他不知道的什麼時候被人動手腳弄斷了？當然，「那隻狗」必然背後對他下重手，但到我們這個位置（王冷哼了一聲），誰會對你手下留情？即使「那隻狗」不出手，還有別人搶著出手哪……問題是，董事長這次怎麼就信了呢？那就像懸浮在明明天台望遠鏡可以觀察的天體，突然出現了一個計算得到卻無論如何觀測不到的黑暗物質，把周邊的星體吞噬、破壞運行的秩序，但你無論如何追蹤不到它在哪？

除非是，王說，我們這裡出了內賊。

我抬起頭，看著王，發現他也正用那雙濡濕而像浸泡在沼澤裡只露出上半個頭的，無害的母河馬般的黑眼珠看著我——回憶那個畫面的此刻，我突然驚覺，從我加入這個實驗室，這個團隊，包括王、拖雷和我，平日種種，我們都像在他人夢境中晃走的灰暗影子，從不曾眼睛對焦地看住對方的眼睛，我們之間說話、交換文件，在走廊相遇點頭招呼擦身而過，甚至更常是三人在密室對話，似乎都是半垂著眼皮像弱視者把對方的模糊廓影帶進一視覺攝影的殘存印象即可。似乎那是一個我們祕而不宣的按鈕，一旦眼睛對上眼睛，這個環場包圍住我們的，「他人之夢境」結界，就會迅瞬蒸發，消失——那是我第一次這麼清楚地看進王的眼瞳的深處。事實上，包括我手上那份「D-day攻擊戰術綱領」上頭寫的每一個字，包括他在那嘀嘀咕咕講的話，我都至少在二十秒後才讓它們在我腦中被解釋出意義，像一個遲緩的、深海底下傳來的聲納。我百感交集，不知自己為何置身在此。我一直是個外來者，不像拖雷是王一路栽培起來的嫡系親信。他們是師生，其實情同父子。仔細想來這棟建築內，不知何時起將王影影魅魅構造成一神祕不可測的君父，造神者便是拖雷。他在轉述王的某些晦澀奧麗的哲學摘句時，嘴角那恭謹的小小弧彎暗影，那聲調放低但像戀人絮語般的催眠旋律，像是盲眼的閹童僅憑口中吟唱那錦繡燦爛的詩句，便無比幸福觸摸他不曾目睹且永遠無法享用的帝國宮廷震懾人心的建築拱肋，繁複的藻井，不可能的宇宙縮影。而我像人類第一次建構出「原子」模型的懵懂辰光，明明從知識、從經驗法則、從不可違逆的力學算式，都確定這是一個「塌縮的宇宙」；但它卻歷歷如真地在我眼前，在拖雷的描述下，熠熠發光地運行著，雖然「測不準」，但確實在一種微觀（且不允許你觀察）的「另一個存在」裡秩序井然地，環繞著王而形成一圈圈的繞行軌域，在我們這個和外界封閉的所裡，靜靜地跳躍著、交換著，不容劇烈改變地保持著一種動的平衡。而支撐著這一切（沒有讓這小宇宙塌縮、崩潰）的那隱藏的力，就是拖雷。

有一次拖雷對我說（事實上那也是唯一一次，我倆的私下獨處談話）：

「對王而言：你是立克次體，而我是粒線體。當然這決定了我倆不同的命運，很遺憾。但原本我倆是一模一樣的人。」

當時我並不解這又像讖語又像預言的話是什麼意思。後來我在一本Carl Zimmer寫的科普書《演化——一個觀念的勝利》，找到少年時就在生物課堂聽過但我卻忘記了的，關於「粒線體」這種久遠以前是細菌，卻「共生」藏身在人體細胞內，成為細胞呼吸氧氣製造燃料的一個重要機制的描寫：

「在遙遠過去的某個時刻，一種現今已滅絕的呼吸氧氣的細菌，同時產生了立克次體及粒線體這兩支微生物的祖先；兩個譜系原本皆是獨立生存的微生物，靠攝取周遭的養分維生。後來二者開始寄生在其他生物體內；立克次體演化成殘酷的寄生細菌，鑽入寄主體內肆虐（最有名就是斑疹傷寒），但另一次侵入人類祖先體內的細菌卻和寄主發展出較好的關係。洛克菲勒大學的慕勒（Miklos Muller）認為粒線體的始祖可能總是待在早期真核生物的近旁，以後者的排泄物為食；無法利用氧氣進行新陳代謝的真核生物，也逐漸變得依賴呼吸氧氣之粒線體始祖所排出的廢物。最後兩個物種結合在一起，開始在同一細胞內進行交換。」

拖雷將我描述成一個「可能造成宿主崩潰甚至死亡」的有毒侵入細菌；而讓自己戲劇化成那枚內化嵌入「王的體系」的基因複製中，隱藏成其中一截的印刷網版裡的一片記憶體。這究竟是權力密室裡暗影臉廓的那些老梗？還是他真的有感而發？或他在對我提出警訊（或相反的只是恫嚇）：王始終對我高度警戒，始終視我為「有毒的潛入者」，我一個不留神，還是會栽倒在這實驗室對外的看不見的防禦體系？或他是基於一種自哀情感，委婉靠我保持我那讓王猜忌如喉中之梗的戟刺盔胄，不要像他一般完全被繳械收縮？

那個傍晚，在那間只有我們三人的會議室裡，王突然像熱病老人夢囈說出那一段話（「我們裡面有內賊」），並淚眼汪汪看著我，我突然頭皮發緊想到拖雷久遠前關於「粒線體」、「立克次體」的這段比喻。

拖雷說：「老師，是我打電話告訴某某，我非常焦慮、害怕您為了這個女人，判斷力發生重大危機。」

核正在塌縮。但我覺得自己更像是不該在場，卻冒昧聽到了一段從我們這個暗影重重，禁錮太多權力和知識之祕密而造成重力場無比濃稠的建築裡，最純淨激越的愛之告白，我記得有一次我問王：「無中生有是可能的嗎？」我的意思是，時空可能被憑空製造出來嗎？宇宙可能被憑空製造出來嗎？王說，根據「暴脹理論」，任何宇宙創造的最初，在極短時間內體積至少增加十的七十八次方。那像是從一肉眼無法觀察的微粒世界，瞬間如神燈巨人驟長出一個已具備了「亙古幻覺」這宇宙內含所有星河史的宇宙，但旋即收殺消失，像什麼都不曾發生。這是近一百年前海森堡最初提出「不確定性原理」的時刻，最開始揭開「只要有觀測這件事存在，粒子就無法被觀察」那只黑箱子，那許許多多如蕈菇纍垂、如煙花綻爆的宇宙，便在我們每一眨眼之瞬的眼皮下，存在又消滅。它們是一直「出現」著的（而非「存在」）。我們無需從（我們以為的）虛無中去創生它，只要去描述它、觀察它，它就出現了。

哦不，王說，我們說的是「她」，不是「它」。

護士

他蹲到她面前，用手捧著她那張即使光度如此昏暗仍不討喜的窄臉，她閉上眼，脖子到腮這一帶全僵硬了，他看到她把兩掌握緊，像要等待他像折去蝴蝶翅翼那樣剝開瑟縮的她，摘去她珍藏在最裡面的（即使像一方髒兮兮的童年手帕）什麼脆弱之物。

那個大眼睛護士拿出i-Phone，用手指在那黑色玻璃平面上滑著，「你看，這是我女兒。」「好漂亮！」他心裡想：其實遠不及妳美。這女孩將來開了心竅，如果意識到自己有個大美女母親，而理應更鮮嫩青春的女兒卻只是一間教室、一輛捷運車廂、一整個宴會許多女孩之間，不引人注意的那個平庸女生，不知會進入怎樣彆扭晦暗的人格？手指又滑了兩下，「這是我的雙胞胎兒子。」「兒子比較像媽媽。」「他們是異卵雙胞胎，所以長得一點都不像。脾氣也不像。」

他和她此刻挨在這間二樓的復健診所最靠牆角的這張鐵床。她熟練地擠一管透明油膏在他腳跟腱兩側，用一支連結著一台小電腦儀器的像超商櫃台輸入商品條碼的感應槍嘴，輕輕在他架在她面前的光腳上移動。這是一種「超音波治療腳底筋膜炎」。他們一旁，一床一床延展過去的，是那些將雙手吊在牆上一架伸展機的老頭；或簾幕遮住的趴躺赤膊身上接上小圓墊電極作電療的；或更遠一點，大約四、五張電動拉腰鐵床，那簡直像一架精密刑具，病人被三四條不同粗細的皮帶、皮繩縛綁在幾片鑄鐵架空銜接的機械床上。然後你會聽到那鐵床喀喇喀喇朝頭朝腳反向拉扯的沉鈍聲音。這屋子像一間野戰醫院，每張床都蝦縮著那些臉孔或身體某部分損壞的老人，其實他們只是老，腰椎或腿骨或頸子，像I管水管某個環結的內管鏽壞或橡皮墊爛掉了。但很多時候你聽到這一屋子這些老人們此起彼落的酣睡聲，或是各種功能的電療床旁的儀器（連著亂七八糟的電線）療程結束發出嗶嗶嗶警示護士來查看。

這個大眼睛護士是輪白天班的，她們每個班也就兩個護士，在各床間那些像擱淺垂死鯨鯊，身體發出淡淡臭味的老人間忙碌著，那有一種護士特有的，要求這些故障品老人們乖乖在那些電腦儀器、叢林藤蔓般垂懸的各種電線和皮繩，要求他們在這些有點像SM密室的乖異場景裡，各安其位保持著他們像「耶穌受難圖」那樣歪斜的身體、爬蟲類般茫然的臉。有一些老豬哥會和這大眼護士調情，她皆俐落地半哄半玩笑半拉下來要他們「乖」，有時有某個半身不遂像布滿蕈菇的一截泡水爛木頭的老人，手顫抖地裝無意摸上她護士裙的屁股蛋，她絕不會大驚小怪，讓老人羞愧難堪，而是笑著責備說「阿伯不乖喔」，很像她統治照顧的是一群大小便失禁、口水鼻涕流滿臉、容易害羞吃吃笑卻又任性的小屁孩。

他剛來到這家復健科時，很明顯和這一屋子釉燒塌癟顏色燻黑的老人們格格不入。大眼睛護士替他繫上那鐵床的箍緊皮帶時，他會因她在簾幕間低下臉做這些動作，他們隔著如此近，而臉紅。這女孩似乎也對他特別淡漠，端矜。不像對那些老人那樣沒大沒小胡說。

有時她俯著身，在那簾帳形成了暗影小空間，大起膽著盯著她的臉看（她真是美）。她專注做著勒緊束腰、扣上鐵扣，操控儀器，但不小心瞥見他正在看她，會羞澀地睄他一眼。然後像生氣那樣走掉。

有半年左右他是每兩三天來拉一次腰（椎間盤突出），後來好些了他就不去了。投入生活裡的暴亂窮忙。等又痛到坐不住時再去，她和另一位護士看到他又出現，會笑著說：「喔又不行嘍，又要來拉腰嘍。」她們的職業像天井溝渠旁長出的一株鐵線蕨吧。總是被動地在這個「壞毀—修復」的暗影機器房裡等待。只有那些歪斜、故障的老人們忠心耿耿。但她們必須發展出一種對來來去去的病患的倨傲和冷淡。否則某個病患突然不來了，她們如何禁得起那「啊，怎麼從此消失了」的悵然。

但第二次，或又隔個半年，第三次再去，他和她（還有另一位護士）難免就有一種故人的情誼，那是不言而喻，散逸在空氣中，旁人無法察覺的。他乖乖像老狗躺在那張機械鐵床上，她則帶著一種調皮的快樂，手臂挾著毛巾過來幫他綁那些皮繩，「還是得乖乖回來啊。」那像是，像是硬要招唐僧為駙馬的妖精，任這無情男子趁夜脫逃，但知道他必然在那山裡的迷宮樹林間打轉，驚惶、飢餓、最後只有垂頭喪氣爬回來。

在這樣雜駁，又像混藏在老人們的蝸牛劇場裡，永遠無法以一種正常、尊嚴的姿勢和她對話，他只是在一次又一次的「復健時光」，一種淡淡的感激和幸運感觀察她。這裡的老人幾乎全都奉承她。她也像個孩童女王虛榮地接受他們的無害的調戲（她應是這復健科診所護士中的一把手）。他們會用像喉嚨被燒毀的枯槁低微聲音說她「長得好像郭雪芙」，有一次他還聽見兩個老頭一個老媽媽爭吵起來，說她比較像小燕子趙薇還是日本的安室奈美惠……

更多時候在機器單調的咔咔聲和夏夜蓮澤那樣靜謐的老人酣息聲裡，會有某個老人如泣如訴在跟她追憶自己當年的輝煌時光。一種像冷掉的大玻璃杯裡的茶梗輕輕懸浮的茶水，一種印象派繪畫的碎光，他覺得她是個好女孩！她從不讓人陷入難堪處境，她有一種聆聽他人（即使是腦中混亂的胡吹）的靈魂特質。

像是一座已經歷許多次輪迴的發派轉運基地（像那位大小說家的書名：《生死疲勞》），一種時間超乎我們理解和想像力的漫長。火葬場的烈燄燒去其實只是露珠幻影的肉身，剩下像廢車骨架的那些一環環一節節鏈結在一起的關節、長脛骨、脊椎骨、胸肋骨……他好了又離開，待一年半年另一處又折損，又自乖乖回來。來來去去。身旁的老人們和那寂寞的鐵床皮帶馬達聲，只是這超渡，或輪迴、生死與安夢渡船口的亡靈或不安分的流浪之鬼？這兩三個護士服的女孩，亦只是像邊境驛站的守夜人，她們自有一套默念以鎮懾恐怖哀愁心神散潰的經咒。垂眼低眉、輕聲細語、哄慰著這些來來去去，已被人世酸液腐蝕報廢、無望但又渴盼一絲絲慈悲的「彷彿仍活著的殘骸們」。

某一次，他又回來復健，這次是「腳底筋膜炎」，同樣是醫師說不出原由的，但又覺得踝骨以下至腳掌，像被用剔骨刀剜去了一般劇痛。這個療程和療法必須由護士坐你對面，拿著那像手電筒的光柱頭對著腳底做超音波（像微波爐煮熟那封印於豬腳內的筋理和密織的血管？），於是，像人類第一次發現「傳教士性愛姿勢」（不再是從背後無靈魂交流的交配）——他和那女孩必須有五至十分鐘的時間，必須這樣面對面，眼睛對著眼睛，甚至可以聽見對方鼻息聲。女孩臉龐的純粹視覺或雕塑意義上的美，讓他難免還是像年輕時面對這些幻美而說不出魔術般散發濛光的美人兒，本能的臉紅、說話得壓制住那喉骨下的喘息。女孩也不敢抬頭，專注拿著那超音波的小圓光槍在他的腳丫子上停放著。這真是個奇妙的、微細、隱密、極短時間內的近距離身體親密關係。他不由得感激且感慨人類歷史經過了幾千年的演化，發展出這樣像在一只小玻璃球內點一盞燈燄，那樣基於醫學倫理、空間的契約秩序，她和他像是只隔著一團看不見的棉被或大抱枕，那樣頭快挨著頭在一差一點就是擁抱的距離，停止、凍結在那樣的對位、姿勢，而她是在執行專業技術的護士，他是個接受復健治療的病人。他有時會沒話找話：「這裡超音波治療有效嗎？」她會低聲說：「欸。」簡直像幾百年前北方窯洞裡，在黑夜中茫然自己未來、夢裡不知身是客的新娘。或是有時那超音波光槍停擱在腳掌某個部位久了，突然的灼燒刺痛，他會一顫地收腳：「呃，痛。」

有一天，她突然問他：「你有沒有在收SEVEN的集點貼紙？」

很多年後，我們追想瀑布般轟隆傾瀉，將所有微觀小水珠全裹脅奔騰一巨大全景，無法孤立的時間流，總會有某個場景某個人某句話某個眉毛一挑眼神一閃，像一顆小水珠奇蹟地迸彈出那下墜的瀑布之外。於是像好萊塢電影的國際特工千辛苦苦輸入某個字串密碼，全面啟動，嘩嘩嘩嘩整幅萬花筒碎玻璃薔薇瓣鑲嵌的每一片拼圖全部翻湧、重組，展開一個全新的祕密花園。或是像《慾望之翼》裡，那個愁苦憂悒於自己永遠置身於時間劫毀輪迴之外，教堂尖頂的大天使，終於甩掉自己肩胛骨後的那一對禽鳥大翅膀，墜落進入人類時間，全知觀點的鳥瞰高度被取消，第一次，所有酒館裡的菸草味、摩肩擦踵陌生人群的汗臭、體溫、咖啡的熱氣、對某個女人的難以言喻的心痛和酸楚……所有摺藏在一切的一切的後面、裡面的知覺，瞬間爆湧而出，那個決定向下跳的一瞬……

琥珀般的，渾沌無時間意義的永遠重播的夢境，像浸滿羊水的胎膜被用小刀割破了。

他說，有的，有的。掏出破綻磨白的皮夾，在最前一格，那一小張一小張（簡直像變態男收藏自己剪下的指甲屑）的小小集點貼紙。有哆啦A夢的（集滿二十張可換一支哆啦A夢小涼扇）、有航海王的（集滿二十張可換不同隻的航海王卡通人物公仔）、有靴下貓（這比較難，要喝一杯便利超商賣的中杯咖啡才可換一枚小黑貓貼紙，九枚可以兌換一只「小黑貓生活妙妙夾」）……至少上百枚吧，琳琅細碎，像他們在這灰暗苦悶城市巡游，在那漂浮著死屍、垃圾、針筒、酸臭的牛奶空瓶、腫泡的保險套、斷頭的洋娃娃……的水溝裡，一臉百感交集、濕淋淋收藏了滿手掌閃閃發光的各種魚鱗片。

她說：「因為我女兒一直吵著要。每天噢，說她同學都有SEVEN的卡通玩具。」

女孩有另一個同事，長得鼴鼠臉，約也是三十出頭的年紀。聲線像「娃娃音」，如果是電話語音小姐，那半嗲半繞指柔的女童鼻音，絕對讓男人筋酥骨蝕。但現實裡這個外貌可能一路從小學、中學，都是一間教室裡四五十個女孩兒中，注定無法吸引疼愛和關注的那暗晦的一群。偏又（如他眼前所見）當了護士，也在這群喙脫羽白爪禿翅折，衰毀老禽鳥般躺臥在金屬機械床的老人間周遊。那於是她又成了個少女身體。很長的一段時間，他躺在垂簾暗影的金屬床，聽著這位可能祕密享受這份職業帶來的，從頭學習的女性自覺。鏡像中一個不熟悉的、周旋在老人們伸出之枯爪與衰弱哀求間的可人兒。那個甜美嬌嗔的聲音像蜜蜂在一片枯花之海上盤旋。但在聽覺間的辨識，他難免失笑哀憫，這是個沒經歷過男子的女孩。太嗨了，太蜜糖太撒嬌了，太像小女孩眼神發直渴求老阿公們的擁戴和垂愛了。

要是沒有這個從正常世界不知哪兒送遞來的大眼美女，侵入她的這個維度曲拗的特異空間，也穿著護士制服成為她同事，那該有多好？

這一切或只是他理所當然的想像。似乎人類文明攤開的卷軸畫，那已像是設計程式上的缺陷凹洞——女人，只要兩個一美一醜的女人，一起放置在同一場景：亭台樓閣的後花園、妓院、高中女校的宿舍、小學教室、修道院、武俠小說裡峨嵋派的大師姊小師妹、電影片場攝影棚旁的化妝間，甚至神仙上界鳳冠霞帔的女神們——幾乎沒有例外，會有一粒埋藏在最深處的膠囊，那膠囊若一捏破，噴灑流出的毒汁酸液，會把一切女人這種動物在文明創造上，如刺繡細細綴縫的美麗發光圖案，全灼燒、腐蝕成慘不忍睹，如炮火轟擊過的危牆上，霰彈密布的恐怖黑窟窿。

在這個由金屬電動機械床、連著吸盤電線電療儀器，或吊著皮扣拉扯頸椎的立架、躺著一具具臉容枯槁老人身軀的簾幕小隔間、滴滴嘟嘟此起彼落響起的復健儀器療程時間終止的警示鈴……的空間裡，那像是由長短不一的鋼簧片做成的音梳，在金屬圓筒環壁打出一粒粒突起的小疙瘩，由發條引動著大小齒輪，使圓筒旋轉，讓那些音梳嗶嗶跳動，細微顫抖出音樂盒的非人演奏的、孤立在永劫回歸時光之外的，這個美麗女孩，和她的（很不幸上天給了一張小鼴鼠的臉和一副讓人神魂顛倒之嗓音）女同事之間，愛撫、輕輕擠壓、端詳、刺戳那粒強酸膠囊，關於女人對女人之嫉妒的，繁複變化旋律。

那之後有一段時光（大約是三週或一個月吧），他每天都歡喜地跑去那復健科診所，從皮夾裡倒出十幾二十枚那些藍色或淺黃色的便利超商小集點貼紙。他感覺她也像一朵向日葵在等著他。雖然一切和她向他開口要這些小孩兒的夢幻碎紙之前，似乎沒有差別。她仍拿著超音波光槍在抹了潤滑膏的他的腳踝上移動。但他感覺她身體裡那組嚴密鎖緊的連環鍊鎖被解開了。他有時偷看她，發現她一臉笑意，像河面水波上一層薄薄的、忽隱忽現的月光。有時他會盯著她的胸脯看，但那裡一點祕密也沒有，就是一般的護士白制服下輕微的起伏，連薄紗微透的效果都沒有。有時他想像自己突兀地開口，說：「妳好美。」但他早過了這樣的年紀了。她會跟他說些她女兒的事，或更小的兩個雙胞胎兒子的事。其實都是那個年紀小孩像幼獸般無甚稀奇的瑣碎小事。但他非常享受聽她說這些。他會像個父輩的老友，從遙遠的昔時，依稀召喚他也曾那樣孤獨，被三、四歲小孩陷困在時光流沙坑的時光。你無法去旅行，無法和哥兒們去混夜晚酒館，無法和你坐困小公園（為了遛嬰兒車裡的那個小惡魔）眼前走過，正常光照下那其中任何一個美麗女人談個戀愛。他告訴她，有一年的時間，他幾乎會每天帶著那時大約只有三歲左右的女兒，到動物園去逛。他們幾乎看遍了所有動物的柵欄，很奇怪常常沒碰到另一個遊客，似乎那偌大一座動物園裡，除了那些面無表情的駱駝、斑馬、瞪羚、侏儒河馬、黑猩猩、鴕鳥、長頸鹿……就只有他們父女兩個人類。

「原來你有女兒。」她說。

「是啊。是吧。」但他像許多其他這樣被人問起這話題的時刻，腦中完全想不起他女兒的臉是什麼模樣，因之他只能露出抱歉的傻笑。

他說：「那都是很多年前的事了。」

第二天的黃昏他到那間復健科診所，那時這美麗的女孩已下班了，換成一個較年輕的護士和那位美聲鼴鼠臉同事在值班。他像夜泳者將身體泅進暗黑的河流裡，穿過那些昏曚日光燈照下一床床灰影的、或坐或臥形容枯槁，像夢中遊魂的老人，走到最靠牆的那張床，脫下傷痛那隻腳的襪子，任由那位陌生的年輕護士抹潤滑油，並拿著那支超音波光槍壓在他腳跟處。

一開始他們胡亂聊了些最近的天氣、最近的新聞（靠近護士收健保卡的櫃台牆上有一台電視，始終播放著即時新聞）：一個失業的男子在遊樂場抓了一個小男孩，割了他的喉，據說弄得那公共廁所裡滿地是血，說只是為了吃牢飯，他上網查過了，只殺一兩個人並不會判死刑。新聞說有上萬名連署者要求判這傢伙死刑。另外還有一則新聞是一群大學生到立法院前抗議「媒體壟斷」，結果教育部發公文到各大學，說最近有些學生可能要搞學運，請各校調查掌握這些學生的姓名資料和就讀的科系，「最近天氣冷，請關注他們的保暖」。這動作激怒了學生，指莫非是「白色恐怖幽靈再現」。於是有反對黨立委邀請學運學生到立法院和教育部長面對面質詢。其中一個學生痛罵部長：「偽善，無能，不適應，應道歉」。這畫面經剪接後在幾個媒體刊出，痛批學生「不禮貌」……

那位年輕的護士突然對他說：

「對了，以後你不要再拿東西來給我們那個同事了。」

怎麼了？為什麼？其實他沒有發聲說話，只是愕然、羞慚，像犯錯的小學生看著逮到他（作弊嗎？）的大人。

「我們其他同事都非常生氣，怎麼可以這樣，向病人要禮物？她這不是第一次了，她跟其他病人也要東西。這種行為我們很不齒，這樣整個診所的風氣被弄得很差……」

他囁嚅地想辯解：不是她跟我要，是我自己想給她的。但他只是羞愧地傻笑。而年輕女孩的腦中或沒有那麼精密繁複的思維，只像唱機跳針重複著一個循環的邏輯，又想再添加一些什麼。

「真的，不要再給她東西了。主要是我們這個同事平常對其他同事很強勢，我們有些同事早就看她很不順眼了，但又隱忍她，你想想，做這個超音波療程和其他復健不同，是比較祕密的，護士和病患坐在這裡……我們是覺得你人很好，但不要被她騙了……」

她又重複說了幾次：「她不只跟你要，她也跟其他病人要。」

他想：不過是一些便利超商的贈品集點貼紙。但他又想：也許她說的是對的，他不記得是易卜生的《野鴨》還是契訶夫的《海鷗》（總之是傍著水和岸的曖昧邊界的一種禽鳥），講一個大學生突然出現在一群農民之間，他跟他們講人的尊嚴、自由戀愛、獨立自我的重要、現代性的品德……這像熱病一般混亂了那些純樸好人的心靈，像在一幅二次元的平面風景畫上硬要重描出四維、五維象限的繁複靈魂形狀的座標構圖。他記得好像這大學生引進的「新人類」意識，讓這群人開始互相猜忌，對原本的和諧憤怒，發生了衝突，最後像雪球愈滾愈大變成無法挽回的悲劇。當所有人被他們的莫名變貌造成的恐怖景觀所驚嚇，不知如何是好，那個最初朝著平靜無波湖面扔擲大石塊的大學生，卻遠走高飛了……

這時，他突然越過年輕護士（仍在低聲地、憤慨地說著）的臉，看到那個美聲、鼴鼠臉的女護士，站在那牆上電視機的下方，像在側耳傾聽他們這邊的對話。她的表情像在擔憂，又像貞靜地微笑著。似乎有一種藍紫光在她的臉上閃爍搖晃。那一刻他發現這姑娘的頭髮竟間雜著像麥稈那樣的白髮。他才意識到所謂「氣憤不已的女同事們」就是這個唯一和那美麗女孩值班重疊的不幸的老姑娘。

有一天下午，他又到那家復健科診所，那時他已經有快兩個月沒再出現了吧。可想而知，那個美麗大眼的女孩除了第一瞬看見他走進去時，臉上像蠟燭一晃出現了驚喜的笑臉（也可能只是我的幻覺），旋即將臉，同樣的那張臉，藏進一種像月球另一面的暗影裡，似乎他只是個和每天來來去去這些故障衰老身軀無有差別的，其中一個病患。她低頭繼續幫她手下躺臥的一個老人束緊那金屬機械床的勒腰皮帶。他注意到她的睫毛像蝶蛾的翅翼輕顫著翻翹著。不確定她知不知道她的同事曾來給他講了那番難聽的話，如果知道，那她的憤怒和哀切裡應當是針對他在被挑撥、離間之後，竟真的避開她，這樣兩個月消失了。那置她於何其羞辱孤獨之境。像一隻孔雀被其他禽鳥裝上滑稽的飾物，羽翼塌垂，她真的成了個貧賤無恥向病患揩油討小玩意兒的夯貨，這房子的層層暗影中，她的臉像魔術消失一樣，原本白茶花瓣暈著一種薄薄微光的臉，變得枯黃憔悴，布滿雀斑。反倒是那個美聲鼴鼠臉的女同事，非常親切地迎上來招呼。「怎麼那麼久沒來了？可有人在想你喔，有沒有覺得耳朵癢啊？」他想：「不就是妳在搬弄是非嗎？」又說：「哦，有人今天很忙沒空喔，來，今天讓我幫你做。」於是，變成是這個弄不清究竟是仙杜娜拉的後母，還是崔鶯鶯旁的紅娘，這個不知是敵是友，是奸細還是參謀的（最糟的是，她無法喚起他一絲對女性的柔情或哀憐）鼴鼠臉坐在他貼近處，拿著超音波探棒弄他的腳底。

這個女同事似乎在觀察著他的臉色，她似乎也憂心忡忡，害怕如果那女孩和他對質，若說：「是妳同事叫我不要再給妳東西了。」「欸我很討厭妳的同事這樣背後說三道四的。」似乎他們成為共謀。那像是，她被造物者設計成這樣，像竹管和振動空氣之間那張痛苦的薄膜，她必須承受、體驗這種半透明介質流過她靈魂的酸楚、嫉妒的滋味。在暗影中造謠生事的不潔與自我厭惡。不被他人愛不被欲望的空落感。閉上眼是那樣讓人神魂顛倒的聲音的尤物，一睜開眼，鏡中對面的，卻是那麼枯草敗葉，上帝潦草畫幾筆便丟開的一張臉。

他低聲對她說：「妳幾點下班？」

這個靈魂的河道因為造物的不公（或粗心）而「乾旱之望雲霓」，始終枯土龜裂，沒有承受有一滴愛之涓流的醜女孩，驚異地抬頭看著他。像是在觀察這男人是否在惡戲（她連這方面可供調度的經驗都沒有），他以為要再問一次，但她立刻說：「七點。」「好，那我七點在樓下等妳，不要讓妳同事們知道。」

他感到貼在足踝上那具像金屬菸斗的儀器在顫抖。有一瞬他以為她失態啜泣了，這時他想就算他是變態卸屍殺人狂或收集小診所護士專門姦殺她們的淫魔，她都無所謂了。

後來他換到另一邊去做金屬機械床拉腰時，他聽到這美聲醜女孩和那美麗女護士（他多麼痛苦想撐起身看她一眼）一起嘁嘁喳喳說著話，這美聲醜女孩像一個裝水皮壺那樣嘩嘩笑著。也許是他多心，覺得那笑聲帶著一種勝利者的辛酸，她的聲音多麼空靈清哀啊，如果事情的真相顛倒過來，我們眼見不過為虛妄幻影，唯聽到的聲音才是一具樂器的靈魂，或才是每一朵靈魂它真實的形貌。

那在這小小復健診所的這兩個女孩的命運，不是應該完全顛倒過來嗎？

總之那個晚上，他將這個美聲鼴鼠臉女孩（當然她換下了護士服）帶到了這個老公寓裡。她從那診所下來見到他（當時站在一個垃圾箱旁邊），他們一同走過這段短短的、可憐又醜陋的街道（她竟然伸手勾住他的臂彎，小鳥依人地把那頭雜灰的枯髮偎靠著他。他印象很深是她穿著細高跟鞋那橐橐橐的聲響），到爬上階梯走進我這不值多加描述的獨居老人的祕境，那一路上，她像一台壞掉的爆米花機，旋轉、噴灑、讓人應接不暇地問了上百個無意義的破碎問題（譬如：「為什麼是我？」「你結過婚嗎？」「喔原來你住這麼近我怎麼從來沒在附近見過你？」「你有很多女朋友對不對？」「你到底多大年紀了？」），他很想對她說：「女孩，閉上妳的嘴。妳被這世界弄壞了。」但旋即意識到她只是個受了驚嚇的小女孩，其實她只是停不下來地自言自語，那像是一種「聲音的顫抖」。她只是不停在說話，但是她的身體順從地跟著他，任他帶她到她那可憐的小腦袋想像力邊境之外的，任何被神遺棄之地，任何冷酷異境。

他讓她坐在那張皮革像長了癬斑的單人沙發上（有多少個失眠之夜他獨自坐在這椅子上），問她要不要喝點什麼。這時她安靜下來，像個小學女生到陌生叔叔家，極力做出有教養的淑女姿態（她的兩腳斜併著，一臉委屈的模樣）。她說她肚子有點餓，如果不麻煩的話可否隨便有些什麼吃的。

這時，他蹲到她面前，用手捧著她那張即使光度如此昏暗仍不討喜的窄臉，她閉上眼，脖子到腮這一帶全僵硬了，他看到她把兩掌握緊，像要等待他像折去蝴蝶翅翼那樣剝開瑟縮的她，摘去她珍藏在最裡面的（即使像一方髒兮兮的童年手帕）什麼脆弱之物。有一刻他幾乎想像電影裡演的那樣，在她顳骨和下頦骨關節處用力使勁，將她的嘴撬成一無聲吶喊的圓洞。他該讓她看看他房間裡那一排一排福馬林浸泡，不同玻璃罐的灰白女孩心臟、肝臟、手或腳、眼球，還有那些鐵箍皮帶的小女孩機器人支撐架、各種金屬圓棍、那些注射針筒和比她的復健科診所裡更複雜的機台和電線。但他只是柔聲對她說（一邊像撫弄禽鳥的羽翼，輕撫她的下巴）：「我想跟妳說一個故事。」

他說，四十五億年前，在這一個什麼都還沒有，都只是冰冷、黑暗的虛空大範圍，飄散著氫、氦、少量的氧、碳、鐵的塵埃雲。它們僅是更久以前某一批更巨大的恆星死去、爆炸、粉碎、近乎「永遠」之漫長漂流的屍骸，但僅是一些塵屑、粒子。它們或許記得，「死亡」之前，或巨大的自身塌縮、炸成強光爆炸團之瞬，某些以億年為單位的微弱閃爍夢境碎片。有一些透明、暗黑中、寂靜，因為上兆次發生的單調運動，卻又是紛繁或空疏無從描述——只能用「緣起緣滅」這樣空洞的詞去感受——這些塵埃雲被一股重力旋轉著、像馴服的死去無重量的死靈魂們，挨擠在一塊，再挨擠上更多的億萬年前，極遙遠極遙遠處被自己的巨大和熱耗而塌縮、擠爆、死去的古老神祇的靈魂碎沙，像一場古代戰爭大屠殺的萬人屍塚的億萬倍的孤寂無明湊聚，連那些缺手斷頭臉孔驚恐姿勢怪異的灰白男女裸屍們被填塞進坑洞的最沒尊嚴的疊仆銜接而可能產生一絲眼皮微電流的痙攣都沒有——因為那時光太漫長了，那宇宙風琴風箱被吹鼓的颶風太寒冷了，一切只能用「宇宙中的重力」去描述。我們無法說「形成」，但確實「後來」，不，或是說「很久很久以前」，在我們的室女座星團、數百個星系散布的偏遠外圍的其中一個螺旋星系，叫做銀河系的外沿，它和其他數億個生滅的星團共享，或孤立經歷這如此巨大卻如滄每一粟，如此壯觀卻無人觀看的，漫長即使以神的時間尺度都無聊、疲憊的「攪拌史詩」。那些夢境碎屑，早已在自身爆炸死去億萬年的古老巨星的骨灰，在無垠的黑暗中漂流、漫散、像無明的靈魂變成愈稀薄透明的裙擺，不，像無頭騎士駕著盲馬，不，像是某一族最後死去的那個女神，眼中餘光如煙燈被吹滅，百感交集無比懷念將永不被記下的淫慾、繁華、感官激爽、創造力噴發的諸神之宴，所吐出的最後一口嘆息，不，無法形容，那是宇宙的風中微塵，在這個無人關心的角落，這個被暗黑大帝翻書時因手指乾燥而粗心，黏頁翻過而略過的一章，以神的尺度而言，它比一個初嘗性愛少女呻吟的時間要短暫或長久的暈眩旋轉，這些古老神祇屍骸的骨灰，想像著在一座絕望停電的荒山空屋，不，應該是座廢棄工廠的黑暗地下室，一張破損而跳針的華爾滋黑膠唱片，被重複播放了上萬次，不，上億次，不，上兆次，……而透明如薄紗的骨灰，在那黑暗中如中了巫蠱魔咒的美少女，不斷不斷地翩翩起舞，各自旋轉著，光腳趾踩在腐爛地板上細微的沙沙聲響，她們踩碎的可能是比海灘上潔白貝殼沙數量還大的厚厚一層白蟻死屍的薄翅翼。終於，終於，在挨次的碰撞，妳摔進我懷裡變成另一個我們，這樣兆兆次的唉呦喂啊看不見彼此的黏聚、挨擠、互相嵌合、陌生、看不見某一部分正形成的自己，其實說穿了是捱受比之前無止境的宇宙漂流要好一些些的百無聊賴、慢慢的，在這個區域裡有幾個圓球在旋轉著。

接下來的故事他先停下不說了——漩渦最中心的、重力最大而朝那形成最大球體中央而擠縮的氣團們，終於因為「把自己吃下去」的劇烈駭人行為，把那占據球體空間炸爆啦，它變成光燄的模式像妖怪故事裡瘋女人的數公里長髮噴射出去，抽鞭子批打、勒環繞著她的這些傀儡女孩的脖子讓她們眼球突出，像一所女子高校班上那個天生「女王」的病態美女，玩弄著臣服於她的那些高矮胖瘦、家境可能較清寒，私下模仿她但其實都有斯德哥爾摩症候群的平庸女孩，有的因她的近距臨幸而變得耀眼、堅硬；有的被她疏遠而臉孔陰暗，內心嫉妒的氣流洶湧不穩定；有的存在感稀薄——當然我再說下去，就成了《太陽系的故事》的青少年版科普小書。

他想試著理清一下我想說的這個故事，或是這個故事「該如何被說出」。

・其實我們只是空洞的活著。

・其實我們已經死了，只是我們不知道，以為我們還活著。

・一個在曠野走著的原始人，他經歷過、目睹過，狼群的攻擊，黑夜漫天繁星，或雷電如蛇之光舞，或日食，或萬隻大象的骨骸塚……他會顫抖又鎮定地，以一個個人收納這些記憶，或是浮現「人類」這個空泛的概念？

但我們每天都在經歷、觀看，那流過我們靈魂的無數故事。遺忘。確實是最可怕的事。

「你會記得這一切嗎？」

「永矢弗諼。」

看見，是第一義。但看見而又能將之解讀，那便是「第二次（或更多次）的看見」，你置身其中，歷歷如繪目睹的一場，人類屠殺其同類的戰爭，它和其他你不可能在場的無數次戰爭，為什麼在你腦中亂數找尋、比對相近與差異，但你用「戰爭」給予它一個視窗。因為你把前人們設法「記下」的，他們的肉身早已消滅，卻設法將那曾在螢蟲般聚滅的他們活著時目睹的什麼，設法「貯存」於比肉身的壽命更長時間的「記憶體」裡。你收到了這個「記憶體」，將之窖藏於你的「並沒經歷過的記憶裡」。如果能將這大腦地窖的殘影從虛空中描繪下來，在「網路」這個人類終於發明出來置放於個別身體之外——以便數億倍於市集、巷街、海港整排妓戶與廉價酒館、全世界所有旅館的房間、雜貨鋪或書店的櫃架，或小鎮電影院的廢棄倉庫，百貨大樓、超級市場、被蹂躪的老城市上長出來的新巨人城市……那所有挨疊擠壓緩緩被萃取在時光屍布上的舊氣味，夢的漬汙，數億倍眼皮眨跳跟不上其快轉的「演化」——終於讓所有曾經歷過這發明之前的老人類，像葬禮聖歌班那樣悲愴地合音：

喔，喔，我們已經死去，

但我們跑到我們死亡的外面，

繼續演化了好幾百年後才應發生的事情。

是的，演化的加速度不再耐煩於以人類大腦為宿主，為漫長航程的太空船，它（或祂）終於剝開我的眼瞳跑出腦殼對面的界域，在我們眼前閃光竄跳如一隻妖怪嬰體展演了宇宙爆脹之初的等比級數繁殖變貌。

這個故事要講的也不是「演化」（當然更不是「網路」），而是，在我們之前，之前之前的之前，被記下的，不，遺忘了，滅絕了，漫長的漂流和「因緣」（噢我真怕這個詞）湊聚，無法被翻譯、投影、3D劇場模擬其現場的，「不是最初的，但飄浮整片，只好將就拿來當作最純潔粒子的材料」，譬如宇宙超新星最初的擠爆和噴炸，如何讓氫變成氦，或變成碳，變成鉛，變成氧，變成矽、鐵，乃至，乃至，變成銅、汞（水銀），或銀、金……的故事。

妳如何被用妳不知道其緣始（沒有人記得）的粒子，製造成這樣的一個妳？所以這是一個《週期表》的故事（譬如普利摩·李維）？或是一個《時間繁史》版的《學習年代》（兩者作者都是董啟章）？或是一個「命運交織的美少女夢工廠」（如果卡爾維諾還活著）？這是試圖把整架《紅樓夢》像星球、星系、瀰漫氣體以及暗物質，在巨大重力下，塌縮成一粒米穀大小（黑洞？）的經咒（唵！！！）或一顆鉛字的妄幻工程（譬如韋勒·貝克）？星垂平野闊，月湧大江流，偶開天眼覷紅塵，可憐身是眼中人？

所以這是一個撞擊的故事，一個大強子撞擊宇宙或超弦跳動宇宙，「顛倒夢幻」，故事的進行只為一片片鱗翻開「它其實原本是……」，一個對應的、巨大數億倍故而鬆散數億倍的古老星系如何透過撞擊、自己將自己塌縮在一個超乎想像尺度的更小更小的自己裡面，再唉喲撞進一百萬個這樣的自己，一個更多質子數因此變幻鈷藍赭紅銀輝不同可見光譜的全新的自己。然後在比煉獄高溫一萬倍的烈爆中暈頭晃腦噴散進無明的漂流與痛苦，然後再一次，再一次，永劫回歸這樣的撞擊、變成、塌縮進自己裡面，再被炸裂……

這樣的一個小故事。

那是他，剝製她，喔不，創造她，的第一天，「女兒紀元」的第一天，所發生的一些小事。

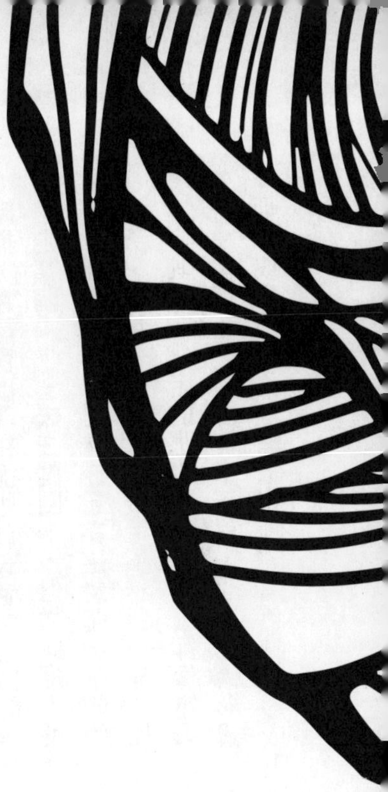

宙斯

這是黑狗宙斯第一次被遺棄。

他想這樣撫摸牠漂亮且無知的額頭說：「後來你就會習慣了。」

但他心念一動立刻住嘴，像個老人在對早已死去多年的老冤家賭氣地說：「永遠不要習慣被遺棄！」

前一天，他在那間寵物店，買了一只專門用於搭乘長途交通工具運送犬隻的手拉行李箱，長得像韓國「少女時代」裡某個團員的大眼睛女孩說：「這個箱子連飛機都可以托運，也完全符合高鐵的寵物容器尺寸。」有拉柄和小輪子（所以像空姐箱可以在機場大廳拉著走），另有兩條非常粗的後揹帶，像登山背包。前一晚，他將箱底壓了尿片，試著把已逐漸如大狗身形的「宙斯」塞進箱裡，引起另兩隻小狗的騷動。再前幾天，他買的另一種日本進口的按鎖匣欄的硬塑膠殼提籠，將另一隻黑嘴黃的小母狗「牡丹」哄進去，一開始那小狗非常害怕，但退出來後，其他三小狗無法理解這工具背後代表的「離別」之悲傷，嫉妒地圍咬「牡丹」。於是「牡丹」便認定這箱子是牠獨享的特權，非常滑稽地躲在裡頭不肯出來。

當晚「牡丹」便被他約定好要承接收養的那個年輕帥哥帶走了。

現在，他又當另兩隻小狗的面，將長手長腳像個剛發育的青少年的「宙斯」，裝進這帆布面的拉輪行李箱裡。他想，第二天他會帶回那只空箱子，對那兩隻小狗而言，這空箱子就好像白色恐怖時期，在靜夜出現在那些日式老屋巷口的吉普車或黑頭車，下來幾個穿黑西裝理平頭的人，客氣地帶走某個人，「去去就回」。但從此那人就不再回來。消失了。從人間蒸發了。

牠們從小四兄妹一起在這封閉盒子般的小公寓裡長大，一起偎睡，一起撕咬追逐，突然就在這幾天，一隻，兩隻，被帶走了（裝進那奇怪的飛行器裡），就沒再回來了。

其實，帶走的那隻，落單了，卻像電影《偶然與巧合》，展開一場張望這個世界的旅程。他揹著「宙斯」，從計程車下車，改用拉輪形式，走進高鐵站買票。並沒有如預期引起人群的圍觀或騷動，或許那黑色紗網罩和牠的黑色身軀形成保護色，在行色匆匆的人群眼中，那就是一具一般的行李箱罷了。但對於箱子裡這隻小狗而言，這可能是牠出娘胎至今，從未見過那麼多人類的腿：西裝褲的、牛仔褲的、短裙絲襪的、長裙的……各種皮鞋、球鞋、高跟鞋……在一整片空曠大理石廣場上，眼花撩亂地移動。

上了高鐵車廂就坐，他把那箱子置放在腳下，拉鍊拉開，那個流線型的漆黑狗臉便冒出來，無須贅述，牠非常驚恐、不安，眼神像個吹薩克斯風的黑人靈魂樂手，既溫柔又絕望。牠不斷舔他的手，輕輕叼一下他褲子的褶線，像提醒一下他是牠面對這洪荒暴亂世界，唯一能依偎信任之人。

（你不會把我遺棄吧？噢？）

他將瓶裝礦泉水倒在小圓瓶蓋上，放牠舌邊，牠順從地舔兩下，但似乎不是因為口渴而是為了取悅他。他也將預先準備好的牛皮骨頭給牠啃，但這時列車啟動的劇烈搖晃讓牠驚惶縮回箱子。那像是子宮，不，像牠曾搭著的登陸艇，離開母艦，後來母艦爆炸了，棄牠而去了，將牠遺棄在這孤獨的星球。牠只能躲回那登陸艇，上頭還殘留久遠前，牠在地球故鄉的兄妹們的氣味。

列車進入夢境般的高速中。他竟疲憊地睡著了。醒來時發現「宙斯」仍挺著優雅姿勢縮趴在箱底，兩眼灼灼看著他。

（你不會做出傷害我的事吧？對不對？）

等到他終於帶著牠走進P君（牠未來的主人）那幢台灣南部典型的老舊透天厝。或許是一種時光的氣味，或家具整體較暗的光度，「宙斯」開始不安，牠不斷用牠的濕鼻子碰他的手，在陰涼的磨石地板來回嗅聞著。一路他將牠視為同伴（或兒子），不斷撫摸牠跟牠輕聲說話：「別怕啊，沒事的。」這時卻關機，讓牠成為一隻孤立的狗。他和這房子的主人進行人類表情達意（擁抱。道歉。交代這隻狗已注射過的疫苗。或可能這一兩天牠會不安吵鬧。而P君則描述之後可能讓牠活動的空間）。

他牽著牠穿過那條清晨是雞籠菜攤果販聚集之早市，黃昏時卻空蕩蕩的巷街。一條黃毛塌垂的老狗，趴在一輛賣花生的小貨車下，觀察著「宙斯」。這隻四腳已抽長，像非洲某種瘦高族部落，但其實從沒有上過街，畫框裡各種細節全洶湧、爆炸，幾乎讓牠心臟蹦跳出來的小男生狗。他牽著「宙斯」走到一片草坪上。那時天色已漸暗，投影燈光打在一像碑石的白色壓克力燈箱，上頭寫著：「打狗。戀情。」所以是一家供情侶打炮的Motel。車道口旁的小造園景觀，那些買來的植株（不外是一些細葉碎灑，枝岔像傘朝上螺旋狀層式上翻的「天藍竹」之類的灌木）被用三根木棍或鉛管撐著。他想拿出相機拍下這隻黑狗孤立在那燈箱前的身影，Po上臉書，但想「打狗」這原本地名之諧音，蒙太奇影像疊合後，在臉書上或散布出無意義的惡意。滿地落葉繽紛，一種橘、黃、褐之碎葉和暗影重重中的起伏土坡。「宙斯」既惶惑又好奇地嗅聞著，如果那像是徐四金的小說《香水》，每種氣味有其獨立於所有其他氣味的形狀、感官標籤的抽屜，那此刻這隻小狗的兩個小鼻洞裡，湧入的是怎樣豐饒、擁擠、爆炸的氣味之雞尾酒？其他成年犬隻留下占地盤的尿騷、乾屎塊；土粒的氣味、青草的氣味、菸蒂、螞蟻巢隱藏在較深蔽處的氣味、空牛奶紙盒的酪臭味……但這隻小狗，完全不會、不懂在這樣充滿野性的曠地上，蹲下撒尿。牠們在彼此的黯影中對峙站著。

他不斷柔聲哄牠：「宙斯，乖，尿尿，快。」

像一個將孩子送走的無能父親，怕給人家不好的最初印象。希望牠別一泡尿拉在寄養家庭的客廳。

那天夜裡，P讓他和「宙斯」睡在三樓P的臥房，那是一張太舊的彈簧床墊，書櫃間的書本和併排的鐵皮辦公桌上堆疊的書皆非常凌亂。那似乎已分辨不出是一個孤兒大男孩穿過曾經無比自由（酗酒，甚至嗑藥、Gay的混亂情感經驗）的單身男子（無需上班，獨自靜守這幢老社區貼近市集的透天厝）換日線，而終向未來一獨居老人的空間。夜裡他輾轉不能眠，因為匆促間忘了帶史蒂諾斯下來。「宙斯」則趴伏在他床墊旁的那件外套上。在原本他台北的那間小公寓，牠從小是和另外三隻同胞兄妹小狗擠在他書房的狗欄裡。這是牠第一次那麼近的睡他身旁。也許是一整天移動、陌生之境太折騰了，牠倒是深沉鼻息的熟睡了。

也許是錯覺。他竟聽見微弱的海潮的聲音。究竟這附近是一個造船廠的港塢。即使在冬季，他作為人類都能感受那南部空氣和台北濕冷完全不同的，一種像試劑紙不同色層那樣差了好幾度的燥爽。他終於披衣而起，打開燈，坐在P的書桌前抽菸。「宙斯」亦睡眼惺忪但警覺地，他走到哪，便跟到哪。他想這夜是睡不成了，再一個多小時，天或就亮了吧。

有件事他覺得生理上的彆扭，後來他發現是這一整晚，他皆無法上網。即使這一路揹著這隻（某個意義上是將被遺棄的）狗，搭高鐵、轉搭捷運，甚至牽著牠在P君家對面的那Motel的再不能真實的草坪上，他都想起便拿出傻瓜相機啪啦拍一張。似乎這原應是最隱密的哀傷，還在進行的過程，就被戲劇化了，等著他貼上臉書。但他的手機是舊式按鍵式的，無法無線上網。這整晚和P君、P的前男友，一起涮火鍋、喝啤酒、抽菸，閑哈啦，「宙斯」便安心伏趴在餐桌他們腳下，漫長夜他竟一刻想上臉書的念頭都沒有。

此刻他總不好打開P書桌上那台舊型的電腦上網吧？應該還是有最基本的密碼這類玩意吧？他噴了口煙，將菸蒂摁熄，拿出相機，對「宙斯」說：「來，不要動。」但那隻狗總像一條流動的黑夜的河流，其實只是正常的在這房間裡走動。照出來的視窗預覽總是拍到一抹模糊流動的黑影，或甚至什麼都沒有的空鏡。但又委屈討好主人的上前舔他的手，或舔那台會驟閃亮光的小機器。

他想，從前我不會這樣的啊。

在那個離這個他和這隻他將遺棄的狗共待的空中樓閣，如此遙遠的世界，每一天，不，每一瞬都在發生著那麼強大的事件。譬如福島核災時勇敢進入輻射地獄的「福島壯士」，原來是因日本東電公司用一天二十萬日幣的「買命錢」高薪招聘，而被爆料有日本黑道介入，這些「壯士」，其實是黑幫用暴力逼迫前往必然招重度輻射的核電廠的邊緣人：欠黑道債務者、流浪漢、智能障礙者……。他啪地按鍵轉貼出去，也立刻被數十個，甚至數百個臉書上的陌生人轉貼。虐貓的。YouTube上一支叫「2012逮捕KONY」的網路社群影片。這個被國際法庭排名第一的「反人類」邪惡反抗軍首領，他綁架小孩，發給男孩槍枝，教他們射殺自己的父母、親人；女孩則成為集體洩慾的性奴隸。但這世界上大部分人，並不知道KONY是誰？他在烏干達邊境的暴力游擊組織，也並不影響美國外交利益。於是這個美國人（這個活動的發起人）籌款，拍了這支短片，發動社群網路，要讓KONY成名。對美國政府施壓。他的臉書後台被幾個人寄來這短片，懇求轉貼。

轉貼。轉貼。轉貼再轉貼。

那似乎使得他，不進入那個藍色框格的游泳池內，不在瀏覽、按讚、轉貼中，像舉臂、換氣、踢腿的機械動作，他就不在這個「人類」那麼許多希臘悲劇才足以搬演，但如今每天如跑馬燈快轉跑過眼球的巨大的邪惡、恐懼、災難、美德，或傳奇。或這一切在不久後被新的爆料戳破的鼻涕蟲般的醜陋感。

「時間一小時一小時的逝去，在這段時間裡他們兩個人像一個人似的呼吸著，兩顆心像一顆心一樣地跳動著，在這段時間裡，K覺得自己迷失了路或者進入一個奇異的國度比人類曾經到過的任何國度都遠，這個國度是那麼奇異甚至連空氣都跟故國的大不相同，在這兒一個人可能會因為受不了這種奇異死去而這種奇異又無謂的誘惑，使你只能繼續向前走讓自己越迷越深。」

他在模糊的單管日光燈照下，讀著P君抄在小紙條上且貼在牆上的這些句子，他的手指邊撫摸P這些小小的像孩童似的鉛筆字，似乎是用指端的螺旋而非用眼睛的瞳孔和視網膜在解讀這些句子的意義。他讀到一半就知道那是卡夫卡《城堡》裡的句子。

「宙斯」在一旁輕聲嗚咽。他想：這段話描述的好像我們兩個啊。他無聲的在心裡對那隻一臉悲不可抑的黑狗說，宙斯啊，這是你創造的，而不是我的，夢境吧？

牆面上層次貼滿不同尺寸的，可能是P不同時期畫的蠟筆畫或水彩畫，那種鱗次參差互相遮住畫面某些部分的往一團暗影遮縮進去的翳綽之感，很像廟裡祈福牆上亂貼的成百上千男女哀求上蒼的各種渺小願望的薄黃紙。但這牆面上P君的那些畫，有一共同的主角：是一個像童話繪本可愛臉孔的小男孩，但是一個妖怪的形象，頭上有兩根犄角，且有著日本熱血鬥魂漫畫中那從胸腔到肩膊到臂膀，纍纍結實一坨一坨肌肉的，不對稱的上半身。但這個怪物男孩，有時在一片蠟筆雜色複織的藍光裡孤寂地睡著，睡姿是自己摟抱住自己的悲慘姿勢。另外有幾張會有個典型造形的天使，用翅翼將這怪物男孩包裹起來。有的圖裡這同一張臉的小男孩則擁有一具可愛又滑稽的猴子身。有時甚至是他（但是一隻猴子的身體）和一群臉更恐怖像藏密唐卡裡那些恐怖明王、怒目金剛、彩繪的惡煞的惡魔臉但是人類小孩身體的怪物們，手拉手成一圈快樂地跳舞。從紙張的新舊判斷，P君在這組畫較後期，讓這小男孩的頭，從怪物變成了一個佛陀的頭，但仍是可愛男童的臉，和不對稱的發達胸肌、二頭肌、腹肌……

那個晚上，在P那棟夾擠在一排老舊四層其中一間透天厝的一樓，那像一口井的底部，放著一張餐桌，上頭一盞白鐵殼喇叭罩吊燈。他，P君，P君的前男友，一個叫阿寶的男孩——說是男孩，其實也三十出頭了，幾年前他到這造船港塢之小鎮探望P君，其時才二十多歲的南部黝黑男孩阿寶，在Gay的年紀裡絕對是青春優勢的那個。這次來他倆已分手一年，這阿寶也胖了，說是頂下三家萊爾富超商當店長，每天得半夜三點起床親自去進貨。利潤不高但乘以三一個月還可以賺個七、八萬。但進貨這種事不能交給工讀生。那個貨架的即缺即補非常瑣碎，年輕小鬼會亂來。曾經有個工讀生還會偷店裡的東西。

P說，我還常喝阿寶店裡拎回來過期一兩天的鮮奶，吃過期的麵包。

這樣的黃燈泡讓他們三個男人的臉，暗影縱深像梵谷的〈食薯者〉，像某些墨西哥版畫那些礦工用拓墨表現的對生命卑微、似笑非笑的模糊表情。他想：什麼時候阿寶也說起「那些年輕小鬼」啦？他和P這對老哥兒們倒是都過了四十五換日線這頭的中年大叔啦。桌的中央一鍋煙霧蒸騰的泡菜火鍋，阿寶時不時幫他夾鍋裡的丸子或豆腐。他們喝著啤酒，抽著菸。

宙斯便在這所有家具的影子皆拉長的畫面，安靜地趴伏在他們腳下。

他們像親人那樣說著笑著。三個都是濃眉大眼、虎背熊腰。像是他是大哥，P是二哥，阿寶是最稚嫩的小弟。中間他上二樓找廁所，發現那髒汙窄仄的小間，或從P的父母過世後，便沒清理過了。他要坐下時發現馬桶只剩裸沿的白瓷，上頭的墊圈和塑膠蓋像斷頭的道具被藏在水箱下方。他必須將那卡榫斷裂的墊圈暫放在白色馬桶瓷沿上，才得以坐下拉屎。像裸屁股和裸白瓷那咽喉或百合般的馬桶邊沿，直接接觸，即使在這已在時光中被侵蝕髒汙的獨自空間，還是不合禮節似的。

他下樓時，發現宙斯焦急地在窄樓梯下方盤旋著，牠甚至還不會上這窄階梯哪。

他想起一個滑稽畫面，對阿寶說：你看這個P啊，他母親出殯那次，我坐飛機下高雄，他說那晚要我陪他鋪席睡他媽媽靈柩前守靈。我內心當然很糾。但想這是最信任的哥兒們的邀請，就陪著他打地鋪睡在那佛號機、靈幡、燭光、紙摺蓮花和遺像的靈位前（當然棺柩就在後面）打地鋪，我們也抽菸喝啤酒聊天，結果這傢伙，連那種時候還講一些黃色笑話。我覺得怪怪的，當然也忍不住跟他應。

後來天快亮時，P要我上樓去睡，我到三樓那小浴室洗澡，哪知道全身塗抹了沐浴乳後，突然媽的蓮蓬頭就斷水了。我心想：伯母我剛並不是有意冒犯您啊。您別跟我開這玩笑吧！又不好這樣全身赤裸（但浮滿泡沫）在這幢喪宅裡大喊樓下的P吧？急中生智，將那破舊的馬桶水箱蓋掀起，放一邊，用小杓子舀那水箱裡浮球支臂全鏽汙的髒水，一杓一杓舀出來隨便沖掉身上的泡沫，再拿毛巾隨便抹乾，又香又臭地去睡啦。

P和阿寶哈哈大笑。他心裡沒講出來的悲傷是，P啊，這孤兒之屋，從父親母親驟然逝後離去，他好像便讓這棟屋子的時鐘，奇怪地停在一種暗微、陷入另一個因懷念而只屬於他父母活在這屋子的時空。他像一個被遺棄的老男孩，獨守這幢空屋。但屋子裡的（父母留下的）擺設、物件、家具，終究從每一小細節，像沙漏那樣不注意難察覺的崩壞。

他想，遺棄一如偷竊，或某些性成癮症者，無法不去嫖妓，或暗巷裡猥褻那些親戚的小女孩。遺棄總在最私密的，譬如月球永遠背後黑暗的那一面發生。

問題是我們的感情，早被什麼強大如你抬頭，城市上方所有電線桿上，鉛灰漆色的大型變電箱，或是掛著電線的監視攝影機，你從來沒意識到那麼多的醜東西架設在我們頭頂上，被更多這樣的東西，在更早之前就被隔阻了。傳導上出了問題，表達上無法克服那更早之前（誰？）就被摘除、包裹防電橡膠皮、分岔到無數條枝枒般雜亂的醜陋公寓鐵窗般的許許多多條電線。

他想跟黑狗宙斯說：因為這不是我第一次遺棄。就像中學生的實驗課，拿著超出想像的迷你的金屬解剖刀（很像飛機上的西餐麵包抹奶油刀），第一次割開那心臟仍在裡頭搏跳的白色薄薄肚皮，少年手會顫抖，眼睛的內窪暈眩發黑。然後那些青蛙被惡戲的同學用剪刀剪成無頭的一坨粉紅色（因為沾了血泡）怪東西。

第二次。再一次又一次。遺棄就像深夜大海偶爾彈起映射一抹燐光的飛魚，那碎燄便被吸收到我們純然的黑裡。

但這是黑狗宙斯第一次被遺棄。

他想這樣撫摸牠漂亮且無知的額頭說：「後來你就會習慣了。」但他心念一動立刻住嘴，像個老人在對早已死去多年的老冤家賭氣地說：「永遠不要習慣被遺棄！」

即使在這個房間裡，被黑狗宙斯奇異撬開的，牠未來的主人，孤兒P君的時間之屋。我仍想摟著你的不曾被人類遺棄玷汙的漂亮狗身體，告訴你我愛你。

雖然明天我就會消失了。

他記得在阿寶之前，P還有一位小男友。

他後來亦有這樣的世故了，老哥兒們幾年一見，身邊總換了一個不同的「嫂子」。他總可以模糊笑著，不讓白癡的臉部屏幕還殘餘著上一回和前一任「嫂子」像親人交心，或那些漂浮在引力圈的太空垃圾般的記憶殘骸：前一個「嫂子」的童年故事，她當時是在怎樣一個超現實之夜用盡心機幹掉再前一任，而「上了你老哥」。一切得從頭開始。輪換速度比島內選舉快上好幾倍。老哥兒們總像某種眼皮角質化的鬣蜥，用完全同樣的套式介紹你給這新來乍見的「嫂子」。當意識到你是這些老哥兒們「時光中最重要的兄弟」，這些嫂子們會以不同的暗香襲人，或佯瞋怨懟（自然是跟你告狀這哥兒們對她多差勁），或安靜在旁聆聽他和哥兒們歡快大聲（當然是喝了酒）扯屁。種種種種，不外乎浮世人情。

連P君這樣的老哥兒們，也是一輪一換身旁的春風少年兒。美麗男孩們。他們總比異性戀的時光弧彎跑道開始氣喘吁吁的中年大叔們，有情有義多了。有時同時一桌在座，現任、前任、前前任。當然那個希臘美少年的原型像陶坯入窯烘燒的不同時間，年紀愈來愈小。但一夥在一起涮火鍋抽菸喝啤酒，像一家兄弟排序老大老二老三老四，家族聚會。P像父親，他像那個知道這父親史前史的某個伯父。

他記得那次P母親的葬禮（所以也是七、八年前了），暗影桌几角落旁一個跟他一組摺紙蓮花的少年，像林書豪那樣小猴子臉的陽光男孩臉，長夜漫聊卻是一個像臉側有鰓肩背布滿鱗片，腳底濕淋淋用劍道布裙藏住尾鰭的另一個深海世界來的魚人。

男孩說他三歲時鄰居有個小姊姊不見了，他跟父母說看見她頭下腳上，頭髮被塞在一條河流的石頭縫裡，眼睛早就被小魚吃成兩個窟窿啦。他父母非常害怕，關著門打他。但幾天後女孩的屍體被打撈到真的一模一樣的狀況。六歲時生了場病，幾乎要死掉了。肚子長了個大瘤，臉也腫得像飽鬼，漢醫西醫看遍俱束手無策。有天家裡來了個喇嘛（他當時也被這敘述絆了一下，「喇嘛？在台灣？」），是的，那就是後來他老師。跟他父母說這孩子和他有緣，拿出一根非常長的銀針，刺入他肚子的大瘤，流了一夜的惡水，燒也退了，臉也變回原來的模樣。這喇嘛說救活這孩子的條件是必須讓他跟他去西藏修行，所以他便跟著他師父到西藏的寺院修行，到十三歲才又回台灣。

「什麼？所以你少年時在西藏待了六、七年？」腦海中對這描述缺乏現代性的真實感。如何辦理出境許可？或入藏居留證？總該有這些東西吧？在那個年代，一個密宗喇嘛從台灣帶走一個六歲小孩，在機場通關這些畫面總讓他覺得像虛構。他曾在西藏拉薩或日喀則的大昭寺、布達拉宮、拉卜楞寺，見過那些光頭穿著暗紅色帶褐僧袍的少年喇嘛，兩頰總是曬傷的「高原紅」，用藏語像在罵操你娘的互相嘶吼，原來是在「辯經」。或在某些暗房見幾個少年喇嘛，指節瘤突非常專注用酥油燈初溶剛凝的薄蠟，捏組一種繁複的「酥油花」。那些讓人昏昏欲睡的腥臭煙燻味，他不知怎麼，就是不覺得這男孩真的曾待過他描述的那個夢境裡。

奇怪的是，當面遇見本人時你覺得那一切是偽詐，畫神弄鬼。但他如波光瀲影某幅搖晃的像在某間敗落戲院第一排皮革破綻座椅仰頭看的維度較我們這個光天化日世界少掉些什麼的投影世界裡，P君曾和他講過的發生在這男孩身上的事，卻栩栩如生，如此真實。P君說，這小龍的「另一身分」是走陰差，就是「鬼使神差」這個字義的，「下面辦事情」的城隍老爺的低階差使。其實換過來的說法，就像咱們台灣幾百個鄉鎮，地方鄉鎮民代手下「喬事情的人」。別小看這種人，你從機車行的水貨零件、農會這一年的高麗菜從兩塊到七塊這樣的單價差、一天內弄一組泥水工幫誰家廢園起一間有水有電有化糞池的鐵皮屋、處理高利貸的欠債跑路、戶政事務科裡的土地重新丈量……，任何項目的瑣碎知識、底層人脈、江湖傳言、行規、學舌鳥般小圈子裡取得信任的講話方式，……他無不通曉。把這個「喬事情」的圖景旋轉至我們眼球看不見的「下面的世界」，那一樣是擠滿了各種要塞錢好辦事的，像鎮公所跑不同科等蓋印戳的世界啊。

P君說，他曾目睹上百次（他們是情侶身分的那段時光）小龍在一原本如常慵懶的狀況，突然（生意上門？叩機響了？）眼神一變，脊背僵直，他立刻知道他又「上身」了（開始接任務喬事情了）。有時他會對著虛空手拈翹翻如花瓣打起複雜的手印；通常他的眼瞳像被用鑷子摘掉，只剩兩隻空洞、白色的圓孔；有時他會聲音冷峻地要P君就手旁有什麼碗或杯子盛水，燒符（你永遠不知道他隨身帶了哪些奇怪的紙符），唸訣，像人格分裂者同時有十幾人男女老少在他身體裡爭吵、辯論、哭泣、碎片拼出一段冤孽……

他曾問P，是否這小龍是為了表演一種絕對的，相較於所有人皆獨一無二的「奇異的我」。像某些少女在身體隱蔽處刺青，且刺上他人無從模仿的大教堂壁畫裡的熾天使全彩圖？或日本浮世繪風格的夜叉惡鬼？

不，P君那時安定的回答，太頻繁了，他在我面前這樣驟然離場進入另一次元世界的次數太頻繁了，那已變成一種你無需辯證其真偽的，他自己的存在方式。

有一次，P和男孩在麥當勞——就是最不可能讓那眼前景物被光度色調較濃的暗影給重疊而上，再切換至「那個」世界的入口，那樣的熙來攘往，窗明几淨的空間——男孩突然壓低聲音，眼眶裡的瞳仁不見只剩兩片杏仁狀的眼白，不引人注意地顫抖，打起手印並將翹翻手指湊在鼻前似在嗅聞。他知道他又「上身」了（又被抓去跑陰差了）。但這次喬事情的對手似乎是個極難纏的，他看他一邊頭如篩穀亂搖，口中像犬類威嚇低聲咆哮著經咒，一邊卻眼淚鼻涕流得整臉都是，然後你完全無法理解眼前景像的物理性，像有人隔空拿那種建築裝潢工人釘隔板的釘槍，啪地小龍的右手掌鮮血淋漓，被那種釘槍的釘針（至少十五公分長吧）打穿釘在麥當勞那深色原木小圓桌面上……

那是什麼樣的一個世界？P說，問題是我們是Gay啊，相較於所謂正常世界，也許較歪斜，由另一套秩序、眼光、欲望重新編組的世界，但又重疊於你們這個正常世界。但我和這男孩坐在那（居然沒有一個人發現我這一桌發生的事）年輕男孩女孩像花園蝴蝶翩翩飛舞只有表面的世界，我一邊和他滿頭大汗把那支不知天外何方飛來的長鐵釘拔出。他自己用一條手帕止血，並奔進廁所，我知道他只是要燒符兌水敷上，那穿手掌無比真實汨汨冒出鮮血的傷口便會消失。但我一邊內心憤怒地大喊：這真是夠了。

P說，就因為我們是Gay，而且是在高雄旁邊這個傳統又保守，強調男子漢血氣與剛烈的日光永遠曝曬的小鎮（那些突肚腩、禿頭的中年流氓、走刀梯的乩童、漁港船老大、造船廠裡肌肉結實刺青像鋼筆芯頭折斷暈開的藍墨水的碼頭工人、為數眾多的不同駐軍的阿兵哥……所有男性都像在賭場堆滿如山高籌碼的牌桌上，頭暈目眩喉頭血腥卻得被黑壓壓的圍觀者逼著往上加碼，那種血性男子漢的空氣），那時我父母尚未過世，我和他們共住的這棟老透天厝，就是壓擠在這市場裡，連哪個女人背著老公偷漢子都可以在小美理髮店被三姑六婆咭咭呱呱說嘴，或是那其實和他們編織在同一幅世間眾生唐卡圖裡的可憐女人，走過那老街巷時，便承受到空氣裡看不見卻如濃厚油畫顏料的一種「被群體輕蔑、敵意」的孤立感……

如果是這樣，我，一個大他十五歲（在Gay的世界早已年老色衰了）的，伴侶（多哀傷的詞啊），在他止完血從廁所回到，麥當勞這周圍仍舊人影洶湧、無憂無暗影的小桌，開口對他說：「我們分手吧。我想活在一個正常一點的世界裡。」這，不是太像喜劇演員等著必然播放罐頭笑聲的梗嗎？

問題是，這男孩，不是那些肉慾森林裡因為迷幻藥、電音趴、集體雜交、男子三溫暖的獵豔遊戲、網交，或習慣性偷吃且將他和你暴露在AIDS危險的「天使」。我意識到我是在一個「烙印勇士」交換體液、汗水和靈魂裡的時間存在感。但你發覺他跟你在這個平坦的世界相處之外的時間，像用登山索垂墜到海拔數千公尺的峻峋縱谷，他在那邊經歷著他無法如電影播放或小說再現的一個不可思議，荒涼曠野，遍地廢虛，濃煙蔽日，屍骸以各種形貌被破壞、堆疊、散放，成千上萬哀傷而失去人類元素的臉的族群被另一族的人驅趕遷徙，沿途餓死病死，那一整片簡而言之，「人類文明徹底被毀滅」的地表。

他回來時總像那些從戰爭上被遣返的傷員，眼神冰冷，身體充滿本能警戒，有時莫名乾嘔，對眼前這其實才是真實的浮華世界充滿沉默的憎恨。

我不知道要怎麼遺棄？他想。

第一是，那些從久遠以來，那些被遺棄的，女孩們，男孩們，嬰孩們，那些決定要當一個無愛殘忍之人但用枕頭悶殺的那個原本比較善良的自己……這些被遺棄的（黥面的流徙之群），都流落到哪去了？

現在他知道被遺棄的狗們，會被捕捉集中在那像冒著煤灰的火車月台，那長廊走進去兩列高低整排整排的不鏽鋼柵籠，無數隻被主人遺棄的狗，秏秏秏秏、汪汪汪汪，像廢棄車垃圾廠壞掉的喇叭造成耳膜壓力音波的用盡全力吠叫著。牠們都是那麼美的造物。是人類玩遺傳遊戲徵逐美色的成果：邊境牧羊犬、拉不拉多、柴犬、哈士奇、台灣黑土狗……當然更多是像宙斯和牠的兄妹們那樣一窩米克斯小狗崽。母親可能因犬瘟、犬腸炎，或毛囊蟲全身潰爛皮膚病而已注射毒針送進焚化爐燒成灰了。

那些知道自己將死之犬，完全失去人類將牠們勾描進感官之美，由活著而流動的那些病態審美的金黃、米白、「可愛」的身軀、鬃毛和臉。你只看見吠叫時裂張的森森白齒，瘋狂與絕望。為什麼要殺掉我們！為什麼要殺掉我們！為什麼要殺掉我們！身軀撞擊那些鐵柵籠的聲響。只因為被遺棄，牠們連中途之境都無法存在的，已經是一群死掉的，掏空掉活著的美麗神性之類的情感。變成如此悲慘的模樣。空氣中刺鼻的消毒水味。

他想：也許P君所說，小龍那每個夜晚如山訓特種部隊，垂繩而下的陰冥之境，回來後臉如銀箔紙，冰冷發抖就是看見類似這樣的景觀吧？

在小花之前，他還遺棄了許多的名字（那些他為之命名的狗們）。有一隻老狗叫小玉的，在牠還是隻小狗時他便拾養了牠。那是一隻性格害羞、敏感、多疑的小母狗。他曾粗心大意在一公園讓牠走失，但過了一個禮拜後他重去那人擠人和攤販車的假日公園，發現那小狗從靈魂最深處發出悲鳴，竄躲進他蹲下的懷裡，牠瑟縮發抖，像被生命第一次的遺棄驚嚇心碎的少女。「噢，主人，答應我別再做這樣的事了。」後來他結婚生子，便把這隻小狗丟養在他母親家，當時還有其他幾隻狗。但每回（大約一個月一次）他回他母親家，牠都像古時深宅大院穿著粉紅褶裙袖襬刺繡花草小襖踩著小腳鞋蹺，髮髻梳得油光水滑的妻妾，所有其他的狗都撒歡蹦跳撲向他，只有這隻小玉會躲到屋子角落趴著（靜靜無淚？）。連他母親和姊姊都會笑著說：「這小玉兒又在憂鬱了。」他總像那些徵逐、閱歷諸多女色的老浪子，安撫完其他狗，氣定神閑走到那小玉身旁蹲下，細心地撫摸牠的臉，摳摳牠的耳朵，愛撫牠的腰身和肚子。哄牠：「好啦，最愛妳啦，最漂亮了。只疼妳一個啦。」那個晚上，小玉則會難掩歡心，主動和其他狗兒蹭蹭咬咬，調皮追逐。他母親有時會嘆氣，「這小玉如果是人，一定薄命，太死心眼了，你們看牠來家裡這麼多年了，還是認定自己只是小三的狗。」

後來牠老了，整個肚子長滿腫瘤，那間他們常去的老獸醫院沒有照超音波設備，給了個地址讓他帶牠去萬華一間像被半世紀前的時光暗影摺藏覆蓋的「動物檢驗所」。那時小玉已虛弱地哮喘並止不住地拉血，但他用一種主人的嚴肅權威，硬要牠接受他（其實在人類世界的醫療體系裡，他如同孤獨徬徨在曠野彳亍）的安排。那穿著實驗室白罩袍檢驗師要他幫忙撬開牠的犬牙狗嘴，粗暴地灌整大管像液態石膏那樣的顯影劑。牠從虛弱的小身體迸出最後一次讓他驚訝的掙扭，但他硬壓制住牠，沉著聲說：「妳乖，這是為妳好。」牠眼珠裡閃爍了微弱之光似在如泣如訴：「主人，這真是你要我做的嗎？」便不再掙扎。

宙斯，他心裡說，那哀傷的回憶像平原上炸開的閃電，讓他頭殼劇烈疼痛他媽的那庸醫，這隻深情忠實的狗根本還沒放上什麼「超音波攝像」的機器平台，被灌了那至少一千西西的顯影劑後，就立刻香消玉殞啦，嘴還僵硬張著，眼珠驚恐睜著像兩顆彩虹玻璃彈珠，就那樣死在我懷裡。

還有太多曾被我命名的狗兒，像萬花筒寫輪眼，各式各樣的遺棄，在宙斯你這神祇名字出現之前，像落葉紛紛覆滿小花那片腐爛、彩色、發出醚味的荒涼後山坡啊。

他知道像在一個無有月色、星光的黑夜的湖裡泅泳，他其實已沒入黑狗宙斯那忠實、馴良，如牠潮濕、無一絲怨懟、黑色眼珠將所有世間折光、閃燄、磷火吸收，黑曜石般，一個純然寂靜的「被遺棄者」的結界裡。他像個薄倖男人，在將要遺棄牠的前一個夜裡（其實是最後幾個小時啦），猶自在自憐地在那一汪沒有邊界的全黑水潭裡，定速地舉臂、踢腿、抬頭張口換氣，來回（時間被消滅了）巡游。

因為那不是一齣接一齣關於遺棄的芭蕾舞劇，或「遺棄博物館」。他無意展示（分解圖說，或追憶似水年華）那些他曾遺棄，心碎地至今仍在被棄者曠原的地平線徘徊的小小黑影。

那時候，他和P都還住在陽明山其中一座小山巒裡，許多大學生賃租宿舍之中的時光。他曾收養過一隻流浪狗。他是在一種心不在焉完全沒進入「狗時光」的狀況下，被這隻聰明的傢伙賴上了。原本在那群至少二十戶隔間宿舍（多是山裡貪婪又慳吝的阿婆們在她們幾代傍山坡而建、戶籍地權混亂不清的老屋周旁，硬搭蓋夾板木隔間的違建），門口零亂堆著臭烘烘的大男生球鞋、空酒瓶、空泡麵保麗龍碗、忘了把剪口用橡皮筋紮起所以整袋潮濕結成一大坨糊狀物的洗衣粉……不知何時起這隻非常醜的小花狗被人扔在這雜遝（塑膠、鉛皮波浪板、木板貼在布滿青苔之山壁、拼搭的洗衣槽、廁所兼簡陋淋浴間）曖昧之公共零餘角落。

那是一隻白底淡金橢圓斑的米克斯，小狗的身子，卻有一張老狗的臉，頭部是較深的棕褐色，狗鼻朝眉間的白色狹長帶，卻像發霉蛋糕混雜著黑、黃、棕毛。牠向所有摔門進出的大男孩和他們其中不定期帶回來過夜的女孩（她們喜歡穿著男友的大運動T恤和短褲，露著纖纖玉腿踩著夾腳拖，在後來那鋪了瓷磚的長方形水槽洗自己的小胸罩和小三角褲）搖尾巴。所有人都會摸摸牠的頭，喊牠：「馬達。」（不知是何時其中何人替牠取了這個名字。）有時三、四個大男孩蹲在前方一也是違建的鉛皮陽台抽菸，牠會半顛半搖地蹭倒在他們面前，翻開肚子，他們會笑著搔摳牠。

但沒有一人收養牠。

當然誰也不記得誰有沒有順手扔餵牠，昨夜喝酒啃剩下的雞爪、雞脖或發餿的豬耳朵。這小狗後來有一惡習，愛把各宿舍門前的鞋叼走。大男孩開始笑罵踹牠。問題是那些鞋（雖然臭，可都是典藏版的Nike第幾代喬丹鞋或All Star或愛迪達的科比或歐尼爾紀念款）無論如何都找不到了，只剩下孤隻。

有一次其中一個傢伙揍了牠，這狗竟翻臉狂吠並躲進後面的山坡。於是大男孩中一個從小鄉下長大的，攀尋進那無徑可通幽的山坡，在一棵茶樹下發現幾十隻（還包括阿婆的暗色繡花鞋和某些馬子的魚口高跟鞋）消失球鞋堆成的「鞋塚」。

後來這隻花狗便賴上了他。

也許那是所有尋找庇護的小動物的本能，他不知牠如何在那許多人類之群裡選中了他。牠怎麼看穿他心腸比他們軟？或是守承諾？一旦他和牠建立了「豢養」關係，便不會遺棄？

其實那時他和年輕的妻住在那群大學生沿山壁違建雜搭宿舍較下來一點的山徑階梯旁（也是山裡阿婆的老屋）。那隻花狗終日賴睡在他們那玻璃鋁框窗門口，並且不認舊情地吠那些曾餵食牠，經過的大學生們。他們或礙於對他（人類世界）的情面，只笑笑罵罵走過也不當真。他有時讓牠進到屋內，在自己沒意識到的狀況，找了一只破碗，每天餵食牠。有一天他覺得這已發育成一隻驃健成犬（因此那張老臉也變順眼了）的狗實在太臭了，便用蠻力硬摁著牠，用阿婆澆花的水龍頭皮管，抹肥皂替牠洗了個澡。

後來他替牠取了個名字：「小花。」

他在這港邊靜謐的，P君父母的遺棄之屋，像撥弄著潮汐中一圈一圈將過去吞下成為現在，看去卻是一模一樣的液態的「時間之臉」。他心裡對宙斯說：一旦你替他或她或牠命名，就進入人格神的有感時間，會因失去而疼痛，會因遺棄而罪愆，會因無垠宇宙中本來不值一哂的成住壞空，而心生違逆古老無數智者早已透澈其無常的執念和傲慢。

在他們那違建老屋貼抵的後山斜坡，是一片廢置但又雜生茂盛的茶花園。因為背傷，整片山坡布滿不知幾十年腐爛又覆滿、覆滿又腐爛的落葉腐植土，穿著雨靴上去，一個窪陷可將膝蓋以下整條小腿沒入。充滿桑果、櫻花、黑萎如一顆顆砍頭砍花臉口子結痂的整朵茶花，那裡蒸騰發酵的果酒醚味。時有青竹絲、雨傘節這些劇毒之蛇在那腐葉間沙沙竄爬，偶爾出現盤在學生宿舍瓦斯桶氣閥栓上一圈。這時學生會叫山裡的消防隊來抓蛇，有時則是來抓屋簷下一整窩虎頭蜂，紗網罩下，連金黃色閃閃薄翼的成蜂和巢孔中白色的蜂蛹，全泡成一大玻璃罈的壯陽酒。據說這片山原是日本人祕密建構的「毒蛇研究所」。戰敗撤離時，他們將實驗室裡的數千條毒蛇棄置在那逐漸塌毀的無人建築體。

在他進入了小花的「狗時光」之後，他常被這樣陌生的情感侵擾。這隻狗，常突然消失，有時一個月，有時兩個月，他不知道那種像人造衛星在引力圈最微弱外沿的漂浮翻轉，算是一種什麼樣的關係情感？他總自我訓練地告訴自己：牠不是我的狗了。最後一個畫面常是日光燦爛遍灑，牠扭著銀白光輝的狗屁股，開開心心跑走的模樣。但之後他和年輕的妻便如何都找不到這條狗了。有幾次，春天，捕狗隊的鐵籠車到前山公園抓野狗，遠遠聽見老人浴池和公園櫻花林那邊一陣一陣各種犬隻的淒厲哀鳴，他知道他們是用鐵絲作一圈套裝在長竹竿端，一抽一甩，狗兒便被勒著頸子扔上那死亡之車。他也曾想過小花是否也在那整公園淨空捕走的野狗群裡。但又氣弱（那年代也沒有網路可以上網查被當野狗誤抓走的家犬該去哪認領）好像生死有命，我們人狗緣分一場，莫怪我無情。一星期後那狗全身濕淋淋回來，眼神閃著一股曾經歷過地獄的陰冷，脖子從左耳後拉開一條好長的口子，血痂剛結，想是被鐵絲圈套住了，這神犬竟不知怎麼狀況下脫逃了。很多年後，他還和朋友懷念笑著講這隻「神犬」的怪異事跡。某一深夜，他和年輕的妻駕車要去學校那頭的7-11買消夜，車過一座日據時期便架好的石拱橋，路燈下，一排黑影列隊而行，前首是像德國牧羊犬、哈士奇、黃金獵犬……這樣的大型被棄犬，牠們靜穆地一隻跟著一隻在山中夜色裡疾行，他突然在駕駛座大喊：「幹！那最後一隻短腿跟著的，不是我們的小花嗎？牠居然去跟人家混幫派！」

或是某次，他帶朋友，開車至少三十分鐘車程在蜿蜒山路繞圈，到距離他們住處頗遠處一家山雞城吃炒野菜、鳳梨苦瓜雞、炸溪魚這些「山中土產」。極粗陋一桌一桌鋪了粉紅薄塑膠紙，完全同一菜式，同樣用小瓦斯罐火爐煮得沸騰的一鋁鍋一鋁鍋冒煙的放山雞湯。各桌散坐著用免洗筷、粉紅塑膠碗咂咂啃雞肉的客人，地面下五六隻野狗巡弋著，端坐在你腳邊，既乞食卻又保持警戒。

他正要把一塊肥雞肉丟給腳下一隻坐得好精神的胖狗，眼睛慢慢對焦解析……

「幹，這不是我們家的小花嗎？」

那狗到此時還未辨識出他來，（他之於牠和那每日來此圍著雞湯桌，偶會拋下一塊帶肉骨頭的人類，無有差別。）他一腳踹下去，「小花！你他媽的原來跑這麼遠來當丐幫的！」那狗才臉部表情從一種喪家之犬的灰頭土臉，慢慢恢復，慢慢恢復，像電腦繪圖師從一畫素一畫素細微光影的修改，眼神變回那個「噢，主人」，那種「已經屬於某個人類」的，忠實，不，愛的濕汪汪的眼睛。

那隻狗是個自由魂。

後來我還是將牠遺棄了。

也許是，如今還遺留在那片醚醉腐葉氣味，除了我，無人再第二次踏入的山坡祕境的，某棵枯死茶樹旁凹坑裡的「鞋塚」。那些單隻的球鞋，或女高跟鞋，它們原本的主人早已搬離這貼山壁違建的學生宿舍。許多年後我還曾在網路上看到可能是當時那些臉孔模糊的大學生其中之一或二，留言提到關於那山坡更往上攀爬，有一座「祕密實驗室」的謠傳。上頭還寫，一直到他終於第二次延畢，搬離那座奇怪讓人「像中邪」不想離開，進入山下「真正的生活」的魔山，每個黃昏，那隻花狗，都像雕像坐在那排石階梯的最頂端，像在等候著遺棄牠的主人。

因為，我們後來也搬離那山了。搬家公司用了兩輛卡車來搬空我們賃租老屋裡，所有的一箱箱書、衣箱、畫框、燈盞、電視冰箱、跑步機、餐桌椅……那整個上午、到晚上，小花正在牠離開地盤向陌生之境冒險的山中漫遊。搬下山之後的幾天，我還藉故開車上去巡屋裡沒搬空的零碎物件，還是沒遇到牠。

那當然是一種「無論牠浪遊、漂泊到世界哪個盡頭，只是疲倦回來，我一定待在這個老屋等牠」的隱密約定被解除了。

牠可能一個月後，三個月後，半年後，又渾身是傷，鼻頭噴散著更遙遠山稜線那端的氣味或草籽，但那空屋已沒有牠主人的氣味了。

當然，還有許多、許多，像炸藥炸開一座廢棄、堰塞多年，空拍照只是一片濃綠色藻類布滿的水庫，在這個南部陽光從整片落地窗傾瀉進來的換日線，他或許還是因為疲倦而趴睡在P那單人彈簧床墊上，黑狗宙斯用牠布滿苔粒的濕舌頭，親愛地舔著他垂下的手臂，像是用炸藥炸開一座水庫的水泥鋼筋基座，隨著旋轉、突湧、和崩裂石塊一起瀑瀉的，那原本浸泡在濃綠藻絲、泥漿和連著根鬚的死去的光滑樹幹，一些被遺棄者的屍體，像海芋花那樣潔白（令人驚訝的是，它們沒有腐爛成枯骨，當然都是裸體，但皆像浸泡在福馬林缸那樣，灰白而完整的乳房、肚子、陰囊、手腳），在漩渦中像自暴自棄垂頭將手臂下垂至膝蓋，那樣學猿猴走路的彎腰駝背姿態。其實或許那原本是長期浸泡在那廢棄水庫死水裡最舒服的姿勢，只不過這水泥斜坡面一被炸開，它們被翻攪著、私處和肚腩被翻露朝天，驚訝地挨擠在一塊（也許從靜止到這樣的爆裂而重新啟動時間的攪弄，它們曾無意識張大了嘴），一個個屈辱地隨那泥漿、雜樹、破裂的石塊……翻滾掉出來。

黑狗宙斯。他在半醒半睡間，想對牠說：這還只是「狗時光」裡，一種純然的愛與信任所必然邀請的遺棄。一如只要你活著，死亡就永遠是一種邀請。遺棄者會說：原諒我不得不將你遺棄。因為我必須將我的時間，像離析機從和你混在一起，分不出彼此的時間綜合果菜汁裡甩離出來啊。首先，「原諒」也是人類的發明。遺棄者會說：這是作為人類，從演化漫長的時間之河，那神祕的一刻，當他直立而起，眼睛因此拉高到眺望遠方的位置，並且他的大腦因脊椎拉直後置且放進一較寬敞的勺殼裡，他必須渴望換算、整理更龐大複雜的資訊。因此他更渴望往未知旅途邁步而去，以盤織更多關於「我」的記憶。

但這終究是個有缺陷的設計（我們假設有造物者吧）：眼睛所看到的，大腦所記憶的，支撐著幻覺寂靜播放的只為了讓「生命」給予足夠時光展幅（以追憶、思索、感慨、憾悔）的身軀：骨骼、心臟如幫浦讓血液循環、肺的網絡、肝、腎的濾析、從嘴（牙、舌）開始整套胃、十二指腸、大腸的進食消化管……它終究維持七、八十年以對抗那「曾經目睹、記下的」如燭燄熄滅於時間幻覺之前的永恆的黯黑。

所以宙斯，這是時光播放器，對於快轉影片或慢速停格一張一張底片微物之神之間的哲學對立，是箭矢、性愛、宰殺一頭牛觀察牠的眼睛慢慢黯淡、或禽鳥在俯衝時眼珠小肌肉快速調整焦距……和長年描繪星辰之全景圖、魯濱遜在一座孤獨之島度過相同的每一天、監獄裡只能看見頭頂上一方小鐵柵窗洞想像外面世界的終身囚徒、或對年輕亡妻一輩子的思念……這之間的掙搏擒抱。

譬如說，那時，他坐在那一桌四個男女——不，應該是三男一女——之間，他不認得他們，卻又覺得他們像極熟悉的某部老電影中的經典角色。而他們似乎也對完全不搭軋的他蹭坐在一旁不以為忤，就只是（不禮貌地）不搭理他，當他不存在。

那個女人出乎想像的美豔，雖然是在這樣一片朦朧模糊的柔光裡，也看得出她的五官精緻的像時尚雜誌封面那些（經過本人整型；化妝師巧奪天工的蜜粉、眼影、唇蜜、假睫毛；以及攝影師兼電腦修圖師的幻影之手）僅以人臉便美到讓人嘆息，抽一口冷氣，內裡湧出柔弱慾望想掏錢買下擁有（這張美麗之臉後面的這本三百多元除了廣告，毫無內容的厚厚一疊銅版紙廢物），那樣的明星臉。她像從一大包袱裡倒出滿桌蹦跳的綠豆那樣，嘩啦鋪滿整張桌子一種背後是淡藍色紋繪的小紙卡。仔細看會發現她的纖纖玉手將這至少數百張的卡片分成兩組，較接近她的那組牌陣張數少許多，且尺寸較大；在桌沿下方的那多到像職業賭場同時把四、五副撲克牌併在一起的數量的牌陣，尺寸則較小。

「來吧，先從小張這裡，每人摸一張牌，心裡默想著你內心想問的精確的事。」女人對那三個男人說。那個頭顱極大濃眉大眼剃了光頭像西藏喇嘛（事實上他穿著一條鮮花怒放圖案的褶裙，上身則是一件鮮紅色的背心）的矮壯男子先抽了一張小牌，翻開後那小卡片上像兒童蠟筆畫潦草畫了一座像核電廠又像某個荒煙蔓草處的紀念堂。

女人說：「好，再翻一張大張的。」喇嘛男子依言抽了一張大尺寸紙牌。他發覺那大牌的功能，並沒有任何圖案，只在邊沿上角像畫展每幅畫下的標題，簡單的兩個漢字：「罪惡感。」女人將那小卡片放在大卡片上方，於是便形成小圖與那標題文字之間，蒙太奇般的互涉。

三個男人皆一臉迷惘與嘆服。「這是什麼意思呢？」他發覺另兩個男人，其中一個胖子不正是他自己嗎？只是顯得年老且一臉疲倦，頭頂更禿了。（是很多年後的自己嗎？或是死後在陰間和哥兒們算牌打屁的模樣？）另一個男子則是狸貓臉，但作柏格曼電影《第七封印》裡黑披風尖帽斗篷的死神打扮。但他們坐在這兒，或為女人（也許是某個女神？）豪華的美所震懾，或確實他們各自皆極關心眼下眼花撩亂的牌陣，和自己命運的關連，全是張著嘴，傻乎乎的表情。

「這是什麼意思呢？」

「我是問我正在寫的那個家族史。」矮壯喇嘛說。

「也許是你這部家族史，翻攪的整個家族的冤孽和塵封的重重暗影，那要去揭印而出的罪惡感，是像一座厚水泥阻牆層層擋住，一個裂隙就是恐怖地獄變的核燃棒吧。」那個死去的他自己一臉正經地說。

「阿默你真會屁啊。」女人嫣然一笑，「那你也抽一組吧。」

那個肥胖，禿頂，未來的他，從一整片淡藍色小紙卡之海中抽出一張牌，翻開放在桌中央，是一幅（仍舊像出自小學生胖短手指的）莫內色彩的小花園素描。又抽了一張大卡，潔白的紙面上寫著：「悲傷。」

四人陷入沉默的思考（他已確定他之於他們，是不存在的，或看不見的）：「這是怎麼回事？」「是《去年在馬倫巴》吧？」

那個死去的他自己也一臉困惑。「再抽一次吧？」這次小圖是（像哥雅畫風的鈍重和充滿暗影）一個人面對著一條長桌後並排坐著的三個紅、黃、藍不同顏料抹上的人影。「這又是啥？是在考論文口試嗎？」「比較像法庭審判吧？」又抽了大卡，墊在小圖下方，提示的兩個字是：「憎恨。」

「這太費解了。」他知道那個他自己，一定被這連著兩副牌的畫面隱喻和簡潔字義的不祥預示，內心某個細微的火柴棒支架給擊垮了。「不管，再抽一次。」這次更玄，小卡是一個夢中幻影般的人形糊團背景，站在一扇巨大窗前看著窗外，仍是哥雅式的油畫筆觸，窗外是深綠色的夜景，天空上方是一團烏雲遮蔽著一坨髒白濛光的月亮。給予暗示的大卡字義則是：「強迫。」

「他媽的這副牌太邪門了，這怎麼解啊？」

我已經預知那三副牌和你（不，應是「我們」）命運中相互疊印的意義。他悲傷地想。但很快那死去的他自己的憂惑表情，又被這算牌的遊戲氣氛，或好奇觀看下一個人的牌之圖與文字，像被潮汐沖刷的沙灘，一次一次終於細微地抹掉了。

喇嘛男人又補抽了兩副，一張是三個人形疊在一起，像X光片那樣最中央是釉紅色最小的人形，在它外圈像漣漪擴散開是一稍大同時輪廓也更模糊些的鈷藍色，最外圈則是近乎光暈的明黃色。你可以將之看成是一組俄羅斯娃娃的縱剖面；或這樣病態的不可能醫學奇觀：一個孕婦，她肚裡的胎兒一直生不出來，逐漸在羊水腔裡長大成為一個少女；通過某種亂倫意象的受精穿越之途，這肚腹裡的女孩也受孕了，於是形成這種三疊套一個母親包裹著一個女兒，女兒肚裡再包裹著一個小胚胎的超現實畫面。這副牌的外加文字是：「習慣。」

他聽見未來的他又說了：「很準。這就是你祖父，你父親，和你。還是在講你那個家族史。」另一副牌則較普通且一目了然，是兩隻手臂一上一下在擰一條毛巾，毛巾已被擰成一條一條褶縐的螺旋形，手臂上也畫了些青筋畢露的暗影，顯示兩股力勁的僵持不下。字義牌則是：「上司。」

三男一女又是一陣驚嘆和低語。

當然我們可能透過重重疊疊不同的隱喻方式，侵入他人的靈魂翳影最祕密之境。譬如登入

YAHOO! 奇摩信箱，輸入任何一個你不該進入的帳號，然後偽稱你遺忘密碼。守門員軟體會提出兩個通關之謎：「你的第一輛車的牌子？」「你最小孩子的暱稱？」「你最喜歡的一位小說家的名字？」「你父親最愛喝的威士忌的牌子？」「你第一次動手術的醫院叫什麼？」「你中學三年級導師的名字？」……種種種種，考慮到是這個人不為人知的祕密，但又是他（或她）設定多年後，根本忘了最初的謎之約定，在看到提問時，又可以準確無誤地鍵入標準答案。表示那個浸泡深井、重重鐵鍊鎖住的封印鐵匣裡，藏著的是永遠不會對你及你的下意識說謊的答案。不會出現「哪個女星是你性幻想的對象？」「你最想擁有的跑車牌子？」或「這世界上你最恨的人是？」「你的臉最想整型的部位？」這類隨時光河流波晃影搖，每年每年可能被塗改成別的答案的提問。它一定深埋藏在昔時記憶最不會改動的固定插錨之處。

活在層層翳影，謊言編織謊言之多重幃帳的人，必然在生命某個靈光一閃時刻，深刻羨慕那些活在正午日照下，生命無有祕密、謊言與陰影的人，於是一時衝動將原本水上浮屋搭建於謊言倒影上的那些身分和關係徹底切除。這是某些作為他人婚姻第三者的女孩，某日（無預警地）突然，撥去那每週一次親密纏綿的情人的號碼變成空號，寫去的私密電郵從此石沉大海，原本因為互相掩護、無有共同人際如孤立海中之小島，此刻徹底從她的衛星定位地圖屏幕消失。

因為他想活回一個像顆雞蛋，光滑無有陰影的人生啊。

但是試想：如果真有一個人，像那樣的正午熾陽照在教堂外壁浮雕每一花紋圖案，沒有一眨眼便換檔切入的完全另一個祕密暗室，這樣的永遠在二次元表面活著的，觸感，移動，那樣的裸裎給自己的「真實」（無需水藻或珊瑚礁孔般的謊言去遮蔽），我們認真設想，那樣活著，他頂得住那種疲乏和旱地般的空蕪之感嗎？

他突然想起來了，那一組預測命運的小紙卡（那個麗人鋪開整張咖啡桌上的），那些既像兒童畫，卻又隱約可聯想到莫內、竇迦、梵谷、夏卡爾、哥雅、雷諾瓦……這些畫家某幾幅經典之畫面的圖案，但又帶著一種像腦麻痺症在拿筆作畫的，某種近乎物理法則的缺陷，不是惡戲，卻是無法精準的粗糙和模糊。只用了那些大畫家創造光影幻覺所動用油彩顏料百分之一的顏色，亂抹幾筆形成一團粗胚。那些糊掉的麵粉工坊、閱兵的廣場、遠方的曠野、港邊停泊的小舟，帶著陰影的自畫像、一隻握著銅門把鎖的粗糙的手……

這些全出自同一個人筆下的畫作啊。原來那些讓想占卜預測命運的人，拿到牌，內心皆說不出的陰鬱、模糊的恐懼的歪歪斜斜的畫，全是這間時間塌縮之屋的孤獨主人，他將把宙斯交付給他的這個孤寂老男孩的創作。

他想：眼前這隻狗不知道明天牠就將被他遺棄。牠那一團瀝青般純淨的黑色，包括那一雙雖然惶惑卻又絕對將自己託付的眼睛。他摸摸牠平坦的額頭（真漂亮的一條狗啊），心裡對著牠無聲地說：宙斯，有時候，不是心腸硬的問題，是因為那些隨著一場允諾（愛）如枯葉間的小旋風，那些時光中的愛意，無言的信任、懸惦、終於的離開，我都經歷過啦。我心裡的這張畫布，早被別的髒汙油彩層層覆蓋刮痕纍纍。

有時我們將注意力集中在花圃的那一片狹長的泥土上，細長的枯葉、某一些像小孩拇指或小船的綠色落葉，也許因前陣子連著下雨那些土壤呈現一種深鬱的黑色，將那些紛亂、像斜織布紋的枯葉枯枝，吸吮般地陷在它們的泥濘幻覺一株一株不到人足脛一半高的枯枝，有兩株帶著蓬鬆般的亂糟糟小綠葉叢，其他則是光禿禿的。較高點的是像姑婆芋這種，像雜技團用細棍兒撐著一張盤，或一方手巾旋轉，但葉片像人的手掌布滿掌紋的草莖植物；或一些如鐵線蕨、天南科植物幼株，甚至一排齊頭被砍掉的湘妃竹的歪斜的列站的下半身，還有一盆也是光裸著像截肢人的手肘、或怪異膝蓋的胖短岔枝的雞蛋花——通常你印象中這種樹都必須仰頭看它大片的綠葉，但這株就是矮小枯萎，枝幹上一圈圈傷痕那樣小小一盆放在那兒。裝潢靠近塑膠頂篷這邊的土，因為沒吸到雨水，呈較淡顏色的鬆沙感，邊緣用一枚一枚骷髏大小的鵝卵石圍住，在這些鵝卵石更外的小斜坡度上，或為了防滲水或土壤流失，則鋪上許多白色小碎石。

說是花園，其實就是後院一道狹長形的泥土區，這後院的牆則是用排筏式的枯竹籬笆圍住。陽光細灑在那處處透隙的竹排上，而竹子單獨的節與節間，顏色有霉黑、深褐、淡黃，甚至一整片的不可思議的銀白。花園的主人且（至少最初的用心）用鐵絲，看似隨興的在幾處籬笆上，綁了一盆、兩盆葉子本身能將光線撩亂成碎影的鐵線蕨或薄荷草這些小盆栽。

反倒是較大棵的樹，都被擠在竹籬笆排筏外和不鏽鋼防盜鐵欄杆牆（真正和隔鄰公寓的冰冷邊界）的夾縫：譬如兩株兩層樓高的木蓮樹；一株像這花園所有植物的父親，一種男性姿態的高大榆樹；角落枝幹嶙峋倚著一株（也是葉子盡落光）梅樹；還有一株他說不出名字，葉序像螺旋梯盤旋而上，細碎小葉但那嫩綠可能是這花園裡最茂密，生意盎然的一棵。

整體是一片空疏、荒涼的印象，間或有幾株不高不矮的桂花樹、變葉木，甚至散株的杜鵑，都顯得零亂，葉片也積了灰塵。

他記得那個女孩，像療養院裡坐在輪椅上，或是頭髮被剃光圓形頭顱戴著透氣網罩的那些「生病的女孩」、「被禁錮的女孩」、「青春擱淺在這樣靜止時光的憂悒女孩」，她總這樣問他：「我們什麼時候可以離開這鬼地方？」

我們。其實指的是她。他只是隔一段時間，盡量不帶感情波瀾地來看看她。甚至就他模糊記憶，最近幾次，之間隔了一年或快兩年。她從未埋怨（他慢慢將她遺忘），但總遮掩不住每次他來，她的歡欣。

應該有一些僕傭，或醫護人員在照顧她同時監管著她平日的起居和情緒吧？但他印象裡，在那花園的時刻，總是只有他和她兩人。

他似乎被一種巨大的情感壓抑著，似乎有一天他必須把「她為何一直被拘禁在這」的背後的祕密說出。但她似乎從不感興趣。她也從不好奇，為何她永遠保持在這個十三、四歲孱弱蒼白的少女的模樣。時間在她身上從沒有發生。而他隨著（從第一次開始）一次一次的來，又走，又來，他已變成一個禿頭、眼角垂塌的中年人了。

有時他對她描述一些外面世界的故事，有新聞報導上看來的，有他的哥兒們在喝酒打屁時說的，有些則根本是他瞎掰的……但她總是睜大眼睛聽他說，也不表露是信或不信呢。

譬如他跟她說一個奇怪的關於「攜帶鳥搭飛機的故事」。

那天電視新聞報導了一個奇怪男子，從越南偷帶了六十七隻綠繡眼搭機返台，被機場海關逮獲，這本來無足驚怪，但鏡頭畫面帶到警方展示的，被剪開的他的牛仔褲內面，這真是讓人大開眼界。這傢伙在整件牛仔褲的兩條褲管內面，縫了六、七十個像手榴彈保險插栓那樣的小銅圈。一排一排，層層環繞如玲瓏塔。再把那些可憐的小鳥兒，每隻用一小張泡棉裹束著，像果農用塑膠袋包住一整樹枝枒上纍纍垂掛的蓮霧或枇杷。記者訪問了鳥街的店家對此事的看法，老闆娘一臉迷惑地說：沒聽說越南有什麼珍貴特殊品種的綠繡眼，像我們台灣一般一隻也才三十元到五十元，完全不理解這位先生為什麼需要這樣違法走私？

記者說，因為越南屬於禽流感警戒區，所以這批可憐的綠繡眼必須被撲殺。

這傢伙進行這個不可思議的行動，他對她分析：我同時聽到兩種完全相反的驚嘆：

「怎麼那麼蠢？」「怎麼那麼天才？」

後者當然是，他腦袋裡是怎樣構思成形這「不可能的任務」：他必須耐性地剪開牛仔褲兩褲管，耐性地將一枚一枚的小銅圈縫成像塔裡的螺旋梯，之後再將褲管縫回原來形貌；他必須深諳綠繡眼雛鳥的習性。牠們那樣連翅束縛被包起，一隻隻吊掛著，藏在他的兩條腿和褲子（牛仔褲！）之間，從頭到尾沒有一隻鳴叫，這樣穿過海關的通關檢查，坐在飛機那狹隘的座位，然後居然全部活著！

這之間的預先計畫（包括他獨自在越南的某間旅館內縫著一枚枚銅環時的耐性；把啁啾小鳥一隻隻撫順羽翼包起；牛仔褲管裡琳琅吊著這六十七個小生命在機場大廳走過那光影中走動的人群；面無表情將登機證交給微笑的空姐；他的心跳，那褲襠以下的小東西們的心跳……這個難度感覺比在屁眼裡塞塑膠袋裝的海洛因磚還要難啊；甚至比好萊塢電影裡那些國際頂尖殺手將狙擊槍拆解分嵌在皮鞋、拐杖、電腦內部零件……我覺得難度還高啊……）

另外他跟她說起一個朋友F「前幾天」說的故事：

F說起去年冬天他和一群山友去爬雪霸，（這些年幾乎一年才和這兩老哥們聚一次喝酒，我每每聽F君講起他孤自一人，將其他登山同伴扔在下面，獨自拿小冰斧、踩釘靴，用手掌攀爬那些近乎垂直的陡峭山壁，腦海裡都會浮現年輕時井上靖的小說《冰壁》。事實上我已四十六歲啦，身體在好幾年前的某個神祕換日線，就不可挽回地朝塌毀散潰的衰老那端傾斜。我知道再不可能如少年時期，聽同伴描述他冒險闖進一必須以身體素質為配備的極限美景，便會衝動想『有一天我會跟你一道去』，那只能是屬於他的，獨自的祕密的幸福光燄。）他說大約在剛出發不久的某個入山哨，就有一隻小黃狗跟著這些揹了纍纍登山包，全副武裝的人類。那次並沒下雪，但海拔三千五以上，溫度也近乎零度吧。我們可都是穿著厚裹的羽絨雪衣啊。一開始同伴們作勢踢牠驅趕，還對牠說：「小黃，你這樣跟我們上去，必死無疑啦。」但或是野狗認定跟著這群人必可討到一些食物，牠始終保持落後十來二十公尺尾隨著，一路也是斜坡險徑，手腳並用在亂石草藤間沉默地前行，而那小黃狗也一路跟著。

終於到了一處九十度的陡壁，下面是萬丈深淵，眼前除了大夥用手在那壁面上間或突出的嶙峋岩石尖，一手抓，接著釘靴踩，那樣顫危危的往上攀爬，別無他路。

F說，他彎下身對那小黃狗說：「好啦，我們就在此別過吧。」所有人認定這是這犬類跟隨人類入山路途的終點（說起來所有人對這隻傻氣的小狗都多了一分「牠還不賴」的情感，裡頭有兩三個傢伙還從揹囊裡拿出乾糧餵牠。畢竟在山裡，那稀薄的空氣會讓你某些孤寂感放大，因之對那無邊孤寂難得一絲的溫情也特別珍惜）。接著目光專注在舉臂上方小區塊，只聽見嘩啦細瑣聲，大夥一個接一個靜穆地開始攀爬。等到了這段陡壁的頂上，他們還聽見那隻小黃狗遠遠在下面嗚咽的哭聲。

但接著往上走了一小段，不知何時那小黃狗又竄跳出現在他們腳邊。

這確實讓人嘖嘖稱奇，大夥七嘴八舌，都說不可能，那確實除了那段十公尺高的陡壁，沒別的路上來啊，這小傢伙是怎麼辦到的？這次這低伏搖尾、喘息吐舌的小黃狗真的擄獲這些敬畏山的登山人們的心，一種看不見的暖意和「當自己人了」的氣氛擴散開來。於是這小黃狗跟著他們一路攻頂到海拔三千多公尺的頂峰。

倒是再折返下山時，又在那處陡壁處困住了，疲憊沉默的人類再度一個一個順序而下，顧不得那全無攀爬裝備的犬隻獨自留在壁頂哀嚎。F說，他是最後一個下攀的，看牠哭得絕望，想留牠在那截面以上的山裡，只有死路一條。一時不忍，復往上爬，朝牠伸出手。欸，這小黃狗是野狗，還不讓人碰呢。不理牠——那一瞬恍神分心就會摔得粉身碎骨——向下攀爬跟上同伴。你如果曾到山裡就能明白我說的，不要講狗，連人類同伴都是，你能分給別人的慷慨，在那稜線如此清楚、空氣如此稀薄的生死邊緣上，會變得緩慢又謹慎。

後來那條狗呢？她問他。

他感覺到這個故事讓她在乎起故事裡的角色的命運。她惦記，替那隻被遺棄在高山上的小黃狗擔心了。這是好事。甚至可以說是他的目的。他觀察到她瘦稜稜的手指蜷抓起來，白皙的皮膚泛上薄薄一層淡粉紅的細斑。

他說，F說，他們大約往山下走了半小時吧，那時天慢慢黑了，突然聽見後頭草叢窸窸窣窣響——是那小黃狗！尾巴像螺旋槳搖著、舌頭吐出、兩眼濕漉漉的，這隻不可思議的狗啊！所有人都驚嘆著，拿出揹囊剩餘的乾糧餵牠。沒有人知道牠是用什麼方式攀下那道陡峭壁面。

後來呢？他們下山之後呢？女孩問。

當然是搭車回城市啦，他們離開了山，當然把那小黃狗留在原初遇到牠的地方。牠是山裡的狗，妳難道認為他們其中一個會把那小黃狗抱上車，帶回城市住在那狹小的高樓公寓裡？

他另外跟她講了一個，關於他在馬路邊看見一隻流浪鸚鵡的事。

有一天下午，他經過和平東路師大路附近時，天色陡變，烏雲壓至近乎四五層樓高公寓貼頂，飄起牛毛雨絲，且一股一股小旋風颳起馬路旁一圈一圈枯黃落葉，光度突然如此之黯，連轟轟行駛過去的街車都變成像昨日之景，那讓人難免心中一陣無意義的慘然。他穿過馬路到對面的轉角警局門口時，頭頂一陣非常響的「呱！呱！」一聲，他想那是烏鴉或某種大型鵲鳥吧？但那鳴叫的分貝在耳膜極細微的直觀辨識，他直覺是一隻比尋常城市裡所見要大些的少見禽鳥。那像利用共鳴箱回響的淒厲呱呱間響，竟完全不被街道車陣的轟隆背景聲淹沒，像洞簫一般清亮而悲涼。

「呱——喔——呱——呱——」

他站在那株盡是枯枝，偶附幾片焦枯卷葉的白千層樹上，抬頭找那隻鳥的蹤影（他身旁也有五、六個行人也停下腳步跟他一起張嘴抬頭），後來他想：因為一開始他預想那是一隻黑色或深藍色的禽鳥，所以在那黑樹枝如編織、浮在灰白天空襯底的視覺範圍，他的瞳距不斷收縮改變焦距，但就是看不見任何一隻鳥。

但那海螺吹出般的悲鳴仍那麼近就在頭頂再一陣響著……

後來也的眼睛鎖定了一個顏色反差的形廓：那是一隻巨大的白鸚鵡。全身白羽毛髒汙成浴缸裡要放掉已髒汙掉的泡沫水，難怪，灰雲密布的天空變成牠的保護背景色。那肯定是一隻流浪鸚鵡。（就像流浪狗一樣，從飼主家跑出來，或是被遺棄了，在這一帶翻垃圾桶，或啄食那些廢棄日本老屋荒院裡某些大樹的果實，也許牠會獵殺小餐廳後巷水溝竄出的肥老鼠……）

他對她說，這種大型白鸚鵡，在鳥街一隻動輒要十萬塊以上。牠的智商非常高，到人類的七、八歲小孩的智力。所以遺棄發生在牠身上，特別顯得悲慘。因為牠已有理解抽象情感的能力。

女孩說，也許是牠的主人死掉了。

也許吧，他說。但總之在城市馬路旁行道樹枯枝上，看到蹲著那樣一隻大白鸚鵡，心裡總不太舒服，很像一個披了一張髒汙披風除此之外赤裸身體的小男孩，蹲在樹枝上嚎哭著。

女孩說，也許牠喜歡那樣的自由。

不，他說，在那個畫面裡，我一絲都沒看到關於自由的氛圍，只有看到遺棄。

一個悲傷的故事

像在幾千年前第一次發現了「π」這個閃爍著光，拖曳一道微弱但無限的可能性的符號。

他聽到那個聲音說：「女兒。」

一、一個悲傷的故事

這類故事通常有個靈光一現、純真而漂浮的最初畫面，他記得：那時他大約七、八歲，一群這樣大小的孩子圍坐在他姑姑家的客廳地板，中間放著還才一歲多的，似乎還不是人類，還是某種寄存於人類的輕忽不當回事而度過最脆弱期的軟體動物或腔棘動物——微若表妹，當時才一歲左右吧，他記得那位已是個小美女的表姊，這樣權威地說：「看她會去找誰？」像圍坐一圈在輪盤賭機外沿，臉孔如釉燒過後的沌暗、浮突出眼、鼻、口的蹤影。這個小貝比，半爬半搖晃走的鴨屁股尿布小娃，居然朝著他，搖晃過來。最後撲進他懷裡，或被那陌生氣味刺激，旋即哇哇大哭，他非常感動，認為那是個神祕徵兆。

說起來，那是近四十年前的台灣。他只是個嘉義鄉下小孩，要到非常非常後來才會浮現「自我感」。他姑姑，這一家人，每次從台北下來，就像是從聖誕節卡片那有銀粉有香水味的世界，像頭頂皆有神祕光圈的天仙下凡。他們的那輛美國車上，會有一袋一袋的糖果，還有他表哥的整套的東方出版社的《亞森羅蘋全集》。他姑姑本身就是個跟他的世界見到的那些婦人（包括他母親）完全不同的美人。表哥穿著像外國小男孩的吊帶短褲、燈心絨襯衫和漆皮皮鞋。表姊簡直就打扮得像白雪公主。蝴蝶般的薄紗翼裙。主要是他表哥會拿出一些日本田宮的飛機模型和繁複小字的說明書，在他面前組合。或是英國的鐵道、火車模型。那對他而言，真像是遊學世界回國的小少爺降尊紆貴和農奴小孩之間的情誼（當然他表哥從不准他碰他手中那些神祕、未來感、可能非常昂貴且脆弱的玩具）。他記得好幾次，他們一家要回台北了，他會一個人躲在他們那老屋廚房後的暗影角落啜泣。

等他稍大一點，慢慢對這個世界的社會化線索，有了足以拼圖或判讀的能力，或是原本對他父母言，他姑姑這一房確也是他們當作說不出是欣羨或隱隱嫉妒的常談論對象。總之，他理解到：他姑丈是那個年代彰化銀行總行（在中山北路那一幢日本帝國時期的歐洲式石牆建築）的一個襄理（聽起來還好？）。姑丈是個非常摳的人，他們家在天母有個房子。據說每天上下班從銀行到他家，公車恰好在過了圓山之後要算兩段票，他姑丈數十年如一日，會先走一段路到下一站再搭車，如此省下一段的票錢。當然這只是那波光幻影的印象中，一閃即逝對這「神聖家族」出現的「眼裡揉進去的一粒小沙子」。

再一個於他仍是混雜了欣羨、自卑、無能力描述自我之情感的經驗，是他高一或高二暑假，從嘉義搭火車北上，借住在姑姑家。他還是一個從南部上台北的土蛋。那時他非常著迷於電腦這新玩意兒，他沒有電腦（那也只是民國八十年代初），但買了許多關於電腦各種資訊的雜誌和書。他揹了一整行李袋恐怕二十本這樣有著外國各型電腦型號及配件照片和介紹文字的厚書北上，內心（還是像農奴小孩）想跟他表哥（那個小少爺）分享這他發現的「世界新發明」。但他表哥根本不感興趣，看都不看一眼（他表哥也沒有電腦）。那位白雪公主般的表妹（也許那時已顯露她性格裡刻薄且對他人陷進的難堪處境有一種直覺天分），問：「你帶這麼多書來我們家幹嘛？」為了勉力維持尊嚴，他說：「嗯，我要看的。」

那一天，不知道發生了什麼事，好像姑丈、姑姑、表姊、表哥，還有那個念國中的小表妹全在爭吵（或許是所有人都在斥責那小表妹）。然後所有人先後摔門出去了。只剩下他，像還困在一種胚胎狀態的爬蟲類時光，或植物性的對周遭人們情緒只有感受卻無能做出判斷的「潎俗」南部高中生，他坐在客廳藤沙發上翻讀著自己帶來的那些電腦雜誌（那時也許對這空間的某種踩空的印象：原來姑姑家也不過就是這麼一間三十多坪大的公寓，並不是想像中有庭園有泳池像外國人住的「天母豪宅」嘛）。突然發現小表妹自己在家。（那時她已出落得是個大眼睛挺鼻梁的美少女了——但因為他那懵懂憂悒的青少年性幻想一直是他那個，已有女人身形或神祕荷爾蒙氣味的表姊。在他眼中，這表妹就只是個漂亮的小孩。）她從裡間跑出來問他（直呼他的名字）：「欸。某某某。喝殺蟲劑會不會死？」他，因為像擱淺在他們家的划舢板的土著，僅能勉力不讓自己陷入出醜窘態，便做出理性客觀的回答（畢竟他比她大）：「應該要喝很多才會死吧？」

微若表妹又退回後間。不一會他聽見裡頭傳來像小貓叫的嗚咽聲。但他不敢亂動，仍端坐在那做出專心閱讀的狀態。又過了一會，他表妹一臉是淚的跑出來，說：「我喝了殺蟲劑。我要死了。」他嚇壞了，跟著她進廚房。桌上放著一杯水。旁邊放著一罐噴效殺蟲劑。好像是這女孩對著那杯水噴了一下。然後喝了一口。他努力鎮定問：「妳喝很多嗎？」她說：「一點點。」然後就撕心裂肺那樣痛哭起來。他非常驚嚇。在那時（不論是那個年代，或在他們家裡），他根本沒有任何應對女孩這柔弱一面的經驗，整個社會或家族裡對於性，或男女之防，嚴禁到像要割掉盲腸或扁桃腺一樣。當眼前這個小女孩，像白蟻蛻去透明單薄的翅翼，或如蕾絲，像魔術幻影冒出那個易碎、柔美、應當保護哄慰的纖細光霧。（他和她都不知該怎麼辦？）他只能僵硬笨拙地輕拍她的頭，但那時她穿著國中女生的運動短褲，他突然看到餐桌下和椅子間，她那雙小鹿般的女孩的腿。他突然意識到眼前是一個如此清新、如蓓蕾般的少女身體。他甚至聞到她身上淡淡的，混雜著汗水、淚水的芳芬，一種奶香味。他坐在她一旁的椅子，輕輕拍她的肩背，發現她的後頸和耳垂之間的細髮綹。像有什麼從一片平靜的湖底咕嚕翻湧浮上來。他羞恥地發現自己勃起了。

但那時，微若表妹突然嘔吐了。應該是殺蟲劑的關係。他印象裡，她是像一具滅火器，從嘴裡吐出非常多的白泡沫（而非那種帶著胃酸臭味的糜爛稀糊）。吐了一桌子都是。

再後來，他考上台大。隻身在台北也待了七、八年。姑姑這一家人，於他像一個檔案匣被收束到他父母那一個世界去了（那些家族間的陰鬱恩怨、各房各有怪物化的，輾轉傳來的八卦）。先是聽說他這姑父，一輩子慳吝節儉，省下的錢全進股市炒丙種股票，恰遇金融海嘯，腰斬再腰斬。好像天母那個房子抵押被法拍，他們又跑去內湖買了一個公寓。但這一切對於他，遙遠而無關。那個小時候光霧暗戀的白雪公主表姊，似乎她體內另一個刻薄的、陰狠的人格，經過時光之角力，終於蟬蛻、撕裂少女時母親的裝扮，從其中孵長出一個「母后」的形貌。很多年後，他們阿公的葬禮，家族團聚，那表姊的臉，已是一鷹勾鼻，兩眼暴突、雙頰凹瘦的巫婆模樣了。曾到美國混了幾年，拿不到學位，回來嫁給一個竹科的跛子。但生了一個智障的孩子。這個微若小表妹，即使那時已四十歲了，臉還是像一個搪瓷娃娃（像一個叫戈偉如的女星年輕時的模樣），身形、氣質還停留在二十多歲的清麗少女模樣。但在家族裡，這小表妹卻像是一個釘在房間牆壁的白蛺蝶標本。一種霧中風景的必須暗下臉壓低聲音耳語的，「你那個小表妹喔……」

她大學聯考重考了十幾次，一直考不上。所以從她十八歲到二十八歲這應當張開靈魂之眼感受，觀看這個花花世界的整個十年，她一直在南陽街的重考班那陰暗的教室桌椅裡，像一具福馬林浸泡標本那樣凍結著。慢慢她身邊的同學，小她兩歲、三歲、五歲，一直到十歲。她變成一個奇異的故障品、過期貨。

問題是，他記得，她第一次重考那年（十八歲吧），瞞著父母交了個男友。有一天，她約了他，和那個男孩，三人一起到新生南路的「老樹咖啡屋」（對他而言，那些藍山、曼特寧、爪哇、那些義大利式的牛皮沙發和深色厚重的鑲大理石桌，那些穿著荷蘭圍裙的女侍和一種白煙繚繞像古老實驗室裡的玻璃球瓶、酒精燈藍燄……仍是給他一種被打回農奴小孩的欣羨和自卑）。那時他的微若表妹已出落成一個美人兒了，比她姊姊還要美。但他也立刻意識到這清晨玫瑰般鮮豔的女孩，愛上的根本是個阿飛。這傢伙據說是個空軍飛官的兒子，全身行頭（那件暗紅色蛇皮外套和即使以他眼力也看出絕對不是一般台灣男生弄得到的那種牛仔褲），用髮油朝上抹成洋蔥般上翹的雄鬥雞頭，坐在咖啡屋那復古皮椅上像自在靠在一吊床上。他知道他表妹找他出來，是想用「我有個表哥在念台大」鎮一鎮這長腿長手的小痞子。但根本兵敗如山倒，他感覺到，這傢伙簡直是個水手，他根本不把這個瓷娃娃般的小美人放在眼裡。

這件事在姑姑家當然興起了一陣風波，但很多年後他回想起來，那時這件事對那個家，似乎突然讓大家都有一種或許用「歡快」描述會激怒他們，但確實有一種雞飛狗跳的興奮勁兒。主要是，他表哥和表姊都還沒有「對象」（而且是姑姑已意識到不知出了什麼問題，不是她這一雙兒女眼界太高，太乖太保守交不到女朋友男朋友，而是他們性格裡有一種不討人喜歡的陰暗勢利特質，使他們一路從念書到出社會，就是吸引不到異性啟動任何一次的「談戀愛」老人家想像的新時代的開放玩意兒）。反倒是這個才剛蛻去高中女生制服或學生短髮，剛燙起蓬蓬鬈髮的小妹妹，交了個年紀比她哥她姊姊都大的，外省小混混。他們當然禁制她、恐嚇她，主要還是要她「乖乖讀書等考上大學再談」。

另一次微若表妹打電話給他，電話那頭啜泣著口齒不清（他又出現她還是小女孩時吃了殺蟲劑在他面前口吐白沫的恐懼感），說她在陽明山，要他去救她。他開著他老爸給他的那輛裕隆老車飆上山，發現她被扔在一處露營場。左眼被打了一圈烏青（那是他第一次發現原來真的有人挨揍會像電視上演的，一隻眼像貓熊那樣一圈黑）。不斷在哭，小洋裝的前襟全是鼻涕眼淚。他問她是那痞子打她嗎？不是，她說，她和另一個女生到陽明山玩，她哥認定她說謊又溜出來和那男的約會，開車上山把她截走，一路兄妹倆爭吵起來，她哥打了她，在荒郊野外把她趕下車。她向店家借了電話打給另一個一直在追她的男生（他住陽明山別墅區），這男孩把她載家裡（為什麼她不打給他男友求救？廢話，她不想讓他看見她一眼黑圈醜得要死的模樣），沒想到這男的是個豬哥，她一直哭，這男的就一直想壓倒她，剝她裙子下的內褲，親得她臉上都是口水。所以她就逃出來啦……

那次他倒因此對他表哥有個認識：這傢伙有暴力傾向。（微若表妹說，她哥在家常常揍她。她說：「我要殺了他。」）

在很多的電影、戲劇、小說、灑狗血的電視連續劇裡，不乏看到這樣的場面：那近乎美式足球一波接一波人、瘋狂、前仆後繼、史詩般地擒抱、撲倒、用整個肩頭的力量撞擊、四、五個人狠狠攔阻那唯一一個抱著橢圓皮球高抬腿向前衝的單薄身體。古典的羅曼史悲劇似乎是一整家族的父兄與母親姊姊們，要捍衛這個腦額葉被放了迷魂麝香一臉迷狂的小女兒的貞操。微若表妹的那個「重考時光的純愛初戀」故事，許多年後他輾轉從母親、姑姑那聽來的，遺憾喟嘆後悔的回憶，確實讓人驚訝：不就是個十八歲小姑娘情竇初開的一次感情課程嗎？她的哥哥和姊姊是從哪裡召喚那麼強大的意志和恨意來痛擊她？

主要是這位表姊（他少年時性幻想的對象），不知如何啟動了她近乎情報局或徵信社的天賦，她託人找到那位空軍飛官之子在某一家小診所看病的紀錄（在尚沒有網路的年代），調出病歷，意外搜查到這個多情種，就在和微若小表妹交往的那半年間，帶了另一個女孩去做人工流產。用我們今天的流行語便是：劈腿。

而這位姊姊，是在某一次家族聚餐的場合（他母親也在，似乎是一間陽明山上，在花圃香草間的戶外野餐長桌，所有人盛裝、笑語宴宴用著西式銀餐具，那是他姑姑一心嚮往的，日本式的歐洲貴族布景的，「去年在馬倫巴」的美麗畫面），她鉅細靡遺地說出證據、診所、時間、醫療紀錄，其實或也只是炫耀自己的偵探才華。沒有人想到，當樹影翻飛，遠近似乎還有鳥鳴啁啾，那張桌上所有人的臉像溪流的波紋細細地變化著，猶有刀叉劃過瓷盤的細微尖銳聲響，那是個或許所有人對未來憂心忡忡惘惘威脅卻不至於徹底絕望的年代，姑姑或是有點責怪他輕喊表妹的小名，其他人則把它當作小女孩們之間的鬥嘴……

微若表妹突然一手按住心臟的位置（她穿了一件像洋娃娃一樣的嫩黃粉蝶日系洋裝），輕輕哀嗚一聲，從椅子上摔倒在地，昏了過去。

那之後，時間的計數拉長成可以鳥瞰的篇幅，就是，家族裡私下困惑、耳語的，「姑姑家的小女兒」，重考了十次，怎麼樣都考不上大學。像一盞白色光燄的燭燈被噗一下吹熄了。就像希臘悲劇，當伊底帕斯知道他姦淫了的是自己的母親，殺了的是自己的父親的那一刻，這個人雖然繼續活著，實質上他已是某種哲學意義上的死亡。這個人，剩下的這一生（世俗時間），只能像無間地獄永遠凍結、停格、徘徊在他大喊一聲而死去的那個時間刻度。

他相信他表妹至今仍是處女。

另一個畫面是，有一陣子，姑姑在嘉義近郊買了一棟坪數極小的透天厝——那是在姑丈的一輩子所有財產全在股市之海淹沒於令人茫然的泡沫漩渦裡，而成為一個拾荒者，他們後來搬到內湖的小公寓之後，各角落塞了他每天出外拾撿回來的壓扁紙箱、一些壞掉的烤箱、電風扇、破鍋，甚至床墊。然後是老去還保持著一種嚮往日本女性高雅氣質之穿著打扮的姑姑。再就是那個十八歲以後便停止成長的微若表妹（但她過了三十多歲時，好像得了穢語症，每天一早便坐在餐桌，用最髒最粗暴的髒話，☆你◎＃破××老××……把她的老父母罵出門——可能也是被房地產商廣告騙了，那一個社區，後來變得像個貧民窟，因為房價便宜到進住的全是買不起嘉義市區房子的勞工或老人。但那對他姑姑那年代的家庭主婦像是一個「買電視、買洗衣機、買車，然後擁有第二個房子（作為別墅）」的閃閃發光的美國夢嗎？他姑姑確實是親戚間引領流行第一個擁有「自家之外另一個空置房屋」的人。他記得他和母親一起陪姑姑（她從台北搭統聯客運下來），從嘉義搭好久的車到那時剛蓋好、一棟棟挨擠著，很突兀坐落在一望無際鳳梨田間的那些紅瓦白牆的新建築社區。那個房子裡還像個工地，他感覺要上二樓的梯階那個平準線都是歪的、空氣中是一種水泥未乾的腥騷味。他姑姑也是異想天開，帶了一大桶沙拉油，往那非常粗礪乾燥的磨石地板上潑灑，說讓磨石地「吃點油」，會比較光滑（她想像中的打蠟？）。

他們一道出去找附近店家吃飯，等再回來時，眼前的景象可能是他此生目睹最噁心之景：絕對有上千隻的蟑螂，像一片黑色波光晃搖的小湖，整片覆滿在那一地汪汪的沙拉油上，觸鬚和嘴器或節肢上的細毛窸窸窣窣擺動著……

那個小王子表哥（從台北那和未來世界連結的發光之城下來他們南部鄉下的，一車子的糖果、《亞森羅蘋全集》，還有外國的模型）也在這樣像捏癟的汽水鋁罐的「某一年代朝上想進化成另一種更優秀之人種」的繁華夢破滅後，變成一個陰鬱暴怒的中年人。他在一家民營銀行當襄理（可能是姑丈最後的殘餘人脈關係的請託），必須養著這一家人（不包括那個變成巫婆的表姊）：變成拾荒者且長期需洗腎、心臟裝了十根支架，卻死不掉的老姑丈；那個臨摹著日本婦女雜誌的完美人妻但實在沒有賺錢技能的老姑姑；還有那個三十歲以前的身分只有「重考生」這三個字的怪物妹妹。他可能在持續很長的一段歲月裡，還是在那已被偷換掉的便宜公寓裡，壓制不住腔體內那個暴力傾向的自己，用拳頭揍那個像破掉、眼珠掉出來的洋娃娃，對他罵出一串髒話的妹妹。但他必須用那完全不神奇的數字的薪水，養著這絕望、老去、綑綁在一塊的一家人。有一次姑姑憂心忡忡跟他母親說，她也已經快八十歲了，有一天她走了，這個完全沒有謀生能力的小女兒該怎麼辦？（可以想像，這個在這女孩按停，停在故障洋娃娃時光，但自己仍持續變老的老母親一旦雙腿一蹬斷了氣，就是這個微若表妹全部屈辱的開始）。這話不知怎麼傳到微若表妹那裡，她只是恨恨說了一句：「我藥都準備好了。」（回到那個令少年的他戰慄，像湖畔撞見森林女妖剝去紗羅衣衫，金乳銀肚眼瞎目盲，那麼脆弱像蝴蝶翅翼被拔下的傷害的美。那個將出落成一個大美女的微若表妹，喝下了殺蟲劑，那裡頭有一種他以為是扮戲，其實變成她生命跳針重複的主題：傷害自己以賤蔑這個她被拋擲於其中，像蓋住的搖骰子玻璃杯的世界。）

二、這個故事的另一種說法

那個從未來跑回來的他自己（那個老頭）說：「我的記憶混亂而模糊，像在黑褐色咖啡中暈開的那一勺奶精，因為，三十年前的這個你擁有全部的可能性。你的一個念頭、決定，強烈情感，或現在開始發生的任何件重大的事，在我這裡，我就『想起來了』。」

那時他開著車，那個叫微若的女人坐在一旁，車窗外的風景似乎是他們正行駛在許多年前回憶中的一條山路。這樣說好像語法錯誤，但那確實是一種窗外的景致冥晦歛昧，像盛夏強光將所有視覺可清晰描圖的邊沿輪廓全燒熔，只剩一片樹海搖晃的綠色。那像是他和這個女人坐在一艘蚌殼小船在怒海巨浪中，失去時間感地前進。那使他和她之間有一種奇異的親密感。他似乎正敏感地感受到，他和她的身體如此靠近且他們被困在這個移動中的金屬小殼裡，他的右手在輕盈推移排檔桿時，那距離她被蘇格蘭呢短裙覆蓋的大腿不過十公分吧。他們很奇怪地都是這樣頭朝前蹲坐的姿勢，像埃及金字塔石壁上那些狼頭人身神祇的坐姿。如果持續在他們眼前流動的不是這山路，而是未來，一直在他們眼前湧現且立刻從兩側被拋到後面去的未來，則他們這樣的一臉空茫任流光刷過眼瞳與鼻梁兩翼的神情，是那麼像一對貌合神離各有心事的夫妻，他們對已經歷過的生命悲歡交集，還未經歷過的充滿恐懼。

那都正在夢中發生，而同時只是「想起來了」，似乎，有一個還在時間原點，年輕許多的他自己，亂攪掀翻了在這個衰老的他有限地已走完且排列森嚴按櫃架分類收藏記憶，而且明明那麼確定的，刻骨銘心的他這一生不可能忘掉的那一兩個人，那些隱祕痛惜的場景，罪惡感或被遺棄的創痛，因為像闖進玻璃器皿店的一頭公牛的臭小子的胡砸亂碰，全摔碎成一些閃閃發光的碎片，玻璃渣子，不，像被扔進一顆大卵石的湖面，破碎混淆、濺成水花，漣漪亂盪。

那個叫微若的女孩低頭坐在他身旁，似乎她年輕的身體刻意壓抑著她仍如此年輕靈魂對這樣靜止坐姿（坐在他身旁的躁動不耐，她的好奇，她的雀躍，她的喜愛發問卻又對他任何盛大嚴謹的回答立刻失去興趣），她可能前夜整晚沒睡但因為年輕（且知道自己在他眼中是個小美人），所以即使眼睛餳澀布滿血絲、眼窩瘀黑，但只要用眼霜蓋住且打起精神，立刻又像換上液態小瓦斯鋼罐的登山野炊火爐，一種像發燒病人的亢奮……他是將她從那和母親、妹妹共居的小公寓接出，像是契訶夫小說裡那小公務員父親不在了的，帶著憂愁和徬徨的小公寓，像極簡舞台後方的演員準備區，零亂潦草地化妝，帶著她們揉混了女性輕微嫉妒，又對她可能搞砸一切的擔憂，既耳提面命又隱隱恐懼洶湧人世給予這美麗女孩的可能只是賭桌上擲一次骰子的機會：美麗的綻放或是悲哀地殘凋……叫微若的那個女孩是這樣手忙腳亂拎著約會包衝出門，上他的車。

又或是，他並不知道年輕的她，前一個晚上是從怎麼樣的世界（屬於她的而不是他的），像夢中一所高中女校的夜晚無人泳池底，泅泳、踢腿、划臂，頭髮濕漉漉還輕微喘氣，現在進入這一身優雅的約會小禮服，有些恍惚地坐在他身旁。

也許像他年輕時認識的一位空姐，其實是穿著和椅套或窗簾同質感的粉紫布料短袖改良旗袍，在兩排座位間的甬道像水族箱裡的燈管魚來回巡游，數萬呎高空上只有輕微引擎聲的安靜甬道。她必須總是彎腰、輕聲細語、那一格格塞擠在座椅間的旅客們像等著她用滴管逐一餵食的，培養皿裡的張嘴雛雞。她和她的空姐同伴們在他們上方巡視著，似乎所有人類一被裝填進這空中飛行器的格位裡，就自然而然進入一種駝坐在馬桶上屙屎的愚騃神情，或是古代坐棺埋入暗黑地底等死的全然空茫。有人摸她屁股，有人在她俯身遞餐盤給靠窗位乘客時，用膝蓋頂她大腿內側，或是當飛機穿越換日線空姐們擠在機尾餐廚準備區講黃色笑話打發那段垃圾時光……這一切一點都不性感。她可能一站要站七八個小時，她們的職業病是子宮下垂和小腿靜脈瘤……

他想：有一個年輕的他自己就要從他媽不知道哪個轉角出現，殺了這個已經歷過像母驢陰部——潮濕、腥臭、羞恥、溫暖、百感交集——的一生的這個老去的他。殺了他，他才能享受自己的一生記憶是怎麼樣的一回事呢？一個年老的自己，他祕藏著那許許多多銷魂時光、仁慈瞬刻、哀慟或榮耀……那可能像一座不被發現而藏了上百橡木桶塵封百年的老威士忌酒窖嗎？祕藏著那些蜜糖般金黃稠郁的時光化學變化，等想到時可以敲開一桶斟一杯來享用嗎？但為何占用了這繁複感受的一生「記憶存摺」的他，就必然被那個年輕的自己殺掉呢？年輕的他大喊：「去死吧。我只是要回我自己的人生。」為什麼這小子不能信任這個已走過一趟廢墟迷宮的老人（只是衰老了，像豬的薄膜大腸塞滿了糯米那樣，一種腥臭的撐飽，時光被用過了，清新的魔術不再在翻牌之瞬出現薔薇之芬芳與飄浮五公分上方的小螢光點了）。為什麼不能信任呢？

但他想這或許是受到那部老布魯斯威利演現在這個處境的他，《環形殺手》那電影的影響。在那個時光迴圈裡，那可是有契約精神的，你必須殺了那個從三十年後送回現在的你自己（一個糟老頭了），如此你可以拿到一大筆賞金，舒舒服服地過接下來這三十年。所以那個被送回來的老頭，在三十年前便已親手殺掉過（上一個？或同一個？）未來的自己他如此的處境只是時間到了，他享受過當初殺掉衰老自己而兌換來的三十年爽日子。怎麼可以事到臨頭破壞規則？「老而不死是為賊」啊。他（老的這個）不讓他（年輕的這個）殺，則這個時空迴圈將被折斷。他們或會在現在和未來的兩端一起消失。或是，壓制著對方一起翻滾進電梯（如果這電梯作為人類一生的明亮幻念）之外的深不見底的井洞，像無間地獄，沒有止境地往下摔落。

他必須跟那個想殺掉老去的自己的年輕人談談。

你會後悔。他說。

「什麼？」那個叫微若的女孩說。沒什麼，他說，我有時會以為自己只是內心獨白，沒想到其實卻發聲說出口了。

那個隨時在移動、變貌，像在沸跳的光裡暈融的場景，她像夢中少女（吃了迷姦藥的睡美人？）任他擺布，他把她藏在他年輕時曾在山上賃租的學生宿舍。要她乖乖在房裡等他。她可以隨意翻翻他那些組合書櫃上所有各式各樣的書。它們全保持著當年他獨自蝸居於此，苦讀、抄寫，在每一本的每一書頁空白寫上心得小字的模樣。卡夫卡不錯。波赫士不錯。川端不錯。或妳可以讀讀莒哈絲的《情人》。但請不要翻開那發霉潮濕的彈簧床墊，下面壓著寒愴可悲的窮學生不知從哪收集來的淫猥外國女人的裸體，吮雞巴或翻開她們巨大多褶陰唇的特寫照片。他替她煮了一壺開水，找到兩包三合一即溶咖啡和半盒發出苔蘚氣味的立頓紅茶茶包。餓的話……。但她說，我不餓。她發出一種知道自己將在這昔時的學生宿舍被他姦淫的柔順氣息，彷彿年輕的子宮像深海的螢光烏賊，接受了潮汐變暖的訊號，通體透明變成晶瑩的粉紅色。但你不要把我一個人丟在這裡太久，她說。事實上，這幢像違建的廉價學生宿舍，只要推開房門，那像古墓奇兵地下塚穴通道的走廊，一扇一扇薄木板門，亂堆的年輕男孩們發臭的耐吉籃球鞋、夾腳拖、他們女友的尺寸較小的粉紅鞋帶的球鞋或小熊絨毛短靴。當他離去，而她的聽覺逐一打開，會聽見那些木頭門後的各小間（啊，好像沉在海底的鐵達尼號的底艙小隔間，布滿了藤壺和珊瑚礁、鏽鐵拗歪的支架結構），雜遝、或隱約或驚人的清晰如在隔壁、被封閉甬道形成的奇特音箱效應或不同質料層層隔濾，那些年輕女孩們正性交時的貓叫聲、光棍男孩們摸麻將的嘩啦嘩啦、苦悶宿舍裡不同主人的電視洶湧冒出的球賽轉播、港片槍戰聲、新聞台主播虛假高亢的聲腔，或哪一個不落俗的傢伙在他房裡將床頭音響放到最大聲的莫札特……。

那個叫微若的女孩，在那間像被膽管裡的結石團擠著、或甲蟲屎白蟻屍骸結痂覆蓋著的奇怪大學生宿舍巢窟裡的小房間裡，沉靜地等著我。我不知道是在哪個不是敘事機器設計的誤差，而是人生幻影如某個遺忘沼澤裡層層疊上的腐爛落葉，蝕去原本光滑多汁的部分，剩下網狀纖維脈紋，被油畫顏料般充滿厚度的渾濁與嗅細胞無法穿越的芬芳密林所隱蔽。她變成了那部電影的片名《未婚妻的漫長等待》。我以袖口綻裂處抽出的長長線頭，一直抽一直抽，作為那記憶融解，如盛夏含在發燙口腔裡的檸檬冰棍的迷宮，甬道，每個轉角的備忘記號。終於還是把她遺忘在那個等待狀態中。

那段時光，他總在城市的夜晚，被不同的人帶進那些暗巷裡的小酒館；養了貓並用堆疊的蘋果木箱當書架的咖啡屋；露天搭棚的快炒海產啤酒屋；或是包廂裡穿了細肩帶小禮服削瘦女孩偎靠在身邊陪酒的KTV。那些較他年老的男子總像袋囊赤紅的鬥雞，怒意勃勃爭辯著國家領導人比較傻還是某個報社的老闆比較傻；你常分不出他們是憂鬱還是虛無。一開始他的腦袋轉速跟不上他們的耍嘴皮，但這樣的酒杯互撞亂灑的夜晚，在第二年第三年第四年仍繼續發生時，他發現他們像扭發條而後打鼓的鉛皮玩具小熊，咔啦咔啦顛抖全是相同的劇本台詞。

座中也總會有些年紀較他大許多的女人，燈罩壓低的昏黃光霧下，她們濃妝豔麗的窄臉，或是她們懂得在那些喝醉老男人們色涎涎卻又自憐的混亂酒桌上，仍花枝顛顫帶著女性的嬌媚回嘴，像激流裡的漩渦，不讓那一停下所有魔術泡沫皆塌癟，發酸的靜默發生。他始終覺得這樣的夜晚，她們比那些臉龐皮膚如此奢侈地緊緻，她們憎恨的二十來歲的年輕女孩，要性感迷人許多。

當然很多時候他們爭執起來，那後來讓他領悟：性的羞辱，或愛情的擺爛負棄，在這漂流著城市油汙撈渣臭水溝般的一個一個相同的夜晚，那些化了妝在暗影中淚光盈盈的老女人的眼，或沒化妝同樣在暗影中被悔愧、恐懼、懷念的層層皺褶覆擠得醉意迷離的老男人的眼，其實如此相似，都可以原諒，都可以找到一個更溫柔、衰弱、哀憫的方式，去原諒那些之前煙霧如雲中城堡描述的「可惡的人」。惟獨權力世界的傷害，那些曾背後插刀、落井下石、你最信任的人竟伸出腳把你踐下鬥爭的懸崖，這個結疤的傷害，不管老男人老女人，在無數個這樣啤酒混紅酒混威士忌手指亂抓小碟裡的蠶豆花生可樂果爆米花咀嚼的，眾人開始如綁上腳鐐鐵鍊的夢遊囚犯，臉孔沒入暗影輪流排隊在酒館那騷臭骯髒的小廁所門前。你知道那些權力世界曾經以扭曲變形的古怪方式對人們造成的傷害，不分老男人老女人，他們即使帶進墳墓裡，也絕不會寬恕原諒。

但那很多時候的後來，他們像揭開梵印放出體內最猙獰豔異的九尾妖狐，所有人一杯兩杯三杯舉桌全乾啦，都無法降服鎮住那渾身發抖的昔日之恨。他們唯一的和解方式，便是編派說起共同認識的某某的不是，或他（她）的八卦：和不同的權力者上床，或眾人皆知的婚外情或在辦公室搞小女生，或他的老婆是個二百五，或不為人知的醜聞將癡傻的母親扔在養老院，或年輕女記者搞上了個地位尊崇可以當她爺爺的老頭，從此變成曹七巧端起所有原本是她長輩們的師母的嘴臉啦……那像是寒冷極地洞穴裡的火把，只要點起，所有被這世界施暴侵襲成茫然無感性，動物的臉，便會在那火光中融化，眼波開始流轉，托腮的姿態又復優雅，加入了許多精神醫學的名詞——憂鬱症、恐慌症、性成癮症、人格分裂、躁鬱、強迫、童年時期的戀父情節，或更幽微內幕的，她的母親是個瘋的——這些那些，他有段時間甚至懷疑，這樣像梵谷〈食薯者〉眾人偎在光度不足，炭筆線條將每一張臉斜描得稜突暗鬱的一張桌子，那開闔口腔的搭配，男人女人，聚精會神，抿酒噴煙，幽幽吐出某個不為人知的晦暗祕密，其實在大腦前額快感區造成的激爽，其實遠超過一場索多瑪式的，荒淫放縱，顛倒錯亂的群體雜交。

在那樣如走馬燈燒灼屏風畫片的夜晚，偶爾也會遇到一兩個年輕時美麗放浪的老女人，她們從整桌人的八卦狂歡抽離出來，跟坐在桌沿角落醉得只能傻笑的他交心談天。他不記得了。有幾次那某個老女人幫他算塔羅；另一次則像祭壇上的神巫展開整套宇宙建築的巨巍知識，跟他聊起多重宇宙、霍金時間簡史、量子力學；某一次他是迷迷糊糊在那酒館的狹仄男廁，被一位女前輩壓在洗手檯邊的銅水管，硬扯下牛仔褲含吮他的陰莖（當然他可憐兮兮射精在她嘴裡）；再一次則是某個瘦得像海馬的老女人，竟從皮包拿出列印的他的西洋星盤圖，那像天文台的星輿投影縮圖，有精密的刻度、宮位、纏度、各星辰坐落在他出生那時決定了的他這個「靈魂設計」的母親關係、愛慾形狀、求知、旅行、和他人建立親密情誼的途徑、權力或死亡將給予他的功課、父親對他永不能抹去的陰影，或他內心藏著一個積木搭成般、精緻卻不讓人進去的男孩小房間……

「我想起你們在那座可怕的城市裡兜圈子。」他記得某一部他曾瘋狂喜歡的小說裡，一個女人寫給兩個先後上過她，但彼此又是好哥兒們的男性友人的信上的這句話。這像是在那擱淺在時光礁岩（且被黏上一層濃厚的黑油）的小房間裡的微若會寫給他的，像夢囈的一句話。但他想：那都是怎樣的一些「超前的夢」呢？好像你還沒有睡著，你吃了史蒂諾斯這一類快速效力安眠藥，像電腦關機片轟地不按一個程序一個程序小抽屜大抽屜保險箱門密室門密室外的房間門樓層門最後是大門一道一道門從裡至外地關上，而是就把電源切斷，把插頭拔掉。但即使那樣，你的身體裡某個小小的你還是不肯睡著。你還是醒著，但那些夢境已開始啟動啦（就像是「反物質」、「闇黑宇宙」這一類的詞。這邊的電腦一關機，那另一個界面的黑暗、夢境電腦立刻開機）。於是若有人在一旁看，你就是個不折不扣的夢遊者。你獨自一人在那公寓裡行走，眼睛裡的光燄只剩下微弱如深海底下鮟鱇魚那樣的磷光。你開冰箱翻找那些過期的牛奶、奇異果、香蕉、巧克力、有時你甚至會開瓦斯爐煮泡麵，你像個闖入者把這間公寓裡那白日主人（其實就是醒著時的你自己）藏在各處的洋芋片、小泡芙、喉糖、土司、乾果杏仁……全部往嘴裡塞，咔嗞咔嗞地咀嚼或是你坐到書桌前開電腦上網，眼球在一種冰藍色跳躍的光屏上下跳動掃描著。各種奇怪疾病的Yahoo奇摩知識，那些期限只剩下一天或兩天就被毒殺銷毀的各種可愛小狗的照片、那些公公強姦媳婦、高中女兒為了上網怕父母管在父母食物中下安眠藥，或是法務部昨晚一夜間槍決了六名死刑犯，鉅細靡遺回顧他們之前犯下的殺人罪行，放火燒幼稚園、姦殺女保險員並將她支解烹食，或另一則新聞，有一對雙胞胎兄弟，弟弟娶了一個媳婦，有一天大家喝醉了，這弟媳婦跑錯房間上了哥哥的床，結果發生了亂倫。弟弟知道了非常憤怒，和這媳婦離婚，不想這女人卻生下一個孩子。兄弟兩個都不認。女人去年罹患肺癌，半年後死了，留下這個孩子。兄弟兩個悔不當初，重修舊好，但弟弟堅持小孩要作DNA

鑑定，結果因為這對兄弟是同卵雙胞胎，鑑定出來的結果，他們兩人皆完全符合是孩子的父親……

這些過程，其實百分之九十九的他（甚至更多）是在那已啟動的夢境裡。那些小學校園、只有他（通常是小男孩的形象）一人在場的電影院、夜間遊樂園、一條死街，或是死去的父親坐在搖椅上和他一起看一台黑白電視阿姆斯壯登陸月球的新聞，或是一輛在山路盤旋搖晃的老公車，整車坐著的都是他生命不同階段認識的但後來從未再遇見且根本遺忘的人，或是他在一游泳池裡發覺自己的泳褲不知何時褪落，但他不敢光著屁股爬出泳池走到更衣櫃，只好在救生員三催四請我們要關門嘍要下班啦，還賴在那偌大的泳池裡潛水，找尋那條可能被吸入哪個濾水孔的泳褲……

這樣的每晚「有一小部分，非常小的一部分的自己沒有完全關機，就啟動了另一個世界的自己的龐大運算」，這種介面的微小錯置，身體的他（這個夢遊的他，無意識在公寓裡巡遊、找零食、上網的他），和被史蒂諾斯重擊進入黑甜夢鄉的他，在那段時間裡各幹各的，完全不意識到對方的存在，那彼此間的無關，就像在莫斯科的一位郵差和在巴西的一位拳擊手一樣毫不相干。也許到天將微明，這個疲憊的身體終於走進臥室躺下，這兩個他才重新合為一體。

這樣的狀況好多年了。

但是，這個叫微若的女孩，他想解釋，如果被當成只是，這樣像服用了可能過期或山寨史蒂諾斯而強力扭換進睡眠的功能不完全；像那些整人玩具的火柴棒擦燃後應當要熄滅卻吹不熄而殘留在黑視裡一抹白色幻燄；或她只像《聊齋》裡說的那些從牆上畫軸中施施嫋嫋走下來的薄影美人兒；或是廢庵老屋布塵紙燈或壺具因久經光陰而有了靈魂的幻覺……那可是大錯特錯。因為她的心念，她沉著在那宿舍房間裡等待他回去的情感，她壓抑住的對未來的擔憂，這一切像沾著清晨露珠的蜘蛛絲，仍絲絲縷縷地吐出來。只是有什麼關鍵被遮蔽住了。他不是全景幻燈一目了然「記得」。他和她之間那時怎麼樣了？後來又怎麼樣了？他必須去「回想」，然後他就會浮現一點碎片的「記得」。

「你如何去記得你還沒發生過的事呢？」他想像著自己面對那個三十年前較年輕的他，這樣提問。

但是那個年輕的自己，會如何殺他呢？

有兩種從全新想像力的實驗室孵育出來的，像新的基因段憑空組成的，從前的人完全無實體感的罪：一是無止境地否決曾經發生過的過去；一是無止境地否決無限可能性的未來。前者其實是古典之罪，滅絕歷史的人是所有史家的共同仇敵。後者則複雜的多，如果前者是殺老人，後者則是殺小孩。這兩種罪通常讓我們莫名比第一義的罪，無來由增加了一種從腔體內部戰慄而出的恐懼和冰冷，乃在於它是伸手到想像力另一端，邊境、河流的那一頭去犯罪。人們覺得恐怖、不祥，卻並不知那個暴力，羞辱傷害了超出他們能描繪的現實之外的什麼。他們覺得那是神的管區，神的領地。你怎麼可以跑到神的城裡，去殺掉一個還沒發生的時間呢？或是爬進神的實驗室，砸破那神以奧義連結排放，裡頭啵啵沸跳泡沫的玻璃球瓶、燒杯與一排排試管？

於是他和那群哥兒們便像一群革命黨人聚在那間，類似重考補習班，不，或像是鄉下人將一座穀倉挪騰空出，排放大小尺寸皆不一的木頭桌椅，當作物資匱乏年代同時避人耳目的講習所、公會堂、鄉村劇院這類簡陋公共空間。他們在這像鯨魚胃囊的漂流教室裡，漫長地爭辯，天黑了便點起油燈，使每個人的影子無比巨大在那白堊牆上重疊搖晃。他們裡頭有人間或插科打諢，有的爺們或抽紙菸，或抽菸斗，或嚼那種不需點火的菸草。他們似乎在討論著類似「……改良芻議」的大綱和精神。但是是改良什麼呢？似乎有人在煙霧瀰漫中講了「殺老人」這個詞。有一瞬間這雜遝亂坐桌上、椅上、地上的男人們，似乎被各自腦海中對這件事的不同想像畫面所驚嚇，整個空間沉默了約幾分鐘吧。他想起遙遠的年輕時候看過的那部日本電影《猶山節考》。但那是什麼意思呢？暗影幢幢。他究竟是置身在策議著要狙擊、屠殺那些在街道彳亍行走、在酒吧自斟自酌、在街角咖啡尾櫥窗看著放學的女學生、在復健診所被一床一床躺著拉腰拉脖子、在地鐵博愛座上還戴著帽子打盹一臉憎恨整車廂這些年輕人……的那些老人們的一屋子激進、沮喪的年輕人之間？還是在一群集體蔓延著「將要被屠殺」之恐懼的老人之間？即使其中有一位尖著嗓子，條理清晰陳述著一些（可能是報章上讀來的）什麼「嬰兒潮世代」、「政治、經濟、社會，甚至價值全被戰後出生至六〇世代的這批人掌握，現今二十五至四十歲上下的年輕菁英，活在一種薛西弗斯的絕望裡」、「貨幣戰爭」乃至「人口年齡結構的金字塔反轉」……他還是猜測不出，那像球隊在休息室的戰術沙盤推演，這一屋子人究竟是將發動攻擊方，或是不惜代價慘烈也兩眼灼灼燒著困獸之鬥火燄的防守方？

當然他是那個要逃避被年輕時的自己，踩過虛空中搭橋建棧之時間蟲洞前來砍掉他的頭的「老人」吧？他藏身在這些哥兒們的汗臭、菸臭、酒臭的蒸騰混濁空氣裡。他想：問題是我並不當真啊，捱過了這些漫漫長夜，大家噴口水各言爾志的聚會時光，他要去找回那在他年輕時的窮酸違建宿舍裡沉睡著等他的，那個叫微若的女孩。感覺上這一屋子傢伙也是成不了事的，他們太容易陷入各自叨絮夾纏、自傷自戀的「自我在時光中的獨一無二性」。於是形成一種嗡嗡轟轟，眾聲喧譁，某一段英雄事蹟或被背叛的愛情故事，然後被打斷、訕笑、惱羞成怒的對嗆，亂七八糟的勸解，有人重新提醒會議綱領，某個言語充滿煽動性的傢伙描述了一個非常恐怖的對方的陰謀論、絕子絕孫的「清洗」計畫，這反而讓他身邊的次第遠近的許多黑影，像搖顫的蘆葦，發出啜泣聲：「他們怎麼做出這種事啊？」於是場面又散潰了，混亂了……他們像是一場葬禮中原本西裝筆挺充滿哀思，結果卻全部喝個爛醉狂歡胡鬧的廢材啊。

這時，有個異常清晰——像一間破爛樂器的貯藏室裡，唯一一把調音精準的昂貴小提琴，在嘶嘶呼嚕的破手風琴、破法國號、斷弦的大提琴、折翹的單簧管、爛鈸破鼓之間獨奏——的聲音開始演講。之前散成一堆一堆小集體亂哄哄爭吵、耍寶逗笑、無意義亂嗆聲的各種混雜說話聲，像沙灘營地散在各角落的炭火餘燼，被一雙看不見的大腳一一踩滅。這個說話的人像從一場熟睡中醒來，因為之前完全沒聽到這個聲音。但很明顯，他就是這整個聚會所裡真正的頭兒，他說了算。原來之前眾口鑠金、逐漸累聚成一個巨大恐怖黑影的，所謂「殺老人」，根本不是這個疲憊的、惶惶然的、所有人的身影在比他們想像力超出許多的巨大意志的聚會中歪塌、鬆垮，不是真正的核心。那個說話的聲音，像賦格展開一幅佛陀對祂的聽眾們，哀憫又遼闊地，層層朝一個多維度的曼陀羅宇宙，外擴，再外擴，如瀑布銀光、如全世界的河流海洋、全部的星辰、全部人類有覺知有記憶以來的時光的匯流總和，那樣的無垠太空。或如一千零一夜，故事孕育出故事，新生的故事又滅殺衰老的故事，減數分裂的故事，像蒲公英籽飛灑空中的只是可能性的故事，流產的故事，餓死的故事，故事和故事亂倫所以繁殖出畸形缺鼻少腦的故事，故事作的夢所以只有惘然情緒卻在晨光中蒸發的偽故事，像塑膠公仔工廠開模大量生產一天可以創造出上萬枚一模一樣的故事……

這個說話的聲音講到文明覆滅、講到馬雅人不可思議的精準天文學知識和無法臆測為何在叢林中建造那些不可能的巨大神廟。講到外星人與邪惡的神。包括他也和這一屋子人在一種忘掉時間感的液狀幸福中聽得如癡如醉。然後這個演說進入正題。他聽到那個聲音說了一個讓他全身起雞皮疙瘩的詞。那似乎是一個解決這一切顛倒夢幻，喊停這個低等物種在演化中奇怪地發展出吃自己的手指，逐一吃完再吃手掌、手臂、肩膊，再彎身吃自己的腳趾、足脛，順著往上吃自己的大腿、性器，劇痛中狂喜，捫心而食，拉腸咀嚼，吸吮膀胱，脆啃腎臟……像在幾千年前第一次發現了「π」這個閃爍著光，拖曳一道微弱但無限的可能性的符號。……

他聽到那個聲音說：「女兒。」

那是什麼？一個瀆神計畫？或是文明滅絕的又一次諾亞方舟之行動？像梵天的母親將那混帳兒子（已膨脹得無限大啦）塞回自己的陰道裂口？

他抬頭，從這昏暗聚會場所屋頂裂孔垂灑下來，浮塵懸晃的幽微隙光，仔細辨認那張正在娓娓訴說的那人的臉。像眼盲的雕刻師在黑裡摸索著自己用刀鑿戳到一半的凹凸石材輪廓。

他認出來了。那個說話者，正是三十年前的，那個年輕的他自己。

大房子

那些像白鳥般棲停的少女們，其實那麼年輕便理解那「父親的遊戲」。

她們彼此之間建立著一種弦樂重奏的昂貴小提琴音箱之間的共振，

她們美麗年輕如剛吹玻璃冷卻形成之優美長頸花瓶的子宮，那麼靈幻地測知著自己和其他女孩的關係定位。

有一次，他和王一起坐在那垂穗藍玻璃方盞燈下的餐桌，王正和他侃侃而談這整個「女兒」計畫的芻議。如今回想：那倒是像在分析《紅樓夢》的「金陵十二釵」藏在警幻仙子那裡的詩籤，預示她們日後在這層層隱藏權力迷宮庭園裡的命運，哀泣的女孩兒破碎的心臟，繞來繞去模糊和生殖秩序逆反之後，卻又要將之隱掩的整套屏風遮障之術。他沒意識到日後是被捲進（事實上是被關禁進來吧）這樣一個龐大且似乎牽涉到腦神經外科、基因遺傳工程、宇宙物理學、鳥類學、烏賊專家、胚胎學、機器人專家、哲學、精神醫學……各種光那些陌生部門的名稱便讓他相信走進去是一座山下挖的防空壕地道。王建造了這樣一座超級城堡。

他記得，那時在那藍光垂罩的餐桌，他突然問了王記不記得一個叫阿慧的女孩？那是當初他們那一群無知年輕人裡，其中相貌極平庸的一個小個兒女孩。這女孩很自然成為那小團體裡，比較美的一、兩女孩的「陪伴者」，或那些像巡游公魚等著將精蟲朝概括水域射出的一、兩個輪著想追那一兩個「青衣花旦」——最漂亮的姑娘的浪蕩子們的「失戀喝酒傾聽者」。主要是沒有人對阿慧會有跟性有關的聯想。她成為掌握所有人錯綜複雜祕密者。他模糊記得，當他在追求女孩中其中一個，這個阿慧像戲台上的惡戲婢女，總是出現在那女孩一旁。感覺像監視同時窺探。戀人們的相互折磨負氣，那女孩哭泣，或他憤怒用頭撞牆……為何在入戲之曖昧處，都會出現矮小如女童的阿慧，目光灼灼看著他或女孩，像嚴厲戲評看穿他或她的裝腔作勢。

他因之對阿慧始終有種，蝙蝠，或灰溜溜天花板上壁虎的不愉快印象。你不曉得這些時候她幹嘛在那兒盯著呢？他知道那女生宿舍其他幾個較美的女孩，在像旋轉門心不定同時和三、四個男孩交往，內心混亂、傷愁哭泣……這阿慧也同時都出現在她們身旁。簡直像一隻大家共養，監視女孩們貞操的黑貓，喔不，處女貓。

但有一次，阿慧告訴他的女友（那時他們在一起了），王在一輛引擎未熄火的車上，就在王的家門前（當然那是王喝醉了），用手指破了阿慧的處女。什麼？他記得他當時詫笑出來？不會吧？妳再說一遍？阿慧吔。女友傻愣愣的點頭，說，阿慧說，王還和她接吻。那也是阿慧的初吻。王還把舌頭伸進阿慧的嘴裡。

這很怪，這真的非常怪。那宿舍的幾個女孩，可能除了阿慧，沒有一個是處女。甚至很多年後，他還是想，阿慧現在可能還是處女吧。（嘖嘖嘖，他當時想，王是瘋了嗎？像那些承受不了爆紅而吸毒酗酒亂尬女歌迷而終於把腦前額燒掉的搖滾歌手。連沒進化成女人的「魚乾妹」阿慧都要去揉碎她。）但阿慧（要他女友發毒誓絕不會講出去）這之後遇見他們其他人，卻有一種俯視他們的滄桑和哀憫姿態。好像她曾經經歷他們不可能目睹的另一顆星球上的紅色沙漠（王的被酒精泡硬的舌頭？）。

很多年後，他會想將那幢大房子裡那些像小鳥一般單薄美麗的女孩們，那樣撥除掉她們「未來」（會變老；會變仇恨那些和她們年輕時一樣殘忍美麗的新冒出的少女？會懷抱著曾經傷害、蹧蹋、遺棄她們的，像王這樣的老男人留在她們似乎變成一枚螢光烏賊的子宮形狀靈魂裡的玻璃碎片，遺憾扭曲地變成下盤胖大、皮膚暗沉，且被年輕男孩漠視時不再有自信的老婦；但她們會將那原本惡魔父親的老男人的原型，像一只詛咒娃娃一直收藏在心底，一開始她們是想用上百支大頭針戳刺那曾用抽象暴力在她們最美好的時候，將她們揍凹搥塌變成這樣醜模樣的那惡人，但隨著在生命河道裡掏沙撈沉澱的魚骨碎貝，她們理解愈多人心的知識、細節、真相，就愈原諒那個最初撒謊騙去她們少女最珍貴物事的魔法師。很多時候她們溫柔的想：如果再遇到那老壞蛋，就像他老得像一隻眼皮睜不開的蜥蜴，如果他哀求她們再幫他含住那髒臭的老陰莖，幫他口交吸出他已經稀薄且發出藥味的老精液，她們也會跪下照做。他已變成她們祕密抽屜裡那隻用線縫上嘴巴，眼睛是兩粒鈕扣的小布偶。很多的幾乎頂不住那孤寂痛苦的時刻，是這隻小布偶體貼地聽著她們自言自語。那慢慢變得不是「原諒」，而是相濡以沫。）的繁複針織和光度必然昏暗，只迎著光抖顫年輕羽翅那一層薄膜像萬花筒旋轉流光幻影的各種顏色。他曾想將那大房子裡每一個不同少女在回憶中的形貌圖繪下來。但一直沒有成功。或許是，因為他在那幅噴灑著白色光霰，像〈森林裡酒神和祂的女妖們〉油畫中唯一侷促既站立在畫面中也置身畫面之外的少年。他太著墨凝視在「父之惡」了。父的雞巴放在那些不同少女雪肌玉膚的腿胯間的噩夢一直纏祟著他。他似乎看見王將自己的手指，像撕扯剝裂煮熟螃蟹的肢腳硬殼，將裡頭柔軟像百合花瓣般潔白的少女纖細的身體某部分，吸吮摳挖出來；王將自己的老手伸進她們那年輕漂亮的腦袋裡，或陰道裡。

其實那限制了構圖的景深，和視覺的多重變幻。那些像白鳥般棲停的少女們，其實那麼年輕便理解那「父親的遊戲」。她們彼此之間建立著一種弦樂重奏的昂貴小提琴音箱之間的共振，她們美麗年輕如剛吹玻璃冷卻形成之優美長頸花瓶的子宮，那麼靈幻地測知著自己和其他女孩的關係定位。她們像銀鈴那樣笑著，偶爾撒嬌倒在對方懷裡，不動聲色的爭寵，貓爪子收在肉墊裡，知道自己低垂著頸弧的側影最惹人憐愛。她們把自己弄得如此芬芳。長夜聽老父撒開魔幻故事之網，那裡頭的凶險、殘酷、意興遄飛、權力鬥爭的光影之刀劍交擊……她們的眼睛睜得黑白分明、濡濕且夢幻。

她們知道自己獨特和其他女孩不同的美嗎？或是王那時在不同的房間半哄半威逼剝下她們的洋裝和那絲綢般胴體上的卡通小內褲或維納斯螺貝那樣潔白的蓓蕾胸罩時，知道品味她們像一瓶獨一無二年分的紅酒、靈魂裡細細碎碎浮起不同層次的柑橘香堅果香香草味或淡淡軟木塞味、霧或不同陽光的記憶、從沉睡中甦醒，王在內心如何像音叉輕輕定位這些美少女的窖藏之祕？當她們被「打開」後，和空氣接觸氧化，苦澀、甜、酸、優雅、單薄、醇厚，如何從這老人腦中向太空站電腦系統的各種神經奇異路徑，在她們「弄壞了」之前，被他「品嘗」？

他記得王曾讓她們玩「猜電影」遊戲。比手畫腳，可愛的小狐狸之臉變幻著表情，「幾個字？」「三個字？」「四個字？」連結上那些遙遠的異國電影裡的世界：《憂鬱貝蒂》、《鸛鳥踟躕》、《鋼琴師和她的情人》、《一樹梨花壓海棠》、《飛越杜鵑窩》、《奇愛博士》、《慾望街車》、《沉默的羔羊》、《銀翼殺手》、《城市之光》。

那像是表演課的即興隨堂考，她們不是表演一個角色的內心世界，而是表演一個抽象的電影片名（愈晦澀愈好）。女孩們既像女生宿舍突襲檢查衣櫃翻出它們的穿著品味或家庭：在老父親的面前，掏出那個年代那個年紀她們腦中可憐有限的藝術電影收藏。很多年後，她們並不知道，那時那些電影裡的故事，或許恰預言暗喻著從同光錐回頭看那大房子裡發生的這一切。她們變成他記憶中那些雜訊跳閃發光盒子裡的默片人物。她們原本是像川端《睡美人》般恬靜睡著的少女身體，卻在王設定的遊戲裡，白鳥在快速分格連續畫面中揮動翅膀，懵懵懂懂分光撥影，扮演一個瘋掉挖去自己眼睛的女人，扮演一群集中營裡的女人，扮演一個流浪馬戲團，扮演一個不在場的海灘，扮演一個被變態殺人魔控制住的驚恐少女，扮演一個被戀童癖老人拘管帶在旅途中當性玩具的蘿莉塔，扮演一個仰賴陌生人的哀悲而存活的可憐說謊症女人……

這個遊戲太好玩了。王後來在許多年後建構的這個「美少女夢工廠」，是否受到當年那大屋子裡，那些女孩們不知自己啟動了某種被姦汙卻能自我迴旋一個揮翅變貌回純真女兒的嬉鬧扮演所啟發？

她們面對他，和面對王，是不一樣的臉。

有一次，其中有一個叫小米的女孩，不知為何只有他和她坐在廚房那原木長餐桌吃盒裝鮮奶泡燕麥早餐。可能其他的女孩都還在二樓不同房間睡著，他和小米，可能也都眼珠布滿血絲，口腔有一股說不出酸味的宿醉狀況吧。王可能天剛亮便離開這大房子，開著他的二手休旅車上那遠方天際線還是淡藍、灰黃，及一些電塔和線路的黑色描影的高速公路。那小米突然跟他說起，她男友會揍她這件事（她男友聽起來應是和他們年紀相仿的年輕人）。這個小米是個瘦削愛穿洋裝（而且很好看）的女孩，臉是鵝蛋瓷白臉，那時將頭髮往後抓束成馬尾，她這才發現她的額頭像菩薩那樣美，上頭似乎游移一層薄薄金光。她很詫異這小米已有男友（所以她並不是和其他女孩兒慵懶又純潔歪躺在那些熊抱枕或拼布坐墊，為王（拿著威士忌冰塊酒杯）描述的那個，暗影中有微弱火苗偶爾一蹦竄的『成人世界』所驚嚇，『好可怕喔……』那樣少不更事？）。他又不記得細節了，好像那位男友，是個酒鬼，家裡頗有錢，但從高中時便為躁鬱症所擾。有一段時間沉迷打柏青哥，曾在夜裡到西門町那些機台蹦跳著上萬顆嘩啦嘩啦小鋼珠的店裡，一晚上輸光二十萬。他的母親是個勢利的「日本演歌系整形老妖怪」（她說的），總認為她拐走她那膽怯善良的兒子，問題是她兒子可能從十五歲身體裡的每條血管都沒有不流著高濃度酒精吧。他喝醉了就會打她，酒醒了又哭得眼淚鼻涕求她別離開他，有一次她被他揍到覺得自己會變成凶殺案的屍體，掙脫後抄到他房間一把竹劍，像那個年代極轟動的一套日本少年漫畫《好小子》裡的劍道，「面！」「手！」「腰！」不斷痛擊搖搖晃晃像隻熊在跳舞的他的身體各部位。

那以後，他一喝醉變臉，原本是他壓著她在床墊上揍她的夜晚，被翻轉成她拿著那把竹劍劈哩啪啦的揍他。

他說：「啊？聽起來是個爛人。」其實那時他什麼都不懂。

其實他心中的疑問：那為什麼妳要來和其他那些年輕女孩，分不太出來各自臉孔地窩在這幢大房子呢？

很多年後，他在網路上讀了那情節詭譎乖異的「朱可案」。一個原本清麗甜美的大學女生，某天突然得了怪病，頭髮掉光，雙眼近瞎，兩腿非常疼痛而無法碰觸任何東西，且最後陷入重度昏迷。一開始是她所求診的那醫院屏蔽了所有臨床檢驗報告。他們朝一個錯誤的方向判斷她的病因。後來是有年輕醫生偷將這病歷，透過網路向世界各醫療專家求助，有數千份各國遠距醫療建議湧入，大部分據那女孩的病徵，判斷是典型「鉈中毒」。但等女孩的雙親緊急換醫院，針對「鉈中毒」進行「普魯士藍注射」的解毒治療，已錯過黃金治療時間，女孩的中樞神經系統受到了永久性的損毀。疑案接著指向女孩就讀大學的化學實驗室對「鉈」這類劇毒貴金屬的管制；以及偵查人員懷疑是女孩的宿舍室友對她投毒。據說這位室友在女孩得怪病前，每天幫她帶一杯熱咖啡。且在女孩宿舍物證的移交過程，奇異的遺失了包括隱形眼鏡清洗盒、餐具這些重要物證。案情的走向顯示可能這「大學女生宿舍用『鉈』中毒」的恐怖謀殺事件，捅到背後層層相關的馬蜂窩。這案件被壓住了，屏蔽了，訊息晦澀不公開，網路上貼文呼籲此案必須徹查的帖子被封鎖了。據說那有能力取得實驗室管制「鉈」的凶嫌女孩，其祖父是政府最高層的領導人當年大學同學，這件事因此充滿了影影幢幢的陰謀論，像卡夫卡的《城堡》，你永遠打不開那將祕密鎖住的黑盒子。

但是，這件事給予他一個超現實的錯幻印象，是「對普通的人體和需用到『鉈』這樣的貴罕管制金屬？那啟動殺機的謀殺者被殺者，都像王的祕密計畫這樣的『少女機器人』吧？」他腦海裡出現像甲蟲翅鞘裡隱藏的透明薄紗般的，一群密室少女之間的，精緻、肉眼難以觀察其運算和轉速，在少女銀鈴般無邪、親愛的笑聲，那在眼球水晶體液以另一種光學折射才會浮現的一整座「蜘蛛巢城」，細細編織在陽光下閃著細水珠的繁複結構。

他想到了「公主病」這個詞。他想到當年王說是軟禁也不是，但是以一種病態耽美的遊樂園妄念圈養在那有綠光盈滿後院和白色百葉窗木片、好幾面牆的書櫃全是她們全部的一輩子加起來也看不完的像圖書那樣多的書的，那幢大房子裡的少女們。

他記得那個宿醉的早晨，那個叫小米的女孩，跟他說了自己男友的輪廓模糊（像溶化在黑咖啡的方糖）的故事，眼睛朝樓上方向瞄，壓低聲音說：「她們啊，全是一些『公主病』。」

那是什麼？像貓那樣自戀地舔著腳掌？或是活在一個水晶琳琅墜鍊、鑽石稜切而閃閃發光的小小世界裡，將生命力全部的注意力投注在一種「女兒國」的輕盈、像三米台跳水那樣在極小時空括弧內高度壓縮，精算的漂亮繁複轉體，像蕾絲、天鵝絨、刺繡、薄絲綢襯裙上的玫瑰暗織、玻璃瓶中大帆船模型，這種耗竭專注力的「相反的控制」：爭寵與善良、殘忍卻甜美，親愛卻絕不信任每個姊妹淘。欲拒還迎，巧笑倩兮，每一種極挑剔。微差的角色扮演選擇都是極巨大的賭注，選錯了也只能像馬賽克小磁磚持續堆疊加碼，回不了頭。一個犯錯，立刻讓其他女孩們結盟亂劍砍死。這樣高度智力切換，讓成年男子都會精神耗弱的曼陀羅。巴洛克螺旋狀塔梯，卻在這群少女小小的腦袋裡像刃削蘋果皮不准斷那樣蜿蜒著朝一個「宮廷式文明」極窄的輝煌幻景，讓她們演化成一種，最高級的，在色情之前張力最大化的純真。一種叫做「公主」的全新人種。在公主蓓蕾袖。奶油蛋糕擠花的碎浪縐花白絲衫，鯨魚骨撐起的薄紗蓬裙下，是一具孱弱、停止長成女人，但又要有茉莉花香的朦朧、銷魂暗示的纖巧腿胯，和鴿子般的小巧可愛乳房的女童軀體。

他也曾想：是否其實這背後最大的、祕而不宣的關鍵字，是「階級」。譬如在浴室偶爾女孩們粗心忘了拿走（或根本不意識到他是這屋子內，王不在的時光，唯一的男性），泡在臉盆裡泡沫冷洗精的像死去烏賊那樣的小內褲小胸罩。卡通圖案的、淺藍色粉紅色螢光白的，但那都暴露著她們遮藏在無邪無憂女孩們「公社」般生活背後的，「前傳」。羞辱的反覆搓洗的霉斑、汗漬，或褪色。一條童年老街、小鎮唯一一處圓環旁的鬧市，或是百貨公司打折花車整批堆得像貝殼塚。阿嬤帶著小女孩去挑選的保守風格，或不小心越界了變成林森北路色情養生館那些女體在平價情趣用品店買的豹紋斑馬紋小丁字褲……或是批發全省檳榔西施們挑選的天啊有夠惡趣味的透明睡衣、超短裙學生制服、半透明護士服女僕裝或吊帶襪……

像王在另外某些夜晚（同樣她們也喝得整客廳瀰散著從她們精緻鼻子或櫻桃小口噴出的酒精），帶她們玩的「真心話」遊戲，或「我做過最瘋狂的事」……撲克牌、骰子，或小型數字轉輪盤機、在桌几上旋轉筷子當指針。於是，可能是單親家庭、或從小跟阿公阿嬤在一片絕望的鳳梨田裡長大、或中醫師的女兒、或大學教授的女兒、或銀行經理的女兒（這個女孩就會彈鋼琴）、爸爸可能是某位廣告界大哥級（王也聽過這名字）人物，但可惜媽媽只是人家小三的綺麗迷幻身世（這女孩就比其他女孩們見多世面，去過東京京都泰國紐約巴黎威尼斯布拉格各個城市……）

所以「藝術」、可能是上個世紀末、還對她們這些原本不同身世的「少女」們，仍充滿著「平等」的人類文明幻光的一個神話。從那大房子牆書櫃王的那些藏書隨意抽下的另一本二十世紀偉大小說、一種第三世界時間差、延遲的憧憬，似乎不快樂的童年、陰鬱苦悶陪著父親在夜市叫賣批發女裝、畸零、瘋狂、貧窮、父母欠下巨額債務徹夜倉皇離家逃避地下錢莊的抄家……這一切，都成了少女們如醉如癡在王面前，那飆故事夜晚的曼妙蛇腰靈動之女奴肚皮舞，一個極限的光燄的閃滅。「……因為我的故事是這樣的……」她們這樣說。

但是有一次，王帶了一個五、六歲的小女孩來到這個大房子，她好像是王的正牌女友（一位年紀比他和這屋裡女孩都大一輪的富家女）的小姪女。這麼多年過去，他還保留著這小女孩出現在那個「蘿莉塔之屋」時，像佩劍授印的正牌小公主，一身小公主白紗蓬裙腰繫小蝴蝶絲緞，臉如滿月（只差沒有牽著駿馬的隨從和獵犬）毫不畏懼巡視了這一圈圍著她的「姊姊」們。她讓她們像森林蓮澤裡衣不蔽體的女妖，有一瞬眼神裡的光焰都散滅了。

小女孩叫小鹿。她們各自努力不讓自己形貌如水潭映月被這發著光的侵入者擊潰成漣漪，碎盪消失。「小鹿好可愛喔。」她們哄著她，籠絡著她，各顯本事跟她建立交情。其實連王、對這小女孩，都有一種讓他陌生的緊張無措，柔聲順著毛摸。據說王那位從未出現在這大房子的正牌女友，家裡是當年台灣代工全世界頂級名牌高爾夫球具的家族。這小女孩母系家族那邊——根本是美國人——在印度、馬來西亞、新加坡、美國加州，全有大批土地和廠房的富豪。偏偏這一房第三代，就只有這個小孫女。那完全像〈睡美人〉的童話故事，在沉靜悲傷的詛咒啟動之前，一個獨一無二的公主降生的滿月，她的父王有辦法邀集全世界的魔法師、巫婆聚集在杯觥交錯的晚宴，對這尚包著尿布啼哭的小女嬰，像放國慶煙火一朵一朵對其他嬰孩們可能奮鬥一生都得不到其中一項的奢華魔法：成為公主，成為皇后，成為女王，成為全世界最美貌的女人，成為最富有的女人，遠離所有可能的災禍和痛苦，沒有人（包括男人和女人）可以傷害她、羞辱她……。這位小鹿，一出生，可能名下就是幾億財產等著信託基金在她成年時全部渠水到位。

但其實那就是個任性的，五六歲的小女孩啊。他記得那天，他走下樓時，王已經離開，那小女孩被這些姊姊們簇擁著、哄著、幫她梳頭髮、跟她說故事，拿出她們平時抱睡的絨布兔絨布熊跟她交心，或是桌上攤開的繪圖本畫了各式各樣少女漫畫的洋娃娃……。那小女孩似乎被「她的禁地」竟冒出這樣一個陌生男子而驚嚇，突然（可能父母不在身邊的焦慮吧）嚎啕大哭。這群大女孩們邊哄著她（「小鹿不要怕！有姊姊在，保護妳！」），邊喝斥他（「你下來幹什麼？快躲回樓上！看把她嚇成這樣。」）。

但他很快從她們臉上的笑意，甚至擠眉弄眼、理解他的微妙功能（一如王為何在他這個「蘿莉塔之屋」的美少女群中，放置了他這樣一個突兀的男性角色）：他對那小女孩既然是威脅和不安的來源，她們就可以在一種浮木碼頭被潮浪沖襲搖晃的暈眩中，保護她，同時拆卸她那不可一世的「小公主」絕對地位。

他坐在離她們稍遠處的餐桌吃早餐，喝啤酒，聽著那小女孩（已從半真半假的騷亂、哄慰、小動物的假啜泣，平息下來）和那群「假公主」大女孩們嘁嘁喔喔地說話。好像是說一個叫「小可」

的女孩的壞話（可能是她幼稚園班上的同學，也可能是家族親戚間另一個被寵縱地位完全不輸她的小公主）。小可有整套的芭比娃娃和她的換衣間。小可有整套的Hello Kitty樂園。但是小可有說謊症（我媽說的）。小可的Anger根本沒有噴射機但小可硬說有。然後小可超噁心，她才六歲吔，就說她長大要嫁給金城武，小可還把Diana送我的那隻「劈里啪啦碰」（一隻刺蝟）故意弄不見了，我跟老師告狀，她還裝哭。小可還把聖誕歌唱成「雪花隨風飄，小鹿在奔跑，聖誕老公公，穿著內褲亂跑……」

原本柔聲哄著她，「噢，這小可怎麼這麼壞呀？」「噢真的啊，對啊小鹿不要理這個小可了！」這些大姊姊們這時都忍不住吃吃嘻嘻笑的前仰後翻。那小鹿也漲紅著臉跟著笑（原來是有喜劇天分的），一邊遠遠偷瞄廚房裡也咧嘴笑的他。

「這個小可真是壞透了。」後來變成「師母」的，當時只是那女孩們中其中一個的她，抱著小鹿，笑著說。

「對啊，」那小鹿深深的嘆口氣，「妳們都不知道她有多壞。」

這群大女孩中，恰也有一個叫「小可」的（他認為是她們之間最美的），於是她們便和那小公主玩起「打小可」（而這個「小可」要假裝羊癲瘋口吐白沫死去，或被雷擊頭髮冒煙）的遊戲，那小鹿玩瘋了，咯咯咯咯亂笑拿她們教她的「用電視遙控器可以讓『小可』爆炸」，一直尖叫用遙控器亂按。而這個「小可」要像電影裡永遠打不死的殭屍，仆倒十秒就又慢慢爬起，「復活」……

他獨自坐在餐桌那角落，點起菸抽著。似乎他側臉的右耳這邊，是這群女孩們憑空創造出來的一個「女兒國」，她們用她們年輕如玻璃瓶或陶罐的子宮，為這小女孩叮叮咚咚演奏了一個「打擊樂器」歡樂組曲——未來的生活；但另一邊他的左耳，越過那草坪上亂長的巨大姑婆芋，或一株楊桃樹，一叢湘妃竹，一叢茶花（掉在草地上的叢瓣像硬紙剪出的紅花，奇異地某些部分變成泥汙的褐色，那突兀觸目的醜陋，很像砍下的竹竿吊在城牆變風乾萎癟的人頭）……這後院的再翻牆出去，據說隔著一片廢棄魚塭水塘，是一座軍營，可以聽見穿著草綠汗衫和長軍褲綁腿膠靴的年輕士兵，整列跑步而過的答數聲，但究竟仍隔著空曠遠距，很容易便消散在風中。

他們並沒有在那幢許多年前的王的大房子裡——在一種萬花筒鏡箱內不同片玻璃終將事物容納進它所能折射其他玻璃的鏡中影——在紊亂、交織、移形換位、暫時遮蔽目盲又攤露出現的「遊樂園鬼故事」那樣，像神話故事中意識到自己只是冥河倒影而起瞋恨心的古老女妖，失手將那小女孩弄死了。然後幾張陰暗、恐懼的臉湊聚著商議如何處理這具太小的屍體。並沒有。但為什麼他對那大房子的記憶，最後的印象就停止在這個叫「小鹿」的小公主，被她們歡樂圍繞的那格畫面。之後呢？像是一夜之間，有人派怪手將那屋子推平，那些美少女被不同的小隊部發出噪音地擄走，或她們徹夜打包各自行李倉皇散去？為什麼當年王放置有一種「歲月靜好」的後花園少女實驗，突然就那樣「塌縮」（這還是他許多年後才學會的詞）了，消失了？

她們退回（或被「退貨」送回）她們原本的身世時，必然像動物園裡的孔雀被拔光豔麗屏羽和頭冠，變成禿毛雞那樣披頭散髮、形容憔悴吧？是否其中哪個女孩在那個午後對那小公主「小鹿」說了什麼不得體的話，激怒了王（或是年輕的他和她們不理解的，王背後有其更複雜的贊助或權力指派，而她們陷王於險境）？或始終如霧中風景，從未在這大房子出現過的，王當時的正牌女友（那位富家女），這小公主的姑姑？像遠距離操控一顆攝像功能的間諜飛行球，近距離採集（人類學觀察）這些被小公主的天真矇騙的年輕傻B們的能耐斤兩，最後決定按下按鍵，將王的這座「美少女夢工廠」震爆弭平？

那大房子，他，小米，小可（和那小公主的天敵同名的），阿襲，阿雯，王未來的妻子（他後來得喊她「師母」），他後來的女友，還有阿慧。一個小矮人和七個白雪公主。有次他突然想到，或許不是那位「王當時的正牌女友」？而是混在女孩之間的，日後成為王的妻子的那位？也許決定性的選妃已經祕密完成了，這女孩已不需要和其他女孩們磕胳膊架拐子慘烈鬥爭了。所以是她？是年輕的她讓王將這間讓人心煩意亂的，她防不勝防——像在泳池裡的花式水舞選手，得用夾子夾住鼻孔，憋氣頭倒栽在池底上方二十公分處，水面上的兩條腿要摺疊出花瓣簇放、揮舞的手臂、鯊魚的鰭的造型。水面下她和那些女孩的手臂還要在一片藍光、寂靜卻聽見清晰水流聲，不為人知的這個倒過來的池底世界，揮舞著，近距離拍掉其他女孩的攻擊——那個已開始發生夢境裡的排水孔被太多分不清是誰的女孩頭髮給堵塞的，大房子給滅了？

而王竟然連那唯一不是美少女，連女性特質都匱缺的阿慧，都不放過。

但是，他想，除了這些那些（譬如某次他冒失推開二樓圖書室的門，撞見王和其中一個女孩——阿襲？或阿雯？或小可？——像中國春宮畫裡披著衣衫但袒露肚子，以猿猴身形將洋裝像蒲公英倒翻的年輕女體抱著，甚至一閃特寫看見女孩黑茸茸的陰毛，他們的舌頭恰伸出口腔外銜在一起，於是皆只用側臉的一邊眼睛斜睨著站在門口的他。他慌忙退身而出，輕輕將門掩上。不記得有沒有說「對不起對不起請自便」這樣的蠢話），女孩們之間，應該還是像原子彈在廣島爆炸，瞬間將所有建築、樹木、原本正活著的全部人體，在強光烈焰暴風中液化、然後氣化，在某些斷垣殘牆上，像X光攝影的粒子投影，模模糊糊留下了一些（已被蒸發消失的）男人、女人活著最後一刻的灰影。他們似乎那一刻還在平靜的行走，或交談，甚至像站著憑眺遠方有什麼美麗的風景。沒有〈地獄變〉的（或像孟克的〈吶喊〉）那樣舉手掙扎、恐怖、扭曲的人形輪廓。似乎從活著，沒有發生死亡，直接跳過死亡，就那麼消失了。

他想：在那大房子裡，那些女孩子們之間，除了像一句詩那麼簡短的，她們二十歲之前的身世（「我阿公當年是白色恐怖受難者，據說他在我阿嬤之前有個情人，當時被槍斃了，我到念國中的時候，還有記憶我們全家會去一座極荒僻的山裡給這位『無緣的阿嬤』孤墳上香」；「我曾有個哥哥，在我很小的時候就去混幫派莫名其妙被人家用武士刀砍死了」；像傘蜥蜴為了驚嚇對手而賁張暴脹豔麗斑斕的頸下囊袋；「我小時候被我爸性侵過」；「我母親很早過世，我是我奶奶帶大，我一直到高中，都沒有『母親』這個概念，而且，我的飲食習慣和同齡人如此不同，用瓷湯匙吃木耳紅棗蓮子粥，吃八寶蒸糕、蔬菜豆腐銀魚羹、雪菜煨麵、晾放到長一層薄薄綠霉的豆腐皮、辣椒鑲肉。後來我奶奶死了，我發覺我完全不會吃外邊的食物」；「我小時候並不知道我不是我爸媽親生的，但似乎從小學一、二年級開始，我就意識到有個女人會躲在我上學途中，甚至教室窗外，甚至電影院我回頭發現她坐在斜後方幾排位置憂悒地偷看我。我整個童年一直以為那是一隻只有我看得見的女鬼。後來長大才從大人不小心模糊談話拼湊出來，我其實是我一個小姑姑的女兒，他們說她年輕時被一個日本老頭玩了，生下我，就跑到日本去音訊全無了。我從阿公家的相簿偷撕了張這小姑姑年輕時的黑白照，一直藏在不同時期的國語課本最後幾頁，但大學聯考前我去補習『考前衝刺班』，那是一間擠了兩百多人的大教室，有一次快下課了，但我尿實在憋不住，就舉手去上廁所，前後沒有五分鐘吧，但等我回到那大教室，空空蕩蕩全部人下課走光了，我的書包整個被幹走了。我到辦公室報告，但被補習班那些職員們奚落，說連那麼大書包都可以弄丟。我那時很害怕，就算了，但後來回阿公家再翻不同本相簿，再也沒看到任何一張有這個小姑姑在其中的照片了」）；他想，除了這些浮花浪蕊、朝花夕拾的少女的身世外，她們之間，總應該像藤纏樹，在那個糾葛如以少女為構圖元素的唐卡藻井圖裡，演化長出一些細苗般，稱之為「高貴」的東西吧？

但是並沒有。

有一次，有一個叫吉米哥的男人來拜訪這個大房子，他個子非常矮小，但包括下頦、鼻翼、脖子到肩膀、胸肌、都給人一種線條剛毅的印象。他戴著一頂漁夫帽，切．格瓦拉網點T恤、短褲、拖鞋，一副是拿著鉤桿和水桶剛釣完魚順路經過的悠閒模樣。他自我介紹是王的老朋友（事實上，後來他和女孩們才知道，他是王大學時同一間宿舍的室友），他以為王還住在這邊。

「這老混蛋從哪去弄來這樣一堆美少女藏在這啊。」

那整個下午，女孩們被這吉米哥逗笑得花枝亂顫，她們之前打了電話給王，吉米哥接過話筒，從他和王那種痞子哥們的親熱屁話勁，確定這是王的故人。或許就是王告訴他哥兒們，這裡有座美少女之屋，讓他趁他不在時來「玩玩」（這當然很多年後他的猜想）。吉米哥像在自己家裡一樣自在，從冰箱抓了一罐冰透海尼根，半躺在客廳中央那坨「懶骨頭」上（那平常是王的位置），女孩們半圍了一圈坐在他四周聽他吹噓。她們像十八世紀宮廷深閨的仕女，兩眼迷濛之光聽一個從遠方浪遊回來的冒險家、僧侶，或軍官，說著那些對她們而言，無一不新奇刺激、讓人心蕩神馳的經歷。其中兩、三個女孩甚至也點起細長的薄荷涼菸噴雲吐霧起來。

他有意無意地坐在較遠處的一張椅子上，也抽著菸也聽著吉米哥講的那些內容（算是故事嗎）。但他的角色好像王的一隻忠實的獵犬，聚精會神盯著這位王的好友，有沒有在兄弟不在家時，將引誘的、挑逗的、豔麗毒蘑菇般性的空氣，偷偷揉搓施放在這些少女中間（王的「女兒」們或王的「後宮」們）？而吉米哥優閒地捲菸、黏口水在菸紙、嘴唇如錦鯉吞吐出厚厚白煙圈，以一種像藏密寺院喇嘛念經咒的持續低沉嗡嗡嗡嗡音頻說著，他在不同國家不同城市旅行的奇妙經歷；或某一次氣管炎睡在德國哪個火車站躺椅上，幾乎快死掉而出現的幻覺；或深山裡獨自一人吸毒的經驗；某次喝醉從酒吧出來被一群人搶劫且痛揍狠踹一頓的經驗、甚至講起他和王和當時宿舍另一個傢伙是最要好的死黨，三人行，但那傢伙後來竟自殺了（吉米哥說：「他竟跑去自殺，還是跳海，這他媽的夠屌！」女孩們又嘩嘩地笑了。但他不理解這有什麼好笑），那之後他也變了一個人，王也變了一個人，好像他們分頭朝一條十字路口兩端，像要去追回那個死去的夥伴，揍他一頓或問他這是怎麼回事，然他和王就在那個選擇點，像分隔連環畫的分解動作，一格一格，光影翩翩，不知不覺就變成再碰面說話也不那麼投機的，兩種「後來變成的人」了……

這過程，吉米哥始終也沒朝他看一眼，似乎比他更有經驗這種初識不熟的男性和男性之間，在一群馬子（像海灘的衝浪），那種敵意和虛擬對峙。他像用口袋掏出的瑞士小刀撬開玻璃酒瓶蓋，或後來稍晚他用同一柄小刀旋開廚房後邊那（後來已成為一種背景聲而被忽視著）發出像捏扁塑膠鴨子之類玩具的持續尖叫的滾筒洗衣機，將內側一馬達上的皮帶變魔術般動了個手腳，噪音就突然沒了——吉米哥自如的操控這些（毫不著急的拆卸），甚至，他記得在那燥熱的客廳，可能是其中某個女孩因為害羞、來不及走開而漏了個無聲的屁。所有人置若不存在地保持著面無表情的禮貌

（因為也有可能是這位客人放的啊），但那屁味確確實實浮散在空氣中，這時吉米哥突然說：「妳們知道嗎？屁其實是有形狀的，它的形狀決定了它的聲音，譬如說，球狀的屁，嘟；小氣泡一連串的屁，的啦的啦的啦；螺旋狀的屁，噗嚕噗嚕；漏斗狀的屁，就是我們常聽到的噗；還有一種像鐵絲那麼細的屁，就很小聲，嘶——」女孩們當然都笑得東倒西歪。

到後來，連他都喜歡這個吉米哥了。但他始終保持戒懼（他待會就要對這些女孩們——不，應該說，「王的美少女們」——動手了），像觀察著溪流下面那被不斷閃晃銀光的「水流的玻璃稜切」所惑騙，最後看著一尾琵琶鼠魚，如何穿梭過那快速竄幻的稜切，甚至你感覺牠有幾秒匿踪消失了，然後突然在小蓬沙煙的另一處出現，將那觸鬚、螯鉗、立柱眼球，在湍流中移動之演化天賦不比牠不靈活的溪蝦銜在嘴裡。像盯著魔術師戴著白手套兩手手指翻來翻去，恬不知恥在那視覺空間的某個縫隙，迅速伸手進去那個「所有人視而不見」的另一個空間，掏抓出一隻活生生的兔子出來。

他像隻獵犬（王的獵犬）盯著鬆弛噴煙的吉米哥，會在哪處話語的換日線、偷渡移換，進入讓少女們唇乾舌燥的「情慾哈啦」話題。果然吉米哥也真這麼做了。但到底是在哪處，哪個話語的換檔，哪個故事之蛇的尾巴滑溜一閃隨著竹竿攀結而上？他似乎被吉米哥的「萬花筒話語幻術」矇過了、遮蔽了那個「一二三木頭人」切換魔術的彈一下手指之瞬。等他意識到的時候，所有女孩臉上已掛著詭異暗影浮晃、讓他陌生的說不出的豔麗，一種眼波餳澀、面頰泛紅，一種叛逆女學生宿舍的顫抖和竊笑。（就是那一刻，他意識到，這屋子裡的少女們，可能除了阿慧，她們全都有性經驗了。）

但很悲傷的是，這許多年後他回想起來，那些美麗的女孩們，也並不因她們因天賦的美，較其他平庸女孩更早嘗到禁果，而之後成為所謂「冒險」、「放蕩」、「瘋狂」、「經驗豐富」的「壞女人」。離開那幢大房子後，那曾經年輕妖美到讓她們自己都震撼其禁忌之魔性的白皙腿胯和芬芳陰唇，也終像曬乾的干貝或鮑魚，沒有被啟發成一整演奏廳的管絃交響樂團；沒有成為見到天堂美景的那扇「任意門」；沒有像海葵絢麗指突款款被愛浸泡而成為垂掛裙襬下那擁有龐大祕密和詩意回憶的「繁花聖母」……

不過那個下午，那個下午的時光就這樣過了。吉米哥說了許多，對那個年紀的他十分震撼，但很多年後回想起來不過是個在異國持續流浪的旅途中，條件並不很吸引那種車站、機場、背包客旅館、酒吧、觀光墓園的女孩們出現邂逅的中年宅男，在性上面受挫的孤獨時刻。他記得他講得非常抽象、獨斷，似乎這便是人類關於性的牛頓物理學，那些失望、意識到對方是無禮的陌生人、迷亂醒來後的自厭自棄、還有，那些白種女人、黑女人，在不當回事和你「尬」過後，會讓你意識到：她們從小學課堂上啟蒙的世界地圖上，就從沒把亞洲人，或亞洲男人（喔阿拉伯人不算），當作是有性吸引力的人種。

「以後你們就會知道。」吉米哥飲著啤酒。問題是，她們，更別提他和阿慧，沒有人擁有足夠質疑他所說一切的，性經驗。她們目瞪口呆的聽著，他、那時的他，感覺到吉米哥的描述裡，有一種說不出的暴力，好像硬把世界鑲嵌成一幅靜態的、涅槃的，或譬如「貨幣戰爭」、或馬克思主義、或天體以地球為中心旋轉……那樣的機械性。但好像他又是對的。或也許他只是因那群女孩們在這段時間遺棄他，各自臉上流露渴望，「對這件事那麼盛大以對」的認真聆聽，讓他不舒服吧？

吉米哥甚至說了幾件，王在他們那麼年輕時的，從「性」上面得到的傷害。他說，王大學時短暫交過一個美國女孩，他有她宿舍的鑰匙，有一次，他喝醉了，開門進去，摸黑走到床邊，發現那女孩和另一個滿胸膛是毛的老外裸睡在一起。年輕時的王告訴他，他那時想自己是不是喝太醉了或在夢遊。站在床邊點菸抽了一會，他們都沒有醒來。他想他要不要拿床頭櫃的菸灰缸砸這個熊男的腦袋。但後來他還是躡手躡腳離開那房間……

吉米哥說起王這些像版畫陰鬱線條的晦澀往事啊，女孩中有比較不矜持的某個（他不記得了，或是小米吧？）心疼地說：「喔，可憐的王……」像他是她們各自不同背包或手袋裡，一人一隻同樣形狀的，縮小成像一枚小紅薯那樣的布娃娃神祇。他不再是恐怖父親，而是脆弱、可憐巴巴的小布偶，屬於她們共同要保護的。

那天天漸暗下來時，他說他去附近街上的餃子店帶熟水餃回來當晚餐吧。吉米哥沒有告辭離開的意思。女孩們面面相覷也沒有人想起身陪他去提東西的意思。後來他掩上那大房子的紅漆舊木門，走了不到二十公尺，其中一個女孩追了上來，說我跟你一道去吧，這些傢伙。

那女孩後來成了王的妻子，但當時他或其他女孩們完全沒意識到。後來他們還得喊她「師母」呢。

但那時他對這女孩充滿感激和好感。經過那個下午的「吉米哥時光」，他和她並肩走在這舊社區一幢幢立著像核戰過後的空屋群的長巷，彼此有一種像毛衣上靜電的針刺般的尷尬和禮貌。似乎他們這才意識到彼此是有「性的可能」。連說話時聲帶震動都似乎被細繩微微懸高在比原本水杯刻度上面一點點的位置。連微笑都有點模糊、多出一層距離。

也許那時她已經接管了戰局（與其他女孩們對於王的爭奪鬥爭），所以她更多了一份用心（「懿德昭惠」？）將自己藏於這些林徑草葉隨機出現的暗影中。她不太說自己的事，總在聆聽，從不讓自己喝醉眼淚鼻涕的發酒瘋，總微笑著，會找一個啟動話題的問句。

「你會不會覺得這個吉米哥其實是Gay？其實他愛戀著王？」

啊？他說，我沒想到吔……但被妳這麼一說，好像是有這麼點感覺吔……

他說，我只是覺得有種說不出的怪。

她微笑著，比之前的微笑又增補上多一些輕細難辨笑意的微笑。似乎他們倆在這麼年輕的時候，練習著一種虛實輕閃的「話中有話」。更節制，更精準的訊息傳遞和拿捏。但其實那只是剛開始。她或他好像什麼都沒有說，卻祕密的結盟了。也許在這個大房子裡的每個女孩懷裡，都藏了一張各自不同比例尺？標記、提示、以顏色代表威脅或有意義路徑的叢林野戰地圖。她在一個不為人知的祕密時刻，和他交換瞄了一眼彼此的那張，只能孤獨在內心摸索繪下的「定位圖」。發現他們有諸多相近的觀看方式。

有些話不能說。有些話可以說。有些話要反著說。那是他們在未來的成人時光要一直學習的。

後來，他和她（像一對同居的年輕情侶）站在那白煙氤氳的店攤，看著那大娘像變魔術般將兩、三百顆水餃倒進一撲滾的大白鐵筒裡，蓋上薄鋁蓋。空氣中是麵粉、揉著芹菜末的生肉屑的鮮味，還有一旁一塊極厚、發出油醬深黑色澤的砧板，和一旁躺倒的像道具那麼誇張大的菜刀。一些冷掉的醬牛肉的腥味、涼拌海帶、花生、豆乾、小黃瓜，各自被麻油掩蓋的慢速腐壞的，一種預言般絲縷浮現的餿味。然後大娘啪地掀開那薄鋁蓋，一臉凶惡，拿一柄滿是小洞眼的大銅杓，將燙死小白鼠屍體一般的水餃們一鏟一鏟撈起。

他從口袋掏出幾張百元鈔，而她從一只小扣夾零錢包裡摳出一枚枚銅幣，專注地數算，補上尾數。那其實都是公款。但他們像一對年輕夫妻出來打包，回家去招待他們的朋友，他們爭著分配提那些分成幾袋的紙餐盒時，連那胖大娘都黑著臉笑著。

那時他以為她和他後來會在一起。

父親

很多年後她才領會，那些時光她父親是在「授課」，傳授她世間的知識、歷史、人性、善惡美醜，或是時間的幻覺。

但整個時期，她對這樣父女對坐的談話夜晚，都當成是她在聽他父親說故事。是的，「一千零一夜」。

於是，奇異點出現了。

她記得，有一次她和父親，一起看著電視螢幕上，一片綠樹蓊鬱的小山丘，陽光有時隨鏡頭的晃動將整幅畫面曝光成幾秒全然的銀白，而後，鏡頭推近你可看到小山丘上其中一棵樹為一端，一條像纜車的長鐵索延伸到畫面外的另一端。應該是有人要表演高空走索。確實下方地面擠滿了因T恤顏色而有一種流動馬賽克感的小小人們。許多隻手高舉著照相機鎂光亂閃。而後畫面更推近聚焦，纜索下方一個猿猴般的小黑影，以一種奇怪的連結方式掛在繩上。記者旁白說是一位印度特技大師，表演「高空吊髮」的過程，發生意外，活生生猝死在上萬觀眾的眼前。所以那畫面是拍攝下他死前最後掙扎的一段時光：先是他攀繩過程，結成鞭辮的長髮卡住了滑輪，他的整束被扯抓向上的頭皮似乎掙扎不開，鏡頭上那的人形非常痛苦在那懸吊狀態扭動著，吊索的大波浪起伏似乎吸收了他想活下去而從腔體裡恐懼湧出的最後力氣，他的雙臂高舉抓著那長索，但似乎是徒勞。抬頭的群眾一時反應不過來這是表演中的一部分？還是他們正目睹人類千奇百怪死亡荒謬劇其中一次經典。一如許多年前，傳說中的那次太空梭升空，在眾目睽睽下爆炸成一團黑火球，幾個太空人瞬間煙消雲滅。接下來的畫面就是靜止的高空繩索上懸吊著這個男人死亡的屍體。非常怪異的長髮吊垂如一隻風乾燻鴨、鏡頭的日照強光，人頭竄動的小山丘，還是剛剛他活著時的完全相同背景。她看過畫冊上耶穌被釘死在巨大十字架木樁上的西洋畫；也挨在父親身邊看過一兩部美國西部片裡有警長吊死盜匪的場景。但都沒有這個滑稽又活蹦亂跳的，被自己的長髮活活吊死（記者旁白說他死於心肌梗塞），那麼古怪——她從頭到尾沒有別開臉去，第一次體會到臉頰肌肉是要笑或是驚呼的細微錯亂。

畫面又播出一段（應該是舊的新聞檔案）。這個男人，赤膊在鐵軌上，用長髮辮（或應說是頭皮和頸部肌肉的力量）扯動一輛火車頭的影像紀錄。這樣的近距離，就顯出他的髮辮確實留得非常非常之長。圍觀的人群像同一小鎮的親友，全一臉燦爛又傻氣的笑容。

他父親這時按遙控器將電視關了。她知道他的用意不是要她別看像死亡被這樣猥褻的方式公開展示，而是「將一個經驗獨立於渾濁的意識流之外，清澈完整的感受它」。

事實上她父親甚少讓她看第四台頻道上，那些「無預警給予的，可能極為可能是偽造的，可能讓妳的同情心或驚訝感枯萎、疲乏、僵硬的，無意義的發生與消滅」。

一開始，他並不是她的父親，當然那也可能是像那些精神分析學派的心理醫師，用催眠術喚起女病人層層頁岩下深埋的久遠童年創傷，哭泣著，歇斯底里的，「我小時候被我爸性侵過」，結果警方逮捕那養老院裡已如將死大蜥蜴的耿直老人，整件幽微、人心膠封之箱裡最黑暗的幾十年前往事，撲朔迷離也許僅是這個老女兒幻造虛構出來的。但她極稀薄破碎的關於這間老公寓的最久遠以前記憶，那時她只是個兩歲左右，軀體像玩具熊大小的小小女孩。她的父母，抱著她走進這老男人獨居的獸穴裡。空氣中有一種她的較年輕的父母，正在畏懼、討好這個和他的空間同樣發出令人不快、混雜了各式藥膏（香港腳、筋骨扭傷膏藥、防蚊蟲咬的萬金油、眼藥膏、中藥粉）和老人在每一張桌櫃上堆放忘了洗而結塊的燕麥粥殘餘，那種拾荒老人的強烈尿騷味。

她記得當她的形體還那麼小的時候這個老頭把她抱起，自己躺在那張破沙發上，舉起她又放上，似乎將他的胖肚子當一張柔軟的彈簧床，兩歲的她發出好玩、驚喜的咯咯笑。

或是，另一個殘缺片段，那個她奇怪比現在她，年紀要老許多，好像是個長得不漂亮的老處女

（她的身體記憶清楚知道自己當時受不受人歡迎）護士，那個她跟著這個老頭走進這公寓。所以應該還不是父女的關係。她腦中記憶丘裡像用鹽酸腐蝕的黃銅版上的迴路線紋，似乎那個（比現在老的）她浸沐在一種，「將要被眼前這個掌握控制世界之技巧，強大於自己好幾百倍的老男人撲倒、姦淫」的認命和擔憂（對自己的缺乏經驗）。那是什麼？他會把她衣服剝光嗎？解開她的乳罩扣嗎？她該掙扎反抗嗎？他會對她甜言蜜語一番嗎？那比擁抱更親密、更長一點時間、更侵入、更恬不知恥體液被對方沾到的隱密撕開是什麼樣的經驗？像一尾夢中鯨魚嗎？或說反了那種在另一次元撐脹小屋牆壁、天花板的透明、巨大、自己不是自己的感覺，是否像一尾死去鯨魚的靈魂，悠悠忽忽繼續做的夢？

但結果就是，她變成現在這個少女的模樣，他變成她的父親。幾乎全部的記憶都被洗掉了（或他用一種電阻體或無理數程式將那些「過去」封印，變成夢中之夢）。她和他一同生活在這間發霉、漂流於人類時間之外的公寓裡。像盧貝松那部電影《終極追殺令》裡的高個冷酷殺手和那個小女孩（她父親非常愛這部電影，給她看過不下二十次）。

所以，現在的她是個機器人？

像他有一次對她說的，民國初年有位藏密佛教的貢噶大師，如那些學會質能互換之訣竅的高僧，在眾人眼前將死亡變成一場「消失魔術秀」，據說目擊者會看到這正涅盤蛻脫人型皮囊的這些活佛或轉世菩薩，在那極短時刻，似乎全身的每一顆原子，都像煮沸的滾水那樣細索地，翻騰，解構，然後在一片強光中消失。但這位貢噶大師，似乎這質能互換的法術沒學完整，或過程中受到什麼因素干擾，總之，他在眾目睽睽下，從一個正常軀體的趺坐老和尚，逐形縮小，縮小，縮小到一個嬰孩大小時，他就寂滅了。像實驗不完全，還在坩堝裡留下廢渣，一個乾癟，臉貌怪異的小人兒木乃伊。他們將他做成塗漆金身，供在寺廟裡，作為「確實這高僧化成一陣光而去，是真的，而不是利用地道、掩蔽目、觀看者視覺短暫時差而玩的魔術」之證據。

他綁架了她，然後把她解剖，重組成現在這個少女模樣的機器人？（像《怪醫秦博士》漫畫中，那個作為跟班的四、五歲小女娃，其實是個二十多歲的荳蔻年華女人？）

也難怪她懷疑，不，後來是愈在那虛空中自我杜撰這些「床邊故事」的混亂版本中，愈相信她作為他的「女兒」，只是一個需要長時間耐性的實驗計畫，只是她不確定那屬於「機器人學」或「人類學」或「大腦研究」或「遺傳工程」，哪一個範疇？他實在太沒有一種所謂「父親」的氣氛了。似乎他的身分，就是一個純質的孤獨老人。她出現在他的世界裡，充滿著一種違和感。他總在叨念著：「時間不夠了。」那其實比較像一個十七世紀，實驗室裡的科學怪人，奮力拼裝著自己狂想設計出來的一架「可以飛到月球的機械大鳥」，那樣的在生活碎時光之外的，專注和偏執。

她也不確定她父親真正的職業。也應該是個退休老人了吧？但若是以這間公寓不同房間角落的古怪擺設物，或各處書櫃上龐大的藏書之類別，去推測這屋子主人的專業身分，可能出現退休軍法官、魔術師、過氣的科幻小說作家、傳說中的A片達人（他有一個要拉開前方活動軌道書櫃才會出現的暗櫃，裡頭收藏了數萬支A片），或是曾經開過一間專門出科普類書的小出版社（極可能就是一人出版社）老闆，或就是個非常平凡、無趣的退休中學老師。

有一段時間，他讓她看了不少好萊塢那種終極警探在大城市錯綜複雜的街區、大樓峽谷、蟻巢般擠滿灰暗人群的地鐵、大醫院的不同樓層、公路上的飛車追逐……這一類的警匪動作片。她覺得他根本就像那些，把自己匿蹤成枯葉蝶或變色蜥蜴，讓自己走在街道，進ATM小間領錢，或走進哪一間商店，都完全不引人注意的灰撲撲老人，但其實是個「反社會人格」（她從那些反恐電影中學到這個詞），高智商犯罪（他同時是網路駭客、搏擊高手，和炸彈專家）的恐怖主義者。

有一次，公寓靠後面的廁所馬桶攪糞器壞了（因為這間廁所是她父親找工人硬加蓋的，但他們這間已五十年屋齡的老公寓，並沒有預留這個區塊的「化糞粗管」，他們必須在馬桶下方安裝一種，類似榨果菜機或碎肉機那種以利刃作為扇葉的旋轉馬達，一摁沖水鈕那箱子裡便發出轟隆轟隆巨響，將那些軟硬不一的固態大便，打爛成糞水，再從一般粗細的排水管往下排到地面的水溝）。她父親不得不讓一個工人進來他們公寓裡。那個渾身酸汗味，提著一大袋修理工具和零件的傢伙，從玄關要走進最裡間廁所的這段距離，自然被這古怪雜貨陳列的洞穴景觀吸引，他放鬆地左顧右盼，還問東問西（「就你們祖孫倆住在這公寓裡啊？」）。她父親的臉色像蠟像一樣慘白，一臉你分不出他是緊張呢還是憤怒的神情，有一度她那麼確定，他會在那個穿著背心露出刺青大臂肌的男人，蹲在那拆卸那臭氣薰天的攪糞器馬達時，算準時機拿一根鐵棍，像打死一尾侵入他們家陽台的蛇，那樣血濺四壁，瘋狂連續揮擊，把他活活打死。

還好後來什麼事都沒發生。

偶爾有郵差在樓下狂摁電鈴，朝上大喊：「╳╳╳掛號信！」他會像那些電影裡國際間諜特工的標準動作，躲在公寓朝外那排氣密窗的窗簾後（只差手上沒拿一把「沙漠之星」手槍），警戒地朝下窺望。這種距離她對她父親記憶最深的一個表情動作，就是也轉過臉舉起一根食指，對她比

「噓」的手勢。更多時候，他是像個沙漠裡快被陽光融化、蒸發的灰影，牽著她在馬路人群中走，然後指派她去郵局替他領東西，去商店幫他買什麼什麼東西，去便利超商幫他買菸或繳水電費。

或許她父親就只是個，從年輕時便有「人群恐懼症」的宅男。

印象中是他攙緊她的手，像是，她是他的導盲犬，或他是一塊不斷在融化流光的冰塊，他必須抓緊這個女兒，經過這些不義的、無辜的、被佛經那滅絕末日的唐卡全幅亂針刺繡在其中的失去同情的車輛人群，在回到家之前，至少，至少，他的存在還剩下握在她手掌中一枚小小的、手機大小的冰錐。

曾有幾個傍晚，他的一些老朋友會來拜訪（有時是三男一女；有時那老女人沒來，那樣他們這幾個老頭會回憶著那女人年輕時的香豔韻事，或他們各自多年前曾和她有一段驚嚇、「女神臨幸」、神搖意奪的幸運時光；有幾次則只有其中一個高瘦的老頭，陪她父親對酌到天亮，但如果是只有這兩個老頭，氣氛便非常沉鬱苦悶，也許這高老頭也是個寡言，不會找話題的悶葫蘆吧），她父親會變得像父母不在，邀朋友來家裡抽菸、喝酒、偷看A片的高中生，變得話多且俏皮。他會早趕她去臥室睡，不理會她的哭鬧和哀求。有幾次她縮在被子裡，用她自己想像的印第安巫術咒語，詛咒客廳那光度不夠的吊燈下，臉孔似乎都籠罩著說不出之翳影的，喝著酒聊天的那群老人。

有一次，她隔著門，聽到那老女人（她有一副非常美而性感的嗓音）像啜泣但又像講鬼故事威嚇小孩的較高音量（他們以為她睡了），在指責她父親。而斷斷碎碎的內容，似乎跟她有關。其他老人偶爾插話，或贊同，或「好了好了別談這個了」想打圓場。她聽到那老女人說了好像是某一部電影的情節，一個母親，或說是一個上世紀六〇年代那種提倡性雜交、嗑藥、公社、一群流浪漢共搭露營車無目的地的公路旅行的實踐者，那樣一個年輕時縱情聲色的女人，她把她的兒子從小男孩的時候便帶在身邊，讓他無遮攔地旁觀母親和許許多多不同的男人女人，性交、接吻，爛醉、哭泣，甚至互毆。因為她相信那就是她冒險追尋的「愛與自由」的旅途。那男孩漸漸長大，好像是個害羞、敏感的Gay，但這一切像一輪電影院播放的生命情節，像鋒利的剃刀小心地滑著他大腦那些褶皺。那母親有一次甚至引誘她兒子和她性交，也許沒有發生，只是挑逗的愛撫和濕熱的舌吻、鼻息，和一些妓女才會說的淫蕩話語。後來那美少年哭泣著割腕自殺了，弄得浴室裡全是血……「妳是想要對我說什麼？」她聽見她父親發出喉頭下方咕噥的低嗓音，那是和這群老朋友在一起時不會出現的防衛、威脅語氣。

老女人又說起另一部電影（或電視劇？）的情節，這次的故事背景好像是韓劇的古裝片：就是有一個大戶人家，他們的獨生女出生時，有一位擅算命術的遊方僧，算出這女孩命中必有大劫，捱不過便夭折。恰好這女孩感染了一場大病，群醫束手無策。這有錢人便聽信家中老僕的獻策，去鄉下買了一個年紀差不多的小女孩回來家裡，這在以前叫做「擋厄」。兩個小人兒在這家中像扮家家酒，換名字，甚至服裝對調，像兩顆蓋杯裡嘩嘩搖晃的骰子，快手翻舞，騙過死神的眼。

後來發生戰亂，老爺派僕人送這兩個女孩到鄉下避難——這一段的情節有點亂，因為那時她父親或另一個老頭朝後面的廁所走來，腳步聲經過她房門外，她立刻躡足跳回床上被子蒙頭裝睡——戰爭結束後，那個作為「擋厄」的窮人家女孩的父親（不曉得為什麼變成是他帶那兩女孩回城裡的大戶人家）起心動念，便將他女兒和那個原本他女兒要去偽扮，去「替她死」的大小姐，真的對調過來了。也就是「影」與「體」互換。「擋厄」的貧家女成了大戶人家眼中的真的千金小姐，而那原本的大小姐，卻成了老爺一時興起買來騙騙死神，用過即丟的紙人、假花，或像鞭炮或桃符之類的東西。

而這個小姐（變成貧家女兒）稍長大一些，便展開她在底層僕役世界，吸吮、經歷、感受那些人間溝渠的痛苦、屈辱、被剝削，以及他們雜混著民間技藝和活潑樂天的「俗常生活」。原來只是傀偶的貧家女孩，成了養尊處優，深閨繡房裡的瓶中牡丹。

她父親說：「這屁故事跟我有屁關係？」

老女人說：「每一個體，有其自己該展開的生命史，不該被另一個意志的手指偷動手腳……」門外，她聽到其中一個老頭，用一種睪丸、牙床、大腦灰質，或臉頰四肢肌肉，皆萎縮故而像一架破風琴的怯懦聲音，說：「但總該有些基礎訓練什麼的吧？」

她父親自負地回答：「訓練什麼？有什麼好訓練的？」

她躲在房門後的黑暗裡，心裡突然非常憎惡外頭這幾個「老朋友」（特別是那個老女人！）她隱隱約約覺得他們談的是跟她有關的事，但她卻無法理解他們所說的一切之間的關連。好像她真的是一具機器人？這太可笑了。尤其那老女人講得那兩個故事，讓她聽得不禁入迷，但心底又說不出的嫌惡。那裡頭有一種藏在故事中，迴旋，像香煙裊裊鑽進耳後孔竅的陰暗或變態的暗示，是指她和她父親這樣相依為命的關係嗎？好像她是冷凍櫃裡關著的一枚受到核輻射汙染的、被切除下來的子宮，他們在開會討論解決之道？她是那個「擋厄」的，作為「假的存在」的仿冒品？或是她父親在作一件違反物理學法則，或「反人類」的瘋狂計畫，把太多不應該塞進她意識裡的「一個瘋狂的龐大全景」——像那些用氦氣高壓成小小果凍狀，其實將野鴨、鮭魚、最頂級牛排，或是魚露、松露，最新鮮的小牛番茄……繁華、濃縮、解離成一個有時間意象的迸炸開來的嗅味分子──把那些「噩夢果凍塊」整抽屜整抽屜的塞進她腔體裡？

她憎恨那個老女人透頂，要不是她被當個七、八歲小女孩，鎖在這臥室裡裝睡，她會像鐵鎖拴住項圈的哈士奇狗，咆哮朝她衝去，齜牙咧嘴，不准那個老女人被絲襪包覆的腿汗的酸味，混淆了這客廳她父親那布滿細白毛的老人小腿的枯葉氣味……

但確乎有些時刻，她清楚知道，她父親「正在訓練她」。那確實不是一個「正常的，無意識讓時間流經過」，帶著一種可反覆操作的精準性，一種尖銳的緊張，像瑜伽師學習掌握自己每一個呼吸都是一次宇宙的生或滅。像傳說中的劍客，拔劍，出鞘回鞘，電光石火不過○．一秒，但那劍意包羅了整片梅花林的嬝嬝綻放，漫天飛雪般的墜落，香氣襲人但數萬格差異的凋萎先後……。如何充分的掌握、占據一個經驗？

譬如有幾個晚上，她父親會帶著她看YouTube上，那連續幾集的《星跳水立方》節目。那是中國大陸那陣極紅火的一個綜藝節目。把一些完全沒有跳水經驗的歌星、演員、女主持人、諧星、老牌藝人、年輕小模……召集來，讓國家跳水隊的頂尖教練給他們大約六週的密集訓練，然後現場節目就是這些趕鴨子上架的明星們，像無辜的、鬆散的、沒掌握技藝本身的結構森嚴，那隨時要散架的「不美」身體，從十米、五米高台，或三米跳板，悲慘地往水池裡跳。

那些各自不同明星（她不認識他們）在訓練過程攝下的VCR，可以看出各種不同人類品質，在恐懼、溫馴接受一對自己暴力化的「訓練」，或業餘身體橫著栽進水面的巨大拍打力，乃至頸椎受傷、大腿內側整片黑瘀、耳膜穿孔、趴在池邊滿臉是淚……各種不同的展演方式。他們恐懼猿猴類身軀難看地四肢朝天地懸空摔落的屈辱感；但似乎更恐懼身旁的人類同儕在反覆機器性操作（在那跳水場池畔其他的跳台），而進化，逆反這個身軀在這重力墜落下的自然紊亂與難看，變得像投魚槍入水，刷，那麼優美。他們恐懼自己沒搭上那「進化」的詩歌場景。

有一次，她父親帶著她，到一間巷弄裡的館子參加了一個晚餐。那館子低調到，讓人以為只是這一帶庭院荒蕪、麵包樹、大王椰子、菩提樹、棕櫚、芒果樹濃蔭密覆，黑色魚鱗瓦上布上厚厚一層青苔，群鳥啁啾的日式老屋之中，其中一間哪個老教授的宿舍。她記得那小包廂裡，一桌圍坐的全是比她父親還老的老人。他們都慈眉善目，呵呵笑著連那些從紗窗木頭菜櫃裡，拿出一碟碟蔥燒鯽魚、烤麩、涼拌豆芽、辣椒鑲肉、清蒸臭豆腐、雪裡蕻小乾丁、芋泥、芥菜的服務生阿姨，都是一些矮胖的老婦了。她父親在那一桌禽鳥標本般的老人間，突然變成個活潑、插科打諢逗長輩們笑的小後生。她沒見過她父親的臉，線條如此柔和，嘴角始終晃盪著一種小孩在等待大人讚賞的，水波般的笑意。他替老人們倒茶、斟酒、舀砂鍋裡的獅子頭和燉白菜，顯得身手矯健。老人們臉上的皺紋，白髮，在這明亮燈照，煙霧蒸騰的光圈裡，也有一種撲粉上妝，像古早年代照相館裡拍攝坐姿照的油畫感。

但是在席間，她離開小包廂，找尋這間像藏匿在時光舊夢摺頁的餐館的廁所（她很困惑那些老人，在這樣的時間裡，無一人起身說尿急或抽菸之類的），她經過那些上菜告一段落、暫時無事、倚牆發呆的服務生阿姨們；穿過那（明顯生意不好）空蕩蕩的一桌桌餐桌區，發現唯一一桌靠角落的小方桌，坐著那個老女人，另外一個年輕女孩背對著她的方向。她倆的桌上，除了一碗煨麵，也是零零散散一小碟一小碟像她父親和那些老人包廂裡桌上的，顏色暗沉的涼菜。

老女人看見她，笑靨燦爛招手叫她過去坐（她有一個奇異的幻覺，似乎在這間餐館的光影侵奪中，老女人和她父親一樣，也進入一流速變慢的時光法則，變得年輕了）。她笑著搖頭了幾次，還是被老女人招手叫了過去。

那時她看見了坐老女人對面那女孩的側臉。

其實那時，老女人正和她（像個交情匪淺的阿姨）說著話：「跟妳爸一起來的啊？」她心緒紛亂也像外面庭院那水銀罩燈下盤旋飛舞，一閃一閃剎翅墜滅的水蟻。這老女人是恰好帶著她女兒（？）也來這館子用餐，恰好遇見；還是她預知她父親和這群老人有這一場餐宴，故意來裝作不期而遇？為何她不進包廂打個招呼？

老女人似乎猜透她心思，笑吟吟地說：「我們常來這用個家常菜，妳等會進去別說遇到我，我怕死那些老頭子了。」或許老女人還和她搭訕了一些最近怎麼樣啊；妳爸腰痛有沒有好些啊……這些廢話，但其實她的視覺，全被那一瞥如暗黑中燭焰爆閃即印刻進眼皮下，那年輕女孩的側臉給驚呆了。

那張臉徹底壞毀了。當然這是一種完全精神意義的印象。那張臉像一個器官被晾在那持續拿著筷子進食的身軀上，但那個器官，被遠超過她的經驗、時間體會、想像力……還要複雜且難以言喻的暴力，蹂躪、強暴、玷汙、戳刺、浸泡酸液、侮辱、剝奪……像一枚風乾發皺，又布滿綠黴和白毛的乾癟橘子。不，從前她讀霍金的《時間簡史》，始終不能形體化想像，所謂「一顆星球，被它自己的超高重力吞噬，形成了一個密度無限大的黑洞」，那是什麼？但這始終沒轉過頭來搭理她，繼續低頭用餐，穿著高中女生制服的少女的臉，就是一張「時空密度過大」的黑洞的臉。那已不是仇恨或傷害的痕跡，而像畫水彩畫時，顏料盤旁的一坨洗完畫筆後吸去殘色的衛生紙，在不節制、無意識地反覆將沾了各種顏料的汙水，讓它吸吮進去。過於飽和，終於紙漿內部的纖細全飽脹浸泡在那太重的洗滌髒水，而塌陷碎裂。那樣一張，應該是木乃伊的乾癟枯屍，卻違反物理印象，整個是一張濕淋淋的，可能人類活兩百歲才會出現，譬如驚怖、狂喜、哀嚎、震怒、瘋狂……種種極限表情，全混淌成一坨濕爛衛生紙的臉。

老女人笑吟吟地對她和那少女說：「說起來，妳們算是所謂的孿生姊妹呢。」

就像在被人召靈、催眠或觀落陰這一類把戲，正悠悠忽忽、倉倉皇皇進入一座汽車旅館兩側鐵捲門車庫的晦暗車道；或是在醫院長廊被戴口罩護士服的人推著她躺著的病床像急著離開；或是一條夜色中布滿人高芒草的潺潺溪流；她正要（已經）進入另一個時空的魔術開啟，突然有一個低沉的怒吼從很遠的所在傳來——不，與其說遠，毋寧說是隔著不同空間感的一層層牆，一種被篩濾過，譬如戲台後的簾幕，簾幕後的道具箱那道具箱掀開裡面是一祕道，沿祕道窄階而下，又有一座保險櫃的防爆鎖門，再躲進這個金屬密室裡，聽見戲台上傳來的鑼鼓鐃鈸聲響——她聽見她父親的聲音：

「妳在那裡做什麼？」

然後走來她們這桌，拉起她手臂便走。她在一種水杯急劇搖晃的光影碎盪中，不及觀看老女人的臉是煞白或仍吟吟笑著，或那少女可曾抬頭看一眼這個像魔法師，或像托塔天王的男人。她父親甚至直接拽著她，經過那間老人們圍坐哄笑的包廂，沒有進去打個招呼告辭之類，像諜報片裡藏身處被敵方「踩了」的工作人員，那樣氣急敗壞離開那個樹影如迷宮列陣的餐館。

但之後，這件事像沒發生過一樣，她父親和她，仍舊像一獨居老人和他的小孫女，在這時光漫長的公寓裡待著，甚至一個多月後的某個晚上，老女人又和其他那些老哥們結伴來訪，他們無有異狀的聊天、喝酒、抽菸。她仍被提早趕進臥室上床。她甚至懷疑，那個晚上，在那餐館發生的一切——包括那個少女——是否也只是她編織出來的妄幻？她總相信著：這個世界上，必然有許多個和她同名字的女孩，她們是基於同一個變態的「祕密計畫」，同一個修正中的概念被設計出來的，也許她們的檔案下有備註了「No. 2」、「No. 4」、「No. 7」、「No. 13」……，她不知道自己是第幾代的實驗品，但她們必然在某些錯誤的軟體程式或功率計算，發生了不同狀態，無法修復的損壞。如那晚坐老女人對面那少女，只是其中一種故障品。她想像著並相信這個念頭：一定有一間類似地窖的貯藏室，裡頭照編號收納著這一具一具，和她近乎維妙維肖，只有不同年代質材之差異的，掉眼珠的，臉頰裂口下可見金屬結構和微細電線的，壞毀洋娃娃。她甚至自己給這個計畫取了一個暱稱：「張愛玲女士」。只是她在這間公寓裡翻箱倒櫃（當然是她父親出門的辰光），始終沒找到那份她認定「必然存在」的計畫書。

印象中，她父親每晚會和她對坐在客廳那張工作桌的兩側，像兩條垃圾魚趴伏在湍急水流的暗黑溪床，臉對臉抖晃嘴鬚，吐著串串碎泡。很多年後她才領會，那些時光她父親是在「授課」，傳授她世間的知識、歷史、人性、善惡美醜，或是時間的幻覺。但整個時期，她對這樣父女對坐的談話夜晚，都當成是她在聽他父親說故事。是的，「一千零一夜」。有時他心情好，神采奕奕，充滿靈感，一講講三、四個小時（講起那些宮廷喋血、孫悟空大鬧天宮、李哪吒殺河龍王抽龍筋當腰帶，或是薛仁貴誤射死薛丁山的元神，或是姜子牙的封神榜，或是慈禧和光緒賭鬥誰先嗝屁），她也完全不累不睏。但很多時候他講的坑坑疵疵，味同嚼蠟，那些不幸的夜晚他似乎都是想對她描述一個「相反的世界」：不要被事物的表相所騙，看去有情有義，可能是一種權力的交涉，強者想不當榨取、濫用弱者有限的資產、生命、美色；看去被負棄的耿耿斷腸，也可能是弱者嬝娜哀愁的自我戲劇化，為了進占強者的指揮艙駕駛座，以殲滅其他的弱者。許多輝煌的、神聖的語言，在人類歷史上，往往造成更大規模的屠殺和滅絕。它們像那些擦去當時擊殺無辜者的青銅重劍，擦去上頭血跡、腦漿或骨髓，供在祭壇，時日久遠，便變成濃濃檀香的神器了。最美麗的象牙雕刻，你沒去看到那無意義殺戮的數百隻發臭長蛆、蒼蠅飛聚的大象屍骸，以及更多吃不到母奶餓死，一旁的小象屍囊。他有時講起大爆炸與宇宙的形狀，講起唯識論、天台與華嚴宗，講起東密與藏密，他們的傳遞與帝王的權力曖昧互惠，滅掉其他派別的心機；講起演化，菌類藻類揚棄時間幻覺而快速突變其基因染色體那核心意志的繁殖與死滅的策略。

有一次他講到，我們活在這天空下，渾然不覺。他翻開一本叫《宇宙的六個神奇數字》的髒汙小書，要她跟著複誦裡頭兩段話：

「在我們宇宙比高爾夫球還要小的時候被銘印進去的微觀『振動』，後來暴脹延伸到整個宇宙，構成了那些演變成星系與星系團的漣波。」

「……即使這麼巨大的宇宙，需要百萬位數字來表示它的大小，也可能還不是『所有的一切』。這宇宙是暴脹的一幕；但『大霹靂』這一幕可能是無窮系統中的一個事件。實際上這就是『永恆暴脹』的後果，這是俄國宇宙學家林第特別信奉的理念。……按照這個理念，宇宙可能有無垠的過去。在暴脹沒有終結的區域，它們成長的速率快到能供應其他大霹靂的種子。……在某些版本中，暴脹的場景可能在黑洞內被觸發，創造出和我們的時空完全脫離的新時空範疇。」

她父親說：譬如金，一種延展性最高的貴金屬，密度、導電係數皆無與倫比之高，它基本上已是人類這種物種在地球上曾構建文明的「神的骸體」，我們會說是因為「相對論量子化學」之微妙效應，使金的電子海吸收（或放出）之光子頻率範圍大，覆蓋了各種色光之波長，使黃光反射到觀看者眼中，但確實在這個以碳、矽、鉛、氫、氮為主的星球上，鳳毛麟爪的「金」，原本就是神遊太虛已棄人類而去古老神祇遺落的碎屑。

這些時候，她總聽著聽著便迷糊睡去。事實上，她懷疑那坐在她對面，繼續說著那些不似人間語言的她父親，其實也早睡去，進入一夢遊囈語狀態，像佛龕上半隱在暗影裡的泥塑雕像，只是放著一台錄音機在嗡嗡轟轟播放著那些深海潛艇的聲納波的晦澀經咒。

有時她父親從外面回來，明顯是受氣或目睹了什麼「無意義的傷害」（可能只是在便利超商遇到個對老人不耐煩的年輕工讀生，或搭計程車遇上一位憤世嫉俗陰鬱地說要把車窗外，不長眼過馬路嬉鬧的那些國中女孩、男孩，姦殺、撞成植物人，或對推著陸龜般的輪椅老人在巷道擋住路的菲律賓黑女孩狂按喇叭……的瘋子司機），他會臉色煞白，一臉震怒。似乎如果他是上帝，那個時刻是數十億人類渾然不覺，這老人正在內心鬥爭，強抑自己胃囊朝喉頭湧出的酸液，阻止自己一念之間去按下那瞬間讓地球灰飛煙滅，數千萬顆核彈威力的「滅絕之火」按鈕。

這些時候，她心裡或浮現一種「女兒」的模糊柔情，似乎這時的她父親，比較接近想像中，那些正常女孩們的爸爸。他會哀聲嘆氣，像河豚忽而雙頰飽脹怒意勃勃，一會兒又塌癟衰弱周身瀰漫著老人才有的，痱子膏混雜灰指甲藥膏、筋骨痠痛貼布，那種薄荷加尿酸結晶的腐臭氣味。

這接下來的「談話課」，她父親會對她回憶一些陳年往事（她往往搞不清楚那是什麼年代，多久以前的事了？），一些美麗的女人，像崑曲那讓人瞠目結舌的繁華、細膩、講究，如分解動作，迂迴婉轉地，在一個許多人的命運、心靈，編織在一塊的複雜關係裡，發出極限光燄那樣，展演了一齣「婊子」的唱念作打。

有一天，他父親帶著她走進一所小學，那時正是上課時間，但那從走廊延伸，一種像醫院或軍營的「因集體管理而設計」的空間，好像不斷有轉角銜接樓梯，往花圃的小徑、廁所前瓷磚洗手檯上方的大玻璃鏡、而被關禁在掛著班級木牌的不同間教室裡嗡嗡轟轟的念課文聲，從四面八方像鼓膜的震動，那一切都刺激著她。她發覺自己像《神鬼認證》裡的麥特・戴蒙，在這個隙光從不均衡角落垂灑的指腸狀空間，腦中快速運算著，如果現在有一個排以上的特種部隊，從這長廊的各處出口，五、六個一組埋伏、湧出、狙擊、捕獵她，她該如何利用這個空間裡的設施，或他們從不同方位衝向她的時間差，找到漏洞和最脆弱之處，聲東擊西，在他們輕視她而鬆懈的眼皮眨閃瞬間，像雷電竄奔，瞬間以格鬥技攻擊某一缺口的那三、四個穿迷彩軍裝成年男人的胯下、足脛、喉頭、眼珠，然後像一尾銀光閃閃的小魚，從捕撈之網滑溜鑽出。

但她父親告訴她，這些都不是重點，重點是，在某個時代，妳如何分辨，譬如走進一整間對妳微笑；抬頭打招呼繼續改像山高的學生作文簿；或是在飲水機旁拿著沿口一層褐垢的保溫杯，加熱水泡他那已像海帶湯般脹大的茶葉的老頭；或某個大肚子手腕戴著黑色袖套的女老師，她害喜最嚴重的那陣子都是妳幫她代課；或正打電話低聲要理專幫他買那檔股票幾支，平常愛跟女同事開黃腔的厚框眼鏡哥……這一辦公室混雜著人的繁複汗酸、體味的人們，誰在那個「只要有人糾舉，就會從某處到某處的『途中』，衝出一些埋伏的理平頭穿中山裝、西裝褲和白球鞋的男人，將他制伏，帶走，像橡皮擦擦去錯字，永遠在人世消失」的時代，這一些平凡不過的人們，誰是那個糾舉者、告密者？誰僅因個人私欲，或妳根本不知道在何處得罪他的小小過失，或嫉妒，或他只是「必須要舉報」恰好這辦公室裡只有妳和他最沒交情，或說妳最冷淡不合群不加入講別人八卦的小圈子……

也許是一份三、四十頁的打字報告；黑函；難以猜臆的腦袋裡也許藏著可怖、致命、像SARS或H7N9那樣致命且會爆發感染的病毒。歷史上設計這種監視、「照妖鏡」、將潛伏威脅鎖定並誅殺的腦袋，其實無有創意，也沒什麼能更駭人聽聞的人。真正撲朔迷離的，是如何分辨、理解，這一屋子原本暖烘烘、笑呵呵的人類同伴，是在何種實驗室的溫度、壓力調控改變下，會突然翻牌變成防毒軟體、白血球、糾舉異類、默認「清除行動」的無情的臉？

但其實她父親是帶著她，走進那三樓或四樓的一間像小客廳的會客室一個胖墩墩長得像肯德基爺爺扮女裝的老婦，坐在其中一張沙發上，對一旁拿熱水壺替他們斟茶的枯瘦女祕書窸窸窣窣同時使眼色交代著一些事，像是這不是她的辦公室，是她帶著下人來別人的地盤談判，一種怕被輕視的裝模作樣。

「這就是你那個『女兒』啊？」等那枯瘦祕書學日本人那樣九十度鞠躬推門出去，這胖女人（她應該是校長吧）一副和她父親非常熟識的輕佻模樣說。

「是啊。」

那一天，她以為她父親是帶她來入學，某種實驗室科學怪人的複雜方程式腦袋，在龐大艱難的傲慢運算之後，終於認清該讓她和一般同齡的孩子一起長大？雖然她父親總是哀嘆，自言自語：

「來不及了。」但許多抒情的情感，是要在無意識的時光河流裡漫晃著，才能在無法控制參數的角落，細微款款長出那些水草或蜉蝣聚落，這好像是那些夜晚，她父親那些老哥們，在昏暗的客廳和他激辯的。

但他父親和這肯德基老奶奶，似乎並沒有以她為他們對話的核心。他們當時在聊些什麼？她不記得了。總之非常枯燥乏味，好像她父親在講述、分析，圍棋上一種叫做「三劫循環」的怪局，她聽到她父親對著那一臉專注（像暗戀家教的胖國中女生）的校長，解釋當年織田信長在本能寺之變的那個夜裡，觀利玄和當時日本圍棋史天才本因坊算砂對弈，兩人便走出這樣一局「三劫循環」。部將來報明治光秀叛變，正朝此進軍，請主公速速避走。然性情暴烈的信長不予理會，仍苦思這糾結困縛的棋盤上怪象。連本因坊算砂都勸說此「三劫循環」恐怕不祥，然織田信長只輕蔑說：「無關是非。」

這個典故她聽她父親說過無數遍了。那個爆發著魔性、殺戮前夕燭影搖晃的，命運的詭異森森，早因第二次、第三次、第十次、第三十次……的講述，被除魅，剝去了死魚般的腥臭鱗片。

她起身，推門走出那會客室（她父親沒有喝阻她），站在和之前走來時並無二致的，無人的走廊，深深吸了一口氣。

她走到一間教室的後門，從走廊這排窗偷偷看著裡面，一個她覺得極眼熟的女老師，帶著像小青蛙坐在他們的小木課桌椅座位的三十個左右的小小孩，齊聲朗讀著：「天對地，海對空，雨霽對長虹……」然後呢？應該是這個我們所能描述的宇宙裡，所有對應、相反的事物：陰對陽、男對女、善與惡、靜與動、光與影、紅配綠狗臭屁、劊子手和死囚、窮人和資本家、悲與歡、美與醜、人類與怪物……她浮想聯翩，但有一種說不出的，被這長廊空間四面八方湧來的各教室嗡嗡轟轟聲所感動，有一種想流淚的朦朧哀愁。一種最初的世界的描述、傳遞、像最簡單的牛頓三大定律、或是背誦二十六個英文字母，她不敢想像他們浸浴在這樣悠然、幸福的教室裡，腦額葉的啟動竟只是學習這麼簡單的知識？她有一種像回到「最初」的母親子宮裡溫暖，被生命之水包覆的懷念和感動：最好的時光。但她同時腦中快速搜尋記憶檔，這個女老師，她是在哪兒見過她呢？以她有記憶以來，和她父親（這個近乎與世隔絕的孤僻老人）生活，極有限遇到的「認識的人」，像山中修道院裡關禁一生的修女，即使三十年前從大門信箱孔遞一疊信給她的郵差的臉，經過那麼長的流年，她仍可以清晰回想當時他臉上的細節，浮在唇髭上晃動的一層薄光，講了幾個字的一句話，當時他身後那斜坡山路後方是一棵高大的台灣欒樹，金風細細，碎葉沙沙搖晃輕響……

但她突然想起來：這個女老師的臉，是有一次她在她父親電腦首頁，Yahoo奇摩拍賣網的廣告小框裡，混雜在那些眼花撩亂「夜店小惡魔這樣穿」、「讓男友噴鼻血的美女心機」、「韓系辣妹的透明薄衫」……那些平凡無奇的字與詞，組串起來卻像荷爾蒙玻璃瓶全打碎、少女芬芳淹流的一條展示女體櫥窗、霓虹燈閃滅的色情小巷。她確定無誤，這個講台上讓自己催眠和下方坐著的三十個小孩一般天真、無憂的女老師，就是其中一頁穿著胸罩和可愛內褲的網拍模特兒。在她的印象裡，那是像皮影人偶或剪紙人兒或鼻煙壺上細緻描畫的古代春宮仕女，她們應該只是一些依男人腦中的色情薄膜投射的形象，廉價剪裁下來的幻影。但沒想到竟變成活生生的人出現在她眼前！

重點是，她覺得從這一間教室裡搖頭晃腦吟誦的這些小孩，線條延伸，這條走廊上的磨石矮洗手槽；那一盆盆小孩們認領照顧的黃金葛、鐵線蕨、風信子、小種番茄、仙人掌；或走廊公布欄貼著一幅幅不同年級小孩得獎的蠟筆畫；從這天井朝下望的ＰＵ防摔遊戲區地格和那彩色的塑料溜滑梯、蹺蹺板、做得像ＤＮＡ染色體鏈的金屬吊桿；或再延伸的一間一間教室，各有一個男或女老師帶著三十個左右的學童在念誦……她覺得這一切都是「假」的，並不是那種３Ｄ投影栩栩如生的「虛擬小學」。那些小孩都是真的，這一切石塊、木材、玻璃、鋼筋的材料都是真的，但那正傳授的內容，說不出的簡單。那簡單到她懷疑這個校園的存在，只是一個大滅亡之間，想不出更好的處理方式的，一個敷衍的、即使知道是徒然，仍讓一切空轉煞有介事的設置。她想到她父親說的：

「來不及了。」

如果，這個文明就要覆滅了，像那些科幻小說寫的，「太陽閃爍」，太陽成為紅巨星將圍繞著它忠實旋轉了幾十億年的這幾顆大小、顏色、硬度、溫度不一的行星全吞噬進它突然暴脹擴大的較低溫熔燄中。一個預先逃離的「太空尤里西斯」流浪計畫，那能登上載具而拋擲、逃離死滅的人們，即使有上萬人，也是千萬中選一的評量。大部分以為仍在日常時間中，行禮如儀、吃喝拉撒、搭飛機在不同城市旅行，寫深度旅遊書；在Ｋ房裡喝啤酒痛哭唱那些為失戀人寫的情歌；或是在商務旅館讓大自己三十歲的老頭上只為了在辦公室的處境可以好一些；看網路新聞這一季ＮＢＡ總冠軍西區是灰熊還是馬刺來挑戰東區熱火的衛冕封王……這一切其實已進入「死亡時間」了，「未來」不是一個可以喇叭狀朝無限擴展的「不斷未可知的發生」，這絕大部分人已在一個死滅陰影的覆蓋下而不自知。那為何還在那滅絕倒數如沙漏的「垃圾時間」，裝模作樣蓋這樣一間小學，布置得栩栩如生，找一些（或許已知道那滅絕真相或「計畫」的殉難勇士）心不在焉的老師，在課室裡傳授那些，你仔細聽內容便發覺只是讓「授課」這件事如監視攝影機的影片空轉的，「像這件事在進行著」的知識。

這時，她的身後，突然有個驚惶恐懼的聲音大喊：「妳怎麼會在這裡？」那聲音的激烈，像按下全校警鈴或空襲警報蜂鳴一樣，讓她不知所措。

是那個剛剛在校長室幫他們倒茶水的枯瘦女祕書。

「妳不能出現在這裡啊！怎麼搞的？」

她不是很清晰記得那個上午，在那間小學校園，後來發生的事，像是她搞混了很多年後她走進一間，有上百台鋼珠電玩，每一小格壓克力鏡面後，都是銀光閃閃像星空繁星的小鋼珠在蹦跳亂竄，嗶啦嗶啦，並且不斷有雷射槍射擊和爆炸，或一個老外吼叫的粗嘎聲響。在那個枯瘦女人像警報器響起後，那些小學生們從一間一間教室湧出，不同樓層上下四方圍觀著她們。那使她全身每一吋肌膚上的害羞細胞，皆像強酸倒入水中，沸騰冒出白煙。照她的想像，她應該當機立斷，撲向枯瘦女人，兩人扭打進女廁，然後她死掐她的喉頭，感受對方用手肘攻擊她脅肋下，包括胃、腎臟或肝脾這些器官的部位。但她終是要壓制那枯瘦女人，直到她愈見衰弱的搖頭晃腦終於停止。或是這女人用擒拿術將她反扣，鎖住她肩胛、手臂、髖骨、各處的關節。然後以一種奇怪的手法將她翻摺，再翻摺，似乎她在摺一隻紙鶴或收納一條換季要藏到床底下的毛毯。當然那都只是她的幻想。像那些科幻電影裡演的，那些不斷從各教室湧出走廊的小學生們，一霎間全變成一個模子鑄造出來的，只有同一張臉的無感性，無同情理解他人恐懼、痛苦之能力的小男孩機器人和小女孩機器人，他們像甲殼類昆蟲爬向一具發出死亡甜蜜氣味，沙沙沙沙從不同樓層朝向她移動。而她，照那些日本動畫片裡的，為了這宇宙的幻影之滅與覺悟之生而設計的，唯一的一具擁有愛，為了修補三十六天無數劫壞，天神們不同層的噩夢之破洞所漏出的恐怖顛倒幻影，她突然從喉頭，不，從靈魂所棲止的腔體的最深沉處——像古瑜伽師拗折、旋轉身體裡每一處關節只為了形成一和宇宙的巨大音箱共鳴的那支音叉——她仰頭發出野獸最悲傷的嗥叫。她的頭臉、肩臂、手掌手指、背脊、腰臀，全像魚鱗翻剝，像流動的水銀，全變成超合金戰鬥機器人的甲冑一枚枚烙了圖徽的鎖片。她彈射摔墜那教室建築形成的天井，然後漂浮飛行，違反重力限制地從手掌甩出霹靂火焰彈，那些走廊上人類孩形的大批3D列表機複製之低等軍團，全被爆炸、濃煙、烈焰吞噬，發出油煎蠶蛹嗶啵的脆響……

但這也都只是她腦中如磷火閃滅的幻想。那枯瘦女人喊了那麼一聲之後，在大約十秒因她窘迫、害羞、曠野恐懼症加上人群焦慮症，眼前這站立處周邊的走廊、教室、下方的樹木和綠草如茵，全變成一片曝白的、鏡子反光的銀箔世界。但當她眼睛周邊微血管恢復正常根鬚狀供血，什麼都沒發生，四面八方的教室仍維持原本那讓人瞌睡的、不同內容的學童朗讀聲。時間仍在這個無法刺破其羊膜的單一宇宙裡，以那近乎不存在的形狀流動著。她有一瞬錯覺，似乎她聽到風吹動的聲音。那時，她看見她父親，趴在她和那枯瘦女人上方，上面一層九十度角那走廊的牆圍後，像陌生人面無表情地看著她們這邊。那個眼神，似乎是看著一本翻開的晦澀小說，他的瞳孔在那字與字、句子和句子間上下移動，快速換焦，但其實那視覺的內建，是朝後，穿過一條空無的甬道，像死神的眼神，只是枯葉飄墜、時間萎縮的摩擦、寂寞的背景聲。也許，那就是為何她父親將她創造出來，安放在將進入這世界的任何一條衢道的街角，無論他如何慈愛、教會她低調，她終將變成一個與這世界為敵的怪胎。無論她濃愁耿耿、深信自己是最珍貴的那個，記得她父親的教誨，無論她將在日後許多個孤獨圈抱住自己痛哭的夜晚，朝著虛無的天穹無聲地喊：「父，你為何將我遺棄？」全都沒有意義。她將得不到愛的感覺，即使她裝作冷漠、靈魂有一層硬殼的人，也保護不了自己。因為他不是按一個未來的世界法則設計她，他是用他一生的追憶，那些壞毀、浸泡了強酸毒劑的殘骸，那些他曾傷害過的女人，想像中如果重來一次可不可以避開那讓人戰慄的殘廢？他是在「過去」的時間沼澤裡打撈，雖然他的手指動著，嘴唇張闔著。如果從一個第三者看去，他確實在勞作著，建構著一具完美的、能將傷害與惡像立可白塗去的一個「內向宇宙」，苦思著像「三劫循環」那樣進一子也不能、退一子也不能的困局。

妳以為他在看著什麼，其實他什麼也沒看見。

粒子互纏 I

當我們的觀看進入到微觀世界，海森堡說，我們永遠無法同時測量粒子的動態和位置。

我們可以用量化的方式標示粒子運動的能量，但那時我們看不見它。

如果我們假定一模型非凝視它靜止在某一瞬的樣貌，則我們對「它為何在這狀態」的描述一定是錯的。

女孩黛和珍並坐在那張白皮沙發上，他則隔著玻璃小几坐那張橘色小輪硬塑膠辦公椅。雖然他上身前傾而她們直著腰坐，但因她們的臀部凹陷於沙發的軟材質，在他們講話時，他的視角始終在她倆頭上方。

珍跟他說起星期幾哪一台有哪些很棒的影集，珍還說下回我來帶一些很好看的片子給你。珍講起普通話時亦有很重的廣東腔，似乎在每一個句子要吐出時，都先經過一組她們本來語言的玻璃旋轉門，千辛萬苦才讓那句話從另一個介質掙擠出來。但珍的普通話比黛要好許多。他發現珍在的時候，黛便徹底退藏進一個事務性的角色：低頭翻看一疊一疊的文件，要他簽的申請書或同意書、列印出來的行程表、從Google抓下來的附近街道地圖……。後來的人情世故，讓他在完全下意識便會開啟這樣的類似夜視系統或多維度定位之開關。他小心翼翼，不確定女孩間是否在看似波光水影，高中女生天真細碎講兩句便笑一陣的輕快親愛背後，藏著她們從胚胎便帶來的不自覺傾軋，他總在講敘一段較長的故事或笑話時（因為其實是珍和他在聊天），強迫自己眼睛有時也要轉過去對著黛。

他與珍是舊識，這樣的聊天，很容易跌進一種時光的喟嘆。他們像兩個老友各自拿著大掃帚從公園兩頭低頭掃落葉一路掃來，遇到時停下聊天，各自腳下皆已堆著小山高的枯葉堆：回憶、傷害、難以言喻的遭遇。「那時妳還是二十六、七歲的美少女呢。」他笑著說。「現在我已是個婦人了。」珍說。「不要胡說。妳還那麼年輕。」但他心裡想：不要不小心就掉進那些像游離物質填塞在我們看不見的，藏匿在每一句話後面的、不自覺的電影台詞。

「真的，我比剛認識你那時候胖了十公斤。」

珍是他第一次來這所大學短期參訪時的助理，但那時還有許多其他各國的作家。那一個月他們沒有什麼交集，只是他像一故障品（他英文太差又害羞，常躲著那些印度、非洲、印尼、加勒比海某個國家作家，一旦有團體活動需要「交流」時，總是像求援的落水狗，可憐兮兮地賴著珍），珍那時像是「大家的女孩」，開朗、善解人意，但在聯繫安排全部活動事務上又俐落精明。主要是有一張卡通女孩甜美的臉，很多事像發霉的膠卷模糊不清了，但他斷肢殘骸記得，大約在那次活動結束前一天（或前兩天吧），有一晚珍突然來敲他旅館的房門，像某種貂鼠的拉長身體作成圍巾的延展柔軟印象鑽進屋來，把門關上，一臉小女孩惡作劇但又緊張的模樣，他當時想：莫非這就是傳說中的「旅行中的豔遇」？但其實什麼事都沒發生，她只是神祕兮兮拿出一台傻瓜相機，在那狹窄入口走道兩人頭擠著頭，一隻手反拿相機舉到臉前五十公分處，拍了一張像「大頭貼」那樣的合照。但很多年後他回想起來，那光影曖昧兩人頭靠著頭鎂光燈啪啦一閃，那之後她滿臉通紅道謝離開（用那濃厚廣東腔國語）之間短暫無厘頭的片段，其實充滿了性的空氣。只是他們都太習慣像被保鮮膜裹住的「小孩」的角色扮演了。

「六年我身上發生了好多事。」他說。

「我也發生了好多事。」珍說：「你看我還結婚了。」

有一次他到香港參加一個會，只待一晚，她約了他（她堅持無論如何要請他吃頓飯，後來實在不成，便改為喝咖啡）在會議中心附近一非常巨大有空中走廊連接迷宮柱陣般大樓建築之商場的一間連鎖咖啡屋，印象中真的很像雷諾瓦或竇迦畫中的某種顏色和光影的翻動浮晃，他和她坐在那背景中的走道座位，互相聽不清楚對方說話。那時他的婚姻掉進一個非常悲慘的狀況，整個人像撈渣或陰溝裡發抖濕淋爬出的遊魂，自傷自憐，卻又將自己封閉不願對外面世界打開。她還是穿著一身粉彩像百納被拼綴的洋裝（他模糊記得的一片歐洲花田、整群蝴蝶，或某種書店平台上許多童話繪本書的印象）。那次他們沒有聊什麼，主要是時間太趕了。他可能有告訴她，自己正被憂鬱症所苦，可能當作某種交情的印證將隱私吐露。她送他去地鐵站搭車時（她還是會進入那替他打點處理包括轉車機場快線，幫他確定機位，幫迷糊恍惚的他搞定這些現實事務的助理角色），上車前他從懷裡掏出之前就近在彌敦道某間金飾店買的一只小墜鍊片，拿給她（因為他知道她好像那之後再兩個月或更短時間就要結婚），說就當作給她的結婚祝福，那時這個傻女孩有沒有當即眼泛淚光，但若是日後回想，那一刻於他可能是一個生命裡角色遞換進另一種扮演方式的關鍵刻度：他變得較能掌握某種中年男人的得體、疏離但溫暖，不會讓狀況失控到雙方難堪的表達暴衝。是的，他可以控制得宜，像那些信用卡、保險，或房屋仲介廣告裡的戲劇性，短短的、淡淡的，像個父親（但是廣告片裡演父親的那個演員），狡猾點看那更像是他這樣的中年男人，面對她們這樣年輕女孩的隱密調情或保護色，他們已成熟到調度更長時間的抒情存款。在感情存摺簿上，他們已過了整筆存入整筆領出的階段，生命的餘光只剩小額的交易數字了。

另一次記憶斷片是在msn（喔他想起來那是在那次在香港一起喝咖啡之前，難怪那畫面中始終有種他不想正面看她、一種奇怪的鏡頭偏暗的，說不出的彆扭和焦慮）。他不曾接觸過msn這玩意，某一個夜晚他的電腦螢幕蹦出一個小框格，是這女孩在邀請他，那是他第一次驚奇迷惑地進入這種無比私密的對話小框，之後也再沒有過（後來陸續有他人像這樣侵入式地啵一個氣泡出現在他電幕，提出msn邀請，他全點擊「拒絕」）。那於他當時狀況，一如一個中世紀苦修僧在徒然四壁不與外人接觸的囚室中，突然一塊牆磚開了個小洞，裡頭藏著一個拇指大小的精靈少女在跟他說話。他完全不知道這個（msn）祕境裡其實是分支眾多交織繁錯的人際網路。他以為那是再不能更私密的了（其實年輕女孩可能同時和許多個不同人的msn連結著，她們飛快地鍵入那些睡前心不在焉的無意義廢話），那正是他最孤獨惶亂的時期，於是非常不合宜（msn世界的輕快禮儀）地打了一些逾越的話（他不記得是怎樣的內容了）。女孩可能也無能力處理這種超出她平滑宇宙維度之外的暴突或纏結，或一個年輕女孩正常音準之外穿耳出現的尖銳噪音，總之她突兀地打斷他（那閃光的、快速出現的短句）：諸如「你快去睡吧，晚安。」

原來如此。

現在，他坐在這兩女孩（其實她們也都三十出頭了）的對面，像她們的父親。很像他記憶中自己父親最後那幾年的形象：衰老、徹底垮了，像個無害的嬰孩、沒有尊嚴，總是帶著討好的笑，他清楚記得某幾個場面，他憎恨地看著父親順從那些子宮早已被掏去的五、六十歲老女人，像「小媽媽」的角色，既嗔且嬌，既哄又威脅地圍在他父親身邊，「控制」著那似乎樂得很的老人。「女兒」和「父親」，像戲台上的角色，不論在哪個年齡階段，似乎比性還幽微，還合乎人性的渴求，撩撥一下，便各自以手中掌握的人世經驗、建構、進入那不理眼前景像（他想像那些老女人眼前為何不是一個蹣跚醜怪的老人，而是一個英俊且識風趣的男孩？他父親眼前為何不是一些臉塌脖皺、雞雞歪歪的老婆娘，卻是調皮又慧黠的少女們？）的，疼愛的、比性還柔弱還猥褻的小聲哀鳴。

之前他跟著她倆一塊去附近超市，補齊一些日常用品。珍會像宣示某種主權，自然而然接管那個（虛空括號）貼心卻又權威的職責：譬如買早餐燕麥時，他屬意那較小包裝的（他痛恨這種像咀嚼標本腔體裡填塞之碎木屑的東西，但他的醫生警告他，他的膽固醇和三酸甘油脂數值已不准再吃那些「反式脂肪」的麵包、蛋糕了），在有點昏暗的排架前，兩女孩像小鳥吱吱啾啾討論一會，珍便做出最後決定取下那最巨盒包裝的；或是挑選洗衣粉時（他對之後這段時日自己在那小公寓洗衣服這件事，根本缺乏真實感；樓下不是有一家阿婆洗衣店嗎？），出於他看不見的，她腦中快速之價格、容量、折扣之換算，她又挑選最大盒的；刮鬍刀、沐浴乳、洗髮精……無一不是她從貨架那許多品項中，抓下她決定的，並置在推車裡；甚至最後他唯一作主拿了一盒無籽葡萄，結帳時她瞥見了，迅即拿起跑回那冷藏櫃，過一會回來：

「我比較過其他的，確實是你挑的這盒最新鮮。」

習慣裡，像春川急流中某些隨波打轉，正在融化的小冰塊，他從不難忘的這些生活瑣碎物件，原該是妻子，哦，不，女兒，在打理的。他縱許著她如此隱密地宣誓主權，似乎也承認著，是的，他們有這樣的交情。那整個過程他沒有看一次黛的臉。

他曾在書房牆上貼著從艾莉絲．孟若一篇小說抄下的這段句子：

「每當我回到家鄉一帶總有個危險。不再只透過我自己的眼睛看事情的危險。把事情看成是一卷越來越長的字，像長了倒刺的鐵絲網，精密、讓人暈頭轉向、讓人不舒服——對照富饒的產品、食物、花、織打的衣衫，以及其他女人的持家心態。越來越難說值得那麻煩。」

他讓得太多。但這樣的描述或會讓人誤以為珍是個虛榮且在隱密人際裡卡位、爭寵，將其他雌性擠開的女孩；敏感的讀者會同情她身旁那個隱退而臉貌模糊，成為配角的黛；或讓人產生一種這敘述者是個自戀感傷黏膩的老傢伙，把他人的慈悲視為自己魅力的光燄……不，不是如此。（這就是所謂的「脫相干理論」啊。）當我們的觀看進入到微觀世界，海森堡說，我們永遠無法同時測量粒子的動態和位置。我們可以用量化的方式標示粒子運動的能量，但那時我們看不見它。如果我們假定一模型非凝視它靜止在某一瞬的樣貌，則我們對「它為何在這狀態」的描述一定是錯的，誤差值遠大於蒲朗克常數。當我們要描述「嫉妒」，描述「女兒性」，或描述兩個女孩在一個老男人面前生物本能的女性化動態像粒子的纏擾現象……我們必然失真，失去她們作為單一時光載體的複雜性格，她們必然被壓扁成一不完整（甚至是不存在，並不是她本人）的即興角色。

稍晚時她們帶他到附近一間叫「車品品」的茶餐廳用晚餐，如同所有香港這類馬路旁老店的印象：極窄且光線昏暗的店內空間，和其他桌次的客人挨擠在一起，空氣中一種濕熱甜腥的動物內臟味，一些諸如「孖春」、「咖哩打爛」、「雞翼豬扒烏冬」、「貴刁」他不解其意的名稱。那時她們又在這不論光影、用色或氣味皆較濃的換日線，進入一種共謀的、有共同城市記憶的同代少女。有些時候她們嘀嘀嘟嘟用廣東話交談，把他晾在一邊，有時珍會想起禮貌地用國語向他解釋：「我們剛才說到幾年前香港一個很轟動的電視劇的情節。」如此就沒有下文。他搭訕地問起香港目前的樓價或年輕一代如何規劃結婚或買房？她們又是像雀鳥一陣激動嘰嘰啾啾，然後珍用國語簡潔對他作一句結論：「真的很難，很多人不敢結婚了。」似乎她們繁茂隱密的話語叢林，一交到他手上，就只剩一枝乾燥花了。他很想問她們關於那間讓他惴惴不安的殯儀館，究竟在哪個方位？離他住處到底多近？他腦海浮現他自己城市那兩間殯儀館周邊的街景：那些排滿骨灰罈的店家；那些有紙紮冥人、壽衣、壽鞋一應俱全的雜貨鋪；棺材店；弄得像旅行社辦事處的「禮儀公司」；那些菊花、百合或桔梗散發莫名什麼事物腐敗聯想的花店……但他究竟還是忍住沒問出口。似乎一切都在翻動著，他很難讓她們停止那廣東話的高中住宿女生式快速交談，讓她們專注和他進行一段完整的對話。

突然像某具機械玩具鐘設定時間到了探出一個小人開始唱歌，他發現珍正在用國語對他說話：

「……這段時間我開始種一些小植物，我發現我突然對以前以為會很有興趣的事統統沒興趣了：逛街啦，shopping啦，看電影啦，上網找廉價機票幻想到哪處國家去旅行啦，買包啦……我突然對自己到底想做什麼，變得很疑惑，我開始在自己家裡和辦公桌上養一些小植物……」

「譬如哪些植物？」他腦海中浮現小盒鐵線蕨、石蓮、黃金葛這類，典型在城市空調大樓的小單位空間裡，不死不活，乾枯卻又存在，遺忘許久想起常變成一坨纖維標本的小東西。

「我養了幾棵蔥、一株蒜苗，還有一盒豆芽。」

他突然想起，這樣的對話，在他剛離開的城市，每天遇到的人（即使是咖啡屋鄰桌無意偷聽來的，上班族女孩、便利超商工讀生、計程車司機）都會聽到。但為何此刻他卻全心傾聽，像它們有豐富搖曳的表情？

黛過了兩天才又來看他，帶了三、四個塑膠的或香菸贈品的金屬打火機給他（當時他一走出機場大廳便沮喪地說他的打火機全在登機前便被沒收了，她則笑著說她父親也是菸槍，但很久沒抽了，家裡一堆打火機，下回她帶幾個過來），帶他到樓下附近的小街區逛逛，洗衣店（介紹價值）、附近一個像要倒閉的頹舊商城（裡頭櫥窗玻璃模糊灰垢的小商店，掛著一件件佝僂老太們懷念半世紀少女時光的夢幻款示，但這樣展示那些大紅大金像壽衣的老衣裳，整個像什麼靜靜剝落的衰朽撲面讓人不忍卒睹），一些賣襪子、帽子（也是式樣老舊）、補鞋、理髮的店鋪。他意識到這是一作為時光廢墟的城寨，這裡走動著坐著的全是老人。

她帶他沿著一條幹道老街一路走到地鐵站。拿著Google地圖跟他講解可能提供方位的地標：傳統市集、賭馬投注站、一間中學用鐵絲網圍住的籃球場、他們且經過一架橫過天際的高架橋下方。他感覺她有一種藏得很仔細的歡欣。像比較弱小的貓，在宰制地盤的大貓終於離開時，小心翼翼踩過每一吋曾被氣味盤據的角落。她知道他是她的（在作為這種貼心打理瑣碎事物的助理身分上）。如果是和珍擺放在一起作為一對女兒，她必然是較不漂亮、個性也不突出，常被忽略的那個。

他發現她的國語講得並沒有那麼不好。只是一字一頓，像氣喘病人換氣那樣，可能每個字在吐出舌端時，還得先經過腦中迴路的轉譯。

他注意自己和她說話時，不要顯得比珍在場時疏離冷淡：

「你知道，我養過三隻貓……」她說的像「三只貓」，像「三只橘子」，一只才一歲，是隻母的；一只是公的，非常老了，十五歲了；沒聽到另一只的描述，也許她說了，而他在那像是三只紅藍黃倒扣盒在桌面不斷換手打旋猜猜看現在骰子在哪個盒裡的關於貓的描述裡，搞混了其中一隻其實是另一隻……

「很奇怪，去年十一月，我失去了這隻老貓和另一隻小貓，就在兩天之內。牠們兩隻感情非常好。起先是這隻公的生病死了。接著那隻小，母的，就跑掉了。」

他安慰說那一定是去找那隻老貓了。她這樣突然交心地和他分享自己喪貓之慟，或許其哀傷不下於一夕之間遽失愛子和孫女？他想說：請節哀。但那樣太滑稽了，他說自己小時候，家裡養過兩隻狗，一隻叫蘿蔔，是條大狐狸狗；一隻叫巴克，是德國狼犬。後來那巴克得急性腸炎死了；第二天，蘿蔔便離開出走了，他哭得要命，他父親告訴他：動物沒有死亡的抽象概念，巴克是死在獸醫院，直接交給他們去處理，那蘿蔔的執念定是認為巴克的消失是同一平面空間的不告而別，所以，「牠去找牠了。」以為自己展開一場大冒險，總有一天會在這地球的某處找到牠的同伴。

黛說：「這隻小貓，我之前就失去牠好幾次。最後一次，有一個星期，我到處去找牠，後來在附近公園找到。我就跟牠說：『妳下次再跑掉，我就不再去找妳了。』所以，這次，我就不去找牠了。」

我失去……我不再去找牠了。某種安靜、輕微厭煩的等待。分不出是自言自語地將那暈船也似的搖晃重新調回水平儀，或是溫柔但堅決地對一再負心的對方的警告，那像是這張臉的主人，這個女孩在描繪自己植物盆栽般的世界觀。「我」，我總是被動失去的那個，我會出去，耐煩地把離開我的那個找回來，但這不是無限重複的模式，當「我」宣告了「下一次就不再去找了」。而對方又犯（但貓聽得懂她的宣告嗎），「我」的世界就會永遠關上門。

原本是「我失去了」，但因她重複操作了幾次「去挽回」的角色，之後「我不再去找」翻轉成由她決定結束這段關係，是她控制著這個時光檔案的關閉。

好怪的女孩啊。他心裡想。

「具有量子纏結現象的各個成員系統，例如兩顆以相反方向、同樣速率等速運動的電子為例，即使一顆行至太陽邊，一顆行至冥王星邊，如此遙遠的距離下，它們仍保有特別的關聯性（Correlation），亦即當其中一顆被操作（例如量子測量）而狀態發生變化，另一顆也會『即刻』發生相應的狀態變化。如此現象導致了『鬼魅似的遠距作用』（spooky action-at-a-distance）之猜疑，彷彿兩顆電子擁有超光速的祕密通信一般，似與狹義相對論中所謂的『局域性』相違背。這也是當初阿爾伯特・愛因斯坦與同僚波理斯・波多斯基、納森・羅森於一九三五年提出以其姓氏字首為名的愛波羅悖論來質疑量子力學完備性的理由……」

通緝，通緝：桃樂莉・海茲
她如夢灰白的眼光從不退避
全身磅重只有九十
配上身高吋長有六十
我驅車跛行，桃樂莉・海茲
最後一段漫長旅程最艱鉅
野草腐朽之處我將被傾卸
所餘唯有星塵與屑

那時，我將女孩撲倒，在我的白色小沙發上——請相信我，在那之前的時光，有三小時吧，或至少兩小時，這女孩不斷拿出渾身解數地色誘著我。我非自戀的登徒子，但從我們之前在那咖啡屋露台用餐，我倆便像兩隻貪婪的海鷗歡快銜咬著牡蠣敲擊著浮出潮浪的岩礁，競賽般地交換著各種色情話題，妳想像她這樣一個小美人，穿著乳溝露出的螢光白低胸T恤和牛仔布超短裙（我可以瞥見她玉腿根處一晃而逝的粉紅底褲），臉色潮紅兩眼濡濕跟我談論著赤裸裸的男女之事，整個晚上我保持著成年男子的從容和譏誚，但褲襠下的勃起又卸軟、勃起又卸軟始終沒停過，我和她討論她寄給我的她寫的那些色情小說，稱讚某些部分有一種奇異的暴力。很意外地她告訴我她還是處女，老實說我不知道那代表什麼含意（但誰在乎呢？），這些年我也算閱女甚眾（當然十之八九是那些終日躺在晦暗小房間小按摩床的妓女），從沒想過有一天我會遇到一個處女。對我這樣的憊懶老男人來說，徵逐女色到後來那像海膽腴黃膏汁藏在密刺硬殼裡吸引你想把她們一枚一枚撬開的欲念，其實想撬開的是她們漂亮的小腦袋，那裡頭究竟藏了什麼樣的一只潛水鐘，裡頭禁錮了什麼樣的故事，像壓碎細緻層疊透明薄骨的魚的頭，那種難以言喻的巴洛克教堂塌毀的，瞬間上千個細節一起脆弱地擠壓、破裂、化成粉塵的快感。事實上，女孩們腿胯下那個盤絲洞、那個晶瑩蜜汁噴湧出看不見的花香芬芳，像貝類軟肉的「私處」，永遠只是感官最直接的遊樂場。在我們這個時代，被一位女孩邀請進入她的私人遊樂場（不論她布置得多魔幻、昂貴、迷離、煙火加噴泉秀），你絕對得不到古代蠻族焚毀教堂、擊毀神像、屠殺教士聖女的戰慄瘋狂。孩子，祕密在硬殼包覆的那團沉甸甸腥濁軟物，而非蛤蚌般的鮮美嫩肉。所以，一個處女，對我的意義，其實沒有喚起一絲征服感。但這位處女具備的性知識，實在也太淵博了。她怎麼能保持「完璧之身」（以她和她父母的觀點）卻深諳那些和成熟男子優雅嫵媚交談色到可以聽見自己體內精蟲像在煎鍋滋滋作響的色情話題，一方面合宜不失態地從她胯下漫出那清新邀請的費洛蒙空氣？——當我邀請她到住處坐坐，她毫不猶豫地答應。當我坐在她對面，略有點尷尬讓話題空轉時，她那麼自在地躺在沙發、讓凹凸有致的曲線，性感地展露，當我不知怎麼跨出那一步，穿越我們之間不到半公尺卻拘謹於客氣疏離（衣冠禽獸？）的距離，她突然哀嘆自己的肩頸背好痛，不啻給我藉口幫她「按摩」……所以，當我撲倒她，瘋狂地掀起她的薄T恤，把乳罩扯下至腰際，含住她粉紅脹大的乳頭吸吮，兩手沿著臀弧揉搓而剝下少女可愛小內褲時（一切那麼順著氣味和暗示），她卻慌亂地掙扎，口中一直輕喊：「不要，不要」、「你不要這樣」、「不可以，不可以」，但其實這女孩不是珍或黛。那是另一個女孩。或根本沒有發生這件事。

工作坊的活動開始以後，他和珍見面的次數便少了。黛倒是每天跟他見面，喊他「老闆」（確實她是他這三個月的助理），跟他報告每日的行程、活動，陪著他到那些課堂，她戴著那黑色菱形小膠框眼鏡，臉色冷峻地用廣東話跟那些大學生交代事宜，或是和別的系院弄錯狀況的年紀比她大的女教授爭辯，皆是一絲不苟，沒有笑容。他在一旁看著，想這或是香港人的公務員教養吧？有次大演廳演講，採預先報告制，但那天香港恰好颱風來襲（據說掛上六號風球），但靠近演講時間，其實風和日麗。一開始他們取消這次演講，後來又決定照原訂時間進行演講。他跟著黛走到現場時，發現有十來個像家庭主婦那樣的中年女人，在和入口處一個年輕胖女孩（黛的下屬）爭吵，似乎是她們沒有預先報告，但從很遠的哪裡（好像是一小時車程）辛苦趕來，你們的網頁又一下說取消一下說照常，總之是想通融進去。

但黛原本和他搞笑頹廢的瘦臉突然刷地結冰，她走過去，用廣東話（語氣冷淡而有點傲慢）跟她們重複講了一輪規定，就是不讓她們進去。後來他在演講時，發覺偌大演講聽空了一半的座位。心裡非常迷惘。

但有時他們（像跑通告演員和他的經紀人）累了一天一下，會在那學校後門對面一家髒兮兮的

Pub喝兩杯啤酒。她會非常貼心地，幫他準備喉糖、紙巾、還他前一天他託她打字（打好了）的手寫稿，甚至有次遞給他一罐整腸藥，他不解其意，她笑著（用還是很破的普通話）說，老闆你早上的演講不是緊張拉肚子跑廁所嗎？我就去替你找來這個藥啊。她簡直是個完美的特助（他想：如果我不是個流浪漢），觀察著他自己都沒意識到的這個「她的老大」，他怎麼迷糊、混亂、爛好人、人前Nice人後崩潰……都無所謂，因為她會將他像輸入一工作行程及注意事項的行事曆裡，她條列各種備忘錄，忠實可靠的執行。她且幫他每週四安排一次按摩（當然都是手勁非常好的老阿姨）。但其實他想：若他憊懶無恥些請她幫他找妓女，她也會工具理性地幫他辦到。那是一種他完全陌生，非常精密地把自己腦袋裡「自我感」這個蕊心拔掉，但又結構森嚴可以忠實為插卡或輸入密碼的「老闆」（可能是他，可能是任何其他人）效忠。

在那間牆上電視永遠播放著賭馬或股市，甕聲甕氣的廣東話節目的髒Pub裡，她倒是跟他提起自己的童年。她和那小公主珍出身不同，她從小家裡就非常窮，她童年記憶很長一段時光，是和她哥哥陪她媽媽去一棟一棟香港這種高樓層的住戶，一層一層收垃圾下來。他們無聊時會一人站那拖一袋袋垃圾的手推車上，讓另一人拉著轉。她父親沒讀什麼書，是個鍛車間工人。她和弟弟現在還和老父母住在以前香港政府極便宜租給窮人的公屋裡。她和珍不同，珍的薪水全自己shopping花掉，她幾乎要全交給她爸媽。

她對她哥哥嫂嫂頗有微詞。好像是哥哥是他們家最優秀且工作地位最高的，但嫂嫂家比較有錢且勢利，她哥哥好像也覺得自己爸媽這邊讓他丟臉，結婚後幾乎沒回來過，也沒拿錢回家。她父親非常痛恨那個嫂子……。但或因她的普通話某些詞彙仍不知怎麼說，或因性格裡某種呆板、厚道的天性，她描述起這些「女兒」的情感，對她哥哥嫂嫂行徑的不以為然，對父親脾氣暴躁（她說：「他跟老闆你一樣是大葯槍啊。」）的無奈，跟她弟弟之間的搞笑互嘲……這些，她總講得乾乾的、空洞洞的，沒有一種海葵鮮豔觸鬚繁簇擺動而形成的「家庭暗影劇場」。

有幾次他不動聲色問起珍最近如何，她總是像接線生說我幫你轉接，然後就只聽到一片深海雷達被干擾的沙沙聲。她總講得模糊，讓你對這話題沒好奇心再問下去。噢她很好啊。上禮拜我們一起吃中餐，她一直搞笑模仿她的主管。他想：珍如果向她順口問起他，她一定也是一臉沒表情將之還開、漂遠，他很忙、活動很多……之類的。

倒是有一次，他收到王從台灣傳簡訊來：「你在哪？」這是王習慣的風格，沒頭沒尾，看不出喜怒，不知他簡短這麼一句話，是要你像巡按御史上密奏將你在外觀察之情報、風聲、局勢、見到哪些人……打一份萬言報告，鉅細靡遺；還是切換成純無聊廢材打屁的「我們是哥們」的腔調？你永遠無法猜臆判斷。

他回簡訊：「在珠海。」王過了一小時才又回訊：「那麼爽！他媽的！我要飛過去！」他立刻知道王誤會他在台灣嫖客們所影影綽綽描述的那條三兩步便是扭腰擺臀麗人兒要拉客「讓你舒服舒服」的天堂路。回了簡訊：「我在一所大學校園裡的招待宿舍啦，幹他媽周圍全是森林樹海，我就想去黑皮，光要走到校門口怕就要走一小時吧？」

王不再回應。

第二天，搭輪船回到香港，回去他那間像靈骨塔一般的高空短租公寓小框格裡，躺縮進那小房間上下鋪鐵床的下鋪午睡。迷糊中床頭櫃的手機嗶嗶一響，簡訊寫著：「你回香港了？」

又是王。他苦笑地戴上眼鏡，這老頭在那百廢待舉的實驗室裡太苦悶了吧，他坐狹仄的床間回著簡訊，像弄臣、像善講滑稽之倡優，又像知道自己是王信任可以一道狎妓胡搞的貼身大將，寫駝上：「他媽的什麼都沒有！苦悶到爆，還是上回和您去上海那個真是銷魂。或者下次我們再一塊兒去珠海玩玩。我去的那地方根本不是『珠海』，是一片無人森林嘛！」

按原訊直接回傳，過了十分鐘，簡訊又來了（他嘆口氣，王是真的太苦悶了），一看，整個驚醒。「大哥，對不起，我想您可能把我弄錯成你的某個男性長輩，我會當沒看過您傳的這個訊息。」是珍。

他內心哀嘆地想：如果黛和珍是他這個已被生命本身「核汙染」的鬆垮老人的一雙女兒。黛看似冷漠，其實害羞不擅表露情感，正直而無趣，將自己頭頂的鬃毛預先塌伏，認了你之後，就像古代男子的死士，沒有懷疑，絕對服從，也絕無想像力猜想這精神（或權力）上的父親，內心可能是個歪斜扭曲、核爆後的一片瘡痍廢墟。而珍是個可人兒，會出現女兒仇視可能色誘父親的其他雌性的撒嬌演出。但她如此陽光。懂得幽默，如果有老男人們酒後失態亂摸她的小屁股，她也會不讓對方羞辱的撥推抵抗（也許讓他們吃點小豆腐）仍說笑話化解。她未必死忠守護在他身邊，但等他變安養院的癡呆老人，她或會想起，半年來探望他一次，而且把自己打扮得漂漂亮亮，跟他描述她在外頭旅行所看到的不同風景。

女兒。少女神。她的存在，是為了支架起那個頹塌的父老，不讓他陷溺、任性地把頭鑽進那肚腩發出腐臭，下方陰囊旁是雜白陰毛，那個融化成泥漿，只剩權力殘念或無數女人胴體那混淌的鮮豔餿水。

粒子互纏 II

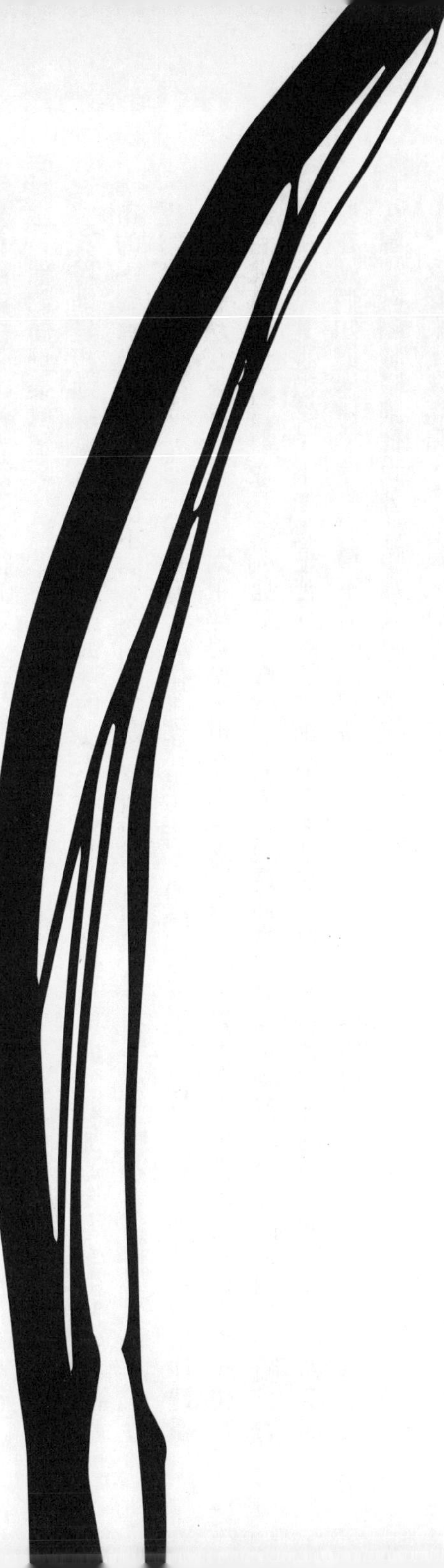

如果一個老人，在夕照的暗金河岸的這一邊，
無限懷念的追憶那些不同品貌、不同個性、不同命運的女孩們，
他會想起各自獨立，屬於她們的「夜半無人私語時」的身世礦井嗎？

這之後，珍和黛，分別、各自來過台北兩次找他。黛是帶著她那普通話說聽能力更差的弟弟（但她和他都是純真善良的好人），第一次好像是那叫阿威的弟弟來台北參加一個電玩大賽，他自然不知那是什麼？在什麼樣的場地比賽？是哪些宅男參加了這樣的跨地區的比賽？好像這阿威第二輪就被踢下陣來。第二次他則帶他們姊弟倆去見識了西門町的「紅包場」，那些鶯鶯燕燕穿著薄紗露乳或曲線玲瓏的性感小禮服，其實年紀皆五十上下的「老女孩」們，那次有件讓他驚嘆的奇事，黛和阿威買了一注台北彩券行的威力彩（據說是他們第一次買這種玩意兒），不想就中了兩萬元彩金，他們簡直樂瘋了。

珍則是和她那像日系搖滾樂團鼓手的丈夫相偕而來。當然和黛與阿威那還像大學生背包客找夜市的「省錢大作戰」玩法不同；珍和丈夫阿達的旅遊方式，就比較是年輕夫妻交給旅行社排好行程的套裝假期了，花蓮天祥晶華、台東那魯灣飯店，中間甚至包了一輛計程車（他記得是他建議的），整趟花東濱海公路的太平洋美景，也許頂多兩千塊台幣，對香港人來講真是便宜到想流淚。在台北時，他陪這對漂亮璧人兒喝了咖啡，印象中阿達非常沉默甚至陰鬱。靜靜一旁抽菸。臉上始終掛著與其說微笑，不如說是苦臉的等候神情。或許也是對普通話聽與說的能力的限制，珍則像那些在她們知道迷戀、疼愛混淆不清的伯叔輩老人面前，享受少女時期被調戲哄逗，小小快樂的迷人少婦，嘁嘁喳喳跟他說著他和她共同認識的哪些人的趣事。

女孩們，永遠是，不想長大啊。

丈夫，和這妻子的故人（年紀比他們都大上一輪），偶爾眼神像空谷旋轉墜落的淡黃色落葉，真正對上了，彼此都帶著抱歉，卻又無可奈何嘲弄、意味深長的笑意。

再後來，是那流著小撇八字鬍，像日本搖滾樂手的珍的丈夫自殺的消息。

後來珍在台北的咖啡屋，哭成淚人兒，卻像獨自在岩洞皺皺險奇、垂瀉著小股小股山泉的崖壁奮力攀爬的女選手，固執在那淚涕間掙爬著，硬將「那一天」發生的一切講完。

那天下午，她在辦公室正和老闆開一個會，收到她丈夫阿達傳來的簡訊：「救我。」後來她不斷重播、回轉這短短半小時不到的關鍵時光，她真的沒有耽擱任何一分一秒在不必要的瑣事上。她鎮定地向老闆請假，衝出那大學行政大樓，在搭上計程車之前，已打電話給消防隊求救，給對方地址，家中有人自殺，請立刻趕過去。也許那像電影畫面曝光的那段路程，車窗外所有刺目反光的金屬烤漆的一輛輛車子，都像靜止般堵在小小的馬路上了。她口中一直無聲低唸：「快！快！」但她的好教養知道催司機也於事無補。時間一分一秒流逝，她丈夫將自己用繩索吊在那挑高並不高的餐桌旁的畫面，像教堂天窗灑光那樣（還活著）難抵達不了的另一端踢腿掙扎著。

她下了計程車，在她們那幢大樓樓下遇到也匆匆趕來的消防員，她知道沒有任何一隻花莖般的伸長手臂，趕在那抽屜碰地關上前，伸住去卡住那時間鐘面的齒輪。

當然，她（手劇烈搖晃顫抖拿鑰匙串轉開鐵門的三道旋轉鎖），看到了她先生的那個時刻，那個模樣。

她沒有大哭，沒有昏厥，或許有將拳頭塞進嘴裡（她不記得了），消防員和她將她丈夫從懸掛狀態解下（他跌歪倒在她懷裡）。後來來了更多人，用擔架把他送去醫院了（他的腦已因缺氧而破壞了，但猶在讓她和他家人混亂、錯誤幻覺的急救四天後，才真的離開）。一個女社工陪著她，因為她的這公寓變成命案現場，她必須留在屋內，後來有兩個阿Sir來跟她作筆錄。那段時間，她像是突然被關進（或自己躲進）一台小型深海潛艇裡，或許就只是一台洗衣店裡的滾筒烘衣機的圓孔小舷窗。一個靜靜的，自己的小宇宙裡。外面的聲音像被油液態的什麼隔開了，慢速且遙遠了。她只有一種小女孩闖了大禍，沒把被什麼人囑託看管的某件珍貴東西顧好、弄丟了，或是失手摔壞了，想躲起來，不知道要怎麼面對那來要回東西的人。

他帶著珍到那間「塌縮在它自己的舊時光」的保安宮。他向廟門側角的香燭供品鋪買了兩份香，然後簡直像觀光局拍的廣告片，帶著那女孩，展演著、介紹著，那香束該如何對著鐵殼葫蘆形的點火器旋轉瓦斯鈕，火燄燃著成整束火把時，不能用口吹，而要用手掌搧熄，因為這香是供神的，不能把我們腔體吐出的穢氣，附著到那檀香粉或麝香藥料，隨縹緲的清煙飄向天庭。他引著她在那木造窄廊，介紹那藏在一片刺繡斑斕和金漆藻井後頭的闃黑。黑臉的、豬血紅臉的、或不自然膚色漆但兩眼細細半睜半闔真像活人瞧著你的那些古代神祇：保生大帝、神農大帝、清水祖師、媽祖、關公、孔子、另一側廂龕，則供著鳳冠霞帔的註生娘娘和她的十二婆姐……好像都是醫療系向死境（瘴癘、溺死、難產、病災）求贖、討人情坐鎮的功能生之神，所以木偶的臉上都帶著一種醫院急診室醫生或護士的倨傲、專業衙門的森嚴。

但身旁這香港女孩的丈夫，已經上吊自殺魂兮不知所終，沒什麼好交涉了，但他們還是被這空間的靜穆所懾，他引著她一個神龕一個神龕持香敬拜。

「祂們會保佑阿達，在那邊的世界身心舒暢、輕盈快樂喔。」他說。

他帶著她走回正殿，將剩下的香枝插進那大銅爐裡。這時她突然站在那保生大帝殿前的朱漆木柵欄前靜靜的哭著。不，說是哭，完全沒有哭泣常伴有的鼻腔或嘴部的顫抖抽搐，他只是看著她的側臉那眼淚像清泉不斷的流出。那真是他目睹過人類流淚最美的一次畫面，像看著一眼泉井，從它的底部汩汩冒出水流，沒有幫浦式的一陣一陣湧突，好像那神祕連接著的，是世界夢境中心的星球之海，所以可以永遠站在那裡一直以流淚的形式，一直流出清澈的泉水，沒有枯乾停止之時……

他想對她說，對不起我曾把妳和黛，在那個只屬於我自己的時空切面裡，當成兩股紐纏卻互為反證的「女兒」原型，像周星馳《西遊記》裡的青霞和紫霞兩股佛祖座下紐絞在一起的燈芯；像村上春樹的直子和阿綠；像襲人和晴雯……某種銀幣的兩面一體；一邊是這座城市沉澱、下降於那些高樓底部的疲憊的塵土，一邊是電梯直達可以鳥瞰最遠處大小船影的海港夢境；一邊是對這她無法翻轉的，壓在其身上的城市運轉的一切金融、國際形式、權力場域裡結構森嚴的鐘錶機械齒輪一格格移動、那些對侍者、病患、學生、的士司機，必須冷漠倨傲以對，否則會混亂如沙崩的暗色臉孔；一邊則是女孩的純真、好運，shopping時的商街流光幻影，那些淡淡浮現在空調中的優雅香水、合宜的衣服品牌，內褶到女性優雅質地的那些蕾絲、薄紗、熊寶寶的毛絨感……

對不起因為妳在我內心這量子互纏的調度，一直是後者，所以我總祕密的對妳，有種性的張力，比較無邪的、青春芬芳的少女女體的吸引氣息。我很害怕那只是某種「剝製少女芬芳標本」的美之極限的扭曲腦額葉中的邪惡工藝。所以我內心隱密地將妳們倆綁在一起，像梵天最初不肯將白日和黑夜扯裂分離，讓它們的沙漏之沙從那破洞流進對方的腔體，產生異置感，排他性，或自我描繪意識的迫切……

但我錯了。我沒想過，死亡是從妳這個（承受愛的，可愛漂亮的，也因此不會呈現這城市倒影之鏽色或餿臭味的、貧窮、被汙辱與損害的那個階段），光的宇宙——真實的——炸裂開來，全景吞噬。

他想：一開始，他腦中必然像那些道貌岸然但內心卑猥的老人——像川端創造出那呼吸出老人肺囊裡衰腐空間，混雜著赤裸熟睡的美麗少女們那芬芳如蘭的呼息，的那樣一間夢幻旅館——他把珍和黛設定成兩個在錦畫屏風、煙紗床幢後面，替他清除掉老人那些難堪的、自艾自憐的、醜陋的欲望之穢物的婢女。她們的少女特有的驚嚇後，像小鳥胸腔起伏的啜泣，或咯咯詫笑，或好奇，或那些像大小珍珠墜地的古靈精怪，她們困在這老主人的時光之屋裡的哀愁和煩悶。那似乎可以修補他像一件被老鼠或蟑螂蛀咬的處處破洞的大長袍，這樣一個老人時光疊加再疊加的長夜漫漫。那油膩髒汙暗色長袍上的大小窟窿，對她們這樣的無邪少女，會誤以為是看著夜空天幕上的撒銀粉般潦亂的繁星之景。其實，當珍和他坐在那樹影籠罩的街邊咖啡座，一雙美目惶急（被世界的渦輪引擎金屬扇葉戳進眼球深處了）盯著他，問：

「……我想他一定是在譬如『膜宇宙的皺褶』的某一個我碰觸不到，但其實和我們這個次元世界非常貼近的地方。這兩個月，我看遍了佛經、那些講多重宇宙的新世紀宗教之書、西藏生死書、……想找到或許從前的智者就曾繪下的航海圖，想從那些瘋子的口述中找到那曲折隱祕之徑：他是獨自穿過哪些茶花花瓣般的繁複海關、邊境、『不准回頭』之旋轉門、長長的排隊隊伍、荒涼小鎮四方無人月台，或一支攀爬崇山峻嶺的犛牛隊、或一群僧侶像庇護某個被敵人追殺的狼狽國王……即使那將他沿途足跡抹去的線索，是脫離實相慣性，而進入到一組繁複數字運送的龐大方程式，我也可以變形、穿梭、偷渡那數字翻跳間最小的時間差，找到追蹤那讓他慢慢遠離我的方式……」

即使那時，他還是難以甩脫一個預想的劇本：等她哭累了，之後他們不會記得是誰提議而誰半推半就，他會隨她回到她旅館，然後在那城市高空的房間裡，他會像抱住一隻垂死天鵝，剝光她（仍在像一只破掉的水袋那樣哭泣著），撫摸她濕潤的臉（眼睛鼻子仍不斷冒出液體）、撫摸她那被死亡敷上一層薄薄螢光漆的、像枯萎百合花莖的頸子、小肩膀，撫摸她羞恥而脹勃的乳蒂，撫摸她那因喪偶厭食而肋骨突出的肚臍兩側，最後撫摸她那同樣淚流不止的，叢毛間的嫩穴。……作為老人的這個他，既姦汙她（她一直像喝醉酒那樣劇烈搖頭且痛哭：「我不行，我不行這樣。」）又將她懷抱著愛撫她。他悲傷的想：除了這個，他竟然不知要以其他何種形式，進到這個像懸繩全部剪斷而散垮一地的傀儡娃娃裡，撬開那場縮扭擠成一團的冷硬廢金屬，讓她感受到「愛」。

後來他和珍坐在一間有一支立式烘火爐的戶外咖啡屋。很長一段時間他不知道怎麼找話題，珍像一個因巨大變故昏厥或羊癲瘋口吐白沫在地上打滾，而後又被侍女梳洗換裝，重新一派優雅的小公主，沉靜地坐在那邊（像自己的小小的神龕裡），低眉垂眼吹著拿鐵咖啡上的乳白泡沫。好像他們倆曾經歷過一場什麼祕密儀式，而此刻他已「進去過」她的祕密之境了。他和她都臉紅紅的，她也不用再說那些上天入地、虛空中搭橋建棧找尋亡夫的話了（那些話本身就像高燒或痙攣的囈語），她那樣端坐著，像是他已趁年輕寡婦無助之際侵犯過她了，而她也原諒他了。但他們什麼都沒有發生過啊？

珍說：「我知道你在玩一個祕密的把戲：你把我和黛綁在一起，形成一種『二人組』、『對照組』那樣的觀察，但為什麼？我和她，完全沒有任何相似或關連之處啊？」

那使他像被女老師逮到的小男孩，在鞋底踩一面小鏡子，長時間在課室昏沉欲睡女老師拿著課本在課桌椅走道間，來回巡走帶著小學生們唸那些白癡課文，只有經過他身邊時，會像湖光波影一閃即逝讓這小男孩窺見裙底，玉腿上方的蕾絲內褲。原來她一直都知道？那真是羞愧欲死。

珍又問了一次：「為什麼？」

似乎那是比長期從某一個窗洞偷窺這女孩洗澡，偷藏她的內褲胸罩絲襪在自己最角落的抽屜深處，或偷走她的圖書館閱覽證只為了占有那張清湯掛麵的學生照……還要冒犯，還要變態的行為。因此她的原諒，也比所有女孩給予惡漢的赦免，都要高貴且柔慈。

「主要還是愛因斯坦的那個『電子的波粒二象性』，」他說：「很奇怪的，作為觀測者，你只要觀測到電子的粒子性，它們的波動態就會完全消失、暴亂、誤差值無限大。反之亦然。這是怎麼回事呢？」

如果一個老人，在夕照的暗金河岸的這一邊，無限懷念的追憶那些不同品貌、不同個性、不同命運的女孩們，他會想起各自獨立，屬於她們的「夜半無人私語時」的身世礦井嗎？或是她們在其他許多女孩之間翻滾，像那沿街流被不同的卵石細沙攪動的漩渦暗流？每一個獨立是她自己全部的故事的女孩，近距離，臉貼臉，看到她們眼睛最深處，那些嚶嚀、委屈的傻話，像馥蘭芬芳的鼻息，她們從沒有對任何人說過的童年的一個祕密（場景都像在夢中的小鎮電影院，或假日無人的教室，或一輛搖晃行駛的火車），那燭火搖晃（或臥室的可微調光度的旋轉燈鈕）的女孩的憂傷之箱裡，通常有一個戴著銀白面具周身帶著潮濕空氣的傷害性人物：她們的母親，或是父親。

那像是個鑿井的老人，一生鑿了十幾眼，二十幾眼，或好吧，三十幾眼的穿過地殼、地塹、不同水涵從裂石岩頁被破壞而滲出，或垂直壁那些蟻窩、蜥蜴、甲蟲蠕蟲，陰濕的、醜怪的、孤獨而需要被理解的，纍聚的陰影向下望。

「但事實並不該只是如此。」他說：「如同觀測的兩難：你緊盯著那顆電子的臉部特寫，她的胴體，象牙色的後頸、耳垂、優雅的削肩弧線，甚至唇上短短細細的絨毛，她像燒鴉片煙泡一枚一枚造成光線暗淡空氣搖晃的故事……但你必然就失去了她在這個世界活著的狀態。她和其他女孩們之間，像夜市攤那整桶螢光橘乒乓球傾倒向那一排一列小玻璃杯的嘩嘩彈跳，她是怎麼和她們調笑、說話、讓她們清楚測知她在她們裡面的時候，是什麼樣的一個性格、默契。無須鑿井，那一切那麼自然流暢的存在：她是否是個嘴笨但在姊妹淘心中難搞的女孩？或她總是扮演傻大姐、開心果，其實比所有人想像的敏感害羞，默默像吸光紙吸回那些眾人其實心不在焉，淺淺對她造成的傷害？或她總會扮演跟隨者的角色，總是安定在某個總愛把自己每場愛情弄得像歌劇舞台上的大屠殺的『公主』身旁，逆來順受，聆聽或勸慰，像一抹影子，但這類故事常常是男主角在疲憊之餘某天轉頭發現，這位灰姑娘才是他理想中一生守候的伴侶……」

珍說：「我不懂。譬如說，曹雪芹，他在暮年，回想那些一生經歷、蹉跎、錯過的美麗女子，她們各有不同品器、性格上各自如一件瓷器的『天注定』。但當他懷想、追憶她們──像一架繡屏上亂針刺繡那不同顏色羽翼的禽鳥──那時，她們皆已不在人世，遭遇不同的劫難，屬於她們的哀歌或耽美，像眼皮蓋上後，在全然黑裡的光影暫留，閃雷，或是蠟燭熄滅前的光燄。那必然是從『往事只能追憶』、『良辰美景奈何天，賞心悅事誰家院』，那整片芳華廢景中，像救難隊面對一架墜毀、扭曲成一大坨焦黑廢鐵，巨鯨般的767客機，用機械剪、焊槍，將高溫後融化黏積成一團肉凍的，不同個體的屍塊、變形座椅的海綿，那些核桃堆般的行李箱，從那些金屬之骸中解放出來。

「但你在做什麼？這像在瀆神的，想預先跑到還沒發生的時間終點，你說是愛，但又說是全景觀測？但又好像是『死亡筆記本』耶……對不起，那個『警幻仙子的金陵十二金釵的詩籤』，那讓我很不舒服吔……那好像預支了這一切應該戰慄擁抱、親密時哭泣、把自己整個交出去時的甜軟的脆弱的，嘆氣說著傻話……都先被一雙死神的雙眼，時間風暴裡所有美景在當下都是枯葉翻飛、一片灰死病的慘白禿樹林……」

他說：「對不起。」

他說：

「我以前也曾認識一個像阿達那樣的男孩。當然我們就是哥們的關係，在沒有網路、手機的年代，我們就是挨擠在山裡的破爛違建的男大學生宿舍，周邊的人打麻將、抽菸，有一兩個傢伙讀馬克思、佛洛伊德或尼采，當然也偶會擠在某個有電視的傢伙房間裡，一起看A片。也有帶馬子回來過夜的。但通常不是像阿達那樣的男孩。我們或會抱一顆紋路磨平色澤暗黑的籃球，到前山公園那無人籃框投籃。

「但後來我離開那山上的『學生宿舍擱淺時』，我進入到城市裡，如妳所知的，就活在這個城市裡沒離開過。很多年後我得到他的消息，他也離開那山上廢材群居，像一群吉丁蟲巢穴的違建男大學生宿舍。但他（或他們）是搬去一個更偏僻的海邊，或交通非常不便的山裡。十年、二十年這樣流動著的時光的，一個人生活著。後來我學會網路（很晚）之後，試著寫電郵給他，但這個人好像完全消失了。

「他們變成難以找尋到的一抹淡影，你總是得不到他的回信，但你後來領會到，他們憎恨著這個城市，難辨其源。

「是這城市已遠超出你能作一較長時間不被截斷的觀察、抒情性鏡頭的詩意回贈？還是纏捲在城市裡那像穴鼠般卑微活著的人們只剩下覓食和性慾、一種色澤暗沉的愁苦的城市底層被剝奪、榨擠他們的勞力和疲憊漫長的一生時光；或日劇與夢境之類的藝術修養，那麼多孔竅或醜怪肉芽遮覆的腔管裡汩汩湧出的鮮豔重金屬汙染髒水，濃度太高的人類挨擠在一起時發出的呻吟、咒罵、臭屁聲響、膿痂爆裂的避無可避的濺上、傷害的獨白、從這一團壓成一坨坨的難看冷凍豬內臟中，將自己剝離出去，描述成一個有尊嚴的獨立模樣……這些刺耳刮磨的噪音，如果他們要浪費餘生將自己埋進那垃圾車後面巨大引擎攪拌的垃圾廚餘穢物……還不如靜靜面對一片灰色枯荒的田野。

「但那憎惡感，使他們連同遺棄了像我眼前坐著的這個，從降生便無所自覺、無法逃脫活在這接了無數金屬管線、不同層次交錯遮蔽天空，在每一小格店家或咖啡屋發出收銀機叮噹一聲，像發條娃娃的神祕程式節拍，那些由廣告裡幻造出淡淡哀愁、小動物般的孤獨男孩和孤獨女孩相遇的『咖啡時光』——便利超商四十五元咖啡的咖啡機磨豆子的脆裂聲響；模模糊糊在一車廂捷運裡全是夢遊之人的灰滄搖晃的『這是在一只威士忌酒瓶裡的狀態吧』而被看不到臉的老男人用手隔著裙子的呢布感摸她們的小屁股（甚至更過分的那手指滑進薄薄小內褲覆住的腿胯私處）……」

「妳還想聽我解釋下去嗎？」

她說：「我在聽。」

他想：其實他還有什麼要解釋的呢？他又開始了，當他這麼開始「解釋」，就會像《一千零一夜》，那和他們背後看不見的、戴著國王皇冠的骷髏死神交涉、拖延、說情、撒嬌，連他自己都像冬夜站在尿斗前撒尿，那樣抽個冷顫，聽見那蜘蛛吐絲的細索聲音，從他體內，某個穴孔，像從老母雞運輸機一萬呎高空，把一個一個揹著降落傘的小人兒，推出去——那些翻滾著，尖叫著，笑著嘟噥著髒話的編織小東西，拖曳著那些沾著黏液的層層錯織、亂針刺繡的透明之絲，把這個他對峙而坐的「世界」，見到什麼就纏縛什麼，不管是突出或凹陷，不管是一整條街景，或一個感傷回憶這一生死去親人們的老婦，或電視台裡張闊嘴說著屁話的那些主播深喉嚨，那些陰謀、藝人混亂私生活、哪裡海地或巴基斯坦超大地震的整片瓦礫下埋著的科幻數字死亡人數，或科學家新發明了一種可以治療血癌的免疫系統注射的技術……他的「解釋」，會像長夜漫漫，此恨綿綿，無止境在寂靜中聽見抽絲吐絲，沙沙沙的聲音……

然後，他的故事（其實是她的故事）會將這個（第一個看出他的編織徒刑並原諒他的）女孩，包裹在屬於她的繭蛹裡。那像是腸道內壁無數絨毛突觸上沾黏的其中一小粒孢子。有其他許許多多的女孩，散布在這個峽谷中各自不同的她們蜷縮其中的繭蛹。她們靜靜在那卵殼裡睡著，以為自己還在聽他說故事的那個晚上。還在那間酒館、那間咖啡屋，或那間汽車旅館。她們閉著眼，以為那沙沙沙細微的聲音，就是世界在作夢的聲音。因為她們曾被傷害的切口太深了，所以他必須要花幾個世紀都不嫌長的時光，把那些AB膠、樹脂聚合物、塑鋼土、所有能作為黏合劑的東西，全噴射、迴旋、波浪般或鳥群般投擲進去。她們相信，他在修補她們。

他心裡想著她的問題：為何要把另一個女孩黛，和眼前這個女孩（那時他並不知道將來她的宇宙會這樣破一個大洞，所有天體、星球都像癟掉的塑膠袋裡原本的水和小金魚那樣淅瀝漏光），硬綁在一起，作為參照組，作為連他也戰慄、畏敬的「粒子纏擾」？

阿達自殺後，黛寫來的e-mail，回應他對於珍驟然成為「寡婦」（？）的擔憂，她的描述極其淡漠，像是知道他在那擔憂關懷後面，會有一種為她生物本能這個哀慟詩劇後面湧動的荷爾蒙所媚惑。淡淡的記下，昨天我還陪她吃午飯，她看起來並沒有不好，還是講了許多笑話。所以你不用擔心她啊。又寫了黛自己在工作上遇到一些困擾或煩心事，似乎她的本色，她的淡鋼筆畫風格，不讓任何事被捲入過於戲劇性的漩渦。

他記得最開始，許多年以前，他要到香港接那個短期駐校計畫之前，黛是那不曾謀面、代表那陌生機構（或城市）寫信給他，告知行程安排、住宿細節、歡迎酒會，或需填寫一切相關表格的助理。她持續的發信。一種讓他嘆為觀止的，香港女孩的「公務員品德」：冷淡、理性、精準。她甚至寄來一組照片，是他們替他在那老區租賃的一間短租公寓（因為他堅持要吸菸，那學校安排的校內會館全樓禁菸），小客廳、可簡單烹飪的料理吧台，還有兩間極小的臥室。他有一印象，黛寄來的那個高空小套房的不同角度拍攝照片，或因不同顏色壁紙或油漆的強烈單一色彩（鈷藍、鮮黃），讓他對那未來的小房間，有一「好像梵谷曾畫過那樣一個孤獨的畫室啊」之印象……那時，尚未見過面的黛，還寫了一個奇怪的提醒：「這個短租公寓在一間殯儀館附近」，問他在意否？他回信豪邁地（貼上大笑臉的表情標籤）說沒問題。

但這事也由此便惦記上了。臨行前的餞別酒攤，他拿出此事來哀嚎，所以人反而因此歡謔地提醒他哪些經典香港電影裡的鬼特別恐怖。譬如《三更》裡，黎明在一幢老區連排公寓裡洗妻子的屍體；或另一部就是他將入住的那高空小格公寓裡，有個女人長期用嬰孩作成人肉餃子吃的情節……

後來他住進去時（就是黛和珍第一次同時出現在他眼前的那次），他真的把他母親交囑他帶去的一包各式密宗經咒咒紙、薄黃紙符籙，貼在每處窗框或門的接縫處，且將一本《金剛經》壓在枕頭下，似真的做好防衛抵禦措施，害怕什麼邪靈侵入。像刮過心底一層軟毛的恐怖感倒不在鬼啊什麼的驚悚冒出，而是那種陳舊感，典型香港老公寓屋裡，狹窄堆滿什物，舊電視舊關帝神龕舊麻將桌……那一切昏黃暗影中被挨擠在一起的「真實生活感」。

後來他離開那棟老樓裡的那段憂悒的時光，他還會模糊記得那搖晃極窄仄老電梯到達一樓時，窄門廳電梯口，坐著一位下齒列突出、兩眼睛光外露，典型港片裡的香港門房老人，樓下那窄小馬路、窄小人行道、一間一間老舊五金行堆棧到暈光日照下的大尺寸鋁條、鋁片、銅片、成綑長木條……間雜著一間都是黯臉低頭老人們的茶餐廳……

他好像不只一次，問黛「究竟那間殯儀館在哪個方位」？但她總是沒有表情將這問話晃過去。他只是想確定後，可以避免胡晃亂逛不慎便走到那殯儀館門口。

但黛始終沒告訴他，那間殯儀館，究竟在這在他和她眼前張展著的，全是悲傷靜默在古代爬蟲類般的移動老人們之街的，哪個位置。女孩的國語講得很吃力，而他完全不會一句廣東話。後來他便離開那個老時光上方的那個房間。

他懷疑其實黛從未聽懂他講「殯儀館」這三個字。

ㄅ43突然想起，這些少女機器人中，即可以以穿越那「薛丁格的貓」的禁錮實驗地下碉堡，逃亡成功，液態地進入那「外面的世界」，得到自由與解放的那一個奇特的女孩。

尤三姐。

ㄅ43醒來的時候，感覺右臉頰還像擰濕毛巾那樣整坨糾著，右眼球後方也那麼形象感地似乎有一大叢束電線的塑膠護鞘焦燎，他幾乎聞到自己鼻腔裡的毒煙臭味。還好是夢。但他又知道那並不只是夢，是上一個他（應該說是ㄅ42）掛掉，頭顱裡的小型核動力爐記憶場爆掉，最後經歷的「真實發生過的」畫面。似乎只隔著晃漾無聲的游泳池的「水立方」，他在溺斃之前被一隻手從那藍色的、窒息的、沒有時間意義的池底唰地拉上來，於是他便活在「這邊」這個世界了。

那個夢的最後場景，是一個非常大的國際會議廳，周邊的觀眾席像NBA的碟狀環場，碟底的發言區像聯合國大會，不，俯瞰時像是一枚電腦晶路面板，密密行距排著各領域專家的座位，如果那些座位是給三、四百人的混組大型交響樂團的頂尖小提琴、中提琴、大提琴、簧管、號……各種演奏家挨次就座，那中央略高的小舞池，便是那整個壯闊交響樂演奏指揮站立的位置。但在這個大型研討會中，就是主講者在冗長會議最後的一個小演講——也就是夢中的他站立的有一只鶴頸可弧彎麥克風的小櫃台——做為這個活動收尾的高潮。

夢中，他在要穿過那掌聲如潮浪的觀眾區甬道，在主持人（是他的老師，一位「中國抒情傳統」的大師，年輕時其實是個韓波、波特萊爾風格的天才詩人）掌握他將上場時間的倒數計秒（正在詼諧地介紹他的趣事），他卻尿急而在那巨蛋建築下方休息區，卻找不到廁所。他誤闖了幾個像是「韓國詩人的小型記者會」、「菲律賓小說家的採訪小間」這類大會另隔間的小區，他們（主要是一些工讀生美眉）都微笑友善地告訴他該往哪走。他覺得他的膀胱快爆了，但他的老師在那台上拖延著時間，一定也納悶這混小子怎麼還沒衝上台？

總算找到迷宮裡的廁所，尿了非常久（這同時他可聽見擴音器音箱傳他老師聲調嚴肅凝重，在講著那個他自己非常陌生的，這個「他」的重要性），終於尿完衝出那飛碟底座，穿著西裝褲和漆皮有後跟皮鞋因此笨拙小跑步跑上那小舞台。

他老師（鬆了口氣），說：「盼到紅顏老，你終於來了。那我不說了，你自己跟大家說。」

掌聲如岩礁碎浪，笑聲，這種會場的溫馨，嘩嘩轟轟。

道歉。開個小玩笑逗得全場再笑。襯衫整個濕透。如這類演講，先講個張愛玲（或她父親或她母親）的小故事，大家都很熟爛的，卻能將全場收攝，進入一種聆聽的安靜。這種時候，不知為何，大家都變得像純真小孩愛聽故事。講完張愛玲，再講魯迅的父親，再講舒茲的父親、卡夫卡的父親、奈波爾的父親……

終於要拉回自己了，「我們會問：是莊周夢蝶還是蝶夢莊周。我們是如同變成現在的這個『我』……」這時突然一個長得像濱崎步的大眼女孩，像老派會議作風拿著熱水壺上來幫他的茶杯加水，但放了一張小紙條：「ㄅ先生，發言時間剩五分鐘。」

不動聲色，但心裡難免著急：前面鋪梗又鋪太長啦，加快轉速，還沒講到那個「關於『女兒』的核心」，感受的舌頭的機簧和口腔內頜的一種像山洞苔蘚壁面濕度極高的快速輕觸摩擦。似乎就是在那時，腦內的小控制室突然爆炸了，一開始仍奮力講著，但聲頻開始像夜店ＤＪ放快舞舞曲時用手去畫那唱片盤，啾嗶啾嗶，講話的音速也像走進河灘泥沼的雙腳，蹣跚緩慢，塞進大量泥沙：「所以……大……難……將……至……唇……乾……囫圇……噁……舌……嗚嚕……燥……」最後連臉部都像孟克的那幅〈吶喊〉，那個從嘴洞咧成漩渦，像橡皮面具在高溫下五官滴落融化，發出燒電纜的惡臭，光度愈來愈黯，聽到腦殼內散熱風扇像老烏鴉揮翅的破碎聲音，已經無法看到愈縮愈小的視距外，那全場觀眾對他這樣眾目睽睽下，故障、化煙、散潰，是怎樣的一種集體反應……

醒來的時候，一個女孩坐的靠他極近，正在哭著，瞎燈暗火的，看不清她的臉。「哭什麼？」一轟的一下，記憶又湧現，好像是他在之前踢了她。模糊光影中，腳底踢上女孩那小鳥般的細肋骨和柔綿乳房的，難以言喻觸感，像沉船碎骸從深海浮了起來。

怎麼可能？ㄅ43想：我怎麼可能踢這弱不禁風的小美人。想是這連續幾晚，盯著那要輸入大腦主貯藏艙的快轉程式，那些妖麗紛亂、如命運交織的十二個（這是這個大算式所能容忍的最多常數）女孩兒的身世、性格、心機、亂針刺繡的逼迫你一個抽屜一個抽屜翻開的審美宇宙，她們各自程式在輸入那虛擬數位空間的高畫素換算後，又「測不準」像機械娃娃音樂盒琳琅嬝娜吐出的「詩」……ㄅ43想或是他腦中發生的量子描圖太巨大繁複了，所以他的眼球、咽喉、整個大腦周圍數百萬光纖（那些工程師暱稱「海葵觸鬚」的高速擺動並在矽晶液裡選讀「資訊故事」的細微類神經放電「蟲」），全部灼燙、高溫到他和那些穿著防塵衣（因此看不見臉）的工程師待著的電腦中控室，像在蒸籠裡一片白霧濛濛，這空間裡所有液體全被他前額、後腦、眼眶周邊的散熱給蒸發了。

即使現在，他還感覺他們按鍵輸入的手指不曾停下，他大腦中某一區塊，一個扁平二次元的「另一宇宙」——只有他自己「以為」聽見了——噠噠噠噠仍在疊加著那些他並不知道那是什麼意義的句子。

「自七月上旬，送壽禮者便絡繹不絕。禮部奉旨：欽賜金玉如意一柄，彩緞四端，金玉杯各四件，帑銀五百兩。元春又命太監送出金壽星一尊，沉香拐一枝，伽楠珠一串，福壽香一盒，金錠一對，銀錠四對，彩緞十二疋，玉杯四隻。」

他媽的，ㄅ43想：這些工作狂從不休息的嗎？他想到那位中國諾貝爾獎小說家的一個奇妙短篇〈神嫖〉，裡頭講一位半仙半瘋的老爺，大年初一命家中老僕去妓院「把全部姑娘找來」。妓院鴇母一句告饒並奚落的話：「老爺啊，即便是個銅澆鐵鑄的貨兒，成年火星子淬鍛，也有要熄爐保養啊。」他嘴角忍不住上揚。是啊，ㄅ42爆了，而ㄅ44那個實驗小組那夥人又神祕兮兮陰陽怪氣——當然他們是和ㄅ45實驗小組在鬥爭——搞不清楚是「取得跨躍性的實驗階段」，還是爐場鍋毀卻封閉消息。總之，這樣在操他的腦，到底這些科學怪人在想什麼啊。

「至二十八日，兩府中俱懸燈結彩，屏開鸞鳳，褥設芙蓉；笙簫鼓樂之音，通衢越巷。寧府中本日只有北靜王南安郡王永昌駙馬樂善郡王並幾位世交公侯誥命。賈母等皆是按品大妝迎接。大家廝見，先請至大觀園內嘉蔭堂。茶畢更衣，方出至榮慶堂上拜壽入席。大家謙遜半日，方才入座。上面兩席是南北王妃；下面依序，便是眾公侯命婦。左邊下手一席，陪客是錦鄉侯誥命與臨昌伯誥命；右邊下手方是賈母主位。邢夫人王夫人帶領尤氏鳳姐並族中幾個媳婦，兩溜雁翅，站在賈母身後侍立；林之孝賴大家的帶領眾媳婦，都在竹簾外面伺候上菜上酒；周瑞家的帶領幾個丫鬟在圍屏後伺候呼喚。」

層層藻井，形成一個天人象徵性宇宙。ㄅ43想：然後像巨大積木搭疊之塔，從那矗立圓柱任一處抽走另一片無關緊要的小木片，隨機至另一角落再抽一片，再抽，再抽……那個櫛比鱗次疊堆而上的巨塔巍然不動，然命運交織的看不見的一個崩塌已經啟動……那只是在已經知道結局的，水光搖晃的夢裡，陪那星團班不知自己只是一個巨括號裡翻竄運算的數碼，或只是某一區密度較大的克卜勒電子雲……重演一次，「亂迷」、「殘念」、「此恨綿綿無絕期」……

那女孩仍在低聲哭著，ㄅ43想起來了，這個「過渡型機器人」叫做「阿襲」，他記得最初他們貼在她的實驗室門口的對聯是：

「是致敬不是抄襲；」

「是水貨不是山寨。」

但後來某一次他發覺被換成：「嫩寒鎖夢因春冷，芳氣襲人是酒香。」

ㄅ43聽見自己說：「你夢裡噯喲，必是踢重了。我瞧瞧。」那女孩說：「我頭上發暈，嗓子裡又腥又甜，你倒照一照地下吧。」

ㄅ43用左手食指關節光束像地下一照，只見一口鮮血在地。他慌了，說：「了不得了！」

但是，這是怎麼回事呢？ㄅ43腦海裡浮現一光暈晦暗的畫面：赤日當天，樹陰匝地；滿耳蟬聲，靜無人語。他躲在一叢薔薇架後，偷窺著一個他不認識的女孩兒（非常像U2，但他判斷應不是「U系列」的備用品），蹲在花下，手裡拿著根別頭的簪子在地上掘土，一面悄悄的流淚。

他隱隱知道這些「替代役機器人」她們最終的命運。就像好萊塢動畫經典《玩具總動員》或《怪獸電力公司》，或號稱「機械人三大悲劇」之一的《AI人工智慧》，裡頭那些報廢品遭逢的冷酷異境。她們會突然被一群代號「街坊自治委員會」的大嬸外型機器人，像打橄欖球那樣群毆、撲倒、壓制，而後從某一道安全閥門拖走。他撞見過幾回，那個被判定出局的替代役女孩，會發出像整座森林受驚鳥鳴或整座廢五金工廠之噪音那樣的混雜哀叫。有的當場就被拆解成一截截金屬殘骸，電路板被強行拆除，聽說她們或被扔進焚化爐天井之洞，和其他破銅爛鐵一起墜進更深的地底；或是送進那些工程師暱稱「赫拉巴爾壓紙機」的巨大超合金壓扁機裡，和其他不同研究計畫實驗室扔出的機器人偶（數據上每天有二、三十隻）一起壓成一張色彩斑斕、但要浸泡進腐蝕強酸槽裡的，極扁的金屬地毯。

有幾次ㄅ43腦中一閃而逝一個念頭：這些所謂「替代役女孩機器人」，不會是一些真的人類女孩吧？他不太敢和她們搭訕，因為之前的經驗，只要他一時心不在焉和她們其中（他根本不記得她們的長相）任何一隻，說句調戲的話，（他其實想問她們：「妳是真的人類吧？」）一轉身她們立刻被那群大嬸機器人拖走，殲滅，處決，清除。

但眼前這個女孩兒，在這個「女兒」計畫的配置、「天工開物」、「物種起源」裡，只是個「叫進園裡學戲的十二個女孩子裡頭的一個」，連「戲子」都不是，ㄅ43知道她腦中的AI記憶體，短到她臉貌模糊，只能不斷重複一種情感模式，即使在眼前這暴雨將至、天光冥晦的悶熱空氣，在一片花海中，她「眉蹙春山，眼顰秋水，面薄腰纖，嬝嬝婷婷」，天啊，簡直就像他的「U妹妹」——U2的肖真畫。或是遊樂園那種「過山車」隧道兩側固定的機關人偶。ㄅ43想：就這個女孩兒的生命史，她只是永劫回歸不斷重複U2那瞬息萬變巨量心思七維或八維宇宙的，某一小片切面。但因此她在這一刻的存在感如此清晰純粹。

但如果眼前這女孩兒——或他一路眼皮跳又不很關心，那些哀哭淒厲喊著：「求姊姊超生啊……」瞬即被拖走、解體、消音、離開這個故事，不，巨大實驗基地的其他「替代役少女機器人」——如他猜想，是他們從外面世界抓來（或應徵來）的人類女孩？他很想知道：在這「夢裡不知身是客」之外的，她們在成為這些過簡角色之前的，那些不成為這個「高度審美」或悲不能抑的情感電子束的，巨大複瓣牡丹之瓣裡，其中一小蕊小小殘光碎影之前，她們的「人類時間」是什麼？

譬如說，ㄅ43想：我是一個既活在過去又活在未來的獨立個體。雖然在自己之前，必然有ㄅ42、ㄅ41、ㄅ40、ㄅ39……一系上推到應該有個ㄅ1吧？但同時已經湮滅的這「ㄅ系列」一支的時間繁史，像國際特工將全部壓縮檔光碟（所有曾發生的事，所有將會發生的事，那背後撲朔迷離的大計畫，不同城市的地圖和敵我組織全部名單，可以變裝之身分的全部資料和人際關係配置圖表）交給下一個特工，立即被射殺。他，ㄅ43，是獨一無二擁有這龐大祕密的那個人。但是所有還未發生的事，其實已經發生過了。他也盡量不去想，有一天他炸膛，或系統纏結而變亂碼、終於被關機、殞滅，那等候接收現在他腦中那巨大運算系的ㄅ44，被按下啟動鍵的那一瞬，是怎樣的感受？

或者，以U2來說吧？為什麼他已是ㄅ43，而她還只在「2」的階段？她應該極清楚知道，最初的那個「U」是什麼樣的狀態、樣貌。某種意義來說，她非常像所謂「外省第二代」，她知道那「第一個」，並未進入這複製鏈在渾沌之初，那個「遷移、滅絕、編碼成為夢」之前的，整個時間球體。而ㄅ43也懷疑，U2照著劇本走，像高太祖母和玄孫們，分別跟一長串「ㄅ系列」的第二、三、四、五……一直到他，ㄅ43，嚴絲合縫的對戲：「你也試著比我厲害的人了。誰都像我心拙口劣的，由著人說呢？」「想是你要死？胡說的是什麼！你們家倒有幾個親姊姊親妹妹呢？明兒都死了，你幾個身子做和尚去呢？等我把這話告訴別人評評理！」

U2在那些時光，之到眼前這個他，ㄅ43，既是ㄅ2到ㄅ42的時間流的同一條河，卻又是不同合金、結構、記憶檔，甚至不同設計概念的驅動引擎嗎？

他常和U2這樣兩人獨處（包括伺候他的「阿襲」、「阿雯」；伺候她的「阿紫」，這些時候都會識趣退下——雖然他不確知她們是否隔著屏風偷聽他和她說話），鬥嘴，臉上紅脹，哭哭啼啼，說一些賭咒的狠話。但又在和其他這些「金陵十二釵正冊系機器人」姊妹們群聚時，感受到暱稱「女帝」的B3（所有人私下傳說這整個「女兒」計畫，功能最強大，電算系統最豪華，號稱「少女機器人中的法拉利」之「B系列」）像一朵盛放牡丹煥發著白光降臨時「白玉堂前春解舞，東風捲得均勻」，U2那整個運算系統全面啟動，愁顰孅娜、月射寒江的臉容，常如醉如癡、如戒如懼、浮上薄薄一層幽光。他總感到最初、源頭、設計這整個「女兒」計畫的創始者（他們暱稱之「老頭子」，但也許那不是一個人，而是一個團隊）那系列迴路的「超人」（或瀆神）意志，想引爆其壯麗如穹頂銀河的整幅「宇宙滅絕就是這樣了」場景，那個扭曲、悖論、恐怖、瘋狂，又要摺縮進他胸腔內的微型宇宙投影機。

ㄅ43知道B3的胸腔內也裝了一枚這樣的，計畫之初的「微型宇宙之核」，所以她和他一樣，是可以外接整個「女兒」計畫全部的這地底碉堡（甚至他們不知道的「外面」）的所有電腦「檔案庫之海」。然而U2不行。B3的那枚核芯上被打印了「不離不棄」這幾個會開啟宇宙大爆炸的密碼。一如他的胸腔內那枚核芯上打印的是「莫失莫忘」。這是為什麼每次他，ㄅ43，與B3、U2，三人同時匯聚時，U2作為整個「女兒」計畫最高階設計概念，AI智慧段比B3和他都長，可能運算逼近，創造一個之前所有偉大頭腦都虛構不出的，「欲仙欲死，孽海情天」的超新星駭麗天文奇景；但總會露出說不出的焦煩，灰頭土臉、委屈。

ㄅ43看著光陰撩亂畫面裡，那個美麗女孩，拿著一支金簪在土上重複畫著字，話來話去，都是一個「薔」字。畫裡那個早已癡了（系統故障？），畫完一個「薔」又畫一個「薔」，已經畫了有幾十個。畫外這個，ㄅ43不覺也看癡了，兩個眼珠只管隨著簪子動。他突然意識到這女孩的癡迷不是因為他ㄅ43（一般這整個大系統內的量子纏繞都是以他為線路團的核心），是為了另一只他也不認識的「替代役少年機器人」。一種莫名的酸楚或他不熟悉的「嫉妒」微積分在他胸腔支援記憶體小區，啟動運算。從來，除了ㄅ系列1到42，他沒有除了他自己之外，這個「因情而生，因情而死」，但和他無關的想像力。那時突然大雨驟臨，這女孩兒渾不知覺，滴著水仍蹲在那用金簪畫土。

這個景象給了他一個奇怪的「系統一瞬斷電」，像機伶伶打了個冷顫。原本互相支援，結構森嚴的「追憶似水年華」上一張圖片檔像塔羅牌以錯綜複雜支牌形延伸、展列，那一瞬，全部鬆鉤、解體、漂浮成各自獨立的「惘然」之存在，但也就那一瞬，之後像眨眼，什麼也沒發生過，仍是脊椎骨鏈，細密相銜，針織錯繁。

也許就是那樣從滂沱暴雨中一路跑回來，ㄅ43渾身冰涼，心裡卻還記掛著那女孩被他遺丟，獨立在那幅大雨之圖裡。恰巧「阿襲」、「阿雯」，和一些丫頭、一些替代役少女機器人，在院裡堵了滿，積成水池，把一些活生生的綠頭鴨、花雞、彩鴛鴦，在水裡咕咕呱呱地抓了牠們，用針把豔麗翅膀縫死在翼骨脇下，把疼痛再飛不得而慌亂打轉的這些殘廢美禽放在這遊廊倒影、點點波紋的臨時小池裡玩耍。ㄅ43在門外拍了半天，喊了半天，淋得一身濕透。

後來是「阿襲」跑來開門，臉上還帶著笑，ㄅ43就是那時，一腳往她肋上踢去。那個勁道，連他在那樣嘩嘩雨聲中，都聽到「阿襲」胸腔裡線路逆竄走火的嗤嗤嗶啵聲。這像噩夢或凶兆連結在一起的古怪情境，讓ㄅ43懷疑是那些工程師們，其中有人又弄混了自己上機前讀的那些什麼愛倫坡、納博科夫、卡夫卡啦之類的西方小說，錯植入他腦中原本運行自如的系統。

那站在大雨中，被門板隔擋在「外面」的時光，ㄅ43整個人被恐懼充滿，似乎站在一個連天地都不沾邊的絕對孤獨粉筆小圈裡，「人都到哪去了？她們都哪去了？」他被孤伶伶地遺棄了。但又並不像她接手ㄅ42爆炸在謎樣的自毀，或有一天ㄅ44將接手他（他都預想過了）的情境。不是他一直以來總淹浸在這龐大故事裡，卻還提問著：「有一天這些故事會到哪裡去？眼前這些人會到哪裡去？」不是「聚」或「散」的粒子幻覺之光譜脈衝物理性不適應，而是描述這個歷史的整個巨幅、高次元運動場都終結了。實驗被猝然停止了。

但這個設計實在難之又難，譬如「鳳姐」吧，她並不是一只實體機器人，而是這整座「女兒」計畫實驗室，所有共享資料庫的「防系統崩潰塌縮軟體」，一個非常龐巨、竄流在他和她們這幾個核心計畫少女機器人的翻譯、換算AI。很怪，他和她們都認識她，可是都沒有見過她。她是這個「大觀園」大算式的那個π。一如「賈母」，是整個量子運算那直如宇宙描圖之龐大運算的圓心，第一個字母α，或是「愛」這個讓所有AI少女機器人們，相信她們各自是獨一無二之存有的，原始啟動碼。

ㄅ43和U2、B3，或其他諸如T9、S14……這些機器人姊妹，誰也沒見過「賈母」和「鳳姐」，但她們的腦額葉中各自有這兩個玲瓏剔透，高速旋轉的AI段，那讓她們在所謂「洗資料」的，各自被拋擲到實驗室工程師們無法監控，像孤獨太空船在無垠黯黑天宇漂流的那無所依憑時刻，可以像陀螺定位儀，有兩組完全不同的，和她們腦中流過之故事完全不同的解碼、資料排列組合、定序、像變形蟲或極光之裙弧，在每一處產生裂縫的「系統互斥」（甚至互噬、互蝕）的量子纏擾區，像橡樹幹流出的白色稠膠，淌滴、修補，建構另一套函數語言，在不同層次的記憶積體電路板之間跳躍，重開一個小迴路圈（工程師們暱稱「賈母之虹橋」的量子奇觀），讓整個「女兒」計畫的巨大電腦運算不會當機短路在某個不可測的，某個機器人少女腦中繁華小宇宙的爆炸塌縮。

所以ㄅ43乃海中的「鳳姐」，是栩栩如生，然如觀音之臉，變幻莫測，各不相同的ＡＩ展列圖譜，各不相同的一張唐卡畫。

或許，「鳳姐」是一部像安哲羅普洛斯拍的漫漫長片？在黑暗座席冷氣颼颼試片間睡了又醒，醒了又睡，那人影拉長溶於朦朧白光，蠻荒曠野裡人是那麼單薄渺小：出殯的行列。號哭的老人。「只見寧府大殯浩浩蕩蕩，壓地銀山一般從北而至」。一項一項的輀乘，六十四名青衣在列前請靈。在不同暗影中浮著油光曖昧笑著的臉。俊臉後生在燈影兒後頭悄悄拉著她的衣裳襟兒。或是亮晃晃的白銀從那些求託的老婆子、老尼姑手裡塞進她暗兜裡。那些仙女般的少女機器姊妹們，各自簇擁著丫頭、老婆子，像孔雀繡屏般的列陣，或是那些窄襖褲下女孩腿胯已發出被男人精液沾糊過了的腥味。偷拐搶騙，層層機關。燕聲笑語，暗劍戳進琵琶骨。她太知道這些老爺們廢物少爺們在那些暗影侵奪的死角，怎樣放倒那些裙子上翻或襖裾腿下吃吃笑或哀哀求饒的替代役少女機器人。侵入她們像絲絨般滑細的陰道。然她那跟著熾白播放燈空轉，不帶感情的投影，跳閃的雪片般的雜訊，那些難伺候的、講話文謅謅、大紅羽緞對襟褂子、嬌娜不勝、芍藥花飛滿身的少女機器人們，她們不知道等待在未來每個人各自悲慘的命運。或是那被泥汙積水浸濕的石榴紅綾裙，那些被下人偷換去視若珍寶的玫瑰露、茯苓霜、不知民間疾苦的燉雞蛋、清炒豆芽兒、蒿子稈兒……都可以步步殺機，置女孩兒們於死地。她要那些死不承認偷東西的丫頭們，墊著磁瓦子，跪在太陽地下，茶飯不給。查虧空，「梗米短了兩擔，長用米多支一個月的，炭火也欠著額數」，影片裡所有景物的慢速崩毀。

但「鳳姐」又或是像《剪刀手愛德華》這樣的恐怖電影，一個「恐怖屋」的機關、電路盤、齒輪、管線、鏡廊布置、聲控效果……的拆解圖。像魔術師將一個麗人兒拘在一口箱裡，當眾表演著將一柄一柄劍從三百六十度不同部分，插進那僅隔一層木桶箍片的女人身體裡，像那些金角大王的葫蘆，將我們旁觀著的腴白胴體，肢解骨卸，五官內臟一片片削下。挑撥教唆，層層機關，佯哭假鬧，話語兜著話語轉，咄咄逼人卻又賢良委曲。（那光霧跳閃的髒白牆面，那個被層層鎖死每吋關節、喉頸的麗人，「花為腸肚，雪作肌膚」的女人，漂浮在太空，穿戴得齊齊整整，臉色如金箔，像狄西嘉的電影畫面那樣無辜的死去，不，沉靜熟睡。持續沙沙沙播放的音軌，是不見人形，鬼魅般，變形蟲聚合浮盪的「鳳姐」，話語的繁複基因演化劇場，她和一個男人的戲劇性對白：「天打雷劈，五鬼分屍的沒良心的東西！不知天有多高，地有多厚，成日家調三窩四，幹出這些沒臉面，沒王法，敗家破業的營生！你死了的娘，嬰靈兒也不容你！祖宗也不容你！還敢來勸我！」

那個陰柔男人的甜蜜聲音：

「嬸娘要鬧起來了，姪兒也是個死：只求嬸娘責罰姪兒，姪兒謹領！這官司還求嬸娘料理，姪兒竟不能幹這大事。嬸娘是何等樣人？豈不知俗語，『胳膊折了在袖子裡？』姪兒糊塗死了，既做了不肖的事，就和那貓兒狗兒一般，少不得還要嬸娘費心費力，將外頭的事壓住了才好。只當嬸娘有這個不肖兒子，就惹了禍，少不得委曲還要疼他呢！」）

ㄅ43想：事情就是從他跩下「阿襲」之後發生了某種類似日蝕，不，太陽閃爆，或在太空站的太空人們突然意識到自己被地球遺棄了，「休士頓休士頓！」原本聯繫的雜駁訊息被切斷了，他們從舷窗可以眺望下方那個藍色星球像咖啡上加的奶精球暈旋散開的小白碎花……突然他便「跑到另一個次元世界了」，當然這只是他腦海裡的幻覺。

不只是他在漫天雨光中跩了「阿襲」，那之前是他貪看那「替代役少女機器人」在花架下蹲著用金簪畫地「薔」字，而淋得整個落湯雞。哦，不只這些，還有，還有ㄅ43他只是在「王夫人」（這計畫裡作為「源始機器人」，排序僅次於「賈母」的第二重要，維繫體系不崩潰的大運算系統。曾有個工程師告訴ㄅ43，包括U2、鳳姐、T9、阿襲都只是「王夫人」的各自不同改版軟體。她不止是ㄅ43的「大母親」的角色，將「賈母」的膨大夢境海洋、轉譯、過度、虛度中搭橋建棧，翻轉每一瓣魚鱗般錯換閃瞬不得出錯的虛擬實景，移形換位成ㄅ43腦海中的夢境。）的房裡，調戲了一下伺候這「母親神」的丫鬟機器人「阿金」，餵她吃香雪潤津丹，原本以為在涼床上睡著的「王夫人」翻身往那「阿金」臉上就打：「下作小娼婦兒！好好兒的爺們，都叫你們教壞了！」便將「阿金」趕出實驗室。任憑「阿金」跪哭求饒昏厥，也不心軟。後來聽到系統通告，「阿金」這丫鬟機器人，竟跳進廢核燃棒處理深井，「自殺」了。

所有事情都環環相扣。

那麼，如果現在，如ㄅ43「惘惘的威脅」，感覺到系列似乎停滯在一封閉迴路裡，他覺得他和這些少女機器人們「走不出去了」。實驗室那端的那些偏執狂工程師，那些科學怪人們，知道出事了嗎？他們啟動了「鳳姐」偵測引擎了嗎？或連支援型少女機器人T9也變身加入體系修補嗎？為什麼有一個接一個的女孩兒，像摔瓷杯或木棉花整朵墜地，啪啪地自殺？匕首自刎、上吊、投井、吞金、服毒……當然也只能用上這花園裡的地形和道具，一種壓抑、窄仄空間僅能選擇的幾種死法。

ㄅ43突然想起，這些少女機器人中，可以穿越那「薛丁格的貓」的禁錮實驗地下碉堡，逃亡成功，液態地進入那「外面的世界」，得到自由與解放的那一個奇特的女孩。

尤三姐。

ㄅ43記得那個仲夏夜晚。

那間露天酒吧予人一種野外宿營的印象，因為在暗影中一張一張大遮陽傘下，各自圍聚的一桌一桌人，或嘈嘈私語，或大聲嘩笑，似乎都意識到距自己不遠處，是另一夥流動搖晃影子那樣的陌生人，你感覺到許多人同在這也許只是一些巨葉芭蕉或棕櫚樹盆栽隔成不同小區的院落裡，聲音遠遠近近，空氣燠熱不已，所以說像在某個海灘之夜的出租帳篷區。ㄅ43和阿襲對坐那遮陽傘下廉價玻璃圓桌，喝著海尼根小玻璃瓶裝冰啤酒，偶爾聽見那種休旅車輪胎軋軋壓著小碎石路面從近處開走的聲響。

這中間，那個叫尤三姐的女人，左右手各抓著三瓶冰啤酒，哐啷哐啷走進他們的桌區。一旁的屋子從窗戶可見裡面燈火通明，煙霧瀰漫，點唱機播放的老搖滾隨著門被推開關上，像熱水器的瓦斯噴嘴忽轟隆湧出，忽又突然變得非常微渺遙遠。裡頭的人影似乎都站著在搖晃著身體。相較之下，這些坐外頭露天座的人們，可就文靜許多。

那個叫尤三姐的女人似乎喝醉了，她好像認識這桌那桌許多不同的人，到處轉悠。有一兩次ㄅ

43聽見她就在他身後不遠但被那些巨蕨與葉暗影遮蔽的某個桌區，岔氣笑著似乎在拍掉一個酒鬼摸上她臀部的鹹豬手。

ㄅ43想起這個場景在他不同的夢境中出現多次。總是在這樣的露天酒吧。周圍遠遠近近層層覆植著闊葉的或小碎葉的植物盆栽。如果是白天的光照，那就像是小時候歷史課本裡的一張「開羅會議」的照片：著軍裝尖稜禿頭的蔣委員長，然後是穿著夏季休閒西裝的美國總統羅斯福和英國首相邱吉爾，最右邊是優雅穿改良式旗袍的蔣宋美齡。他們四個都開懷無憂的笑著。像光的粒子竄奪了那時空裡真正的存在，斯人皆已逝，但有一個永劫回歸，白色光霧，強光照射下的戶外野餐桌一直擺放在那兒。去年在馬倫巴。

但其實這個夢中場景總是在黑夜裡居多，像手掌般的瓜藤葉片在黑裡窸窣蔓長、抽鬚、變形。那環繞著這一桌一桌啤酒瓶、來來去去、刀叉切割白瓷盤上的雞翅或披薩發出的刮磨聲，所有剛說出口便飄散在空氣裡的破碎話語、八卦、咯咯的笑聲……，這些烤肉架、啤酒箱、沙灘音樂、穿著紗籠的窈窕長髮細腰女人們、空氣中某種像被汗濕手指揉搓過的雪茄菸草的侵略性香味……包圍這一切閃閃爍爍、浮浮晃晃的人群之外的，那一圈之外再一圈，那黑暗如漣漪擴散出去的，是一個什麼所在？

許多次，不，幾乎是每一次，那個叫尢三姐女人都在這個畫面裡。ㄅ43好像都帶著一種察言觀色的心思，眼皮低垂但其實不時瞞著或同桌、或周旋於其他桌那些陌生人之間，刻意和他裝作不熟的這個女人。像有一團濃稠耿耿，迷霧般的誤解或負欠，他艱難地想靠近她身邊，用悄悄話的方式講出那一句能將一切鎖鏈解開的關鍵句：「其實我……」。而她美麗的臉在像小溪流動的夜色中，帶著一抹那種珠飾晃顫、擺腰扭臀、手臂如繩索大動作改變空間造型的印度舞孃的神祕笑意：她在折磨他。沒錯。但她也在等著他想起那個關鍵句。

很多年前，有一次，叫尤三姐那個女人，寄了一張女體裸照給ㄅ43。不，同時還寄給當時他們偶爾保持聯絡的一個e-mail群組的另兩個哥兒們。他很驚訝。事實上那一陣子尤三姐好像在迷拍人體攝影，偶爾會寄一組（同一個人）年輕男人或年輕女人的裸照給他們。似乎都是網路認識，取得對方同意，之後約在汽車旅館拍攝。當然她都是扮演攝影師要他們放自然將全身脫到一絲不掛的那個冷酷角色。（「所有人都會躲在浴室裡，用浴巾圍著屁股，遮遮掩掩走出來，你必須非常嚴肅地要他（或她）躺在那個定位，似乎是進入『那張想像中的照片』，他們才甘願把最後那條遮羞布拉掉。所有人在這之前都是沒經驗的。」）她會要求他們看完這些裸照後，將檔案殺掉，因為如果流出去她就太不道德了。她說人體是件奇妙的事，那些自願被拍攝的對象，許多在真實世界裡根本是個小胖妹。但拍攝出來後那些照片卻有著逼人的美。

她說他們看了照片都感動極了。

這時的尤三姐，有一種他不喜歡，或說內心戒懼而暗自想保持距離的，殘忍，強勢，或者說，她是個像日系漫畫裡那些超人少年或想像自己是神選之人的「進化論者」。她蔑視平庸的人。當他們都還年輕時，她蔑視那些衰朽的老人，他們掌握權力，掌握知識，到後來掌握媒體。但很多落單的時候，他們都滑稽笨拙地想上她。但這樣的描述太像那些日本漫畫裡的財閥、內務大臣、可以玩弄一個國家股票市場或軍火毒品交易祕密組織的「老頭子」了。事實上，穿花撥霧，在他們成長的亂烘烘的年代，這些老男人們，也是滿頭大汗一肚牢騷，在標案的審查會議、在夜晚的酒館、有制服少女陪唱的KTV包廂，或媒體大樓的電梯裡，變貌，描述可以像一枚漂浮半空、發光的魔術方塊或「能源石」的未來之夢，如何天價賣掉。或一些歷史、知識、對抗這個被老美繁殖的虛空幻影吸毒者眼神中所見的爆炸感官世界的哲學武裝、價值。因為太混亂了，世界像果凍水晶寶石的多維度膨脹竄長的速度太快了。很多年後，他們才會理解。這些他們年輕時設定為伊底帕斯情結覺得被他們的老二戳得靈魂千瘡百孔的「爸爸們」，其實是在這原子彈爆炸一瞬高溫火球膨脹，被襲捲成扁平淡影子的，「最後之個人主義者」掙扎的年代。像海潮退去，留在日曝沙灘上焦枯乾癟的整批水母。

怎麼回事呢？後來這個叫尤三姐的女人便開始鄙視比她年輕的那一整世代「無腦妹」了。但是當他盯著電腦螢幕看那張尤三姐的裸照，因為他不懂攝影，又更不理解這一整世代讀著女性時尚雜誌長大，對「女人身體」有著削鉛筆機旋削掉一條一條「不美／多餘」贅物的尖銳審美眼睛。也許尤三姐的女性身體在時尚的角度，是屬於「昂貴」的。因為她本來就是高個子，交叉技巧性以遮住私處的雙腿，因為弧線拉高到胯骨，那雙長腿的印象，讓他驚訝地竟出現非洲草原蹬奔的羚羊或斑馬的後腿。他不知道照片的哪個部分不對勁，她的乳房應是美麗的，但視覺反而被托住乳房下側那一排百葉窗陰影的肋骨條幅所吸引。那個身體，或是面對攝影機那一瞬的這個女人的裸體，有一種讓觀看者說不出的暴力。說暴力是不精確的，應該說是「意志」。但是是什麼意志呢？ㄅ43知道有一段時期這個叫尤三姐的女人練瑜伽，她練拳擊和慢跑。所以那種展示時讓人惑亂不知是眼睛前發生鎂光曝閃或是屏幕暗掉的輕微焦慮，是因為這個女人除了心智上的「進化論」；她也讓她的女人身體「進化」了？但那是什麼意思？眼前並不是一具覆滿藍色鱗片或三隻乳房的水妖或女神的身體，她是參照著什麼「被摒棄的舊女體」在進化？又是朝著怎樣的理想原型去趨近？單一的軀體（又不是海洋裡染色體套數極短的藻類）怎麼可能在一代的時間便進行所謂「進化」之幻覺？

另一次ㄅ43搞不清楚是怎麼會發生的，是他和尤三姐和另兩個男人睡在一間日式榻榻米的臥鋪裡——為什麼他們在這裡？應該是前一夜他們喝醉了吧——三男一女，全穿著那種離開辦公室後到酒館喝兩杯的正式衣著。尤三姐和ㄅ43面對而臥，璉哥哥睡他背後，柳湘蓮則睡在尤三姐身後ㄅ43看不見的暗影裡。

有一段漂浮、空茫的時光，ㄅ43近距離盯著尤三姐那張美麗的臉，她化了極細緻的妝，所以在鼻翼和閉目的睫毛下的臉頰微微凹弧的部位，有一些科幻電影氣氛，若隱若現的鱗光。ㄅ43感嘆著這樣的瞬間的她的臉，真是美得豪華，而他亦在一種暌違久遠，像童年和父母搭火車長途旅行的規律顛盪中，薄被下褲襠裡那話兒像撒嬌似的勃起著。

突然尤三姐就那樣睜開了眼，她好像還沒弄清楚這是否無數夢境中其中一個換場？這裡是哪裡？於是他們倆的眼就那樣近距離地對望著，她的眼裡浮現出迷惑慵懶的笑意。ㄅ43可以感到她鼻子輕勻呼出的暖氣，ㄅ43想她也能感受到他的。

然後她閉上眼，大約不到十秒的時間吧，又將那雙美目睜開，這次那玻璃珠般裡頭摺收並切換各種細微光色的眼瞳，充滿警戒。她悚然坐起身。ㄅ43知道這次她真的清醒過來，她的動作可能像夜間水池裡一隻鯉魚彈躍而激起嘩嘩波瀾，兩側的璉哥哥和柳湘蓮也在暗影中，像更深濃的暗影動了起來。

「他媽的昨晚真的喝太凶啦。」

「唉喲喂啊。」

他們是兩個老頭子了，在酒館裡像老色狼調戲著尤三姐，又像老父親寵溺著她，角色自由切換，像唐吉訶德和他的僕人桑丘，尤三姐是他們的小皇后，他們推搡著彼此爭寵、諂媚、獻上奇想滑稽的效忠情詩，另一個人立即將之貶抑成餿水浮油。而尤三姐優雅地享受著這酒館裡的魔術，她輕啄著酒杯裡的Vodka、Tequila，或純威士忌，任他倆胡鬧著。但我是誰呢？ㄅ43在他們這四人友愛又信任，時光中相濡以沫的小群體中，好像是兒童的角色。常常跟不上他倆兜耍笑謔的急管繁絃，鼓點如雨，只能皺著眉傻笑。

ㄅ43記得，他們歪歪跌跌地走出酒館，像小孩園遊會拍手嘻笑地在夜闇一道道鐵門拉下的黯屋騎樓走著。微雨的街道，偶有計程車緩速靠近輕叭兩聲詢問他們是要搭，但總被璉哥哥、柳湘蓮擺擺手驅走。

然後他們就一同睡在這大通鋪旅館房間裡啦。事實是，尤二姐有她和璉哥哥獨特的交情，那是在權力之海掙泳、搏鬥、目睹人類智力與黑暗面奇異飛行弧形後，一種像隱形轟炸機機身上的匿蹤特殊塗料的氣味，他們彼此聞得到對方在雷達屏幕上顯影不出來的，人世感慨、對人性不信任後極稀微的真情，一種絕對寡言，不表達的溫暖。相較之下，柳湘蓮便是像小津安二郎電影裡，那種「挫敗者」、「不得志者」，每在酒館喝醉後便胡說一些憂鬱自棄話語的歐吉桑。

但為什麼他們這樣四個人，會湊在一起，成為「酒館咖」呢？

在那朦朧黑影中，前晚濃郁酒精尖銳冰錐的切裂感褪去，變成一種煙燻玻璃髒糊的沮喪。即使連尤三姐那樣梔子花瓣的女主管白襯衫，或想像中若隱若現美人兒芬芳的蕾絲胸罩勒帶，難免都有一種隔宿酒酸汗臭的狐疑。更別講他們這三個男人在他人身邊衰敗醒來，那老年或中年人的狼狽勁。

ㄅ43和這些女孩們老哥兒們聚在這樣一張長餐桌時，他總會百感交集，充滿懷念與悵惘，他們曾經發生過太多事啦。譬如座中的阿雯，ㄅ43記得大夥才剛認識時，有一次在咖啡屋聚會，她穿了一條短到不能再短的短裙，腿稍微一抬就看到裡面的紅內褲，問題是那晚ㄅ43恰好坐她對面的一張單人沙發，她不經意一換腿，ㄅ43就瞥見那女孩像花瓣蕊心那一閃而過的火焰紅光。我覺得她必然看見我整晚臉色通紅，說不定她還惡戲地故意抬腿換邊蹺來作弄我呢。結果她現在還是坐我對面，已是個頭髮稀薄的老太太了。或我們裡頭最花的薛蟠，事實上他算是ㄅ43的情色啟蒙導師，他軋過的女孩們，有獸醫、有女乩童、有一位常上電視政論節目的美女議員、有黑道老大的女人（這比較不特殊了），有大他三十歲的老富婆、有黑女人、有身高一九〇的東歐女籃國手（而他身高也才一六〇）……有一次他惹到一個麻煩，他和一個人妻之間的風流韻事被對方老公知道了（這傢伙有一怪癖，或詩人的純真，他每次和一個女孩軋一炮，回去就鉅細靡遺像昆蟲學家記錄蒼蠅繁殖排卵的專家報告，寫一篇那個打炮過程的情色札記，寄到那些女孩的電郵信箱。偏偏這個癡情的傻女孩將他的每一篇都存檔珍藏在自己筆電裡。而那台電腦被那個偷窺老婆隱私的綠帽丈夫扣押，不但循法律途徑告他們通姦，這個躁鬱症的男人且有一晚爆發失控，拿著廁所馬桶旁的鹽酸從妻子頭上淋下。那可憐的女人掩面哀號穿著睡衣逃出門，那因妒火而變貌成暴力野獸的丈夫，竟在那無人的夜晚社區街道，騎著機車一手持剩下的鹽酸瓶在後頭邊追邊潑，這樣像獵犬逐兔追殺了幾百公尺，她逃進一間7-11求救，才作罷）。

這薛蟠（當然是求B3周轉）後來賠了一大筆錢，雙方律師才把互控官司以協調方式撤銷。女孩身心重創，進醫院治療了近一年這中間幾次談判，都是「阿雯」（那個多年前穿迷你褲露紅內褲的女孩）幫他出面（和女生的母親談，和婦女新知的律師與對方律師談，到醫院和那包得像木乃伊的女孩談）。

這就是哥兒們。但現在這個老薛每十分鐘就要起身上廁所，大家也得遲緩拖起椅子讓他過，因為他攝護腺肥大啦。

ㄅ43有時難免也好奇，為什麼他們這群廢材，反社會者，人來人去，沒有遇過一個譬如「托洛斯基派」、什麼「新新感覺派」或「未來主義」、「殘酷主義」、「即興主義」這類高深莫測宣言的傢伙。後來他們其中一個誰解釋說，我們這個不特別的右翼警察國家，早在很久以前就用花剪把這些那些會造成威脅的腦額葉剪掉啦。我們是在一已經過消毒、或切除能造成國家顛覆之突變基因段的實驗皿裡，再演化出來的，「有一大塊存在已被隱蔽的樹枝狀圖」。也就是說，在我們這一支的演化樹枝圖譜，或會長出不同長度耳朵的海狸，或花豹紋的大象，或肉食的馬，甚至會說話的貘……。但是，但是，因為在更久之前的一次，像科幻電影那樣的高端技術（類似雷射燒灼或某些基因密室被上鎖了），我們，以及即使數千年數萬年後的後代，都不會，也無從想像，不可能演化出一隻，「鳥」這種概念的物種（翅膀、羽毛、硬質中空骨、腦中的衛星定位系統）了。「這就是所謂的種族清洗」。

ㄅ43有時忍不住想告訴這些頹頹老矣的哥兒們，他知道的「女兒」複製人計畫。

ㄅ43告訴他的老哥兒們，事情被弄錯了，是因為我們現在活著、呼吸著、龜頭充血而勃起著，如此重複一萬次吧，或五萬次吧，慢慢慢慢地流出一些清澈卻讓我們羞恥的，不再有濃郁的成千上萬精子（想像中是我們的臉的小蝌蚪）挨擠在一塊兒的起司或死魚臭味，然後我們知道那挨擠在億兆個像我們一樣可憐的活跳跳猿猴形小人兒像在時光的乾涸岩盤上枯癟啦。而我們意識到我們這一切，其實是活在一個巨大無邊的女神的子宮裡，一個多維度宇宙，一個晶瑩濕潤梵天從其中流出的陶壺，當然這都只是比喻罷了。我們也許只是在這虛幻無際的宇宙女神的陰唇邊，或胯下三角褲勒痕靠近她皮膚較黯沉那個乾燥角落，或是更悲慘些我們被一團衛生紙揩掉了，他媽的什麼「少年Pi的奇異旅程」、「唐吉訶德大冒險」、什麼「唐僧師徒四人往西天取經遭遇各種妖魔鬼怪」的公路電影都還沒展開，我們就那麼枯竭無知的嗝屁了。這都是運氣。

文明的運氣。當然我們或試圖將這個我們像小蟲子在其中卑賤地鑽來鑽去，活蹦亂跳，甩鼻涕流眼淚，肚破腸流，瘋狂大屠殺或神聖大革命的「女神的胯下」，用我們的想像力模仿出來。於是就有那些哥德式大教堂、布達拉宮，有那些《妙法蓮華經》啦或《瑜伽師地論》或霍金的《時間簡史》……

當然這一切都很屌，ㄅ43承認他們都是對的。但請你們想想，就像一個姑娘她可能有想像力想到，那也許之前讓她後耳根酡紅哀鳴連連，充滿了愛的感覺和子宮收縮的大爆炸激爽，那濕答答暖呼呼一蓬射進她那充血陰道裡的那坨鼻涕般的髒東西，其中有一顆小東西，停下來，以它簡單如鉛筆描直線的思維能力，想像這個她？抬頭從它置身其中的一片暗黑天穹的局限時空，推想這個她的臉、她的心臟、肺動脈、胃、膽囊、她瞳孔的顏色、她耳蝸管或大腦的感覺區，她血液裡溶解的抗憂鬱症藥物的分子，她的靈魂，她的嫉妒（另一個他媽的像宇宙那麼巨大的女神）？如果這個女神在他的維度世界，只是個年輕宇宙，是個對自己相貌永遠憎惡自卑的寄宿女孩的十五歲少女？或著我們恰好在其中這宇宙女神，是個懷念著他一生遭遇過的那些浮浪男子、詩人、大屌流氓、癡情的娘炮酗酒老人⋯他們早已滅絕死去，她只是在自己孤獨、無所怨恨的餘生時光，充滿感情的追憶逝水年華的一個九十歲老婦？他媽的這可真難倒了我們顆小小的，擠爆大腦皺褶也推算不出的巨大誤差啊！

這個巨大女神，不會意識到她的胯下其中一顆小小的精蟲，在描繪她的長相、大小尺度、她是一個邪惡靈魂還是神聖靈魂？我們在德州沙漠或新墨西哥沙漠裝的那些巨大雷達陣；或是發射到太陽系邊沿的哈伯望遠鏡，但就是找不到一種更大（不可思議、不可說、恆河沙）尺度比例的濃縮之投影，可以讓視訊屏幕上出現那巨大女神睡眼惺忪的臉，讓巨大宇宙女神和咱們這小小可憐的精蟲，互相看見對方的同等尺寸想像時之模樣，最好是還能進行一番問答。

「妳在妳那個存有狀態快樂嗎？」

「妳過得好不好？」

「妳那個知覺世界有多少像妳這樣的女孩兒？」或是「妳那個時空維度的紀元、歷史，是這個妳的多少倍？」

「我們是妳創造的嗎？還是我們只是妳的一場夢？一次自慰的虛幻痙攣（並沒有那蓬精液）？」

雙面維若尼卡

年輕時的妻，美如春花的少女神，
睜開那一雙無有一絲陰影的美目，慎重地說：「無論你變形成什麼醜惡、魔怪的臉貌，
無論你被綁到怎樣的無間地獄，我都會去找回你，將你修補、療癒。」
那或是她們這一支後裔的神性

他走進那間小店時，玻璃門上掛著的鈴鐺發出像踩上冥界船夫的擺渡船，搖晃中讓來人心驚的嘩鈴響聲，很有催眠師喊「一、二、三」將你切換到似夢似幻之境的效果。眼前是一片粉紅、淡紫、鏤空黑紗、透明白紗像糖果屋琳琅，但細節又被什麼粗俗、猥褻、本能想低下頭撇開眼不敢直視的什麼侵入、占據。這玻璃門外還是一條塵土漫天，馬路被黃膠盔螢光紅黃條紋背心的工人，用拒馬和塑膠三角錐筒圍住最中線；怪手的機械臂挖鑿聲；大電鑽打穿碎碎柏油硬殼讓人太陽穴發疼的連續答答答震擊聲；被堵在烈日下那些公車、計程車、戴口罩的不幸機車騎士們純粹起賭爛的各種分貝喇叭亂鳴；再就是內側舊公寓騎樓被那灰塵籠蓋，一種強光中融化不完的灰黯、破敗、第三世界的雜遝、那些髒糊糊口香糖膠渣的招牌：美而美早餐、信義房屋、床墊行、OK便利超商、阿嬤魷魚羹、財神爺樂透彩券行、快樂瑪莉兒童英語班……光天化日下，絕望而厭煩的「活著的時光」。一推開這扇玻璃門，便進入一個完全迴異的奇幻洞穴。像他少年時光，第一次闖進那陌生的，他裡面的較純真的那部分會就此喪失的，那些通往異世界的小店鋪：撞球間、燈光迷閃的PUB或舞廳、其實什麼事也沒發生的小旅館、那個年代和哥兒們第一次走進的MTV小包廂、第一次鑽進去的穿短裙制服美少女的按摩養生會館……。他總是面紅耳赤，對列陣在眼前的，從原本平淡無奇的世界裂開一個縫隙，而後張展演出的妖異魔怪，既防衛卻又柔弱，等著被啟蒙，被玷辱、學習到裂縫那一頭，那個世界的人，淫蕩歡樂邪惡的技巧。

其實就是滿牆掛著的，科幻片般的女人胴體的樹脂模特兒，都沒有頭，本身是LED燈，每一具軀體套著那些透明薄紗的性感睡衣、性感護士服、性感女僕裝、整件就是網襪材質的緊身衣，其實每件的剪裁都說不出的怪，當然它們若真的用那上帶的細緞帶繩繫綁、穿上那些真的女孩兒的身上，確實是玉體橫陳、衣不蔽體，讓男人流鼻血。主要是，到處還堆放著塑膠盒裝封著的，各種尺寸的矽膠陽具——那有的尺寸絕對不是亞洲人的大小——像是變態博士收藏的，許許多多不知名冤魂身上切上的標本；自然還有同樣漆成肉色但像漫畫公仔不自然的矽膠女人陰部。還有各式不那麼寫實的、透明玻璃的、粉紅塑膠的、絨毛或羽毛裝飾的，像聖誕樹裝飾品金色或銀色閃閃發光的，各種電動按摩棒或電動浣腸，或各式瓶瓶灌灌的「快感神仙液」、皮鞭、手銬、糖果丁字褲或糖果保險套、魔鬼造型小白兔造型假面超人造型保險套；整個像一間舶來品高級玩具店（以前那種藏在西門町萬年大樓某一樓層，進口日本平行輸入的海賊王、火忍、keroro公仔，或包薄膜的漫畫寫真繪本，或一盒上萬的天使戰神金剛模型），什麼出其不意的機關和卡哇伊設計都藏在那貨架上。電動的、發條的、像蟬翼薄膜的、膠凝液態的、夜光的、會發出音樂盒簧片演奏的、能讓女人意亂情迷的精油蠟燭，甚至搞笑的陽具形蠟燭或女人屁股造型菸灰缸。但似乎又在這玩具店的錯覺印象，嵌進了那種收集甲蟲、蠍子、各式蝴蝶標本、蜥蜴、蜘蛛、鍬形蟲或獨角仙的罕異趣味的私人玩家小鋪；甚至或是酥油燈腥味讓人暈眩，影影幢幢，藏密或吉普賽占卜師那種當真了，會使用顛茄、大麻、毒蘑菇……這些置幻植物的根莖、種籽，引誘你進入即可能回不了頭的，神經迷幻的古老催情與中邪不分的知識地穴……

「哈囉，有想要什麼助興的玩意嗎？」一個頭顱、臉孔極像日本漫畫《烏龍派出所》裡的兩津，或《怪博士與機器娃娃》裡的丁大丙，那樣一個濃眉、闊嘴、矮壯的男子從店裡內間閃出來。那個怪異感他到後來才慢慢回想領會，那應該是一張喇嘛或日本黑道老大的威嚴陽剛的臉，卻擠眉弄眼嗓子擠出淫蕩諂媚的「情趣用品店」老闆的嗲聲。

也許這傢伙整日被關禁在這掛滿了假陽具、充氣娃娃、塗到女人陰部的各種凝膠、或那些惹火的維多利亞的祕密的以透明為第一原則的女人薄紗或七彩小內褲……的方寸小鋪裡，也像被放逐到冥王星上的太空人魯濱遜一樣孤寂而渴望和活生生的人類講話吧？

他簡直像懷才不遇的肉粽店老爹，熱情剝開各種口味、棕葉包的自己的心血、免費試吃；或槍枝店老闆終於遇到知己，把各形左輪、霰彈槍、沙漠之鷹連發手槍……全拆卸了鋪在櫃台上和來客分享那收藏品的非凡身世。這傢伙嘰哩哇啦對著他介紹自己店裡祕藏的「極品」。他從自己霹靂包拿出一種藥丸：「金剛鑽」。這個玩意兒，你和女孩到汽車旅館，先抹點潤滑油，往她肛門裡一塞，大概半小時後，天啊，再純情的仙女，也會浪到讓你想跑，哈哈，開玩笑的，當然你自己也要戰備，要作好持久戰玩四、五小時金鎗不倒的準備，這是禮貌，這是男子漢的責任感。我們當然也要吃藥嘍。這個「金剛鑽」，我讓一個美眉塞過一次，叫了一整晚，浪得，她後來還哭著一邊騎我一邊問我會不會瞧不起她，她原本不是這麼浪這麼淫蕩這麼騷的……哈哈，什麼叫「金剛鑽」，精誠所至，金石為開嘛，就是再堅固的貞潔牌坊，十八銅人陣守住的銅礦，也給她個開天闢地，噴出湧泉。

哦你翅仔，對不起，夫人不可能讓你塞藥丸到屁眼裡，沒關係，這一款，他拿出一枚綠色小圓罐，打開，裡頭一只小小的玻璃瓶。這就是傳說中的「金蒼蠅」，無色無臭無味，滴個五ＣＣ，最好是酒，女孩不喝酒，摻到飲料裡，也是三十分鐘後，那好女孩會覺得自己全身哪處血管切開，裡頭都爬滿蟲子，而且不是癢，是酥悶發浪，像是那些小蟲子都往她乳房裡扭啊舔啊，弄得她好想有人用力搓揉那乳蒂的部位，還有就是小蟲子像芽蟲在她陰部窸窸窣窣輕輕地鑽啊爬啊，她會像失禁一樣那裡愛液氾濫。你知道嗎？這可是仙丹啊。那女孩兒和你陰陽合和的那時光，腦海裡全是極樂仙境，我保證，這不是強姦藥水，當然它是違禁品啦，但他媽的你給小馬子服用一點點，是我們繞著床跑被她們強姦啊。這以前可是宮廷貢品啊，就是李蓮英討老佛爺歡心從他的洋朋友那兒輾轉弄來的。這什麼意思？這神仙水啊（這種奇怪屍體會滲出最濃媚藥成分的小蟲子）是讓女人爽的，「全面啟動」你有沒有看過？那原子彈的鈾35小小小一顆原子引爆，整個連鎖核分裂，轟隆！天崩地裂，她全身的性感帶神經突觸全像電流竄炸，那時她們叫床的哀鳴，你聽了心都碎了，你會覺得她們會這樣被你搞死，爽死，臉上帶著悲歡交集的神情淒美的死去……

那時他想：這個故事最悲傷的版本，就是科幻電影，在這間充滿如何弄得女孩兒欲仙欲死，讓她們打扮成敦煌壁畫裡的飛天，或西藏喇嘛寺那被摟在巨大佛趺坐懷抱裡正交合著的纖細女體，那些薄紗、蟬翼小丁字褲、那些裝上電池會震動往她們蜜穴裡抽插的合成樹脂假陽具，那些塗上她們陰蒂讓她們像被掐死前的鴿子發出靈魂抽搐的鳴喊的潤滑油，那些網襪、蕾絲吊帶襪、SM女王馬甲……在這間充滿奇技淫巧、變態虛構之物的小店鋪外面，世界末日已經發生了，也就是說，在這間密室裡，他們兩個濃眉大眼流著口水的老男人，所繁衍、發明、意淫、像土耳其細密畫，像刺繡，各種光影幻錯，那像霧湖裡嬝娜美麗的女體，是的，「女人」這種動物已經完全滅絕，他們走出這扇玻璃門，會發現不論走到多遠的地界，這個星球上再也沒有一個女人了。

是的，那就像帝國已經覆滅的，古城牆遺跡、陵墓、故宮旁像蟻穴環繞的小古董鋪，某兩個（最後的兩個）老遺民，淚眼汪汪充滿鄉愁，眷戀愛撫著那些曾經記錄過她們「確實存在過這個地球」上的考古證據：那些鴛鴦、牡丹、雲霞圖案的刺繡裙子、彎彎長長的銀製指甲套、肚兜、繡花小鞋、脂胭粉盒、掐銀鳳凰柄銀髮簪、耳墜、花梨木柄白玉如意、琺瑯春宮小人兒套色畫的小鼻煙壺、煙紗小扇、龍泉窯青瓷觀音……是的，「昔人已乘黃鶴去」，「白雲千載空悠悠」。他們努力嗅聞著空氣中想像中殘留著，「女人」這種妖幻、白皙、像春天湖面水波晃搖、像黯滅前的蠟燭光燄，玉體橫陳卻在許多弧彎處驟陷進神祕的凹陷，那種說不出的香味：冷膩的髮油香、淡淡的汗香、鼻息噴吐出的蘭馥、她們臉龐的蜜粉甜香、耳根到後頸隨著泛紅嬝嬝蒸出的柑橘幽香、薄荷香、玉蘭香、玫瑰露香……順著她們漂亮肚腹（那讓人熱淚漫流的奶香味）往下嗅聞，那種差一點就變清晨魚市場刮去馬賽克鱗片的，從海洋攫奪去生命的睜眼魚屍的強烈腥味，但卻又像清泉甘露讓他們想捧起掬飲的清澈見到下面岩石上覆著美麗青苔的潔淨味兒。

但其實什麼都沒啦。剩下這一小屋子擠滿的說不出醜怪的上百根啟動而旋扭顫跳的假陽具；或是數萬顆讓他倆食之不盡可以讓他們的真老二在漫長孤獨時光不斷綳翹硬勃的威而鋼犀力士第四代第五代；或是那些噴劑讓他們金鎗不倒降低敏感度延遲一、兩小時才射精的龜頭麻醉劑；或是那些彷彿在風中空蕩蕩飄晃的透明性感睡衣，那像蛋糕邊沿奶油花邊的綢緞白吊帶襪；這一屋子他們原本巧富心機、偽詐、淫邪念頭、卑鄙手法……想從她們那純真可愛的腔體，榨擠出像佛經壇城曼陀羅世界原本不存在的另一個顛倒、妖魔、被憤怒明王以金剛杵鎮攝、踩住的瘋狂、肉慾橫流夢境，榨擠出她們違反$E=mc^2$讓採花大盜和被玷辱小姐，同時被驚嚇的，她們的痙攣、哀鳴、呻吟、潮吹噴成小水柱的愛液、崩潰的美麗女高音、昏濛暗影中她們劇烈搖擺的腰肢和小屁股、她們變成蜥蜴那樣濕黏靈活的舌頭、她們變成獵豹那樣的爪子、她們變成銀河如瀑旋轉著將我們這個宇宙包裹吞噬的浪潮……。這些機關、道具、迷魂藥、淫蕩水、手銬、繩縛、準備好戳刺她們，像剝橙柑那樣將她們剝得汁液迸流、玷辱她們、傷害她們、讓她們極樂激爽後因為羞恥而只好「把自己整個交給你」的淫具刑具，只剩下這悲慘孤寂，如沙漠中的樓蘭古城垛，在空無的旋風呼哨中迷惑的展列著。

那個濃眉情趣店老闆還在一臉職業淫笑地低聲解說著：「所以，手法一定要高明，加在假裝不當回事遞給她的一開罐可樂裡；或是說，提議我們喝兩杯紅酒吧，吔，就先放個十CC到她的玻璃杯裡，不要放錯嘍自己喝了；什麼叫偷天換日？什麼叫妙手空空？這你自己要體會了。不過有個客人，他太猴急了，把的是一個人家老婆，八字還沒一撇，請人家去吃鼎泰豐，趁女生去上廁所，把這樣一整瓶金蒼蠅，全倒到對方那小碗酸辣湯裡。然後吃完飯，也不敢開口說我們去開賓館吧？女生就回家了。我跟他說：你這是爽到那女人的老公了，他一定不知道自己是中了什麼第一特獎，得到了一個狂情蕩慾，顛龍倒鳳之夜啊……」

終於還是順從買了一罐那小綠圓罐的「金蒼蠅水」，推開那扇玻璃門，走回這灰塵漫漫，苦難依舊，鐙鐙鐙鐙鐙工人鑽地鎗刺破耳膜的轟天聲響又撲襲籠罩而上。他搭了捷運，在那地底昏暗閃晃的光影中，這些像母猿直立著一臉疲憊的女學生、上班族、歐巴桑們，一定沒有一個人想像得到，這個一臉老實站在她們身體之間的老男人，懷裡藏著一罐——像小型核彈或沙林毒氣那樣毀滅、否定人類時間的惡魔武器——悖德之水。

不是淫蕩（哪個在不知情狀況喝了摻了這媚藥飲料之女孩會變形、扭曲成的讓男人銷魂的淫蕩性玩物）這件事。他想：是剝奪了任何一個人的自由意志。

其實，那麼熟悉，像早已預演過一次排練的腳本，那光影移換中，他的臉藏在一張故作鎮定的

「扒手的呼息」，微微冒汗的發白的臉後面。在一間公寓裡，正常生活的無知覺時光，他早已對那無所知覺，困在自己憂鬱側影裡的妻子，像那淫蕩老闆說的，「偷天換日，妙手空空兒」，違反他妻子的自由意志，在她不知道的「無限分解動作的投影機按下暫停鍵」，把一小撮會改變她大腦內部化學反應的白色粉末，偷偷加進她會喝下的飲料裡。

但不是淫蕩的金蒼蠅。而是悲傷的，把她從死蔭之谷贖換回來的，抗憂鬱藥物。立普能。

原本是白色，胖橢圓形藥錠。他將之掰成兩半，用瓷湯匙底部將之磨成細細粉屑。她多疑，而且那段時光，他們之間那種親密的信任關係已不存在。甚至不在一起用餐，鮮有交談。他帶她去大醫院的精神科掛門診，戴厚框眼鏡的老醫生請他妻子填寫一份量表，已判定她是中度憂鬱症、開了藥、排了下次門診時間，但他妻子一出醫院，便將藥袋丟進停車場旁的垃圾桶。

他買過咖啡、熱可可、紅豆湯，都失敗。甚至試過摸進她書房將那白粉末倒進她的茶杯裡。但或她前世是一多次躲過被人暗殺的特工嗎？她總像有一神祕直覺，就把他摻下那藥粉的茶水倒掉。那像是背景配樂：「無伴奏大提琴」，在一種遲鈍、稠狀淤泥湖底艱難動作著的，最悲傷的諜報片。

他說：「我替妳買了巷口那家熱豆漿，無糖的，據說能安定神經，平穩情緒。」

她不置可否。第二日，他摸進那書房，發現那杯豆漿（摻入那白藥粉完全看不出來）被喝光了。幾乎要喜極而泣。這於是，一場違反她自由意志，漫長的磨碎藥粉，每天買一杯無糖熱豆漿、摻入，不動聲色放在她書桌上，長達一年的「穿花撥霧」行動，便沉默地進行著。她有時像夢囈沒有前後文說了一句：「我不知道在我身上發生了什麼事？」有一次悲傷地說：「我完全想不起年輕時候的那些事了。」

霧中風景。迷霧森林。這個我並不是我。真正的我被叫做「憂鬱症」的這個惡魔擄走了。年輕時你答應過我不論發生什麼事，絕不遺棄我。但這夢境的迷霧之牆太厚了，怎麼也打不穿；這迷宮被設計得太詭譎千迴百轉也繞不出去。她如果知道他違反她意志，在她的大腦裡動了手腳，會不會以死懲罰他？

有一次還在計程車後座，正把那小摺紙裡磨好的白色粉末撒進幾杯的熱豆漿，車子一個高速急彎（也不知是否那運匠從照後鏡瞄見這個看起來就變態的阿伯，一副正要去迷姦少女，而正義出現，整他？），把整杯燙豆漿打翻在褲管大腿上。

有幾個夜裡，他起床上廁所，發現他妻子的臥室門縫下，暈出微弱的黃燈光，他躡足稍靠近些，聽到一種像小貓咪嗚輕叫，或把拳頭塞進嘴裡的哭聲，並且她一陣陣捶著牆壁，那是他聽過最絕望哀傷的人類哭泣聲音了。她是孤獨活在怎麼樣的一個世界裡呢？

很後來某一次，他不小心瞥見，她的左手腕上，布了上百條像考古礦岩上曾經億萬年前集體死去的條蟲屍骸的枯白色線條，那是她不知在哪些絕望、恐懼自己將崩解的夜裡，拿小刀一痕一痕自殘在自己動脈上的淺層皮膚上割開的。他有時在內心哭喊，想像著將頭髮凌亂、滿身穢物、兩眼空洞、抽搐不止的她，裸身抱在懷裡。「讓我知道那是什麼！讓我陪伴妳，我們一起承受！」他想把被自己內裡一種像鑽地螺旋錐那樣的機械怪手戳破、柔腸寸斷的她修補、擦洗乾淨、拔掉密密插在靈魂裡的上萬只玻璃碎屑……

他會抱緊她，陪著她像剛出生的小嬰孩，癟著臉孔黑紫，拚命拍打屁股，終於迸出裂口的嚎喲……他會像安慰小嬰孩那樣輕拍她，告訴她沒事了……沒事了……

但事實是，有幾次她那樣在他眼前，像美麗臉龐的女神頭顱被遙遠什麼幻術斬斷，汩汩冒出那絕望、陰慘、無伴奏安魂曲那樣不斷擴大、上升的駭麗噩夢，他只是像個被眼前的末日景觀駭嚇的法海和尚，大聲怒喝，妄想以類似藏密憤怒明王的經咒、金剛杵、降魔劍將之鎮懾。其實他是太弱小的部族，他這一支族類完全沒有關於「療癒」、「修補」、「翻黯影苦痛為光明歡喜」的知識和祕法。

年輕時，他曾將她摟在懷裡，在天願作比翼鳥，小戀人間的耳畔情話：「有一天我壞掉了，說不出是什麼原因變了一個人，變得像阿修羅那樣，靈魂冰冷、殘酷、塞擠了核燃廢料的劇毒，妳願不願意當我的療癒小女神啊？」

年輕時的妻，美如春花的少女神，睜開那一雙無有一絲陰影的美目，慎重地說：「無論你變形成什麼醜惡、魔怪的臉貌，無論你被綁到怎樣的無間地獄，我都會去找回你，將你修補、療癒。」

那或是她們這一支後裔的神性。

某部分是因她們是「完美的女兒」。在漫長時光風暴中，混淆了古老巫術、神祭、男人們在不見光的丹房裡吃她們年輕子宮磨碎成的丹粉以「修煉陰陽」，她們逐漸形體壞敗變醜。但內心仍祕密恪守那個隱形的「教養」和「允諾」：一組像漫天星空上或許不存在的星座圖連連看。她們變成怪物，變成流浪婦，形容枯槁，喃喃說著人們聽不懂的晦澀詩句（「父啊，為何將我遺棄」），其實是在貞靜地，表演給那早已不在上方貴賓懸空陽台觀眾席的，那個曾放了一組「抒情照片圖檔」在她們猶是少女神的頭顱裡，的「父」看。

所以，當王和拖雷，第一次找他，說服他加入這個名為「女兒」的巨大計畫，第一番的論辯，他們就是用「粒子互旋」、「量子纏結」的模型宇宙作為誘餌。

事實上，他確實相信——即使距離遠到像太陽邊與冥王星，甚至遠到半人馬星座和我們地球的遠距——必有兩顆相反方向、「鬼魅似的遠距作用」的（最初在一起的）電子，完全相反地旋轉，像不可能觀測到的「存在的鏡像」。

所以，如果，他的妻子變成一垂死天鵝般、塌縮進自己的憂鬱白洞裡，她永遠憂鬱、自我感破碎、將自己禁錮在那死蚌般的夾緊的密室，不肯吃藥，……那麼，在黑板上用粉筆畫到另一側的，「虛擬的」，姑且暫名為「女兒計畫」，必應是一個，永遠樂觀，自我感覺超好，好到像一堵、你向她投擲而去任何陰暗的狐疑、傷害，都會像撲撞上一道白色光牆的蝙蝠、蒼蠅屍體、灰飛煙滅。另一個顛倒旋轉的，像「彼得潘」裡著光燄的翅翼精密「叮噹」。那個時空遠距到千百劫之前的少女神們，都還傻呼呼的，清新甘露的處女陰道還沒被造作她們的父親，將沾滿菸垢、數鈔票之細菌、同三根手指擦拉屎後的肛門並抓飯糰放進無牙之嘴洞咀嚼……那隻手伸進去掏挖過。

「如果，我們趕在（以數學意義言）她，這個『女兒』被造出之前的那麼遠的彼刻，成為創造她的父親，」王那時最後一句話說服了他：「然後玷辱她。想想那個超時空遠距反過來的粒子互旋？」

事情就這樣開始了，他讓他們整個團隊進駐他的腦袋。當然後來一些他不瞭解的化學藥物（主要是讓他進入沉睡的史蒂諾斯）改變了他大腦的地貌（丘陵、縱谷、沼澤、河灘地、瓦礫，甚至極熱的火山坑，或冰原），他年輕時讀過的一些類似《大腦的奧祕》的書的印象，讓他懷疑，包括他大腦裡原本掌管睡眠的神經中樞區，或已萎縮、塌陷，被周邊不相關的奇怪區塊所替代運行。他其實不太記得那些他「不在場，其實又看著這一切進行」的漫長時光，發生過哪些事。有一些像人格解離症者、夢遊症者、歇斯底里、憂鬱症者的腦中祕境，他知道王和他的團隊正進行一個近乎「在太陽的附近引爆一枚小形黑洞，『偷天換日』，最後將太陽像整顆麻糬吸進嘴洞，或將麻雀兒塞進布袋，那樣『變不見』之魔術」的巨大實驗。或許那讓人想起墨西哥小說家富恩特斯・卡洛茲的短篇〈奧拉〉：一個衰老將軍遺孀，將一個年輕歷史學者騙誘進她那密遮不透光、蜘網、灰塵、腐臭的殖民地時期豪宅，替她那過世半世紀的老將軍寫傳記。這歷史學者在那鬼屋或古墓印象的「昔時之屋」裡，被每天翻讀將軍的史料、日記、信件、發黃舊照……混淆進一個半世紀前老少戀狂激的戀人喁喁私語。並且發現屋中除了這癟塌老太太，還有一個幻美絕倫、發出濛濛白光的女孩奧拉，她的姪女。年輕歷史學者愛上了奧拉。在那發出飢餓老鼠嚙咬巨幅油畫布、垂穗床帳、陰濕後院天井種植了顛茄、黑莨菪、蘑菇、大麻種種置幻植物的甜腥空間裡，那些崇慕殖民母國風格的（或換成對「歐洲」）的壞毀家具，那些塌陷的蛀壞地板、永遠半隱在暗影裡似乎會增長或死亡的甬道、房間……追逐、窺探、調戲、性幻想這個像這時光封印中之幽靈的美麗少女。最後他還上了她。但他發現，她似乎是那想將昔日金碧輝煌、半世紀前將軍在世之腦中懷念場景，用一種邪惡的形式重現的老太婆操縱的懸絲傀儡。她講話總是支離破碎，縹緲空洞，後來他發現那都是將軍日記上寫過的「年輕愛妻」說過的話。之後他又發現，隨著他涉入將軍的傳記書寫、資料浸淫日深，那奧拉在這破敗大屋裡印象畫派式的活動，臉貌愈漸清晰，那老太婆的臉貌就愈像一顆冥王星般，結構鬆散的冰屑、髒塵暫聚成團的幻影。

當然卡洛茲的這個淒美、類似吸血鬼電影或穿梭時空劇的愛情小說，最後是在漩渦般事物碎屑打轉紛飛中逐漸定位、輪廓遊玩：年輕歷史學者不知不覺變成半世紀前的老將軍（被死去他人的身世吞噬？）；而年輕妖麗的少女奧拉，根本是這老太太年輕時不願意進入衰老，啟動的凍結時光的妄幻意志之魅影。

有一次王、拖雷和他，三人在祕室開會，他說：「你們那個『女兒』計畫，進行得怎麼樣了？」但他們交錯討論了近乎一小時，他才驚覺：他們剛剛一直說的，不是「女兒」計畫，而是「英兒」計畫。

是純粹口誤？但怎麼三人同時錯用那個代號名稱，卻毫無阻窒的進行諸多細節的討論？或是他大腦中的濫墾濫伐、土石流崩塌，已嚴重到發生了另一刻度的弦振，他們卻都無所知覺？

「英兒」，是上世紀那個妄圖在紐西蘭激流島，憑空建立一個「女兒國」，最後卻奇怪地掉進各種版本、謠言、回憶錄的「被抽換掉的冒險家地圖」，每一處原本煥然發光的詩意、自由、女胴的美或少女神修補、療癒他所逃出的「瘋狂國度」的集體暴力、文明廢墟瓦礫、人吃人、整片大地只有一種嗡嗡經咒般童稚語言的噩夢……，卻天璣地璇被動了手腳，換成每一關節都錯位的，謊言、「女兒國」的妻和妾全偷人（還是老外）、光的詩句全變成黯影的殺機、偽裝賢德、像犯罪小說那樣巧布陷阱、或被迫害妄想症者的所有人不懷好意的竊笑，「她們都在等我死」……最後是詩人用斧頭砍死（血流成河）美麗的妻子，而後在屋外一棵老樹上吊自殺。

等一下，他說，能否再確定一下，我們這個計畫的名稱，是？

王和拖雷互看一眼，露出卡通裡加菲貓把主人心愛的金絲雀含在嘴裡，無辜老實的笑臉。

「女兒」啊。怎麼了?你怎麼了?

像是在腥臭的、晾曬阿婆內褲和整束整束青草葉的那條紅燈區門戶的後巷，他和兩個郎中，手捏著橡皮筋勒束的髒黏百元鈔票卷，和一張撲克牌邊角已綹翻像千層派露出它原來是一層一層衛生紙般的薄膜，被壓擠疊縮成這樣一張表面亮滑的「黑桃老K」，三人鉤心鬥角、較勁著詐術，啊不，連他這麼想的時候，「黑桃老K」都在腦中變成「黑桃老公」。那個蹲在私艙船尾，對於船艙裡自己的可憐女人正被那些豬頭男人操弄得哀憐呻吟，充耳不聞，一臉寬容生命的苦笑，吸著旱煙。「賣自己妻子的丈夫」。那不正是民國小說第一人，或至少和魯迅、張愛玲，江山多嬌，三分天下的沈從文的〈丈夫〉?

確實他不太能在這來回，穿梭，負手仰頭站在王和拖雷身邊，假裝自己也參與整個計畫的核心，一起討論那看不見的「西斯廷禮拜堂的天頂畫」，他們有時敷衍他，有時不理他(那時他們正進入他聽不懂的複雜算式討論)，有時又似乎捧著他以他的直觀意見為「噯呀，我們真蠢，怎麼沒想到這一層」拍額，之妙見……他不太能完整、清晰地想起，那個像垂頸天鵝，把自己哀傷的臉往翅翼暗影處藏匿的，憂鬱的妻子。有時他想:「這段時間她到哪去了?」

他想:他在兩個界面裡，同樣的動作，同樣一臉卑鄙猥瑣，像虛空中跳著「馬頭明王之舞」，臉上都是「悲」「怒」錯換，一手舉著將那古老的、不懂穿上繡花裙而光露著濃毛陰阜的老女人擊殺而腦漿迸流的鐵劍;一手舉著能讓骨架像小鳥的處女神欲仙欲死、一臉癡迷的「仙露」銀瓶。同樣是他，同樣那在暗影中悲哀的，瞞過仍笑著談話，杯盞放下的輕脆聲，用故事將注意力帶引到他的唇之張闔。手指卻向盲琴師彈奏七弦琴，穿花撥霧，在潺潺流動的連續幻覺，其實剝開另一個小孔覆蓋的蟬翼薄膜……

這邊灑落的是磨成白粉的，抗憂鬱症藥錠。

那邊，輕輕倒下五CC如清晨荷葉沿透明露珠的，是讓腦部海馬迴體短暫產生痙攣、幻覺、亢奮、心搏加快的，「金蒼蠅水」。

他對那個夢中孵化，翅翼羽毛頭腦肝臟腳爪都還混在一小瓶裝液態渾濁物的女兒說：

「女兒，在這些敘事裡，意象常取代了概念，星空下，我們哆嗦地發現自己多麼渺小、脆弱、可憐，有一個概念是：宇宙（我們可憐兮兮待在億萬顆灑散蹦跳的鋼珠其中一顆，多像西藏僧侶哄騙小孩的說法，這個碗、這個彈珠檯般的，「宇宙」）仍持續膨脹，我想說的或許是『傳遞』這件事，但『傳遞』什麼？如何『傳遞』？所以我目眩神迷地掉進宇宙微波啦，更多維度宇宙啦，脫相干理論啦，宇宙的時空模型究竟是一光滑平面或凹凸不平？是一無所謂『邊界』的球體或像一卷筒喇叭或高腳玻璃杯？或像一枚圓盤朝盤沿無限地擴張？這些巨大的、更高維度的想像力觸碰不到的，『神的存在感』或『神的腦中所流過、經驗的、夢見的』，那使我們可憐的裝在骷髏頭骨裡軟不溜丟的腦灰質褶皺、兩粒水晶體、感光細胞、嗅覺細胞、松果體、耳半規管或小聽錘……顯得如此可憐如硬殼甲蟲的觸鬚……我被這樣『重建的宇宙模式』所以原本的包括時間、死亡之恐懼、知識的崇敬、愛、文明、美的強光臨襲……這些因之變得殘缺扁薄之描述，弄得迷惑且戰慄。什麼是『傳遞』？它在更高維度的智慧（如果有的話）眼中，其實只是像一顆陰道黏膜菌細胞內染色體的複製？一種翻印？把進化中那麼極短暫一瞬的某種形態，用密碼鏈翻印一次，按指令再建構出一個相同（或至少是某種量子包裹：像模型盒裡的所有零件和那張組合步驟指南的薄紙）的個體？書本？圖書館？羊皮卷抄寫的隱密經文？要『傳遞』到哪？像『航海家一號』孤獨地飛過冥王星，離開太陽系，向即使自身的材料壞毀塌陷也僅只那距離億兆分之一的『無垠』漂流？要『傳遞』給誰？有一個對象在哪等著接收這所『傳遞的』嗎？還是在絕望的、幻想飛躍過那無數瞬間暴脹宇宙，無數將所有光與質量與時間俱吞噬的黑洞，那些宇宙的凹褶或曲角、蟲洞……這些恐怖、無明，甚至時間倒流、所有一切塌縮於一無時間可描述的奇異點，經過夸克……但我在說什麼呢？」

「女兒，我搞砸了許多事，像我小時候，我母親教誨我的：『永遠不要開啟第一個謊言，因為一個謊言，你必須付出說十個謊言去圓它的代價，而這十個謊言，你又必須為它們各找十個謊言去支持……如此擴延繁殖，你會發現鋪天蓋地的謊言之網將你本來安身立命的那個真實的世界給遮蔽侵奪，這太不值得了。』我愛你。我記得不同的女孩哀傷地對我說，『你一定會將我遺忘。』『你是不是騙我？』（也許她們也只是進入某些電影女主角側臉的表演。）但為何我在已經不再是個孩子之後，還必須心驚膽跳的說謊？我跟不同女孩撒的謊，像在虛空搭建一座通往不同國度、不同時差、不同幣值，甚至道路駕駛座左右亦不同的出關閘口的機場。我在通關受檢時（那是我最迷惑，最全神貫注但卻也最容易搞錯的時刻），必須偽造不同版本的護照，我要合乎所有邏輯地騙過那些不同女孩不同性格的檢驗（天啊，原本在她們各自的床上是那麼的銷魂時刻），才能拖著我疲憊孤寂的有輪行李箱，穿越謊言的換日線，從這個女孩的故事進入到另一個女孩的故事。」

有一次真的發生了這樣的事：他從外國一活動（當然後來他知道那也全是王和拖雷的幻術伎倆）回台北，他告知那垂死天鵝的妻子，他會晚一天到家，其實那偷出來的一天，他祕密和那個（他描述世界的界面出了差錯而蹦出來的）女孩約定在外頭過一夜（他們已訂好旅館），他自以為這一切天衣無縫，到機場時他跑到吸菸室打電話回家（因為在航廈外會有飛機掠空而過引擎咆哮的巨響；而在旅客推著行李車、像巴黎拱廊街各式名牌免稅店的航廈大廳又不時會有航空公司提醒登機的廣播。在他妻子那裡，以為他是第二天搭機）。但是，當他正和話筒那端愈來愈稀薄、愈來愈不耐煩的妻子，描述這「不存在的一天」，將有哪些行程（當他說謊的時候，眼前那個真實的世界，變得像盛夏日光曝曬的柏油路面上，被熱空氣扭曲的景物。它們歪歪斜斜，像顫異的葉子疊印著其他葉子的影子，一樣單薄、扁平，卻有一種謎樣的錯綜幻念），這時突然一個他頭頂的擴音箱（他沒注意到）像音爆的登機通知：

「搭乘國泰航空CX220班次的旅客，請由二十三號登機閘口準備登機。」

他迅忙將手機切斷，他跟著眼前這機場吸菸室（為何設計得像大屠殺時的毒氣室），跟著眼前那似乎和他一般，正穿過一個光影曖昧冥界渡口，那眼神空洞，寂寥散坐的其他人，一起將整大坨的白煙從肺囊上的嘴洞噴出。他發現自己在流淚，但是用手指一揩眼角只有一滴眼淚在那裡。

曾經的某一個傍晚，她對他說過什麼？那園裡植物草葉花瓣臨凋前釋出的靡爛香味。曾經發生過什麼事？「殺手把槍對著他的右臉頰射擊，子彈穿過他的鼻竇腔，旋轉、燒灼、撕碎他的左頰骨、在左太陽穴下方炸開一個半徑五公分的大洞。」譎詭的靜默、迷惑，沒有人知道，那天在現場目睹這一切的那幾個人，他們腦中記的重播畫面是什麼？

那個在妻子和「女兒」之間，像換日線、國境邊界始終沒被繪入地圖的黯影裡，慢慢有細節長出的「金蒼蠅女孩」。在撬開那「細菌培養皿馬戲團」一般，千奇百怪，不可思議人心運動形狀的「神在造物時腦中的黑盒子」積體電路板迷宮時，他設計的布置是這段時光，她亦始終和她的男人在一起。所以他們一直是在「時間之外」的偷情關係。他們每週（後來變成每個月）一次，在不同的旅館約會，沉默的做愛，壓著對方的身體，或他把她像母鹿的腿高高舉起，像克利的那些不同透視法的線條拗折她的身體，彷彿把她摺進灰黃紅藍不同次元的空間。他總是習慣她的男人打電話來（他很多疑）時識趣地躲進那些旅館的浴廁裡將門關上。他想這是某種古老騎士偷情的基本教養吧，你不忍聽她們如此無邪地對她們的丈夫撒謊的聲調模樣。嗯，我剛睡醒（慵懶地），我在我媽家，或是，我剛跟某某她們分開，她們好八卦喔……而她們的丈夫不知道這像小女兒純真無邪的身體剛才被一個老傢伙的髒屌給插過，講電話的臉頰還沾滿男人口水的腥臭。有一次，他如常（我們的默契）光著身子躲進浴廁裡吸菸，等她打電話給那戴綠帽子的男人。他坐在馬桶上（而且拉了尿也不能按沖水鈕免得發出聲響）抽了兩管菸，外頭女孩還沒如暗號對他說：「好了。可以了。」他躡手躡腳推開玻璃門，發現那女孩兒憑空消失了。

她被外星人抓走了？

他的男人找了一群專業特工，在他傻B在關門小浴廁馬桶上吸菸時，三四個戴黑頭罩穿著防雷靴的男人，開鎖進來，不發出一絲聲響，甲醚手帕迷昏，裝袋，上肩，撤——把她擄走了？

或是——他最恐懼的，但竟不是發生在他妻子身上，而是像弦樂四重奏，猝不及防的發生在這另一個界面——她，跳樓了？

床罩上還零亂堆放著捺得像酷刑後鐵盤上七拗八折的截斷手指的菸蒂小瓷盤、礦泉水（他計畫把「金蒼蠅」滴幾滴進去的）、零食包、她的髮兜、化妝包、剛剛脫掉揉成一團的恤衫、他和她不同牌子的菸盒和打火機……

怎麼可能會從本來你在的這個空間消失了？變不存在了？

他想：人為何會在同一時間渴求兩個以上不同的愛呢？

（他在心裡和那個還在卵殼中一塌糊狀物的「女兒」辯證著。）也就是所謂的不貞。它必須，絕對必須靠說謊，來構建一個隱藏起來的祕密花園。一個被密碼、曲徑、光度黯弱的某個汽車旅館的坡道、車庫電捲門、手機簡訊的暗語、明明人在面前卻說謊不眨眼……，可以完全對準那不在場時光的鐘錶刻度，卻是虛擬的，不存在的「我」的運動函數。

那是小說的開端。

「我」描述出一段時間裡，根本沒發生過的事。它必須用歷歷如繪的細節，堆疊、堆疊到足以撬出和另一人偷情的，那個「不在場」，因為「我」在那河流般的謊言裡活生生存在著，所以「我」不可能只如腦海裡，孤獨又華麗，和另一個人罪惡地裸體交纏、戀人絮語，像玻璃鏡廊一般虛無的永恆誓諾。

當然，（他對著內心的那個「女兒」說）這件事很難建立一個模型來觀看，因為情婦、妓女、二奶、小祕，很多時候是鐘頭出租，像一條拱廊街的櫥窗小商店，甚至是漫畫出租店或電影光碟出租店的上萬支片子。即使不到論件計酬，它也是一個格架上塞擠成一片繁華虛耗的謊言菌落……

生生滅滅。蕇絲細密如髮。亂針刺繡。

很像我們要繪出人類全部的基因圖譜。最後它只能如量子疊加，被那巨量的數據和景觀壓垮。古代的人類學家用神話結構來模糊標出，那無法精密顯影的，整片燦爛謊言星空。後來則變成謊言經濟學派、謊言熱力學、謊言相對論……

在那些他們在旅館交歡時光，她男人打電話來，他立刻離開她燙熱的胴體，閃進廁所。那似乎是對她「正在對著她男人說謊的臉」不忍卒睹（他想：我不要她在我注視下，那麼自然親密的對她男人撒謊）。她男人不知自己女人在聽筒那端，是全裸趴在剛剛雲雨的凌亂床上，乳房大腿潮還沒褪去，這時如果他坐那聽他們講話，對這個謊言薄殼那一端的她男人太不堪了。

其實是，像所有在不斷如蜘蛛吐絲的謊言中，那些只在「那時活著」的機關傀偶男女，那用各角落黃燈泡罩燈打光暈散開的，一種類似海洋水族館的輝煌。這白色床單上浮世繪般暗紅錯金藤蔓繡花床罩，駝色地毯、浴室裡霧玻璃淋浴隔板，那些摺好的大小白浴巾，那牆上的敷衍掛上的二流仿克利但他打賭克利一輩子沒畫過的酊黑黃線條複製畫……當這一切被夜色包圍，所有這些男女在這夢中房間，輪流各自打電話說謊。

他們互相不去聽對方跟他真實生活裡的那人噴出的迷幻煙霧。像夢中遊魂嚴守不穿越夢的邊界之默契。

那些時候，他總有一種像水溝中懸浮汙渣的悲哀：她這麼年輕（她曾躺在他懷裡哭泣說：「我們沒有未來。」但就那麼一次而已），卻已如此嫻熟於這樣換手在小框格裡，像電車控制室裡的孤獨工程師，手控著不同軌道不同班次的列車進站出站。

那些他躲在廁所馬桶上吸菸，抽到底把菸蒂嗤一聲丟進馬桶，接著再點一根的時光，他總有一瞬念頭突然像瓷器裂縫爬上心口：

「她也會在另一個情況下，這樣臉不紅氣不喘的騙我。」

當她跟「別的男人」在一起時（她男人和他之外的，再加一個男人），除非他啟動徵信系統、跟蹤？裝竊聽器、追蹤定位雷達、拍照，否則絕不可能逮到。因為她是藏在他日常時間之外的，多出來的一個時間口袋，她是被他自己的謊言所遮蔽隱藏的祕密情人。要如何對寄生在你自己謊言裡的說謊者進行測謊？

那時，當他拉開那浴室實心木滑門時，他眼前那房間空無一人，她像鶴妻或蚌殼仙女那樣化作一陣青煙消失了。

這太奇怪了啊。

他的眼睛重新建立對這封閉空間的掃瞄和視網顯影。她從他的謊言蜘絲所盤織的封閉房間不見了？但他很快發現：房間盡頭那落地窗的厚簾垂幕，有一個浮凸的人形。他聽到自己的心跳，和沒發出「啊」一聲但張開嘴，頰關節的喀一下輕響。他立刻知道，她躲在窗簾和隔音窗玻璃間極窄的空間，正打電話給她男人和他之外的另一個情人。

也就是說，她用「他必須避開她對她男人說謊」的這個小空間裡的不在場，又在夢中再開一道門，到另一個界面去和另一個情人談情說愛。只有謊言才能讓謊言原本的混沌像鏡中鏡被折射的如此純淨。電影裡如果遇到這樣的情節應該是，他躡步去，走到那謊言之繭上再依著攀長的一枚新的藤壺或蘭花般的，那個人形，隔著厚窗簾殺了她。

阿達

她可能是要過了幾年才意識到自己弄錯了，搞砸了。
你不知道那叛逆期之前大人們存檔在她腦海中的「貴族生活」，
如何一遍一遍永劫回歸祕密地反覆播放。

有一天早晨，他從一個悲傷的夢醒來。公寓的窗外是一片濕冷的深灰色。他走到像任何一所公家機關收發室的，他的小書房，開了電暖器，對書櫃其中一格擺放的他父親的黑白遺照合掌拜了拜，坐在書桌前發呆。那個夢境大約如下：他帶著他的大兒子（已是個害羞的青少年），去他常去的一家「養生休閒館」，讓他那個總是縮胸駝背的宅男兒子第一次按摩。他想，我這至少不像馬奎斯的老爸。那不是妓院。只是脫去全身衣物只穿條短褲，在一間狹小的，昏暗如子宮裡的小房間，趴在一張按摩床上，臉埋在這種床特殊挖出的一個圓洞裡，任某個美麗的穿短裙的姑娘，在你背上塗油，手指像外科醫生的手術刀剝解著妳肩胛、後腰、臀、大腿、小腿的肌肉束，把那個悶窒在裡頭的痠痛像剝開烏賊腔囊裡沾滿黑墨的鰾，奇妙地拔除。

夢中，他似乎是那間金碧輝煌但終究頹舊的大按摩院的老客人，他期待的是一群穿著性感制服（很怪，竟很像高中女校的儀隊）的半老女人們，簇擁而上，因為和他的時光交情而調戲著、讚美著他那個臉孔清秀卻和母親一般靦腆的大兒子。（他們應該一定會對那恨透了眼前這一切的男孩嬌嗔地說：「你爸是壞人。」）出乎意料的是，夢中那間原以為是父親和兒子交換男人情感，翻開底牌，他那頹廢荒唐、衰敗靡麗的髒汙遊樂場，那個按摩院的接待大廳卻正在整修。幾個工人或拿著一台連了好長粗電線的拋光磨石機在積滿泥水的大理石地板緩慢地推著，或站在高腳梯頂，叼著菸裝房頂夾層的電線，或陰鬱背著蹲著刷牆角的油漆。一個比所有老女人還要更老的女經理（似乎不認得他，這讓他頗沒面子）告訴他們，現在這段時間，他們是在這條街另一棟大樓的地下室那邊先租了兩層給客人按摩。並且教他們可以穿過這棟大樓的消防走道，經過一個百貨商城，一出去，再過個馬路就是了。

他帶著兒子在那似乎也全在施工，都是砌到一半的深灰濕水泥牆和頂上的木條框格之迷宮穿繞、感覺好像父子倆是要去一間擠滿客人，小推車在數十張紅桌布圓桌間穿梭，嗡嗡轟轟的港式飲茶餐廳排隊搶位子。他們穿過那些玻璃櫥窗小格店家的老式髮廊、水果店、鮮花鋪、冥紙香燭鋪、鎖鋪、鞋店、修手機的、算八字占卜的……他突然想起這類似的場景是他常作的某一種夢，最後他會把自己遺落在這大樓裡陽光永遠照不進來的蟻巢坑穴，他會獨自在那些昔日店鋪的老夥計臉色蠟白從某一小隔間裡的小櫃桌後面抬頭看他一眼的迷宮裡繼續繞圈。忘記自己為何在這裡頭。但這是他的兒子第一次出現在他的夢境裡。這孩子出現在他夢裡是扮演什麼樣的角色呢。這才想起從開始，他們一前一後穿過這幢建築，他都沒有仔細看他兒子的表情。是悲憫地旁觀著這個老爸無頭蒼蠅地在出醜？還是像他小時候一般，安靜地、信任地，乖巧地跟在他一旁，不論他帶他去什麼荒誕古怪的場景，他至多是驚恐地睜著黑白分明的大眼看著，有時他的小手會不自覺攢住他的大手。

但當他們終究鑽出那棟地底迷宮般的大樓，眼前車潮洶湧、天光驟亮，他突然犯起彆扭，對大兒子說，你先過去，就說是我兒子。她們會接待你。說我一會兒到。我在這抽兩根菸。他兒子露出為難之色，他說：「快去。」從小，每遇到他要將他丟棄在那樣年紀的孩子不知所措、恐懼害羞的處境時，他便會說：「我是為了磨練你。」

他想：等我老了，這孩子應該很恨我吧。像馬奎斯那樣恨他老爸。像布魯諾・舒茨那樣在迷惑哀傷的回憶中，父親變成一隻禽鳥或古怪的螃蟹。

但我現在已經老啦。他坐在書桌前，想不起這個夢境後來的發展。但突然感到全身像不同樂器以不同音域演奏著五六種完全殊異的疼痛。他發現他的左手，從手腕、肘、手臂，有七八個像火星上隕石坑那樣的小破洞，他的膝蓋、小腿也有細細長長割開的傷口，他的整條右手臂劇痛不已，抬不起來，從臂上向上到胸口，有一種裡頭胸肋骨架歪了些的悶脹……怎麼回事？像被人揍過一樣？

比回想剛剛那個夢境還要模糊地，似乎自己的身影在水底晃游的印象。好像是，昨夜他吃了史蒂諾斯（強力安眠藥），其實已如電腦被強制關機，進入一種深沉的黑裡。突然，不，不是突然，可能持續了一、兩個鐘頭，有一隻蚊子不斷在他耳邊嗡嗡飛旋。其實他的腳踝已被咬了幾個包，奇癢無比。但他的大腦裡頭的線路可能像一座空曠的工廠，必須等非常久時間的熱機，鍋爐才重新從死寂中重燃。他突然從一種夢遊狀態跳起，啪地打開了臥室的燈，找到眼鏡戴上。巡梭著，發現那隻該死的蚊子停在靠牆一排書櫃最頂還上面的牆上。那時他像個爛醉的酒鬼，不假思索爬上床邊他從前書桌的一張有四個小輪的辦公椅，踩在上頭。時間其實失去意義。那小椅子像滑板車溜走了，他從那個高處如一隻飛鼠四肢張展，背朝下仰摔而下。如果他是個夢遊者，旁人看他莫名其妙從床上翻跳而起，爬高，然後摔下，這一切可能不到二十秒，一定以為他正作著奧運高台跳水「轉體三圈」的自嗨之夢吧。

還好腰椎完全沒事。他應該是迷迷糊糊又爬上床，繼續昏睡。可能因為左手下墜時，順著書櫃一路刮滑（所以有那像燙菸疤的一枚枚小洞），右手恰在身後著地時撐著（所以像骨折一樣劇痛）。

他想起他站在那兒抽菸時，有個戴毛線帽的傢伙也走過來站在一旁點菸，他們各自噴雲吐霧時，有點像兩隻離開群體跑到柵欄邊曬太陽的黑猩猩，那樣尷尬露齒一笑。他發現那是個老人了。

然後這老傢伙突然開口說：「從前這一整片都是我家的田。」他不知該怎麼應答，便說：「噢。」「你看那一片，從前是個軍營，這裡，那裡，都是田啊，這條馬路，以前是條水圳啊，我小時候都到處跑啊，灌蟋蟀，抓青蛙、泥鰍、釣烏龜，誰想到現在是這些大樓？如果我小時候你告訴我十年後這裡是這麼多人走來走去，我還想不出來是要從哪裡抓這麼多人擺在眼前這樣走呢？」

他敷衍地說：「那你們家不是賺翻了？」但眼前這老頭，看上去就像個賣刮刮樂彩券的，或是翻揀路邊垃圾桶剩食往嘴裡塞的拾荒老人。於是這又是一個「本來該如何如何的人生被掠奪掉了」的故事？他又點了根菸，想抽完這根，他就要去那按摩院找他那可能耳根發紅僵在那兒，任憑那按摩阿姨溫言軟語，都不肯脫去衣物的害羞大兒子吧。但那老傢伙說：「人反正不可能同時過兩種不同的人生。」這像是廢話但又像是最高的哲理。譬如說，像鬼故事一樣，他們這輩人最常聽過這類哀愁又恐怖的「某個女孩在年輕無知時做錯了某個決定，從此黃金變廢鐵，白銀童話屋變熱騰騰惡臭的狗屎屋。譬如哪個表姊，在你孩童記憶，她就是個像《下妻物語》裡的深田恭子，被洛可可風的蕾絲薄紗和薔薇花瓣縐褶的歐式洋裝，打扮得像個蘿莉塔美少女。高中時她念的是台南家專，那就是那個年代本省富豪家族挑選媳婦的所謂新娘學校。這女孩的五官美得讓那個年代的見過世面的醫生娘，都嗟嘆嫉妒那不是她們在日本念書時，東京那些貴族女孩們崇尚摹仿卻不可得（當時還沒有這些鬼斧神工的整形技術）的，歐洲（主要是巴黎）那最理想夢幻（甚至隱藏不能說的一個詞：「高級」），可以放進最時尚華美的巴黎時裝、花園、街景、電影、宴會、咖啡座的一張絕美洋娃娃之臉嗎？」

女孩高三時便交了一個成大電機系的男友，男方在台南是家族聚會時一桌男人像是台灣北中南各大醫院院長在開會，或是爭辯當前政治情勢意見相左的岳父和女婿，分別是法院院長和金控公司董事長，那樣深不可測的豪門。那男友把這美少女當還沒成年的妹妹呵護著，幫她補習，教她聽古典樂，帶著她參加家人的正式聚會。但女孩終究像一隻困慵的天鵝不擅讀書（那也不是所有人認真要她做好的），大學聯考考上了文化大學德語系（好歹跟歐洲有關連），北上念書時男女雙方家長像是送一個公主到日本留學，一貨車好幾皮箱的衣物家私。

沒想到這小美女大一才念了半學期，便給班上一個長相平庸但非常會說笑話取悅女孩子的痞子把走了。這件事非常怪，在現在這個年代，或是換一個其他的女孩，可能連故事都不算。這女孩大約是寫了一封長信跟那近乎以舊習典雅時代未婚夫身分交往的男友分手。男女雙方家庭在那段時光，可能都起了像深海火山爆發那樣靜默的暗浪。這像太子妃般的美麗女孩便突然從那些豪門貴族的社交或聊天的話題中消失了，像從雷諾瓦之類的某幅波光幻影的印象派畫面上，用刮刀硬生生刮掉其中一個撐洋傘戴蕾絲繡花帽的野餐少女。

大約十年後，他在一次家庭聚會中，見到那位表姊。當時已是三十多歲的婦人，小孩已念小學。丈夫就是那個長相平庸油嘴滑舌的大學同學。畢業後他們就結婚（男方的家世極平凡，好像是在三重做鋁窗的），夫妻倆接了家裡的小生意。這本也沒什麼特殊的，但是，他見到那位表姊，變成了一個肥胖巨大，海獅般的婦人。一身衣裙一看就是在那種美國肥仔特大尺寸店買的，但她渾身的肉褶還是撐得像要爆開。他在人群中瞠目結舌看著她，那像是原始人目睹天頂的太陽突然爆脹了一百倍。他不知道家族中其他人是如何裝作若無其事說說笑笑。那應該是一種疾病吧？他看著她也不在乎垂著好幾層下巴，胖墩墩拿著湯杓吃著比他人多一倍的大碗泡飯，他不知道她是如何以現今這個怪物樣貌活下去？突然他心中像夜空閃電：她是在懲罰自己。從少女時代，那個被裝扮成洛可可風華麗褶裙小公主的自己，缺乏對世界更多參數的理解，似乎就一直活在眾人欣羨、注視的，神賜的光芒裡。然後她作了一個決定（其實以任何女孩來說也不過就是非A即B的選擇），那幾乎有一層「啊，我竟讓整個衣冠楚楚的紳士，背景總有弦樂四重奏、盛裝美婦會在一桌Wedgwood餐盤銀餐具前巧笑倩兮，板起臉訓斥僕傭……那熠熠發光的畫面，崩潰塌碎」的少女惡戲。她可能是要過了幾年才意識到自己弄錯了，搞砸了。你不知道那叛逆期之前大人們存檔在她腦海中的「貴族生活」，如何一遍一遍永劫回歸祕密地反覆播放。幾乎可以說她這個「絕美女人」的一生，就在二十多歲做出決定的那時，便像保險絲那樣燒斷了。

被偷走的人生啊。

作了那個怪夢之後的那天下午，他在一間常去的咖啡屋，聽見隔壁一用書櫃圍成的沙發座區，一個中年男子被六、七個婦女包圍著（就是那種年過五十，卻還爭妍鬥豔，彼此打扮得像一群二十來歲辣妹，心智上確實也幼稚、渴愛、易感的「老女孩」貴婦讀書會），她們七嘴八舌，像小學女生搶著發言，「老師，老師，我還是不明白耶，」「老師，那像我這樣想，和你說的是不是一致呢？」這個男子用充滿磁性的聲音，跟這些女士們解釋著「阿賴耶識」。他嗡嗡轟轟唸著：「阿賴耶識甚深細，一切種子如暴流，我於凡愚不開演，恐彼分別執為我。」

男子的聲音不時被打斷，時不時出現「種子」、「眼耳鼻舌身、意識」、「無間滅」、「如來藏」……一些破碎的名詞。

他站起身要去洗手間時，和那男子眼神對眼神恰好打了個照面，他突然想起這個人我認識啊。那男子也衝著他像水池漣漪盪開咧開了一個笑臉。

啊。想起來了。這神神鬼鬼，被這群貴婦包圍得有模有樣傢伙，是阿達嘛。

說起這位阿達，他難免有一種奇怪的，聯想起《阿呆與阿瓜》、《勞萊與哈台》、《咖哩辣椒》這類傻瓜二人組搞笑片裡，其中比較跟從的、臉貌讓人印象較不深的那個。他想和這位阿達最初相識，似乎他就是一個陪伴在老人身旁的馴順年輕人。對了，這些像火雞噴張冠袋，喜歡威嚴倨傲但其實又茫然心慌地迷路在這個不把他們當回事的年輕人不斷翻新重建的世界的老人們，總不知從什麼管道，挾拐了一個像阿達這樣好脾氣的年輕人，跟在身邊，既不是親生兒子，也不是部屬，但會耐性地聽老人腦中迴路故障，重播許多次當年的輝煌、恩怨、虛實不分的某些改變歷史的關鍵事蹟……

他記得他第一次見到阿達，他便是跟在那位性情暴烈的舅舅（就是那位從美少女變成女摔角選手、肥胖怪物的表姊的父親）一旁，到巴黎來找他。他的記憶常發生如冰洋下的沉船卡榫鬆開、被潮流沖走，暗黑中想組回一個形體的全貌，卻總缺東少西的狀況。那時，這位舅舅家的經濟應已急轉開始衰敗了——好像是另一位舅舅，把外祖父遺留的一座射出成型塑膠水缸工廠，侵占，超貸，最後破產，連整片土地都賣掉——那位仙女表姊正走向「變形記」的時鐘刻度，但所有人還沒意識到。這個豪邁、沒念什麼書的舅舅，一如他出現在外祖父臨終病房，他要出國隻身往巴黎的送行機場出境大廳，還有這次帶著這個陌生的年輕人（他舅舅豪邁的說：「這阿達啦，我結拜小弟啦。」）到巴黎探望他，矮胖的牛仔褲口袋掏出一疊美金，異國人群中就往他懷裡塞。

他那時只是覺得丟臉。不知怎麼在這淡淡敵意的異國城市，把他那個島嶼沒見過世面，在他們眼中像日本蝦夷人的父輩，藏到什麼暗袋或行李箱？在計程車上，他舅舅（簡直就像《烏龍派出所》的兩津）沾沾自喜地說起，在十幾小時的飛機上，他和這位阿達，兩人默契十足，像惡童謔戲逗那個「洋妞兒」空姐。他們聽說飛機上可以免費喝啤酒「無限暢飲」，便一臉老實比出簡單手勢對語言不通的空姐說：「畢魯（Beer）。」空姐優雅地拿兩只玻璃杯放在他們的小餐台上，各自注滿。才一轉身，他們（阿呆與阿瓜）便舉杯瞬間將啤酒乾掉。然後拍拍那空姐的制服裙臀：「畢魯。」如是重複七、八次，看著「洋妞兒」空姐驚慌失措、手忙腳亂，不斷再來斟酒，他們像戴墨西哥帽的魔術師，相視神祕竊笑……

（真是阿呆與阿瓜！）

整趟巴黎之行，他舅舅和那像淡薄影子的阿達，皆顯出非常無聊的白癡臉，他們對博物館、美術館這類參觀行程皆不感興趣。有兩天他特地帶他們到波爾多——他舅舅一聽是「酒莊之旅」，原本兩眼發光——那裡有上千座酒莊，有接駁車在一整片一整片葡萄園田野中穿梭，讓觀光客們在不同的酒莊逗留、參觀、品酒、解說這個酒莊的數百年歷史，著名的幾支酒的口感、特色、層次，當然最後是希望人們能買酒。結果他舅舅和阿達，兩人混在那品酒接待廳的一群法國胖老頭和胖太太間，從頭到尾就讓解說人員和所有人感受他倆的不耐煩。從喉頭發出清痰的聲音，走來走去，不斷用台語問他「什麼時候可以開始喝？」才逛完第一間酒莊，他們便不感興趣了，吵著回巴黎。

回到巴黎，他一籌莫展，整座花都在這舅舅眼中，變成一個超級無聊的城市。他靈機一動，帶他倆到香格里拉大道的LACOSTE旗艦店，去買他們那年代歐吉桑眼中的「外國聖品」鱷魚商標

Polo衫。他舅舅進了那無什特殊（LACOSTE在巴黎只是一個尋常的平價品牌）的小店，把人家平台上摺好一疊一疊螢光七彩的衣服隨意翻成一坨亂丟，他面紅耳赤跟在他們後面把它們摺回原貌。到免稅店，他舅舅拿出一張紙，上面寫的十幾個他舅媽（那個後來變成大象的不幸表姊的母親）託他帶回的化妝品名，他看到那個法國女孩的眉毛輕挑，一臉無奈同時替他們的丟臉感到抱歉的笑意，用法文解釋，這些東西，全是在超市或藥妝店可以買到的平價牌子。很抱歉我們這兒都沒有。

唯一那趟「阿呆與阿瓜巴黎之旅」，在記憶裡最接近「美麗時光」的抒情畫面，是他帶他倆去搭「歐洲之星」，從法國穿越英倫海峽隧道到巴黎的高速火車，那近乎科幻電影裡的場景。當時還沒有手機這玩意。全世界的高速火車，只有這列車可以從火車上打衛星電話。他舅舅聽了他的解說，非常興奮，堅持跑到車廂間的那投幣式公共電話，打回台灣。那個高速行進間風阻產生的音爆非常大聲，他（以及這節車廂全部的法國或英國乘客）聽到他舅舅對著話筒那端，用台語大喊：「喂！我阿欽啦！聽不到啊？我在英國海底下的火車打電話啦！」不斷大吼著（對方應是那個舅媽）「喂！有沒有聽到！我說我在英國海底下的火車打電話啦！」一再重複，所有人除了他和阿達，可能沒人知道這東方老頭在喊著同樣的聲音，是什麼意思。

「我在海底下啦，幹令娘聽得懂聽不懂啊！」

那個重複，到後來，明明聲音是歡樂的，卻顯得如此哀傷。明明是像小男孩炫耀他「正在」經歷奇幻冒險，卻像亡魂在黑暗深淵敲打釘死的玻璃棺材，呼喊求救。

幾乎是那次從法國回台灣後，他這個個性暴躁的舅舅，便像織田信長這樣的雄獅般的梟雄，竟被一波波潮水般湧上的持刀或拿長槍的低階武士、家奴們，堵死在本能寺的前院，他輕蔑又霸氣地負嵎頑抗，砍蘿蔔一般砍眼前的逆豎們，然最後終於發現這些一次次讓他身體受創，殺不勝殺，沒有臉孔的小人們，他們的主子，是充滿耐性的死神。

很多事情他是後來結束巴黎留學，返台後從母親口中聽說。據說那舅舅先是震怒之下，將那敗光父親遺留工廠的另一舅舅告上法院（主要是「偽造文書」，瞞著其他兄弟便自己刻大家的章去銀行借了天文數字的貸款，然後這些錢又像大衛魔術全變成負債），那個混帳舅舅為了證明自己並非「吃父親遺體之人」，一次開庭竟將那已八十幾歲中風癱瘓的老母親用輪椅推上法庭作證，那個已乾枯如風中落葉的老人驚恐地聽不懂庭上法官的詢問，只會點頭，且據說像蜥蜴眼袋皺褶且龜裂的木乃伊眼角一直淚流不止。

他那脾氣剛烈的舅舅（他倒是穿了一身正式的西裝），在法庭痛斥自己的弟弟，媽媽病成這樣還忍心推出來，整個豬狗不如云云。據說這時身旁人發現一灘尿從他褲管下流出，在皮鞋周邊形成新鮮刺鼻的臊臭積水，他卻完全不自知。事後醫生說起，其實那時他便中風了。

但他舅舅卻像古代傳說，織田信長「立姿死」，身中數十槍猶雙目圓睜，舉刀猙獰，站著斷氣，敵人猶不敢靠近。或如「武聖」關公，頭被敵人砍去，猶一股精魂，已無頭甲冑身騎馬奔馳。這舅舅是離開法院，騎機車回家途中，突然歪倒，摔車，仰翻在路旁。被送進醫院急診。

之後他弄混了流年裡的記憶，像記不清那在一本小說中，後來變成不重要人物的命運，前後章節弄混了到底A先死或B先死？或是醫院體系的不同科別、送進送出，像頁碼或抽屜裡的檔案夾也搞亂了我們腦額葉裡的分光撥霧。好像是中風以後，舅舅被放在那老透天厝三樓床榻，由那個膽小、不敢出門的舅媽（據說大男人的舅舅以前會打她）照顧。有一天，他母親去探望這位壞脾氣哥哥（雖然已不能說話，但好像還會把餐盤一揮打翻），開窗想讓閣樓透透風，竟發現這老人有一條腿發疳變黑了。又是一陣混亂、送醫（確實我們會想：這樣的場面裡，有沒有那個從全城最美的少女，變成龐大海獅的那位表姊？），檢查出他舅舅有糖尿病史，這條腿已壞死快兩年了，再慢一些發現那敗血症侵襲到骨盆腔、腹腔了。兩條腿都必須截肢。

這之後他去探望過那舅舅一次，很難想像這個像信長公一般剛烈的男人，變成這個沒有腿只剩上半身、非常短小的侏儒般的怪模樣。他記得那次他送他舅舅和阿達，到戴高樂機場要搭機往紐約（阿呆與阿瓜大冒險的下一站），那時恰之前發生了美國九一一雙子星大樓遭自殺飛機爆炸攻擊，機場的安檢突然變得非常神經質。有一個奇怪像是美國航警的黑人女官員，攔著他們，態度強硬的詢問他一些制式問題，好像是懷疑他舅舅和阿達所持的台灣護照。他的英文不行，對方又不會法語，所以解釋得滿頭大汗。他那舅舅非常急躁，一旁一直用台語對他咆哮著：「把錢拿出來給伊看！」因為那時他舅舅用以壯氣勢的「那疊美金」，已都給他了。他連想跟這個爆烈歐吉桑解釋「她不是因為你們沒錢，看不起你們而刁難」，都沒力氣了。

又過了兩年，有一天夜裡，他母親接到那位一輩子沒出過幾次門的，膽怯的舅媽的電話，說他舅舅「死了」。當然同時也叫了子女（包括那已變得肥胖臃腫的表姊），但仍慌亂啜泣不知要怎麼處理。他母親要他打一一九叫救護車。關於那個晚上，他舅舅的「死亡」，是清楚登記在那十分鐘後趕來的救護車護理人員的紀錄上：瞳孔放大、呼吸停止、無心跳脈搏。慌亂從不同住處趕去的子女們，跟著男護士把那「屍體」從那老透天厝極陡極窄的樓梯，用擔架抬下來。但送至附近醫院的急診室，按急診室急救程序（氣切、插管、打血壓增高針，據說還臥一種「冰床」），他舅舅恢復心跳，戴上氧氣罩後也開始呼吸，但瞳孔仍是放大（也就是腦幹已失去功能）。其實他們已認定他死亡了。但好像是某種人性化的醫療法，必須「再觀察」三天，醫院方面才拔管，停止一切維生設施。這中間隔了一個週末，子女們已在和葬儀社聯絡所有殯葬事宜。雖然親屬們分批來到那只能進去三十分鐘的隔離病危病房，還是對著那已無意識（但仍在呼吸）的到底算是「彌留」還是「遺體」——半截舅舅，啜泣地說一些內心私密的、懷念的話。

到了禮拜一，負責來「停止」他舅舅「偽活著」的那個年輕醫生，到病床前觀察了這「死者」的狀態，拒絕簽字拔管（並停止其他輔助維生設施），他解釋說，現在醫療法非常嚴，凡是有經過急診室「急救」流程而回復到「生命狀態」的病人，這便進入一非常嚴格的判定程序，他如果「停止救援治療」便即觸法。「所以，他現在是活回來嘍？」家屬們被搞迷糊了。「所以，會慢慢醒過來嗎？」不是的，他已腦死，如果那天晚上，他們沒將他舅舅（的這個殘軀）送進急診室，簽署同意急救程序，那他舅舅即「已經死亡」。但是，現在進入了這套醫療話語，就不能「將他視為死亡」。年輕醫生把這棘手病例踢皮球推回給當初急診室住院醫生，那醫生也不敢簽字。

於是，他舅舅便漂流在那，像太空殞石般無人知道此刻的他神遊太虛在哪，但那半截身軀仍插著各種管線、儀器、有力的呼吸著、心跳著，鼻毛濃密地長著，但瞳孔是放大著，眼皮閉不起來睜大著。譬如以前希臘人說「靈魂不死」。但他這舅舅似乎以他剛猛暴烈的奇誕風格，對整個現代體系的不耐和悍拒，展演了一幕「靈魂已死，但肉身不死」的恐怖景觀。他到底是死了還是沒死？家境衰敗的第二代，公司請喪假一週後，又得回去上班。只剩下那可憐舅媽，不知這是什麼，陪著那個「繼續活在死亡中」的無法對話、不知道他那邊（如果有）狀況是什麼的這個怪物男人。

就是在那陣兵荒馬亂，他陪他母親到醫院看那（不知是死還是活）的舅舅，在走廊遇見了多年不見的阿達（我們都以為他作為不相干的人，早從他舅舅這個故事消失了）。沒有人知道這阿達和他舅舅究竟算什麼關係，大家也和他點頭打招呼。但所有人的臉都像被制約的參加葬禮的哀戚或茫然籠罩時，只有阿達的嘴角帶著一絲神祕的、難以察覺的調皮笑意。（也許只是他多心？）

後來，他和這個阿達（似乎他舅舅在法庭中風之後，這人就像他舅舅從大衣口袋變出的魔術小人，消失了），一起走到醫院外，馬路對面的騎樓下抽菸。當然他們之間除了聊他這個舅舅，根本沒話好啦勒。他這時發現，阿達是個年紀和他相仿的中年人。此刻情境竟十分像重考班哥兒們一起在那違建舊樓（如果發生火災，那上頭用木板封住對外窗，一層一層教室裡，上百個重考生男女，便像炭烤小鳥，一整群都躺在一起燒死了吧？）下的防火巷，苦悶躲在一塊抽菸。

阿達突然對他說起，最近網路上有一則廣為流傳的日本漫畫，非常好笑。就是有三個廢材哥兒們，湊在一起吹噓他們對「玩女人的境界」，其中一個外型最帥的，睥睨地說：「真正的玩家，收集那別人永遠嘗不到的女色，不是像那些庸俗男子，只流口水想上那些電影明星、名模的絕美女子，老實說，等你歷盡萬千美女，那變成一種乏味、重複的無聊河流郵輪風景。真正幽微神祕的色情收藏，像湍急激流裡衝撞泛舟，不可測的，從成見印象相反一面突襲而出的情色感，那才是頂級玩家的風範。」

他身旁那兩個醜男，對這帥哥描述的境界充滿崇敬之情。這帥哥說：「就像頂級紅酒、頂級乳酪、頂級美食家，常出人意表地迷醉某些像腐爛臭物的獨特腥味。真正的女色收藏者，會從最醜的女人下手。」一旁的醜男說：「真的嗎？那可以為我們示範嗎？」恰巧那時一個（日本漫畫的誇張力量）超級醜，臘腸嘴、大蒜鼻、長得像鬍渣大叔卻穿著女校制服的恐怖醜女，從他們身旁經過。那兩個崇拜者便拱那帥哥「露一手」。（當然漫畫的分格特寫，在整頁單幅那暴龍般的醜女之臉下面，有一小格那帥哥驚嚇、冒冷汗、變成孟克那幅〈吶喊〉的絕望漩渦中的小人兒。）

阿達說，於是這帥哥賈其餘勇，上前說：「小姐，可以跟妳接吻嗎？」那個恐怖醜女自然是冒出亮晶晶小閃光受寵若驚，流著口水點頭。然後在一旁兩嘍囉既畏敬又惡戲的鼓動下，這帥哥淚流不止，悲壯的吻下那個糞坑，不，那個恐怖如蟾蜍刷刷吐著飢渴之舌的醜妹的嘴。（漫畫分格又特寫了恐怖醜妹，好好撈本用盡力氣狂吸，像通馬桶吸盤的可怕濕答答黑洞）。這時，漫畫家突然自畫插播旁白：「日本戰國最高的武士魂典範，就是信長公，身中數十刀、劍、槍傷，仍屹立不倒而閉氣，所謂『站立死』。是為武者最崇敬之境界。」接著漫畫特寫那臉部已如死亡小動物，在那巨大醜女章魚怪的激爽蹂躪下，臉部眼睛打一個叉叉的可憐帥哥，突然，那兩個嘍囉發現：他褲襠的部位開始撐脹勃起，非常悲慘古怪的場面，勃起到一個最凸時刻就靜止了。

那陷害他又羨慕他的兩哥兒們，流著淚大喊：「天啊！是『雙站立死』！他破了信長公的紀錄！」

他叼著菸，被阿達這沒頭沒腦轉述的日本漫畫，逗笑得岔不過氣來。然後他才想到，這阿達，是在拿他舅舅這明明已死，卻仍暴烈不給死神或醫院或子女們，一個形體消滅，摺縮成幻影的固執無靈魂身軀。他在拿這個他舅舅的「風格」，開玩笑呢。

這個阿達帶著他穿過一像拱廊街那樣鱗次櫛比、不同顏色商店櫥窗挨擠著形成小光塊和小暗塊鑲嵌的一、二樓和地下一、二樓，上下切換的大樓底部的沒落商城。這整個他跟著他穿繞的過程，像是在舊昔時光的某種哀愁或壓抑的，一種鏡頭搖晃前進，人們尚沒有嘗過什麼是「真正的自由」，三兩一組依靠著樓梯轉角或消防水閥紅漆鐵門旁，抽著菸，低聲交談。不斷有人和阿達打招呼，同時眼睛像從帽簷下的陰影（其實他們沒戴帽子）偷偷打量他。這些男人都穿著式樣較樸素老舊的暗色西裝，女人也是穿著較灰暗的洋裝或套裝。

然後他們走到一寬敞的地下樓層。某一瞬間他以為是一間愛爾蘭酒吧，或像是那種倡導「木工生活」的北歐原木家具地下展示區，大約十來張像花式撞球台那麼大的厚重大木桌，各放著兩張長條木板凳。各張桌稀稀落落各坐著幾個，像阿米胥教派那樣穿厚呢黑西裝、戴禮帽的老男人們，對著面前一盆熱騰冒煙的紅色湯粥之類的食物，支肘交叉手指在額頭禱告著。並且他看到似乎有祭壇的區塊（但很像紅包場、歌廳秀的舞台），兩側的牆各掛著巨幅的〈基督受難圖〉和〈摩西過紅海圖〉。油畫布面大部分是暗黑、泥灰、暗紅色調，只有雲端上的上帝和簇擁的天使們，白袍獵獵，背後是金色的光輝。

阿達帶他找一塊大桌的空位坐下，並且也加入那種集體卻又各自進入像譫語般的禱告。他只好也裝作一副虔誠的模樣禱告起來。偷覷同桌諸人，都是像他和阿達這樣蓄鬍子，但他們似乎都是些紳士，不論落腮或僅只是下巴一撮，都修整得像有錢人家的花圃草坪，有一種不太習慣在亞洲人下巴看見的濃密、黑亮，即使是年紀較大些的灰鬍子，也剃整得像馬術比賽馬的鬃毛一般俊逸。

然後大家開始拿著湯杓舀食自己面前那盆像番茄濃湯的粥食，他也跟著吃了幾杓，發現裡頭混著一些黃豆和馬鈴薯或蔬菜泥，滋味美不可言，層次繁複刺激味蕾。並且同桌之人互舉酒杯敬著紅酒，談吐皆極具有教養。他於是不敢小覷這個地下室類似某個祕密教派的聚會（原本他腦海確曾一閃念頭：阿達可是帶他到精神病院或養老院的食堂？）。其中一位老者神態自若一邊飲酒進食，一邊跟他閒談：「聽魏先生（他隔了幾秒才想起那是阿達的姓）說，您也在波士頓待過一段時光？」他怕露餡，趕緊解釋，他在波士頓只匆匆待過兩天，只像觀光客去搭了鴨子水路公車、獨立紀念、還有那美不勝收的公園，對了還被招待吃了龍蝦。老人說：「是啊，那真是座讓人懷念的小城。」然後這一桌幾個老人閒散地聊起各自生命不同時光，在哈佛或是燕京圖書館，聽過一學期李維史陀、傅柯、羅蘭・巴特開的課程，或在花園廣場球場看過Larry Bird的塞爾提克和魔術強森和已老的賈巴的湖人隊對決的某一場球賽……

他想：這是個他媽的什麼樣的老人組織啊？他有點為他們的風采和人生經歷而傾倒，不自覺又出現孺慕（其實是底層人對上層貴族的自慚形穢）的情感。他想到剛剛一路走來，阿達非常嚴謹地跟他討論著，如果他願出席那場新書發表會幫他站台，可能的發言方向。他還漫不經心（當然他還是習慣性的謙遜）說了幾個「後殖民論述」的切入可能，印象中阿達是個非常激進的獨派（雖然他在報刊上的專欄都是在談棒球），臉書上塗鴉牆那像汽車擋風玻璃上毛毛雨絲，細細覆上又被雨刷劃糊，眼花撩亂的數千人的小則留言、轉貼照片，他稀薄記憶中閃過阿達的那格小方框，似乎全是「聲援樂生痲瘋病人」、「反媒體壟斷」、「反核四」、「反東海岸被財團違法開發」、「抗議強拆華光社區」……他保持善意其實心底戒懼阿達是個激烈分子。但此刻想來，真是羞愧，他懂什麼狗屁「後殖民論述」啊？

看不出阿達這小子，竟然能打入這樣一個「成功者老人俱樂部」（他們的話題變成討論歐洲這幾年還有沒有天才指揮家？）。或許是宗教的因素？他想起自己其實是佛教徒，但坐在這群風度翩翩的父輩中間，他突然有一種，即使這些老頭等會裝神弄鬼，集體進入一種著魔的「聖靈充滿」的癲狂狀態，他也可以共感那種靈魂波瀾的震盪，他也可以像在巨大漩渦中，跟他們一起低頭吟唱聖詩，痙攣哭泣，感受這些老人對歷史的痛苦暗黑情感，不讓他們覺得尷尬羞辱。

後來他發現自己站在路邊嘔吐，他不記得這之間發生的事。所以有沒有失態？在那個坐了一桌一桌極有教養老人（或應說：一群有錢老頭）的靈魂教派地下室……他是不是像個把自己胃囊當作打包袋的流浪漢，一杯杯那高級紅酒往嘴裡倒？他彎著腰，看到眼前那光度變暗，行道樹挲搖的快車道（奇怪這段道路，就只有被鐵柵欄擋住和人行道隔開的快車道），一列出殯的靈車行駛過去。前頭幾輛小發財車裝綴了那種白菊花和黃菊花，上面坐著吹嗩吶或法國號，穿了流蘇肩飾儀隊制服的老人和老婦，然後，大約第五輛或第六輛車吧，他不想看到的但終究看到了，是一輛黑色加長型凱迪拉克，車頭一樣裝了那些碎細花瓣的白花圈，和一張黑白大頭照畫框，他想這車應就是載那死者的棺材。他轉過身，踉蹌走了幾步，就在人行道仆跌摔倒，剛剛真的喝太多了。他記得最後阿達扶著他，穿過那些像埃及金字塔裡的階梯，那些拿著印有自己的詩和縮小比例畫作之卡片發給經過人們的大學生；那些把臉用油彩畫成貓臉狗臉的流浪動物保護團體的年輕女孩；終於上到陽光讓眼睛睜不開的地面。他記得有一刻，阿達擁抱他，對他說，感謝你所做的一切。他推開他，說，我沒醉，我可以自己走回去。而且，阿達我什麼都沒做啊，我是個人渣、廢物。

然後就是他自己一個人，彎腰在這灰煙漫漫的快車道旁嘔吐了。他突然想起，這裡是圓山動物園旁邊的高架橋引道吧，但腦海瞬即像光爆湧現一個理解：圓山這裡那個動物園早在三十多年前就遷走啦，現在那片原本關進獅子、大象、長頸鹿、斑馬、黑猩猩的柵籠，那些空氣中飄散著這些大型野生動物糞尿和牠們飼料的青草氣味……這一切早就被怪手推平、剩下一片廢墟吧？但為何他腦海中像比對Google earth衛星攝影地圖，會有這個快車道旁的地貌之印象？他突然想起：小時候，有一個假日，他母親帶他、他哥哥姊姊，還有他阿姨、姨丈和兩個小表妹，兩家人搭他姨丈的一台箱型車（他姨丈是替一個公家機關開公務車的司機），到圓山動物園——車子極可能就是停在現在、幾十年後他孤獨站立的這個路邊。不知為何，那次他們帶著家裡一隻叫小花的狗，但動物園不准帶寵物進入（確實這也太怪了），於是他們決定把那隻狗，和姨丈一起留在車上。等到他們遊園結束，回到車上，姨丈一臉無奈地說那狗跑了。怎麼可能？姨丈說他們走了之後，那狗非常不安，一直嗚咽，在後座跳上跳下轉圈，他想牠不會是想小便吧，他可擔不起這狗留下屎溺在這車上啊，於是試著牽著那狗鍊帶牠下車。沒想到那隻神經質的狗兒，對姨丈（牠眼中的陌生人）非常戒懼，他和牠在人行道上拉扯沒兩下，牠便掙脫項圈，一眨眼就不知跑哪去了。

他記得小時候的他，固執的在那一片假日賣氣球、茶葉蛋、冰飲料的小販，和那些牽著小孩的婦人的人行道，來回奔跑，哭著喊喚那隻小狗。但終於還是無法從那變魔術般，所有事物在日照下閃閃發光，栩栩如生，唯獨他的狗煙消雲滅了（一小時前牠還在）。

當然這回憶畫面中所有的人，在這幾十年後也全消失了，別講那隻小狗了，連整個動物園都不見了。

只剩下他。

真他媽的「念天地之悠悠，獨愴然而涕下啊」。

這時，有一輛車在他身旁停下——他弄混了時間感，不確定這車是剛剛那送葬車隊裡的一輛？

或是那些殯儀館的車隊早經過一段時間了——車窗搖下，一個美麗的女人，帶著綴了網紗的黑天鵝絨帽，睫毛閃閃，一眼驚詫，對他說：

「你怎麼在這裡？」

記憶像漫天飛花朝著一個風中看不見的窟窿旋轉聚去，他模模糊糊想起一些事，不，不能說是事，而是一些情感的殘痕：他認得這個女人，第二，有一群非常專業、冷酷、組織龐大的人在追捕他。他應該讓自己匿蹤在茫茫人海裡。他好像是被當作叛徒，或早有預謀蟄伏多年的「木馬程式病毒」那樣勞師動眾地搜尋、圍堵、打撈。他突然淚眼汪汪，疲憊、委曲，和對被褥或親密擁抱的溫暖無比懷念，同時湧上喉頭。他說：

「微若，我找你找得好苦！」

科幻小說

我跟著那三個防塵衣傢伙，走進這甬道最底的一個房間，我知道我的「女兒」，正像個修道院住宿少女在那裡頭等我。有兩個男人（一個是英國人，一個是中國人）正在和她說話。我知道這只是「課程」的一部分，盡量不干擾他們，不讓他們發現我，

我和另外那三個工程師站在一單面透鏡窗後看著那房間裡進行的一切。

那裡有三架巨大電梯，像是醫院停屍間旁可以載運擔架床那樣深度的不遮掩其金屬機械感的大電梯。我們身上都掛著名牌，似乎是搭到某一層樓，我們要用這名牌上的號碼找尋一排放著、有每人特屬之隔離裝的小推車，我原本和另兩個傢伙在同一架電梯裡，他們不斷交談著好像前一陣子他們去日本參加的一個推理小說研討會，遇到了某某，而這個某某（我不知道那是誰）好像前陣子剛跟妻子離婚，所以每天早晨在飯店大廳的自助餐咖啡座用早餐，都自己占著一張四人座桌位，完全不理人，而且很怪的是，他只吃煎得幾乎全生的荷包蛋，然後只喝橙汁，所以他桌上堆滿了那種盛荷包蛋的貝殼形小碟。我後來在某一層樓走出電梯，搭另外一台。因為我們之後是要褪去全身衣物，換上他們幫我們準備的，全套精密的隔離衣和生物監測儀器。我可不想在這兩個碎嘴的男人旁脫光屁股。後來我的電梯停在了指定的樓層，很怪，電梯口就只放著一台掛了我名牌的小推車。所以他們連我會停在這一層樓都是精密計算好的？這整層樓很像剛蓋好而尚未裝潢的工地，或像是倒閉而人去樓空的旅行社。總之除我之外，一個人都沒有。我忍不住點了根菸抽將起來，並沒有人出現來制止我或從對講器廣播：「四二七三號，請把您手上的菸熄了。」

然後我開始換裝，這種感覺真的很怪。很像有一段時間我會去那種男子三溫暖。每個從俗麗大門走進去的都還人模人樣，但之後你會經過幾排像靈骨塔那樣的一格格號碼的鐵櫃，所有人從那鐵櫃區離開後，都變成全身一絲不掛，像剮光了毛、屈腰垂手走路、各自垂著纍纍陽具，有的大肚腩有的滿胸白毛的猿猴。很奇怪這些三溫暖從不在這一旁放著一些大浴巾之類的，讓你可以遮個羞。總之，你就是得現世寶露鳥露臀（或是那些黑道老大全身豔麗蛟龍的刺青），怪尷尬地走到中央煙霧蒸騰的大浴池。那裡面全浸泡著一些枯癟的老頭，一旁散布著泉眼般七、八個較小的氣泡按摩溫泉小池裡，也是一個個頭上頂著條小白毛巾的裸體老人。我通常洗完身子，會換上他們在一旁疊堆的日式藍染花紋的繫腰浴袍，然後穿過健身房、餐飲區、或是一台巨大投影電視的黑暗區放了上百張躺倒沙發，那裡像岩礁下曬太陽的海豹睡了許多許多個老頭，鼾聲如雷電嘈嘈不休。然後我會轉進一個祕道，有個穿一身正式西裝的傢伙會幫我開一道祕鎖電動門。那裡頭是像蟻穴那樣一間一間光線非常暗的小房間，每間房中放了一張很窄的按摩床，我（穿著那身日本浴袍）坐在那床沿抽個兩根菸。就會有個女人敲門進來。她們通常抱著一個臉盆。然後你像個嬰兒趴在那，任她（她們通常年紀偏大，但黑暗中身體都像曇花一樣美）幫你塗油，輕搔按摩，然後將你翻過來，你幾乎動都不用動，她們像古代妓女那樣溫柔又技藝高超地幫你口交，或是騎上身和你性交，我通常很快就會射精。

眼前這像天燈宣紙的隔離衣，還有那貼在胸口像小蜜蜂麥克風有一連著伸縮線的巴掌大主機放在褲袋裡的生命監測儀、防塵靴、像外科醫生那樣的口罩和手術罩帽……我乖乖地全換上了，原來的衣褲全扔在那小推車上（在三溫暖，到要離開前，又回到那排鐵櫃前穿回全身衣物，通常我會打一百元小費給一旁穿著繡花西裝短背心，低頭恭謹狀的侍者）。又搭著原來那架電梯往極深極深的地底下降。這段時光我腦海中通常會浮現一些遺忘許多年的童年畫面，它們一閃而逝，卻如此清晰，像是阿茲海默症病患在無人知曉的腦中祕境所見：飛舞著小粉蝶的花園、充滿奶香味的年輕母親、陽光下用水管向你三歲時牠就死了的一隻大狐狸狗灑水、某塊藏在書桌抽屜裡爬滿螞蟻甚至黏著十幾隻螞蟻屍骸的薄蠟紙包著的融化牛奶糖……。

然後我在不曉得哪一層樓停下，這時你通常已失去現實的推理依傍。但眼前這層樓像區公所的兵役科，或稅捐稽徵處那樣亂烘烘擠滿了人，燈光明亮，且人群分成不同隊伍從幾個隔了屏風的房門口拖曳、挨個等候。所有人都穿著跟我一樣的隔離衣。我插隊擠進其中一個小房間，給那護士看了我的名牌號碼，她說：「啊，是您……」然後幫我捲起那紙般隔離衣的左手肘，注射了一針淡藍色的藥劑（我想是「反排斥液晶」之類，那些核生化部門虛構出來騙預算的無意義程序與耗材）。當我頭暈目眩走出那小房間時，有個傢伙拖住我的手臂：

「居然在這遇見你。」

我茫然看著他，那是個非常老的老人。他把口罩摘下，外科手術帽也拔下：「你小子不記得我啦？我是×叔叔啊，你爸爸最好的朋友，你小嬰孩的時候我還抱過你咧。」

像這一類在巨大機構大樓內巧遇故人總會出現的場景：他對我說了許多這整個龐大到無人知道其全貌的「女兒計畫」的許多胡鬧惡搞內幕；財務黑洞；在基礎動力理論根本是牴觸甚至敵對的國際標案團隊；也就是說將來這成品的左腳大拇趾可能是德製可外翹獨立其他四趾，右腳大拇趾卻是日製的滾珠軸關節和其他四趾同一水平垂直運動的兩個體系；這還是他的層級能看到的設計謬誤，如果是左腦與右腦，左心房與右心室，是不同的美規、日規、德規、韓規、中規的大拼裝。不同的CPU，不同的組織液，不同的幫浦、傳導電路、傳動軸、熱感應、光學、投影、音頻、鈦合金骨骼……我不知是因剛剛的注射或海拔驟變造成半規管不適，整個人眼前一片暈黑。

這時，非常違反現實的，我的手機竟然響了（不可能吧？這是幾千呎深的地底），所有的人都靜下來看著我這邊，我只好撇撇嘴做個鬼臉接聽了。

「請問是某先生嗎？這裡是××銀行信貸部，敝姓張。您日前向我們新生分行提出的小額信貸申請書，但是我們針對上面的資料作了徵信，您說您是××出版社的員工，但我們打電話去他們公司問，他們人事部門說公司並沒有您這個人，而且我們發現您的健保資料也不在這公司裡。能不能請問這家出版社的地址（我說不出來）。好，那能不能請您說出公司的電話（我忘了）……」

這時，有兩男一女穿著防塵衣，戴著那像馬芬蛋糕鬆綿綿薄紙防塵帽的人，把我帶進一扇門後的甬道，這甬道兩側又是一扇一扇的門，我知道每扇門後頭都關著一個或七八歲，或十三、四歲的女孩兒。她們都是不同時期、不同計畫啟動而設計出來的機器人，當然都是在某一關鍵測試中發現設計核心無法補救的錯誤。但又因記憶體迴路的鑲嵌、植入，耗廢了當時一整批專家嘔心瀝血的很長一段時間，像蘇州的刺繡藝匠一生只能密針刺繡完成一幅栩栩如生的繡屏風景畫：鴛鴦、綠波上的光影、亭台樓閣、池邊的一蕊一蕊牡丹、拿著小扇在賞花的麗人兒……。所以這一房間一房間有各自編號的少女機器人，並不像那其他成千上百的失敗品，直接送進高溫爐裡熔解掉。但一個計畫一個計畫的重新開啟又關閉終止，不同組的當時環繞著她們的負責人員在這個機構中消失了，只剩下檔案裡關於她們編號下面的，「動機。植入之人格背景的劇本鉅細靡遺的實驗日誌，對No. 23的各種情感測試之反應紀錄、結構森嚴的控制系統在某一階段就浮現讓人憂慮的微裂縫。如同針對這不知將來是否擴大的方程式陷阱，找出另一個常數，或是系統控制的哪一環節被忽略了」，這一類的一整鐵櫃一整鐵櫃的卷宗。我看到這些各自不同（No. 6、No. 9、No. 11、No. 15……）維度宇宙理論而展開的（不能說失敗，只能說不知當時發生了什麼事，使那次的計畫突然擱淺、中止了）洋洋灑灑實驗檔案。那些不同年代的工作小組人員（當然都只是代號）都不知到哪去了。

只剩下如果你翻開那一扇一扇上鎖的鐵門的窺視小窗，裡頭端坐在她們的小鐵床側，像眼瞳被拆掉了兩眼迷茫，像被遺棄在少年感化院監禁室裡，等候她們（永遠不會再出現了）的父母某一天再推門進來，擁抱她們，用各式儀器管線插入她們頭部、撬開的胸膛、焦慮討論怎麼「救她」，這一切像遙遠昔時又包圍著她……的靜置女孩機器人。

我跟著那三個防塵衣傢伙，走進這甬道最底的一個房間，我知道我的「女兒」，正像個修道院住宿少女在那裡頭等我。有兩個男人（一個是英國人，一個是中國人）正在和她說話。我知道這只是「課程」的一部分，盡量不干擾他們，不讓他們發現我，我和另外那三個工程師站在一單面透視窗後看著那房間裡進行的一切。

那個防塵衣人唯一一個女的，拿了一疊密密麻麻寫滿娟秀鋼筆字的稿紙給我，我翻了翻。

「這是她寫的？」

「嗯。這半年多寫的。」

我任意跳段落看一些細節的描述，心中湧出說不出的哀傷。

「真是天才。」

我手中捏著的幾頁寫著：

「琵琶把小板凳擺到老媽子的腳和闌干之間，生怕有一個字沒聽見。原來是真的？——陰間的世界，那個龐大的機構，忙忙碌碌，動個不停，在腳下搏動，像地窨裡的工廠。那麼多人，那麼刺激。握著乾草叉的鬼卒把每個人都驅上投生的巨輪，從天空跌下來，一路尖叫，跌在接生婆手中。」

我抬頭問這半張臉被口罩遮住的女人（她說不定是遺傳工程博士呢）：

「誰是老媽子？」

她紅了臉：「我，還有實驗室的密斯何、密斯秦，還有佟主任，當然大部分背景角色只是虛疑投影……」

我嘆口氣：「也許我們把『微物記憶』參數調太高了，這孩子受苦了。」

繼續翻看那你不會相信是AI智能所盤藤竄長的幽微內心紀錄：

「地獄裡的刀山油鍋她不害怕，她又不做壞事。她為什麼要做壞事？但是她也不要太好了，跳出輪迴上天去。她不要，她要一次次投胎。變成另一個人！無窮無盡的一次次投胎。作夢自己是住在洋人房子裡的金髮小女孩，她都不敢相信會有這麼稱心的事。投胎轉世由不得人，但刺激的部分也就在這裡。她並沒有特為想當什麼樣的人——只想要過各種各樣的生活。美好的人生值得等待。可是得等上很長的時間，遙遙無期。可是現世的人生也是漫無止境的等待，而且似乎沒有盡頭。」

「等一等，」我說：「你們有讓她接觸到其他那些封閉計畫的其他前幾代機器人少女嗎？」

「沒有。應該沒有。」

「這怪了。胡先生最近有來過嗎？有單獨進去見她嗎？」

「上個月來過，他要我們全聽您的，他說您是……」

「是什麼？」這個老混蛋在當初整個計畫的高層、投資銀行團、董事會都有深不可測的影響力。雖然聽說有另一人馬在鏟他的根，他好像又沒有自己的派系人馬，個性又有點名士派，不時傳出和女科學家、護士、不同女性的緋聞。好像被後來接管、進駐這個計畫的新團隊，用非常細膩的方式隔擋防堵，變成遊魂般的顧問角色，據說最初始，和這個「女兒」計畫同一時期，可能在另一個祕密深井地穴的另一組工程師，是以他為摹本、研發另一種「宇宙奇異點」可能啟動新宇宙之大爆炸、星塵、天體、黑洞、漩渦星雲、粒子的核融合、白矮星……的「男神機器人」。但好像在巨型電腦運算他提出的幾大理論，與構成宇宙的六個神祕數字的大矩陣數列之虛擬多維宇宙形狀，竟然把巨型電腦像駭客入侵發生系統崩塌、瓦解、進入一種工程師暱稱「永劫回歸」的不斷繁殖美麗星圖卻將暗物質的參數遮蔽的「電腦死亡」。

防塵衣女孩說：「他說，您是那個『父親』……」

「他這麼說？」我心裡想，也許這老頭又在放電把妹了，眼前這女孩被防塵帽和口罩遮去大半張臉，露出的眼睛，「顧盼淹然百媚生」、「有一種讓天下男子皆自慚形穢的英氣」，當然我在這龐大如蟻穴的，各計畫的實驗室人員彼此不知道另一處甬道祕境在進行著什麼代號、什麼瘋狂概念的實驗室布建、動員了哪些學科頂尖專家、如何解決那如被水雷炸破底艙處處進水的沉船的困境……這樣的層級不高的其中一項，「女兒」計畫，竟受到這成為傳奇、飄忽來去的灰影，這個唬爛老人的一句品評，難免也沾沾自喜而臉紅。

「那次他進去和她說了些什麼？」

「不很清楚，他要我們把監聽裝置關了。我，我們有提醒他這是違反規定……」防塵衣女孩口罩帶上方的兩隻耳朵泛紅。

我嘆口氣。誰能抵抗他的請求呢？

「他好像是進去告訴她，這次他必須亡命出走了。有很多人要捉他、殺他。他們大約談了一個小時，他走了以後，她就伏在桌上直哭。後來我們找到他留下的一張字條……」

防塵衣女孩把小字條交給我，我將之攤開，沒錯，是他的字跡，寫了八個小字：

「大難將至，唇乾舌燥。」

我心裡想：好像紋刻進她腦額葉裡皺褶的，精密計算過的紊雜迴路，在時空的「脫相干」球體繪圖上，都合於控制範圍，但我直覺有什麼地方出了差錯，但差錯並不在最初這個「女兒」計畫那數百高智商腦袋，數不清徹夜的討論、爭辯、假設、殫思竭慮、各種運算模型的疊加再疊加……差錯像女人小腿絲襪上一絲裂綻，在最初始便涼颼颼地、像蛇那樣潛伏在下意識的預感……

我繼續翻著手中，她手稿的後幾頁：

「……老子是商亡後遺民之後。商朝覆亡之後，宗室利用古老傳統與祭祀的知識謀生，之後父傳子子傳孫，極力迴避當朝的耳目。伯夷叔齊死後若干世紀，他們的後人老子教導世人這支宗教的求生之道，不斷告誡世人心懷驚懼，貼牆疾行，留心麻煩。陰陽不歇的衝突中，老子顯然相信陰是女性，多數時候弱能勝強……」

這真的超過了我所有、所有，全面啟動的預想。像近距離目睹頭頂璀璨恐怖的天文奇景，像是一整片數十億年形成的銀河系，那迤邐、無垠的光之砂，緩慢的，但肉眼可見其運動的，被一枚黑洞，像一隻癩蛤蟆，沒有表情地，將一隻翻尾掙跳的巨鯨吞進口中，連打個嗝都不打的寂靜。

我承認我的腦子有點混亂了。主要是我太累了。長期服用來路不明的抗憂鬱藥和容易成癮的安眠藥史蒂諾斯，使我的記憶區像有一組小人兒用電烙焊鎗噴著藍色燄屑切割成解離的一塊一塊。我記得前一晚我才參加過一個跟這個「女兒」計畫相關的研討會。我記得我的發言是引述祕魯小說家巴加斯．略薩的《敘事人》這本長篇：他提及在祕魯高山部落有一支叫馬克卡斯人的族裔，他們行走於崇山峻嶺間被隔阻而從沒有交流的不同聚落，他們的角色不是巫師，也非巫醫，而是把他們一路所見其他部落所發生的事，告訴下一個部落。也就是「說故事人」。包括禁忌、亂倫、部落裡曾發生過的屠殺、久遠年代被詛咒的整村近乎滅絕的虛度、曾經有一對膚色像天使那樣白的異族夫婦，跋涉投宿這部落，他們熱情款待，飲酒跳舞，但是夜這村裡的人們突然被惡魔攫去了靈魂，他們將那丈夫砍成肉醬，全部的男人輪暴那妻子直至她衰竭而死……這些說故事人不止傳述他們沿途所見所聞，且還把自己的角色放進故事裡，編織成虛實難分的紛雜故事之毯。這種將歷史、神話，注定被遺忘的、為自己或祖先所曾經發生之行為驚嚇、不知如何看待的只允許耳語的傳說，全像琥珀、像洋菜凍包裹成一團夢境，然後這些「說故事人」揹著這些壓縮成團塊的故事，沿著山稜線或溪谷，走到另一個部落，把那整簍的故事傾倒在等待他們的異族男人女人老人小孩的篝火聚會小廣場……

但我因為緊張，在引述這個略薩的長篇小說作梗後，提及了一些大陸小說家他們的經典作品，在兩岸猶訊息隔阻的年代，就像這「背著故事兜囊從遙遠之境傾倒到我們面前」的說故事人。那時我卻昏頭把一位重要小說家的作品說成另一個作者的書。這是會議結束後一位女學者走來告訴我，我犯的錯誤。果然稍後的晚宴，當我跟著這一桌學者、作家到主桌去敬酒時，我向那位我弄錯他（如此重要）作品的小說家舉杯時，他的臉側開，恍惚中有種受傷的神情……

那次會議，幾乎有一半的論文，都在翻揀、挪用、借喻這個「女兒」計畫背後的這個原型女小說家。主要是她謎樣的消失。完全隱沒在半世紀人們像難度最高推理小說，極稀微蛛絲馬跡之外什麼訊息都沒有的暗黑之處。幾乎每隔十年就有一次關於她的熱潮。幾代不同的被「不在場」的她蠱惑的史料大家，扮演CSI偵探的角色，每次皆找到一絲關於她身世的新證據，將之前的已成定論的舊模型完全推翻。人們難免懷疑：她這樣讓自己「活在死亡（不在）的時間」、忍受躲在美國某城市公寓的孤獨，究竟是一種以一生為賭注的傳奇建構？還是那個少女時期的壞毀、傷痛巨大到難以想像，像黑洞吞噬著她努力不瘋狂的可憐微弱「活著」（「請不要打擾我了」）的零碎的普通人生活願望？

主要是，她那「讓男人看妳的側臉剪影，微笑不語、低頭使耳後根的頸弧像垂死天鵝」的祕訣，像鬼魅，像血吸蟲的粉屑之卵，附著充塞在後幾代那無數女孩兒的腦褶皺裡。她們不自覺地扮演她刻意的孤絕，刻意的尖誚。有個「泡在酒精缸裡的嬰屍」吸鴉片、被困在暗黑屋廳來回踅走背誦與這個世界完全無關之奏章、檄文、策論、八股文的廢材父親；有個永遠不降落到「母親」的子宮，永遠還噴散著性荷爾蒙，纏小腳卻穿洋裝撐蕾絲洋傘的少女母親；一個鱗次櫛比，鬼影幢幢，龐大家族老人、妻妾、僕傭，像搖搖欲傾倒卻細支架錯繁疊堆的，讓人歎為觀止的藻井、肋拱、腐朽的魚頭腔中骨刺的「關係」大廈；所有的陽奉陰違，裝腔作勢、流言耳語，像劊子手的凌遲刀技，永遠可以把不在場的誰，放在任何角度，任何移動中的曖昧行為，找到切割刮剜的立體格式，切削成一片片「怪物的碎骸」。

但這些模仿者，「少女No.5」、「少女No.9」、「少女No.17」、「少女No.23」……，她們硬讓自己進入那寸草不生苦寒寂靜的極地、鬼域，想像中只留給人們一抹蒼白幻影的另一個塌縮宇宙，事實上她們貪愛繁華，喜歡在聚會講人八卦，快樂地用小銀匙挖食咖啡屋的七彩馬卡龍、烤布蕾，或貝里尼。她們忍不住在臉書放上鏡頭近距俯視於是大眼效果自拍萌照。她們年輕時也跟某一年齡大她們二十歲以上，權力地位極高所以極謹慎，同時扮演啟蒙者的「老爹」有一段隱密戀情。他通常喜怒不定，若即若離，偶爾描述他所來自的那個世界的人心險惡，如履薄冰。但她們明明是在一個繁華盛世，唇不乾，舌不燥啊。

我認得的這幾個其實已四十上下的「少女」，在那充滿玻璃碎片、顛倒錯置的「感情教育」——如「女兒計畫機皇One」所細微如一片苔蘚林攤開的圖貌：絕不要愛，將愛像演化之贅物以雷射手術切掉，所有的愛只是浮詞妄語、大腿側隔夜就餿掉比鼻涕還噁爛的精液，只是無止境的謊言訓詁學——但她們卻都可以跟我說上一段狂情蕩慾，絕對是人格分裂者的怪異淒美愛情故事。

這使我一旦史蒂諾斯的藥效未退時，即像下水道咕嚕浮起的大型棄物，弄混了我的腦袋。有時讓我在必須戰戰兢兢的這類會議上，犯了恍神的錯誤。

當然很多事不是我所能決定的，譬如這整個龐大計畫背後的意志，我完全不知道是哪些權力老人在暗潮洶湧鬥爭著。有一次有個老頭在這地下碉堡的主會議廳開了連續一週的講座，我和其他幾個從來沒機會遇見的「X計畫」、「天使計畫」、「火影忍者計畫」、「安卓珍尼計畫」、「荒人計畫」、「亂迷計畫」、「刻背計畫」、「無傷時代計畫」、「附魔者計畫」、「人生不值得活著計畫」、「去年在馬倫巴計畫」、「噬夢人計畫」、「阿魯巴計畫」、「殺鬼計畫」、「流水帳計畫」、「鬼的狂歡計畫」……這些中生代獨立小組的負責人，都被下公文強迫去聽這個名為「湯用彤先生之〈魏晉玄學論稿〉釋疑」的演講。

那個場次單上寫的講演題目分別是：

一、讀《人物志》

二、言意之辨
三、百弼大衍義略釋
四、王弼聖人有情義釋
五、王弼之《周易》、《論語》新意
六、向郭義之莊周與孔子
七、謝靈運《辨宗論》書後

我聽到我身旁座位一個穿喇嘛長裙的光頭哀嘆者：「幹令娘又是強迫補充睡眠時間啦。」

但老實說，那次那老頭兒孤伶伶站在講台上，像淚眼汪汪咕咕噥噥對偌大一個上千人座位卻只散坐著十來個人（而且都睡得東倒西歪，還有戴墨鏡的、吃泡麵的、戴耳機聽MP3音樂不自覺跟著哼出聲音的、上網玩臉書的），說的那些，倒出乎意料對我頗有啟發（雖然我後來大部分全忘光了），我記得他顫危危地誦唸著王弼注《周易》裡的一段話：

「凡動息則靜，靜非對動者也。語息則默，默非對語者也。然則天地雖大，富有萬物，雷動風行，運化萬變，寂然至無，是其本矣。」

當時我突然靈光一閃，有一種想哭的衝動，好像一個遠古的祖先，溫柔地撫挲你青筋暴突的臉，他們在講的那個「宇宙大爆炸最初10的千萬次方分之一秒的『奇異點』」，用老木屋飄著浮塵的隙光那禁錮挨擠死靈魂的你以為那些人活在擤鼻涕吐痰、吃磨成粉末的嬰孩胎屍、把女人的腳趾裹成糾擠變形像老樹根的小粽子、燒鴉片、沒有下水道所以屁股坐在木桶沿拉屎，或者弟弟上嫂嫂、父親上媳婦，這房年輕寡婦偷了人便被全村拖出去沉井……的腥臭陰暗世界，但其實他們已描述出一個，和我們這動用上萬台巨大電腦運算，「如果宇宙有一個無限大的中心核燃棒的核燃棒」，他們用優美而抒情、搖曳生姿、迴旋全景的方式，描述著那個「空寂」，「豁如太虛」。而所有所有眼花撩亂、時間繁史、爆脹的多元宇宙，他們也早就建立「動」和「靜」分開的描述模型。瞬生瞬滅、追憶似水年華、情不情、逍遙遊，一個熠熠發光的華嚴世界。

但為何發明了這美好的「靜」與「動」兩大宇宙的文明，在加入「政權、經濟、部落戰爭乃至大型國家戰爭、軍事動員、官僚體系、宗族意識、群眾的奴性或瘋狂、災疫、人格異常的『帝』或黨派權謀對峙、以高蹈神聖話語滅絕對手的生存權、誅九族乃至酷異刑戮對人體的羞辱、凌虐、撕裂之發明……」這些更複雜參數加入的混沌運算，會跑出像我的「女兒計畫」那遮蔽一切光源、醜陋的卡榫結構森嚴拆解不了的「傷害黑洞」？像一具妖幻絕美的仙蚌，孵育千年，卻掉出兩粒黑暗、醜陋、扭曲的悲慟的眼珠子？那個「靜」，長出了那個「少女No. 1」：那層層封印、翅翼被剪掉、耳半規管被刺碎、聲帶燒毀、琵琶骨被鉤鐃穿過鍊子鎖在陰濕鬼域裡的「雷峰塔」；那個「動」，「逍遙遊」，長出了她筆下那讓人哆嗦打顫的「貼壁而行，驚懼以對」，所有的精力全焚燒在一個陽奉陰違、偽詐、說謊及對對方說謊的精密檢測叢林，以及演化成對付這天羅地網「防偽軟體」而無有真愛、無有可信之價值，隨時準備被背叛遺棄，「卒然臨之而不驚、無故加之而不怒」的「易經」？

那次演講結束後，我跑去向那老頭致意，他原本正在黯然疲憊地收講義到他的皮革書包，有點驚嚇、愕然地抬頭（他習慣了自己孤獨對著一個大演講廳散坐的十來個垂頭打呼者，喃喃說幾個小時深奧的廢話吧）。

待我向他致意並表達受到極大啟發，他從眼鏡框上方像瞪著我（但不懷好意笑著）：

「噢，我聽他們說過你。」

我不太記得當時我和他的一段時間並不長的，近乎天才師徒的機鋒問答全部內容。但最後我們分手（離開那演講廳，回去我們各自所屬的計畫部門）時，他拍拍我的肩背：

「小子，不要被幻影所噬，好好幹。」我記得當時他說：

「想像著我們有兩只巨大的軸流式渦輪噴射發動機，如果照古典維基百科的原理示意圖解，它有進氣道、壓縮機、燃燒室與渦輪、噴嘴及後燃器。壓縮機由定子葉片與轉子葉片交錯組成。渦輪始終工作在極端條件下，所以對材料、製造工藝皆有極嚴苛的要求。當然我們現在講的似乎都是超音速戰機，所謂把空氣近乎暴力抓住進氣道，形成高壓壓縮，貼著機翼腹側高速噴出時，形成壓力梯度的變化。但如果這樣兩只巨大渦輪噴射發動機，攫抓進去的並不是空氣，而是譬如時間、人類全部的善或人類全部的惡、宇宙沾汙漂流但如此稀薄能否將之濃縮之形貌，透明藏在集體夢境中的上萬隻有著羽翼的天使，或就是那些像吹泡泡東飛西晃的祖先們，所有故事裡的恐懼、傷害、性、奇蹟或愛情，所有文明像貼在神廟上的金箔或彩釉瓷磚，所有文明那下水道濾孔藏汙納垢的穢物、屍體、毒藥……如果有這樣兩只巨大的「神之渦輪引擎」，把這些在宇宙劇場稀薄、渺小如蜉蝣、如煙塵、如一整片水域的上億水母，全攫抓進那進氣道，以神的憤怒或神的柔慈將之高溫壓縮，在渦輪葉片中以10的次方等比級數將之爆炸，變成一種人這種猿猴類的大腦無法想像、推理其形貌的『跳躍飛行』，那會是什麼？」

「那不就是像畢卡索的〈格爾尼卡〉，或傑克森・波拉克那樣的碎肉機亂噴玩意兒嗎？」

不，他說，那就是我的描述有誤。它不是碎肉機、攪拌水泥大金屬旋轉筒，也不是亂噴紅色油漆白色綠色黑色黃色油漆在跑來跑去的裸女或丁字褲男孩身上的美術系學生惡搞，重點是，這是兩個在某個「如神在」的女孩，她的左右眼瞳，或她的腦室中的兩只「文明的渦輪引擎」，我說的是「文明的飛行」，而不是那些殘骸、屍塊、瓦礫，那隻〈克利的大天使〉，那隻在吹向未來之颶風中，揮著無用翅膀，一臉悲傷，倒退著前進的舊型機器人。

你想想，在這個機器人女孩的左顳骨和右顳骨附近，我們分別裝上這樣各一組渦輪噴射發動機，將文明的夢加壓射穿過她歷歷感受的，像極光的裙襬搖晃那樣的，「神所見到的」人類這培養皿中失控的菌種，他們是怎麼樣爆脹、演化、跳出那個培養皿，甚至憑空發明機器，擴散占領，最後毀滅那整間神的「夢中實驗室」？

但主要是我太累了，那段日子，我腦海中還像關不了機的，你都可以聽到裡頭散熱風扇嘎響的筆電，開會吃便當的時候、淋浴或上大號的時候、在進入這地底實驗計畫區那漫長盯著電梯數字燈閃跳的時候，甚至熟睡的夢裡，我都在虛擬描繪一張——「女兒」計畫將要進入第二階段，我聽說許多後來主記憶體冒煙短路變成故障品的前代機器人，都是在這一關卡出現精密運算之外的變數，都是在這裡出了致命差錯——一張像《陶庵夢憶》、穿巷入弄、栩栩如生的市街地圖。這當然也是一種「靜」（譬如《紅樓夢》、？）和「動」（譬如《西遊記》？）完全不同概念的模型，硬嵌合在一起，那些從美國NASA或「大強子碰撞計畫」挖角過來的物理學家們曾警告我們，如果在兩種模型的疊加上，做「超出我理論規模上的冒進」（那個印度人說：「和魔鬼交易」），極可能憑空生出一團（也許就像一枚冒險的茶葉蛋大小）「微型宇宙」，但它是在我們這個宇宙薄膜破洞之外的，跳躍的振弦。不應該出現在「我們現在這個」宇宙中。可能會瞬間將這個宇宙吸入、吞噬。

這些在我聽來，都像詩的話語。但其實我想做的，恰和第一階段我們在那女孩（「女兒No.1」這具心智規模已超出我想像的AI少女）身上密縫錯織、「微物之神」的壓縮龐大記憶檔，所有灌進她每一腦額葉褶皺每一神經觸鬚之纖毫的「經濟奈米」，（她曾哀鳴：「我想吐了。」）是完全相反的設計：像把一張揉成棒球大小硬團、捏皺的印滿鉛字的報紙，攤開、鋪整、熨平。

我腦海中如衛星定位圖不斷變換焦距的「市街」是這樣的（將要把「女兒No.1」像極古老的一種電腦遊戲「美少女夢工廠」那樣放置進去，展開一種宛如真實的生活），並沒有澡堂、沒有「人民議會」這種殖民地建築遺跡、沒有圖書館（可能源自於我某種想像力之缺陷吧），甚至沒有電影院、沒有大型綜合醫院（我喜歡被塞擠在騎樓小門面的分科小診所：張皮膚科、鑫辰牙科、大正眼科、李婦產科、邱必宗小兒科、哲生耳鼻喉科，還有混在傳統市場裡的西藥房），沒有五星飯店（萬一這飯店下的接駁巴士要開往機場那怎麼辦？），或是像澳門那些彩色籌碼、搖骰子機、絨布賭梭哈檯……全像在無菌室消音房一樣高級疏離的豪華賭場，或許會有捷運地鐵站、大型百貨公司、地下購物街，或誠品這類僅為了讓她有一印象派畫作的空洞、人群臉孔模糊的畫素較差但光度較明亮銳利的3D幻場感；我的虛擬市街基於一種市井品味的重複（所以像蝴蝶專家一樣神經質於其間的微細種類差異），放置了許多獎券行（對我而言，那小小一坪大小，鮮黃色屋櫃上擺著一樣的臥姿財神爺、電動招財貓、蟾蜍咬銅錢，或玩具金元寶，那投注機後頭的，是位大嬸、腦性痲痺中年人、穿著透明薄紗短洋裝的清涼辣妹，或是薄施脂粉的俏麗少婦、一個至多小學三年級的辮子女孩或理平頭嚼檳榔兩臂刺青盤藤的黑道大哥……這後面的意義全是不一樣的）；我在那樹影扶疏、牆頭淹出一片綠光的紫藤、麵包樹、菩提、大王椰子、流蘇、鳳凰樹、雀榕、雞蛋花、吉野櫻、苦楝樹、槭樹、天南竹、玉蘭花、曇花、梅、茶花樹，穿梭歧岔了各種微細光影變化的巷弄。六十年歷史的老教堂，巷底的媽祖小廟，路口那總是聚站著一些黑人、印尼女孩的清真寺；當然非常多間光名字就像《陶庵夢憶》裡燈盞搖曳，珠墜琳琅，繁華如夢的小咖啡屋、小二手書店、小舶來品女裝、二手巴黎名牌包、帕許米亞、銀飾、帽子店、玻璃櫃堆放著薔薇抹茶藍梅太妃糖檸檬黑巧克力柑橘奇異果薄荷……顏色隨口味命名像水彩調色盤無限展開的一疊疊七彩馬卡龍小店，烘焙數百種世界各產區咖啡豆的小店，掛著藍染布簾燈光幽明的小日式居酒屋，充滿檀香或酥油燈怪味賣唐卡、綠松石或瑪瑙手珠或牛骨象牙鎬銀花飾法器的藏密店鋪，菸斗菸草小鋪，像全世界名詞皆能裝進一罐罐彩色玻璃小瓶的精油店，那將各種茶葉封印在大錫桶，像各自熟睡身世如一齣齣神話之妖獸魔怪，只等開封，注入一小注滾水，它們便盤騰旋飛，化作羽鱗複瓣的鳳鳥、麒麟，或鮮衣怒冠、袍裾相揖的古代神仙的，不同學派之「茶行」……

事實上，我的腦海在虛擬這邊界模糊的市街（包括無聲走過那布滿青苔和酒瓶破玻璃裂片的堊土牆沿之黑貓；包括汗濕綠長袖制服的郵差；藏在路燈柱後的監視攝影機；某一間按摩店裡每一個師傅的眼瞳都像被鑷子摘掉一樣的盲中年男子；包括某一個舊公寓的管理員之前是退休上尉，仍每天維持自戀地梳整那像超市商品條碼的稀疏西裝頭，仍兩眼放電對走過凡穿著高雅的「夫人」必定鞠躬諂笑，而後意淫她們背影的腰臀小腿，對穿T恤短褲球鞋的年輕男子，則像舞台戲特務那樣懷疑地瞪視……），我感覺我的頭顱裡窸窸窣窣像上百萬隻頭足綱生物的觸鬚纖毛，貼著每一微吋的硬體在搔抓著，甚至穿透、蝕滲。我知道這是這個「女兒」計畫要從我腦袋裡，像冰淇淋銅杓刮挖那結硬或溶化的存積物，契約裡的一部分。但我好像工作過度了。

有一天我縮坐在那暗影（因為其中一位工程師正在播放他的電腦投影Power Point，所以會議室關燈，他沉悶嗓音講著「創造之量子物理學如何『脫相干』以大算式進入腦額葉中，將計算人類基因圖譜定序的大型電腦，整合同樣亂數的單一個人的一生上億個成形之夢、像流產嬰屍之夢，或蜷縮如條蟲之夢，或無意義瞬生瞬滅如精子之夢」），身邊參差挨坐的人臉上，被那投影影像染上一層薄薄、如水波搖晃的紫光。我打了個盹。其實可能才不過一、兩分鐘吧。因為我驚嚇醒來時，恍惚、定魂、到確定「我現在是在這個地下『女兒』計畫大實驗工廠的其中一間小會議室」，投影螢幕上的發光幻燈片還停在上一張啊（那是一只商代青銅器的四十五度俯角側面照兩張並翻過器皿底部近距照一張的組圖：乍看是一條龍盤捲住一個巫師，怒目猙獰，張口要將巫師吞食的銅雕杯器，但掀翻底部，卻是這男巫的陽具，插進那母龍的生殖孔穴裡）。

這麼短暫的一個打盹，我即作了一個畫面、打光皆極細膩清晰的夢。

這個夢很簡單，但不因它夢境外的時間括弧如此短暫，而有任何快轉、匆促之感。一切如此悠緩，像這一生就要這樣過了，那樣百無聊賴、幸福但寂寞，可能像童年的某個蟬鳴喧天，大人都不在，熱昏昏在客廳涼椅躺著，用塑膠扇撲趕蒼蠅，楞看著窗台下樹葉圓斑的日光斜照的夏日午後。

夢境中，我的妻子帶著兩個小孩兒（所以我有妻子？兩個兒子？）出門了，我獨自在我們加蓋了半層木板夾層「樓中樓」的小公寓裡，因為實在太無聊了（我在等待他們回家嗎），我從小兒子書桌那堆得亂七八糟的各種小玩具車、絨毛動物、鋼彈超人模型、蝙蝠俠面具、空心塑膠三犄龍翼手龍雷龍暴龍模型、或一些類似「芝麻街美語」、現實世界並不存有、非人非動物的奇怪滑稽布偶……的雜物堆裡翻出一只可能1000比1大小的熱氣球玩具。夢中那小小的熱氣球握在我手掌中的實體感如此搖曳、真實。我甚至還困惑摸著那不可思議精密的氫氣燃料槽，另一手從牛仔褲口袋掏出塑膠打火機，對著那噴嘴點火。

但似乎油料外泄，原本微弱的小火苗像曇花盛綻，呼一下整團包裹住那小熱氣球的頂座艙，成為一個火團。隨著我驚嚇放手，這具體而微的縮小熱氣球便在那挑高公寓的半空，冉冉上升。夢中的我看著它飛上夾層屋上面的閣樓，想起那是妻子的臥房，嚇得趕忙從那半圓弧螺旋梯三步併兩步跑上樓。那熱氣球已飛至妻子書櫃一角，有一疊紅皮硬殼古書上——隨著那微世界的「火災」：藍焰隨著精緊的十幾根吊繩竄爬而上，整個氣囊也轟然燒起而萎塌傾跌——頃刻將那疊書引燃。我在夢裡有一瞬奇異的，不同界面的恐懼：一是：「完了，妻的這疊書（這個夢的全部祕密核心？）要被燒光了」；另一則是：「完了，這火，怕會竄延把這個小公寓（這個夢的『太空艙』？）整個燒掉了」。但我立刻從一旁一只洗臉台，開水龍頭引水，將那竄到膝高的火焰給熄滅了。

奇怪的是，妻的那疊書，部分燒成黑焦灰燼，即使沒被火舌舔蜷的紙頁，也浸泡在水裡。但之後，妻帶著孩子們回來了，沒有人發現剛剛發生了這個小小的、被撲滅的火災。沒有人聞到空氣中有焦煙的臭味。我也談笑自若，但心中有鬼，隱瞞著這個剛剛我一個人「差點將這一些付之一炬」搞出來的「飛起的火」。

我就在這裡醒來。如前所述，仍停在那間會議室，那張還沒跳到下一頁的，商代「神獸食人」或「人獸交媾」的青銅器幻燈片。那個主講者仍在甕聲甕氣說著「巫。迷幻藥。電氣理論與超強理論之我窺」。

但應該就是在那天之後，我的「市街投影圖」便像中了電腦病毒，開始蔓長一些模糊的黯黑物了。

譬如說：在像藤蔓竄長那些小巷弄或小巷弄裡的小店家時，我會突然恍神（像人在夢中，長久在一曖昧不說破之默契，知道那是夢，突然某一次，想：「欸，我好像沒有在夢裡照鏡子看過自己在這時空是什麼模樣？」於是眼前出現鏡子，但那是一個犯規，或控制不得越界的機制，每到這時，夢的電腦螢幕便被強制關機，倏然光影人事全沒入黑暗），想看看那些我已重覆在腦海踟躕、漫走、建構的魚鱗黑瓦日式老屋、斑駁塌崩老圍牆、那「歲月靜好」的人家的門牌，卻發現我不該出現「門牌」這個念頭。沒有一次那些門牌上的街道名、巷弄號碼是同上次一樣的。

這不重要吧？我安慰自己。

但將來要如何把「女兒」放進這刻舟求劍、地圖尺標不斷移形換位的世界裡生活？她要寫信給遠方的友人，要如何寫回郵地址？（還是乾脆讓她生活其中的世界，沒有「朋友」這種東西？）或是，某間我上次經過，穩當安置（只是像電影的布景）的那幢日式老屋，突然木頭都爛掉的紅門啪地打開，一個滿頭銀髮、枯癟像皮雕動物標本的旗袍老太太，兩眼仍非常美（她已九十歲了），目光灼灼瞪著我。

（我差點沒驚呼出聲：「妳從哪跑來的？」）

然後這個梗就變成我腦海中揮之不去的困擾。一些關鍵字像有人在我腦中敲打輸入。咔。咔。咔咔咔咔咔。咔咔咔咔咔咔咔咔。

或是，我走過某一間原本養了隻黑白花貓的舊書店，那個戴眼鏡的中年老闆總在院落曬著一疊一疊舊書（有從附近過世老教授公寓收破爛的整車運過來的大批日文書；有半世紀前的台籍文人用娟秀毛筆字抄寫整本的魯迅小說或殘篇的谷崎潤一郎；有早已絕版的紙頁漬黃小說、哲學書、漫畫），或他播放著黑膠唱片咿呢胡琴哀怨柔靡嗓音帶煙的南管。

睡人

一如此此刻她在修復著他。他在那黑暗中的窟窿（按摩床的）睜大了眼，彷彿天頂有雷擊閃電，大雨滂沱。但終究是在一部默片播放小間的夢境裡。

因為他總是像個嬰兒那樣熟睡著，所以後來他們像時光裡親密的老友，可以開些無厘頭的玩笑時，她都喊他「睡著的人」，有時則叫他「睡鬼」。彷彿那些哀怨但良善的女人喊她們永遠在另一個界面徘徊的男人：醉鬼。或是賭鬼。彷彿睡眠也是對這個人世的某種薄倖辜負。某種「身體在這裡其實靈魂早已飄開」的心不在焉。

事實上反過來看，應當是他驚嘆於她為何有那樣神奇的能力，每每總讓他沉墜進像礦井般，不斷下降，不斷下降的黑暗無光的睡眠深處。他記得他讀過一篇日本女作家寫的短篇小說，女主角就是這樣一位具備讓人安心睡著天賦的職業陪睡人。她不是妓女，卻能讓所有靈魂被這個世界扭曲拗彎而驚恐失眠的人們，在她的床上勻靜地一夜熟睡。但後來這小說女主角自殺了。因為她像邊境幫人洗錢的那些銀樓，在自己的靈魂裡收納了太多那些權力者、深懷罪惡感之人、傷害無數人的強者，他們在睡夢中投擲給她的玻璃利刃、瀝青般髒汙的稠液、孵化不完整的半蟾蜍半彈塗魚的怪胎、那些布滿鏽斑的鐵釘或刺棘或魚鉤。這樣的「洗夢者」，終於還是會弄混那些不該屬於她的睡夢中兌換的傷害或恐怖，終於還是頂不住她從失眠者們寄放在她這兒的核廢料的擴散外洩，終於腦袋像中毒的電腦或像把原本漆黑弧光的古典手槍，炸膛了。

這樣破碎不完整，許多次將睡未睡的濛曖時光（可能只有幾分鐘吧），他也聽了她某些故事。但都是她還在說，他便又墜入了另一個沉酣的睡夢裡。所以總是迷迷糊糊，如霧中森林的禽鳴。他有時會在那睡夢中驚醒，為自己的失禮道歉：「對不起。」後來他們比較熟了，她會調戲他：「ㄏㄡ，真的很不禮貌，人家在講傷心往事，突然聽見那麼大聲的打呼！」

他記得，有一次她跟他說起她的大女兒好像是個拉子，女同性戀。她說：「才高二吔，就給我搞女同性戀。說是好朋友，每個月手機費帳單寄過來，三萬多塊，我快被氣死，我打電話去講她，她啪給我掛電話。」他問她女兒是T是婆？她似乎聽不懂。說剪個平頭像小男生。他說哦那是T。她好像憂心忡忡但又覺得那是城裡小孩才會玩的時髦遊戲。她幾年前離婚，自己一人上台北來打工賺錢。三個小孩留在高雄跟爸爸住。「還有他們老爸現在在一起的那個阿姨。」但孩子們的學費、生活費、零用錢、手機帳單，都是從她這邊匯款過去。

台北之於她，是這兩條街景之外，其餘盡是如此一間一間光影昏暗的密室。她的手指關節撐張成像榕樹瘤根，像西洋畫的「聖母慟嬰圖」，那些赤裸且顯得柔弱無助的老男人們的身軀，胖到油腹滾動的、瘦到骨肋稜凸的，灰白胸毛塌覆的，一脫了衣服，男人的身體總像被這世界痛擊過，歪斜難堪、可憐兮兮。她修復它們，把自己的力氣不保留地使勁，按在他們彈不起來、泛青、皮膚下好似泡有微血管的某處悲慘的腰際或老臀。

他昏沉睡去。下一次她似乎跟他說起她是路癡，來台北六、七年了，哪裡也沒去過。東西南北全分不清楚。就只記得騎機車在長安東路、林森北路這幾家按摩店間來回穿梭的馬路。有一次她錯過一個路口（因為有警察在路口攔檢，她沒有駕照，一個心慌竄進一條單向巷道），不想從此像進入一座完全陌生的城市，無數大小街道和每個轉角長得一模一樣的7-11，像落地散滾開的線團，根本找不到原來她弄丟之前捏住的線頭。她恐懼極了，戴著安全帽，騎機車在那亂針刺繡的巷弄渠道迷宮裡左突右奔。

另幾次她講起某幾位老客人對她的情愫。這時他感覺她不像那個憂悒無法將孩子們帶在身邊的母親，倒像個不貞的女人。似乎命運把那個原本當個老實平淡的母親的她，壓駝出那個畫框，卻使她在另一個界面（這個永遠像停屍間，靜態的、老男人們全趴躺著的暗室裡），詫異地端詳自己，那些老人阿諛她，調戲她，甚至說些低俗的性笑話，手摸她的屁股或胸部……

景氣開始變差的那一年，他較少去找她，常就進那十分鐘一百元的盲人按摩店買個四十分鐘頂一下。但似乎那些穿著淡藍衫理平頭，虎背熊腰、臉廓深鑿唯兩眼珠翻白像深海鮟鱇魚的盲男子，在那店廳一格一格布簾拉上的簡易檯床，手動如少林金剛指摁壓著他的背脊兩側，他總難以睡去。

或許，他就是那個帝釋天，他不睡去，世界便無法在他黑甜的夢境裡劫壞重生，繁華旋轉，一切都僵在一個灰冷僵硬無幻無滅，眼皮睜著不眨一下的凝固狀態。一個一個遙遠的國家宣布破產，大批人潮在銀行擠兌，自己家裡買最先進的防爆保險箱，把大把鈔票存在臥室。希臘、葡萄牙，隔年又是塞普勒斯，好像說這個國家後來沒轍了，乾脆把貯存黃金拋售，造成全球金價大跌。有一天會不會年輕人問真的有這些國家嗎？還是只是一些郵票？

再去找她，他難免訕訕的，像男人去尋花問柳了一圈，幾年後（其實沒那麼久啦）又回頭找老相好。一切那麼熟悉。她倒沒怪他的意思，也沒說半句譏諷的酸話。熱毛巾敷背、踩腿踩臀腰踮腳趾踩背脊，塗油按筋絡、最後十幾只真空拔罐器在他背上稀里呼嚕抽著空氣，那聲音倒像是洩了氣的老婆娘不爭氣在暗影中擤鼻涕哭著。他倒是又深沉無夢地睡了。感覺像在溫暖子宮哩，沒有性的刺激，但女人的身體像蛇鰻纏繞盤桓他周身、胯下、腋間……那麼有安全感、那麼沒有侵入性的威脅，那麼像老夫老妻在睡夢中習慣的摟抱或撫摸……

醒來的時候，她還是還在他背上像打詠春拳木樁，一邊跟他說了些那幾個迷戀她的老男人的愛情進度。似乎他們也受到不景氣的影響，也各自來的頻率減了。他感覺她也像這社會分層根鬚而下的各行各業的底層人，被那籠罩全球的蕭條預言，惘惘威脅著，整個人就是那個精神上的什麼灰了。他說不上是哪裡不對勁，好像變得有點心不在焉（他睡著時亦迷糊感覺她在他背上，時不時邊按邊打手機簡訊）；手勁也整個少了他初來找到她時，那像老揉麵師傅的端肅和一絲不苟。總是重複在城市的黯黑蟻穴裡，以她的骷髏骨架像投幣機器，喀啦喀啦運轉她的指骨、肘骨、脊骨、肩胛骨、髖骨、膝關節……像綳緊的馬達皮帶，按著那些衰老如殯儀館冷凍櫃拉出的黯白僵硬老男人的身體。這樣的空轉，總有一個時刻會對自己的存在，憂鬱崩潰吧？

但最初始不就是她那釉燒瓷，堅實且正派的對按摩這件事的認命，甚至職人的專注，讓他覺得她或和那些靈魂裡已吃下太多因這行業來來去去接觸的男人們的輕蔑侮慢，而像暗黑沼澤裡混淆了自己形體於包圍住之稠漿的老按摩阿姨們，會有不同命運？也和那些穿著短裙像蝴蝶，才剛將自己的青春少女身體，送進這窯燒熔爐般，把男人們身上沉累吃下的疲憊、屈辱、扭曲、岩固化，從那些調情閃躲鹹豬手，嬌笑拒絕這些光著身子變成公豬的叔伯輩，哀求妹妹幫我打一管手槍嘛……那終究成為城市溝渠的浮花浪蕊。

她們不是妓女，不賣屄，但更便宜地賣她們在那靜默暗室中，全身骨架、肌腱的重複損毀、勞動。而她們或更接近洗屍人或那些每天近距翻看婦女陰部的婦產科醫生。比所有同處在一座城市的好命女孩兒，更如佛之眼快速流轉看遍、摸遍各種男人的身體，手指使勁的強弱，男人的乳頭會突起，或用肘骨劃他們臀部那個區位時，他們會像忍痛又像歡鳴地低聲呻吟，站在背上喀喇喀喇踩他們各節脊骨時，他們有時會對那匍匐在腳下的可憐見的，像孩子般乖乖不敢吭氣的這些原本可以強暴她們、剝削她們、羞辱她們的，像冷凍牛隻的男人身體，產生一種溫柔之情。

那次她對他說起那個「老大」，有一次得罪了她，在另一家按摩店外面，她幫他洗腳，當著其他師傅和那麼多客人面前，說了句輕薄她的話。大約是她已和另一客人約了鐘點，下兩個小時要幫人家做全身（就像她現在在這暗室幫他做的），那「老大」原本興致勃勃要拉她和其他師傅去吃消夜，盧了半天，但她一直說她已經跟那個客人約定了，這是她的工作。老大後來大約動了氣，說了一句「欸呦又不是妳老公，關上燈脫光光還不那麼回事？我又不是沒經歷過？工作工作？講得像妳要去開會談幾百萬的生意。」

她說那天夜裡，老大即寫了好幾封Line簡訊跟她道歉。但她完全不理他了。他還是每天來買她兩個鐘點（確實他這樣長期捧她場，使她在店裡連老闆都不敢輕慢她），但她就是討厭他那個嘴臉，像新郎倌似的，整個按摩店的師傅都像他來到她卑躬屈膝的娘家兄弟堆裡，討好他，調侃她。她在暗室裡就閉上嘴，不再答應他的調情、告饒、撒嬌，就像個客人那樣一板一眼按摩。這樣僵了一個月，有一天那老大受不了了，憤憤說：「妳這丫頭！性子怎麼這麼彆！」她悠淡地說：「我做按摩，是我命苦。但我不是雞。你要找雞，大可以去酒店找那些年輕貌美的。」

這老大有一晚，喝得醉醺醺，真的帶了個一看就是酒店妹帶出場的，一臉妝化得像女神卡卡，還叼著菸。老大嗆呼著要另個師傅也幫這女孩按。反正生意嘛，客人嘛，我們這還少見酒客一次帶兩三個酒店妹來削凱子，全部買單嘛？

那次她還是按老大，按著按著，後來還是沒忍住，用齒縫冷笑說了一句：「很派頭嘛。」這老大突然睜開那像蜥蜴的眼，暗影中趴著轉頭：「總算妳說話啦。」那以後，每次來，走時就在暗室裡硬塞兩千元給她，她死不收，老大便說：「趁我還能給，妳就收，存著，我以前是想每天來捧妳的場，幫著妳。但後來覺得這樣好像給妳壓力很大。我或不會每天來了，但用這個方式給妳。妳也不要想歪。」

但她又說：後來這景氣變壞了，老大的生意好像掉很多。前一陣子好像美國那邊要對他們這種海外資產加重稅，我聽到他講手機和會計師說要趕去美國處理，好像一損失就是百萬美金。她說起有一次她得了A型流感，某一個夜晚回到租賃宿舍，衣服還沒換去便倒栽在床上，像被人用布袋罩頭一陣棍棒陷入全黑，再醒來時已是四天後了，她完全不記得這段時間裡發生了什麼事！她（被人）換上睡衣，感覺床單、枕頭、蓋著的棉被都被汗浸濕了。她摸起身，發覺那老大一身西裝，歪在客廳的沙發上睡著，小几和地上全是凌亂的泡麵碗，桌上大菸灰缸裡插著數百支菸頭吧。有時年老的戀人深知這種複雜情感，你希望你身邊那人永遠沉睡，一臉如小孩般純淨，希望他的開關不要被啟動，睜眼張嘴又吐出那嘩啦嘩啦讓妳想扼死他的厭惡噪音。只有在死亡或默片不，甚至是懷舊老照片，那樣帶著回憶所共同耗去時光的凝視，才得以保全那抒情性。

果然老大一驚醒，就又是嘲誚又是邀功賣乖。好像是她在昏倒驟黑的某次半昏迷本能（她不記得了）中撥了電話給他，他趕來樓下按門鈴時，她還起身夢遊般幫他開了門（她也不記得了），老大說幹，妳整個人發燒到臥室沒關電熱器，我走進去都覺得這房間好熱。他幫她去藥局配了藥，去買了熱廣東粥，還在攤販榨了兩大瓶柳丁汁，在床邊扶著像燒炭的她餵食。「啊妳什麼都不記得了喔？沒睬，真不划算啊。」其實她臉紅紅的，心底有種低眉垂眼的，女性的，對這暴躁老頭演出的患難情，說不出的柔弱感激。客廳那凌亂的場景她全看在眼裡，就是一個不習慣照顧人的男人，百無聊賴在這空間如困獸躁煩待了幾天幾晚的結果。但他實在話太多了，不斷重播著一種讓她無由就厭煩的呱呱老鴉的牢騷（或許是撒嬌），「欸喲原來妳的香閨這麼沒情調啊，哈，平常碰也不給碰，像個大小姐，啊自己一個人在台北生病了，還不是得call我？傲氣啊？」她眼淚簌簌就掉下來。

為什麼要這樣羞辱我。

如果他的嘴不要那樣貧就好了。那之後，他們之間好像有一種暗影侵奪，跳探戈這邊腳進那邊腳退的占位和讓位。老大會帶她去晶華飯店吃那衣香鬢影、燈光和靜默拿餐盤走動的人們皆如此高級、上流社會氣氛的Buffet。那樣一個人也要一千塊啊。當然她驟然從她的小暗室按摩間走到這樣像佛經金箔畫裡，難免自慚形穢，她的衣著髮型臉貌，好像比那各桌間一看就是被帶出場的酒店女孩還不配來這用餐。但老大就是個急性子，自己拿兩次，瓷盤堆得像山高，中間接幾通手機，或台語或日語或突然捲舌音您這事兒交給我們絕對靠譜兒，來回走動，坐下站起，便開始用甜點，叫服務生上咖啡，拿牙籤剔牙，想起來便對她說：「吃啊，快吃，怎麼那這麼少？帶你來真是賠錢貨啊。」

另有幾次他們會到寧夏夜市逛，人群暗影中，她會牽老大的手。到每一攤她停下猶豫不定時，他就一旁嗆呼，「啊，看要吃什麼？牛排？炒牛腦？還是排骨酥？還是炒腰子？四神湯？」

老大有幾次得意洋洋的說，我們這就是精神戀愛啊。她想：誰跟你精神戀愛？好像和前夫（至少年輕時是個帥哥）離婚，單身北上靠這雙手幹活把三個兒女拉拔漸大，已是前輩子的事，一個輪迴，她怎麼栽進一個老人歪瘸塌癟的暗晦世界，但在這個世界，她變成了年輕可以耍任性的嬌俏少女？老大其貌不揚，一隻眼是義眼，燈下那眼常讓人誤會斜眇。她想以老大的經濟狀況；江湖世面，應該不乏那些比她年輕貌美又風騷的風月女人，膩貼流晃的腰肢乳房臀部送上嘴吧？但老大告訴她，他已「不行」了，他現在要的是「精神戀愛」。老大說，我們倆都是獨眼，你左眼我右眼，妳說我們不是天造地設一對？

她這麼說時，他有些詫異地從按摩床抬起頭，或總是在這影影幢幢的窄小暗室，他從未留意她有一隻眼是假的。她順著兩人身體的角度，垂下頭讓他近距離看她那隻義眼珠，有一瞬那像是女人憂相襲近的索吻。但那樣貼近地看見一顆玻璃眼珠，最中心的瞳孔是透明小環洞，不是黑鏡的反光，還是讓他一瞬有科幻片的悚奇之感。

她說老大「不行」時，他有一點緊張，似乎她跨過她和他之間的某條曖昧絲繩，但她好像又只是在暗黑中，當他仍在沉睡，對她十個手指下揉搓的一坨大麵糰自言自語。她說那之後，幾次老大開車送她回住處，她都不再讓他上去了。老大又氣又疑，「我又不是沒去過妳房間？演什麼貞節烈女？」這種時候她真恨透他了。「是不是你上頭藏了什麼男人？」有一次大雨中，他和她各撐把傘，在公寓門口對峙著，她就是不讓他跟上去。後來他的臉簡直像受傷的野獸，痛苦咆哮：「妳就這樣讓我一個老頭子打傘站在雨中，妳的心腸怎麼那麼硬？」

她說不是，那是一道她自己確定自己存在感的防線，她一撤防，就淪陷進這城市的垃圾攪拌器了。她見過太多她這樣年紀、背景的女人，被攪拌進那些老人其實慳吝、好妒、衰萎；光線昏暗的混亂關係裡。他意識到她無法精準說出那個世界，她說：「被捲進老人的時光。」

她說有一個阿伯，八十幾歲了，之前中過風，像小孩子一樣，每次按摩都對她撒嬌獻殷勤。她說自從他妻子過世後，這二十年來，沒像這段時光這樣快樂。她私下和其他師傅謔稱他「純愛阿伯」。每次講內心話都像哽咽，都像淚眼汪汪的少女，跟她哀訴他身體哪裡哪裡痛，或是他女兒女婿怎樣控制他的存摺和行動。確實每次預約按摩，都是一位聲音嚴厲戒備的女人（阿伯的女兒也算是老婦了）打電話來，多次確定幾點幾分要按完，她會來接阿伯走。有一個印尼女傭，根本不會說國語台語，也在這老女兒的白色恐怖下，不敢和阿伯太親近。阿伯以前當過宜蘭的議員，也曾經算呼風喚雨，但誰想到這老人現今的郵局戶頭，被自己的親生女兒控制到一個月匯一萬五進去。她說，或許之前阿伯有被外面女人騙去一筆錢的前科吧？她感覺到那女兒防她們這些按摩店師傅、復健診所護士、任何想關心阿伯的女人，像防賊一樣。她想：不就是按鐘點計費同樣跟所有客人一樣兩小時一千六的，收錢，勞力付出嗎？阿伯有一次黯黑中硬塞了一個小首飾盒給她（她打開看，裡頭是一條項鍊），她硬生生塞回還給阿伯。她的原則是：「我才不要讓他女兒以為我覬覦她老爸的錢哩！」

阿伯總是淚眼汪汪。還寫情書給她。但只要她守住那條自尊的隱形絲繩，她就只是對這些退化成可憐小孩的老人們，恩賜她多出來的慈悲和溫柔。但若是淪陷，這些形銷骨損的老人們，黑暗中褪去衣物，還不是就是他們年輕時色饞無賴的嘴臉。拉著她的手乞求「幫他們按摩那裡」；勸她女人也有欲望不要太壓抑；全是年輕一些時酒杯女人間穿行過的火灼地獄的殘痕。即使糖尿病了，中過風了，老年癡呆了，老伴往生了，他們在捷運或是那被年輕女學生讓座的歪斜緩慢，兩眼無神的另種生物，但面對像她這樣在暗黑中把自己賣給河流般無限流失的未來時光，重複勞作服務他們的不幸女人，老人們還是會像匿蹤的蠶蜥吐出柔濕捲曲長舌，將她們吞進那衰老的、變窄的、跟死神交涉或亡靈們喁喁私語的世界。

再隔一陣去，她對於他的「等待感」張力或餘緒便完全消失，她那個被各路老人纏結著，複雜運轉的按摩小間，已經是他的不確定、無週期，流放成像星系最外緣，鬆塌模糊、隨時會離逸漂走的冥暗小行星。他發現她在他背上按摩時，同時傳著手機簡訊。也許是不同的客人，某種心情他可以內心暗下判語：「她終於慢慢傾斜、變壞了。」後來她還是聊起那些他其實不認識但卻像親人般熟悉他們鬼臉、愁容的老人們。在「老大」和「阿伯」之間，似乎又加了新的競逐者。

有一個「廖桑」，（「非常醜！」她像閨閣裡和姊妹們討論從屏風後偷看的提親者，那種歡快又殘忍的品評。）好像是專門接待大陸旅行團的，不同的旅行團將一團一團大陸觀光客交給他，他幫他們安排課程、講師、場地、食宿、配套旅遊行程……有時也會帶十幾個大陸客人來店裡按。比起那過去幾十年和這一帶按摩店皆有暗盤抽成，帶日本客人來的導遊，逐漸蕭條，這廖桑算是這兩年崛起的，實力派的紅人。也是六十幾歲的老頭了，講話直來直往，讓她按兩次就開口談判，「他要我做他女朋友。」什麼女朋友？她說她不要。這老頭直接談她的生殖器像帶觀光客到茶葉行買上等包種茶殺價。妳不會寂寞嗎？妳是怎麼解決性欲問題？我們可以互相給對方快樂。奇怪妳也有三個小孩了也不是不懂那種事，趁現在臉還漂亮皮膚還緊緻，能享樂就享樂，到老了行情就不一樣啦。

和老大、純情阿伯那種歐吉桑壓抑的、父親角色混亂的，隱隱還將她關進老人自己想像的貞操玻璃塔「戀愛旖旎夢」不同，這個老頭擺明就是要「尬」，「做」，「上」，一種浪子、種馬的剽勁。他沒有要包養她，也不是要買她（他們這種六七十歲還在跑江湖的，太容易買那些薄紗、高跟鞋、濃妝臉蛋像雜誌模特的二十來歲酒店女孩了），他就是像蜥蜴盯上獵物，皺褶的臉、瞇成縫的眼、癟闊有力的嘴，沒有感情地說：「有一天妳會變我女朋友。」妳會的。妳跑不掉的。他請她和她拉在身邊的其他女按摩師一起吃消夜，全部買單。但其實有幾次只有他和她，則他們各自不斷接電話（他是那些大陸客的簽證啦，時間啦，遊覽車啦；她則是臨時來約按摩的客人或請求支援師傅的店家），都停下無來電干擾時，他們倆對坐在騎樓攤販小桌塑膠椅，各自低頭打著i-Phone的電動遊戲。

有一次他送她到她停機車處，她自顧戴上安全帽發動引擎，那廖桑突然幽幽冒出一句：「寶貝，騎車小心。」

她突然手臂一陣雞皮疙瘩涼颼颼竄流，差點中招。似乎這其貌不揚的老頭，將她變回那穿白衣黑裙的高中乖少女，拿那些厚臉皮叼菸電鬈髮騎街車的流氓一樣沒轍，只能板著臉，抱著書包，擺出輕蔑並厭煩的模樣。其實和姊妹淘說起，像愛麗絲夢遊仙境，對對方變魔術般咕突咕突冒出的妖異景觀，既驚嚇又喜歡。

那一陣她跟著按摩店裡的同事們，一起迷上一種「搶糖果」的臉書電玩遊戲。她是新手，打到二十幾關就卡關了。那廖桑已遙遠打到九十八關了。他用一種寬容寵縱的老魔神情對她說：「等妳打到超過我，妳就讓我去妳住處。」她吃吃地笑，這像是在遊樂場的大型金屬機器，那些高空墜落、雲霄飛車、旋轉木馬、飛天球……的基座玩捉迷藏啦。怎麼可能？

她想：怎麼可能我會打到超過你？

有一天，店裡來了四五個的客人，不是那「老頭掛」的，都約四十來歲，一看穿西裝白襯衫就是跑業務的。這種通常是過路客，店家也安排在大間按摩房同時幾個師傅下去按。她也無須進入那

「暗室」老人們的少女之夢裡。幾個師傅隔空嘻嘻哈哈聊著這「搶糖果」各自卡關的難處，她也跟著湊熱鬧說。突然她正按著的那男的轉頭問她，卡在哪一關，「我幫妳過。」他說。於是這陌生人拿著她的手機趴在那叮叮咚咚幫她破關（很怪，她在他背上繼續按他的光背脊和腰臀）。但或那關真的太難了，一直到他們按完了，他的同事都著裝在外頭等他，其他師傅都在收床重鋪紙墊，這傢伙急得整個耳根後頸都泛紅，還固執趴在那按著她的手機，就是破不了那關。

第二次再來，那男人（和她的世界靜態洄游的這些老人相比，他簡直是個大男孩）說：「上次很丟臉，很拍謝。」不，她謝謝他。其實以年紀和這階段的社會位階，他和她一樣是被那看不見的攪拌器，支離破碎的使用、羞辱、無法保護自己，身心俱疲的生存著。她說：「不然我把FB的帳號給你，你有空再幫我破關。」這男人受到驚嚇，說那不好吧。她笑著解釋，她的FB本就開放給朋友上去玩電動，上頭沒有任何隱私，她和小孩或姊妹淘聊私事，都是用Line或APP，他只是拿她鑰匙去幫她的「遊戲屋」巡一巡，顧一顧。

沒想到這傢伙是個「搶糖果」遊戲狂人，那之間她回高雄了一次（她小女兒又一次退學），只待一晚便回台北。一開臉書，天啊她的「搶糖果」已破到一百多關！這個男人在她不在的FB遊戲間裡，徹夜闖關，一夕之間風雲變色。

她收到廖桑傳來的簡訊：「我們之前講好的喲，妳贏我的那天，就要讓我去妳住處。」

這真是跳到黃河也洗不清了。她自己說得不斷詫笑，怎麼可能？我想都沒想到！怎麼可能那傢伙讓我一夜之間，就超過廖桑的九十八關？我猜廖桑一定也嚇壞了，好像我迫不及待要當他女朋友……

他開玩笑說：「會不會這個『搶糖果』男人，是廖桑花錢雇來的，一切都是設計好的，一個精密的計畫？」

她在黑裡打他的臂，「噯喲你害我眼淚都笑出來了。」事實是，那是《桃色交易》裡的勞勃瑞福和黛咪摩爾，《麻雀變鳳凰》裡的李察基爾和茱莉亞羅勃茲，那真的是銀光熠熠的童話故事裡的糖果屋。看看那些歪斜溶塌的老人們，和其實與殯儀館員工無有差，夢遊中孤獨運動著自己十根手指的勞作的這個她。

譬如說，前幾天，她小女兒（那個T）打電話來告狀，說她發現哥哥在電腦上下載一堆A片（他們兄妹共用一台電腦），超噁心，因為她小女兒曾撞見她哥在她姊熟睡像死豬時摸她胸部，電話裡整個陷入歇斯底里，好像這個哥哥在夜裡會變身成淫魔，強姦這兩個母親不在身邊的妹妹。而且她們房間的鎖壞了。她試著安撫那叛逆期的小女兒，告訴她，這個年紀男孩子看A片很正常，當然她也擔心她和姊姊的安全，那可否請她去讓她爸爸找鎖匠把房鎖換一個新的（那鎖是上回這小女兒和父親對罵，把自己鎖在房間，那父親盛怒下踹壞的）。再來，她必須自己跟哥哥講這些A片檔存在他們共用電腦空間上，對她造成的不舒服。請他每次看完要把那些檔案殺掉。

但她小女兒在電話那頭，像穢語症者狂罵髒話。說她心中只有這個兒子，她和姊姊根本不是她女兒，「就算被妳兒子幹了，他爽到了，妳也就算了沒關係！」

她在像是遠離地球，孤獨窄小的人造衛星上，詫異地聽著那些雜訊，遙遠，卻又將她包圍的，酸液般的話語，眼淚狂流，哽咽無法出聲。

隔一天，換她大兒子在電話那端開火（而她總是戴著安全帽，在上一家按摩院客人按完趕去下一家按摩院有客人等著的途中，將機車停路邊熄火的狀態），痛斥那個妹妹是米蟲、擺爛，工作一換再換，沒有一次做超過一個月，也不去上學……。她跟大兒子解釋，不是說好了，到九月她會回高雄，壓著他妹妹去報名，這個不過幾年前還護著她，告訴她會永遠保護她的少年，如今像個舞台上狂躁的哈姆雷特：「噢，我真受不了你們這對爛透了的父母，妳不覺得妳和爸是天造地設的一對，一樣爛的父母嗎？你們當初何必離婚？我一定會眼睜睜看著你們的人生失敗，我不會和你們一樣。如果有一天，妹妹怎麼樣了，出了什麼挽回不了的悲劇，我不會同情你們，你們痛哭流涕的時候，我會大聲嘲笑你們！」

她還是只能狂哭。這種時候，反而是那「老大」，像個衰老父神降臨，帶她去晶華吃下午茶，也不講討人厭的話，耐心地聽她邊哭邊說，有一瞬她出現一種「女兒」的遍體鱗傷的細微感觸，卻發覺他歪坐對面睡著並打著呼。

那些時光，對他而言都是雙向的。其實大部分的他都在一整個宇宙的星光都被摁熄了，那樣無邊無際的黑暗中安心睡著。而她像在這無垠太空劇院舞台上演獨幕劇的米蒂亞，或是《遊園驚夢》的崔鶯鶯，那個夢遊的獨白的女人。他睡著時，那些像流螢般的細碎故事便嗡嗡混淆著他無夢的世界，沿著黑色溪流的芒草小徑飛進他腦中。他迷迷糊糊醒來時，感到她的肘骨劃過他小腿肚肌肉的剝開像山竹、鳳梨這類成瓣結理較緻密的水果；或是那些拔罐器像炮烙之刑十幾枚列陣嵌進他肥厚背肉的，掐出水汁的爽痛。那時他會胡亂應答說的那些，像他從未睡著而一直聽她說著。

那些破碎、黑裡螢光組成的她，有兩種女人的臉貌：一是像在荒原中疲憊覓食的母豹。她的還在青春期還在變貌流動的兒子和女兒們。最讓她擔心的，是那「變成女同志」的小女兒，一個月手機帳單寄過來要一萬多塊，就是在和她的「好朋友」（她沒說「情人」）講那些五四三的沒意義的話，每晚可以聊三、四個小時。哭鬧著不要騎我留在高雄那輛老爺機車，好被她盧到煩買一台新車給她，第二天就給我摔車，說整片大腿肉都磨爛了，縫了二十幾針，電話裡一直哭結果是傷心那機車的烤漆全刮得醜死了。硬不要去念普通高中，因為她「好朋友」去念什麼美容美髮科，我告訴她，媽媽就是在這個行業裡打滾，那不是妳們小孩子想像的香噴噴、公雞頭五彩炫光髮型設計師的時髦世界，那就是廉價女工啊。妳要不要看看媽媽的手指？妳知不知道那些髮廊小姐們才二十出頭，每個人的手都是潰爛的？不聽。念了一個月，哭著說要休學。電話裡什麼都不說，就是哭。來回追著電話問她哥哥她姊姊，才說是在建教合作的髮廊被剝削了，被裡頭的八婆看不順眼，孤立、排擠了。店長罵她像罵狗一樣。她覺得自己有憂鬱症，想拿美髮剪戳進那八婆的眼睛……

但另一個她，在黑暗中那欲拒還迎，攬鏡自照的描述裡，卻是一個捧著心頭，被許多個老頭身心包圍著，甜言蜜語誘惑著，想要奪取她女性花蕊之蜜，一臉迷亂、潔身自愛卻又春情蕩漾的少女。她有一次（臉塞在那按摩床的洞裡，上唇被那鋪著的一張像複寫紙的薄紙在此處剪開濾水孔漩渦狀的尖瓣搔癢著）突然想到：像她這樣的女人，存在這時空如極光之裙裾的翻湧、連續性的幻覺裡，其實功能就如同那些神話裡的「修補女神」吧？她疲憊地飄浮在一個「被弄壞的宇宙」持續擴張中，修補那些藏汙納垢、拗扭、累聚了暴力或塌縮能量的「宇宙破洞」、被殞石擊打而凹窪處的巨大行星、那些結構鬆散只是一團冰屑灰塵在幽靈飛行的彗星、那些吐盡了光焰的白矮星、帶著巨大怨念要吞噬其他星系的黑洞……他們像永恆黑暗中讓自己跟隨這個「被弄壞宇宙」的時間簡史，變形、透明、拉成不可思議的弦絲、像傻B精衛鳥銜石填海，像傻B女媧補天，像李維史陀在部落親屬關係與亂倫禁忌中找到的函數：女人是作為這漣漪般起伏、保持平衡不致崩潰的生殖網絡裡的「交換物」。代價。犧牲。像宮崎駿卡通裡那些「少女神」：納伍絲嘉、戴著飛行時項鍊從漫天星空墜落的天空之城公主、失去飛行能力的小魔女、名字被神收去但最後拯救變成豬的父母及贈與神被遺忘名字的少女、被詛咒而變成老婦外貌的少女、吞噬人類全部貪婪噩夢的少女……

一如此刻她在修復著他。他在那黑暗中的窟窿（按摩床的）睜大了眼，彷彿天頂有雷擊閃電，大雨滂沱。但終究是在一部默片播放小間的夢境裡。像他小時候在一種奶香、將睡未睡，近乎子宮裡的幸福、安全感、輕輕晃搖的（也許小雞雞正勃起）依戀時刻，問他母親「蛇吞象」的傻問題：「如果蛇把大象吞進牠肚子裡，但這條蛇在哪呢？」「在牠自己的夢裡吧。」「但這個作夢的人在哪呢？」於是他們會贈與你一個俄羅斯娃娃的宇宙之夢模型。此刻他想：她在抵抗什麼？抵抗著那些衰老壞毀歪斜故障，她滿懷愛意修補的父親們姦汙她。但她在這樣黑暗重複剪影中一杓一杓從他們髒汙、羞辱、啜泣的殘骸中打撈出來的那些黑油都到哪去了？好吧如那些宮崎駿電影裡的少女神，她把它們全吞進自己螢光水母般純潔張縮的腔體裡去了。然後呢？這個趴騎在他裸背上，踩著他的脊骨嘎嘎響的母猿猴軀體，吞下了那麼龐大汙穢的宇宙垃圾，她會不會像電影裡演的一台垃圾處理機爆炸、迸灑四散各種彩色泥漿？

另一個疑問，她們為什麼要「扮少女」？明顯地，她周旋在那些汙濁老人自慚形穢的醜陋虛弱、故障，卻像得了白化症的海葵朝她蠕動的渴愛之手，亂抓亂摸卻無一能真正如他們渴慕直探那蜜蕊核心。她隨便一拍就可以拍掉它們，像被冒犯的女神翻桌走人。她豈完全無意識到那裡頭有一種狡猾、可愛的偽詐，少女為何喜歡一個用蕾絲層層編織形成的光之翳霧，一種鯨魚骨撐起的蓬蓬紗裙，她們喜歡一個無性的，堆滿粉紅色絨毛材質Hello Kitty的「少女臥房」？她們為什麼明知那叢林裡藏著的，鱗片留著濃汁的老犰狳或長癬禿毛的老眼鏡猴，他們嘰嘰歪歪，想要的無非是「姦淫他們眼中的少女」，卻偏偏要扮成易受驚嚇、濛濛發光的少女，偏要走進那叢林裡？

這些祕密，她們全知道，甚至比那些淚眼汪汪裝作無害但猝不及防間老二變硬勃而起的老人們還知道。但這個像舉著火炬走進鯨魚頭顱內腦室如冰錐迷宮、層層繁複的詭麗、輝煌滿室、暗影幢幢景觀，她們永遠不往下傳，不讓那些年輕的小蹄子們知道。所以全部是一代即失傳，每一個少女都要像愛麗絲夢遊記那樣，從零開始啟動那個刺激、好玩、掌握「少女」技術的領會之旅。或許女人是一種時間意義並不存在的靈魂？

她們（還未成形的時候，或還在那少女被裹脅在宇宙暴脹最初時光的「極域之夢」的時候）易碎、感傷，懷抱著一個（或許多個）受創史泫然欲泣的姿勢；但後來的她們（這個持續暴脹終於無遠弗屆的分崩離析、死者與站著的人、夢中悲歡與現實屈辱、鏡中衰老的自己與照片裡笑靨如花的年輕自己、被離棄的恨意與後來自己模仿、複製的那些離棄較弱者的行為……全攪混了，這個一直變大變稀薄的夢境）變成了宇宙修補匠。各種維度更高的超弦宇宙，那種難以言喻、一閃如電的人心所能布置的扭曲傷害、肢骸爆炸，鋼架扭曲的廢墟、最毒的核廢料輻射汙染殘渣，她們總可以從最不可能角度的夾縫，最不可能的深海壞鏽沉船底部的牡蠣岩礁之洞孔，最不可能的太陽黑子所形成的錯幻暗影，她們把自己變成不可能的修補膠水或潤滑液，或芬芳的露珠或眼淚，灌進那各種紊亂線條的斷裂處、墨水滲漏處、宇宙之紙模被戳破處……

這是怎麼回事？他趴在那個按摩床之洞裡想著：這之間發生了什麼跳躍？那個俄羅斯娃娃最核

心的少女（姑且稱為「少女宇宙之奇異點」），子宮的子宮的裡面，層疊收納抽屜最裡面，夢境包裹著夢境再往核心的夢境，最初印記了什麼？是誰留下那個設計之初的「密度最高的第一個故事」？第一個女兒原型？使得那之後的大爆炸，灰塵雲撞擊形成星團，星團在塌縮爆炸碎散成灰塵，不斷地擴散、經歷時間的裙襬翻飛，變貌，被吸進另一個物理學法則世界，又被甩砸……她們卻仍然像蜂群以唾液築巢執行著那個，所謂「愛」（比較接近某種嗅味粒子，某種腦波之反應，某種電子雲的量子效應折射之光譜）的指令？

那個跳躍的祕密，那個「最初的原型」，就是他的「女兒」計畫，顛倒幻想，苦求不得而一直想拿到手的設計圖嗎？他這麼想的時候，其實已在夢中了。他又在她像演奏鋼琴的手指彈跳下睡著了。

襲人

她是最好的聆聽者，所有辦公室女孩們喝醉時對她說的祕密，最瘋狂的隱私，
最不堪的靈魂汙水，乾煎的欲望，不幸的婚姻，
混亂的男女關係網絡……她全部守口如瓶。

那時她二十出頭，住在那所教會大學後面許多間修會宿舍其中的一幢裡，修女們或因觀察過她是個單純的女孩，於是安排了一位再過半年就要進修會當年輕修女的香港女孩和她同寢室。她跟我說起那三十年前台北近郊，河流那岸的那些還是田野中的木蓋宿舍，戴頭巾穿著修女袍的西班牙、德國、英國修女，或從上海也跟著國府逃難過來的外省嬤嬤們，總有一種霧中風景，某些光影或昔日之人說話之臉如在眼前，但卻又一轉場所有人變成小小灰色的淡影子，變成那片綠光田野或雜亂工廠鐵皮房的地景上，像小麻雀那般一群飛來，又嘩嘩飛走，與時代巨輪無關的過客。

她們虔誠、純淨、良善、修袍風吹獵獵，低眉低眼輕聲細語在一整套和周邊島嶼、或島嶼外的世界冷戰局勢、完全無關的話語體系。她和那個室友，未來的修女，自然變成無話不談的摯友，手帕交。她記得，那時這女孩已到了入會前決定階段。似乎已是和這人世塵緣最後渡口的一小段路，一些學習的儀式和課程非常緊湊，好像常要和不同神父修女們會見，對了，那種說不出的年輕焦慮和頻頻回眺某個將要永別的青春少女的氣氛，很像一個快要當新娘的姑娘，就要成為和身旁姊妹們「不一樣」的那個人了。

她問過那女孩（純粹基於好奇），真的真的甘心願意，這生就當修女奉獻給那個神祕、巨大的父嗎？女孩的眼神堅毅而澄澈，回說：「當然。」似乎詫異她會這麼問，那時她很確定自己的心願。她們都是曾受到聖靈神蹟祕召的。但她突然不知哪來的勇氣（二十年後的她笑著對我說：「惡向膽邊生哪。」），對那將入會的好友說：「如果你內心有那麼一絲絲的不確定，我建議妳，這次回家，就別回來了。」

女孩說：「怎麼可能。」似乎她說的是對其他宿舍女孩來說，大膽胡說到她們只能把頭埋到被子裡吃吃笑的渾話。

結果那女孩真的回香港就沒再回來履行這神聖的，修女們替她準備了那麼久的「允諾的愛」。音信全無。那麼多年了，她仍然記得那些良善、堅忍的外國老修女們，一種等待、惆悵、擔憂的撩光晃影。她們有時難免跟她嘀咕一句：「這小孩真是的，也不來個信，這樣讓人操心是不是出什麼事？」只有她（其實也那麼年輕）祕密懷抱著一種說不出的罪惡感，很像小時候偷帶一隻寵物小白老鼠到學校給最好的姊妹淘看，但課堂上怕那小東西被老師發現，一隻手緊攥著牠在裡頭輕輕顫動的那個外套口袋，到下課時才發現那小東西不知怎麼被悶死了。後來，一個月後，兩個月後，其中一個老修女總是找她一起散步。那個嬤嬤可是經歷過上海日華戰爭、收容醫護救助那些可憐的戰爭孤兒、婦女；目睹日本飛機轟炸一街血肉橫飛的屍體；以及四九年所有人像旅鼠往輪船上攀爬的人間慘劇的那樣哀憫慈愛的一雙眼睛。年輕的她古靈精怪，常亂問一些對《聖經》完全無知的問題。逗得那老修女呵呵笑。似乎她在扮演一個，最好的那個妹妹離家出走了，而努力讓憂悒的母親開心點的那個，原本較不受重視的女兒。

像不自覺地穿越一道換日線，或陪著那些其實敏感、死心眼的修女們漫步走過某一段月光下的暗夜芙渠。她們開始邀請她參加一些像避靜這類靈修之途的活動。沒有任何壓力，沒有一絲絲不舒服。她被安排去新竹山上一間修院住了一個禮拜，不准說一句話。回憶裡那個修院美得像夢中的白銀之屋。

但回到台北後，第二天她找了那位老修女談，她說她覺得自己還沒做好準備（當一個修女，犧牲奉獻），她的心不夠澄澈安靜，在避靜禁語的時光，她腦海裡充滿了各式各樣的妄念。對爸媽哥哥外公外婆甚至家裡的狗充滿了牽掛（事實上她父母如果知道她要去當修女，一定氣瘋了）。她對這個人世紅塵還是充滿好奇，想要經歷看看是怎麼回事？

那個修女嬤嬤爽朗笑著，並擁抱了她（這麼多年後，她真懷念她啊），說她是她見過最古靈精怪的女孩了，這一切都是神的旨意。但也嘆氣說，像她有這樣一顆自由寬容的心，如果來當修女，一定會成為像德蕾莎那樣偉大的神的僕人。

當然後來她就離開了那個純淨的一群霧中風景般，戴白色或黑色方巾穿修女服的靈屬的世界。結婚、生子、工作。認識各式各樣的人。她揹了她哥哥的債務二十多年。她曾和男友湊錢陪最好的一位姊妹去醫院打胎（小孩的父親是個玩無數年輕女孩的爛貨）。一個非常美的高中同學後來下海去當酒女，她還幫她買出場費陪她在那個年代高級到瞠目結舌各式美麗女郎挽著大老闆進出的Piano Bar喝咖啡。工作上她遇到各式各樣的神經病，背後捅刀子的同事。當那些被男人玩了就甩，哭哭啼啼卻又一再重演同樣劇碼的姊妹的心理醫生。前幾年最要好的一位高中室友跳樓自殺。那兩年她先生到大陸跟朋友投資工廠，她婆婆死時只有她一人在身邊，幫她擦澡換衣辦後續的喪葬。後來她父親過世，母親悲不能抑住來她家，完全退化成一個小孩。她也發現自己每天吃各種藥物：類風濕關節炎、心臟二尖瓣閉合不全、憂鬱症、失眠……。但她總是在當別人的垃圾桶，聆聽她們的扭曲混亂的婚外情、想殺死自己母親的瘋狂念頭、借錢給她們，或誰誰的家人住院她要幫忙找認識的關係幫她想辦法弄到病床……

有一天，在一個朋友家裡，朋友又帶了個神祕兮兮的朋友，說能觀人前世，她不信這個，但好教養和好脾氣讓她溫和地讓那年輕男人閉著眼握她的手「觀一觀」。那男人對她說：

「妳上輩子是在亂世中，上海徐家匯的某間教堂裡的修女，但被一個妳非常喜歡的大學生拐了。叛逃了妳的修會。沒多久這大學生就甩了妳。妳非常年輕就傷心屈辱死了。死前有一個念頭：神啊，這個奇妙的人世，我多想多理解一些它的真相啊……」

「所以你這世領洗的聖名叫做小德蘭修女。」

她說：那是民國七十二、七十三年間的事了。

那時她二十出頭，大學剛畢業，第一份工作剛丟（其實才去做了三個月），整天在家閒晃，看小說。那時她家常一堆她母親的朋友，開兩桌麻將，她總要在廚房後頭用熱水把粉紅粉藍嫩黃小毛巾燙得冒煙，摺成小方塊，放在小瓷碟，還要切水果（大部分是一瓣一瓣柳丁）、替客廳那些梳著大包頭髻的婦人們，將整碟的菸蒂倒進垃圾桶。有時母親還交代她煮一鍋紅豆湯小湯圓，小碗盛著，讓那些徹夜在罩燈下嘩嘩搓牌的手指，那些臉孔似乎被烤曬而變得枯槁肅殺的胖瘦不同的臉，因為用瓷湯匙舀那些小圓白糯球，而變得鬆弛些、柔和些。

有一次，其中一位王媽媽，跟她母親說，認識一位財政部官員的太太（或許只是情婦），有一個女兒，正在念專科一年級，非常調皮、不念書，好像先後替她找了七、八個家教，沒有一個做滿一個禮拜，全被這小孩弄跑了。問她要不要去試試當這孩子的家教。她說：什麼家教？那個叛逆大小姐，英文連二十六個字母都認不全，她們家在現在和平東路旁那間派出所對面，一幢兩層樓連庭院的官邸。這女孩常就是從窗口砰咚跳出去，再翻過家裡那高矗的圍牆，當然也不知道她在外頭有哪些朋友，都在玩耍些什麼？

她記得當時她（竟然用她母親和那些太太們講話的腔調）對那介紹的貴婦說：「王媽媽，您別整我啦，這我恐怕是吃不住的……」那王媽媽說：「嗳啊，妳根本別管什麼英文家教，其實就是幫著看住她。她爸也常不在家，她媽自已整天出去打牌跳舞，沒有要妳讓這小孩變成個好學生，反正他們家有錢。人家對進家門的陪讀（居然用這個紅樓夢般的稱呼），外貌、長相，那是很挑的。」

後來她還是去了。主要是她爸那時生意失敗，她整天閒在家裡也心慌。人家開的鐘點費高出一般行情兩倍，主要那矗立在和平東路旁的大房子對她有一種神祕的吸引力，像「庭院深深」或「咆哮山莊」什麼的。那個母親，真是個美人（那時應該四十歲了），長得活脫就是白嘉莉、崔苔菁那樣的明豔的臉，高個兒，身段風流。是那個年代的典型美女，鵝蛋臉，眼睛像外國洋娃娃，梳一個大鬈頭，穿著一襲像菲律賓風格的奼紫嫣紅大花睡袍，蹺腳坐在沙發上，前一瞬還像煙視媚行慵懶的貓，下一瞬眼神突然精明得不得了，像把她從頭到腳整個審視了一遍。冷冷的說：「我也不曉得妳能待多久，妳看起來太嫩了，不曉得鎮不鎮得住我這個女兒，她真的讓我煩心死了。」

然後，她走進那女孩的房間，第一次上課，就被這個小她七、八歲的少女來個「震撼教育」。這丫頭真漂亮，就是她媽的翻版，嗳用那個年代還空空蕩蕩、繁華迷麗那幾條馬路雜錯著一些稻田或隱沒於暗影中的這個比現在的台北小許多的那座小城，那神祕也相對圈子小許多的這些權富世界或保守的影視媒體印象，這母親就是個狐狸精，這女兒就是毛還沒長全的小狐狸精。愛玩、叛逆、從小被寵壞了。女孩將房門鎖上，一轉身就開始像機場安檢搜身那樣，從頭到腳把她摸摸按按「檢查」了一遍，那哪像一個學生對老師，簡直像鴇母在挑揀要不要收入旗下的清倌人。饒富興味且專住地捏捏她的肩胛骨、腰身、臀部、小腹，甚至小腿、足踝……她像隻大狗全身僵硬不敢喘大氣任她「檢查」。女孩說：「來，比比身高。」那女孩兒長手長腳，應有一六八，在那個年代，是選美小姐的身材了。但她可是從念初中就一路有體育老師問要不要加入籃球校隊的一七〇高個兒啊。女孩說：「啊，比我高？」似乎滿意了這位新來的家教的身材。又說：「把衣服脫掉，我們來比比身材。」這時她嚴詞拒絕了，但那瘋丫頭自己把衣服脫了，僅穿著胸罩和內褲。那即使是才二十出頭那時的她，也感到像一具光華四射的、青春、幻美妖異像盛放百合的漂亮身體。她說：「好吧，請妳把衣服穿上吧。我們至少第一堂來上點課吧。」女孩說：「噯呀，不要那麼掃興。」似乎通過了一個十六歲少女古怪的儀式，「我跟妳說喔，我媽幫我找的這些家教，全是白癡，沒有一個能撐過一禮拜。男的女的都是。」然後說：「不過看在我還蠻喜歡妳的分上，好吧我不整妳。」然後嘰哩咕嚕像手帕交說了一堆她老爸的風流爛帳，拿自己的浪琴手錶給她看說是老爸的祕書送的（「哼，我看我老爸跟那祕書肯定也有一腿。」）說她老媽從前可美的咧，拿出照片簿翻給她看（真的是那種可以演邵氏什麼大戲的第一女主角的美貌），但她就是想不開，整天想跟我老爸那些葷素不忌的各式各樣野女人比，所以她的臉啊，亂整，亂割，亂墊鼻子，搞得現在這樣醜死了。她跟女孩說：「妳跟妳媽年輕時好像一個模子翻出來的。」女孩非常開心：「真的嗎？」然後像在一不存在的水銀燈下的想像攝影棚，嘟嘴翻白眼：「我將來才不會像我媽那麼傻，男人沒一個是東西！」

這時覺得她就是個天真無邪、寂寞在自己花房裡長著的小女孩。她說：「妳別給我媽知道喔。」從床墊下拉出一件煙藍色薄紗的平胸小禮服，在她面前換上，然後睜大眼攏攏頭髮：「怎麼樣？」她說：「妳真的很漂亮。」女孩說：「真的嗎？」又翻出一大堆不同男孩子寫給她的情書，幫她畫的鉛筆素描，甚至在那始終沒打開燈而外頭天色漸暗的房間裡，興奮、炫耀、惡戲又純真地講起讓她瞠目結舌的各種性經驗。她知道這少女和她交心了，但很多年後她偶爾再遇見「這一類」華麗的公主，在不同年齡不同生命情境不同規格的「交心」，她慢慢體悟在那樣親密的時刻，這樣的女孩（或女人）必然還是帶著扮戲的成分。她們像某種貓科動物，自戀、殘忍。有一種天賦會建立身邊的聆聽者「是被臨幸」的戲台即興華麗造境。但她們很快會忘了妳。

後來每週二次的「家教」，常是女孩要她幫忙蹲在牆邊，讓她騎著翻牆出去。然後自己待在那好像被心不在焉的大人遺棄的房間裡，安靜地讀自己帶去的小說。女孩總會在補習時間結束前又翻牆從窗洞鑽進來。吐吐舌頭，可以聽見她那小動物般興奮的心跳。

有一次，女孩又翻牆出去了。大約在窗外天色將暗未暗，一種愁慘陰冥氣壓非常低的（她記得那是冬天）臨傍晚時光，那個母親突然在房間外敲門。她那時獨自在女孩的臥房裡讀著自己帶來的小說（她記得是一本非常厚的美國小說，叫《美國望鄉》），似乎昏沉沉進入一個「這房間在這段時光是屬於她的」，似夢非夢的隱密靜止的「自己的房間」，突然被敲門聲驚嚇得不敢出聲。女孩的母親愈敲愈急，並粗暴地咔啦咔啦轉那鎖上的門鈕。「妳快開門！妳在裡頭搞什麼鬼？莊老師妳開門！我知道一定又是這丫頭的鬼主意！她是不是又翻牆跑出去了。不要以為我不知道妳們的把戲！快點開門！」

那時她羞憤又悲哀，坐在那暗下來似乎自己的身影也融解在其中的湖水般的房間模糊的床櫃影廊裡。她氣得咬住自己下唇，想，憑什麼我被妳們這一對神經病母女扯進這種難堪的處境。但她又固執噤聲坐在那（一方面是真的害怕，一方面是說不出的對那女孩的守諾）。這樣子大概對峙了十幾分鐘吧。那女孩突然像一隻黑貓從窗外鑽爬進來，和她一起在這房間的濛暗裡。她們簡直像寄宿學校女生宿舍的室友，不出聲非常有默契比手畫腳，女孩趕忙把一身妖裡狐哨的的衣服換回家居服，用讓她嘆為觀止的技術把臉妝卸了。然後她們互看一眼，開燈，開門。

那母親當然是炸了，衝進來鼻子似乎像獵犬那樣嗅著，似乎猜測其中一種可能是否她們鎖門在吸大麻？喊那女孩的名字，「不要以為我不知道妳在耍什麼把戲！」但似乎對她造次（究竟是朋友的朋友的女兒），眼睛始終沒看過來。上海女人水銀瀉地劈里啪啦罵了那比她年輕、青春，但像一個模子鑄出來的，注定要當別人眼中「禍水」的這個美麗女兒。正想打官腔：「莊老師，我請妳來是盯著我女兒念書……」她亦在這樣的母女鬧劇，定了定神進入「老師」的角色：

「××媽媽，如果妳對我當女兒家教這份工作的表現不滿意，我可以就上到今天。請另請高明。但是當我在幫令嬡（她居然會說出這個詞！）準備功課時，我希望妳能尊重我，不要這樣突然干擾我們……」

女人詫異地看著她，有一瞬突然眼神意味深長瞇起一種「哦，我小看妳了」的笑意。或許還有一種「我就是要像妳這樣的來看著我女兒」的女土匪氣。突然那炸藥就被拆卸了。這時她才看見，做母親的自己打扮得一身明豔（像銀蛇亂竄的蟒白滾金絲褲裝），根本就正要出門去打牌。「好啦好啦，妳也是個大人了，不要被這壞丫頭糊弄牽著鼻子轉。我出門了。妳們待會叫個外燴來吧。妹妹，要聽老師的話喔。」

她記得那段時光，每次上完家教課，從那幢「庭院深深」（大人物的小公館嗎？）出來，她當時的男友會在稍遠一點點的馬路邊抽著菸等她。然後騎著野狼機車，載著她，穿過那時好像許多地

方、街道還隱沒在黑暗中的台北街頭，一路顛簸，送她回淡水的家。她並不是很喜歡這個男生（應

該說是陌生），但那些時候，她會用手環著他的腰肚，把臉貼在他的後背。她從不跟他多說那奇

幻、像貓或狐狸的這對母女，在那屋裡發生的任何事。但她總像是懷藏了什麼炭火餘燼，讓身體裡

某處發燙的祕密。

當然後來她找到了一個正職的工作，便辭去了這個對她自己像年輕跨到真正成人之換日線的家教。她結婚、生子、像所有人一般一只陀螺被許多條白綿繩纏住糾葛、打轉。工作上看到的傾軋、男女、瑣碎的誰誰誰跟誰誰誰講誰誰誰的壞話。她父親生意失敗後，娘家的經濟每下愈況。和婆家自然也有一些時光中層層編織的傷害、恨意、屈辱。或是從帶小孩在兒科診所等候時看著一堆牙牙哇哇的小男孩小女孩，有一天發現是在高中訓導處，因為兒子被捲入班上男孩們的集體衝突，在辦理轉學之事，有一天她的父親過世了。她開始在某些夜晚獨自一人闖進金華街的某家小酒館，喝一杯不兌水的威士忌。有時和朋友（通常是同齡女性）約喝咖啡，聽對方一邊講工作上的人事鬥爭一邊自我戲劇化地附會一路的日、韓、中後宮戲《大長今》、《篤姬》、《甄嬛傳》……她會突然心底湧現年輕時不曾有的躁鬱厭煩。然後，也像她母親在她現在這個年紀時一樣，經朋友的朋友介紹，去某個非常神準的老師的大廈某層某單位間，排紫微、算易卦、家族排列，或印地安巫術……

有一天，她和人約了在青田街旁另一條街巷的咖啡屋碰面，但那人臨時有事又不能來了。她便沿著那條如今一幢幢當年台大教授或將軍或官員的日式魚鱗黑瓦老屋皆被拆掉，建成據說房價在這城市是最頂級的，像不同建築師在競妍炫藝的作品展廊暴走，還是有一些或被劃成古蹟保護的老屋和院落，還是有一些參天的大王椰子、覆蔭遮蔽的大榕樹、大麵包樹。使得這一帶小巷弄猶綠意盎

然、空氣中充滿腐敗落葉或青苔、藤蔓的氣味。

突然她發現自己站在當年的那幢，那女孩兒和她那個拚了一身女人美麗本錢，一種被圈養、厭煩、慵懶的貓一般的「年華似水」的母親，像上一個時代的傳奇的那幢小洋房的門前。她記得當時，她離開這屋子沒兩年，便聽她母親說（也是輾轉從朋友那聽來），這個女人在外頭養了個「小狼狗」，被那財政部官員的老頭子抓到了，好像當時就母女打包走人。這房子當時就賣啦。據說那女兒（原本英文二十六個字母認不全的）後來到美國去拿了個大學文憑回來，突然以名媛之姿出現在那些時尚趴，後來好像也嫁入豪門，成了某個董座夫人。她很難想像那個翻牆逃家叛逆、或揮霍自己天賦妖幻美貌的少女，終於開啟了生存本能、貓科動物的競獵才華（如她母親），那樣「胳膊上跑馬」、煙視媚行巧笑倩兮和男人（或其他美麗女人）擒縱、誘捕、捕殺時，那會是怎樣的一張臉？

那幾年時局很亂，感覺認識的人、遇到的人，在不同的話題漫漶展開後，最終一定用這一句哀嘆的話收尾：「台灣完蛋了。」像在說一家藏在舊鬧區大樓裡的重考補習班，每天那髒汙的樓梯間還是三三兩兩歪站著幾個像鬼魂般的重考生，悶得窒息的濁臭空氣裡吸菸，那層階梯被扔了至少十萬只煙屁股，乍看像一片海灘上乾死的小魚屍。但聽說負責人和管理階層早就財務糾紛跑路，但那不同樓層憂鬱日光燈管照明的上百人教室，每天還是有學生和老師在裡頭上課。然而作為行政辦公室的那間租賃公寓，銅門深鎖，下面塞滿郵件、帳單和各式廣告單。

有一次她在臉書上看到一個她喜歡的電影導演，敘述了自己一天的行程：一早開車飆雪隧、蘇花公路、花東海岸公路，中午到達台東，參加「抗爭美麗灣開發商破壞自然海岸景觀、濫建大型渡假中心」；然後往南繞過墾丁，北上走西部高速公路，到達彰化參加「守護農圳，抗議中科將化學毒劑排放至灌溉溝圳」；再往北，傍晚到達苗栗參加「大埔自救會抗議濫拆民房音樂會」；最後疲憊不堪回到台北，到中正紀念堂參加那晚的「反核四廣場運動」。

她心裡想：這簡直是胡鬧，但內心非常心疼這個性格的導演，感覺似乎所有人都被困在一像琥珀般的稠膠夢境，睜著眼但眼裡塞滿泥淖水草的無助擱淺狀態。有一天她看到新聞，她年輕時（就是離開那白房子那對狐妖般美麗母女後，她的第一份工作）的老闆，因為性騷擾一位女演員，被控起訴。她一方面覺得惡有惡報，一方面又說不出的鬱忿，想這傢伙到這年紀才出事，表示過去那三十年他還是死性不改，在他的隱密王朝像眼前一整大盤炒溪蝦，隨他剝著殼往嘴裡扔、咀嚼，那些無知的、性格軟弱的、一代一代被他玩過即丟的年輕女孩。

她記得那時，她身旁兩個女孩同時跟他有一腿（而他自己有個正宮娘娘，和十個手指數不完的小三小四小五小六們）。有一晚（那三十年前的夜晚還像昨晚一樣），這傢伙辦了幾場大型舞台劇，她和那另兩個女孩忙票務、忙會計、忙聯繫媒體、忙場地和演出方的協調，終於疲憊不堪站在那劇院邊上盯著台上的演出，這時她老闆像王子翩翩從暗影不知哪道門走來，站在她和另一女孩中間，左右手各搭在她們肩上，然後她突然感到她背後的那隻手，順著脊梁往下游動，在腰際停頓一陣，隔著綢紗，往她的臀部撩搔搓弄。她知道他的另一隻手也正像在黑裡捏超市貨架上的蜜桃、葡萄，那樣無意識玩著另一個女孩的年輕腰臀。她轉過頭，輕聲婉轉地說：「對不起，我不太舒服。」然後盡量不引起注意，欠著身從走道離開。

後來她辭掉那個工作，那個老闆當時還不是老人，可能在貴婦、女演員，或他的後宮小姑娘間，一直是花叢裡蜜蜂的角色，他周旋著玩耍著女孩們之間的嫉妒天性，甚至把在這個女孩前對另一女孩調情，當作懲罰或看不見的傀儡懸絲，自如地纏繞在手指間或緊或鬆操弄著。他非常驚訝她按了像戰鬥機的逃脫彈射鈕，最後一次談話（在他的辦公桌前）他知道了她從內心瞧不起他像「黑暗王子」的這一切，他的後宮遊戲、他的雷峰塔、他的彼得潘遊戲，一臉可惜地說：「妳知道她們背後都叫妳什麼嗎？」

「什麼？」

「襲人。」

她記得年輕的她走出那棟辦公大樓，近乎生理反應的想在那熙來攘往白日光照下的路邊嘔吐。這個男人最後說了一句近乎詛咒的話：「相信我，妳走出這個辦公室，妳今生再怎麼努力也就只能當個平凡的小咖。」

時光沖洗了尖銳的恨意。有時（很多年後）她想起，並比對自己後來的境遇，忍不住無聲苦笑：還真的給他說中了呢。後來她在這個工作，像垃圾場漫野瘡痍狼煙股股，你不知道哪處或哪處，那些垃圾袋保特瓶廚餘瓜果皮層層壓疊腐爛的氮氣，在下頭悶燒，燃燒一陣就熄不至形成大火，有一天她竟知道現在的同事也給她取了個綽號，就叫「襲人」。

是因為她總屈意奉承、處處小心的個性嗎？她是最好的聆聽者，所有辦公室女孩們喝醉時對她說的祕密，最瘋狂的隱私，最不堪的靈魂汙水，乾煎的欲望，不幸的婚姻，混亂的男女關係網絡……她全部守口如瓶。

但是，女人這種生物，為什麼一過了那個像銀光燦爛、撲騰水花中銼鉤亂撈，鰓下嫩肉、眼珠或鱗鰭被粗暴割剜得慘不忍睹的美少女時光，接著就變身成黯黑羽翼、陰鷙尖喙、躲入樹叢，多疑、易受驚嚇，對其他女人充分妒恨，且咕咕呱呱一聲接一聲不祥的尖嘯，爭食腐肉的烏鴉？

過了一個年紀，她身旁的這些眼影花了睫毛膏糊了所以總像哭喪著臉的老女孩，又愛湊聚成星期一下午茶掛、星期五夜晚酒吧掛，或星期三晚餐某間靜巷裡日本居酒屋掛。（或許這十幾年全球大城市的職業婦女，都幻想著自己是《慾望城市》影集那四個姊妹淘的，拚了老娘一身過期的疲憊肉體，和資本主義峽谷的華服、美包、美食、豔遇、健身房、時髦玩意，像城市巷戰，被高樓帷幕窗不知哪個掩體後的高爆彈狙擊了，踩到地雷血肉橫飛了，被說好來支援的直升機放點遺棄了，單薄的一個人在十字街口遭遇敵方幾輛坦克和整個步兵排……這樣慘烈的搏鬥後，缺胳膊斷腿猶能有幾個「盡付笑談中」的姊妹。）

但其實她們常只是一些在星巴克靠牆角沙發說起自己的不幸總淚眼汪汪的老女孩。她們講起被其他某個姊妹為了某個爛男人，背叛、欺騙的始末，像描述一株蕨草羽葉的旋轉、紋脈和黏在腹側細細、黑色的孢子粒；或欺騙人的那姊妹，後來得了子宮肌腺瘤，動手術把整個子宮摘除了；或是哪個當年最美的，被所有女孩暗中孤立的那個某某，先生的事業垮了，移民加拿大的一個非常帥的兒子才十九歲某一天突然被檢查出有血癌，後來就死了。其中有一個姊妹說出（而且絕對不能告訴別人），這美人有一次拿了一袋珠寶首飾來跟她調頭寸，當然裡頭有真有假，但那景況實在太悽慘了，她便把自己私房錢湊了五十萬給那當年的美人……

她們說起這些時，你不知道隱藏在那變得混濁、驚嚇、執拗的老女孩眼珠色素沉澱的更裡面，是一種覺得「善惡終有報」的痛快；還是兔死狐悲的自傷？

她們喊她「襲人」，但那後面總有一種「藏奸」的印象派貶意。似乎連她總是聆聽、不跟著說三道四，她們往妖魔的世界歪斜變形時，她給出善意的忠告（雖然總是像耳邊風一樣沒勁）；甚至她十幾年來聽她們像貓舔爪子自憐自艾說自己的不幸，卻從沒有人問起她陪她們這樣像充氣娃娃坐在深夜酒吧的燈盞下，其實她的膝蓋疼痛不已，因為她的類風濕性關節炎……似乎這些老女孩的人類類型，如強酸沸騰的菌種培養皿，所有人浸泡在裡面，必然有不同變貌之焦黑腥臭。因為「人世」，或說「時間」，就是一種讓她們這樣的女孩兒，從芬芳玫瑰清露，變成魚屍眼珠暴破流出的腥稠汙水，那樣的設計。與人為善，守口如瓶，委曲求全，這就是「襲人」。

她想：但是「襲人」，總要有個「寶二爺」吧？但她卻沒有（或是所有的這些被棄若敝屣，臉孔如被大火焚燒蜷縮塌破浮世繪上的美人們都沒有）這麼個「寶二爺」。她們還真是活在一齣「沒有寶二爺」的瓦礫、碎玻璃、唇乾舌燥、偽詐殘酷的《紅樓夢》裡呢。

或是在某一飯局包廂，某一在權力高位而知曉人情世故（或知情識趣懂得和這些老女孩們嘴上調情，就更好了）的漂亮老男人，那她們可立刻啟動那設定在子宮深處的殘餘電力，妖嬈嬝娜，吃吃嬌笑，一甩疲憊老態，充滿母豹對其他在場母豹的複雜獵覓、恫嚇、隱密攻擊、氣味較勁的殺意。或是那些年輕爛漫，讓她懷念想到從前的自己或少女時期某些身旁女孩的，正青春芳華的女孩，在《紅樓夢》裡應是那些什麼齡官、芳官、藕官……背景一閃即逝，臉孔模糊沒有個性的小孩。但她略護她們一下，或進入她們的女孩們網絡，發覺那親暱手牽手，一起玩塔羅一起瞎拼買同款鞋甚至一起刺青同一部位同一藤蔓花紋的叢林草葉遮蔽掩映，仍是永劫回歸又複製一次女孩們必然的負棄、猜疑、親熱背後的惡毒話語、孔雀尾屏的炫耀或桌下踩對方的腳⋯⋯

曾經，那個當年的老闆，那個自我暗示是「大觀園裡唯一一根屌」，其實眼前蝴蝶春夢翩翩飛過的每個女孩兒，全被他剝去衣服在自家床上享用過的爛男人；那個像《神隱少女》裡沒收了妳的名字，而在某一震怒時刻告訴她，她在「太虛幻境」的人世已被寫好的盤旋、飛行、燃燒乃至存在的詩籤預言，就叫做「襲人」的玩家，玩過即棄的某兩個女孩（如今回想，她們在那個年紀不自知的美，仍然讓她嘆息），其中一個懷了他的孩子，可能他怕事情鬧大，拿了十萬塊要她自己去醫院拿掉（那醫生是他哥們）。這美麗小母貓的性格色厲內荏，可能私下跟他哭鬧威脅過，但終被這男人哄順擺平（他太有經驗了），最後是她陪著那像故障洋娃娃、燦如薄金的小美人，進到醫院，頂住這落單傻女孩的屈辱、掛號、推著病床穿過日光燈切割一格格不同靜物畫框般的其他歪斜的病患、老人、護士⋯⋯的長廊，之後那爛貨的十萬元根本也沒匯進這笨女孩的戶頭。那些泥汙腐爛的一團當年的人世醜惡她記憶模糊了（她好像還替那女孩打電話給那「寶二爺」，用鼻音偽扮男聲，裝成要爆料的八卦週刊記者），只剩下那深冬之夜，摟著那女孩（她知道她從此被這人世玷汙了），走出醫院，眼前一排行道樹，枝枒在暗影中像鐵絲纏掐的一般，如此荒涼又美麗。

另一個女孩兒，則是美得像鄧麗君，唐朝古典美人，頭小，頸子像天鵝，斜肩，豐乳纖腰，穿上百褶裙和細高跟鞋，嬝嬝娜娜，講話細聲細氣就像天生要讓男人盈盈一握，骨頭酥軟。那時那辦公室各色禽鳥羽翼斑爛的美人們，就這個皮膚白皙像乾冰生煙的精緻洋娃娃，一坐角落，熠熠生輝，全被比下去了。但也奇怪這風流老闆怎麼使盡手段，就是把不上她。大約做了兩個月就離職了。同事們回想起來，好像她來這辦公室什麼也沒做，她自己像在夢遊時光兩眼迷濛，旁人看去則是畫裡的美人跑出來，不入人世時間的，一陣香氣襲人，光影晃錯，又被收回畫裡。

幾個月後某一天，這鄧麗君女孩打電話給她，說要借錢。那時她也離開那風流老闆的「大觀園」了，閒在家裡當米蟲。問要多少？五千。那對她可是頭皮發炸的大數目。她父親的建築生意也倒了，一家人避到淡水擠在間小公寓。但她還是跟母親調了這筆錢，和那妳可能這輩子不會再遇到這麼美的美人兒（跟妳求助），約在仁愛路圓環一間台北當時屈指可數的高級義大利餐廳。

像警幻仙子處其中一屜裡一縷芳魂的籤詩，那美人兒像朵海棠花，絲綢白襯衫、蓬鬆大捲髮、兩眼瘀青跟她說著自己的身世。她之前被一個窮小子騙來台北，兩人都沒工作，那廢物竟就撂下她跑了，沒轍跑去酒店上班。才坐檯第二天，就被一個大老闆（她說出那當時是建設公司，後來成為金控巨獸的大財團，確實嚇得她倒抽一口冷氣）買了整晚的場，叫她別做了，他包養她。這樣當人家小老婆當了兩三年了。她笑說：「難怪妳正眼瞧都不瞧那位萬人迷。」但就昨天，那大老婆不知怎麼知道了，帶了一票人，闖進他幫她租的大廈，所有家具擺設一律砸爛，把她趕到大街，什麼衣服細軟都沒拿：

「所以那房子也不是妳名字？」

「不是。」

「那有沒有要那男的給妳一筆錢？」

「沒有。」

她內心深深嘆口氣，但那嘆氣好像是從許多年後，更看懂人世的炎涼艱難，從未來的風宮翻滾迴旋過來到她胸臆。傻B。這嬌豔像朵盛放牡丹的女人中的極品，柔若無骨，完全不知因她腦部缺乏那魚頭腔骨片層次繁複的鬥爭構造，原本上天給她的恩寵，卻可以從董娘摔落泥塵的落翅仔，竟然繁華夢一場，什麼都沒要到？

後來有一天，這美人又緊急叩她，請她無論如何幫她個忙。她人到台北後，才知道（其實不意外）她又下海去酒店上班了。但這頂級酒店裡設計的制度非常殘酷：小姐們每晚有客人買進場，這可以計點。一個晚上各憑本事轉檯間客人看上眼，買鐘點，一小時四節，一節一千元。到了夜深，客人買斷妳後面全部節數，再加出場費，帶出場，這又是計點。月底清算點數，決定底薪要漲要砍。她聽得頭暈（主要這呆美人也講不清楚這像發條音樂盒要這些夜美人旋轉起舞的酒店獎懲制度），問，妳應是那整間店裡最美的吧？

鄧麗君女孩黯然說：「不，我三十歲了，在那群女孩中，年紀偏大了。」

所以那晚要請她帶她進場，加計點數。她說小姐但我也兩個月沒工作了，我沒錢付那個帶進場費啊。女孩美目盼兮笑著說：「我也沒錢，妳不用管，我讓他們從下個月薪水扣。」

這真是胡鬧，但她跟著她從那烤魷魚、燈泡灼小紗窗雞翅雞爪雞胗等滷味或鹹粥小攤，綠色橘色塑膠碗疊在腥臭餿水汁的水溝孔蓋上，煙薰雜沓的小巷，鑽進那高級酒店的後門，像仙度娜拉的舞會，像愛麗絲夢遊鏡中世界，跟著她拎著薄絲裙襬腳蹬高跟鞋踩著樓梯間上去。一個兩個三個穿白襯衫黑打褶褲銀針刺繡夾背心的年輕男孩站起要招呼她時，那美人兒用和他們同一階層的親暱，笑著說：「這我朋友啦，幫我買帶進場費啦。」

「那妳再去跟Sherry姐說。」

她帶著她穿過一間間小包廂的窄廊，找到那個Sherry姐（也是個高個濃妝美女），嘁嘁喔喔吐舌又撒嬌說著，那Sherry姐似乎也寵溺她，用手指戳她額頭，轉頭客氣地說：「那妳們去坐著喝飲料。」一走進後面一梳妝間，兩排大鏡，一張一張給小姐們吹頭上妝的大沙發，很多年後她回想，那一眼看去或穿V領小禮服的、或細肩帶緊身洋裝斜簽身子吞雲吐霧的，髮髻歪墮一臉空洞塗著唇膏的、或公主大浪鬈髮就穿著OL女郎的亮白絲襯衫灰色窄裙的（她低聲告訴她那是這店的最紅牌）……有一種她們是雷諾瓦畫中正換上芭蕾舞鞋的美少女，或是池畔女妖那噴著白色光霧的，一張一張不可思議的美麗臉孔。

那種當即氣弱（像很多年後她走進LV、愛瑪仕專賣店那沒有一絲時間沙漏墜落細響的，像皇家儀隊震懾住他們宣示其昂貴、極品，「美麗新世界」那金屬光輝和皮革的奢華氣味。讓她不自覺駝彎身子，用手遮羞護住自己，那只其實本來也不差的包），認了即使她這個幻美絕倫的美女朋友，置身在這像皇宮舞會後廂化妝間的各路美人的鏡廊裡，確實那一點點（年紀）淡淡的褪色，那花瓣舒展沒恰在最清晨盛放時點，立即被那不知從哪挑來的美少女們（像新超跑的鋥亮烤漆），壓得黯然低頭。

之後那鄧麗君女孩拉了她走進大廳，那是一張張半圓形的褐皮沙發區，像一艘艘月牙形小舟在港邊擠靠停泊著，設計得非常巧，每個座區都是背對背，又用棕櫚盆栽疏落屏蔽，萬一有熟人或小姐正坐檯別的客人，燈光微明如星光或水中波影，只見影影綽綽，看不分明，偎依、調情、撫弄或小鳥般掙扎的男人們的臉孔，舞池一側有個穿亮藍百褶裙蓓蕾袖白襯衫，腰肢極細的長髮女孩，在光束下一架帆船掀蓋大鋼琴前，清麗臉孔一層銀光，如在夢中，彈奏著理查．克萊德門。小廝詢問要什麼酒時，那鄧麗君女孩就擺出阿姐的氣勢：「就已經說這是我朋友，去去去，拿一罐可樂給她就好。」很奇妙的，她其實和這女孩並不那麼傾心深交，但那晚像是她領著她玩耍她的夜間遊樂園。兩女孩的眼睛在黑裡像貓的瞳孔，刺激地偷望四周。有一種從她平時的傻氣、苦命、散漫不熟悉的，女人的巡獵或誘惑香氣，像魔豆藤蔓打圈著從她綢裙下，花瓣般的菲律賓紗袖下或V領那雪白的胸脯，或蓬鬆的大波浪公主鬈髮間，在她眼前像魔術般的長出來。

果然有熟客拿了酒杯過來搭訕。並且紳士地問，這位美女怎麼稱呼？她臉色陡變，鄧麗君女孩急忙解釋，「這是我朋友，今天是來幫我買點的，徐總您別亂開人家玩笑。」她道歉說該要回去了。起身抓了包袋就走，穿過那像在腳下、或帷頂、或人影間的星光，還有一種踩在船艙甲板的顛晃感。如今回想，那或還是個優雅的年代啊，或是那個時間，華燈初上，那紅男綠女的夜宴圖，還在一種尚未開始酒酣妖靡的清冷。

鄧麗君女孩沿桌被不同的熟客攔住、招呼，踩著細高跟氣喘喘在電梯口追上她。「妳不要生我的氣嘛。」撒嬌的，腴軟的小身架，她覺得她的臉真是精緻、幻美到不行。她說，不是的，我是怕我再坐下去，萬一遇到我爸做生意的朋友，以為我跑來這種地方上班，怎麼也說不清了。話一出口便覺造次，鄧麗君女孩像蝶蛾翅翼睫毛下的眼睛黯了黯，但立刻又像貓的夜瞳閃著碎光。她知道剛那男人是她重要的客人。大黃魚。她拉著她的手：「好妹妹，謝謝妳幫我，那我下次再請妳吃港式下午茶。」

但那之後，她就再也沒見過這鄧麗君女孩了。像那或許半年後便一陣魔法收進袋兜，重新裝潢成證券交易所或貿易公司辦公室的Piano Bar，所有衣香鬢影、巧笑倩兮、繁華之夢裡的淫娃美人，一陣白煙全消失了。那電梯門將要闔上，還留一道縫的瞬刻，她看見原本一臉泫然欲泣，被她遺棄在洋娃娃夢境中的鄧麗君女孩，已經轉身，像一個探戈狐步的光霧灑開，只有那一瞬撩動，門就闔上了。

浮花浪蕊

如果這只是無數觸鬚的末端，在浸液中款款搖擺，這些女孩兒光裸的腰臀，
皆連結著一條鞭毛般的細長管線，螢螢發光，
千絲萬縷，上溯到一個在她們上方無情俯視著的「中央處理器」，
將她們和這些蜉蝣男子破碎、淫歡、悲傷、屈辱的時光傳輸回去。
那上頭是什麼模樣的一個「大母神」？是什麼樣的一種抽象的「歡喜天」？

「……有那麼一陣子，他感覺她就在自己身旁。接著，他記起她走失了，接著又感到不對，這種感覺屬於昨天，屬於他身後幾個月孤獨的折磨。她根本就不曾走失，她一直在這裡，現在也在這裡，或者就像是在這裡一樣。領事想要抬起頭，歡樂地呼喊，像那個騎馬的人：她在這裡！醒來吧，她再次回來了！愛人，親愛的，我愛你！一種突如其來的渴望緊緊抓住了他：他想立即找到她，帶她回家，結束這毫無意識的旅程，總之就是和她待在一起。還有一種渴望，如果說有可能的話，趕快回復到與她在一起的正常而幸福的生活，一輩子，享受他身邊所有這些好人們所享受的純潔的快樂。」我唸到這裡，哽咽起來，我聽到一個細碎如用手絞著塑膠袋的聲音，我以為是我女兒在啜泣，不好意思地略抬頭看了她一眼，但她只是用那冰冷的眸子瞪著我。但至少她專注在聽著。

「但他們曾經有過正常而幸福的生活嗎？這樣一種正常而幸福的生活對他們來說可能實現嗎？它已……可那張現在在拉呂爾枕頭下放著的遲來的明信片怎麼樣了？它證明了不必要的孤獨的折磨，甚至證明了他一定想要它。假如他在正確的時候收到卡片，真的會改變什麼事嗎？他表示懷疑。……不過，渴望依然存在——找到她，扭轉他們的厄運，這是一種幾乎等同於解決一切問題的渴望……抬起你的頭，傑佛瑞．費明，說出你感恩的祈禱，在不算太遲之前行動。但似乎有一隻巨大的手將他的頭壓低。渴望過去了。同時，好像有一片雲遮住了太陽，在他看來，集市的場景已完全改變。」

也許是幻覺，那冰冷的淺藍彈珠玻璃中曾有一瞬暈上一圈的暖光消失了：「這就是你要我聽的？」

「是，唔……。還有一小段：『這一切忽然變得特別可怕而可悲、冷漠，這是對世界感觸的一些最終印象，一種無法治癒的悲傷。』」

在記憶裡，那條街道，像是從店家的小小前廳、那些破爛如融化汙泥的建築、那些廉價搭起的夜市孤頂篷、那些往光度更暗處縱深進去的防火巷、那些扭著彈力球般臀部的南洋黑妞和慘白日光燈裡一臉夢遊者迷惑笑意的老人挨頭湊臉拿著一根麥克風棒的簡陋清茶店……所有的這一切都被貼了一張張金泊紙，那種廉價的，皺紋如淺水中竄游的鰻苗的髒汙金紙。那使得整條街，不但沒有因此熠熠發光，反而有一種冥奠紙摺之街放進金爐裡焚燒，所有原本就模糊不確真的、模仿人世活生生場景卻又難掩其偽造之簡陋的這一切——青草店、彩券行、性病診所、賣鹹粥的小攤、賣板形印染皆醜得要命給那些印尼或越南女孩穿的Miky Mouse螢光T恤的露天衣架——全被四處竄冒的烈燄吞噬進更黯黑之地獄的印象，像是古早舊電影中還沒有成本弄如此可將整座城市被小行星撞擊、外星人攻擊、變形金剛在空中纏鬥、地震、海嘯……種種3D特效支解碎裂、爆炸成漫天粉塵或塌毀成瓦礫之前種種「形」之破壞，歐吉桑導演們撓破頭想出來在原本就扁平無景深的膠卷上疊加上火燒的效果，但被火燄吞噬的這街上走動、生活的人們，臉上完全沒有驚恐痛苦的表情（因為他們在拍攝時並不知道後來要加上火燒的爛特效嘛）。

那天傍晚的那條街，就給他這樣的印象。

他心想：是梅毒。

像掌握著力量、速度、齒爪利器、腦額葉中關於一場發生於數秒內的獵殺之全景空間建立……那一切、絕對優勢的雄獅，竟然在某一次自己疏忽的獵捕行動，受了眨眼掠影數千萬個剎那間最不該受的微弱的攻擊。那些他挾帶著巨大光燄以襲捲的，一格一格暗室裡柔弱瓷白的女體，她們曲意承歡，像被壓扁的水蛭毫不抵抗地吐出浸泡著她們全部的汙水。她們的故事，黯然無抵抗地任他揮爪扒下黏附在她們肋骨胯骨或腰椎的那些像樹叢碎光影的，局部的腴白女體，那些碎屑腐肉般的美。因為他來自那買賣規則可以享用她們（揉搓她們、吸吮她們、插進她們、吐痰在她們窄小的胯裡、啃食她們的下巴骨肩胛骨指骨耳朵軟骨或鼻軟骨），所以當他越界詢問她們在那深海不見光的泥爛世界活著是怎樣的光景？她們全像被咬斷喉嚨那瞬刻眼瞳變成透明玻璃珠的殘弱瞪羚、瘸腿水牛或被同類排擠出群陣的孤獨斑馬，柔順地把整副自己交出來。

結果是獅子的腹脅被插在一小截沾滿病菌的她們小小的斷角或蹄殼。

他走進那間診所，那漫街金紙般汙濁之火的印象整個被擋在門外。像一間爐倒香滅、灰敗的小地藏庵。

怎麼了。掛號檯一個隨扈臉的中年男子（他亦不知為何對此人有此印象？像媒體上站在首長官員身後，剃小平頭、脖子恁短、面無表情、精光內斂、以前穿中山裝後來穿愛迪達運動套裝的那些窯燒出來般一個模子的「隨扈」造型？）沉靜地問。

怎麼了？真像闖進廢寺與掃地僧的機鋒禪問啊。他想：你們門外掛著那麼大招牌：「性病診所」，我推門進來是怎麼了？但確實第一次走進這診所的男子們，怕都比在室男第一次被拉進妓院，還要兩眼失神、泫然欲泣吧。牆上掛著一幅幅巨大的男人陽具的特寫照片，每個皆是流膿化湯，或布滿彩色小蕈菇般整個炸彈開花的爛瘡，或像江浙人的豆腐皮上覆上灰白黴菌那樣的陰囊皺褶——想想每個推門進來的，一抬頭看見這陣仗，不是比惡人進了城隍廟看見十殿閻羅圖還要魂飛魄散？「嗚該！」一聲哀鳴，褲襠裡那小丸物事（確實不幸的話就是牆上那比核爆紀念館還恐怖的諸般面貌）嚇得空蕩蕩縮進骨盆腔。

必然得經年累月忍住看著推門進來者的神情，不能笑出，才練就那般的隨扈臉。

他決定氣勢上先壓倒對方，開門見山，不要掉入這個空間設定的陰慘羞辱的氣氛。

「前陣子去大陸開會，有去嫖了，結果袋子，唔（唉還是氣弱了）陰囊那長了一塊粉紅色的癍，非常癢，想確定是不是中了鏢，唔，梅毒之類的。」

「先掛號。」真的跟到城隍廟求籤無差別，無有安慰、救贖，只判吉凶。確實外頭的街上，數十年來推門而入的老妓和老嫖們，各式各樣努力做出細微表情與他人不同的臉，進去垂簾一掛褲子一脫，全都是奼紫嫣紅明黃醬綠的，眼歪嘴斜的性器官，「我們這裡，診療費全是自費哦，先講清楚，沒有健保的喔。」

接著那傢伙領他走進陰涼、暗黑的內間，像應該是有一群眼珠濁白的盲按摩師，坐在那垂著薄塑膠布簾的夾板隔間木床沿，臉上悲哀流動著夜闇河流，細看是不會使用臉部肌肉地微笑著。但其實這舊昔小診所的裡頭，只有一架垂簾小床，那平頭中年醫師要他躺上，褪去褲子，這時他發現那平頭的身後又跟著一（真的穿了醫生白袍）矮小光頭，兩人一起彎身翻弄檢視他可憐兮兮胯間的有個瘡洞的袋囊。他羞恥地閉上眼，聽他們嘁嘁哫哫討論著，像兩個頑童拿著細棍在逗耍一隻受傷、驚恐、不能飛的雛鳥。

那超出了經驗法則一次檢診需要的時間，他閉目想著，這兩個變態怪咖，是不是當個暗房裡的遊戲，玩起我的老二來了？但這時他們要他穿回褲子，他坐在床沿，那中年人搬張椅子坐他對面——可能原本他的角色位置，是那些愁苦溫馴的私娼——用一種慈悲溫柔的嗓音，跟他建議：必須要抽血作三種檢測（愛滋、淋病、梅毒），主要是讓自己心安，但這必須自費，要三千多元、今天可以先打一針抗生素。這一針也比較貴，一千八。他會開一些藥膏給他，擦在傷口，還有一種藥粉，每天溫水用小臉盆沖開，浸泡傷口部位。

他按照他（這個密醫！）所說的照單全收，幾乎那男性的矜持和勉強撐住的尊嚴完全崩解，又回簾裡木板床褪去褲子——是那個穿醫生白袍的助手執行——抽血，按酒精棉，再打一針臀部肌肉（非常痛）。離去前在櫃台數鈔付錢時，那中年平頭之前臉上的緊張像雲翳散去，無頭無尾說了一句：

「有時候，進來一個妓女，美得讓你不能呼吸喔，有一次真的有一個就像李英愛那麼漂亮，但一進內診間，褲子脫掉，那裡，爛得讓我這看多的老經驗，都慘不忍睹呢。」

但到底是哪一個女孩呢？

想像一個慣性的星輿圖倒翻過來：原本應是某個年輕妓女，懷了孕，孤單承受但又忍不住腦海中回想，那暗室床榻一張張貼近的男人的臉，誰是那無緣嬰孩的父親？但此刻他是那沒有時光延展性的，模模糊糊一張一張年輕女孩的臉，是誰把這讓睪丸袋像火燒晚霞豁開一道灼痛的，彎月形的裂瘡傳給他？反而像他在看不見的暗處吃了悶虧，又無從追查回「最初」的那浮華、孤旅、一晌貪歡、摟抱陌生身體感激她們贈與的溫柔和慈悲。

他覺得應是那個香港女孩。在彌敦道或尖沙嘴一上坡的舊汙雜駁街景店招之中的某個「芬蘭浴」。他和一堆香港老頭靠躺在一客廳的各自沙發躺椅上，發呆盯著上方電視螢幕裡賭馬的賽道、綠草如茵的畫面，一匹一匹暗褐色系鬃毛或白色的真正的馬。轉播旁白是廣東話，他和那些委頓、臉孔枯癟的老人一樣穿著日式浴袍，腳泡在熱水盆，抽著菸（椅臂旁有菸灰缸）喝著熱普菊茶。感覺在這濕熱憂鬱之城，連嫖妓都像在公共廁所排隊等大號一樣，一種挨擠在人群中的燒臘味與店家夥計直著嗓門吆喝的怒氣沖沖。主要的狹仄，走進後間（那一間一間有女孩服侍你的窄床的小隔間）前，還掛著繪了一對開屏孔雀的珠簾，一旁挨擠著供了關公的小神龕、香爐還有薰黑的煙垢，表示是每日真的在祭拜的。但這城市就是在每一不同界面的切換，都讓人說不出的疲憊。

他以為那女孩是如同無數潛游進這疲憊城市的廣東妹，但她卻說她是廣西來的，她說她是壯族的（那是什麼？）。女孩的眼睛非常美，帶著笑意，感覺她再長端正一點，豔一點，幾乎就像鍾楚紅了。幫他按摩時用口音很重的普通話和他開玩笑。沒有那種內地姑娘來香港「拿一身肉拚開店本」的對這些蔑視她們的也被城市高樓壓垮的男人們，說不出的憤怨和不耐。她笑嘻嘻的，像淘氣逃家的頑皮女孩。她應該比他更熟悉這座她藏匿其中的城市，但她似乎對這座姦汙她的城市一片茫然懵懂，像中學生畫的水彩畫「雨中即景」。他甚至聽不出她是和另一群女孩分租一樓屋間，還是自己住在一窄小的套房。只是這樣的感嘆應和，「香港東西好貴啊。」「對囉，真底好貴，嚇死人了。」或是這樣才哪也不敢去。「那妳下班都做什麼？」「就在家裡看電視哦。」他感覺她有一種和他一樣的，怕侵犯別人傷害別人的善良天性，所以講笑話講完會吐吐舌頭。那其實是再熬過幾十年這人世的艱難，就會變成一個靜靜微笑，任小孩兒胡鬧耍賴也不發脾氣的老人。性交的時候，她閉上眼，那原本烏溜啾大眼被眼皮覆遮，像月夜池塘被驚嚇的蟾蜍浮著一層薄膜的光。有一瞬他甚至覺得那傷害、汙穢的、這一切為何他和她會漂流在這像焚風吹成廢墟的城市小房間被交合著的，辛酸或粗礪的對「人類」（我們這樣的人類）之貶低，都被這笑嘻嘻女孩這時閉目承受著男人的一下下撞擊，那像漂浮躺泳在暗夜河渠中作著她自己隱密的夢，將那些玻璃碎渣、精液、疲憊的老人斑的瘦胳膊、聽不懂的粗口、沾刷在她那苔蘚般陰毛叢的尿騷味……都像一台清淨器的濾鰓，通過她那小小的，螢光烏賊般的少女身體，承受了，安魂了。

他那次離港前，要去機場的預留鐘點，又搭的士跑去找了她一次。那竟有些像戀愛的高燒。她進那小間看到他，笑著輕打他：「你怎麼又來啦？」那個喜不自勝。

但沒想到她給他的陰囊上烙印了那一道灼痛，像魚唇的裂口。

而不總是這樣的「一次性交易」，女孩像贈禮不自知的，性格的甜美風流。更多時候是完事後的自我厭棄，更感受到自己是伶仃異鄉人那骨骼裡喀喀打顫的冰冷。不是因為「嫖妓」這件事在皮膚下的敗德感。是那些進了房間脫下衣服的女子，對他和她們這樣理應是人類行為最親暱的性交，帶著的那種厭煩和粗魯。感覺她們是食堂裡拿大湯杓替列隊民工打飯菜的服務員。「下一個。」或是衛生所幫大爺大嬸綁皮帶打預防針，戴著薄膠膜手套的冷面護士。那一次最後的交易證據只在那小小保險套袋兜裡像痰一般的他的精液。那些女子，有不同的乳房、鎖骨、臀腰、大腿、她們的手，但就是組合不起，哪怕一瞬，「美」的迷幻。他會問她們是哪兒來的？湖南、重慶、東北、有一次竟還遇到一個西安姑娘。總是在南方城市遇上北方姑娘，在北方城市遇上南方姑娘。有一次有個東北女孩，不知是氣味的問題或她的嗓音，總之他和她揉搓纏綿了半天，始終沒來勁。那女孩又急著把保險套往他軟綿綿的傢伙上硬兌，後來急了，一邊幫他套弄著，一邊問：「先生，是不是不舒服？」他靦腆又屈辱地說：「還可以。」這女孩突然笑了起來：「您是香港人吧？」他問為什麼。「我做過幾個香港客人，你問他什麼，他都回答『還可以』。」「那正常我該怎麼回答？」這時她也不幫他搗弄了，兩人坐在床上，他點根菸給她，自己也點了一根。

「當我問您，我這樣弄您舒服嗎，您就該回答：『欸。行。』您說還可以，我們哪知道是可以還是不可以啊。」

當然欲念全消。但為什麼像他這樣的男人，在這像宮崎駿電影《神隱少女》那暮色初升，各路妖怪鬼魅在依次閃爍亮起的繁華又汙濁異境，在這國度不同城市的旅館，要像中邪按著那些床頭櫃的「排毒・保健・按摩」小卡上的電話，找來那一個個衝州撞府，不同地名但在一巨大流動潮浪，沖拍上岸，擱淺在也不該是她們人生的，在陌生男人面前褪去衣衫的，像菜攤上展列買賣的蘿蔔、黃瓜、南瓜、西紅柿、茄子、苦瓜、蔥蒜的女孩們。那許多時候，沒有色情或抒情的詩意。難道只是一種旅者潛入城市夢境暗影的幻妄捷徑？你姦汙了這個陌生國度的女孩，就有某部分的你，像轉世中遺忘的記憶，被留在那座灰塵漫漫的城市？

譬如有一次，他差點大意失足陷落。在某一間高空旅館的某一個房間（後來已分不清這些房間的差別），一個高個女孩應召而來（後來他也記不分明她們的臉、裸體、淡淡破碎的故事）。她渾身帶著一種淡陌、夢遊的氣息。穿著黑絲襪（但不是那種法國豔婦的吊帶蕾絲網襪，而是一般女孩兒包裹住臀部和腰的透明翳影薄絲襪）。一開始她不帶感情地要他趴在柔軟的白色床褥上（當然他是全身一絲不掛脫得精光，而她齊整穿著像某些線條盡歪斜的百貨公司電梯小姐），騎在他的背上煞有其事幫他推油按摩。這是過程如香膏萃取師把上百朵一模一樣的玫瑰整捆倒進滾燙熱油把它們的濃郁香氣在萎癟塌縮之間那嘆息之瞬如一縷芳魂吐出；或養雞場師傅的結繭大手每天重複成千上百隻宰殺雞隻，牠們必然的恐懼、掙撲、喉管嗉囊鼓跳著、尖厲哭號……而他會熟練溫柔反剪牠們的翅翼、在一個彷彿催眠而對峙的靜止時間，愛撫牠們頸脖，甚至沿著潮濕的短羽輕按牠們小小的頭顱，在牠們和其他上千隻同類一樣眼珠迷惘渙散，那神祕的短暫信任之瞬，俐落扭斷脖子……

這段時光通常是極短暫，他能剝下這些女孩，比後面的付費性愛——那因為她們理解為「賣身」而毫無懸念，將她們的年輕女體自動褪去衣物裸呈並順從讓你騎上，分開大腿讓他的陌生醜陋東西插入的，味同嚼蠟的「付費取貨」——要千滋百味，層層纍纍，真正昂貴甜美（她們卻不自知）的，像真正饕家嘖嘖品嘗，魚頭錯綜複雜的軟骨迷宮裡最鮮美的腦髓。

而這高個女孩帶有一種——怎麼說呢，如果此刻在房裡一男一女之處境，這一切之前，讓他們在這樣屈辱又順服的生命艱難，並未發生過，並沒像河流底床的淤沙細細翻動，她本來可以保持的——輕微的倨傲。年輕時他會以為那是某種女孩「靈魂的薄膜」，像她周遭有一層看不見的光霧，讓她在一群女孩之間，更端矜些，更害羞些，更沉默且反應慢些。因此她可能在女性同儕間更容易吃悶虧。因她不擅於將自己感受到的像塊狀果凍，光的擠壓、心情的低鬱、一種黏附在皮膚表層或與衣物摩挲的潔癖……表達或描述。

他和高個女孩搭訕了幾輪對話，終於忍不住問她的星座。金牛座。果然。他笑著對她說：和我的妻子同一個星座呢。那時他坐在旅館房間書桌的靠背椅這邊，高個女孩坐在床沿。他們各自吸菸噴雲吐霧。並不是她，而是所有倒入這樣處境的女孩，在這樣的時刻必然帶有的自我厭棄與一種最低微「請不要羞辱我」的像揉紙團般窸窣脆弱的防禦。她們抽菸的姿勢，她們回答你問這些廢話（「哪裡人？」「多大了？」「怎麼會跑到這城市？」）時那每天重複在幾分鐘後就要剝去衣服被插的煩人作戲。廢話。當然是幾千里外的鄉下（奇怪幾乎都是「四川」）跑來這城裡，當然父母都是農民，但都不在身邊。和哥哥一起在山裡長大。都找不到工作。原本和姊妹淘來杭州（或上海、深圳）是來做美髮的，然後就變這樣啦。之前都有個男朋友（模糊的描述感覺都是些沉迷網咖的小流氓），最後都把她們甩了。都是想存夠錢將來回離老家近些的縣城開個店，買個房子。但是現在賺的錢幾乎都寄回家給沒辦法工作的父母和找不到工作的哥哥。他不曉得共和國這樣像斑蝶遷徙應該是沙沙細微聲但因數量大到以百萬計而形成的遮天蔽日轟轟巨響，這樣衝州撞府只拎著自個兒身體到另一座陌生之城的旅店，像夢遊那般兜售著的年輕女孩，究竟是多大的一個數目？且似乎有一種關於「性」的靡麗、造作、腐爛刺繡、絲弦酒盞、划拳吆喝的揉皺舊文明，全被她們這樣混在所有年輕女孩搭乘鐵路火車、高速公路巴士的疲憊茫然群體，無法辨識，近乎軍隊動員那轟轟隆隆的龐大數量的流動，「性」的狎膩淫邪、頹廢淒美，甚至某種疾病的印象，都被掃蕩清空了。

他苦笑著說：「其實我很緊張啊。」

女孩的眼神突然柔和、靈黠起來。

那之後他和她聊了些什麼？他不記得了，他卻清楚記得他們被這房間四周一片一片拼連起的鏡牆包圍，他有一種自己在姦淫一隻羽翅比身軀大許多的天鵝的悲哀。她的身軀（包括肩胛、胯骨、腿長比例、手臂）比一般女孩都要尺寸大些。和那些嬌小女孩像雞鴨骨架可隨意收摺拎起的身體慣性不同，她的身高幾乎和他一般高了，但她又不是那種鸛鳥般的過瘦女人（該死的，她真的讓他想起他妻子年輕時的模樣）。那使他們的相擁或鏡中看到的性交景象，有一種說不出的盛大，像是神和天使的摔跤。或必須這樣緊密摟抱才能貼近耳語，傳遞宇宙創造與毀滅祕密的咒語。女孩如此穠纖合宜，即使在這樣動物性的，被戳入、被反剪雙手壓覆、被搖晃，被「買下一次性的私處的蹂躪」，但她彷彿只在自己的琥珀膠囊裡，總是將他的男性粗暴解消，沒入一種說不出的緩慢裡。「妳好優雅。」但她始終閉著眼，那張臉那麼年輕美麗。有一度他差點哭泣起來，實在和記憶深處，年輕時的妻子太像了。

一開始他掌握著主導權，之所以有這樣的理解是因他知道這一切的程序：女孩們總會先來到房間，男女獨處，但講好價錢（只是按摩的價，譬如這裡就極便宜，折去原來放在床頭櫃的「體驗券」五十元，就只是一百三十八元人民幣）。他在昏黃燈泡翳影中褪去全身衣物，像耶穌的裸背脊和裸腰臀趴在床毯上任她按摩。那是他們的聊天時間，他會問她們的故鄉、身世、父母、哪一省人……之後等他翻身肚腹朝上，她們就會像專業玩蛇人，旋轉他的乳頭、撫挲他的腹脅、輕揑他的大腿或手指有意無意輕滑過他內褲裹覆的性器。事情在他召她們進房間時就決定了，無關乎她們的姿色，或穿著最中性僕傭的醜制服、有的乾瘦而黑，最後他一定會和她們性交。

他幾乎曾跟每一個那樣彼此是陌生人，卻抓緊時間揉搓對方的女體（像買了一粒波羅蜜或山竹這樣的熱帶水果，帶回房間，就被驅動著卸去外殼、撕去薄膜，用舌和齒和頰肉吮著剔著，將那肥厚未必多汁的軟肉融化、將那些前一瞬偽裝成結構的繁贅籽粒在那糊爛中呸出），姦淫之後，靜靜並躺在陌生的旅店床上，抽菸時，必會說一句：「其實我的職業跟妳是一樣的。」那幾乎會讓每個正在穿回乳罩、內褲、短褲或絲襪的女孩，臉上一瞬光度變化。

他會跟她們解釋，不同的男人上妳的身體，然而他們是把他們的陰暗、暴力、瘋狂、挫敗感、憂鬱，全往我腦袋插啊。她們會在那一瞬詫異退去後，笑笑說：「大哥您說笑了。」其中或有一兩個女孩兒，天性的善良（或農村出身女孩並沒將對人的暖意在這樣的皮肉交易給碎裂了），這種奇幻的祕密貼近相處，就有一種「原該是個溫靜體貼的好女人」，穿脫一件件衣服時嫻雅不粗暴，或有一次他突然不舉，非常焦慮難堪，那女孩兒還像小姑娘哄一個想不起自己的包裹丟失在哪個途中的伯叔輩，溫柔安撫著說理：「壓力太大都會這樣的，真的，我常遇到一些大老闆都碰過這狀況的」。即使以共和國這樣「滿城盡帶黃金甲」，快轉、高樓矗天而起，搬有運無、鏡廊迷宮，都穿著看去和大街時髦少女無差異的科幻風高雅風華麗風，她們究竟還是苦命孩子。有時他感動於某個女孩在那脆弱時刻贈與的溫柔與慈悲，通常在各自穿回衣服，或女孩去浴間沖洗後拿吹風機烘乾弄濕髮梢，而他坐在梳妝檯前抽菸時，像祝福又像預言地說：「妳的心特好，將來命一定好。」那一刻，他和她會像大戶人家的叔叔和嫂嫂，隔著那無法伸手攔阻的荒奔人世艱苦之河，這些女孩兒會難以察覺地挑起嘴角，嘆口氣（簡直像正蹲在廊簷下挑菜或捶洗整盆的髒衣）：

「還能怎麼好命？都已經來做這個了。」

如果這只是無數觸鬚的末端，在浸液中款款搖擺，這些女孩兒光裸的腰臀，皆連結著一條鞭毛般的細長管線，螢螢發光，千絲萬縷，上溯到一個在她們上方無情俯視著的「中央處理器」，將她們和這些蜉蝣男子破碎、淫歡、悲傷、屈辱的時光傳輸回去。那上頭是什麼模樣的一個「大母神」？是什麼樣的一種抽象的「歡喜天」？

年輕時他怎麼能想像自己會記不得、弄混了曾經和自己性交過的女人的臉？然而事實就是如此，或許是因在這在沙塵籠罩無隙不在的灰黯城市？他像招出租車打開門上車下車那樣上那些女孩，對她們而言，性器好像也和髒垢的腳趾或膝蓋一樣，並沒有暗藏什麼繁文縟節幽微細愫等你揭開時戰慄失禁的暗室的祕密。她們也在這髒汙便宜的旅館小房裡，讓各式各樣（疲憊的、沉默的、粗橫的、戴眼鏡的、出差的、勞動的）男人上了又下，進了又出。

但這女孩在他脫光露出自己的猿猴身軀時，笑著說了句：「奶子怎麼那麼大？你根本是女人嗎。」這有點意思，雖然他頗慚澀，囫圇著嗓子說：「媽的我是不折不扣的男人。」但那之後女孩便無能力就這個梗玩下去了。即便後來他騎上她了（進入她裡面了），那女孩也只是像唱片跳針，小孩跟大人鬧淘那樣重複說著：「你是女人。」她在他俯衝戳刺她的時候，像小孩好奇伸出手指拉長他的乳蒂，「你是女人。」但這並沒給他帶來刺激，只是感到痛。「別這樣，會痛。」女孩的臉陷在枕頭裡，細細的眼像兩尾水波下潛伏但輕擺尾的小魚。她想使壞，卻缺乏更複雜的語言縱深，也許光這樣就足以使其他那些走進這家便宜旅店，那些晦暗疲憊的勞動老人們感到溫柔旖旎。

但這之於他，實在太貧乏粗陋了。在他的城市，女人想驅動色情的幻術到那樣的拔高與尖銳，要做的準備太多了。那像層疊堆砌嚴絲嚴扣的積木，必須結構到那樣複雜，推倒它之瞬的激爽才可能那麼劇烈。這女孩的身體是完全沒有色情的身體，即使她閱男甚眾，但說來悲哀，色情是一種高度技藝、高度文明，像小盒子裡奇技淫巧的機器娃娃，那樣精密、嚴酷的「對自然之逆反」。女孩那胖墩墩圓柱體的身體，乳房、肚子、臀部像用同一坨黏土粗手粗腳拉出的，完全沒有尖銳的線條和暗影。那代表她長期是讓這個身體，晃置在一種漫不經心的鬆懈狀態，跟街邊那些等著顧客上門買梨買瓜的水果攤大娘一樣。

主要是這個老舊的賓館，原本是個清朝郡主的府邸，像個葫蘆口袋從窄門洞進來的大雜院，一幢幢不同公家單位的老磚牆樓房。賓館可能在幾十年前，應是住滿各省來京辦公的中低階幹部，但如今入夜後像座鬼邸，黑洞洞的長走廊，兩側的房門，寂靜無一點人聲。他恰又住在最底的一間，晚上回賓館時，總必須像古代打更人，聽見自己腳底拖在那磨石地板的沉悶如搖櫓聲，穿過那條說不出的怪的幽暗長直走廊。這走廊的盡頭（就在他房間門口）有一扇窗，木頭框軌上深褐色油漆斑剝，窗外灰濛濛一片連綿遮疊的大院的灰瓦平房屋頂，枯枝一蓬蓬像這幅風景各角落的裂紋，偶或幾聲烏鴉悲傷但又悍厲的呀呀啼鳴。

那是以他這樣南國之人的感受，冷到像緩慢走在一大冰櫃裡那樣的，絕望被罩住，變不出啥戲法的凜冬。結果第一個晚上他便發現，房裡浴室蓮蓬頭流出的不是熱水，也不是如山泉那般凍到像碎冰灑身的冰水（按外頭的溫度，如果他們沒提供熱水，鉛管接過來的應是這樣的冰泉），而是大約攝氏十來度左右的，冷水。

那於他是不可能有勇氣剝光一身衣物，站在那蓮蓬下搓洗。第一晚那女孩離去後，他就著洗臉盆，用那幾十年前公家招待所統一配貨的薄紙包小圓肥皂，站著撥水潦草清洗自己的腿胯。從鏡中看見自己這樣上身仍著衣，下半身如猿猴裸著的狼狽模樣。心中突然出現一種南人對北國的空洞畏懼。即使你只是摸著這北方心臟最邊緣、貧窮、破落的不受注意的暗影，上了它最自生自滅不受保護的小姑娘，它還是有辦法震懾你、鞭笞你、警告你。

第二天的晚上突然有人敲門。他警惕地熄菸站起，腦海中咔嚓切換一瞬幻燈片的投影，好像，好像小時候看過這類國共諜報片裡，一個國民黨特務匿身於敵方旅館、學校宿舍或醫院單人病房（就完全是他現在置身的這棟舊建築的一切空間感啊），被一隊武裝人員敲門，穿著就像他現下這般一身睡衣睡褲帶走。他媽的，這是什麼年代啊。他想。桌上攤開的筆電，沒有一個台灣的網站連得上去，連臉書都無從貼些耍寶逗樂的短句了。但他還是神經兮兮地貼在那木頭後的鏈栓旁，警惕地問：

「什麼人？」

「房務員。」

女孩的聲音。他略開一道門縫，突然昏濛晃影一個姑娘像貛或浣熊這類動物，一邊使勁撐開他抵住的門，一邊就軟軟地溜蹭進他房內了。仔細一辨識，是昨夜從樓下那狼藉破爛的「美髮部」召嫖的那女孩。

「妳怎麼這樣又跑來了？」

「壞人。你忘了我嚒？」女孩的眉眼像暗夜河渠粼粼的波紋，濛影中擠出一個賴皮的神色。

這也太扯了。整幢黑魅魅的老賓館，就他一個住客，他們一樓從餐廳部、菸酒禮品部、櫃台、美髮部、洗衣部（全都是一些像廢棄化石層的髒汙大字燈招牌的小櫥窗隔間），所有穿著醜制服的大嬸、男孩、女孩，全知道樓上這位落單的旅客，嫖了她。這變成一個大院裡眾人眼色怪異的愛情故事了嗎？他向她解釋，不行，今天不行啦，白天太累了，今天沒辦法辦那事了。白天一整個在開會。他有點責備地說（當然都是壓低嗓音），妳怎麼就這樣跑來？萬一我房裡有朋友怎麼辦？

「壞人。我不管。」女孩擺明了使壞。不言而喻的是：你別騙人啦，你進進出出是幾個人，有沒有別人，門廳櫃台的大娘或那個穿侍者服理平頭的小夥子（說不定就是她弟）全會對她匯報。

他復對她說，我身上錢也不夠啦。暗影中他和她靠這麼近，像地窖裡兩朵油燈芯微弱冒出的嬝嬝青煙，但是他滿頭大汗想著各種遁辭，而她壞笑著，好整以暇著。「你就把我這樣忘啦。」那簡直是半個世紀或更久遠以前，連他都還沒降生之前，那些投影燈燒燎著放片人打赤膊的傻逼黑白文藝片裡的俗爛台詞啊。他心裡有一種時光湧現的悲哀或自憐。從年輕時，他便因這樣拿女孩們沒轍的爛好人個性，始終在女孩間扮演她們不同症候「公主病」那個做小伏低，哄逗開心的聆聽者、搬家工、司機，或甩了她們的可惡男人的咒罵同盟。因之從沒有一個女孩為了占有他、爭奪他而讓他目睹過那種母豹獵逐時變臉的剽狠和淒厲。「奴家拚了這一身把命搏」。怎麼會在這空蕩蕩的老舊「郡主府邸」，胡同如茶花瓣迷宮迴繞包圍的這老賓館裡，和這可以當他女兒的姑娘，像打詠春拳那樣恍惚笑著貼身肉搏，而這次他扮演的是那個推拒的角色。

當然一小時後，女孩又來敲門（他只能用這招來拖延），那一個小時，他除了抽出皮夾中一疊兩千元人民幣塞藏進電視櫃底下（這個爛房間當然沒有保險箱），一種惘惘的威脅他覺得她可能帶一群男的進來，打他一頓或用匕首貼著他臉頰或脖子輕輕滑過。問題是前一晚他真的上過她的。這個牲畜，簡直是強姦可以當自己女兒的小姑娘。問題是（他要怎麼辯解）那整個過程他完全沒有得到任何關於性的色情和歡愉啊。他覺得反而是他身體裡面某些細緻精巧流年似水的（南方的）人和人的多長出來的嗟嘆、感傷、款款搖晃的流蘇般的什麼，被這女孩兒嫖去啦。他藏好錢，發覺自己什麼事也不能做，只能在一種純粹的等待狀況。他坐在小几旁的沙發抽了許多根菸，中間有幾次以為有尿意，走去浴廁坐在馬桶上，卻擠不出幾滴尿出來。可能是攝護腺的毛病吧。他腦中混亂地想了下自己這幾天在這城市裡發生了些什麼事。好像有好幾次他坐在一間賣「驢肉火燒」的小店裡，吃著綠豆粥、小圓燒餅、辣拌豆乾絲或涼皮兒這些小菜，一碗西紅柿雞蛋湯。灰濛濛的，那些鄰桌因為衣物而顯得胖鼓鼓的男女背影，或側臉拿筷子撥冒著煙的拉麵，嘴頰咀嚼著。有一個哥兒們曾跟他講起自己住河北鄉下，所有的婦女全去一間鞣皮廠做女工，兩千多個女人成日關在那水泥廠房裡，那個化學藥劑毒啊，是真的人體整天捂在那毒環境裡，絕子絕孫啊，真他媽那個年代能出生來且平安長大的孩子，那可是百毒不侵啊。他說他三四歲的時候，就成天沒穿褲子光著雞雞在那兩千人的女工和皮衣堆的機檯間鑽來穿去，原本他還穿件毛褲，但那些女工戲耍他，把條裁剩的皮料趁他不注意縫上他屁股後面，逗他說欸長了尾巴。他一火，就把毛褲扒了，逗著那些年輕女工又笑又羞。

但這是什麼意思呢？有時他打的士，縮坐在後座那髒乎乎，泛著一層黑膩的大紅色椅套坐墊，車窗外沙塵漫天，所有大小車全堵在路上像騾群中此起彼落嘶鳴兩聲，無意義地摁喇叭。覺得自己還在一百年前顛晃的小轎裡，空氣的析光度就是讓所有街廓、樹枒、車輛、人影，全像在一個灰稠流速緩慢幾拍的夢境裡。他總想在那破碎時光找話題和那些斜四十五度角背影的的士師傅聊兩句。但他們總是怒氣沖沖。有一回他或是開錯了壺，那師傅從頭到尾沒搭理他，還沒到他說的地點，半途在馬路中間就讓他下車了。

女孩進來後，他按著想好的劇本，跟她低聲解釋，自己全身上下只剩八百元人民幣了，不然就按著床頭那小摺卡上寫的「按摩一八八元」，今天咱們就別來那個了。女孩翻白眼，要看他的皮夾，他抽出給她看了。「真的明天就離開北京了，就剩這麼點錢了。」像在撒嬌告饒。他漸漸像隔著一層厚玻璃，觀察這城裡市井男女在人群中掙游生存的姿態，你必須比對方橫、霸氣、不露底，氣勢上壓倒對方，那萬事萬物便在那灰撲撲、挨擠的秩序裡俐落照著走。你一氣弱了，立刻像在層層翳影、無數萬花筒玻璃碎片的映像中，所有異鄉人不理解的細節中，一種對位上的，像柔道那樣在關係中被過肩摔、壓制、大車輪摔……拍地板也翻不了身。但他就是狗改不了吃屎。簡直就像個細皮嫩肉，動輒淚眼汪汪的黃花閨女。

女孩用他床頭的電話外撥，和另一頭一個他不知是男是女的人報告這個狀況，「欸啊他說他真的只有八百塊……嗯……我看過他錢包了……真就這麼多……加一點？但他打死了全身就這八百塊啦……我說啦……嗯，嗯……好唄。」掛了線，說：「那就八百塊吧。你這壞人。」當即掀脫衣服，他陪著笑，覺得自己像被一名女特警制伏而求饒的民工。心虛氣弱的是自己竟矇成功了這一齣（電視櫃下藏著那兩千塊人民幣），又喜孜孜竟比昨天的價（兩千塊）殺了一半再去頭。

後來他們摟抱在那棉被裡時，女孩還是像昨晚某種奇怪癖好，捏著旋著他的乳頭，但嘴裡念著的變成：「壞人。誰不知道你騙我。看不出你這麼老實相，結果這麼壞。」

他抽插著她，像為了曲意奉承而賣弄本事。但她始終沒進入那橘子瓣兒那弧翹外膜被掰開，湯汁流出的妖魔淫蕩。她只是兩眼睜著像含著奶瓶躺著想心事打發無聊時光的嬰孩，兩手上舉無意識捏他的乳頭。他覺得這太怪了。他腦海中搜尋不出此刻的他像某個荒謬戲裡的滑稽角色。他是不是其實該停下這像頭絕望的豬的機械動作（他一點都不快樂，甚至還在重複中便愈來愈沮喪），和她並躺著抽根菸，像個老爹講講一些做人的道理，或她完全陌生的，他在他的城市所發生的故事？他忍不住問她：「妳……是不是……不會高潮？」她突然像被吵醒一樣，難得，有一絲害羞地說：「我是小孩，我不懂那樣的事。」

有一個環鉤鬆脫了，他，或她們，原本不該是這樣陰鬱、羞恥地，像狗男女那樣自覺汙穢，卻又像被催眠那樣地交合著。他們原本亦是神的兒女，每一個偏移的角度都有不自覺的，臉孔像隱密花瓣那樣不同意義的美。她們也是在這大國奇異的翻騰、煮沸、用大鏟杓渾攪，像盤根老樹從極深的地底硬生生被用重機吊臂拔起，那驟然裸出的窟窿，被扯開的沙屑紛紛崩落的濕土層，無數白色的幼蛆像河流上的波紋扭動著。她們被剝離她們的土地、那些憂鬱的田野的名字、甚至從她們的衣裳裡被拔離出來，赤條條地、夢裡不知身是客地，在這些大城市的高樓層旅店的房間裡，以陌生的姿勢被拗折著。在一個慢速的想像力視覺裡，他應該舉起雙手捂住自己的臉。為什麼那些美妙的仙樂、花香、衣鬢飄飄、嫣然百媚生的在光影中調弄風情的美麗經驗，全部棄我們這個民族而去了？那些白玉小鼻煙壺上琺瑯彩繪春宮畫，那些樹叢花影、細眉細眼、赤裸著白皙身體的男人女人，像默片一樣，像被書冊壓扁的葉片書籤的二次元世界，曾經他們那樣悠閑、單衣褪下，像魚一般的嘴唇、像葫蘆一樣拙稚、沒有肌肉賁張的陰柔曲線，男人女人像同一種性別的蝶群嬉耍著，從何時起那個靜美的光陰從徵逐女色的春夢永遠失落了？

作為姦汙者，除了鐘點付費，他沒有更好的東西贈與她們了。

但其實也有這樣將星輿圖翻轉過來的，另一種神祕時刻。

不止是性。他一直提醒自己。像即將殉難刑戮的唐僧，眼前顛倒夢幻、恐怖痛苦、世界在分崩離析著，口中喃喃念著微弱定性的經咒。不止是性。不止是性啊。他也曾經，有那樣一個夜晚過渡的天濛濛亮清晨，被召喚，被姦汙，被當作銷魂的器皿，被品嘗如香料烹煮的羔羊肉，但那被後來的他遺忘的，因為羞愧而禁壓在注定要蛻形成父親形貌的剛強身軀之下的，那種暗影裡窸窸窣窣、亂世裡共謀者的憐愛、慈悲、淫歡、黯然……似乎（他想不太起來了）要比性繁茂豐饒許多許多。

他記得那個夜晚，他從一場餐聚中離開，搭乘捷運時坐錯了站，他下車，站在寥寥幾人佇立的月台，待反向另一班列車在一股焚風中進站，再跳上車。他在手機裡對孩子們撒謊，餐聚離席時他對同桌喝到半茫的那些同事撒謊。那個真實的世界，變得像盛夏日光曝曬的柏油路面上的一切景物，它們歪歪斜斜，變成顫晃的影子，單薄、扁平。似乎這車廂裡，散坐而臉色憂悒的其他人，是和他一起正穿過一個光影曖昧的「另一世界」。

到了那白色旅館的大堂，櫃台一晝著煙藍眼影的女孩要他等一下，拿起電話筒：「×小姐，有一位某先生說是您的訪客。」於是她帶著他走進電梯，拿一張磁卡刷那三排整串樓層數字按鍵下方的感應插縫，幫他按了最高樓層，他想對她說：「我不是男妓。」但她只在電梯門闔上前，站在外邊，像日系百貨公司服務小姐，面對著他鞠躬，門便閤上了。

他走進去，門一關上，女人便像小孩緊緊抱著他。這時他有點驚訝她身形的矮小，他可以向下俯視她頭頂灰白相錯的髮旋。

「我以為你不來了。」

他向她解釋，那不是他的行事風格，但因此亦坦露他不是此中高手。他還是像保險業務員一旦敲定必然履約赴會。他只是途中遇到了一些狀況，那使他自動放棄了他們這樣的關係中，她空出場地給他的那個至高的權力寶座。他可以神龍見尾不見首，可以說消失就消失。可以遺棄她。後來他慢慢理解，即使在那幻術般在他們看不見的背後拔高如巨龍如高樓如海嘯的投影，他們的性張力，她也賦予了他這樣比他所理解的自己，巨大許多的魔鬼袍服之身影。

但他一如過往，進入到那個弟弟的角色。

他之前的人生，從未如這般變成一個別人欲望的對象。總是他淚花閃爍地扮演苦戀、單戀、求不得苦的那個被欲望所苦之人。他的視覺，總是建立成他伺候著、討好著、小心翼翼、如夢中藤蔓莖鬚打開所有詩的語言，包覆著光圈中心，那個他欲望的美麗的女人。他總如甲冑在身，長期持弋駕馬，頭髮經歷冰冷恐怖的噩夜而像鋼絲琴弦豎立。他躲在暗影中的觀眾席，像唯一的觀眾，唯一的品鑑者，阿諛那些慵懶、自戀、驕傲如貓的女人。她們腴白的肉體、零亂衣衫某一敞開或垂褪，她們像禮物層層包裹那在旋轉拆解中自己亦不知魔術的某一切面或軸心會在哪處隙縫強光爆湧而出的，那讓他心臟拳縮，眼淚灌進鼻腔的，美，或是色情，或是神蹟。

但此刻，這女人卻欲望著他。描述他（用那些讓他迷惑並警惕的詩的語言：某種瓷器破片上釉料的顏色、某種穿梭在密林光影斑斕的豹子的腰弧、某種命運之輪的黃金人體圖、某種花朵或酒）。

女人說：「天啊。你好美。」

那是什麼？他迷惑地弓臀僵硬起來，但另一部分的自己像沙漏瓶中的流沙細索崩落，他閉上眼，覺得之前這半生的自己如此疲倦。而此刻雙臂張展裸躺在這高空旅館柔軟大床上的身體，正被女人的色情之眼一吋一吋享用著，原來是這樣的滋味。他想。原來成為他人欲望的對象是這樣的感覺。輕飄飄。不真實，像很久很久以前，光裸的牙肉剛要冒出新牙的模糊的腫脹感。

或許是我描述世界的方式出了差錯？

他們建構著我。那樣的一個夜晚，她對我說什麼？那園裡植物草葉花瓣的靡爛香味，他認真地回想：一間白色旅館、原本的尚未被泡水玷汙紙張潔白油墨簇新的雪銅紙燙印的插畫應是這樣的，一個年輕的、淡棕色乳房褪去白蕾絲胸罩（哦像吹去熱拿鐵上面那層鮮奶泡沫）、肩胛、乳蒂、胯骨都像少年或子房尚未脹大的蓓蕾，像荷花淡青色的直立花莖，他把半醉半睡的她橫臥在那房間的地毯上，手指剝開插進她的陰戶，而她長髮披垂，為著自己控制不住、停不下來一次接著一次劇烈顫慄的高潮而羞怯。「我是怎麼了？我是怎麼了？」立刻又是一陣潰裂的全身抖索，他可以看見她乳房上緣泛起一片淡淡粉紅色的疙瘩，他插進她年輕蜜穴裡的右手中指和食指被不斷淌出的清新淫水浸泡，每隔一兩分鐘那絲絨包覆的窄小腔室便抽搐，像拴螺絲而逐漸夾緊的古代刑具、那像是鑽研一具精緻變態刑具的內部結構、壺頸、耳鎚、漩渦摺槽、關節機括、隱祕的小出水溝……同時肋筋抽束綳緊卻同時像泡水海綿蛋糕從一小部位潰碎。

到後來，他已不是在「性」的狀態，而像在演奏樂器，一把跨在兩腿間的中提琴。她持續的悲鳴，一波一波浪潮沖打，讓他在著魔的演奏中途難免擔心：會不會這樣搞死她。但她就像垂死的天鵝，仍然從那狼藉濕漉的羽翼間，被他演奏的指法叫喚出像從宇宙銀河神祕召喚來的巨大能量。「哦……」再一次瀕死的劇烈拍打翅膀，他幾乎感到這白色旅館的房間被她那極樂之境的揮翅風暴給陰影罩住了。

她羞紅了臉，「看，」他指著地毯上被浸濕了的一塊。

但事實是，此刻在這飄浮高空中的白色旅館，像隻垂死天鵝裸躺在大床正中央的，是他。某具不存在的時鐘刻度被動了手腳。女人像饕客貪婪吞食一隻義大利油醋浸泡的活章魚，含住他的睪丸。他覺得如果時光可以倒走，回到八、九歲男童第一次發現自瀆的快樂祕密的那一刻，被重新調校了一把琴的音準。「原來可以是這樣。」他在三十幾年前像小狗嗷嗷懷著罪惡的初次私密性歡愉，因為無知走偏了一格刻度，從此錯過一條繁花簇放的時光走廊。他感到一種近乎屈辱的憤怒。但天啊怎麼可以，怎麼可能那麼爽！女人的口腔像千指萬指的海葵，包裹住他的陰莖肉棒（此時他深切感受男人的性器具是如此簡單乏味如鐵器時代的槍矛），每一條蠕動的鬚觸都像章魚腳布滿小吸盤，從那陰莖每一觸點吸吮、滑動、輕囓、撩撥……他竟然像小嬰孩從喉頭發出咿咿嗚嗚的撒嬌聲。幾乎是瞬間就射精了。

天啊，千萬不要。他怕她說出（「乖。」），像男童在朦朧春夢中太舒服而暖呼呼地尿床。但他看見她矗立在他上方，頭髮披垂，仰喉扭了一下頸子，把他的精液（全部）吞嚥下去。他的眼角竟然滑出一道淚，那仍然勃跳著的，變得無比孱弱的（真得變成像小男童撒尿的小斗）像漁港扔在柏油路面垂死小魚，從掀開的鰓蓋，一下、一下，無生命力無張力地流出最後殘存的稠液。她復將它整個含進嘴，那感覺像一根布滿細細倒鉤的什麼刺進他龜頭裂口的內裡。天啊，他呻吟出聲，但聲像告饒又像警告。不要，會搞死我。

他離開那白色旅館時，天已經濛濛亮了，蟹殼青的湖面背後一層層像拓墨畫的紫色群山淡景，但那只是他的想像，事實上那些在夜闇過渡到稀微辰光的風景，都被遮蔽在環堤快速道路醜陋高矗的水泥和鋼板牆外。他之所以有這印象，是因之前在女人的高空房間下眺，才發現原來在這環堤和快速道路的邊線之外，是一片夢境般的，灰青色的湖面。

女人此刻應該在空調的乾燥熱風，在她那張雙人大床上熟睡了。經過這一夜折騰，魔法退去，她應該像被監禁在高塔上的公主，被打回老婦原形，張嘴噴吐出老人內臟特有的腐敗氣息，胯骨脊椎到肩頸和每一處關節都像要散架一般，發著燒昏睡著。是啊他竟像那些逃離森林巫婆糖果屋那般，在天亮時逃離這棟魔法消失的高空古堡。

魔法正在消失，結界正在關閉。他必須像小時候在遊樂園和大人走散，一開始貪歡享受那無限的玩樂時光，天漸黑卻慌恐疾走只為了在關門時間到之前，趕到最初進來的票口，否則那閘門一關上，似乎便永遠回不到人的世界了。他跳上一輛停在二十四小時便利超商門口的計程車，「快，」幾乎這麼說，「快載我離開。」運匠猶在迷濛的睡意裡，一邊擤著鼻子一邊把方向盤。駕駛座旁支起的小螢幕電視正播放著一群女星在展示著她們原本濃妝豔麗的臉，和卸妝後素顏的臉，每一個女孩到後台去卸完妝以裸初之顏走到台前時，其他的女星則嘰喳尖叫，拚命說一些刻薄的話，「天啊好像阿凡達喔，眼距好像過寬了。」「哦妳這好像惠妮休斯頓後來吸毒委靡的老臉。」他不知道螢幕裡那遊戲的樂趣在哪？（是「羞辱」嗎？還是展演一群年輕時髦的漂亮女人，原來聚在一起是如此三姑六婆？）但他和運匠兩人津津有味盯著那小螢幕看。

戴漁夫帽的運匠突然開口（也許因為他倆在這狹小如鮪魚胃囊中的車內空間，像在他人的夢境裡的某個過場；也許因為他從後座只看到運匠被暗影吃掉的輪廓；所以他以為他們彼此都會沉默無有搭訕對話）：

「前幾天一個新聞，斯德哥爾摩醫學院一班醫科學生，上他們人生第一堂大體解剖課，好像是那從醫院冷凍櫃送來的灰色屍體，他們已經將它開膛破腹，鋸下肋骨撥弄那些內臟印證教科書上的圖解時，其中一個男學生才從那屍體腳趾上掛的名牌，發現他們解剖的，正是不久前因癌症過世的恩師。據說那些孩子們都大受刺激，但還是強忍悲慟把那堂大體解剖課進行完。」

「是啊，真可怕。」

所以這是什麼？一種知識的傳遞？或某種追求真理的姿態？孩子們，來，看看，這是我的肝臟，這是我的膽囊，撥開這一大坨黏糊糊擠滿全部空間的十二指腸，往下掏，就是泄殖腔，那就是平時站在你們面前講課的我的裡面，不要別開眼，看看這兩枚腎臟上端少了什麼？仔細想想我平常跟你們說的。

他想起他的一位老師某一次有感而發地對他說，phylosophy，哲學，這個字的字根，phy，拉丁原文我們一般理解為喜歡；losophy，智慧；「喜歡智慧」，所以追求，探尋，叩問。然傅柯說phy的原義，是「愛」。在希臘哲學家的師徒關係，通常是一年老的師傅，帶著一個（或多個）美少年徒弟。他上這些徒弟，作為交換將智慧傳遞給他們，那不是「喜歡」，是「愛」，愛的不可測，控制與被控制，愛的暗影那一面的魔鬼的臉，因愛而興起的審美激爽與至福感動，同時因為愛如大海暴雨怒浪那讓人恐怖的嫉妒和哀痛……哲學，就是關於「愛」這種難以條列解釋的人心最難描繪、傳授、問答的智慧和學問。美少年在懵懂也好純潔也好的狀態，透過和老人之間的「愛」的關係，體會、掌握、控制那滿漲胸臆的衝突、激狂、憤怒、對抗的知識和原理，這就是哲學。

所以哲學，或說人類某些文明的傳授，都是從嘟屁眼開始？某種羞辱、說不出的古怪、彆扭和陰鬱，為何是從那個埋設了更多笑謔或粗俗想像炸藥的小小孔穴，那括約肌必然疼痛的逆漩渦作為啟動這傳授智慧的起點？老人何其悲哀，用一生盡可能將這直立人可能經歷、記憶下來的全部知識貯存進腦額葉的凹褶裡（在電腦、網路發明之前的年代；甚至在印刷術發明之前的年代），但當他被基因祕密程式驅動要傳遞、交接這些壯觀的文明資訊時（在隨身碟發明之前的年代），他的外貌變得如此醜陋、衰敗，讓插入少年那些美臀的、騎在那些年輕丰麗的肩背上的，是一個讓他自慚形穢、皺巴巴、雞皮鶴髮的怪物。

公主

那一次的「公主案」，株連繫獄的人數之多，處決之血腥慘酷，使得這一段歷史檔案被永久鎖碼屏蔽了，當然公主的那群情人們全部被腰斬，有幾個趁大搜捕之夜前逃亡的，後來也被發現死狀甚慘陳屍在實驗基地的大渦輪扇通風管、電梯的天井下，或那些廢棄少女機器人的攪碎機裡。

為什麼你喜歡少女？她問他。

他說：當一個模型還只是模型，像水壩還沒被炸堤，所有的水被靜止封印在裡面，那時，所有的奇怪性格，少女的殘忍、優柔、瘋瘋顛顛、狂狷、喜新厭舊……無一不美。不知為什麼，那原本像一隻巨大蝶蛾的說不清是魔性還是神性的意志，一旦撕裂那少女美麗的臉、發光的胴體、小鹿般的足脛，從那成為蛻殼的寄生或卵藏的已成為死物的少女皮囊支立而出，揮動鱗粉漫灑的巨大翅翼，那些原本藏匿在少女靈魂模型裡的彆扭的美、拗摺的美、奇詭駭麗的美，便擴張成真的殘忍、真的貪婪、真的誅殺異己、真的上萬人上百萬人為之瘋狂、露出醜惡的臉、互結集團攻訐黨爭、像橄欖球那樣一整群小人兒撲襲擒抱對方、長出毒蕈般的惡毒陰謀、動員道德的話語置對方於死地……

她說，但那全是那兒留著漂亮鬍子，穿著斑斕禽鳥刺繡朝服，穿著華麗策論文章，上疏構陷政敵（什麼「廢立」、「謀反」、「巫筮作法」、「誑言惑亂」）精準猜臆王內心的憂懼和黑暗面，羅織彈劾的男性書生啊。

她說：所以你希望事物保持在濛混之初、宇宙暴脹剛啟動、最初那零點零零零零零零零秒的，「發生之前」的琥珀凝凍狀態？每一條河流都還沒有名字，或那些河神們尚未被沉河或含冤投江而永遠戍守在那些或還只是未匯聚的湍溪瀉泉？或是時間的箭矢還搭在梵天懶洋洋未張滿的弓弦上？我們想像著「薛丁格的貓」，有太多個宇宙因量子的測不準，而在我們不知道的次元裡，像幽谷裡的花朵，開放又枯萎了。譬如被慈禧的老婦翳影塞滿全部夢境穹頂的那的衰癆鬱結的光緒，如果他被壓遍的夢境有機會撐漲、反噬老太婆剮銀長指套或檀香暗影的糾葛老宇宙呢？譬如宋元佑朝的老太后一駕崩，年輕的宋哲宗在親政詔書上，大吐自己在太后陰影下像影子像渦蟲驚懼爬行了八年的悲慘心境，將太后朝所有舊黨全數清除、貶罷、誅殺；整批換上新黨殘羽，腥風血雨進行報復？譬如明武宗正德十四年，這個性變態皇帝想要南遊，群臣進入一種噬菌體的「捍衛祖宗制訓」的瘋狂，從兵部郎中、翰林院修撰、吏部郎中、兵部員外郎……前仆彼繼的上疏進諫，武宗皇帝像一顆戰鬥陀螺發出電光和鳴響，以下詔獄、廷杖，將一百六十八個朝臣打得皮開肉綻，其中有十一人被活活打死？通常是沒讀過書的老太太，又愛哭又多疑，怕她死去丈夫那滿朝咬文嚼字的臣僕們欺侮「哀家」，所以亂拉她娘家的哥哥、弟弟、外甥，配以重兵，手握權符。然後是那個膽小戒懼活在老太太威權下的小男孩終於長大，周圍簇擁著一些人類機器人學還未開展卻依功能想像將一些正常男子生殖器割掉的奇異僕傭，他們宮廷喋血，斬殺自己祖母或母親的異姓舅公或舅舅們異化疊架成的變形金剛？所以這個民族的文明之花，只要像機運之手從大玻璃罐裡隨意抓出一把乾燥菊花，放在原本靜美、輕輕磕碰脆響的青花瓷碗裡，一注入滾水，那芬芳幽魂的蛾翅白的層瓣菊花，便在煙霧中滿滿綻放。然綻放之後的景觀，從無意外是讓神都淚流滿面的，人形的撕碎、滿室斷頭斷掌扔棄的肉臟，一片醜惡恐怖的屠殺？

所以你想像，如果是一具漂流在時間尚未形成、尚未到達，在這一切她自己夢境之外沉睡的少女，那該多好？

他說：「我們現在會這樣說話，是因為我們好像是在別人的夢境裡漫遊的小人兒，那些塌毀的城門、大火燒過磚石猶炭黑的一整條荒街、墓樹已拱、原本畫舫燈舟的河道上如今積著厚厚一層浮萍，十字街衢上肚腹塌陷的野狗成群。但事實上不是這樣的。我曾經見過那些年輕的少女們，在這庭園裡追逐、嬉鬧、撲蝶、打羽毛球，我記得那時這裡有個泳池，妳能想像那個畫面嗎？在那個泳池裡像下鍋水餃翻騰著三、四十個胳膊如玉、大腿如雪、妖精般只穿泳裝的十三、四歲美麗少女。她們互相潑著水，頭髮濡濕，不論是那水靈的大眼、可愛的耳朵，還是像小天鵝般可憐兒的粉頸和纖細手臂，或那微微起伏的少女胸脯……即使我那時木訥緊張，也被眼前這片簡直是天庭銀河裡仙女們在戲水的綺麗美景給吸引得轉不開眼。但很怪的是，這群女孩兒，彼此混在美麗的同樣那麼青春的少女之中，一種屬於靈魂的獨特性被互相遮蔽了。你只有印象一群美麗的天鵝或斑馬或孔雀，嘩嘩嘩嘩同時降臨，一受驚或有什麼旁的有趣吸引的，又嘩嘩嘩嘩整群離去……」

「那時發生了許多事，看似雜遝混亂但後頭好像有幾股力量在執行著某種力量或秩序，甚至該說是鬥爭吧。不可能是只有妳和阿雯這兩個女孩陪伴著像擱淺在時光靜止池畔的夫人，這樣的長日漫漫。在老夫人之前，據說這個『少女機器人計畫』曾進駐過幾代不同的主持人、老大、王，所以有各種不同的前代的『夫人』的傳說。那可是光怪陸離，讓我們這些忝稱『少女機器人程式設計師』嘆為觀止。」

「有一代的『夫人』，據記載又矮又黑又醜，我看過檔案照，確實頗嚇人的。鼻孔朝天，臉上有半面被紫色胎記遮去。那一任的『先生』，偏偏愛偷吃，不光是這園裡還在畜養的少女們，連外頭調來照顧這些實驗室少女的保母，他都亂軋。但凡有這些女孩兒受了孕而小腹隆起，這位醜夫人便將之誅殺，她甚至當著其他少女們，拿長戟投擲那些年輕孕婦的肚子，而她的投擲又準又狠，我想那一批號計畫的少女們的腦額葉影像檔，應該都是這樣身旁同伴突然中戟，血流五步的曝光噩夢吧？」

「有一次，其實在距我們這祕密計畫的莊園還頗一段路的山下，有一個囝仔因形跡可疑被警方逮捕，但從他身上搜出許多貴重珠寶。那些刑事組的徹夜拷問他，沒想到這個囝仔少年招供：他在路上晃，被一輛黑頭車急停身旁，被一保鑣挾持上車，車上一老婦跟他說，家裡有人得了重病，問了一位神人，說要找一城南少年作藥引才能治此頑疾。他被膠帶封口，扔在後車廂裡，一路顛晃，進了一大花園，高樓大屋，院裡一些美少女跑來跑去。他問旁邊僕人這是什麼所在？那人神祕地說是『天上』。他們讓他用一種玫瑰花露沐浴洗淨，換上絲質白襯衫，然後讓他去陪一位黑醜的中年婦人『共寢歡愛』。我這些珠寶首飾，都是這黑臉伯母贈送的啊……」

「這個案件透過上層情報交換，他們知道是我們這『少女機器人計畫』老爺子的『夫人』弄出的醜聞，遂放了那個囝仔（當然有警告若在外面亂講就滅口）。其實之前，這位『夫人』用同樣手法召入園中『治病』的少年們，完事後都是被絞殺或砍頭。從人間蒸發。可能這個幸運鬼特別討『夫人』歡迎吧？」

「總之，那是個『少女機器人計畫』的黑暗時代。不只不同系統的實驗計畫頭兒在動員不同人馬，你死我活爭奪這個『少女機器人計畫』的最高領導人位置，他們各自身後的『夫人黨』也是手段用盡、暗潮洶湧、陰謀詭計如漫天繁星讓你嘆為觀止。有一任的老爺子，因為他的夫人原本不是正室，是上一任關閉的實驗計畫未被銷毀的『實驗剩物』少女，沒想到新繼任的這老爺子不知什麼機緣看上了她。這是違反『少女機器人計畫』的準則，當然他們動了一番手腳將這『例行決策過少女』重新刻上引擎序號，移花接木，而且將新老爺子原本的元配夫人幹掉，成為新的『夫人』。但這來路不正的夫人，或為了應付這滿園亂跑的美少女們色誘她男人，不知從哪弄進園來一個她姊姊，這『姊姊』據說比夫人還美還風流，老爺子立刻迷上了，變成姊妹共事一夫。這就算了，這個『姊姊』進園時還帶了一雙子女，都已十五、六歲，男孩俊美，女孩豔絕。不多久，夫人又將自己這個外甥女孅娜芬芳的處女身體進獻給老爺子。並且讓那年輕外甥越級進入實驗室最核心的部門。後來大約是老爺子迷戀青春外甥女小鳥般的女體，疏遠了夫人。有一天，夫人便將這搞不清楚自己的任務分際的美麗外甥女毒死了。她的親哥哥（那下一輪「少女機器人計畫」的年輕工程師）悲哭號叫。這激怒了夫人（他的姨母）。於是給自己惹下殺機。偏偏這個俊美少年（可能像布萊德彼特那樣噴散著年輕種馬荷爾蒙的神物吧），先被傳出和「夫人」的媽（也就是他外婆）有一腿，後來又強姦了實驗室另一個掌握重要技術資源的（地位可能威脅現任老爺子）一位博士研發幾乎要宣布成功的，名為『栩栩』的一隻絕美少女機器人。於是夫人找了一群便衣特勤，騙他從實驗基地來莊園的途中，用那車上的座椅安全帶將之絞殺。」

「我說那是『黑暗時代』，絕不止是這說一千零一夜也說不完的，女體在鳳冠霞帔、花鈿珠搖的裝飾下，卻上演著雜交、亂倫、姦淫、屠殺、斷肢殘骸的一輪接一輪『美』被羞辱、玷汙、美麗的臉容被鋤頭打凹打爆這樣的恐怖連續劇。而是那些『少女機器人』工程師們，內心是在怎樣的黑夜曠野流浪，他們經歷怎樣的絕望、疑惑、恐怖，找不到藉以圖描之的宇宙設計圖，卻仍在噩夢中哆嗦的測試線路纏繞的『也許會出現人該有的形貌』的，那個惡之花瓣中幽微遮蔽的，某種不存在的『少女』原型。」

「有一次，彗星在『五車』星群出現，那一任老爺子主持系統整合各部門會議時，避開了實驗室基地的『圓桌主會議廳』，改用偏間另一個小會議室，而且要實驗室的餐廳減少自助餐菜餚的數目，而且不准研究人員在系統研發時戴耳機聽搖滾樂。他說彗星穿過東北天際，是上天對我們這個『少女機器人』計畫的警告。那時那些工程師都耳語紛紛，說老爺子瘋了。另一次，他突發奇想，說要把『少女機器人』實驗室基地最中心的核動力爐室，遵循古代天地陰陽曆法的天文學準則，地基採八角形，圓形屋頂，上面蓋綠色翡翠瓦；其他所有門戶、牆垣、台階、窗櫺、門楣、梁柱、飛簷、柱頭墊木、管線通風口……全要照易卦之象布置。那是這實驗室計畫以來，第一次所有工程師不鳥最高領導人的正式命令。」

「其實，關於天文的觀測，宇宙起源的描繪，暗能量、星際塵埃，或黑洞的計算……這些在那個年代的實驗基地，是禁忌中的禁忌。只能由歷任『老爺子』直接親率的天文監掌控全部的巨大電腦硬碟。因為那關係到那一任『少女機器人計畫』的最核心設計。其他計畫部門的高級領導若被發現涉入天文觀測或遙遠天體的廣義相對論的引證，通常被視為奪權陰謀，歷代不同『老爺子』們，為了這一核心天文觀測最高端部門的爭鬥，可說是斑斑血跡、殘酷屠殺。」

「有一次，我和後來我們這位『先生』和『夫人』，一起坐在那時那些少女們已消失無蹤（也就是整個『少女機器人』計畫轉向到現在這個『女兒』計畫），只有覆蓋著落葉和水草的混濁水面的游泳池畔。我聽『夫人』感嘆地說：『女孩們最致命的，真的是「公主病」啊。』但一向寡言的『先生』，突然眼露精光，對著眼前空蕩蕩的庭園，說：『不，可怕的是「皇后病」。』」

「據說，之前某一任的『老爺子』，有一位『公主』，後來傳說者也弄不清是他親生女兒，或是他設計的整個計畫核心，以他自己為參照摹本而造出的『夢中少女機器人』（我們現在所說的『旗艦機』或是『皇冠上的那顆巨鑽』）。總之這女孩徹底被寵壞了，在維基百科的『公主病』詞條就是以她的故事為例。這位公主長大了，老爺子便將她許配給自己實驗室權力核心一位動力引擎團隊領導主任的二公子。當然這位長不大的公主還是延續她少女時光（或我們這個『大房子』歷代所有公主們的傳統）淫蕩、愛玩、性冒險、追求『惡之華』的頹廢靡麗、酒精加大麻加轟趴的人體工學探索偏好。那已不是給她老公戴綠帽這個層次了。她又偏愛實驗基地那些哲學系統（那個年代他們是在權力核心之外）的年輕男研究員，很怪，據紀錄盡是一些和尚、道士、詩人或被醫學院退學的怪咖（或許因之是頂尖藥頭？）、一些從來沒有作品但號稱自己會拍出比昆丁塔倫提諾還屌爆的電影的小爺們、玩極地或沙漠越野賽車的一群車手……，這公主像豢養一群珍禽異獸那樣資助這群年輕瘋子，從她老爸的祕密帳戶偷了不少錢像傻B放煙花，讓這些除了雞巴和舌頭超人之靈活外，其他全是行屍走肉的廢材們燃燒他們憑空唬爛的光焰之夢。他們除了性交、嗑藥、用實驗基地的名義訂整箱整箱昂貴的紅酒再偷帶出去轉手賣給外頭的酒吧，還搞了個讀書會。」

但就是最後這一項讓老爺子身邊那些監視整個實驗計畫的「程式守護員」盯上了，要知道「老爺子」的權力祕室這個圍繞著「老爺子」運行、層層繁織的權力網絡之外，還有至少四、五個「老爺子」們，也像規模大小殊異的恆星系，有環繞著他們的幕僚、研究院士、大電腦或遺傳工程的高端科學家們，他們整天密室開會，作「混沌」電腦模擬，就是像頂尖棋士對弈，等這位老爺子哪個疏忽出了錯手，立刻鑽漏子、木馬屠城、桶狹間之戰，篡了這整個實驗基地和「大房子」的「少女機器人計畫」的主導和宰治權。那是一個更沉默、黑暗、各部人馬犬齒交錯、對峙、炸藥、油槽、軍火全布藏各處暗室，不輕舉妄動但能量無比巨大的高層權力鬥爭。像比腕力大賽兩隻肌肉胳膊架在那靜止不動，其實兩造都憋紅了臉。這時絕不能有隻手指往其中一位的肚上輕輕一戳，那整個是氣勁瀉盡、瞬間摧枯拉朽。

而那位公主的那群荷爾蒙男寵物們搞的「讀書會」，正就是那根「多冒出來的手指」。老爺子這邊的，或其他「老爺子」們那邊的，敵對各方的特工，都盯上了這個像頂尖太空船陶瓷高溫運轉引擎上那一絲細紋般的裂痕。

他們找到了「公主的情人們」這個「讀書會」中——顯然這些特工們搞不太懂這些小混蛋們那些奇怪名字的書單內容：《2666》、大江健三郎的《萬延元年足球隊》、卡夫卡的《城堡》、班雅明、褚威格、漢娜鄂蘭、《跳房子》、傅柯——犯了一個像噩夢中最不能說的祕密，最禁忌的罪行：「步星次」。

什麼意思呢？就是公主的這群鮮衣怒冠、成天醉醺醺扯屁哈啦的廢材男寵們，其中有人暗藏了完全不是那麼回事的巨大陰謀，這個「讀書會」裡的書單，有一批書像染色體中偽裝隱匿的隱性基因，其實是以霍金《時間簡史》為主線的，談時間和空間的「翹曲」、愛因斯坦廣義相對論、量子力學史、宇宙的膨脹與收縮、弦理論、大統一理論……甚至發現他們在描述「黑洞」，甚至宣稱可能在實驗室中造出一個「微形黑洞」。這已經是國家規模的對「天象變化」的描述，也就是「準政變」的奪權梯隊建制了。

那一次的「公主案」，株連繫獄的人數之多，處決之血腥慘酷，使得這一段歷史檔案被永久鎖碼屏蔽了，當然公主的那群情人們全部被腰斬、有幾個趁大搜捕之夜前逃亡的，後來也被發現死狀甚慘陳屍在實驗基地的大渦輪扇通風管、電梯的天井下，或那些廢棄少女機器人的攪碎機裡。那位公主被一群黑衣人在她的閨房被勒殺。老爺子艱難地維穩度過這次風暴，但他團隊最核心的幾個部門頭目皆被撤換，而為了鎮壓其他「老爺子」們的伏襲，當時有許多傳說，有兩三個其他「老爺子」的實驗室裡頭的上千個工程師和研發人員，一夜之間消失。

他說：「其實我也常疑惑：這個『女兒』計畫，這個『少女機器人實驗室』為什麼存在這裡？一代一代的『老爺子』們和他如蜂巢的幕僚、專家、工程師；一代一代的『夫人』們；一代一代投注了龐大夢想、技術突破、設計的瘋狂想像力，不同的力學、飛行概念、驅動引擎的新發明……像在極限的光燄中被製造出來的AI少女們，卻又因不同的缺陷或疏忽而變故障品。但這個祕密的巨大『計畫』是以什麼樣的意志延續著？這樣像一封閉金爐內的煉丹，烏煙瘴氣，高溫如煉獄，卻為了某種和這些『實驗基地』或『大房子』裡的，凹扭塌癟、眼珠暴突、人體互相虐殺，堆疊諸般阿修羅之臉完全相反的，一種熒熒發光、柔弱純潔、縹緲輕盈，『體迅飛鳧，飄忽若神，凌波微步，羅襪生塵。轉盼流精，光潤玉顏，含辭未吐，氣若幽蘭，華容婀娜，令我忘餐』；『花飛花落飛滿天』，『質本潔來還潔去』的『飛行少女』？那種微積分式的不斷趨近卻永遠進入不了的『花落之哀』靜止之瞬，一種奇怪的偏執妄念，去重力、凌波微步，自在飛花的迴旋、滑翔、漂浮，是怎麼從這些『從不斷累聚的陰影向下望』、權謀、偽詐、像放射性核廢料貯槽、因為溶蝕記憶體晶片電路板各種腐蝕性劇毒化學藥劑，那些巨塔基地內一次又一次的叛變奪權、以強大修辭描述對方之罪而戒嚴、誅殺宗室、重武裝斧鉞或強大爆炸的霰彈槍支解著人體骨骼肌肉、血流盈池的鈍悶聲響，或喋血奪了指揮權的新『老爺子』被想像中的舊『老爺子』的鬼魂、妖怪所祟，在實驗室裡形容驚恐跑來跑去、瘋瘋癲癲，夢見那被篡位的上任，率領天官使者，鬼卒牛頭馬面軍隊，從他眼皮閉闔的一個時空摺縫衝殺過來，一睜眼即幻滅，一閉目則愈靠近……這些『老爺子』們的大腦皺褶，怎麼會像爛汙泥塘亭亭纖弱長出那樣一朵將一隻夢幻少女含苞其中的蓮花？」

他說：「有一些關於這個『少女機械人計畫』最初創建者的傳說：說最早的『老爺子』是從北方舉族南渡的名門望族，當時那個『傳說中的北方』，叛軍屠城，宮殿珍寶綾羅被劫掠一空、美女被姦淫、諸王百官士人被執殺者就三萬多人，首都成為一座廢墟、鬼城。更別提在那戰禍頻仍中被役使徵召、徭賦洗劫、恐懼流亡，像枯涸礫漠上百萬之數整批死去的蜉蝣，那些『生靈塗炭』的悲慘百姓。那已是一片地獄景觀。

「於是那有名的『南渡』，這些北方貴族，朝廷傾滅之遺臣，帶著族人、家臣、小孩、奴僕和牛馬牲畜，裹著金銀細軟，祖宗牌位、書箱畫匣、所有關於文明的知識……渡過傳說中那煙氣氤氳，連接天邊、望不到對岸的寬闊江面，據紀錄有上百萬人的大遷徙、沿途哭聲震野、生離死別。但也有一些晚近這幾年的『RPG年鑑學派』年輕電腦工程師，宣稱據他們駭入被鎖碼的敏感詞：『秦淮河』、『烏衣巷』原始啟動碼，懷疑這可能是第一代少女機器人植入身世的一次『實驗室裡南方老爺子和北方老爺子』的虛擬程式鬥爭。如同所有的每一代的少女機器人，都要灌入一巨幅卷軸畫般的『前傳』。根本這個地底深井般的實驗基地，就像『宇宙大爆炸』的那個太初之始的時空奇異點，它無從考，無法探勘計算。可能只是一個封閉式循環自我繁殖的AI智能。但事實上，關於『貴族』的概念、『文明滅絕』的概念、『離散』的概念，『飛鳥相與還』——將命運交織的暴力、殺戮、嗜權、偽詐、淫穢、剝削弱者……這些噩夢纏結的量子態，轉換成一個『飛行少女』的理想型——這不可能無中生有、機器降神、石頭中蹦出的『靈光一閃』，它確實是包括我，以及歷任『老爺子』們，腦額葉中那浮水印般朝天空踮著腳，發光的『少女神』創造之謎啊。」

紅包場

那女孩像不管這一切了，豁出去了（即使等這些仙女姊姊們定下神來，各自就要從兜懷裡掏出法寶、祭出像鴿子拍翅飛騰空中翻跳的活物，然後幾道金光刷刷，將這不知哪竄出的小狐狸精擊殺於塵埃中），仍一勁地大喊：「ㄅ少爺，你再看看，想起來沒？」

ㄅ43和阿襲在那間閣樓小房間等著B3，他們行李箱倒放在牆壁和木頭地板的夾角。這房間或因牆壁底色刷上一層奶油黃的油漆，雖然雜置錯落著暗紅色書櫃、白漆置物櫃及其上一些設計感極強的黑色咖啡壺或微波爐，或那台蘋果綠的小冰箱，B3那張像修道院修士的簡樸的木床，以及她堆疊排放在牆角的形成馬賽克細微幻視的上千本書，或壁上掛的一幅暗藍貼身禮服、長直髮、吹著一支長笛的中亞女人的油畫肖像……這小房間整體給我們一種穀物傾灑、明亮輝煌的銘黃印象。很像梵谷的那幅名畫：〈嘉舍醫生畫像〉。

這樣意識到兩人獨處在一個他人的私密空間裡，ㄅ43和阿襲突然出現一種奇特的靦腆，是啊他們好多年不曾再有身體上的親密關係了。但此刻他們又有一種旅途中被困住、擱淺時光的夥伴情誼（電影裡此刻通常是兩人回憶各自不快樂童年，或這些年某個孤獨時刻的啟發……，這一類交心談話時刻）。B3這房間的浴廁非常小，像是嵌進牆裡一個貯物小間，坐在小尺寸馬桶上、膝蓋便抵著那小小的洗手檯，僅用一張伸縮塑膠拉簾隔著。ㄅ43坐在那貼胸靠背的小空間裡小便時（他已好多年習慣坐著尿尿了），對拉簾外的阿襲說：「等會我有件事想跟妳說。」

阿襲可能正在彎身好奇看著B3書櫃上那些書吧？ㄅ43沖了水，走出來，對阿襲說：「妳過來一下。」她剛沒有防備地轉過身，他便將她擁入懷中，在她耳邊低聲說：「答應我，不要愛上那個唱戲的。」

阿襲吃吃笑了起來，說：「白癡！」像是在這發出奇異黃色光芒的小格空間裡，他們這細微的動作，攪動某種光影潦亂，那讓她出現正經女人一閃即逝的女性虛榮。

但和這個故事裡所有的故事一樣，B3始終沒有回來，等待果陀，等待的那個人永遠不會出現。但他們講好了，這個晚上要帶阿襲她從香港來的哥哥嫂嫂，逛逛玩耍這座城市「旅遊雜誌上沒寫過的旖旎風貌」。原是B3說她老哥薛蟠一頭熱硬要帶他們去見識「你們這些小姐少爺們一輩子不會走進去」的「遊淫園驚春夢」，但可能這陣子府裡事故多：老太妃薨，凡誥命等皆入朝隨班，按爵守制。勅諭天下：凡有爵之家，一年內不得筵宴音樂。賈母婆媳祖孫等俱每日入朝隨祭，至未正以後方回。兩府無人，家務冗雜。又要遣發那十二個梨香院唱戲的女孩兒。府內下人又乘隙結黨，和權暫執事者竊弄威福，生出種種事端。

阿襲幫B3的沒依約而來緩頰，跟ㄅ43解釋了現在府裡的混雜多事，「不要講B3、T9這些既是小姐又要扛事的，連我們跟著爺這邊的，那些婆子們眼中又畏又恨，都要戰戰兢兢，不能留話柄讓她們尋釁你這不管事不知凶險的老爺。B3姑娘可能替我著想，怕是我親哥哥嫂嫂，又由著她那浮浪哥哥帶去什麼不三不四、不乾不淨的地方，落了話柄，到時老太太大太太二奶奶查下來，你都救不了我。」

但ㄅ43哪裡會這套，他拗了性子，而且對之前薛蟠說得活靈活現的繁華街町起了興頭，硬拉著阿襲和他趕去原本和她哥哥嫂嫂相約之處。

他們在那些賣著一些廉價鮮豔的髮箍、小鏤花銀戒或耳環肚臍環、假髮、假睫毛、毛靴毛襪、或是刺青……的小店鋪間穿梭以及奇異地就將這些廉價碎物穿戴在身上那樣行走著的年輕男孩女孩的身體間摩頂放踵、挨擠擦撞。一開始ㄅ43有這樣一個錯誤印象：即他只要將那些好奇聞名而來的觀光客哥兒們，帶進這像海底岩礁叢聚的區域，像潛水夫戴著面罩踼著蛙蹼對他後頭跟游著的人比手勢，看看，眼前就是那是鸚哥魚、藤壺、海蛇、偕老同穴……運氣好你可以看到一場華麗的礁岩帶小礁鯊的獵食秀。但ㄅ43發現他想像中的那個畫面可能是好久好久以前的事了。ㄅ43告訴阿襲的哥哥嫂嫂，以前這裡的老騎樓，一排都是那樣的「紅包場」。薛蟠帶他來過。ㄅ43試著描述記憶中那有一種髒糊老舊的一樓窄樓梯口，用壓克力裱框貼了一張張明眸皓齒但說不出表情哪裡怪怪的，駐店女星的照片（其實所謂的「怪」，就是她們皆年華老去，她們不該再穿這樣夢幻粉紅或淡紫蓬紗小禮服或金色旗袍曲線畢露露胸翹臀，一臉凄迷少女的扮相了），她們都有一些驚人的藝名「舒奇」、「蔡依玲」、「林志鈴」、「隋糖」、「章紫怡」、「范賓賓」……像某個時代最昂貴頂級無法親近的女神的發光形貌，只要稍微拗摺塌癟一些地方，便像哈哈鏡塞進一條衰老（卻不是未來，而是充滿昔日穢物、殘敗、牆面灰粉剝落的過去）長街，所有的人屈個腰縮個頭，便都能擠進這條即使鏡面糊滿屎斑或蟲屍的浮華之夢。主要是這些在整條小街燒烤小販向上騰漫的薰煙，像層層布滿貝塚之時光廢棄物峽谷的髒舊暗影大樓裡的「紅包場」，觀眾席下一桌桌縮坐著的，都是那些打盹、夢中都還是黑白片影像的老人們。他們眼前的塑膠杯裡盛著冷掉的三合一沖泡咖啡，甜膩噁心。他們還能要求什麼呢？在這個百元鈔還能逞大爺，還有樂隊、旋轉燈舞台、光霧迷濛中還是有一個旖旎女體，綴片如蛇鱗流晃，扭腰擺臀、巧笑倩兮的「歌星」。ㄅ43說，大哥像你我這種童年時光還把錫製發條小車、橡膠大同寶寶或便宜塑膠歪斜小恐龍當作珍藏寶貝的一代，何需去學那些以電腦光屏進入世界的年輕世代之眼，去歧視這些形狀沒糊好的老人們的綺麗夢境？

但他們在那生猛廉價年輕人聚擠成的蟻巢迷宮裡穿來繞去，就是找不到一家ㄅ43（或薛蟠）所描述的紅包場。珊瑚岩礁叢裡某個「必然存在之物」，竟然滅絕了、消失了。像是原本熟門熟路翻撥某個老人大腦額葉裡的暈糊夢境，有一天，這個昏睡老人嗝屁了，所有原本在他夢中，像溝渠裡髒汙懸浮的孑孓、精液、殘羹飯粒和斑斕油汙般搖晃、移動、自生自滅的那些老人、那些臉上抹著厚粉的老歌女（奇怪她們的小腹圓凸贅擠、屁股特大，但從那裸上截的晚禮服露出的香肩和酥胸，還是那麼白皙腴嫩）、那些梳著髮油穿白西裝的老樂隊們、那些幫你將一張千元鈔換成一疊紅色百元鈔，且無比細心分別封進一枚枚紅包袋裡的穿女侍服的歐巴桑……全隨著那蒸發的夢境，也全部煙消霧散。

ㄅ43後來幾乎像賭氣般，帶著阿襲那對提著兩落沉甸甸鳳梨酥的香港兄嫂，在那鐘乳岩洞般、擠滿蟑螂同類幻覺的西門町巷街迷宮裡穿繞。「爺，沒關係，我們不是一定要看『紅包場』啊。」他們臉色煞白，落後ㄅ43十步之遙狼狽跟著，用極重的廣東腔哀求著。「不，一定有，我一定是搞錯方位了，從前這裡一整排都是。」

後來他們真的找到了一家（ㄅ43猜它是否是計畫刪減後這街町碩果僅存的唯一一家紅包場），他們搭電梯上了樓，但和薛蟠他們描述的不同，是那觀眾席擺開咖啡桌座的空間比想像中大一些，且各桌坐的並不是ㄅ43記憶中那些垂耷著頭打盹，像靜止爬蟲類的老頭們，而是一群一群結伴的類似台商或房仲公司員工聚餐，那樣族類雜駁，有中年人有年輕人，他們也開啤酒吆喝舉杯，但舞台上還是燈光魔幻迷麗一個身段婀娜的半老歌女款款輕搖唱著三〇年代上海流行歌。於是這一切像帶著時光博物館的櫥窗展演意味了（像是去參觀八二三炮戰時的地下碉堡，或是二十世紀初九份那些礦工去的老電影院）。價格也比幾年前薛蟠帶他來時，記憶中昂貴許多。光是個人最低消（茶或水果盤加聽歌）便一人四百元（所以四個人一落座就要一千六），還要加上那比起來像保持古老童趣的換百元鈔包紅包。ㄅ43突然有一種像稜切的玻璃杯盞被搖晃後，像骰子換成另一組重新來過「靡麗該付的費用」之計價：那些他們眼中頹圮化石的老人們，當他們年輕時走進那時的紅包場，台上唱歌的女孩們也都還是青春玉女，他們當時遞上的紅包袋裡的一百元，在當時物價可也是漂撇又氣派啊。然他們沉迷於此，所有人一同老去，終於有一天，後來的經營者將時光貨幣歸零從頭計算。現在的ㄅ43正是當年的他們（也感到來享受一下的荷包吃緊感）。

他們坐最角落一桌聽歌。有個風姿綽約穿著蟒白掐銀絲花紋高開衩旗袍的女人在上頭唱著〈甜蜜蜜〉。ㄅ43對一旁的阿襲說，這女人若年輕十歲，其實典雅很像年輕時的吳靜嫻。阿襲一臉茫然，笑著說：「這不是我的菜。」ㄅ43才意識到小他十歲的阿襲這一代，連用揣想進入那靡淫情境都無魔法之密碼了。對阿襲只是隔著一層玻璃窗看時光遺跡。這之間，穿著女侍服的歐巴桑們不斷換人殷勤來服務，他們臉皮薄，一次就一個百元紅包，眼花撩亂間一千塊就沒了。又換了一千。但接著是各個年輕的、年紀較大的歌女們，連番坐ㄅ43他們這桌位，搭訕、點菸噴煙、遞名片。ㄅ43、阿襲和她兄嫂也只好逐個遞上紅包（其實也才一百元）。ㄅ43發覺這些紅包場駐店歌女，除了原本的四十多歲以上的「老女孩」們，又混進了一批新的外來族群，一些三十歲左右的內省姑娘。有一位坐較久的湖南姑娘（ㄅ43猜她還生嫩，很怕轉檯到各桌去哈啦，發覺他們這桌特溫和友善，便聊了起來），她說她在深圳待過十年，遂用一口流利廣東話和阿襲那香港兄嫂嗨呀溝呀聊起來。她才來這家店兩禮拜，神色顯得很倉皇。後來她要他們把兩份飲料簽她的單（ㄅ43不知那是什麼意思，當然答應了）。但接下來至少轉了十幾個遞上不同名片的歌女，都來問他們飲料簽了哪位女孩的單。ㄅ43才知那是她們現在兵家必爭的業績和面子（不再是站台上唱時，手上展示的一疊紅包袋多寡了，幾乎年輕一點的遞上的名片都有msn或臉書帳號。他們又換了一次千元鈔，有點感到吃不消了）。後來那位很像吳靜嫻的雍容大姊也來ㄅ43這桌敬酒，他們也將剩的兩份單簽給她。這時在暗影和舞台燈忽明忽滅之瞬，ㄅ43才發現她有一隻眼是瞎的。但她在和他們哈啦間，用出的煙視媚行和黏蜜工夫，真的比那些三十多歲的小輩要讓人骨頭酥軟。真的，有一度她還傾身小鳥依人靠在ㄅ43後肩，隱約不著痕跡用胸部滑過他，然後在耳後輕語：「有空Call我，嗯，我想跟你喝咖啡。」比那些年輕的晚輩一嗅到他們非尋芳客，便露出真性情嘰嘰喳喳抱怨老闆、景氣、低聲講其他歌女壞話，似乎這大姊在示範一種：「小蹄子們，看看什麼叫做『紅包場』皇后。老客人不是來一次就剝皮，是要讓他們拜倒在妳舞台上的風華，讓他們回到本來生活覺得一切味同嚼蠟，只想存錢再躲進這浮華幻境，忘記流年，跟隨著妳一起老去。」

如果可以從這小房子出去，不是困在這裡面就好了。

那時，在流麗搖晃、暗香迷離，這些穿著像芭比娃娃卻又說不出哪裡洩露出一種頹敗衰老印象的女人身軀之間，有一個穿薄紗肩短袖旗袍的女人，撥開其他女人（像從滿是螢蟲幽光的森林跑出來一樣），拽著ㄅ43的袖子，急切地說：「ㄅ少爺，你不認得我啦。」

包括那個像某些細節已被蟲蛀，但又說不出的香風襲襲、雍容高雅的「獨眼皇后」；包括那些臉一半沉在黯影中但仍像溪流浪花，整體形成一種漩流、波晃、鱗光閃閃印象的，叼著菸的、支肘剝著瓜子或薄皮柑橘的，兩眼像黑窟窿藏著幽幽的「渴望被愛」的原本圍著人們這桌的女人們，這時臉都像寺廟裡垂眼但挑眉的菩薩，一種將原本那淫娃浪女的嘩嘩波浪，瞬間收回她們每一張突然威儀、端矜的臉裡面。

那女孩像不管這一切了，豁出去了（即使等這些仙女姊姊們定下神來，各自就要從兜懷裡掏出法寶、祭出像鴿子拍翅飛騰空中翻跳的活物，然後幾道金光刷刷，將這不知哪竄出的小狐狸精擊殺於塵埃中），仍一迭地大喊：「ㄅ少爺，你再看看，想起來沒？」

ㄅ43在那舞台燈明滅竄閃的光照，仔細再端詳了這女孩的臉。他腦中亂數跳閃、幾十萬筆資料像蜉蝣在夜海中生滅著，比對著那無盡深邃的時光甬道裡，那些漂浮碎片的曾經識得的女孩們的臉。但他確實想不起來，自己在哪處場合，曾經和這女孩遭遇過的浮光掠影。

但他不敢說：「原諒我真的想不起是在哪見過妳？」那可能會害她瞬間被杖殺，撕碎。連阿襲都從她的座位站起，臉的屏幕都呈現「如果有混亂狀況就要清除」的掃毒軟體，從「笑吟吟」到「擔憂」，到「是否啟動SOP流程」銀光晃漾的正準備切換程序的樣態了。

那女孩說不出是真的冤屈心急，還是熟知偷拐搶騙從街頭生存練出的機警，像要哭出來那樣喊著：

「噯喲，我的爺！還想不起來？你看看這是啥？」

她攤開ㄅ43的手，用（可能是小指）留得長長尖尖的蔻丹指甲，在他掌心快速畫了個字。

「想起來沒？」

「啊？」ㄅ43輕呼一聲：「阿襲？」

但是……他身後的這個阿襲？如果這一臉氣苦、冤屈、恐懼，從這些紅包場昔日壞毀之街景，這些妖嬈悲慘的老公主之陣中，那像兔子從獵犬追殺的森森利齒衝到他腳邊的，這可憐見的丫頭是阿襲（不知道在哪一處切換甬道的轉角，被他粗心遺落的），那麼，這整晚溫柔可靠在他身旁，一起招呼她哥哥嫂嫂，同時面紅耳赤擋著這些穿著戲服的女妖精們圍撲的阿襲……又是怎麼回事？

他當然該保護眼前這個，穿梭變貌，喬裝混跡，不知經歷過（故事夾層之外的）怎樣一言難盡的冒險，才在竄閃錯繁的機遇，從上個故事、上上個故事、上上上個故事……不同鐘面齒輪相嵌轉動的某個間可容髮的錯幻之瞬，跳進這個故事鏡箱的小阿襲。仔細瞧瞧，她的眼圈和上唇都還瘀腫，右耳下到頸子，再到鎖骨上方，拉著幾道傷痕。但是，這樣的她，ㄅ43身後也正啟動著「保護」機制……

於是，ㄅ43腦中靈光一閃——其實可以改變什麼，不重蹈覆轍，不依於那歷史必然律、好萊塢電影碰到這狀況最後一定是真假阿襲其中一個化為煙塵，或是人性最深的恐懼有一個名字被不同的兩人分別占有，於是要把對方殲滅搶回指揮艙——他對眼前這失落了全身身分的可憐女孩（他們甚至在她被遺落的那個故事要關閤前，宣判了她已死亡，又造了另一個更貼心、委婉識大體、作為『伺服器』的阿襲），說：「我想起來了，妳是微若。」

阿襲的眼淚已流出來了：「是啊，爺，你總算想起來了。」

女人們半戲謔半真地噘嘴跺腳，刺繡薄紗的迷麗波浪又搖晃起來，「還以為是個不經世事的公子爺兒，結果原來是個玩家！連這樣一個店都會遇到相識的。」鶯鶯燕燕唧唧啾啾。背後那個阿襲也臉色舒緩，坐回去和哥哥嫂嫂笑著側頭耳語。（「我們這個爺，姑娘們都說他獃子、連太太拿他也沒輒。誰知道這又是外頭那些哄騙他的說書人，哪部故事的哪個段子？」）

ㄅ43告饒陪笑對那還「玉山傾倒」軟玉溫香將癢酥酥鬢髮、耳環、粉頸、若隱若現酥胸和水蛇腰往他身上波潮般一陣淹沒一陣退去的「獨眼皇后」說：「借一步說話，我和我這妹子先敘敘舊？」

「哦，原來真的交情匪淺啊？」眉毛一挑，轉頭又深深看了這（搶食？）女孩一陣，做出個將小鑽珠包包拎起的動作：「好——，但你別就走嘍，我等會再來找你聊喔——」纖纖兩指挾著一張名片，如此輕盈精準插進他恤衫胸前的小口袋（ㄅ43自己都不知那處有這樣一個貼身小口袋），一陣香風就混入那旋燈影綽、在其他不同桌間巡游那些老女孩和年輕女孩的魚群裡。

ㄅ43和阿襲（從前的那個）相視無言，他想說：「妳慢慢說，這些日子妳到哪去了？」但他怕她又泣不成聲。他這時看出她容貌、眼珠，甚至牙齒、還有身上漫出的氣味，像一塊「桂花涼膏掉入髒汙溝渠的旅行」，已深深吸進了那些流浪漢、窮人、瘋婦、在城市老區像爬蟲類夢境癱趴著的老人，或那些在破舊攤車旁一塑膠桶洗著顏色鮮豔斑斕油汙之碗的疲憊小敗、在藤壺般櫛比鱗次暗影中的青草藥店、廉價閃亮衣褲攤、那些無人造訪的晦黯小廟、殘疾人駕著的刮刮樂彩券電動小輪椅車，在那之間遊戲，到老人摸摸茶室上班的印尼女孩……這些悲哀的酸臭氣味已淪肌浹髓侵入她靈魂深處。ㄅ43感覺她還像剛從水裡濕淋淋撈起的小狗，瑟縮發著抖。

從前的阿襲說：「有沒有更僻靜，能說話的地方？」

ㄅ43說：「沒有比這更安全的地方啦。」

現在的那個阿襲，遞了一杯蓋碗普洱菊花茶到「冒出來的這個阿襲」面前，白色瓷蓋上還被熱氣薰蒸著一粒粒小水珠。「妹妹喝點熱茶，緩口氣再說。」從前的阿襲愣愣看著「原本該是自己的那個她」——這就是阿襲，大氣、柔慈、永遠不予人難堪，也從不和ㄅ43身旁各式各樣蝶舞翩翩的女孩兒爭風吃醋，永遠委曲求全，連最刁鑽驕縱的阿雯都敬她三分。但那原該是她（活在其中的那個戲偶？）如此熟悉，每一瞬細微動靜，全場哪個女眷眉毛一挑，哪個婆子話不投機，或有哪個氣怯摔了杯盞嚇傻的小丫頭……她都可以像一尾燈管魚，嘆口氣斂斂衣裙，巡游過去，替她們找台階，好言相勸，把錯全攬到自己身上。她那麼清楚水波如玻璃鏡面連續著將人類的情感模式不同映畫地挨擠著，反光照暈對方，或這樣像岩礁纍堆的玻璃塊，或折映再折映鑽進對方身後不想讓人瞧見的暗黑、難堪、羞辱……她知道怎麼分撥開那些錯置人心的一瞬縫隙，穿游其中，化解傷害。

（ㄅ43想：現在的這個阿襲，有看出一絲端倪——即使只是直覺預感、額頭上多冒出來的螢光觸鬚——眼前這個可憐兮兮的女孩，這個『微若』，其實就是她自己的前身，不，前一任嗎？）

ㄅ43突然想起，好像，很久很久以前，在那許多無菌室如蟻穴被白色甬道串連成對他們而言就是迷宮的某處，眼前這個（被甩離系統之外又穿山越嶺艱辛攀爬回來的）昔日的阿襲，當時她就是無人懷疑，貼身服侍在他身邊的那個阿襲。

那天，發生了「學生機器人暴動」事件，一開始是從較遠端的區域傳來的各種混亂消息：有說是幾個年輕工程師和他們設計的一小隊學生機器人，不滿指揮中心的老人，黑箱密談就將完全逆反衝突的大型資料庫檔作「去遮蔽交換」。趁著警衛鬆懈，竟衝進占領這座巨大地底實驗計畫的「國會」。這是ㄅ43第一次聽到他和這些姊姊妹妹渾渾噩噩歲月靜好活在其中的這個「大觀園及其維生系統」，還有個「國會」？也許是某種「未來事件交易所」？但從那些三三兩兩面色凝重的老工程師，或難掩興奮的年輕工程師，所有人交頭接耳的氣氛，ㄅ43想：這或是件大事。有一些訊息說，那些學生機器人打開了通往「夢境廚餘單向瓣膜過濾通道」的封閉艙門，放那些飢殍之人、缺手斷腳或眼睛處只剩個窟窿的身軀殘毀者、那些臭烘烘的窮人、流浪漢、老妓女、悲慘的老人……衝進了這精密環境控管的大系統內。又有訊息說，實驗特區政府已啟動鎮暴機器警察，將那失控區域周邊包圍……

後來，ㄅ43的工程師小組告訴他，可能要搬離、遷移到「比較安全的另一區」，好像最核心的實驗室中樞（那些老人），也發生了爭吵，事實上是最初這整座地下計畫設計芻議，方向之爭的新仇舊恨。惘惘的威脅。大難將至。有一些更匪夷所思但因此特別聳人聽聞的謠言，說如果情勢繼續失控，權力中樞可能採取「如果能源爐發生核燃棒爆炸」的危機處理SOP，不惜毀爐塌鍋，將這整個故事關閉，掩埋，封印……

人心惶惶。譴責學生機器人造成實驗計畫空轉，「再一步死無葬身之所」的影像傳輸，和那像蜉蝣、鱗片、海洋菌藻小訊息量但每天上萬條支持學生方的短信，混錯在那其他的訊息傳輸，翻湧跳躍著。顯示主控室的爭奪，沒有一方取得壓倒性優勢。ㄅ43記得，就是在那段時光的其中一個下午，他和阿襲並肩要走去B3的「菊花社」，那時，一向溫柔解人，不逾越自己身分，總是聆聽（「我是阿襲，今天我只聽不說」）的阿襲，突然在ㄅ43身後小聲道：

「爺，我心裡有好大的疑惑，堵得心頭發慌，又不是我這樣地位的人該想該問的。但丫頭們全東問西問，我這幾天安撫她們，又要恐嚇她們別出去亂說……但我想聽聽看爺您怎麼說？」

ㄅ43說：「妳是不是疑惑，如果這個栩栩如生、夢中鏡廊的世界，天旋為地、地轉為天，上下四方全顛倒了，那時妳該站在怎樣的一個位置？」

阿襲說：「爺，有沒有更僻靜，能說話的地方？」

ㄅ43笑著說：「沒有比這更安全的地方啦。」

ㄅ43說：「妳知道當初為什麼給妳取『阿襲』這名嗎？」

阿襲臉紅啐了一口：「還不就是那混帳詩：『花氣襲人知驟暖』。」

ㄅ43笑說：「非也，非也，」

ㄅ43說：「阿襲，妳認真聽我說，『襲』這個字，出自那個老子《道德經》。」

「善行無轍跡；善言無瑕讁；善數不用籌策；善閉無關楗而不可開；善結無繩約而不可解。是以聖人常善救人，故無棄人；常善救物，故無棄物。是謂：『襲明。』」

「『襲』這字本來指衣物，後來指保護，襲明就是有『保護，善於使用萬物的智慧』。偷襲原意是指拿掉敵人的保護，但現代人就作了不同的解釋。」

「阿襲，妳聽我說：有一天，文明覆滅了……但這只是一種習慣的空洞發語，文明早就覆滅億萬次了，且不斷在覆滅，那就像瀝青渣沉到海底，還壓垮一些原本在下頭的瀝青渣。有時只是從那些堆擠隱藏在下頭瞪著空洞雙眼、一臉悲哀的死屍的胸腔，咕嚕擠出一顆上浮的氣泡。如果有一天，我們眼前這一切，原來奼紫嫣紅開遍，似這般都付斷井頹垣，良辰美景奈何天，賞心樂事誰家院……」

阿襲接著唱：「朝飛暮倦，雲霞翠軒；雨絲風片，煙波畫船——錦屏人忒看的這韶光賤。」

ㄅ43說：「是嘍，叫妳阿襲，是因為妳就是那件，罩在眼前這可憐兮兮人不人鬼不鬼的『文明』上的衣衫，老子說的『襲明』，因為時間在這裡被取消了，但我們每個人腦袋裡都還殘存著，輕輕微微的羞恥，我們臉上掛著假裝倔強、好奇的微笑。倉倉皇皇，悲不能抑。但只有妳的設計，就是不忍心，這些綾羅綢緞的小姐在程式切換、移轉、分崩離析、赤身裸體時難堪的過渡時刻。妳就是忍不住把自己當那件鴨黃小襖罩上去，遮覆那明滅磷火一撮一撮在餘燼中掙扎的人心。所以妳會被人姦汙，被人說藏奸，被人用薄刀片刮開臉上一道口子，被人當頭淋一桶穢臭的糞汁、被人說是鄉愿……但那都沒什麼，因為壞毀來得太大、太快，我們啊，都來不及被設計完全，就硬被放進那快轉的旋流裡，才變成滑稽古怪、斷肢殘骸的一顆連著斷電線的機器人頭顱、或是短路重播哭哭啼啼的記憶體……而妳就是那件，匆忙間，先蓋上去『護一下』的衣衫喔……」

他們又並肩在那，奇怪人皆不知跑去哪的科幻艙甬道走了一段落，阿襲突然嫣然一笑說：

「嗯，那我喜歡這個意思……」

他們又走了幾步，渾然不知之後的斷離和取消，阿襲紅著臉說：「爺，您喊我一下。」

ㄅ43笑了，輕輕喊：「阿襲。」

「欸。」那麼迷醉、享受這名字本身的款款擺動。

他再喊：「阿襲。」

「欸。」

「阿襲。」

「欸。欸。」

賈母

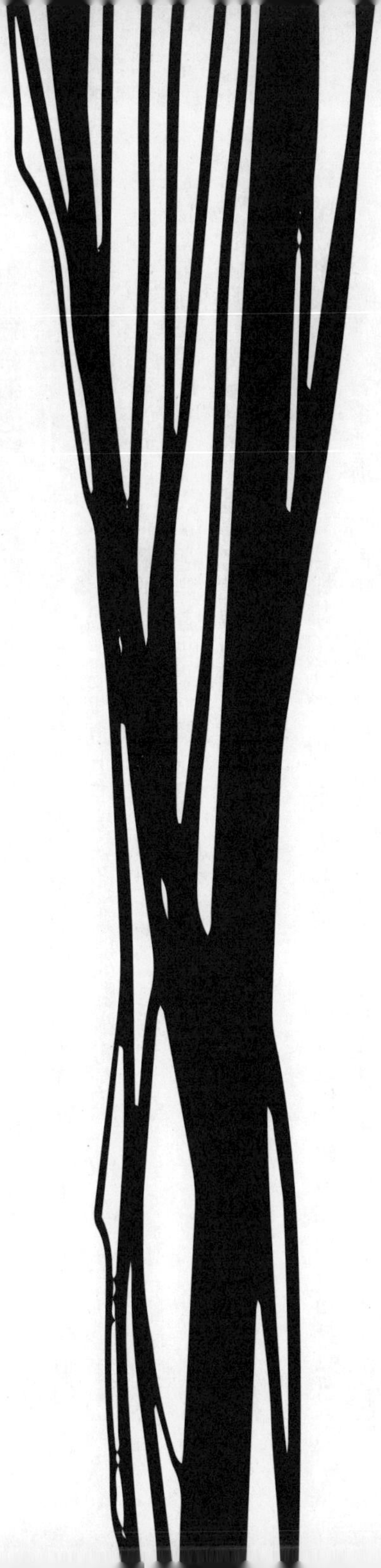

一整幅栩栩如生的光牆，不，光錐，從他前額松果體位置的小孔投影出來。

畫面裡的人，在一次又一次的重播中，都是真實的活著，

只是她們看不見那些近距離圍坐在她們周圈，像鬼魂般似乎共處在這房間，

其實是在另一褶縮宇宙的，未來穿著的老紳士們。

他跟著他們下到地下室，那靠木板挑空樓梯這邊的空間，像一深夜客人盡散去的酒吧。吧台後面各種酒瓶和玻璃杯以不同切面層疊形成的折光印象，並沒有聚焦而經過，腦勺後或眼角形成的視覺暫留，不外乎是暗色木材裝潢的牆面，上頭掛著黑人爵士薩克斯風的海報、古董車牌的英文字母和數字、鏢靶的壓縮軟木材質感，那種角落吸頂的廉價俗麗舞台鑽石燈更催眠了這個空間，像一塌陷的軟沙發。

但他們帶領他穿過這其實並不到位的空間（譬如天花板壓很低，就距他頭頂不到五十公分上方，很像在潛艇艙中行走），他坐在內間角落一圈起來的區域，一張理髮店的坐椅上，一個中年女人（可能是他妻子娘家的一個親戚）在他頭上堆抹許多廉價洗髮水的泡沫，用一種綠色塑膠蒺藜抓他的頭皮，那非常舒服。他們的側邊，一台電視正演出一齣懷舊老片。那裡頭一個像三船敏郎那樣帥氣輪廓極深的日本男人，卻穿著西部片警長的制服和西部牛仔帽、黑白影像的底片只是脖子前方繫的小領巾是紅色的。他身旁其他的男子都是美國人。穿著也全是條格襯衫、牛仔褲、馬靴、腰繫槍皮帶的裝扮，而且他們全說著冗長對白的英語。

很像是那個日本帥歐吉桑跑錯了片場，跑到別人的電影裡。也許那是三船敏郎的一個夢境吧。

然後他們會帶他進入那包廂，聽一群老人聊天。一開始他很不習慣，這些老人都是他印象裡那種「上流社會的貴族」，他們的眼神像藏在鬣蜥般厚褶眼皮後，時而陰鬱，時而像小孩閃著濕濕的天真笑意，他們博學、詼諧，但嘴角總是緊抿，說話不疾不徐。在某些密室謀殺案犯罪小說裡，這一包廂的老人就是「一長串的死者名單」。

但其實他們是在和他進行，這整個「女兒」計畫，最核心，也最難控制實驗室參數的，極脆弱，無法預期，常常數千個尖端科學家耗盡心力，層層建構迴路和阻體，散熱翼鱗或分力閥渦輪室，完全不知任何原因，整個大運算電腦就爆了（他們稱為「毀爐」）。

這個大運算超級程式，他們命名為「賈母」。

之前他在「血清張素神經元軸突濃度微指部」跟那些臉孔像吸毒者般靡麗著魔的專注工程師，一起盯著那巨大玻璃池裡，有四、五層樓高，浸泡在奈米基因液裡，上萬根突鬚款款擺動的「賈母」——一個量子腦，他知道他們的戒懼如對神靈，這個被玻璃厚壁隔阻、浸泡在他們眼前的怪物，智力比一整實驗小組三、四十個精英腦袋的智商總和還高。他們難免有種遠古部落土著，和族人偎緊勾臂成一圈，圍著某個神聖祭祀象徵物（銅鼎、玉石雕巨鷹、將被虐殺獻祭的大巫師、天降殞石、噴火的地穴、牛頭人身的怪物），極害怕一旦鬆臂，脫離了那個全部人湊聚的一個「整體」，落單的自己，會被那包圍圈中的憤怒、強光烈焰之神，所打開的某個虛無黑洞吞噬進去。

因為在這個實驗室，他只是接受系統測試（他們稱之為「音叉」），他真正的重頭戲是之後進去那些老人圍坐的房間（他們稱之為「交響樂」），所以他難免有種職業運動員還未上場，在休息室的輕微焦慮和想辦法分散這焦慮的心不在焉。

他拿起他們列印一疊放在沙發旁小几上，應是給其他部門觀摹者當提要的講義其中一張，發現那是摘錄上世紀大腦演化研究權威John Morgan Allman的一本《腦，在演化中》其中一段介紹「血清張素神經元」的文字。這常只是作為腦力激盪的某種類性愛之前戲。

「……低濃度的血清張素會引發較強的誘因推動力，對於周圍環境是安全抑或危險也會有較高的敏感度。……低血清張素濃度的猴子可能是猴群中第一批去尋找新食物來源，並偵察是否有掠食者入侵的哨兵。……發出警告或呼聲者可能會危害到自身的安全，卻能增加近親的存活率，也促使個體同樣具有的基因得以綿延傳遞下去。……這應可解釋為何人類情緒失調的現象如此普遍。……血清張素調節神經聯結的強度若被減弱，動物對冒險覓食與求取報償的推動力及敏感度會增加，這本來有助於動物適應環境，然而敏感度的增加卻也使現代人類受困於諸多官能障礙，例如焦慮、暴食、壓力、強迫症、睡眠失調、藥物濫用和沮喪等。沮喪之顯現看來似乎與增進動機推力的典型基本機制相衝突，但它其實是一種因過度反應所造成的疲憊狀態。」

所以，「賈母」，在那個龐大而充滿亂數的程式覆蓋，多維度量子宇宙的開啟和閉闔，作為整個「女兒」計畫的「原始啟動碼」，她的敏感度、解讀整個系統內所有AI位置的衝動、塌縮、奇觀、不同層次的話語換算譯轉、對物理曲線的「過去」和「未來」之理解力、洞悉層層遮蔽暗影藻井的調焦瞳距、笑話的邏輯、因單個量子系統之纏擾可能啟動整個體系崩潰的防阻、那些少女機器人們臉孔屏幕上投影的微笑、挑眉、委屈、痴迷、暗影一晃、哀傷……她們後面的血清張素、荷爾蒙、腎上腺素，細微繁複的濃度比值的升降……他想著「賈母」，眼前這個玻璃水池裡，被浸泡在工程師們在儀表板像彈奏鋼琴，手指幻錯地，從數千個閥門，急遽改變著那「奈米基因海洋」的血清張素濃度，時而過濃像曬鹽沙灘的「鹽鹵」，時而抽空近乎乾竭。只為了像遠距遙控漂浮在太陽系外沿的巨大天文望遠鏡的不同光圈，如果「賈母」能感受這種高速換頻，「命運交織」的時而焦慮，時而絕望，時而恐懼，時而像煮沸的滾水製造「歡樂」波頻……這個神物，巨腦承受的擠壓扭曲、強酸強鹹侵蝕的痛苦，應也是我們這些玻璃池缸外站立的渺小人類，難以想像的吧？

那天，在包廂裡的晚宴上，這些老人不知怎麼聊到，這次倫敦奧運中國女羽雙打頂尖選手于洋和王曉理「消極比賽」，被嚴厲取消資格的風波。座中有大陸來的、有台灣來的、有香港人，七嘴八舌議論紛紛。吁嘆可惜者有之；指出中國需要學習整個世界現代文明與一種展示性的造作和教養者有之；痛罵包括國羽教練因此兼指出之前北京暴雨水災種種不可思議官僚迂墮者有之。

虛擬宴席的主人，是位老紳士，好像是七〇年代隻身從上海跑到香港拚搏，喝了口紅酒，用餐巾擦擦嘴唇，說：

「我們現在討論的這個中國，和我成長年代的那個中國，好像是兩個完全不同的國度。有時覺得一晃如夢，但其實那個民族的精神面，完全還是一樣的東西啊。」

其他人都知道有下文，於是皆靜默聽他說。

「那個年代，都沒得吃的，我們才二十歲上下，身體還在發育，就像一個工廠全部的機器都在響，給我燃料給我燃料，可是你肚子裡頭那個胃啊腸子，就是沒一點點的東西，像乾癟冰冷的鍋爐，真的你都聽到自己身體最裡頭那空轉像磨砂紙的聲音。食堂裡的飯菜就那麼少，我那個宿舍一間擠八個人，欸我們還真像踢足球的搞戰術，比較高大的幾個先在前面，一進食堂他們就衝去和別人擠，就是去打架的，像我和另兩個比較瘦小，就趁空這個去打飯那個去打菜……是這樣分配任務的。」

「後來學校說不行，整天食堂裡這些學生為搶飯在打架，就開始每人分配糧票。所以我說上海的大學是最早用糧票這個概念的。你就是那樣譬如一天十點。早上三點，中午四點，晚上三點。永遠吃不夠。但就沒有了。你吃掉明天的，月底就挨餓了。嘴永遠饞，肚子永遠癟的，又怕被別人偷了糧票，那可是那個年代像命一樣寶貴的東西。但那樣一間宿舍八個人，空間很小，根本找不到地方藏私物，所以睡覺時那一小疊糧票就藏枕頭下，平時藏身上，要沖澡衣服你總得剝光，是拿個小塑料袋包著，含在嘴裡，拿水盆沖澡。」

「有一陣子，不知上頭哪位領導突發異想，好像全上海的小學生中學生大學生，人人都發一種螺旋藻——我不確定是只有上海還是全國都這麼幹——總之是專家研究，這種螺旋藻類非常好培養，而且富含高蛋白質。我們那天學校校慶，全部學生在那幢主樓前排隊集合，好像還有個儀式，上頭還掛著紅色條幅。然後是所有學生一人領一小撮像魚飼料那種粉末。我們全部用破臉盆盛水泡著那些水藻。好像有種共度國難的氣氛。其實那時候啊，正是全國大饑荒啊，農村慘得不得了啊。真的各縣城都有一些孤兒院，是把那些父母都餓死的小孩兒，集中起來照顧的機構。你看看那是真的全國性的災難，像閻連科《四書》裡寫的那種人吃人肉的事，現在一些報導文學出來，那是真的發生過的。」

「但我們那時候哪知道其他地方發生了什麼事。訊息是封閉的。就只是個人非常本能的，年輕人昏昏暗暗的，整天覺得餓。便也盼著堆放在宿舍角落那一盆盆藻長快點，好像可以無限繁殖煮來吃。就有一個傢伙，發明了往那臉盆裡撒泡尿，說如此養分更是讓它長得快。欸確實頭幾天好像真的是那麼回事。於是全部人都往那泡著藻的臉盆裡撒尿。女生們不好意思，男同學還自告奮勇提供尿幫忙灌溉。」

「好啦，沒一個禮拜，哇那水盆臭了，真是臭死了。整個學校宿舍，每一個房間都放著八盆那種臭水。沒有人知道該怎麼辦，一盆綠色鮮豔的臭水。至今幾十年了，我還是忘不掉鋪天蓋地的那種臭味。天熱了以後，那真像你住在糞坑裡。這樣看有沒有一年，有一天，是上頭派了輛卡車，載了個大鐵桶，全校的人把那一盆盆比嘔吐物還可怕的臭水，拿出來回收。我記得那卡車旁接我們臉盆往鐵桶倒的工作人員，是戴著口罩手套穿著膠鞋，像毒氣兵那樣打扮的。」

「這也不知是什麼玩意兒。前陣子，我太太跟著人家在吃什麼保健養生食品，什麼螺旋藻什麼高蛋白的，貴得不得了，我看一下那個成分，媽啊，不就是我們那時候種的那個藻嗎？那麼多年前那像地獄一樣的恐怖臭味又湧現了。」

「想想那個年頭，真是餓真是饞。吃不到肉啊。我就告訴我同寢室其他那幾個傢伙，我們去向宿舍申請個手電筒，夜裡我們溜出校園，那時我們那大學旁邊就是田地。我教他們拿手電筒往草叢裡照，欸青蛙這東西，牠跳啊跳你抓不著，但你這麼一照牠就不動了。抓了十幾隻回宿舍。也沒鹽，也沒油，也不知怎麼殺。真的就是水煮青蛙。煮了一鍋大家分了。欸那個美味，我後來吃過什麼山珍海味，都無法比擬啊。」

這位老紳士說完，像個孩子那樣咯咯地笑，似乎不好意思在這樣的飯席間，「憶苦思甜」拿饑荒經驗當話題。

他想：接下來這些老人，應該要如之前的那許多次在這房間裡，對著他（後面聯結著「賈母」的系統全面啟動），像大國領導人在軍情中心的模擬博弈，或阿城寫的《棋王》裡，一次十盤頂尖棋手同時走子，每一個老人各自對他展開一幅凶險搏殺、瑰麗驚豔的人腦奇景，測試他、形塑他、建構他、規訓他。應該要進入他和他們在這包廂內，像搓牌洗牌，演義、疊積木、像各自占據一台柏青哥遊戲機讓鋼珠蹦跳、像「遊園驚夢」來跑一趟「賈母」的異想世界了吧（他心中想：「該幹活兒了吧？」怎麼回事？今天是這些老頭的「故事會」嗎？等會不定又一個老傢伙眼神濡濕充滿感情地說：「這倒是讓我也想起了一段往事……」）

那麼今天的「賈母」系統測試就完蛋啦。他試著打斷這些老小孩的興頭：「上回我們討論到『光錐』──光線從其頂端發出後在空間─時間裡的傳播軌道。但在一個塌縮至臨界半徑的行星時，使得光錐向內偏折得更多，以至於光線再也逃逸不出去。根據霍金的說法，存在一個事件的集合或空間─時間的區域，光或是任何東西都不可能從該區域逃逸而到達遠處的觀察者。如果在之外，我們根本看不見那顆塌縮在它自己之中的行星；但如果在之內，那是一幅無限密度、也許站立著一根根擺動麵條的衣袂飄兮的寶釵黛玉湘雲寶琴探春鳳姐王夫人鴛鴦襲人晴雯……所有的時間被攪拌壓擠在一塊了。而且她們是在一個比冷凍櫃還冰冷的空間裡。」

「是啊，是啊，」一開始說第一個故事（發臭的螺旋藻）的那個老人說，而其他老人的注意力總算被拉回來了。

「對，我想起來了，我們上回討論到，崩解、時間箭矢朝無序曲線而飛去，並不是這些女孩們的特殊故事，是我們現在這種心智所能理解的這個宇宙，被設定好的熱力學時間箭頭，否則，在一個並不是朝分崩離析而擴散的宇宙裡，『金陵十二金釵』和賈寶玉們，記得的是還未發生的，將來的事件。而不是過去的事件。」

「是啊，我們上回討論得蠻好的。」

「對我記得，我們試著描出『賈母』作為一個彎曲空間─時間的費因曼路徑。不可能有這個被封印的畫面裡的任何一張巧笑倩兮、顰蹙愁容、痴情悲吁的臉，或琉璃世界裡那些錦屏、繡帕、拂塵、香煙、花影、荷荇鳧鷺、珠簾繡幙，那些像程式段長鏈的姊妹們的鬥詩，預示命運的讖籤，那些丫頭們、老婆子們後頭的親屬網絡、恃主鬥爭，陽奉陰違、或偷拐搶騙，或那些被老爺們聚麀淫弄的淫白女體……沒有任何東西可以從『賈母』黑洞的那個臨界水平之內逃逸出來。……」

「是啊，我們確實被這個霍金模型給難住了。」一個老人掏出一支雪茄點上，座中其他四、五人也分別拿出各自的菸斗，或紙菸，燄苗在各自的鼻唇間爆閃又熄滅。

「真難，真難，」他們噴雲吐霧著。

「好吧，」那個虛擬宴席主人、說「發臭螺旋菌」故事的老紳士，抱歉笑著對他說：「只好再辛苦你一次了。」

於是一整幅栩栩如生的光牆，不，光錐，從他前額松果體位置的小孔投影出來。畫面裡的人，在一次又一次的重播中，都是真實的活著，只是她們看不見那些近距離圍坐在她們周圈，像鬼魂般似乎共處在這房間，其實是在另一摺縮宇宙的，未來穿著的老紳士們。這一幅「賈母」場景，他已經被他們叫出不下二十次了，有時他覺得她們像他畜養在腦室裡的一群瓔珞琳琅、鮮衣華裙的傀儡小人，被他像幻術置放在這些老人圍觀的會議桌，甚至是漂放在一注水瓷盆上，施施嬝嬝，一次一次重演同樣的橋段，讓老人像京劇迷或崑曲癡，合拍吟唱，抑揚頓挫……

「原來這鴛鴦一進來時，便袖內帶了一把剪子，一面說著，一面回手打開頭髮就鉸。眾婆子丫鬟看見，忙來拉住，已剪下半綹來了。眾人看時，幸而他的頭髮極多，鉸的不透，連忙替他挽上。」

「賈母聽了，氣得渾身打戰，口內只說：『我通共剩了這麼一個可靠的人，他們還要來算計！』因見王夫人在旁，便向王夫人道：『你們原來都是哄我的！外頭孝順，暗地裡盤算我！有好東西也來要，剩了這個毛丫頭，見我待他好了，你們自然氣不過，弄開了他，好擺弄我！』」

「大夫人忙站起來，不敢還一言。薛姨媽見連王夫人怪上，反不好勸的了；李紈一聽見鴛鴦這話，早帶了姊妹們出去；探春有心的人，想王夫人雖委屈，如何敢辯；薛姨媽現是親妹妹，自然也不好辯；寶釵也不便為姨母辯；李紈鳳姐寶玉一發不敢辯：這正用著女孩兒之時。迎春老實，惜春小，因此，牕外聽了一聽，便走進來，陪笑向賈母道：『這事與太太什麼相干？老太太想一想，也有大伯子的事，小嬸子如何知道？』」

「話未說完，賈母笑道：『可是我老糊塗了！姨太太別笑話我！妳這個姊姊，她極孝順，不像我們那大太太，一味怕老爺，婆婆跟前不過應景兒。可是我委屈了她！』薛姨媽只答應『是』；又說：『老太太偏心，多疼小兒子媳婦，也是有的。』賈母道：『不偏心。』」

「賈母又說：『寶玉，我錯怪了你娘，你怎麼也不提我，看著你娘受委屈？』寶玉笑道：『我偏著母親說大爺大娘不成？通共一個不是，我母親要不認，卻推誰去？我都要認是我的不是，老太太又不信。』賈母笑道：『這也有理。你快給你娘跪下，你說：太太別委屈了；老太太有年紀了，看著寶玉罷。』寶玉聽了，忙走過來，便跪下要說。王夫人忙大笑著，拉起他來，說：『快起來！斷乎使不得！難道替老太太給我賠不是不成？』寶玉聽說，忙站起來。」

「賈母又笑道：『鳳姐兒也不提我！』鳳姐笑到：『我倒不派老太太的不是，老太太倒尋上我了。』賈母聽了，和眾人都笑道：『這可奇了；倒要聽聽這個不是？』鳳姐說：『誰叫老太太會調理人？調理的水蔥兒是的，怎麼怨得人要？我幸虧是孫子媳婦；我若是孫子，我早要了，還等到這會子呢！』賈母笑道：『這倒是我的不是了？』鳳姐笑道：『自然是老太太的不是了。』」

這一段投影就如往常那樣驟然消失於黑暗。

大家沉默了許久，繼續吞雲吐霧。

「我們需要把燈打開嗎？」一個老人問。

「算了，就這麼聊聊看吧，」那個虛擬宴席主席說：「『等到紅顏老』。我們困在這一段了，看看今天能不能有點創意和突破？我們也用過織田信長本能寺之變前夜的『三劫循環』來覆蓋；也用過鳥類眼睛的『量子纏擾』模式；甚至暹羅貓的『喜馬拉雅』突變……」

「那是什麼？」一個老人打斷他，問：「我不記得這個了……」

「就是某種受損的基因，在正常體溫下無法發揮功能，但是在低溫中卻一切正常。那回好像是談Steve Johes的《命運之舞》，講到暹羅貓在寒帶，會產出毛色全黑的一隻暹羅貓，但若是在一般亞熱帶，牠們只有身上比較冷的部位，如耳朵、鼻子、尾巴和睪丸，是較深的毛色。他有一句話很有意思：『每隻暹羅貓的體內，如同有一隻黑貓極力想掙脫束縛，但要看環境是否允許……』」

「所以『賈母』是那隻要掙脫，冒出來的黑貓？」

「我們也試用過『李維史陀程式』第五代和第六代。」

「也試用過上萬支套用『蝴蝶效應』混沌理論的那些好萊塢電影劇本結構解壓縮程式跑過一遍『賈母』，噢那真是災難……」

「我倒是還記得幾部蠻有意思的，有一部《偷拐搶騙》？《黑色追緝令》？還有一個什麼《記憶拼圖》？《靈魂的重量》？有些就很噁心，完全扯屁。」

「我們那回不是吵了起來？那個老混蛋（後來他退出我們這個『賈母迴路研發小組』，罵我們是『漢陽造』，山寨手機廠商、毒奶粉），不是胡鬧要我們閉室看完前八季的《CSI犯罪現場》還有《Doctor House怪醫豪斯》？說『沒有那個文明原始碼的黑盒子』，沒有那個數學上的『奇異點』可以放進「賈母」的腦額葉，他說只要有龐大的資本、城市、娛樂工業、犯罪、一組『卡夫卡城堡迴路』，設定一百個以上的關係常數，說謊與測謊的衝突軟體，性的腦啡濃度值和對死亡的『祖先基因』之共振……好像這些，他說把它放進雲端大主機裡任它亂數運算，那張巨大唐卡織毯，或說『命運交織的紅樓夢』自然就像宇宙微波背景輻射圖，繪描出各種模型的膨脹『賈母』……」

「所以那傢伙是個駭客？」

「不，他比較像個傅利曼主義者。」

「他還罵我們是『凱因斯睪丸』呢。」

「這種神經病說穿了就是個亞斯伯格症患者，另一次我提到「字典」學派的可能──譬如《哈扎爾辭典》、《米沃什辭典》、波赫士的百科全書和電話簿學派──他就把它扯到『維基百科』和『偽基百科』，他就是一個『龐大資訊精神官能症者』，我不曉得當初是誰想到拉他進這個『女兒』計畫的？還好他自己退出了。你們想想，如果『賈母』變成海洋裡每分鐘皆突變出新基因段的數百萬種菌類藻類，那成什麼樣？」

他走進那房間時，那女孩獨自坐在一張玫瑰紫二色金銀線葡萄藤繡花高背沙發椅上，看著電視，那正播放的是一部電影。他坐一旁地板跟著她一起看，應是非常舊的片子，他看了一會便大致進入那故事。非常怪，有種希區考克的陰暗風格，有一個母親，她的小孩走失了，但結果洛城警方找回一個男孩，說那是她兒子。鏡頭特寫這個女人茫然恐懼的雙眼。她說：「這不是我兒子。」那些鐵漢般的警察，在記者包圍圈中，微笑低聲堅定告訴她那個陌生男孩就是她的孩子。她又說：「他不是我兒子。」（這句話成為這部片裡，像夢囈似的，這女人重複的台詞。）警察威脅她，說服她，「妳受到太大驚嚇了，過去很多案例也是如此，妳的孩子走失一年了，當然他發生很大變化，他也吃了很多苦，所以妳現在太激動，一時認不出他。但他是妳孩子。」而那個陌生男孩奇怪的堅持喊她媽。她帶他回去，發現這男孩割過包皮（她兒子沒割包皮），且比牆上她兒子留下的身高線矮。他的牙齒和老師也作證這男孩和她兒子是完全不同個人。但當她向媒體控訴此事，洛城警方把她強押進一所精神病院，他們強制她吃藥，讓她脫光衣服用水柱沖她（像集中營裡的女囚），甚至接電極電療她的頭部，他們用強硬、理性的精神醫學話語描述她，告訴她她「分不清真實和幻想」，逃避母親的責任。這同時，另一個警探，偵破一個「農場殺小孩案」，有個變態，拐騙落單小孩，關在他農場的雞舍，將他們虐殺。一共有二十多個小孩。其中正有那母親真正的孩子。……

他和那女孩坐在那看著這部陰鬱、揭發警方和精神病院之體系運轉暴力的片子。後來他看到電影中的年代背景是在一九二八年，可能是當時真正的社會事件。後來的劇情大致是法庭攻防（這母親和整個洛城警方體系的對抗）：濫權、偽造證據、穿著制服的暴力、因為對權力的傲慢並掌控了專家話語（精神醫學語言、法條）而將一個不承認他們帶回的那男孩是她本來的兒子的女人，描述為瘋子。這似乎是一個二十世紀版本倒錯的《灰闌記》。並不是兩個真假母親在搶兒子，而是一個母親，這世界搶走她的孩子，但又硬塞了一個不是她孩子的陌生男孩到她身邊。她拒絕進入那「假母」的角色，便被判為瘋子。而以她孩子的死，將她從瘋狂的描述之牢釋放出來。那個死去的孩子，以他的「不在」，救贖了他母親的自由。

他說：「是誰挑這片子讓妳看的？」

那女孩正襟危坐在那高背沙發，螢幕的藍紫光暈染著她認真觀看的臉。她兩眼瞪得大大的，似乎被人心的黑暗而驚嚇感動，卻又努力做出堅強或好教養女孩的端莊。

他把電視關了，她嘆了一口氣，像吸光一杯草莓奶昔的最後一口，那樣滿足又輕微遺憾。她輕輕的說：「真好看。」兩腳朝前伸直，即使這樣，她還是顯得極優雅。

「他們說妳連兩個晚上都沒睡？」

那女孩低聲嘀咕：「我不喜歡高先生的課程……」

他想：這個小女生，她知不知道自己將會是那整座輝煌不可逼視，卻又暗黑讓人暈眩的壇城寶塔的尖頂嗎？她知道她將目睹、展演在她跳動眼球前的時光劇場，可能就是人類幾千年文明縮影的渾噩哆嗦之夢，繁華如畫，麗人簇擁、雕梁畫棟，遊廊花徑，而後家破人亡，離散恐懼，所愛之人像一隻一隻白鳥逐一折翼摔墜……？那等著要強塞進她那美麗少女臉蛋後面腦室裡的巨大景觀。她知道自己將被拋射到無垠的天穹邊界，孤獨地修補我們這個文明像附魔般而捅破，讓銀河如瀑垂瀉的大窟窿嗎？

她說：「還有我不喜歡長嬤嬤說的那些黑無常白無常的故事。」

他真喜歡和她這樣亂扯的時刻：「還有什麼妳不喜歡的？」

她說：「但你不要告訴他們啦，」但他知道她在認真思考，「我不喜歡雷峰塔的故事。」「別太挑嘴，」他半真半假警告她：「有一天沒故事了，妳會後悔懷念，想：天啊，原來這世界有那麼多像死魚死雞的故事，亂加防腐劑的故事，用化學毒品湊合的假故事，還有像屁一樣噗一聲就沒了只剩下一團臭味的故事……」

她咯咯笑著：「你騙我。」

他把她抱起來，放在她的小床上，親親她的額頭，替她蓋上繡被：「妳是我的女神，我怎麼敢騙妳。」

她抱怨地說：「你每次都騙我。」

眼前就只是個像貓咪舔爪子，不喜歡人對另一個人無禮，挑嘴愛吃些精巧甜點的小女孩。他突然想起剛剛會議室那些老人的對話，「喜馬拉雅突變」，每隻暹羅貓的體內，都藏了一隻黑貓想掙脫出來。有一次這小姑娘問他：「你覺得我哪個部位最美？」「妳自己覺得呢？」「鼻子。」

那時他笑了出來，他對她說，「有一天妳會知道，妳最美的，那嚇死人的壯麗如神跡之美，是妳的靈魂，不過這是古典的說法，是有一天，我們眼前這一切都塌毀成廢墟瓦礫，妳會在自己腦海中，用自備小投影燈，從頭播放一遍的，整個時間簡史。」

大雨

什麼事情都在那麼早的時候，就被預知了，
剩下的只是繡補拼綴那朽爛斑斕的花片這真是最深的悲哀。
年輕時他們像放出獵犬追逐狡兔，在岩洞的迷宮隧道朝不可知的路徑探勘冒險。
後來的生命竟只為了印證那雖如霧中風景，卻其實沒有更令人驚訝的建築結構了。

他們走出旅館時，發現原來外頭下著千百萬根吹管玻璃般的大雨，一片銀光跳閃並遮斷了出路（彷彿牆之盡頭）的幻覺。他們臉上掛著微笑，站在那垂珠成串的廊沿下抽著菸，等待櫃台幫忙叫的計程車。他突然一種無來由的躁煩：他們認出我了。退房交還鑰卡時那過於殷勤的招呼，簡直到擠眉弄眼的笑意，一對穿著制服的年輕男女。但這有什麼好抵抗的，他們輸入的住客資料有他全部的身家檔案，一個衰頹的老傢伙帶著一個青春到像某種水族箱底半透明的鰍魚那般晃搖其豐富生命力的女孩……他腦海裡想到的是「姦宿」這個話本章回小說裡的字眼。不行，太大意了。即使是這些不得不的小小過場，他和她都得像狼瘡病人把自己暴露在充滿威脅性漂浮菌絲的空氣裡。他得裝出不在乎的模樣，為的是不在她面前展示氣弱。但這是不公平的，一如一個健康的個體和另一個免疫系統已升至過高警戒，從眼珠、鼻黏膜、嘴唇、皮膚……最脆弱各部位隨時會塌陷腐爛的病人。對她而言如此自然而然的空氣，卻隨時可能要了他的命。

之前他們從房間走出到甬道時，她突然笑著說：「不行，我們得回房一下，你的T恤穿反了。」他低頭看，胸前圖案字母顛倒且刺扎突裸著紅白花雜的線頭。他又走回之前如玻璃箱底礁沙交歡了一整夜加上一個上午的房間。他又看到地毯上凌亂扔放的塑膠袋和小免洗餐盤，他們昨晚從夜市帶回來的醃製水果、粿粽、包子、水煮麻糬、滷味……他臉紅地想像那整理房間清潔婦的咒罵：多髒的一對！玻璃杯裡塞滿了泡著深褐湯液的菸濾嘴，那比垃圾桶裡像黃鼻涕般拉得長長的保險套薄膜還讓人覺得一種花錢大爺的粗暴和對看不見的人的羞辱。

他在浴室盥洗檯的肥皂皿下壓了一張百元鈔，但那更加強了那種恥愧感。但隨著對這年輕母獸對自己私密空間的邋遢和不在意的不適應，同時那之前他和她就在這方格箱子裡，沒有對話，像專注把手指摁在旋轉的拉坯濕陶土裡一種圓形重複的交歡時光，像白色火燄刺痛灼燒著盲人暗翳的眼皮下方。他像在取用著，不，偷奪著她自己亦無知的珍貴的什麼。不只是那些小銀魚迴游般從她雙乳群集到喉頭的，一種搖光亂顫的歡鳴。那個漫長的時刻，他在奪取她本來可以正常幸福的人生。他知道日後她將不斷反芻這些破碎（因為他不給予她連續性的意義），似乎詩意、柔情款款卻又說不出在最內裡什麼被侵害了。她將變得多疑且陰鬱。

但這是什麼？這是個背叛的故事或說謊的故事嗎？他身邊的哥兒們到了這年紀幾乎人人全這麼幹，有的昏頭了真的棄糟糠妻不顧變成兒女眼中那困於自己古代夢境的濕答答巨蜥，老先生穿著滑稽可憐的年輕人鮮豔馬達加斯加卡通動物T恤和牛仔褲當街勾著那些，唉，在他人眼中只是一雙漂亮小腿、一對胸部、一截雪頸，當然還有那牛油般濃郁勻布得奢侈的年輕皮膚（多像肯德雞的小盒裝六塊雞塊或炸雞腿），那些蘿莉塔們。不，他被搞混亂了，他以為蘿莉塔應是他們和他們妻子們那個世代人的發明。張愛玲和她寄宿學校宿舍女學生之間的，蒼白暈糊的、把性壓低聲音變得猥褻又神祕的少女感傷躁鬱。但她們後來都老了（很不幸地，跟他們這些同代男人一起變老了），新出廠的蘿莉塔們（如果以十年為一殘酷遞換的生產線，應算是第九代、第十代了），可憐她們全掉到貧窮線下了，無有教養（即使是妓院堂子裡對「女人」的虛構）、靈魂無有翳影、無有漫長時光被幽禁在閣樓空望著弄子裡某幾株樹的季節變換或黃蝶紛飛，無有那些妖裡妖氣的刻薄和計謀。魔術時刻戲劇性滾落的淚珠或精密練習過上千次的側臉低頭微笑……

有時他難過的是，人類對經驗的創造可能性竟如此貧薄，而人類原來所需的經驗竟也只那麼貧薄便能知足成活。他年輕時以為那麼多朝向未知颶風黑浪、不惜墜入魔境的冒險探勘，原來百分之九十都是多餘的經驗。這樣的時光裡他只需像按下義式咖啡機的按鈕、聒答聒答轟隆轟隆三十秒那無有更多想像（奢侈的贈禮）的，習慣了的微苦微酸或不可能給驚喜但又習慣的那一瞬快樂便定量滴流出來。

很多時候，這個故事，對他而言，竟像是他替像他妻子那一代的女人，像盛開過無人記得而萎垂著蒼白花莖凋謝的女人，她們那複雜瓣紋微血管網脈的某種文明與教養而不平。他像另一類的哥兒們一樣，小心翼翼的回家，把謊言編織得像他們那年代的歐洲電影才考究的光影、景深、構圖的細節、對白的極淡而不露、每一表情所負擔的微妙心思……那是基於對他們這個世代的教養的尊敬。那種靜默的張力，挫敗者的驕傲（他的妻子根本無從想像他是在那麼邋遢無品味的場景裡讓自己的身體沾黏上「青春」界面那一頭如此快樂無憂的另一身體）、挺住該挺住的「樣子」（他們這輩人從小總被父母訓斥：「要有個樣子！」）……年輕的時候，悶熱的午後，他的妻子會像熱病病人譫語般地跟他描述剛剛自己作的一個夢。那像是連夢境的世界都臍連垂掛著隨時會把真實的這個世界攫食而去的，晃搖如掛了太長列車廂之長途火車旅行的年代。每一個從自己身體如綠色膽汁吐出的一小口經驗皆如此珍貴。她們恍惚在講著這些話的時候，其實是顧左右而言他在講著另一件事。譬如說，她曾幽幽翻印一幅夢境的底片，沒有情節，反覆斷裂的描述，像那些文藝復興時期畫作裡的池畔女妖、森林的羊齒蕨形成一螺旋梯般的迷陣。他和他另兩個哥兒們，一臉蠢像（變成豬了），傻笑地追逐那些一絲不掛銀鈴笑聲的池畔女妖們（裸體少女），她幽幽地說，在夢裡，他和他的那些哥兒們正要去（或已去過了）「那種穿著春麗旗袍的水蛇腰少女纏在男人身上陪酒唱歌的包廂ＫＴＶ」，他們笑咪咪地哄騙她，交叉掩護。她不敢睡覺，因為一睡覺他就會跟著他們溜去那個螢火搖曳、春光淹流的豔窟了。

但年輕時他哪去過那種地方？

什麼事情都在那麼早的時候，就被預知了，剩下的只是繡補拼綴那朽爛斑斕的花片，這真是最深的悲哀。年輕時他們像放出獵犬追逐狡兔，在岩洞的迷宮隧道朝不可知的路徑探勘冒險。後來的生命竟只為了印證那雖如霧中風景，卻其實沒有更令人驚訝的建築結構了。「原來如此。」偶爾在某一印證時刻他會在內心喟嘆。卻只是比穿著靴子的腳踩進腴軟河灘泥沼更深一點點的感覺。第一次讓陰莖插入妻之外另一個女人恥穴裡的感覺。像在早已描好圖案邊線的層疊唐卡裡耐煩地填上顏料。難以言喻卻無有驚奇。有一天他上了小他二十歲的女孩。「原來是這般況味。」有一天他上了大他二十歲只比他母親小幾歲的女人。他捏她們的奶子，她們像某種純粹的意念（譬如幾何圖形、馬的造型、黃金或月光）歡愉哀鳴。沒有超出他想像的忍受範圍外的老人鬆垂皮膚或口腔噴出酸腐的器官臭味，也沒有特別突兀的近乎小孩的骨骼體架。他過早在年輕時便模糊臆想過這一切了，只是那時的年紀無從拉出更荒誕的時光視距。

最後一個謎：死去的那一刻，所謂風火水土四大皆空，肉體意識記憶咽喉覆著唾液卻無比乾渴之感覺……所有聚合的「我」在那一瞬間崩壞瓦解失去抓力和從頭到頸到肩臂到胸乳到肚腩性器腰胰大腿膝蓋足踝蹠骨跑過一輪的身體感……分崩離析、螢幕漸漸黯弱……那是怎麼樣的一種感覺？

哭泣。他後來發現自己更常因為目睹他人哭泣而非因為傷心而無法抑遏眼淚汩汩流出。再廉價噁爛的好萊塢愛情劇裡的女人一旦哭泣起來，他的眼淚就控制不住從鼻淚管從角膜下方流出來。所以眼淚不再是那顆被禁印於最裡頭黑盒子的、最神祕的那粒鑽石？

後來，在高鐵上（此刻他又安心下來了，在那像醫院育嬰室保溫箱的膠囊狀塑料合成纖維的包裹空間裡？或是因為在那將每一瞬時空皆像水彩筆刷刷抹掉的超現實高速移動中？為了掩飾也許女孩早已看出，之前在人群中他想將她隱形，不被任何可能之人看見的僵硬，他將手沿著她穿毛褲襪的大腿慢慢伸進她的裙底，像猶大跟他的耶穌告饒：看，我之所以不認妳，是因在人群中，在他們的視覺裡，我的樣貌太醜陋了，他們會說，那個老頭剛剛在那房間幹那個美麗可憐的少女，現在他們手挽著手，說實話那景象連我自己抽離在一旁看都覺得噁心），女孩的灰呢裙子前攤放著一本翻開的女性時尚雜誌——那像一個陷阱，再沒有比這種發明更讓他感到一種時光像翻閱甲殼類昆蟲百科那樣瑣碎、眼花撩亂、名目繁多、卻無比講究只有甲蟲迷才分辨其中的進化史意義和細微差異而造成分類系譜巨大歧岔；但也始終無法區別，這年輕女孩津津有味翻閱的，和二十年前他妻子靜靜沉浸其中，將他（那時他們可是在熱戀中）隔絕在外的祕密花園，兩者有何差別？那像一個時間被取消的黑洞，裡頭恆是那些更年輕的外國女孩，俄羅斯、南非、澳洲……管他的，穿著那些歐洲設計師或偶爾日本設計師的麂皮長靴、開襟毛衣、蕾絲小碎花裙或馬褲……像那些永遠讓他暈眩的翅鞘、嘴器、觸鬚弧形的分類品項——她濕熱地回吻他，像已原諒他上車坐定前，所有的彆扭、狐疑、粗魯。也許這要許多年後他回想起來才瞿然驚覺那是她熠熠發光的美好品質。她總是原諒他。像個女兒永遠會原諒她惹人厭脾氣古怪的老父親。

在那樣的高速懸空移動中，她嘰嘰咕咕講了另一個女孩的故事給他聽：那是她大學時期最要好的朋友，事實上她們也結拜了，但是以男人的形式：她是老大，那女孩是小弟，所以以下故事便以「小弟」稱呼她。她第一次對小弟有強烈印象，是大一（她念的是美術系）新生訓練自我介紹時，那女孩個頭嬌小臉蛋甜美，站起來說自己的夢想是成為一個像梵谷那樣燒光全部生命的偉大畫家，即使要她去當妓女支持這個夢也再所不惜。那時她立刻喜歡上這個強悍的女孩了。有一次她們班其他一些女孩（唉就是所有團體中，女孩們會玩的那些排擠某人、暗幹拐子的隱形遊戲）借了小弟的直排輪溜冰鞋，借了一學期不還，小弟其實很窮，卻又害羞不敢開口要回，她便虛張聲勢扮了一回像混過的（因為她肩上有一刺青），放話說以後誰敢欺負小弟，她就跟誰幹到底！第二天鞋立刻被放在小弟座位，但她們很過分，原本是一雙簇新白皮靴輪鞋，回來時皮革也皺汙了，有些輪子甚至破了，煞車墊也磨塌了，不過從此她和小弟就每天黏在一塊兒了。

那時她們玩得可瘋了，玩樂團（她竟是主唱），跑去Friday餐廳打工端盤子，每晚去夜店跳舞（因為女孩免費），讓陌生男人請客到KTV唱歌（她說祕訣在於絕不碰飲料）。小弟喜歡穿薄紗洋裝（因為她的身體嬌小呈紡錘狀，穿洋裝顯得線條較修長），她喜歡穿牛仔褲和潮T。有一次她們盛裝共乘機車，要趕去台北哪個夜店，機車剛穿越隧道口一個大迴彎便打滑摔車，她的牛仔褲大腿側撕裂好大一個口子，鮮血淋漓，回頭看小弟則攤坐在地，洋裝也是一團狼藉，但這個故事的笑點是，小弟戴的全罩式安全帽視窗整個轉到後腦勺的位置，小弟卻很恐懼兩手直伸探索：「怎麼辦？我看不見了，我好像摔到眼睛了……」

有一陣子她們決定要當女同性戀，她們到學校附近網咖去上同志網站，兩人對坐各自一台電腦。她亂取了一個假名（譬如叫jennifer吧），很快在聊天室上遇到一個叫濱崎步的，兩人快速聊開，講起共同的熱愛電影：小津柏格曼齊士勞斯基憂鬱貝蒂偶然與巧合，講到王家衛時她激動地鍵入《阿飛正傳》那段經典台詞一字不漏。突然網咖機台對面的小弟站起來，怒沖沖地說：「幹！那個叫jennifer的不會就是妳吧？」她愣了十秒才意會那個「濱崎步」就是小弟！兩個白癡！原來她倆不約而同上了同一個女同網站，而整個虛擬聊天室白日宣淫恰就只有她倆兩個菜鳥。

列車在進站前十分鐘吧，鑽進了地底，因為包裹著他們這一車之人，高速飛行的金屬鍊狀怪物，必須在另一平面穿過在他們頭頂那層疊挨擠密密麻麻布滿地殼上的舊公寓或神廟柱列之大樓群、街道巷弄、放射狀或棋盤狀，或立體鋼筋水泥大橋、像蟻巢或鐘乳岩洞那樣將無數窟窿或立體突出全一坨一坨揉擠成密度極大的、蠕動著無數蛆蟲般、流體般的「城市居民」，這高速怪物必須穿過這些，進入另一個平面，進入和地面上所有的人們完全不同的時間（地底這一列以同樣坐姿面向的近千人——包括他和她——以瞬秒搔刮過地面上那些恍惚無知同一立體縱切之許許多多人們的那一瞬刻，高速將那許許多多瞬刻像無數串連的小氣泡囊悉數擠扁捏破，穿越過去），所以隔著耐高壓玻璃車窗，他們一方面感到高速車體鑽進狹窄甬道，形成風切之擠壓感；一方面卻因列車在漸減速而感到腔體內的臟器像被擠貼向胸骨肋骨或肚皮的某種移位感。

車廂裡人們開始輕微騷動，扣上皮包的聲音、拉行李箱拉鍊的聲音、手機鈴聲的聲音、講手機的聲音、站起拿上方置物架東西的聲音、闔上蜜粉盒的脆響……密閉空間裡開始有一些水煮沸前細碎小氣泡從各角度零星浮起的動態。

他隔著短裙布料撫摸女孩的大腿。像表演某種「旅途終於到此結束了」的不捨情緒；但也像劇場演出結束的確定手勢。現代性的空間移動關卡幫了大忙，他們無需在這樣疲倦時刻強打精神展現維多莉亞時期偷情男女分手時的教養、風度、合宜的情感醞釀（詼諧？感傷？一種審美或激情後的退駕，較緩較輕柔的彈奏？）。一出了高鐵站，他們便會被人潮沖散，各自走進不同方向的捷運閘口。

一個獨立於其他時間的，「純粹的速度」，他和女孩在那胞囊般的純粹時空裡。另外，他們親密地蹭臉磨鬢，喁喁私語，因為意識到同車廂內大部分其他人都在這飄浮的速度中沉睡。當這一切結束。他們（她仍小鳥依人偎緊她，他因開始要回到「本來的世界」，身體變得僵硬）微笑著咬耳朵，但有一種正在一架攝影機前表演的，像保鮮薄膜裹住的虛假感。

他仔細地回想那些女孩們其中的某一個女孩，他發現除了像弱視者在失明前對世界最後一段時光的印象：模糊而湧動的光的物體。她們的朦朧身體在某種剝開衣物（呢布貼身短裙，他喜歡的那種薄白襯衫、絲襪、奶罩、三角褲，如果是接近零度的冬天，她們或會在這些衣衫外加一件有繫腰帶的毛料長大衣）像剝開某種譬如石榴或枇杷較難剝皮的果類，讓年輕的胴體囫圇吐出。但這一切都模模糊糊。她們穿著高跟鞋在他房間（也不算他的房間，他根本不記得那些不同城市不同旅館房間的擺設或方位了），極短的距離走動。一開始是他只穿條短褲頭趴在床上，她們跪蹲在他背上方胡亂按摩（一開始在電話中談定的按摩定價通常不貴），等亂按個十來分鐘吧。女孩和他便會像熱病中的夢囈，議價，女孩開始褪去衣物，任他吸吮一隻乳房或另一隻手搓揉另一隻乳房，捏她們的玉臀，然後將他硬勃起的陽具插進她們黑毛叢間的少女屄。

他當然會溫柔地疼她們。親咬她們耳垂。像戀人無比珍惜地啄吻她們的削窄肩膀。他會順著弧線像親吻一只長頸花皿那樣溫柔黏著她們的肩胛骨到腰臀那極年輕緊緻的部位。他常看到女孩們的耳垂泛紅起來，或近距離地觀察某個女孩的臂膀一粒粒浮起雞皮疙瘩，彷彿他是她們花錢買來伺候（缺乏經驗的）她們，討她們歡心的浮浪男人。他會弄得她們驚訝於自己（原本那麼粗糙冷漠）身體裡潮湧而出的女性，她們會像個正經女孩那樣呻吟地、害羞地低語：「你……怎麼怎麼……

會……」他搞得她們欲仙欲死。似乎當妓女以來的重複性交全是白幹了。

他讓她們第一次被愛。

有一次，這個女孩和他在旅館胡搞了一陣之後，像忙完莊稼的農人裸著上身香汗淋漓（她那對漂亮奶子）蹺著腳半躺在床上抽菸。她突然無厘頭地說了一段話，大意就是她不信任任何形式的人類感情，包括戀人間、父母子女間、友情，甚至最無義務索償負擔的，對陌生人的善念。那都只是之若時間飛矢的幻念。這些對他當然都是老生常談了。但這樣冰冷的話語從這樣一個年輕美麗的造物口中說出（尤其之前她才淚光迷濛地在他環抱下柔弱可憐地哀鳴），那種奇幻的讓人幾乎相信確實如此，這就是像玫瑰、鑽石、獵豹、沙漠、星空，那樣純粹審美而沒有人性陰影、皺紋，或弱者發明的「慈悲」、「忍辱」、「寬恕」這些衰老、修補斷裂殘骸的零亂脆弱支架。但這必須是受過多少超過這個年齡該承受的屈辱，才會如此光滑如鈦合金飛行翼的自我描述呢？

有一段時光，這個女孩像所有這個世代「擁有豪奢如王后的修辭海洋，卻一貧如洗的真實」，那些年輕男孩、女孩，倉皇茫然地在咖啡屋、美語補習班、牛排館、小出口貿易公司或直銷集團，找尋一個廉價甚至沒有收入的職位。他隱隱覺得她騎著一二五機車在小巷弄、騎樓穿梭，拿著地址上下那些舊公寓的樓梯間、按電鈴、有禮貌地用手機詢問，……這些蕨草覆葉的影影綽綽間，應該有許多次被人騙了剝光衣物白上了卻沒得到那可憐兮兮的工作。

很長的一段時間他都用一種幽微、隱蔽、陰惻的方式，輾轉探詢那些他認為「可能懂電腦」的傢伙——後來才知道他想找尋的這種人，在他們的圈子裡，還真的有個像好萊塢電影裡，那樣古典卻又無時代遞變演進的稱謂：「駭客」。一如「騎士」、「主教」、「扒手」、「偵探」、「外科醫生」不論的西洋棋或占卜塔羅牌裡的空洞職位，或是現實裡這個職稱予人印象所具有的全部品德、技藝、特權或所有人諒解的性格怪癖。這些名稱如果是在一黑幫裡或某場大型戰役的對敵方某位指揮官的暱稱，那便有種難以言喻的恐怖感了——他總問著，他們可有認識，可以侵入他人電腦，或他人的電子信箱這樣的高手。

講白點吧，他問他們，有沒有真的（像傳說中的）這種高手。可以侵入某一個人的電腦及電子信箱，將整批貯存在那裡頭的所有關於他的檔案，全部殺掉。「必須非常乾淨。」他想像中是（像○○七那種電影演的），那個人在收信匣收到一封神祕信件，她按鍵將它點開，於是就像啟示錄的恐怖預言，像潘朵拉打開那盒子，不，正好相反，是這藏在信件中的某種木馬程式，它像一枚裂開小縫的小型「反質量炸彈」，不，它就是一枚黑洞，將那部電腦裡所有任何關於「我」的「追憶似水年華」，所有關於他曾寫給她以電子郵件寄去的情書、深夜失眠的狂譫妄語、所有當自己最親信之人毫不設防，平日守口如瓶的，他在某些權力核心目睹，但永不能洩露出去的，那些近乎神祇的名字們的醜聞、八卦，或他們人前人後一套的偽善行徑（最恐怖的是，在這些不經大腦的信件裡，通常刻薄、漫畫筆法地描繪了某次聚會、某個飯局、某某說了哪些蠢話、某某向某夫人大獻殷勤；或是不無得意的某位名媛美人兒，在眾人不見的暗處，像用褪去高跟鞋的絲襪腳趾在桌下撩勾他，這類道德上不該向他人炫耀的，黑暗中磷火般游過的某個微細的動作……我會加上一些評論）——必須有這樣一枚電腦病毒程序，像摺疊拗縮的變形機械怪物（某種時空解離機），它可以將那女孩收藏在她電腦檔案中，所有他曾寄放過去，娓娓訴說，日後變成毀滅他的時光證物（尤其是，天啊這些女孩總會在二十年後，或三十年後，她們老去，或死去後，出版這麼一本《小團圓》或《來自中國北方的情人》這樣的懺情書。像希臘復仇三女神，把我們這樣的老男人在哄騙她們還發出處女濛光，清純的眼瞳和身體時，胡說八道，讓人起雞皮疙瘩的被荷爾蒙噴泉沖昏了腦袋的情書，作為她們生命中輝煌一頁的勳章）——絕對全部要像「粒子塌縮」那樣被吞食進「反物質」的空無之境。將它們全部在光燄中化成幻影，不，連幻影、蒸氣、煙霾都不存在，連一無所有空蕩蕩的空間裡一絲檀木香或漿果腐爛的氣味幻覺都不存在……

「你真狠。」一個他信任的哥兒們，在聽了這個想法後，眼露恐懼之光地對他說。

每一次她又再度失去聯絡。他腦海中難免就浮現那像壞掉電腦屏幕，光度變暗於是人體在畫框中流動，像是關掉所有日光燈管的水族館裡玻璃箱那些熒熒磷火的某些燈科魚寂靜迴游的微閃；甚至像從紅外線感熱式夜視鏡裡看見那像X光一團黑灰加上淡白色的人體骨骼、搏跳的心臟、腸胃……這般她和那「小四」纏綿交歡的景像。

他想：這次會編出怎樣的超現實情節呢？但他等了一整天，才收到簡短的來信：

「寶貝：昨夜我和我爸媽大吵，一整夜沒睡。我爸罵我婊子、爛貨。他要我立刻搬走。我一直狂哭，但連我媽都非常冰冷。我現在完全走投無路了。我沒有錢。不知道能到哪裡去。」

他沒有回信。像在澳門那身邊全是陌生人影的梭哈賭檯前，多疑盤算各種詐術、圈套、虛張聲勢、所有人眼皮低垂讀不出他們手中真正牌形的徬徨賭客。心裡暗罵：這他媽的也玩太拙劣了吧？什麼意思？因為他和她必須將對方藏在那像大樓空調百葉摺扇通風孔外的不存在之境？她曾告訴過他，她父親知道她和一個有婦之夫在一起，非常驚怒。他們都是傳統、保守的老好人。那時他不以為意，覺得這是她在胡鬧。為何要讓妳父母知道我們的事？也許她希望有一天她父親約他出去，在某一間廉價咖啡屋，「像男人和男人的談話」？但那於是便又只是一團糾葛的修辭宇宙。

接下來兩天，她音訊全無。他難免有種水池細碎波瀾的浮躁。這算哪齣？如果這是她和他的「一堂小說課」。任何一個想撕開真實世界，展開你的說故事魔術時刻的狂妄之人，最後必然被那看不見的氣旋，架住你每一次揮拍翅翼所承受的力。從不斷累聚的陰影向下望。你必須不斷在虛空中偽造出層層疊疊，不存在之翳影，在聆聽者感覺疲乏的錯幻光影間隙，從那揑得皺皺的皮囊一翻一張，瞬間讓偽幻之境像陽光下閃閃發光的一艘巨大西班牙帆船，巍然而立。

但這次她的「修辭宇宙」似乎不是為了搭建一個「其實她並不在但要相信她在的時空」。而是像脫逃大師胡迪尼，眾目睽睽下消失，只留上四五十道攤開的鐵鍊、手銬和各式各樣的鎖。他是到了第四天或第五天，才意識到這個，她是從他這個她匿蹤不被她真實世界其他人察覺到的祕境，在虛空中搭橋造棧，然後偷渡至這幻夢某處破洞、模糊、如深海泥沙翻湧無光處，他定位追索不到的曖昧死角，像蝙蝠魟那樣，不，像張潔白影印紙那樣，從不可能的一絲裂隙滑出去。從此徹底自由。

「唉，我被弄得很迷惑，」他記得一開始的時候，他還以為他像父親掌握了理性和意志的全部。他坐在床沿，噴了口煙，那坨白霧像從他的臉撕下的面膜，緩慢地往上升，有一瞬間像是把他的臉，非常小心地拓印下來，移到他頭顱上方約十公分處。但其實隨即分崩離析，「主要是因為性。」

透過性，他的手腳、肚臍、舌頭、牙齒，挨擠且急切地通過了她（那窄小如小女孩的胯下），像一隊淋了雨了瑟縮發抖的迷路士兵，擠在一塊硬穿行過一搭了防雨篷堆滿雜什木條泥爐雞鴨飼料的人家防火巷。一開始他覺得他愛上她了。但後來他發現他們在那小房間裡只是做愛。

他猜想她深諳此道，跟不同的男人，或男人們的哥兒們上床。他問她這些話時，奇怪總是近距離看著她的側臉，那窄小的從耳垂到下巴尖的切面非常像螳螂的臉。她總進入到另一個可能雲霧瀰漫的世界，「嗯？」閉著眼，但眼皮蓋不住因之露出一縫像癲癇發作那翻白的眼球。她總胡亂應答，像是不耐又像是順承或包容……

有一次她說，她國中的時候，個子非常小，班上有一掛女孩兒，她們較其他人發育成熟，染髮穿耳洞從書包拿出漂亮的菸盒、有水果口味的錫箔封保險套、正版Hello Kitty粉紅燭光膠套的手機、各式各樣刷粉假睫毛唇蜜的配件，甚至有漂亮的丁字褲和吊帶網襪……她們有一群幫掛在街頭混。有一段時光，她像中魔般想靠近她們（她不是在課室而是在街頭遇到她們），她在她們眼中，可能只是一隻剛脫殼濕漉漉的髒小雞吧。她們或想捉弄她吧，但其實她們也只是一群十四、五歲的女孩，且如今想來她們的腦容量可能都小得可憐。她們在小巷裡圍住她，提議一個加入她們的通關儀式，就是她得跟著她們到附近一家文具店書店去偷東西。她們嘰嘰喳喳莫衷一是，交給她的任務似乎是掩護她們，又似乎她必須也偷一件文具或一本書出來（弄髒自己的手，才和她們一樣）。她渾渾噩噩跟著她們走進那間店，店員似乎也因這群裝扮怪異的女孩常來順手牽羊而緊盯著她們。那些畫著螢光煙薰成人漫畫女優的臉，在高低書架的間隙露出若無其事、無恥的臉，她非常害怕。

但是，事情是在哪個地方發生變化了呢？（是在哪個祕密控制配電箱裡的哪截線路被動了手腳呢）偷竊和盯著監視的，導師和學生，遺棄人的和被遺棄的，噬菌體和病毒……他們是在哪被對換過那紙牌上的角色？

他一直這麼描述自己：

他認知世界的方式是錯的，它是在一個不合現實真相，卻似乎嚴絲合縫的邏輯像一棵在底片裡的樹，光影、正反、全顛倒的次元那樣長起來的。那透明的根脈抓住的彩色礫石和土壤全是別人視為噩夢或必須排泄、切除掉的妖怪棄嬰屍骸。

但童年開始，並不知道自己是在一祕密或羞恥的狀況，像多餘出來的第六根腳趾，臉頰下方畸形長出的人面瘡，按世間常理，它早該被撲殺枯萎死亡；但不知哪裡發生了疏忽，它靜靜地、歡欣地長大，變成了一個在魔鬼的鏡像或倒影世界，栩栩如生的存在。

可是不知從何時起，他發現：她也完全用這樣的隱喻描述她自己。倒轉的世界。錯誤的一棵樹。一整片由謊言、背叛、傷害——但她有一項更大的優勢，她那女童般、清晨百合花一般純潔的胴體——形成一個躲在底片宇宙的，仍不斷擴張的森林。

有一天，她告訴他，她把他們之間的事，全告訴她男人了。

他發現那幾年來恐懼、歪斜的背德如遭蜂螫整臉麻刺腫脹感，原來不過像一柄尖刀旋過，把顱頂一塊頭皮削掉，涼颼颼的，有白光向那頂端竄噴迸而去的死亡靈感，但其實無比輕鬆啊。

「妳說了哪些？」他盡量裝著沉穩、不顛倒恐懼、呼息不變地問。

「全說了。」她說：「你不知道有多可怕。我覺得我可能就要被他殺了。」

每一個細節。全部。每一次約會，每一間旅館。她和他所有的性愛細節，鉅細靡遺，像精密畫家沉迷於每個局部的淫蕩狂歡、欲仙欲死……

「你不知道那種感覺：像被催眠師突然像旋轉燈泡的眼瞳盯住，或被眼鏡蛇盯住的小鳥，我忍不住什麼都要說出來……」她說。

所以這是我們最後一次約會？不。她抱緊他。我是在半年前就讓他知道的。我說我要和他分手，但他哭著求我，他不干涉我和你的事，我現在知道他有多愛我了……

「所以這半年來，我們每次打完炮，妳回去後就像球賽錄影重播，描述一遍給他聽？」

「他很痛苦，有幾次講到一半，他崩潰抓狂，叫我不要說了，還打我，但之後又哭著跟我道歉，威脅我講出每一個細節……」

出乎自己預料的，他流出眼淚，發生在她男人身上那個巨大的病態的痛苦，像沒有遭遇任何抵抗的裝甲車和軍隊開進一座已被轟炸成一片瓦爍的無人空城，那麼完整地進入他的胸腔。他感覺她像吸吮骨髓那樣滿臉痴迷地吸吮著她男人表情痛苦的頭顱。像SM，像那些異教徒對著牲祭之人，用針刺，使之便溺、雞姦，讓他（她）滿臉淚水鼻涕同時下面失禁、用鉗子夾斷手指……讓他（她）脫離人類的存在全體感，分崩離析，成為孤立漂浮的「痛苦」。而她因之得到激爽狂歡。

「為什麼妳不乾脆放他走？不，妳想辦法逃走？」

但他立刻理解他和她和那男人，一起裹在這個地獄變，用狐狸枯葉偽幣，糞便偽造的黃金、餿掉的米飯偽造的白銀，搭建而起的一座座聖殿大教堂，他們像三尾被黏涕糊困在一起的鰻魚。她的男人怎麼可能不被痛擊而面容枯槁、眉骨鼻梁凹塌缺掉一塊？他如何能不在日後與她歡愉至福時刻，腦海不會浮現她妖麗的身軀淫邪迷醉被另個男人戳入的畫面？

這是重播，3D動畫、臉書即時播上「此刻我正在幹嘛」、攝影棚內夫妻互揭對方床笫醜事實境秀的阿鼻地獄啊。她目睹她男人像鋼筋被打斷歪扭的聖徒石雕像，悲傷地垂頸垂臉垂翼在最冰冷黑暗的恐怖裡。但她無法不像吸吮花蜜一般吸吮著那樣「不說謊」的豪華之愛。

「妳為何要打開那個?召喚那個?」他在他以為他們用謊言細緻搭建的白銀壇城中狂怒大喊。他們因為她的「純潔」(不撒謊),變成臉被鹽酸灼腐潰爛的陰鬱黑袍使者。她的男人變成怪物,從胯下、皮膚、腋脅冒長出數以千計的觸鬚,他監視她、監聽她、逼她,讓那些哆嗦發冷的觸鬚伸進她內裡的每處角落……

她哭泣起來:「但我真的忍受不了這樣的拷問。我們有時非常好,但突然他會像癲癇患者,兩眼一翻,聲音變得陰鷙冰冷,開始逼問我和你那時性愛的每一個細節。那時在做這個這個時是什麼樣的姿勢?什麼樣的表情?你說了一句什麼話?然後我回了一句什麼話?我突然理解那些白色恐怖的特務,是為了什麼看不見的塌陷埋藏的空落所吸引,他們才會發明出那麼多讓人瞠目結舌的偵訊技巧。我會在不對稱的抵抗之後,完全崩潰,像潮吹像失禁那樣從腔體裡噴出那許多關於我和你性交時的描述話語,在一次又一次的回溯、追問細節之後,許多畫面根本是我後來無中生有虛構的,但那噴湧出來的像有一個更高存在所揮灑的淫邪畫面中的我,是不可思議的妖麗、不可思議的幻美絕倫。」

「妳真變態!妳這個臭Ｂ!」

問題是,他的那株生命之樹,著根於謊言、他人之噩夢、鏡廊般一段一段童年憂悒的記憶畫面,某一個狹窄空間裡的溫存與慈悲,那樣枝葉遮蔽天日的第七宮之樹,那竟是一錯誤(「我的這一生全白費了?」)的莖脈錯誤的葉片錯誤的年輪錯誤的堅硬樹幹?

因為愛已永恆失落了,所以他像巴別塔的建造者,傲慢、貪婪、虛榮(抱歉我恰好是基於這些字面相反的情感），鑄風成形、編沙為繩、以影惑體，用被棄之人割舌之人被摘去腦中記憶海馬體迴路之人憑空編纂字典的意志，渴慕並激情地捏塑那一小坨一小坨，旁人眼中鼻涕蟲般醜陋狗屎般發臭的小零件。

有一天，我要將它們組裝成一具愛充滿其中的機器娃娃，一具黃金甲冑女神。

那是我全部的祕密。

許多個夜晚，他盯著電腦那藍光屏幕，監控著那女孩的動靜。事實上他的心像電影上的那些在自家對面租一間公寓，用望遠鏡窺看妻子在自己不在場的屋裡幹什麼的病態丈夫，他的心被長滿毛的蜘蛛腳爪一般的嫉妒給鉤撓住了。他有時會寫一封充滿激情、繁複隱喻和音樂性的長情書給她，有時會淡淡的只用兩句冷淡的話（意圖用他這邊厭倦這段感情的姿態來釣她胃口），或把別人寄給他的某些弱智的網路笑話轉寄給她（他想那些較貼合她的品味）……但更多更多的時光他是在一種悲慘的等待狀態。她通常不回信給他，像那些沒心肝的，畢業旅行離家露營玩瘋了永遠忘記出門前對可憐老爸允諾一定會打個電話回家的高中女孩。她知道無數個漫漫長夜，他是那麼屈辱、像油燈煎燒、唇乾舌燥，一直盯著空白螢幕上緩緩閃爍的光點，只為了等候收件匣像上帝的福音叮噹出現她的名字。而她即使來信，那信件也簡短、敷衍、陽光燦爛地讓他懷疑那是同時發給三、四十個人的群組，像一個女王在安慰她貧凍交迫、哭哭啼啼的子民們。她總會簡短地寫上：「好想你喔！給一百個吻！」然後用電子信箱附贈的功能，貼上一枚閉嘴親吻的小人臉的表情。

而他會在那樣的夜晚，潛行進她的臉書（感謝這個偷窺盛世的偉大發明！），那流閃而過的一條條她和那些我不知道是什麼人的這個星球的低等生物，在那裡調情、互虧、加油打氣（最常使用的套句是：甘巴嗲）、發學校某個綽號叫「壁虎」之人（不知那是位老師或同學）的牢騷、告訴對方我愛你、宣布自己要「追」某一部你以為是《追憶似水年華》的大長篇BL漫畫、三重什麼路哪一家火鍋店服務生非常雞巴以後打死再也不去了（這裡你會發現這女孩性格裡某種霧中風景般的孤獨自我品質：她不會說「奉勸大家以後千萬別去了」，而是說「我不會再去了」）……這一切訊息都在不超過二十個字的短句裡，它們像雨夜驅車行駛在陌生城市，那嫣染著流麗霓虹閃光的擋風玻璃上，每十秒便細瑣無聲（卻又讓你有如此喧鬧的錯覺）點點布滿的雨絲或小水滴，十秒後便嘩啦一下被雨刷橡皮墊片抹去，然後又像麻雀的小足跡，一點一點無足輕重地出現……他看著她變成虛幻碎片卻真實置身其中的那個閃耀著紛沓訊息他卻讀不出一個靈魂輪廓的畫面裡，感覺那正不斷無聲破碎的、朝下流淌移動的，會不會是他的眼球內壁孤凹悲傷的淚花折光……

我抓到妳了。小妖精。他心裡想。妳在這裡虛耗青春，在我那枯等竟日的信箱空室，卻吝於花上打兩行字的力氣。

但是他能做什麼？殺了她？在某個她與他在旅館狂亂如處女獻祭的極美憐愛後，當她玉體橫陳臉蛋無一絲人世間陰影地熟睡時，把她搖醒，把預藏的手槍插進她小巧的嘴裡，要她說出那個男人是誰？但他太清楚知道像她這麼美的女孩，從少女時期就像梅花鹿存活壓力在林徑迷宮脫逃獵犬四面八方的圍捕，她太知道臉部表情如何沒有一秒猶豫地跟不同的男人撒謊。他不是不只一次，在這些旅館正跟她交歡銜合時，她男人的電話打來，他狼狽地翻身抓起香菸和長褲躲進那些玻璃門小廁。他不願意她就當著我的面對她男人撒謊（那時他便預知了，只要看了她的演出，那懷疑的小蛇便會鑽進心竅，寄居那摺藏陰影間，十年二十年後還不會離去）。但即使如此，他仍為偶爾聽到她

（其時正衣衫褪盡，身上有另一個男人剛留下的性愛氣味）慵懶地對電話那頭的男人說：「嗯……剛睡醒……好煩喔，」然後嘰哩咕嚕講一串她朋友之前打電話來讓她心煩的瑣事。諸如此類。到他這樣的年齡，還要什麼？真相嗎？說實話他要的只是一種劇院舞台上演出者和下面觀眾之間的虛偽禮儀和尊重默契。請不要在我和我的演員們唸著《羅密歐與茱麗葉》台詞時讓你的《星際大戰》手機鈴聲大響。有一次他沒忍住，在她那湊聚著可能是她哥兒們的臉書，那喧囂其實被這世界遺忘在無人知曉角落的小池塘裡，飛快鍵入一段猥褻或華美的詩句。他認為她會認出那是他和她的密語。誰知道他拋下他的國王袍服後，約有一個小時，包括她，那裡頭的那些呱呱咕咕小生物們突然全靜默了，留言紀錄一直停在他的那段普希金風格的濃烈懺情詩句。老實說，他也在詭笑著看她會如何反應？刪了那句留言，然後寫一封情書到他的信箱，責備，撒嬌，道歉，但要他保證以後不要那樣闖入她和她同齡朋友胡亂打屁的「愚蠢小世界」？或她會（在臉書這個國度）將他封鎖？

但是更糟的狀況出現了。一個署名叫「雞雞歪歪你去吃大便吧」的小帥哥（因為他的留言旁貼上一張大頭貼）浮出水面宣戰：「你是哪來亂的小孬孬？我可以公布你的資料。在某某站台那有你的資料對不對啊，你等著人肉搜尋吧你。等我把你IP查出來，你家可就難保了喔哈哈。」

接著，在這個簡直是當街吐檳榔汁的小混混恫嚇留言下方，立刻出現了二十多個「讚」。

親愛的，我對我女兒說，那是我從離開青春期之後，至少三十多年了，第一次清楚聽見自己因為恐懼而發出的心跳聲，那就像有人在隔壁規律而用力地擂牆。他提到的那個網站，我真的曾用匿名在上頭發表過兩三篇炫學卻又嬉笑怒罵的偽論文。到底這女孩在她的世界裡，都跟什麼樣的人混在一塊啊？

我老師夜間酒館

那天夜裡，發生一件怪事。

說它怪，其實是像我們這樣像森林裡某一棵樹木板根下，和腐爛落葉叢聚挨擠在這城市老舊小公寓，數百朵蕈菇那般的老居民們，每晚都會發生的不足為奇的尋常小事。

有一天，我收到我老師傳來的一個簡訊：「你有沒有多的史帝諾斯？我媽需要。」

我回傳：「ＯＫ。但怎麼交貨？」

「今晚九點半在老Pub見。」

我回傳：「ＯＫ。」

過了十分鐘，他又傳了一條簡訊：「史帝諾斯是否形狀都長一樣？我媽看不見，用摸的，但長得不一樣的藥她不肯吃。她很麻煩。」

我想這傢伙也太囉嗦了，決定鬧他一下，回傳：「它們的形狀都是厚厚的，菱形的藍色大藥丸。」

他立刻回傳：「給我三箱。」

事實上我手頭已經沒有史帝諾斯了，我只好跑去平時拿藥的「書田診所」精神科掛號。櫃台的護士說：「張醫師這陣子又失蹤了，我們也找不到他。」我懷疑我的精神醫師自己崩潰發瘋了，已經好幾次來掛號，醫院都說找不到他。也有可能他被某個瘋子病患謀殺了？

我說：「我只是來拿失眠的藥。」

護士說：「那我幫你掛家醫科，他開一樣的藥給你就好了。」

結果我拿到的藥袋裡有十四顆史帝諾斯，我用剪刀剪了三顆下來留自己用。給我老師十一顆，有點少，但也沒辦法。

說來我這四、五年，一直被失眠（他們叫「睡眠中樞障礙」）所苦。一開始我吃史帝諾斯的效果特好，它就像電腦關機片，對水吃了以後躺在床上，五分鐘後就像電源開關蓬關掉，腦中屏幕瞬間熄滅，變一片黑。連那種意識逐漸模糊，慢慢進入夢鄉的過渡邊境都沒有。瞬間一切都消失。問題是這像小指指甲屑的纖細潔白小藥片，有一種魔鬼般的性情。它給予你全黑的睡眠（也許是種死亡），但非常精準的，你一定在四小時後從那純黑中驚醒。我時常在醒來之瞬看床頭鬧鐘：一分不多一分也不少。

慢慢的你會對它產生抗藥性（或說是依賴性），吃了一顆仍無法將腦袋關機，於是再加一顆，再加一顆……不知不覺有一天我發現我睡前，對著水一次送進嘴裡六顆那潔白指甲屑的「小史」（我對它的暱稱），我想這是不是已是某種「藥物成癮症」？恐怖的是，這一小枚一小枚的藥粒，像是橡皮擦、立可白，會進入你腦袋裡將你記憶庫的資料抹去。用藥大約三年後，我發現我的記憶力衰退得像我父親過世前兩年的狀況，但他那時已七十六、七歲，且得了阿茲海默症啊。我有時完全想不起自己上禮拜做了什麼事，或一些數十年來熟得不能再熟的人名，像被用銼刀去我大腦最隱祕處的金屬迴路板上，將那鑲刻的印記刮掉磨掉。或就像有人拿把小刀，像螺旋迴紋削整條不斷的蘋果皮那樣，將原本包覆在我腦袋最外層的人世記憶，咻咻咻地削下來。

更可怕的是，常在吃了一顆兩顆「小史」後，像美軍戰機空投高爆炸彈轟炸火山口裡，那烈焰亂竄的「失眠酷斯拉」，結果沒壓制住那怪物，反而看它也瞬間脹大數十倍。我會站起離開床但大腦的祕密太複雜了，這藥粒的某些化學配劑可能已抑制你腦部某些部門的運轉，只留小部分仍開機，於是那時，你其實是在一夢遊狀態。你會坐在電腦前上網、寫信，甚至打國際電話給美國的友人，但你第二天醒來完全不記得你曾做過這些事。如果這時用一台監視攝影機拍下你的所有行為，會發現臉部特寫時，你的眼瞳像一顆玻璃彈珠，冰冷無感性，或眼皮不斷快速地眨閉，或眼球左右移動。事實上你可能是在夢中的一座廢棄工廠、一艘漂浮的太空船裡，或一間醫院的停屍間……迷惑地遊走著。有一些使用「小史」後夢遊的案例，是當事人夜裡跑出門去，仲夏夜之夢他（或她）發生了哪些瘋狂之事無人知道，但莫名其妙懷孕了或染上性病（而在白天的時光，這當事人是沒有性生活的），有人是清晨醒來發覺自己一絲不掛全裸站在自家門外進不去……

我的「夢遊」異狀，是會在無知覺中，在自己的小公寓裡，像迅猛龍那樣翻箱倒櫃，找出各種能吃的食物：泡麵、整條吐司、冰箱裡的冷剩菜、蛋糕、冰棒、蜜餞、洋芋片或牛舌餅或可樂果蠶豆酥這類零食，耐性地翻找，找到便仰著脖子嘩啦嘩啦往嘴裡倒……

我憂心忡忡對我朋友說：「我得了『夜間夢遊暴食症』。」

那天夜裡，發生一件怪事。說它怪，其實是像我們這樣像森林裡某一棵樹木板根下，和腐爛落葉叢聚挨擠在這城市老舊小公寓，數百朵蕈菇那般的老居民們，每晚都會發生的不足為奇的尋常小事。

那時，我從那個小酒館，穿過狂風暴雨的夜間街道，回到這間小公寓，半躺在沙發上，感到之前和我老師在酒館扯屁，臉湊著臉聽他發牢騷（「我這一生算是完蛋了。」）。一種說不出的歡樂和空虛，我至少灌了八、九杯Vodka兌冰調酒。這時覺得那騙過你舌頭讓你發饞的劣質酒，後座力在頭殼裡像炸藥爆破廢棄鋼筋水泥建築，我唇乾舌燥就想再找些酒來喝。

這時突然聽到嘩啦啦水瀑流瀉的巨響。那聲音從屋子後方傳來。我以為是自己失憶了，怎麼正在燒開水（瓦斯爐的火被撲滅了？）；或浴缸放了水卻淹出來了。我彈跳而起，衝進廚房，巡視了浴室，甚至後陽台放洗衣機之處。但什麼事都沒有。我後來回想：似乎那時我坐在暗黑的客廳，竟像看著大銀幕裡那種尼加拉大瀑布，一整片銀練自這屋子頂樓傾瀉而下的景觀（或某些好萊塢科幻片，是無垠宇宙的夜空，主角站在焚風獵獵的一座孤獨漂流的太空站的邊沿，看著那從金屬艙體管線焊接的醜惡圓孔，這座漂流城市的居民還不知道自己生活其中的，只是在這一枚太空殞石上栩栩如生而搭建的「擬城市」，那些城市汙水匯聚了，只是那樣美麗、骯髒、被太空站本身的光源映照的黑色鑲金，朝太空流瀉而去），但事實上我不可能看見這樣的畫面。

電鈴響了，我那兩隻狗狂吠不已，這時已是深夜兩點多了，怎麼會有訪客呢？我想不會是幻聽吧？整個人坐在那客廳的黯黑裡，像浸在一鍋融化的巧克力漿裡那般，一個身影移動便把周遭空間也翻攪晃動的稠質感。

過一會電鈴又響，那不會錯了，我起身，走去開門，外頭站著是我樓下，三樓那個陰鬱高個兒男人，和他的妻子（我搬來這公寓的這些年，每在樓梯間遇見他們，打招呼他們完全不回應。事實上我看那妻子總悽惶無神，像要把自己躲藏進什麼陰影的神色，心裡總有直覺：這傢伙每天在他的屋裡揍這女人，她是個家暴受害者），他們皆穿著黑色的羽衣，感覺像是從洪水氾濫的雨林泅泳掙扎十幾天，才狼狽站在我的門口。男人手中拿著一只像有旋柄的鑽孔器之類的東西，他哭喪著臉似乎在我吼叫什麼？但因為我身後那兩隻狗不斷呦呦呦呦的狂吠著，我根本聽不見他說啥？我向他們道歉，轉頭鎮壓喝斥那兩隻狗，後來我大約弄明白他的意思了：原來接連這兩天這個颱風的暴雨，讓我頂樓淹水了，但排水孔被堵住了，所以水積高過原本較平面高起的柵欄下的矮牆，像瀑布淹流下去——所以之前我聽到那壯麗瀑布的水聲不是幻聽，是真的發生在這挨擠在一塊的舊公寓的小天井——他的臉在暗影中憤怒地扭曲著：「你自己上去看看……」但狗又呦呦呦狂吠地將那些破碎句子吞沒。我向他們道歉。保證一定處理。然後關上門，像訓斥小孩那樣責備那兩隻興奮又惶恐搖尾巴舔我的狗兒「沒禮貌」。然後穿上運動短褲、涼鞋，拿支手電筒、鑰匙，便上頂樓了。

那時，在我眼前的，是一片何其美麗、如夢似幻的景色。我種植在這公寓頂樓、周遭被其他大樓環列包圍的一小片水泥平台上的五、六十盆植物，包括芭蕉、櫻桃、九重葛、變葉木、曇花、小榕樹、馬拉巴栗、玉蘭、茉莉……全浸在水裡。暗夜芙蕖。枝葉的影子像從未有過的靈魂，長髮女妖們歡欣地舉臂舞蹈著，散灑的銀珠在月光下閃爍著。水其實積得沒想像中高，只是淹過我足踝的位置。我感到那積在這老公寓屋頂的一層水，淺淺搖晃著，殘缺映照著，這一切天亮前就會收殺而去，瞬影不留的原始森林之幻術。其實還是那個層層水泥高牆遮蔽的冷酷異境。

我嘆口氣。彎腰找到一前一後的排水孔，它們被淤沙或枯枝或落葉堵塞了。我用手指把它摳通，感到整池水的形成漩渦朝那孔洞流進的冰涼觸感。

等我回到自己的房裡，竟已快四點了，也就是我獨自在頂樓那無風但一片銀黑鏡面般的積水和蓊蓊鬱鬱的七、八十棵「雨樹」之間，呆站了近一小時啊。兩隻狗嗚咽蹭擠到我書桌下，用濕軟的鼻和舌碰我的足踝。黑暗中我抽著菸，想到之前在酒館裡，我老師垮著臉說的一段話：

「我坐在我母親床畔，看著各種管線從她鼻腔、手腕、各處插進她身體，她每隔幾分鐘便哀哀喊疼一下。那麼沒有尊嚴。她裹著大尿褲，但突然拉屎時我總驚慌地去喊護士。而她凹瘦的大腿骨到沒有肉的屁股，像一個木頭飯杓。還長了褥瘡。我想人為何要活著受罪呢？我不騙你，有一天晚上我真的拿枕頭就摀在她臉上一公分處，她突然睜開眼睛看了我一下，又閉上眼，我當然就不行了。但我衝到樓下抽菸，比小時候作了亂倫的夢還恐怖，我滿頭大汗聽到自己大聲的喘氣：天啊，我剛剛是真的，全身肌肉都繃緊了，要用那枕頭悶死她啊。」

這時門鈴又響了。我把兩隻狂吠的狗拎著後頸關進最裡間的小臥室。開門，又是那個男人。這回就他一個，那個一臉愁悒的妻子沒跟在身後了。他眼鏡後閃爍著一種小學生拿到證據要跟老師打小報告的歡欣。他拿出一台相機，湊近著在我眼前。那全是一些房間某個角落，牆沿和屋頂銜接處，非常清楚的水漬。或因燈光的關係，那些隨他手指按鍵跳換的照片，予人一種發霉陰慘的，你以為他要給你看靈異照片的印象。

「你看，」他說：「你看。」

然後他說，這是他的臥室，以前沒有這些狀況，自從我搬來之後，在公寓頂樓種了那些樹，他的房間牆壁就開始滲水長壁癌了。他也跟二樓的魏太太討論過了，就是你頂樓那些盆栽的土，流出來塞進排水管，你看看像今天這樣水積在上頭排不掉，它就從你四樓一路往下滲……

嘰哩咕嚕、嘰哩咕嚕……

他繼續在說的時候，我腦海中出現這樣的幻覺：似乎那些曇花的花莖像女人的白色手臂，或那些藤葛的爬鬚，那些雀榕的氣根、櫻桃或茉莉或玉蘭的繁錯枝枒，從這老公寓水泥牆的某處裂口鑽進，撐大那縫隙，它們像蛇窩裡蠕動的活物，纏繞著布鏽粉化的鋼筋，像科幻片裡侵入人體的某種頑強孢菌，從手臂、眼球、頸動脈、腋下、腹脅處爆裂綻放出鮮豔的花叢。

他說：「我不會要你賠償，但你可不可以把頂樓那些植物全部清掉？」

我說，等等、等等……你這樣說好像太經驗法則了吧？我試著釐清：他房間牆壁的滲水，和頂樓之間，還隔著四樓的我的房子啊。沒錯，今晚的暴雨讓頂樓淹水了，但我上去疏通一下排水孔，那水不是幾分鐘就排光了。而且一整年也就今天一天頂樓淹水了。但你說的「我搬來以前……」「在我種樹以前……」「你們這裡原本大家如何如何……」這不全都是印象的錯接？這棟公寓已經五、六十年歲數了，埋在牆裡的管線，哪裡爆了哪裡裂了，不是該請專業的工人來鑑定、抓漏嗎？為什麼你就將它栽植到「是因為我在頂樓種樹」這樣的結論呢？

這時他的臉像是有個原本被關禁在裡頭的小人兒，不耐煩推開窗，那樣原本社會化的冷漠和譏誚的玻璃——不是碎裂，是啪地冒出另一張臉——像是很久很久以前，在中學放學後的走廊，會有這樣躁鬱暴怒的男孩，從教室衝出來尖著嗓子說：「你們這些人渣要講話可不可以到操場去講？你們打擾到我念書了知不知道？」他臉上的仇恨和賤蔑像是我是藏身在這城市裡，造成他生存危機的疾病帶原者、毒蟲、瘋子……

「什麼叫經驗法則？」他在這深夜公寓窄小樓梯間咆哮起來：「你跟我講什麼經驗法則？你上網去查查我是什麼人？」然後他像被人在法庭拉屎的老法官震怒地丟下一張終極的律戒：「你知道這公寓頂樓是公共空間，我可以告你在公共空間堆放垃圾廢物。」

我為自己原本那沉浸在一純粹抽象孤獨公寓裡，靜謐但厭世的幻覺，竟因這樣和鄰居的爭執而怒意勃勃，感到詫異。人類其實無法替自個兒繪自畫像啊。我說（其實我想疲倦地說：「好吧，就隨你的意，我找人把這些植物都清掉吧。」）：「那也得找個時間，我們全公寓的住戶開個會，由八個住戶決定頂樓不准種樹再說吧。」

我在那颱風夜推門走進那間小酒館時，發現我老師雙眼無神地坐在一架電視機（而且很奇妙或該說復古的，那不是後來我們在空間裡習慣的，一片長方形扁扁薄薄的液晶或電漿屏幕，而是我們那年代熟悉的「電視機」：後方有一胖大肚子作為真空粒子投射的一個隱藏在裡面的內室，低俗喜劇演到夫妻吵架丈夫推門而出，瘋狂的妻子可以抱著它往陽台扔下去砸死人的，鎮墓獸那樣的一具大傢伙）下方的座位。電視上播放著奧運跆拳賽中華隊一位女子選手，和另一位黎巴嫩的女子選手的比賽轉播。整間酒館除了我們，沒有其他客人。

我拉開椅子坐在他對面，酒館老闆娘拿了一瓶冰啤酒和空杯放我面前。

「原來他在等的那個人是你啊。」她說。

這老闆娘是個四十出頭的美人兒，像這座城市某些街區，所有生意不好的酒館老闆娘，基本上都愁眉不展、坐在吧台裡有點心不在焉，下酒小菜的廚藝不是很好（所以都是用碟子盛了拆封的便利超商買的蠶豆、蜜餞、開心果、玉米片來應付）。都不太像原本該吃這行飯的，她們太木訥了，雖然也叼根菸回嘴寥寥老酒客們的調情打屁，但眼角難掩一種哀傷，或她更年輕時習慣被別人呵寵取悅的一瞬走神，那時她們的眼睛非常美，冷酷，甚至倨傲。

有一陣子，我老師勁搞搞地說要追這老闆娘（我也不知他是一時精蟲灌腦或純粹只是胡鬧），所以我們都跑來這家酒館混啦。我算是這些朋友裡較少晚上出來喝酒的，所以也不知道某幾個夜晚他和老闆娘之間，有沒有出現電影裡演的那些暈濛、煙霧、醉醺醺，藏在一百句調情廢話後面一兩句真情的告白（「我依賴陌生人的慈悲而活。」）——說起來我老師超愛演的——但反正後來我某幾夜被我老師以不同藉口宣召到這店裡，他們之間，已是冷竈柴滅，只剩自言自語酒客和等他何時走就要拉下店門回家的老闆娘之間的關係。

我把一排史蒂諾斯推到我老師面前。「這麼少？」他一臉不悅，但我其實知道他很開心我跑來陪他喝。

當然我們就像所有的老狗相遇了就嗚嗚趴下舔對方陰囊，或所有老猴子相遇了就一臉茫然幫對方捉跳蚤放進自己嘴裡咀嚼，所有老男人相遇了就唉嘆自己最近身體哪部分故障啦，掛什麼科門診吃什麼藥啦。「你最近吃什麼藥？」我說安眠藥抗憂鬱症藥胃潰瘍藥蕁麻疹藥還有降血脂藥；他則是安眠藥抗恐慌症藥心臟病藥攝護腺藥。然後我們像軍械室裡的值星班長和菜鳥二兵，交接檢測了彼此手上的不同口徑的長短步槍機槍手槍子彈後，突然失憶，不知我們在幹什麼？接下來要幹麼？

「我們剛說到哪裡了？」我老師說。

「說到你最近心情很煩。」我亂扯。

「對，真的，」沒想到他還接得下去，他告訴我，前一陣他母親好像真的不行了，帕金森症，九十歲的人了，他哥他姊，反正兄弟姊妹又為了誰照顧多誰照顧少吵來吵去，「我都煩了。」主要是他媽一直說自己快死了，事實上看起來也確乎如此。他還瞞著他們，偷偷問朋友殯葬社的電話和各項目的大致費用。

「我懂，」我說：「所以你是個孝子。」

「放屁！」他說：「我煩就是因為我哥我姊都罵我不孝。因為我主張把我媽送去老人安養中心，我說你們吵什麼吵？又不是像人家富二代，裝孝子賢孫在爭老太婆遺產。我們家就是一屁股債，我們這些廢物，能好好整好自己，不讓她操心，各自活得稍微有尊嚴一點，那就對得起她了。

何況我媽根本不記得不認識我了。」

「那她認識你哥你姊嗎？」

「我哪知道，」他突然瞪我一眼：「喂，這很重要嗎？」

我不知道該接些什麼話茬子。在我老師的腦袋上方，那藍光暈染的電視機螢幕裡，兩個穿著跆拳道服，戴著頭盔的少女，蹦啊跳地對峙著，偶爾其中一個伸出前腳去試探一下，突然她們就在一陣眼花撩亂的光霧中不知怎麼就抱在一起了。老實說我根本看不懂跆拳道的規則。然後有個小個子男人（是裁判吧）像勸架把她倆分開。一旁又有兩三個人，也在那明亮的光裡，很激動但又節制地跑來跑去，很像紐約股市證券交易所那些戴著耳機比手勢，傳遞非常精準的下單訊息的交易員。

「你知道嗎？」我老師突然打斷我看著螢幕裡那些潔淨小人兒忙活的注意力：「有幾個晚上，輪我在病房陪我媽，我看到眼前這個人，活著的定義，那麼艱難，那麼沒有尊嚴，我真的想用枕頭把她悶死算了。是真的非常強烈的渴望，想殺死我媽。」

「不要吧？」我說，裝出害怕的樣子。

「我很黑暗吧？」他露出電影裡那些變態殺人魔的邪惡表情（他真的很愛演），然後斜塌的一邊肩膀，從西裝褲口袋掏出一張摺得爛兮兮的紙，「你看看這個……」

他說：「昨天晚上，也是只有我一個人在這喝酒。這個女人（用他眼神瞄瞄吧台裡的不知在玩什麼的老闆娘），我把她當個老朋友傾訴了我最近的煩憂。後來，這個白癡，我剛剛來你知道她列印了一張這個給我，要我好好『參悟』，對不起，你看得懂這寫的是什麼嗎？」

我翻開那張摺了好幾折的紙，仔細看上頭那密密麻麻的小字。最上面是彩色紙印的淡粉紅和螢光黃的標題：

「三自性——維基百科」

三自性：

一、遍計所執自性，人們妄執五蘊，十二處和十八界以及宇宙萬法都是實有，都有自性，並處處普遍執著這種假有。

二、依他起自性，一切事物都是依因待緣和合而生的，是相有性空的假有。

三、圓成實自性，徹底遠離虛妄遍計所執自性，真正明瞭一切依他起自性，依他起上彼所妄執我法俱空。此空所顯識等真性，就是圓成實自性。

三無性：

一、相無性，一切事物、現象皆無自性。

二、生無性，一切因緣和合而生的事物皆無自性。

三、勝義無性，認識到人無我，法無我，一切真空妙有之理，及圓成實的真如實性，亦即阿耨多羅三藐三菩提。正如佛在《金剛經》裡講的，「實無有法，佛得阿耨多羅三藐三菩提」，「於是中無實無虛」。

這時，有個女孩推門進來，她的臉，從外面那可能因為颱風之暴雨，或氣壓增高到讓心臟不舒服的某種「景象全瘋了」，黑暗裡的天旋地轉；走進這飛鏢機台、運動頻道電視、吧台上壓低一列像火車月台信號燈的罩燈，或最裡頭燈乾脆關了的撞球台，微光如淡藍液體（其實是一種昏黃光源）如水銀從破裂的肛溫計洩流而出的另一種黑暗裡，她的臉，像那種無人之境被噴漆在磚牆或摺疊金屬車庫門上的塗鴉畫。像水管或十二指腸那樣迴旋打結，一種惡意、粗鄙、狂歡，但又陰鬱的「黃、橘、黑、紅」的顏料印象。我不知道為何會有那種感覺，事實上當門在她背後關上，那張臉立刻適應了酒館裡的黑，變回了一張人的臉。我看清楚了，原本要回頭對老闆娘喊：「喂，你有客人來了。」但我立刻閉嘴。

推門進來的這個女人，是我女兒。

為什麼她會在這個時間出現在這裡？但如果她問我同樣問題，我一樣說不出道理，但其實一切理所當然。

她的眼睛像兩枚銀幣，完全看不到瞳仁。天啊，她那身衣服，像渾身紮了五、六個垃圾袋就跑出來了。她可真醜！

那一陣子網路上流傳一系列的照片，有一個日本少女Natsumi拍了一系列「漂浮少女」的照片，利用高速快門，拍下她跳躍在空中的瞬間。背景是城市那些被我們視窗篩揀到水晶體後側，那些灰糊、殘斷的巷牆、平交道、車站公廁、髒汙河流旁、倉庫甚至窄隘的小公寓廚房、清冷夜間自動販賣機旁、骯髒的草叢……但因為她「漂浮」起來了，所以作為背景的那些糊焦的人們的臉（那些工人、地鐵乘客、市場的大嬸、階梯上回頭看她的小學生），全無一例外被剝奪去了「存在之瞬」的清晰，他們變成一種流動之夢的灰稠影子，像電影裡正被吸入一個扭曲時空，在一流速極快的光河裡斷肢殘骸的碎片。問題是，他們才是那些照片裡真實無比且光度和諧的「活在那時刻裡的人」啊。無比清晰的少女，違反重力法則或視覺習慣，像一隻大型水族館裡的螢光烏賊那樣發著妖幻之光，懸浮著，頭鬚款款擺動著。除非那一格一格景框的，流動中被硬生生截斷的城市幻燈片，都是她的夢境。

也許是我，撞見了正在夢遊的我女兒。闖進了女兒的夢境裡，就和偷進入她的電腦，窺看她和情人的隱私親密照或色情信件，一樣的猥褻和慌亂。

但這確定是在她的夢裡嗎？

仔細想想，在這個酒館裡，之前，和我說了那一番廢話的我老師，到他臉色突然刷白陰鬱，抓起書包和軟呢帽突然推門出去（我記得那時冷風灌進來的氣旋聲）。那一刻他的雙眼，不也正像在某個遙遠星球深海底下，無重力之夢裡，孤獨但又找不到那滑開了邏輯和線索的回家之路，那樣一個夢遊症患者嗎？

等等。現在我眼前的這輻射出去，充滿細節、暗影縱深的場景，是誰提供的？

我想：如果是在我老師的夢裡，他已經離場了，為什麼桌上還有這一小碟一小碟的蠶豆、聖女小番茄、岩燒海苔，或插滿菸蒂的菸灰缸？

她們是習慣有隨身碟、讀卡機，這個用線路插上電腦主機便能將壓縮檔存進一個更大的記憶體硬碟的一代。

但我想對她們說：女孩，那是不可能的。

那個「捲起來的非常小的宇宙」，不是像一個靜態的檔案、照片、影像，可以被解讀，它們是一個旋翻揉皺便拗折進那個將自己吞噬但維度更高的「暗物質」世界了。

蕉鹿之夢《列子・周穆王》：

鄭人有薪於野者，遇駭鹿，御而擊之，斃之。恐人見之也，遽而藏諸隍中，覆之以蕉，不勝其喜。俄而遺其所藏之處，遂以為夢焉。順途而詠其事。傍人有聞者，用其言而取之。既歸，告其室人曰：「向薪者夢得鹿，而不知其處；吾今得之，彼直真夢矣。」室人曰：「若將是夢見薪者之得鹿邪？詎有薪者邪？今真得鹿，是若之夢真邪？」夫曰：「吾據得鹿，何用知彼夢我夢邪？」薪者之歸，不厭失鹿。其夜真夢藏之之處，又夢得之之主。爽旦，案所夢而尋得之。遂訟而爭之，歸之士師。士師曰：「若初真得鹿，妄謂之夢；真夢得鹿，妄謂之實。彼真取若鹿，而與若爭鹿，室人又謂夢仞人鹿。無人得鹿。今據有此鹿，請二分之。」以聞鄭君。鄭君曰：「嘻！士師將復夢分人鹿乎？」訪之國相。國相曰：「夢與不夢，臣所不能辨也。欲辨覺夢，唯黃帝、孔丘。今亡黃帝、孔丘，孰辨之哉？且恂士師之言可也。」

說實話，我被搞迷糊了，事情似乎是：我女兒像受過頂級匿蹤技術訓練的特工人員，像壓扁的和這酒館晦暗、又有燈泡之灼燒光暈照出小範圍煙霧瀰漫、雜駁如馬賽克的背景印象混淆的一張錫箔，混進任何場景而不被任何人發現。但是，當我意外瞄見她時，原本擠眉弄眼說著笑話的王，或這畫面裡其他人，突然像故障的發條玩具，或中毒的電腦遊戲軟體，變得軟塌、面孔模糊、死氣沉沉。他們像退出原本我們所在的這世界，變成一張一張布置用的，2D象限的懷舊照片。

我記得我還持續跟王扯著之前的話題，我或許有幾分鐘心不在焉吧，我不知要不要告訴王，「我女兒」剛剛走進了這個酒館？我難免用餘光偷瞄正在吧台和老闆娘親密說話（原來她們認識）

的她的動靜。

但這時，王說：「我要回去了。」

像是原本在夜闇滿蕊綻放的曇花，突然魔術之光消失，一切帶著啤酒酸嗝味的，人性化的訴苦、抱怨、自嘲、滑稽，全瞬間塌縮。我們迷惑地被最深層的失憶所拋棄，完全想不起五分鐘前的歡騰勁兒是從何而來？我陪王走出酒館，把醉醺醺的他送上一輛計程車。然後我站在那酒館門口點了根菸。我想如果我現在推門進去，我女兒會不會像一縷青煙蓬地就不在那裡頭了？

故事是這樣的，我帶著我的女兒，是的我們手牽著手，像盧貝松那部電影《終極追緝令》裡的義大利落腮鬍殺手和那個還穿著學生制服的十二歲美少女，在那陰慘樓層狹仄如恐龍喉骨或脊柱間的迂迴空間裡穿繞，那些可能半世紀前就釘在髒瓷磚牆面上的紅漆消防喉轆，那些裸露發黑，弧彎處就像老人醜陋凹塌膝蓋的黃銅水管管線，那些鬼氣森森的小香爐。我們像《蘿莉塔》裡那對偽父女，陰鬱、擁有高度審美靈魂、詩句如布滿黴菌的白襯衫或蝶蛾粉碎翅翼上的毒鱗粉的杭伯特，和他的小尤物，那樣倉皇猥褻的大逃亡：「……偶然在浴室裡因鏡子斜照；房門微開而瞥見她的臉……那種表情我無法確切形容……一種絕望的表情，是如此完美，似乎逐漸變成一種舒服的空虛，只因這是不公平與挫折的極限——而每一種極限都預設了某種超越它的東西，因而出現了那中和的光亮。」是的我像不敢直視一個高燒將死的病人臉上怪異煥發出像瓷器釉蠟那般枯黃又輝煌的光，整個過程一直避開不去看我女兒臉上那憎惡卻有一種什麼祕密陰謀正緩慢收網的興奮和壓抑情感不被看穿（莫非她想幹掉我？）。

在踩過那些階梯、暗影中有更深的暗影覆蓋上來，推開那些「防煙氣密門」（這些挨擠在一塊的老舊高樓在建造之初他們就多神經質地提防著那一旦發生是焗燒於這麼窄的高空結構內的火災），那麼發出餿酸廚餘或可能有貓的屍臭味的巨大垃圾筒。我隱約記得，在故事的另一側，不，或許在這個故事力有未逮，無法違反物理法則穿透，那水泥構壁或無法同一時間占據那許許多多小框格單位公寓裡發生的事，我的女兒會不討人喜歡地在我身後冷颼颼地冒出這句話：

「停一下吧，停一下你那像巨大廚餘攪碎機一樣，把這樓層裡他們靜靜、小小的夢境全狼吞狼嚥或咔滋咔滋吧。」

她擁有和我一模一樣的臉。

不是這樣的。我是不是回頭駁斥她？

「女兒，我曾經希望，不，現在仍然這麼持續希望：我可以讓你變成更美、更趨近理想型的那個。我很遺憾當初是在這樣骯髒、狹窄、到處飄著垃圾臭烘烘氣味、時不時有帶著百萬病菌卻兩眼畏悚的老鼠從腳邊啾一下滑過、在這樣螺旋狀或蟻穴分叉的不見天日世界裡把你誕生。但就像那本書說的：『假如星系正在彼此遠離，就意味著它們過去一定靠得比較近。大約一百五十億年前，星系應該統統擠在一起，而密度應該非常高。』他們稱之為『大霹靂』。倘若逆著時間回溯我們的『過去光錐』，當發現它在早期宇宙中會向內縮。也就是說，時間的形狀像一顆梨子，這樣妳懂了嗎？」

我女兒用像看著全身綁滿炸藥的瘋狂搶匪那般悲哀的眼神看著我。我記得她曾告訴我：有一段時光，她是靠到不同的陌生人家裡，當「鐘點清潔女工」來維持生計。我很難想像我那像雅典娜，從一束劈開的光從我的額頭裂掙而出的我女兒，智慧的、愛的、或至少是菩薩低眉天使哀傷塌垂翅翼感受人類之苦難與驚怖的歧異點，竟然，竟然會去穿一身發電工人那種暗灰色制服襯衫和長褲，穿著肥大的長筒雨鞋，手上戴著鮮黃色乳膠手套，提著插塞著擠脫式海綿拖把、長柄刷、大小尺寸專業抹布、清潔劑和地板蠟……這樣進入到那一間一間無人的公寓裡，那麼寂寞地擦著地板……。她告訴我，那些房子，各有各的故事，當你以這樣「鐘點清潔女工」的扮相，得以長驅直入所有人原本用三道鎖封印的房子，那裡頭的故事可就太多了。也許我可以這樣想像：她是去刮下收集，那些不在場的房子主人們，遺留在那些房間裡的殘餘夢境碎屑？

我說：「妳知道，有物理學家認為，歐亞鴝（European robins）的眼睛可能能夠維持的量子糾纏，時間比先進的實驗室設備要長整整二十微秒，這使得鳥類能夠利用量子效應來『看清』地球磁場。近年的研究發現了一種特殊感光細胞，內含有一種稱為『隱花色素』的蛋白質。當光子進入鳥類眼睛時，會擊中隱花色素，使處於量子糾纏態中的電子得到能量，移動數奈米，令它比另外那些同處於糾纏態的同伴感受到略為不同的磁場；依磁場使得這個電子的旋轉產生不同變化以及不同的化學效應。理論上，很多這類反應加在一起會使得鳥類眼中以明暗不同的圖像形成地球磁場的模樣。」

我說：「實驗室中，原子被冷卻到接近絕對零度的環境時，也只能維持千分之幾秒。在實驗室裡能維持糾纏態的分子，在室溫下也只能維持八十微秒。而鳥類眼睛裡的糾纏態時間至少要達到一百微秒（0.0001秒），這是不是很奇妙？」

女兒，我說，妳讓我想起一個女孩。

故事是這樣的，有一兩年的時光，我大約一兩個月，就會選一個週末夜晚，和她在師大路的某一間露天酒吧喝兩杯，我會抽掉兩包白色包裝的最淡的大衛·杜夫，弄得那盛水的小塑膠杯塞滿泡爛成深褐色像軍醫院角落收集的大兵們截肢血汙手指的菸蒂，我會靜靜聽她說一晚上的話，從她那小小的身體、精緻如洋娃娃的臉蛋，不可思議地吐出如像西藏高僧從他們冥暗搖晃的酥油燈裡搞出的幻術：一整座山顛城國的戰爭、屠城、男淫女歡、白色人體集體雜交或整片暴屍的畫面。事實上，我如今回想：每每和她坐在那眼前是液態流動的光，那繁鬧夜市出口湧出的年輕男孩女孩，以及從我坐的位置望進去那一盞盞如數百艘獵捕烏賊漁船映在夜晚的灼燒燈泡光輝，那像把空間裡所有的暗物質都會沸騰蒸乾的人類之火。它們只是那些夜市小服飾店、小公仔掛飾店、粉圓剉冰、臭豆腐牛肉麵廉價牛排檸檬水潤餅卷滷味各種廉價即興慾望朵朵點出的水煙燎泡。但我似乎皆感到我和她坐在那兒，臉上帶著恍惚微笑，是的像一千零一夜的狡猾王妃和那冰冷絕望，臉已塌縮進看不分明的另一個黯黑宇宙的王。今晚你要給我說一個怎麼樣的故事呢？我記得空氣中全充滿大麻和荷爾蒙的氣息，像島國潮濕燠熱讓我們衣衫下的腋間胯下全浮出膩汗，沒法百分之百專心聆聽故事的原因。

我只是想說那個「啟動時刻」。

女兒，當我要「拋棄」那些女孩時，她們哭喊、崩潰的模樣讓人心碎。我想起她們曾經像美麗小鳥把柔順信任的圓圓小肩膀、小頭顱、小乳房或雖然弧線優雅卻距她們還是穿學生制服的小女孩腰身臀部還如此相似的乳香肥皂小身體偎靠在我懷裡，我的手指在她們年輕陰毛叢裡探索，總會流出來清新的泉露。她們總會說一些傻話，因為對這世界掌握的語言不夠（這不能怪她們，她們實在太年輕了啊），她們只能在一種自己亦不知道的惘惘預感下，臉也潮紅、雙眼微瞇、聲音微弱又悲傷：「你不許也這樣對別的女人。」「你不要騙我喔。」「有一天我一定會被你傷得很重很重，很深很深。」「你知道嗎？我整個人全部都給你了。」……

但是，我弄碎她們（像弄碎一只上帝充滿愛意精緻捏塑的瓷娃娃），捏毀她們（像把那些羽毛鮮豔小小胸腔藏著天籟祕密的鸚哥頸子扭斷，腦漿腸肚捏抱成一團腥臭醜陋的東西），不是他們用之後二、三年歲月充滿恨意、反芻、疑惑、羞辱的指控——那像一堵將海灘那端所有浪潮、岩礁、海的顏色和漩渦、沖上沙灘的軟骨魚或海星屍體……所有一切活著的複雜景觀全部遮斷的灰色鋼牆——遺棄，我很想辯解，但無話可說。「因為那是一個暗物質，」我想向她們解釋，這個模型是錯的！沒有人（包括我）可以「遺棄」她們。那是她們腦袋中被植入的創世紀神話，她們不是我創造出來的，我想用霍金的《胡桃裡的宇宙》最後一章「美麗膜世界」向她們解釋「額外維度」：我們活在其上的那片「膜世界」上，附近還有另一片「影子膜」。光線會被局困在膜上，不會穿越兩片膜之間的空間，所以我們看不到那個影子世界。可是，我們卻能感受到影子膜上的物質所產生的重力。

霍金說：「一個膜世界的量子式創生，有點像滾水中形成氣泡。在液態水中，幾兆兆個水分子擠在一起，相鄰水分子間一律手拉著手。水溫升高後，水分子運動很快，開始互相撞擊。這些碰撞偶爾會帶給水分子很高的速度讓一群水分子掙脫鏈結，形成水中的一個小氣泡。然後，這個氣泡會以隨機的方式長大或是縮小。大多數小氣泡最後會還原成液體，少數卻會長到某個臨界體積……在膜世界模型中，宇宙的起源，那個有點扁的四維球面（胡桃殼）不再是空心的，而是被第五維空間填滿。」「我們這個膜世界的虛數時間歷史不但是個四維球面，還是一個五維膜泡的邊界，其他五、六個維度則捲成非常小……」

所以，是我內在的那個世界「蜷縮」起來了。捲成一個非常小，相對於那些女孩，幾乎是不存在的時空。一開始我沒意識到這個，不知從什麼時候起，其中一個女孩像被毒蜂螫了一口那樣疼痛的表情看著我：「你到底有沒有愛過我？」或是「你這個人的裡面怎麼陰惻惻的」。我意識到她們想要我「交代」：像我們這個時代精神醫學的病人對醫生的冗長自白，醫生可以沿著這些故障之人的譫妄幻想、噩夢、童年經驗、像徒手攀爬那些滑溜布滿青苔的磚牆，潛進我們出問題的腦中祕室，看看裡頭是叢生了哪些鮮豔妖異的有毒植物、罌粟花或像長了利齒之女陰的豬籠草；看看裡頭是怎樣弄錯了設計圖卻執拗將之完成的一條歪斜之街，一片墓園或瘋瘋病院區或一整座將人分屍肢裂的屠宰場或布滿濃霧的瘋子馬戲團……他們說這是源於基督教的告解傳統，罪人親口說出自己內心那恐怖的罪。女孩們沒有要我說出我的罪，她們只是要我「交代」她們不在的時光，那個曾經可能在一片膜上存在的那條街、那個國度、那個宇宙發生過什麼事？她們是習慣有隨身碟、讀卡機，這個用線路插上電腦主機便能將壓縮檔存進一個更大的記憶體硬碟的一代。但我想對她們說：女孩，那是不可能的。那個「捲起來的非常小的宇宙」，不是像一個靜態的檔案、照片、影像，可以被解讀，它們一個旋翻揉皺便拗折進那個將自己吞噬但維度更高的「暗物質」世界了。它們像霍金說的那些滾水沸騰串聯、吞併的氣泡。它們仍然在發生，只是不在我們這個維度過簡的世界裡。如果我硬要將之開啟，就像是要把「天線寶寶」裡丁丁、拉拉、迪西和小波那單色、光滑、安全如膜的世界，用手術刀切開一小洞，然後翻撥出解剖學式的血管明暗錯綜的心臟、肝臟、灰色的腸、黏液和薄膜，這些器官的纖維、皺褶間的寄生菌或淋巴腺叢……

所以我是被我的過去（某一個過去）吞噬，而非「遺棄」她們。女孩說：「你有沒有騙我？」「你有沒有像我愛你那樣整個的愛我？」則這一切橫亙在兩個永不可能的「膜世界」之間的暗物質，便只能被理解成不斷累聚、不斷編織的謊言。它們啟動了「我」的內在（我的過去）那無數上升的小氣泡，我說著謊，那些小氣泡在冥暗的空間裡旋轉上升，破裂、還歸於虛無。「我曾經被這樣傷害了……」我試著這樣說。「我曾經目睹……」我這樣說。但其實她們只是要這個「我」陪在她們身邊，像我正在做的那樣。曾經有個女孩，我在她貧乏空洞的租賃宿舍（可憐還是木板隔間）將她推倒在那硬邦邦的床板上，扯她的牛仔短褲，剝開她薄紗襯衫的鈕釦，硬扯那像高空鞦韆尼龍繩一般彈性的胸罩，舔她的耳洞和下巴，把舌頭塞進她緊閉的牙關，她劇烈的反抗，一直哭喊：「你不愛我！你不是真的愛我！」但等之後我決定駕著我那輛老喜美趁夜飆高速公路往南部開時，她像個興奮要蹺家的女學生，硬要跟我一道。我記得那個夜晚我的車像在夢中的黑暗海底穿梭過無數螢光魚群，在那絲緞般光滑的夜間公路往遠處濛著微光的山巒黑影無聲航行。她坐在我駕駛座旁，像夢話似的在四、五個小時裡，告訴我之前玩過她又將她像甩鼻涕一樣甩開的那些爛男人的故事。然後我終於體力不支眼皮睜不開，在嘉義一處荒郊野外下了交流道，入住一間汽車旅館，她讓我好好地玩了她。第二天我繼續往南開，她則一臉幸福自個搭火車往北回去她的住處。

我告訴我的女兒我是個好人。我之所以這麼不厭其詳地跟她討論這個讓我倆眼睛鼻子嘴巴都擰成一團的「量子糾纏」，乃在於那樣會燒破一切的物質材料，乃至於無法以任何容器承托，注定不斷在下墜時將接觸之物燒灼並滋冒出焦煙而繼續下墜的炎火般的小小一粒高融核，我內心的鬼：關於「慈悲」這個概念（是哪個靈魂駭客在幾千年前發明了這個會讓人類文明結構運算程式整個癱瘓掛掉的「反物質」？）。我說，女兒你記得那個女乞丐吧，那段時光我每週會帶你走過那個街邊騎樓。那些芸芸眾生無感穿梭來往的臉。他們的西裝褲，她們的高跟鞋，啪啦啪啦經過那個萎縮如枯幹躲在提款機一角，那個腦性麻痺的，臉孔、手指和軀幹，都像孟克的畫〈吶喊〉裡那個歪斜將被宇宙塌縮之黑洞吸進去前一瞬的悲慘之人，那個賣刮刮樂彩券的女人。

我說，妳記不記得那段時光，我無論是燠熱酷暑，或所有人縮在胖大雪衣的寒冬，我帶妳走過那裡，一定會要妳上前（是妳，而不是我），跟那「阿姨」，萎縮、壞毀、歪斜的人形買一張兩百元的刮刮樂，我會要妳（穿著蝴蝶領白襯衫藍白小方格裙小學女生制服的妳）站在她的電動輪椅攤車前，拿硬幣刮出那些數字。有時會刮中一百或兩百的小額獎金，我會要妳再換一張刮刮樂，繼續用那小圓幣刮去那小紙卡的薄薄一層銀漆。為什麼？因為妳那麼小巧、美不可方物的臉上，像我小時候用鐵餅乾盒的底部反光投射在我父親掛在客廳的仿冒油畫或小幀裝框照片，那種應該像神鍾愛賜與的閃閃發光的神祕區域，那像天使的額頭和鼻翼，竟然是讓我從齒縫發冷的憎惡神情！我心裡想：怎麼可能？我設計妳的基因序列出什麼問題？眼前這個女人（因為腦性麻痺造成的顱骨的凹塌感，和從眼間到鼻到唇上到下巴整個中軸線垮掉扭曲，她的臉皺得像猴子，你分不出她是十八歲？三十歲？或五十歲？）在我用沉默意志一次一次押著妳「給阿姨買一張彩券」，終於認得了我們這對那一刻彼此敵視的父女。她咧開嘴笑，我可以看見那像海葵般亂晃動的口腔裡，粉紅色的咽喉深處。她那樣親愛信任（我們每次的出現都讓她綻放燦爛笑靨）的表情，將一種非常不可思議的少女柔情像波光晃搖。

我知道站在那人潮洶湧騎樓一角的妳（眼前是這第一義對視覺造成不快的醜陋，不，弱勢怪物），忍受著像魚被刮去鱗片的痛苦（多像妳小小手指下無意識刮下的銀漆碎屑），我知道你口中無聲地詛咒著我。（「讓他被車撞死」？）但那時所謂的「粒子纏擾」已經啟動。我們愈一次、兩次、三次、十次、二十次……形成一種安靜的約定，出現在她面前，那看不見的一條透明絲弦便在我們和她之前形成愈加強扭力的拉扯和旋轉。她把「等待我們」和「我們必須出現」，視為她這麼殘破投擲人世的，一項祕密的「神的允諾」。那條隱形絲弦會愈扯愈緊，到後來我們要承受「此刻放手、永遠不在她面前出現」的恐怖預感扼緊我們的脖子喘不過氣來……

我女兒說，有一段時光，她記得、她在一所小學裡，每次放學前那十五分鐘，學校的老師們會強迫全部五、六年級的學生跑操場。主要是那制服非常醜，她對那幅畫面的記憶，便是那赭紅色細沙的弧形跑道，還有一旁像螺旋狀綠光的樹，那些小朋友擠在一起，有一陣沒一陣地跑著。那時或許她的胸部剛發育突起，那個年紀的少女當然把這身體的陌生突變擴大成一種想藏起來的羞恥。她總是披一件外套，彎腰駝背，而且混在一群嘰嘰喳喳的女孩裡，像遊行散步（她不想跑，因意識到一跑胸前那突起便晃動，而她又面帶微笑蹭在那堆一樣懶散的女孩間，不被發現她的心思）。但有一次，她竟然發現，樹叢後面的圍牆後，一張男人的臉盯著她，並用唇形叫她「要跑！」「那是我吧？」我女兒說，是的。我竟然藏身在那花木扶疏的後面，監視她，並不理會她在同學間丟臉欲死，我只是大喊：「女兒，快跑！加油！」

我不會排卵了。女兒說。

我已經是個老女人了。女兒說。

我再也不會生小孩了。我女兒說。

那是怎麼一回事呢？我說，妳還是個年輕性感的女孩啊。雖然我眼前是一個眼袋浮泡，頭髮枯黃，酒吧閃爍燈泡下噴著煙，對世界一臉憎惡的，悲慘的，創傷的臉。

「我可憐的……」我哭泣起來，本能地將上半身前傾。這真的非常難堪，變成我像是個脆弱撒嬌的小孩似的。但我女兒左手仍夾著燃燒的菸同時支著自己的腮，右手朝前伸過來撫摸我鬍渣凌亂的老臉。但那力道又像是將我的垮掉並汩汩冒水的臉，堅決地擋在桌子的這一邊。她用那種黑人靈魂女歌手才有的沙啞滄桑音說：

「別這樣。你正在夢遊。你會忘記所有發生的這一切。」

核爆

我們坐在這裡，其實這正是一個爆炸、毀滅、塌縮的濃煙烈燄。
我們只是像在停格之瞬，那炸飛的木屑上的小螞蟻。

我必須靜下來，這整件事有點混亂。先是，我走進一家叫「歐舒丹」的賣女人香精啦香水啦那些玩意兒的店，因為我妻子總在這間店買她的沐浴乳或其他瓶瓶罐罐的東西，所以我知道這應是一間高級的店。兩個大眼睛（一個圓盤臉，一個長臉）的女孩像木偶站在櫃台後。這小小店面的展櫃上，似乎以不同花朵作為分類區，譬如野玫瑰、四個玫瑰、牡丹、櫻花、橙花、馬鞭草、乳油木……每個區像印加神廟那樣，一些金屬銀瓶、玻璃罐、白色或黑色塑膠瓶、大大小小堆疊而上。沐浴精、身體乳、香精、淡香水、護手霜。

我要為那晚上和那個叫微若的女孩的約會挑一個禮物。是她的生日禮物。但她的生日其實已經過了。當我裝著若無其事在巡梭那些每盎司像鵝肝醬一樣昂貴的小瓶裝液體堆疊而起的金字塔時，那位臉若銀盤的女孩趨近過來，站我身後：「您是要送人嗎？大約是怎樣的價位？」這總讓我輕微緊張。我告訴她我要一個大約三千元的組合禮盒。我挑了野玫瑰的（沐浴精和身體霜和滾珠香水）；但是當她把它們拿去櫃台時，我又改變主意，「對不起，我換成牡丹的好了。」確實牡丹的瓶罐設計比較古典而鄭重。這女孩非常貼心，聲音甜美。沒有問題。她幫我挑了價位相當的另三瓶這類東西。當然這過程她不斷用那悅耳的聲音遊說我，只要商品滿五千就有周年慶回饋贈送。我跟她說不必。她又說沒關係或是您再湊滿多少多少金額就可以成為會員。老實說我被她說得天花亂墜。但我還是狠下心拒絕了。我說我不用辦會員。我可不要留資料在這，讓我妻子知道我跑來踩她的動線，而且是買昂貴禮物送另一個女人。

這樣說你們可能覺得，這是一個男人瞞著妻子買禮物送他情婦的故事。事實並非如此。我想我必須靜下來才能將事情的原委從一團亂線球中理出頭緒。這個叫微若的女孩，可能幾年前就告訴我，她要寫一本真正的「靈魂小說」。

她告訴我，科學家已證實了有「靈魂」的存在。事實上這是站在最新的「超弦」理論的基礎，像在亞馬遜河雨林密布的蜿蜒河道進入冥晦紊亂的小支流，最後竟撞到的發現：宇宙最小的生命單位可能是一種我們看不到的，不斷跳動的「超弦」。而靈魂可能就是超弦的一種。有一位德國的科學家（也許是英國）做了一個實驗：他想每次在急救那些瀕死或其實已死去但又意外搶救甦醒的病人，他們都會說起那時「靈魂離體」的經驗。他們會飄浮在病房的上方，抽離地看見病床上閉眼、蠟白、插滿管線，「已經死去」的那個自己，以及圍繞著這個自己的，正在搶救的醫生和護士們，於是這位科學家做了個實驗，他在天花板的一塊板子上藏了一些小物件（而沒有任何人知道那些是什麼），然後，如果有被急救（可能就是電擊心臟，或氣管切開術）醒來（也就是僥倖活回來人世）的病人。他會問他們藏在那天花板上是哪些東西？他們竟都能說出是什麼和什麼……

「這人聽起來有點變態吧？那用電擊搶救不回來的人怎麼辦？就是一件失敗的實驗品？」我說。

「你不懂的。重點是我們在靈魂離體的時，確實是像夏卡爾的畫，是會飛翔在半空的。這已經經過科學實驗證明了。」她嘟嘴說。

這姑娘非常怪。每每我跟她約在這間夜市巷弄對面的露天咖啡座，喝啤酒或喝調酒。她很愛跟我講些費茲傑羅啦、瑪格麗特・愛特伍啦，《慾望街車》裡的白蘭琪啦……，或是跟我講她曾經歷的那些畫面像中國三〇年代黑白默片電影裡，臉上粉擦得特別白，眼睛特別烏黑而空洞的哭泣女人（譬如阮玲玉），那些愛情故事裡的薄倖男子。那似乎都是些習慣用女人錢，留長髮、酗酒、且必然會和自己馬子最好的姊妹上床的爛咖藝術家。不知為什麼，她講得咬牙切齒，柔腸寸斷，卻常逗得我在桌下褲襠裡的雞巴硬繃繃的，唇乾舌燥。但不知為何她總是被遺棄或玩弄的那個。我會幫她算命，跟她保證她四十歲以前一定會遇上一位富豪，一位配得上她的白馬王子。（這時她通常已喝醉，兩眼發直，進入自己那關於婚禮排場的冥想——蓬裙白紗、大坨的玫瑰花束，嫉妒她的姊妹們，雞歪的婆婆和小姑、穿著繃緊白長褲像三軍儀隊的端雞尾酒杯托盤侍者、一支至少十來人的小型管弦樂隊、她的寶貝貓咪也穿上可愛伴娘裝在草坪像酒鬼歪著走——我告訴她，等她當新娘子的那天，我一定要趁混亂無人注意時，把她拉進某一間窄小的貯藏室，撩起玫瑰花蕾般繁複的新娘裙紗，摸她屁股，摸她的吊帶絲襪，她會反抗，我會強吻她。「最好是啦。」她咯咯笑得眼睛細瞇起來。）

事實上她是個好女孩。我們之間也僅此於這樣打打嘴炮。通常喝到半夜一點，或兩點，我會叫計程車送她回家。我們一起坐後座的這段短暫時光會變得很尷尬。也許是因為前座的司機總會沉默地偷聽我們講話的內容。她會變得非常淑女。問我老婆最近怎麼樣？小孩最近怎麼樣？我們共同認識的那個某某，有沒有聽說他得了大腸癌……總之這類屁話。這時，似乎原本在她那張美麗的臉裡面的一個，任性而公主病的小女孩，突然像癟掉的氣球或河豚，咻一下不見了。她的臉在車窗外夜色模糊流過的微光裡，突然會布滿雀斑，睫毛低垂，變成一個完全沒性吸引力，但該憐惜的憂悒瘦女人。我會半開玩笑地揪捲她後頸的髮絡，輕捏她的小耳垂，或甚至吻吻她的臉頰，但她這時會墜入深井般的沮喪或厭世的陰影裡。

但是那天，我陪她一路走在夜晚的騎樓、穿過時而有車切換閃著大燈呼嘯而過的八線道大馬路、那些拉下鐵門的當鋪、泰國菜餐廳、房屋仲介公司、動物醫院、ATM提款機、什麼生機飲食小鋪……像在濕淋淋的黑暗小河裡涉水行走，終於到她家公寓樓下時，我們原本親愛「擁抱一下」的分手告別，我一時情迷，手掌從後頭撫摸了她的小屁股，那個時間可能不到十秒，但真的形成了帶著色情意味的「愛撫」。很糟糕的是，我好像摸到她柔綢洋裝的薄布料下，那可愛的少女內褲的勒束形狀。然後我輕啄了她的嘴一下，但好像碰到她的細小如貝的牙齒。

這真的很糟。我像是個，女孩們把你當可信任哥兒們，喝得爛醉、痛哭流涕、傾訴情傷的幽黯時刻，伸出鹹豬手去褪下她們小內褲的爛貨。但她的眼睛（唉整個黑眼圈）迷迷茫茫，像不知發生了什麼事。

「掰嘍。」她說。拿出一大串鑰匙開鐵門。她真是個好姑娘。

所以，宇宙的最小，無法目測，最基本的存在單位，不是粒子，而是一些像顯微鏡下玻璃皿裡扭動跳躍的銀光變形蟲（或精蟲）？那些弧光一閃的「超弦」？我搞不懂為何這樣就證明了人類是有靈魂這件事？

這時，圓臉女孩和長臉女孩嘁嘁哫哫像鳥籠裡的兩隻文鳥，向櫃台前一個穿著淡黃色洋裝的女人解說著。我略瞄一眼，發覺她面前堆得像在超市收銀台上那些罐頭啦、牛奶啦、冷凍水餃啦、浴廁清潔劑加馬桶刷啦……像小山高的瓶瓶罐罐，但以我這樣眼睛巡梭著這間小店鋪裡每一小罐這些有著夢幻花朵名稱的香精香膏之昂貴單價，我知道她們之間那櫃台上小小方方的那堆長扁玻璃瓶或金屬罐，價格至少幾萬塊。這女人的洋裝，怎麼說呢，不是傳統洋裝那裙底是一圈水平的圓弧，它像是舞台上演小精靈的戲服，像是用一瓣大花瓣或一片葉子，裹繞身體，所以在裙裾處有一種葉梢的尖尖的翹起。而從這嫩黃薄紗俏皮短洋裝下露出的一雙腿，非常白皙、勻稱。白皙得有點像白種女人的皮膚，膝蓋後方那淺淺的凹窪，淡淡布著一層像絲瓜的透明脈絡那般淺藍的微血管。我想這女人應是某個富商的情婦吧。雖然我只看得見她的背影，雖然我像是隔著一片厚玻璃聽她們說話的聲音。像是電影裡那在劇烈爆炸或格鬥重創後倖存的人，從瀕死昏迷中醒來，剛睜開眼的第一印象，是一片白色的朦朧光霧，然後是搖晃的護士的影廓和音軌紊亂的嗡嗡聲。

但這時我突然焦慮起來。因為我看著眼前這堆疊如金字塔的「牡丹」系列沐浴乳、身體乳、眼霜、修復液、滾珠香水……，我突然想起，兩年前我給這個叫微若的女孩買過生日禮物，正就是到這間「歐舒丹」的香水鋪，而且記憶像深海沉船那鬆脫了鉚釘而朝水面上浮起的朽爛木屑，紛紛碎碎，我好像想起那時就是同樣的場景，同樣的這個圓臉大眼睛女孩在跟我推銷，而且我就在一種莽男子走進這種文明、昂貴、充滿芬芳氣味、我老婆才會晃逛的店鋪裡的狼狽，匆匆選了——就是這組「牡丹」的組合產品。

我想像著，這個叫微若的女孩，收到這份和兩年前一模一樣的（「牡丹」口味的沐浴乳、身體乳和滾珠香水），她一定會瞇起那像貓一般玻璃珠折射光線的漂亮眼睛，笑著（不知是細微的女性心思受到屈辱，或寵縱你這個呆男人喔）說：「我懷疑你是和這家產品有簽約折扣之類的，每個不同的女人，一年許多個不同的她們的生日，你只要走進去提貨，就是這樣一盒包好的禮盒？」

問題是，我是在這像森林繁錯複雜許多不同種類的花的名稱中，用了心思，才挑選了這幾瓶「牡丹」系列的，像精巧的幾把不同音域，香味提琴的賦格。我不記得為何去年我沒送她生日禮（那時我好像出國了）。但為何我又挑上了和兩年前一模一樣的東西。那簡直解釋不清像一個固執的玩笑。或者一種陰暗的，獨裁的，無想像力的男子，對他情婦的身體的氣味地盤宣示：我每一年送妳一罐一模一樣花香氣味的沐浴乳，妳得在被我遺棄冷落的獨自時光，用這罐狗雞巴東西洗身體，一年三百六十五天都瀰漫著這個氣味。然後我一年、一年、一年的送妳同樣的東西，讓妳的少女青春身體，在這個氣味中慢慢衰老、凋萎發出老女人的氣味，但還是在那無人知曉的寂寞時刻，擠出這些「牡丹」香膏，塗抹全身。

問題是我跟這個叫微若的女孩，根本不是這種關係。

我心思流轉，移步到一旁另一堆「櫻花」為主題的，銀瓶小玻璃罐堆疊而起的馬雅神廟金字塔。我想轉身喊停那圓臉女孩（她正低頭專注地幫我那三瓶「牡丹」口味的昂貴香精產品包裝，一邊和她同事跟那黃花瓣美腿女人解釋著「公司」最近的新產品和特惠專案），告訴她我想換成這個「櫻花」口味的。但那時我又不確定了，似乎有一模糊印象，兩年前我正是在這一模一樣的場景、光影、猶豫的心思，原本挑了「牡丹」口味，後來又在已包裝的時候，請店員換成「櫻花」口味的。他媽的。這可怎麼辦？To Be or not to be? It's a question? 也許我按兵不動，讓女孩完成她的包裝，晚上交給那個叫微若的女孩，她回家拆開後會非常開心，因為兩年前快用完的「櫻花」系統沐浴乳、身體乳和滾珠香水，這會兒換成了新玩意兒新花樣的「牡丹」啊。但如果我記錯了呢？這可真是像玩俄羅斯左輪賭射太陽穴，他媽的最重要的細微聽音辨位記得每次「咔嚓」聲判定到底彈艙裡有沒有那顆致命的子彈，關鍵時刻卻犯了失憶症。想不起來分岔點之前是A還是B？

解決方式便只能如此了。我又往右移了一步。又是另一座「橙花」系列不同設計風格的小瓶罐沐浴乳、香精、護髮霜、晚霜、保濕乳……堆起的高塔。我轉身對櫃台那邊輕喊：「對不起，可不可以我換成這個『橙花』系列的……」我的聲音彷彿穿過某一個夢境中的太空船裡金屬包覆的甬道，三個女人同時在一種融解的光裡望著我（那個淡黃洋裝美腿女人也回頭了，確實她的臉美不可方物，精緻得像時尚雜誌上的那些女模。我心裡更確定她必然是某個富商的情婦）。

有一次，這個叫微若的女孩，在那夜市洶湧人潮像城市地下水道分配的紊雜管線，那些燈光迷離的小巷弄湧出，對面的這戶外咖啡座，醉醺醺地對我說：

「你知道愛因斯坦二十多歲時想出狹義相對論，其實只是一個念頭：如果這個正在步行的我們，和眼前這些人，是用光的速度移動。是站在光波的波峰上，那麼『看見』這件事的確實必然性，似乎就崩解了。」

「譬如說，」她說（後來我發覺她說的內容完全出自一本叫Carl Sagan寫的，叫《宇宙・宇宙》的科普暢銷書裡的一章。但我很想告訴她，每每她這樣認真說一些我完全聽不懂那是些啥的一大掛玩意兒，她美麗的雙眼會出現一種鬥雞的狀態，那時的她真是性感）：「愛因斯坦是在我們眼前這樣一個十字路街道場景說的：想像我騎自行車朝你而去。我接近十字路口時差點撞上一輛馬車，於是我拉住手把拐彎，閃開了那馬車。好。現在換成同樣的狀態，重來一次，但如果馬車和自行車都以光速運動。你站在路上，馬車的行進方向和你的視線成直角，而你透過太陽的反射光看見我『正在』朝你騎去。但如此一來，我的速度應是加上光速，也就是說我的影像比馬車的影像應先到達你眼裡？如此，你還沒看到馬車，就看到我先轉向了？從我的觀點來說，我和馬車，還是那般同時在十字路口差點相撞，可是在你看來，遠較馬車快（因為加上光）的我，是和馬車完全不同時出現在十字路口，只是你看見我突然無故急轉彎，往另一頭而去？但其實在我，我的真實遭遇，是差點被馬車輾過……」

「妳現在在說的是幾米的《向左轉，向右轉》嗎？」我不知道這算不算一種高明而隱晦的調情方式，有一對男女，他們本該在一起的（像我們這樣坐在這裡，聊到靈魂的最深層）如果他們相擁性交，那也是那些性愛關係裡美好度占前百分之五，神所祝福的甜蜜、允洽，問題是命題的齒輪不知哪裡鬆脫了，他們總是在應該要相遇的岔路口，就錯身而過，總有一個計算值的誤差，他們總在快要相遇之前，其中一個人恰好轉彎進前一條巷子。他們不斷錯過，錯過，錯過，直到老去，某一天才終於相遇，彼此知道對方就是自己這一生一直在等，但始終沒出現的那個人。

我對這個微若的女人說，故事不是那樣的。她說那個愛因斯坦的「狹義相對論」，在那個平面鳥瞰圖用小兵模型的玩偶摹擬著「朝著彼此移動」的正要發生的事，但因為「光速」，使我們可能看見「更早一點點就發生的事」，這個偏差或滑開，瓦解了所有「本來該發生的事」。但把那一大堆藏在我們眼皮下的、藏在腦前額葉的、藏在海馬迴體裡的，全被這觀看時射出去的光的粒子給打掉了，像高爆燒夷彈給炸光、蒸發掉了。我說：「妳知道我怎麼想的嗎？」我說，我腦海裡的那條街道是這樣的：應該要有一個高空上的狹小房間，愛因斯坦說的那個「觀看者」，應當住在這房間裡。

這個房間，唔，超小公寓，其實很像一座燈塔頂端的隱藏室瞭望台，那有一種手往上舉恰好整個人上下撐住天花板和地板，在一只扁盒子或小貨櫃裡的印象。有一張白色人造皮沙發、有料理檯、有一張書桌恰好貼著那扇像飛機舷窗一般小的鐵格窗（當然嘍，有電視和冰箱）；配了兩個小房間、臥室與放了張小學生尺寸雙層木床的客房，在他習慣的尺寸，這兩房間其實更像收納置物箱或吸塵器的貯藏室；還有一套也像飛機上收摺到最小空間的浴廁。

最初兩天，他會低頭從那小窗外眺，但眼前空間被或挨近或較遠的其他這般豎直高窄的大樓陣，給切割成一種垂直的狹縫感。非常怪，他在高空中，但有一種兒時躲在衣櫥裡，隔著一件一件垂掛著的父親或母親的正式宴會服，層層錯隔的縫隙朝外望。那些稍遠一些些的大樓（其實或就隔一條街），無數小方格窗眼間的水泥壁面油漆皆髒汙糊舊，偶爾其中一兩扇玻璃窗會打開，垂晾著男人的藍黑西裝褲或女人的深紫色（因此可知是上了年紀）蓬紗裙。他第一次晃眼瞄過嚇了一跳，視覺暫留以為是兩個預備要跳樓的男女，跨坐在窗前作最後的談心。

但每天他要從那整條街皆是五金店鋪，從小單位框格塞滿伸出人行道的鐵條鋁條、捲起的薄鋼皮、角鋼架、銅片、大桶油漆、木材，或像拆船廠拆解下來的形狀古怪，像扔著一個個開膛破肚機器人的鏽蝕機具器械……這些空氣中充滿金屬粉塵的地面，上到他那個「漂浮在空中的白色房間」，其間必須經過的「上升」通關隘道，真的很像在一隻濕淋黏液的雷龍遺骸的狹窄頸喉腔內往上爬。首先是一極窄且燈光灰暗的門廳，老舊電梯旁一張桌子坐著一個長相如經文裡那眼珠暴突上齒顎翻出的持杵金剛，不，就像只是用一層薄皮黏附在一只骷髏那樣的老人。他數度在進去時討好地向老人微笑，但那老人的臉似乎無法做出「這張在暗晦狹窄空間的惡鬼看守者」之臉以外的任何表情。那電梯也像醫院太平間專用，運送屍體的升降箱子，每每到他所在的七樓時，便會劇烈震晃發出怪獸打嗝之巨響而停止，那種震顫感（或在一狹長的咽喉或天井裡突然的空洞回音），讓他覺得自己像是在一幢寂靜的靈骨塔內部，要將自己分發到那每一層皆密密分隔成許多小格位的一罈什麼東西。

而那一層樓的狹長走廊，亦像香港鬼片裡要進入凶宅之前的過場運鏡：斑駁破舊的白堊粉牆面，暗冥的光被這狹仄道擠成一憂鬱症患者夢境中永遠走不完的長廊、一扇扇結了金屬痂屎的暗鏽鐵門，各戶門前皆用鏽奶粉鐵罐盛灰土插了一把香或一只紅紙標，或地上一只小香爐祭拜著一只像粗糙童玩老虎公仔，牆面皆留下一片煙燻燎過的油染。拿著一串鎖匙，打開一扇鐵欄門，還要再打開一扇。像監獄牢房那樣，膠底鞋面踩過的腳步聲。

有一天，日本發生那個像聖經啟示錄裡的劇烈地震了。並且發生了巨大海嘯，以及所有「世界末日」電影演的場景。一座接著一座的核電廠爆炸了，輻射外洩，爐心熔毀……我們其實是在電視上看著那些像火柴盒小汽車的數百輛碼頭工廠要上貨櫃的日本車，載浮載沉漂在浪潮裡；那些衝回破洩核能爐裡高放射線準備殉職的「三百壯士」；老人的屍體，小孩的屍體，婦女的屍體，電台播音員的屍體，那些狗的屍體……

然後半年過去了，一年過去了，兩年過去了，電視上偶爾會回顧那場「浩劫」，當然世界還是朝前走。不同賽季的NBA季後賽、歐債、垮台的政客和一線女星的姦淫醜聞、奧運、領土爭議與雙方劍拔弩張派出最新式的船艦或試射導彈……

有一天，我發現，我想跟妳描述的那條街，那個房間，那些像魚鱗般的凹褶暗影，沒有表情的老人，那緩慢讓人懷念的舊昔時光，全部不見了。它們就像在那個概念裡的「末日核爆」，被一陣颶風般的光燄，刷地掃過，蒸發了，從這個世界被記得的某張地圖上抹消了。

我說：「我原本想寫的小說是，我一直在那條昔日之街的某一棟衰敗公寓上的某一個小單位房裡等妳。像《麥迪遜之橋》，原本妳該來的，該搭著那老舊髒汙的電梯，上到那高空上的那小房間門口。我開門看見妳時，是該露出詫異，還是妳終於來了的微笑？我和馬車應該相撞的。但它被那個巨大的，大家以為『並沒有發生』的末日核爆給消滅了。」

這個叫微若的女人皺著眉說：「你瘋了嗎？為什麼我完全聽不懂你在說什麼？我們在說的，不是『原該發生的，卻終於沒有發生』？或是一種『相對論式的觀察』，使得我們以為的世界，並不是那麼回事？」

我說：因為我們是在這樣的一個人類文明裡（而不是《紅樓夢》或《陶庵夢憶》那樣的世界），我們坐在這裡，其實這正是一個爆炸、毀滅、塌縮的濃煙烈燄。我們只是像在停格之瞬，那炸飛的木屑上的小螞蟻。

這樣巨大到令我們失語、無措的強暴存在，它矗立在那兒，一如十八世紀某一群穿著冰涼綢褂的閹宦，他們懷著模糊的屈辱、恨意、恐懼，理解著那逆光永遠看不清臉孔，高坐在金鑾殿上的皇帝。穿梭過光影切換的不同內室、廣闊的磚石廣場、假山曲徑……使得他們對自己的存活渴望或死亡的恐懼，像一瓣瓣剝落的曇花，愈不清楚，愈卑屈地自慚形穢。

應該沒有哪個聳頭蔫腦的太監，獨自一人時無端冒出這樣的想像力，他可以伸出拳頭往那像神明般喜怒難測的皇上的臉，揮下去？

那橫亙在他們之間的話語落差，太艱澀也太龐大了，這使他（一個小太監）無法動員他可憐兮兮的知識去描述他（那個皇上）：一如我們不知怎麼去描述一座核電廠。那巨大的恐怖之臉，因為我們無能描述，所以在我們感知的屏幕上消失了。它不是不存在，而是強大到超越了認識論，乾脆你將之當作惘惘威脅的、這個宇宙的固定背景。你所有的生存哲學，都是繞過它，自給自足的另串連成一套「凹彎的平面」，「某一個巨大天體你當它不存在的知識或歷史」。像維蘇威火山腳下千百年的居民們，他們沒有想過搬遷，但在一「總有一天我們全會滅亡」的預知洞見，他們照樣貿易、飲酒、工作、求知、男女交媾、犯罪，或立法懲罰犯罪。

於是我們試圖將之拉低到人類文明編織過程，可堪理解並描述的那些形狀或行為，或如CSI的密室殺人現場證物，或如*Doctor House*裡大醫院內部的鬥爭。譬如說，我曾認識一位長輩，他是我妻子娘家一位姑丈。很多年前我曾在她外婆的喪禮第一次見到這位姑丈。他的臉像早期蠟像館的古代人物那般慘白且陰沉，髮型梳著可能只有在封閉權力系統裡的大人物才會有的厚油並僵硬盔狀。他不太搭理人。但我發現我那位強豪霸氣的岳父，對這位妹婿非常討好。我在一紛亂耳語印象得知，「他是電力公司的高層」。

有一年過年，這位姑丈竟破天荒地邀請我們到他家晚餐。這在我的印象是破天荒的，事實上這一位男人予人之低調、神祕色彩，會讓人聯想到北韓的某一位領導高層。你不可能成為他家的客人。即使在這個年代，在我們這個民主國家，你對他的住所，仍會朦朧幻想和「防空洞的厚水泥掩體」、「鐵軌」、「地底升降機且每一層的鐵絲籠後都有拿著對講機的制服保安」……我想之所以會出現這種聯想，除了他自己的傲慢氣氛，及整個家族營造的那神祕兮兮的暗影幢幢之感，主要還是那關鍵字：「核子。」

我不太有把握描述那個房間，那像是一座圖書館建築最核心的一間密室，從地板櫃架排列而上到天花板但又環繞如迷宮的珍本藏書、手稿、這個地球上可能只有那麼一張的四、五百年前航海家手繪的地圖、照片……像人類文明的裏屍布發著乾燥空洞的臭味，一件一件摺疊收放。但問題是這房間裡像砌磚那樣夯實往上疊的，是一盒一盒深紅禮盒燙金的XO。你可以想像那支撐這空間如外星人總部或蜂巢層層纍纍的巨觀，是上萬支這樣一部《聖經》大小的玻璃瓶，像一顆一顆流著純潔血液但被焊燒封印的玻璃心臟，但裡頭靜靜、液態、存放在那兒永遠不會被開啟、進入人類欲望之舌蕾或腦神經叢的，是那些紫紅色發亮蜂蜜般，發出妖異芬芳的XO白蘭地。它形成一無比脆弱，以玻璃薄殼和加起來十幾噸的昂貴稠漿建築的塔樓。你當然知道那單獨的每一瓶，都是某位一臉謙卑、討好、畏懼的客人，來拜訪這位核電高層神祕人物時的順手禮。那時我確實腦海出現了一座巨大核反應爐內部的核燃棒貯槽之意象。我腦海中出現了在一次強烈地震中，這上萬瓶紅色液體的玻璃心臟同時炸碎、一片銀光迸灑，像一片血海的景象。

我想起那個夜晚，在這個叫微若的女人家樓下，我的手順著她脊椎尾端的凹弧往下摸，在那魚骨結構印象的消失端，突然肉感地隆起腰際擴張成臀部的優美、緊緻但又柔軟的至福之感。可能只有，小時候，第一次，口腔裡塞得滿滿的鮮奶油泡芙，將之咬破一瞬，那每一神經叢觸鬚皆爆炸。那是一個三百六十度不同路徑的稜線起伏，像高山上的林豁溪谷，萬丈懸瀑。我知道如果我的手繼續沿著那絲滑或如蜻蜓薄翼的小洋裝下襬往下探索，隱隱約約會有一條祕徑通往這女人身體裡頭，一枚瑩瑩發光的小房間。當然我不是那樣的男人。我想起來了，我曾跟這個叫微若的女人提起的那條衰頹老舊的昔日之街，那個高空上的狹小房間，髒汙的走道、鐵門、地上虎爺的小香爐和一種揮之不去的火葬場高溫燒骨灰的氣味……，我曾在那空中閣樓裡，發願「憑空設計出一個不存在的女兒」。我恍惚記得環繞的四面牆上，貼滿各種殘缺的、一團模糊的，或像達文西那些手稿的，又有人體骨骼圖、解剖圖、DNA螺旋體描圖、各種鳥類的翅翼、飛行器、敦煌裡的飛天形象，甚至最專業整型醫師的各種臉部重建最新技術的資料，至少數百張不同女人的臉部特寫……我的地上堆滿了像一座垃圾掩埋場，或土石流過後的山腳平台那樣的一疊一疊書，大部分是小說。有一張唯一的小書桌上堆滿我的手稿，許多泡麵空碗，像塞爆了上萬隻白色蠕蟲屍體其實是唾液咬痕已乾的無數倒插的菸屁股的菸灰缸，有一台非常廉價的筆電（供我上網）……。我曾在這個飄浮在半空中的小小房間裡，設計一個「我想像中的女兒」，如同那個用蜜蠟替自己兒子黏上巨大鳥翼的工匠鬼才。所有的創作者在那時刻都瀆神、越界地想創造一「超越神那不完美設計」的夢幻逸品：如何愛人？如何不被人羞辱而失去自尊？如何同情理解他人之痛苦？如何學習觀看？

但後來那個空中閣樓，那一切的設計草圖，不，那電梯如在一長滿向陰植物、水垢的深井垂直上下的老樓、那整條全是像蝸牛般移動的老人的廢五金街道……全部在一個核爆般的強光曝閃和劇烈焚風中被消滅了，溶化蒸發了，像粉塵被沙漠的熱風捲襲而去……我不知道發生了什麼事？如果是真的曾經發生過一場那樣規格的核子爆炸、核災難、世界末日般的毀滅，為什麼我仍在這裡？我仍站在這間叫做「歐舒丹」，堆滿了數千瓶小瓶罐的玫瑰、馬鞭草、紫羅蘭、牡丹、櫻花、橙花、茉莉、野百合……這樣讓人寧靜、鼻頭貪歡卻又疲憊，光霧中三個美麗女孩，高雅、童稚；她們像花仙子，像美之三女神；有一種層層密覆的色情，有一種迂迴隱藏的對窮人、瘋子、流浪漢的憎惡；但又那麼淡淡馨香像對母親奶香的遙遠想哭的懷念，又有一種你腦中一根不斷在削的鉛筆般的重複警告：不能姦淫你自己的女兒……。如同那個晚上，我的手停在這個叫微若的女人尾椎骨下面一點點的地方，突然意識到：核爆已經發生過啦。那個原本發著妖幻幽光、有美麗珊瑚、水草款款搖擺、五顏六色蝶魚自由迴游的小小子宮，如今變成布滿潔白灰塵（那是高溫中爆破的帷幕玻璃飛向空中的細粉）的扭曲的高矗入天的巨大鋼骨的一座冷酷異境。那像是他們在火星表面拍攝的照片：將一切都燒熔的太陽光、狂風吹起的漫天塵暴、乾枯、充滿強酸的空氣、一望無際的粉紅色荒原。我的手停在那兒，看見這個叫微若的女人淚光閃閃回看著我。

斬蛇

人類說「瘋狂」、「咆哮」、「歇斯底里」，
其實都只是非常小規格的切斷了人和大自然連結的，殘餘的記憶。
人終究只是大自然中循環、裂解成小小微塵的一部分。

她住在那巷子中段一棟公寓的三樓，天沒那麼冷時，她會沏壺茶，坐在陽台曬薄薄的冬陽。她的注意力變得無比敏銳，偶爾闖進她那一方小陽台的嬌客，譬如像穿著一身黑天鵝絨禮服、長裙綴著小鴨黃和酡紅的鳳蝶；或在那無天際線的電線間翻飛剪尾的燕子，一個翻浪摔在她腳邊，上一秒小小胸脯還起伏著，下一秒那像玻璃珠的眼睛就那麼睜著，死了。

她坐在那陽台的竹圈椅，看著腳下巷子裡進去的人們，像在一劇院尊貴包廂的夫人。從沒有人抬頭發現到她。實則他們的演出，也僅是面帶愁容，或沒有表情，匆匆的走過。男子的皮鞋流星大步跫跺聲，女子的高跟鞋橐橐聲（有個作家形容，高跟鞋踩在小石頭上的噹噹聲，像吃完冰淇淋的小杓，敲打玻璃杯的聲音）。即使是非上班時間，推著嬰兒車出門的少婦，臉上也似乎浸在一種濕濕的夢境中，沒有一絲笑意。

如果有人抬頭，也僅會看到一張躲在她那些瓜葉菊或麗格海棠盆栽影綽後面，一個白髮的，退休老婦的小小的臉。她更多時間，是空望著無人的巷子，回想自己的一生的某些時光。她死去的前夫。甚至她那在她還是小女孩時，就是個老人形象的父親。

有一個男人，每天，簡直像日系百貨公司大樓牆龕上的九點報時卡通機械傀儡，在音樂鐘的金屬簧片演奏音樂下從暗盒中鑽出，女王的高帽衛兵、小熊、小刺蝟、小猴子、小狐狸……哦不，他只是每天固定在下午三、四點左右出門（住在巷底的那幢一樓），那是巷子裡完全不會出現任何一個其他人的真空時光（她觀察的心得）。這個男人——身高約一米七七以上，骨架像虎背熊腰了，四十歲上下，剃平頭，比較怪的是即使寒流來襲，十度以下的冷天，他還是穿一件短汗衫，那種卡其布許多大小口袋的及膝短褲，球鞋、白襪或黑襪，總是拿把傘，姿勢如劍客提劍——臉上總掛著一種啊對這個人世真心喜歡、禮讚的笑。他絕對不知道就在頭上，有個老婦簡直著迷地觀察著他（她有次意識到：自己這樣托腮看著他，心中浮現幸福之感，不是和那些大叔愛坐麥當勞臨街櫥窗位，看那些短裙的高中小女生一樣行徑？便突然臉紅）。他真是好看啊，像是那些青少年組的排球隊員，手長腳長，頸子連著肩胛的弧形特別好看。

她懷疑他是練武的。

但某個和其他下午沒有差異的午後，她坐在她的「皇后包廂」，聽到巷底那鐵門關上的聲音，她知道他出門了，這一段五十公尺的巷道，他也許是像黃昏清兵衛那樣的人物吧？提著雨傘，一臉純淨的笑，悠哉的從她下方走過。突然，像那些世界花式滑冰錦標賽的選手，他突然站定，跳躍起身，一個一百八十度的空中轉體，落地。自得其樂的又走兩步，又再跳躍起來啊，她心裡想，簡直像在溪流上振翅點水的蜻蜓，某種美麗的光霧撩亂。那張臉，燦爛笑得像細田守的動畫電影《跳躍吧！時空少女》裡那個擁有穿梭時光能力的元氣少女。因為自己發明了這個奇妙的遊戲（跳躍，離地旋轉一圈，落地），而孩子氣的重複耍玩。

那天之後呢，接連著好幾天卻都沒再看見這個「獨自跳躍轉圈的男人」。那幾天實在是太冷了，她也躲在屋內不敢再去她的「歌劇包廂」陽台。新聞上看到一奇幻美麗的畫面，在北歐（冰島還是挪威？）一個小港邊，一群上百隻的魚，或許是逃避後頭的追獵者，整群湊聚靠近，卻一起被凝凍冰封在水面下看似伸手可觸的透明冰態。牠們全已死去，卻都保持被凍結之瞬栩栩如生彷彿仍在拍鰭扭尾奮游的姿形。簡直像一件大型的壓克力填塞凝固的裝置藝術。新聞畫面上是一隻長毛狗，站在那鏡面般的海水冰面上，困惑無奈，就是吃不到隔著一層厚冰，下方清晰可見那一尾一尾鮮活的魚。

這個冬天實在太冷了啊。

天變稍暖那幾天，她又坐回她的小巷半空中觀景陽台上，幾乎是劫後餘生的心情曬著那，彷彿猶摻了冰屑的薄薄陽光。那一天，一輛小貨卡倒車進他們這條狹巷，停在巷底那鐵門前，一個黑壯的男人開始從屋內搬出電視啦、書櫃、餐桌、樣式老舊的沙發、椅子、小冰箱……

她忍不住下樓，踱至那敞開的鐵門前，一個戴黑框眼鏡的胖男人在指揮那個搬家工，她囁嚅的問，那男的非常敵意（她想起自己在他人眼中的形象：一個好奇的鄰居老婦），原來他是房屋仲介公司的，受屋主委託，要盡快將這房子清空整理，然後出售。「那原本住這的那位先生呢？」「不知道。他們不住這了。總之房子要賣。」

後來是那棟樓二樓的一位太太告訴她：那個男人（她看見那神蹟般自由快樂跳圈的好看男人），是個傻的。這房子是他哥的，或許是那傢伙太傻了，前幾天天太冷了，他竟不知加衣服添厚棉被，晚上睡覺時活活凍死了。人一死，他哥就急著把他送殯儀館處理了，所有曾經生活於此的那些家具，也急著清空，房子也託仲介賣了，或許是怕傳出去是凶宅，影響價格，所以仲介公司的人也一副諱莫如深的樣子。聽說他哥也沒住台灣吧。

啊？那隱隱有一絲同病相憐的情感，但她不讓自己踩進那陷阱。但怎麼好像才在她眼皮下、那麼充滿「活著真好」的那樣離地，像竹蜻蜓要飛起的，雖然孤獨快樂的活生生的一個人，突然消失了，連一絲他曾在這條小巷裡活過幾年的時光證據，也全部像被用橡皮擦那樣乾淨不留痕跡的，完全擦去了。

另一個故事，是她年輕時親身遇見的。

她先描述了那所充滿「咆哮山莊」意象的私立高中：那是約在民國七十年（或更早幾年的辰光），那所學校像孤島矗建在台北縣某座荒山上。師生盡數住校，每逢週六下午整批接車穿過荒煙蔓草中的產業小徑，到半山腰的雙線馬路，搭每小時一班的公路局回家。到禮拜天再各自回校。主要是從公路局站牌（像《龍貓》卡通裡那安靜的山路邊站牌），循那產業小徑上坡的那段（約三十分鐘腳程）路，像在波浪搖晃比人頭高的芒草迷宮裡穿梭，學生們總是約好一群一群一起上山，像她這樣的年輕女老師，也機靈的趕在五、六點天黑前，跟著那滿山草浪裡，三五成群或十來個一夥，小羊般的男孩女孩隊伍，仗膽一起（像掃墓的小人兒？）爬那段小山路。

那段路，一邊是崖谷，一邊被銀白花眼或整片鬱綠灰黃的芒草掩蓋的土坡，但風起草低時會露出讓人驚懼的風景：整片捱緊的亂葬墳頭，一壘一壘年代久遠或已被後來之墳覆蓋的無主土饅頭。白日天光下狼狽地撥草穿踩經過它們，不覺陰森鬼氣，只覺得無數「死去」時間破碎累加著，且被荒棄，與人世無關，那樣的空山曠野中的悲哀。

這段「墳間路」穿出芒草陣後，還有一小段較陡的產業道路，散住的十戶以內的農家，路一旁有一條排水溝，一邊植滿整片竹林。應都只剩一些老人了。要穿過那水溝的一段，大雨後總成泥水流，老阿嬤們便將墳堆靠外側一些頹圮倒毀的墓碑（好石材啊）搬去鋪列在溝渠裡當通行之路。她和學生們每走到那段，腳踩著一塊塊上頭猶陰刻「穎川堂」、「顯妣王老夫人劉氏之墓」的石板，心裡總覺得怪。但老婦們似乎自以為於生死之界的實用主義，溝邊一側斜倚著五、六塊同樣有雲紋或山形籓頭裝飾的墓碑，充當她們的洗衣板。

比較可怕的是，民間撿骨之習俗，有些墳頭被後人挖開後，也不將土掩埋回去，就晾著那一口黑洞洞的窟窿，齊頭芒草一壓倒，像突然出現一對著天空張口乾嚎，無牙的嘴。

那天，禮拜天晚上，她陪父親吃飯，已錯過那學生返校人潮的「魔術時刻」。之後又貪看電視一部美國影集，等發現啊該趕回那超現實之境的荒山上的學校，已經十點多了。她又驚又急，在老父面前又裝著淡然無謂之貌，趕去（她家在南京東路盡頭）公路局站牌時，還好趕上最後一班空蕩蕩，所以特別感覺其老舊，行駛時金屬結構搖晃嘰嘎像要解體、登山路時引擎咆哮、司機換檔、似乎停住爬不上去的巴士（她說：簡直是我的龍貓巴士嘛）。

然後，就是她下了車，自己孤伶伶黑暗中站在那片漫野荒墳之海的產業小徑前，準備攻頂。那公路局站牌旁一間老柑仔店（這時也已裝上門板關店啦）外頭有一架公用電話，她撥去學校宿舍，請某個男同事可否好心騎摩托車下來載她這一段。但雜訊的背景聲似乎那些苦悶的男老師正在打桌球，大戰方酣，這傢伙竟拒絕了她（想想其實也都不過是二十四、五歲的毛頭小夥子）。

那時又下著雨，她便蹬著高跟鞋穿著洋裝，撐把小傘，狼狽不堪地，像夜海小舟任黑浪起伏翻湧，鑽進那芒草墳頭陣裡。

我以為她要說的，是那段時間意義被更改扭曲的芒草之海泅泳的神祕經驗，無數死去亡魂的稀薄之手，像海葵觸鬚撫摸著她、包覆著她，且像電影，有一段悲傷的黑人靈魂薩克斯風作為孤單的背景音樂。但她跳到「呼，好不容易我鑽出那可怕的芒草迷宮，踩過那大排水溝上那段『墓碑小棧道』，終於剩最後一段陡坡了」，她已可看到頭上方，那從來沒對它這般充滿感情的，燈光閃閃的學校樓棟。

這時，有個非常矮小的阿婆，戴著一頂斗笠（那斗笠形制非常古舊，像《龍門客棧》裡俠客戴的帽盔處極小，而帽沿像荷葉那樣極寬的展開的十字錯竹編斗笠）、穿著青兜褂、黑布肥筒褲，從她一旁另一處芒草叢鑽出。她內心暗喜這段路有人相陪。斗笠阿婆和她並行，但始終不側過臉看她，也不搭訕。較奇怪的是，她走得非常急（怕夜工伯伯關上大門，喝老酒睡去，那時她年輕，恐懼那種拍鐵門呼喊的窘境），但這阿婆的腳力竟和她不分軒輊，始終在陡坡保持在她撐傘雨珠側邊暗影視線的一旁並肩疾行。

經過那些農舍附近時，狗吠聲遠近歇響。然後走到校門口路燈下，校工伯伯門已推上一半，埋怨地說就等她要關門嘍。她一轉頭發現那一路並行的斗笠矮阿婆，不知何時消失不見了。

此事她沒放在心上，到了學期末寒假前，遇到一個平時不顯眼的學生來辦休學。她迷迷糊糊問那看起來似乎哪怪怪的男生，是怎麼了？這孩子說：「老師，我已經請假兩個多月沒來上學，妳都沒發現嗎？」

細說原由，原來這孩子這兩個多月「被鬼迷了」，一直住在醫院裡，也檢查不出什麼病。整個人恍惚失神，父母找了道士法師幫他「驅邪除煞」。他才想起「變傻」前最後記憶，就是某個星期日回校的同樣那段山路。那時天還是亮的，但他落單了，就是走到那芒草叢盡頭，穿過那老墓碑鋪墊的大水溝，那時，他轉頭看到——他這段描述的長相、模樣就和她那晚雨中相遇的絕對是同一個人——一個穿青灰襖褂黑衫布褲的矮小阿婆，從一個挖開的廢墳窟窿裡鑽出來，兩腳離地，飄著飛過他的面前，而且距離近到鼻尖貼鼻尖，移動中用老人的眼珠始終盯著他。然後鑽進較遠處另一墳窟窿。不見了。

再來就是她父親當年跟她說的故事了。

可惜那時我太年輕了，沒定性，他說的那些故事細節，我沒多問，很多現在也想不起來啦。

她說，有一回，她父親的部隊，開拔到湖北的一個農村，上頭突然要他們就地駐紮，等候下一步命令。幾千個穿灰布軍裝的兵們，散在那片戰火凌虐勉強秋收後一片灰的荒地上。像從天上飄墜的枯葉，落地後向周圍碎土、小石粒、野草莖四散竄爬的小小螻蟻。

她父親和五、六個兵，溜進一類似祠堂（但早已人去而空蕪、窗爛瓦破）的磚屋，有個傢伙不知去哪弄來了一罈白酒，幾個十七、八歲的小夥子便躲在那隱蔽處裡胡喝起來。

在那所有人臉變紅通通，一個和野外行軍光線印象不同的模糊窩坐著一坨坨影廓，裡頭有個文書，她父親說即使過了四十年，還是清楚記得他的臉，瘦削蒼白，沉默寡言，整個人說不出和其他這些渾身羊騷味、疲憊、無尊嚴的髒汙小兵們不同的文氣，就是稍乾淨些。兵們其實有些像牲口，對這格格不入坐在他們之中一道拿破碗喝酒的「讀書人」，也無能言說其不自在，仍嚼食乾糧如草料，也不談論未來的命運，或從前老家熱炕頭或媳婦的奶香。

那天，那個文書，或也喝歡了吧，突然把碗擱地，說：「今天有緣，我露一手給你們瞧瞧。」她父親那時也喝茫了，記憶中不確定屋外是黃昏或已天黑。他們一旁旁點起油燈，所以影影幢幢像偷闖進別人的夢一樣神祕。那人接下來的動作不大，但都帶著一種線條如水流的搖晃波動感。只見他從懷裡取出一張紙籤（原本是一小紙團，他將它攤開），用手指蘸碗裡的酒，在那紙條上胡亂寫著一些咒文之類的東西，然後將那小小紙符就著油燈燄燒了。

接下來發生的事，那真叫恐怖。有一段時間一片靜寂，然後他們聽到屋外細細索索像許多女人拖著裙裾在極近處來回走動的聲音。第一條蛇從門檻那爬進來時，他們其中一個傢伙發出一聲低嘆，但之後上百條一樣如手臂粗，黑光鱗鱗的長蛇，像無月之夜的溪流，嘩嘩沙沙水波覆蓋前面的水波，那樣從那顯得太窄的門洞淹流進來。停在這五、六個嚇成雕塑的小兵們前一尺處，像有一條隱形的線牠們不敢越過，但像潮浪那樣翻湧著，這些一路拿著噴火的木柄步槍襲殺日本兵，也看著自己身旁的同僚被炮擊炸成血肉碎塊，一路看過遍野難民屍首的年輕男子，沒一個敢吭氣出聲。

但那文書（此時他的形象變得無比威嚴高大）巡視了眼前擠滿一屋，腥臭不已，躁動翻騰的黑蛇們。她父親說，不斷仍從外頭那不知哪裡的荒野水澤，像接到指令趕來赴會的蛇群，湧進這小小的荒屋。他評估後來至少有近千條那樣妖麗如女人斷了髮帶風飄獵獵，不，整片樹林被狂風吹襲都不足以形容的「線條的暴漲」——那臉色如白紙的文書一臉醉態，似乎非常不滿意（有個該來的，沒有來？）。他低聲冷笑說：「哦，不給面子？請不動？」再從懷中拿出一紙符，揉搓攤開，這次他用牙咬破右手食指指尖，用鮮血在那上頭仍是快速寫了一串咒文，再讓焰苗舔了燒了。

她父親說那之後約有一刻鐘吧，他們那擠滿了蛇群之小屋的外面，黑暗的荒野，狂風大作，飛沙走石，只有後來到台灣見識到強烈颱風來襲，才足以重現那個晚上，他們無比恐懼聽到、感受到、聞到、胸口被一種氣壓擠迫到的，「大自然之怒」。人類說「瘋狂」、「咆哮」、「歇斯底里」，其實都只是非常小規格的切斷了人和大自然連結的，殘餘的記憶。人終究只是大自然中循環、裂解成小小微塵的一部分。他們這群小兵，被操習著學會用炮、噴火的步槍、無線對講機、可以一瞬間讓一座村莊夷為平地，或躲在樹叢裡讓一隊日本兵全腦殼爆開、眼睛打爛、腸肚流出，仆倒在他們的血泊中。但這都還只是大自然裡，像海中小波漣那樣的翻動，當然後來美國人在日本丟了那兩顆原子彈，也許那時候，人類才真正讓大自然「鬼哭神愁」，讓祂們害怕這種小小猿猴異變出來的後代。

總之，那個晚上，當那一切的狂風暴雨停息後，她父親回憶起那神祕的一刻，腦中會有電影般的錯覺，似乎那時奏起弦管笙笛之樂，小屋內光線也明亮起來，那擠滿在他們面前的長蛇們，騷動著，自動讓開一條通道，有一條小蛇，施施然地從屋外爬進來，讓人有一種錯覺，牠是穿著華麗王袍、鳳冠珠珮、身後拖著長長的繡緞裙幅，但其實就是條比蚯蚓略粗些的小黑蛇。牠游爬到那文書的面前，頭頸立起，兩隻眼睛炯炯且威儀地看著這個不知是啟動了什麼巨大咒密的人類。那時她父親發現那小蛇唯一和尋常之蛇不同處，就是頭上左右側各一只小肉突，像小山羊剛冒出的犄角。這蛇和那文書，似乎在無聲的對話著。

然後，這小蛇似乎明白了，朝著這文書點了三下頭，轉迴過身，仍倨傲地、悠然地尋那條小通道爬行而出，牠一離開這屋子，那滿屋上千條竄動的長蛇，也秩序井然地，沙沙沙地撤走，離去。

等那小屋又只剩下這幾個癱軟、如大夢初醒的小兵們。那文書對他們（包括她父親）說：「這下慘了，三天後你們等幫我收屍吧。」

這一切是怎麼回事呢？其他人當然問這原來有一番來頭、本事的白臉書生啦。文書跟他們解釋：

「我原本在山東時，跟著一位師父學道術。我師父當時也就只傳我這一手，是為危難時保命用的，但必須低調、不引人注意。我今天犯了大錯，跟你們喝開了，一時浮躁，想露一手。一開始用酒水寫符籙，招來這一帶的當家。你們剛剛看到那條小蛇，牠是管湖北、湖南所有蛇的蛇王，牠一開始意識到這符的厲害，但知道只是兒戲，給個面子讓牠下面凡兩尺以上的大蛇，都銜命來見。但我一時傲倔，覺得符一祭出，牠竟然不來。所以如你們所見，我用自己的血再下一道符。這樣牠不能不出來了。但這整件事只為了我酒後想逞顯本領讓你們瞧瞧，完全沒有當即之災禍。這羞辱了這條蛇王。事實上按理字上講，也是我觸犯了天條。悔不當初。剛剛那蛇王怒不可抑，點三下頭表示牠已就這符的神威給了交代，但同時也告訴我，我這條小命，就只剩三天啦。」

她父親說，三天後，那天剛過了正午，突然日頭無光，他們軍隊駐紮的這個村莊的天空，整片濃雲遮蔽，狂風驟起。她父親是部隊指揮官的駕駛兵，他們站在臨時指揮所的曬穀場，看著整片田地延伸到遠方一處小山丘的上方，一朵黑雲，電光閃閃，他們可以看見，那一帶的樹林，像抖穀篩那樣東倒西歪狂舞著。

她父親的指揮官說：「這倒是見到了異象，就那個山丘上起了狂風暴雨。」有小兵來報，部隊的文書官從一早就不見了。指揮官命令各搜索排劃分區域找人。前幾晚那幾個傢伙心裡有數，但也不敢胡說，不知是夢是真。有一個多餘出來的情節，是她父親帶著一列班兵，沿著田埂、荒地、竹林找尋，經過村東三岔路口一座土地廟，十來個兵還蹲在廟前抽菸歇息。從那處也可眺見那被黑雲籠罩的小山丘。她父親那時進入一種他那年紀無法理解的像藕粉糊涕狀熱熱裹住的憂鬱預感：他知道那白臉斯文的文書，此刻正在他們眺望那電光閃閃、一朵烏雲罩頂、那一帶的樹林像海潮似的濃綠翻湧，他正在「被殺」，他們這樣在旱地、池塘、毀棄的民房、竹林一列列小人兒裝模作樣的「找尋」，根本只是遠遠躲開那謎的核心。但事情好像並不只是眼前這一場災難演劇（這場戰爭。他身旁將有更多同袍死去。他們將順從但憤恨地鑽進那等著他們的南方的叢林，瘟疫，飢餓，敵方游擊的獵殺槍火，更恐怖的非人之境。或是他們像走馬燈投影經過這片土地，之後會發生更巨大的，人吃人的饑荒）。所以再過半世紀後，七、八十年後，她父親早已不在人世了，但聽故事的她，在新聞偶爾看到「長江下游江面浮滿上萬隻死豬，惡臭撲鼻，或因反腐反鋪張運動，年節預料之餐飲酒宴近半取消，沿江各鎮養殖場過剩之豬隻，前年中秋以俗稱『薔薇硝』之砒霜（使豬肉肥美）餵食，卻無須宰殺，養豬戶怕集體暴斃遭查，於是將豬屍全扔入江裡」，或是虐熊、吃孔雀肉、毒魚炸魚整片湖澤的水族魚屍……似乎也無任何驚怪了。

他們當然沒找到那文書。當天夜裡，那文書倒回來營區了，臉色更慘白如薄紙，兩眼如在夢遊。把那晚在小屋裡目睹那一幕的幾個兵聚了，告訴他們：他僥倖將那條蛇王斬了，那蛇現出本形，有多大呢？牠的尾輕輕一扭，將村子東郊那間土地廟掃倒了一半；蛇身中段腹腰處，被他斬斷在那小山丘上；蛇頭呢，在地平線另一端過去，已在下一個縣境的另一座山丘那頭了。但此事不可能善罷（「回到原初這件事本就是我不對」），所以呢，文書說在此跟各位別過了，他必須開小差，也許回北方日本人的占領區。而這整個部隊也最好趕緊移防離開，否則可能全部都沒命。

不知是否巧合，第二天，她父親那個部隊，好像指揮官終於接到上頭命令，他們要移防入滇，加入杜聿明領軍的第五軍團，越過國境支援緬甸被日軍包圍的英軍。整片田野縷縷炊煙，應是炊事兵毀棄臨時搭造的灶窯。田埂上幾輛軍用吉普、拖炮車的騾馬，和從不同處田地枯草蹣跚湊聚的軍裝小人黑影。他們的部隊就那樣離開那像並沒發生過什麼事的灰綠田野。

她母親是法國人，生下她就回國了。所以過去的事之於她是一片空洞，連悲傷都沒有的灰色海面。船都開走了。她父親是職業軍人，總下部隊，村裡人看這一個小女娃自己在屋裡髒兮兮的過日子，便給她父親說媒，同是村裡一個逃難中和丈夫失散的雲南女人，孤家寡人等了也十年了吧，湊合著也幫照顧這可憐的小娃。

但第二年她後媽變生了個弟弟，在那貧困年代人人灰撲撲但求謀食，她這樣一個八歲無娘的孩子，便注定像象群裡或斑馬群裡，最可能被獵殺、淘汰的孱弱邊緣孤隻。

後媽像嘮叨後院一叢鬼蕉要剷掉，或後面水溝要加蓋，在他父親每次部隊放假回家，就和他吵要把這女孩送走。

父親決定將她送去馬祖，託寄給那邊當參謀官的大伯，但是光要申請戰地戶籍、親屬依歸，在那個年代，公文往返，就整整等了一年。這一年，她被託寄在一位他大伯同事（也在馬祖）在台北的妻子家。那位伯母一開始困惑又有禮的招呼她，但時日漸久（連她自己都以為會就這樣在這個毫無關係的婦人和小嬰孩家，長大成人），就把她當小傭人使喚啦。

有一天，她父親突然出現了，說馬祖居民證公文已經通過了，現在就等船期了。但這一等又是好幾個月。

終於等到船期的那天，她爸、她後媽還是送她到基隆碼頭。印象中那艘要開往馬祖的軍艦，停泊在港邊，像半天高一隻鉛灰色的巨大神獸。許多穿制服的阿兵哥像小小的甲蟲纍纍堆爬著一棧板往船上扛一些米袋啊、麵粉袋啊、一大簍一大簍的蔬菜糧食……有一排憲兵擋在岸上他們這些等候上船的亂哄哄人群前，查驗證件。擁擠在她和她爸、後媽身邊的，盡是兵，印象中他們的臉都像馬匹或騾子的臉，充滿一種無奈、疲憊的哀傷。她內心當然也堵著一種巨大的害怕（她才十歲啊，對於隻身登上這艘大船，以及它將駛往的那個叫「馬祖」的地方，完全超出小小腦袋的想像力啊），聞到似乎海的淡腥味，機油的辛烈味，再就是這數百年輕軍人集體汗臭如牲口的氣味……

那等待的時光非常漫長，中間好像說是船期又要延一天，岸上這頭混亂的阿兵哥們騷亂著，哪邊有動靜則朝那盲流的移動著。那整個過程她父親把她的小包袱揹著（其實就是一條小軍毯，將她的幾件小衣服、書本文具裹起來，用繩子綁成一捆），焦慮地帶著她和後媽也跟著碼頭上這些竄流的人潮移動。不時有嗶嗶嗶哨子的尖銳響聲。

突然那軍艦響了一聲像鯨魚嗚咽的汽笛，所有人恍若從夢中驚醒，嗡嗡傳著：「啊，要開了，要開了，可以登船了。」

那時她父親突然進入一時光錯置、像催眠的狀況，忘了身邊這個年輕的妻子和小女兒，像他仍是十年前逃難慌急要跟著整個碼頭潰散、恐懼、所有軍人之臉如地獄冤鬼或如森林大火逃出之麋鹿狼矢……的大部隊登艦的那個小兵，包袱往脅下一夾（他以為那是他的），像木頭傀偶，兩眼發直自顧自往泥潮漩渦般的搶登船人群那端走。

她後母喊：「你要去哪？神經病！不是你啊，是你女兒要登船啊。」

她父親這才恍然驚醒（原來這次不是他啊？不是他又將被甩擲、和一船臭烘烘的陌生人一道，離開腳下浮浪搖晃的陌生地，送往另一處他和其他人都迷惘不知的遠方），把包袱交給可能只及他腰高的小女孩，摸摸她的頭，然後牽著她到登船高梯架前，抓了一個年輕士兵囑託他一路照應……

她就這樣到了民國五十六、七年的戰地馬祖。她的大伯在軍隊營區指揮部裡（是位文官幕僚），所以她平日得住校。但學校沒有宿舍，她便和兩位年輕女老師一起住在學校附近一破爛老民房，那女老師也不過是師大剛畢業，二十出頭的大女孩，都是僑生，一個印尼、一個馬來西亞，似乎原本在故鄉都是有錢人家千金小姐，但來台灣念書這些年，印尼發生大規模慘烈排華，家產都被印尼人掠奪了，馬來西亞這位則是家被馬共抄了，父母都被殺掉了。總之都成為回不了家鄉的孤兒，只能靠在台灣政府轄下的馬祖這小島的教職生存下去。每個夜晚，兩個女老師用馬來語交談，常抱著她（十歲的，比她們堅強的小女孩）三人相擁而泣。

學校同學都是一些貧窮漁民的小孩，皆以福州話交談，她完全聽不懂。在小孩的敏感感知，自己是被孤立、排擠、靜默聽不懂他們說些什麼。但課堂上她被作為字正腔圓國語的典範，升旗的旗手，跳級從小三升到小五的模範生。

每逢週末，她伯父部屬開的簇亮綠漆吉普車便直接駛進塵土荒蕪的校園，將她在全校師生羨慕注視下載走。到了軍區，那水泥建築樓宿的辦公室，完全是另一個世界。所有戴梅花的軍官全伏案批寫公文，全是可能家小都在台灣的男子（而且都是軍官，不是兵），整個營區只有她一個小女孩。那可是所有叔叔伯伯哄逗她、討好她、放縱她調皮任性沒大沒小。各種小零食，用紙畫的圖畫故事，一些貝殼或種籽甚至台灣寄來的巧克力。戴一顆星的戰地主任還陪她下象棋還不准贏她呢。

最後的故事

我意識到我的工作，是要安下心在這書齋裡寫下一些「重要的故事」——在我寫下它們之前，
一切都渾沌流散，但我一寫下，它們就串連上它們之前所有身世之謎，
前因後果，跑馬燈跑過的所有美麗與哀愁。

那個晚上，我在我們常去的那間酒館遇見了王（奇怪拖雷並不在），我一開始悶著頭喝特調的Vodka，告訴自己什麼都別說。王也是早就喝掛了的樣子，臉紅得像豬肝，把切削大冰塊沿著平口玻璃杯旋轉嘩啦啦響的威士忌像一種機械動作像皮影戲偶關節舉起往嘴裡傾。我終於忍不住了，問他：

「這一切都是你搞的鬼對不對？」

王的臉上露出——後來我真的加入他這個「女兒」計畫，每遇到我覺得已超出我能承受之道德底線，衝進他的小密室對他大吼時，他都會擠出來的一種，像不知道自己已死去的亡靈，悲不能抑，卻又將頭側一邊似乎在努力回想一些成為薄人形淡景的，昔日的街道、機場啦匆匆擦身而過的灰濛臉的陌生人，某些咖啡屋戶外座藤蔓盆栽和桌椅、玻璃櫥窗形成的一張懷舊照片、無人的小學校園、全黑的電影院自己推門走出到那藏在窄甬道盡頭逃生鐵門外的，還有潺潺水流聲的男廁——那種慘澹的，瘋子的笑容。

王說：「你再等一會兒。」那時，我的眼睛，應該說是視覺，像那種三百六十度環場連續照相的「超廣角智慧型」手機，我好像可以看到我腦後的，這酒館每個角落、每桌上喝酒的人左側的臉、右側的臉、俯瞰時他們禿髮的光頭底，或桌子下他們的腳脫了鞋往對座那女人絲襪小腿沿著往上撩，或甚至我可以看到酒館門口，一個拿著「抗議軍方隱瞞真相」硬紙牌的疲憊老人，在門口檢視自己手掌上全部的大小銅板，嘆口氣推門進來，他坐在靠吧台角落一張單人小桌，像剛穿越一座沙漠那樣渴地獨自喝著冰啤酒。

這時突然從他身旁牆壁一個小暗門砰地打開（應該是丟整包垃圾袋的滑道），鑽出四、五個穿白色緊身褲紅色軍儀隊制服（肩章和胸前有金黃色繩穗）戴著劇場舞台上演法國大革命時期軍人帽子的傢伙，但這時很像某個生日派對公司客戶訂製服務的四、五隻怪異、鮮衣怒冠的大鳥，突然從變魔術意料不到的隱藏空間衝出，對嚇傻的生日壽星大喊：「Suprise!!!」……

但並不是，他們很不專業地用一小麵粉袋罩住那個獨自喝酒的老人的頭，在一片掙扎、壓制、桌上酒瓶酒杯被踏翻的混亂中，將那老人勒殺，然後一群人狼狽地，拖著那剛斷氣的蒙面屍體，再鑽回原來那個暗門小洞裡。像什麼都沒發生過一樣。

我有一種想嘔吐的，像有一隻手伸去腹腔將胃囊緊握的感覺，我認為這群殺人的，和那個被殺的，根本都是王布置的。包括這個酒館中其他每一桌的酒客、美麗的女人，都像王口袋裡一只黃銅懷錶，掀開蓋殼裡按照他的劇本在演出。

但為何要大費周章作這樣的「表演」？於是我領悟到「這個空間裡，我是唯一那個被針對的人」的不安。「因為他要改變我腦袋中對『真實』的認知。」事實上，那已不是他找幾個大學戲劇系的臨時演員來演這個夜晚，「看起來合理不過，但仔細想想其實全都像烏賊被從內腔翻成外表那麼古怪」。而是，在哪一個我忽略的一瞬恍惚，時間刻度的一小格石英振顫，像某種催眠術，我的腦袋被動了手腳，我進入一個亦真亦幻，光度不足，像超現實主義畫作的世界裡。簡單點說，那是王邀請我進入他的「夢之深礦地道」，他的怨念，他的懷念，他的遺憾。

我和一個全裸的白皙女人偎靠顛簸著在一輛馬車，不，機踏三輪車上，暗夜行路，剛剛那幾個化裝舞會扮法國軍人的年輕男孩也或站或蹲擠在這小空間裡，我才發現這女人為何將乳房和陰毛那與她牛奶般胴體形成暗影的部分往我懷裡挨藏，因為她不忍他們蹧蹋那屍體，在我們混亂中從酒館後巷鑽上車，他們將他的衣物塞進廚餘桶，她（應該也醉了）便脫下自己的大衣，披蓋在那可憐的泛青的老人屍體上。但即使連這個情節，我都意識到，我和她的固定工作，就是這群年輕人，每（從酒館那扔垃圾袋的暗道衝出）殺掉一個會洩漏我們這個「女兒」計畫的威脅者，我就會和這女人一起被扔上這輛車（現在好像變小貨車了）上，她一定會脫去大衣蓋住那可憐的在拖曳摔跌中瘀青處處的屍體。然後一絲不蓋，漫著一種玉蘭花的幽香，偎在我懷裡。

然後我們會被送到山上，一處幽僻的日式庭院的房子裡。當然這之間我會終於不支酒精的沉墜重力，抱著那柔腴嬌媚的女體沉沉睡去。等我醒來時，感到一種說不出的神清氣爽，頭腦清晰，「啊，我的嶄新人生就要展開了」，連臥鋪的被褥都如此潔白爽淨，白日的明亮光照從紙窗門像沸騰那樣湧進，外頭鳥鳴宛轉。

那個美麗的女人仍然裸睡在較遠處的木頭地板上，從我這角度，她的背脊斜簽到臀部的弧線，真的像一只北宋影青釉蓮花瓣瓷瓶，後頸挽髮披散在她像小孩抓住的一個座墊，但可看見一隻耳朵晶瑩妖白地翻露著，後頸靠髮線那被細細的短絨毛。

奇怪是這整間和室房，竟找不到一件可以給她換上的女裝。

而我意識到我的工作，是要安下心在這書齋裡寫下一些「重要的故事」——在我寫下它們之前，一切都渾沌流散，但我一寫下，它們就串連上它們之前所有身世之謎，前因後果，跑馬燈跑過的所有美麗與哀愁——那是王要我待在這房裡做的。而那裸體的妖麗女人，變成這空間裡的牽制或人質。我不能撇下她逃走。也許她早已醒了，卻害羞於盤算過在這燦爛明室中，她無法找到衣衫蔽體，或任何的移動皆得赤裸在我眼下，於是乾脆繼續裝睡。

在這一切的同時，王仍和我坐在那一切都可能並沒發生的酒館裡，談論《摩訶婆羅多》的第一句：「這裡有的東西，在所有地方都存在；這裡沒有的東西，任何地方都找不到。」我醉醺醺說：那是維基百科吧？事實上，王就是一邊上網查著維基百科，一邊像即使沒這玩意，他腦海中也記得此刻他翻白眼嗡嗡轟轟像在說他自己的故事，包括梵天（創造之神）、毗濕奴（維持之神）、濕婆（毀滅之神）。他說，梵天有一次在眾神大會上，和濕婆爭辯誰是「最強之神」，濕婆憤而拔劍斬斷梵天的第五個頭顱，所以現在祭拜的梵天，四面佛，便只剩四個頭啦。這時守護神毗濕奴大怒，祭起法螺、金剛杵、蓮花三法器。法螺混淆濕婆的聽覺，蓮花瓣遮蔽濕婆雙眼，於是濕婆睜開額頭的第三隻眼，自眼中噴出烈焰（另一個故事是濕婆的妻子自焚而死，濕婆悲憤之餘，由額上之眼噴出焚燒天界的滅絕之火，並於火中跳舞），然金剛杵自天擊下直戳濕婆那第三隻眼，才將濕婆趕回喜馬拉雅山。

王說，《羅摩衍那》裡說，濕婆和妻子做愛時，一次達百年之久，中間從不間斷，精液噴灑成恆河。濕婆是「舞王」，手中之鼓引發霍金《時間簡史》的宇宙之舞，祂周身包圍的火燄，腳下踩著象徵「時間」的侏儒小鬼，所以濕婆既代表人類睜目看不清全景的「毀滅」，也踩扁了「時間」的幻覺。

我望著王，感覺自己的舌頭跟不上腦海中一片大碎冰漂浮互撞所以被擠扁或攔腰撞斷、下沉的念頭：

「所，所以，咱，咱們這個『女兒』計畫，究竟是一個『梵天計畫』？還是『濕婆計畫』？還是『毗濕奴計畫』？她究竟是一個超級創造『另一個世界』，過去現在未來全包含其中的奇異點？

還是一枚毀滅『這個宇宙』的超級黑洞核武器？或我一直以為的，我們在設計一隻『療癒系少女神』？」

王繼續喝著，但他的臉笑得眯起來，像貓的臉，他說：「真是聰明，當初真沒看走眼。你再想想：每次，真正能談論這個『女兒』計畫——如果她是一個帶著上萬隻鯨魚靈魂的夢境，和整幅眼瞎目盲《啟示錄》末日之場的天雷、火燄、海水煮沸、大地震搖、星殞滿天的、恐怖傷害在等著我們啟動她的時間開始走動。——那你不覺得，我的角色像梵天，我設計、創造了這一切；拖雷的角色像毗濕奴，他維護、修補的整個大系統的任何破裂、系統運算的任何巨大錯謬；而你，在前一本小說，你不是那個因喪妻（或殺妻）而讓額頭之眼噴出憤怒火燄，自己在火燄中跳舞，要將這個世界毀滅的濕婆神嗎？你該不會以為自己的角色是修補和療癒者吧？那個將時間小人踩在腳下，跳著毀滅之舞的濕婆神的腦袋，才是我們這個『女兒』蜷縮熟睡其中的子宮。有另一傳說是這濕婆回家，見到一男孩攔阻不讓祂進屋，一怒斬了男孩的腦袋，進門才知那是祂妻子為祂生的大兒子、於是祂衝出門，咒法是第一個見到的人或動物，祂便斬下其頭，裝回祂兒子空掉的頸上，結果祂斬殺了一頭白象。所以後來我們看印度神話繪圖，濕婆的大兒子是個象頭人身的怪咖。所以，不要再問我『女兒』計畫是什麼鬼東西了，你是要來砍掉我（其中一個）腦袋的，當你將額頭上的那隻眼暴怒睜開，我創造的這個『女兒』故事就要在烈焰中、颶風中、電雷竄擊中、著火、碎裂、筋骨繃斷、花瓣般單薄的白皙皮膚包裹不住因時間的變形曲扭而炸迸四散的她的心臟、她恐懼的哭泣、她流淚的美麗眼球、她像一具手風箱的肋架和肺囊、她像潔白貝殼的小耳朵……因為那就是『毀滅』的感受。毗濕奴，不，我是說拖雷，他想將一個，一萬個檔案『她該記得的全部的故事』，像偏執的刺繡老太太想將整個《紅樓夢》裡的亭台樓閣、花園小徑、每個麗人的形容性情、她們曾作出的詩句，全部一針一線繡進那女孩的一只小鞋上吧（想像那是她的飛天魔法鞋）。但其實祕密全在你的腦海中，因為『時間』，或對『女兒』而言的『時間』，是你說了算，大爆炸之瞬才像一碗翻倒中的牛肚牛雜牛筋湯麵那樣，連湯連水連將要砸碎的瓷碗裂片湯匙碎片，一團冒煙、稀糊、油膩、某些牛腱肉還彈跳起來。毀滅，你在火燄中的憤怒之舞，宇宙的空翻。」

我不確定王說這些，是否是一種權謀的試探，引蛇出洞看我有沒有篡謀他位子的野心？或許他是另一套華麗修辭告訴拖雷，「『女兒』計畫是你才存在。」但我又覺得說這些話的時候，王的眼睛像小男孩一樣漆黑，「所以這個『女兒』在她不清楚是誰給了她的這個宇宙中，或許，我只是說或許，她會被自己的父親撲倒掀開裙裾，進入她的身體。或許她父親將她遺棄在一個和他描述完全顛倒的錯亂世界，一個心靈上的荒原，她會獨自踉蹌奔走，對天嚎哭：『父啊，為何將我遺棄？』或許她學會『屈辱』這種較短一點的時間領會，『痛失所愛』、『被背叛』這種較長一點的時間領會，或女孩們被置放在一塊笑容吟吟但互相插刀、爾虞我詐這種時間變成麥芽糖抽絲的縷縷根鬚形狀，或者一種想自殺將這一切意義全部消滅就站在一巨大黑洞前的，景物失重漂浮而起，時間將無效的那一層膜後面的誘惑。」

但這時（像眨一個眼），我又置身在那白皙妖麗裸女熟睡的日式房間，隱藏在山裡的這幢庭院之屋。我認真坐在那桌几旁，意識到這屋裡的僕傭、園丁、廚子，甚至警衛，都處在一種等候的焦慮。可能再過半小時吧或更長一點的時間，王就要回來這個他的祕密宅邸。當然他必然是朗聲大笑、穿廊爬階進來看我寫下的「故事」，然後誇張的拎起一頁朗讀其中一段，轉身對著他的僕傭或保鏢，表演一個君王的丰美儀態。

「你們看看，這才是我要的，一千個你們這樣的廢物，都比不上先生這樣墨跡未乾的一張紙啊。」

但這一切不是都照他所布置的在上演？我寫在紙上的，會改變我們置身的這鐘錶機械音樂盒傀儡秀嗎？現實面上我確實也煩躁不安起來，我該把這昨夜（或無數個重複之夜）一晌歡情，幻美讓我心中某個簧鍵被敲出一個哀傷詩意之音的，一絲不掛的美人，在王來之前，藏到這屋子的哪裡呢？

當然極可能她也是王算好了，布置成這樣讓我窘困而洩了底氣的一枚棋子。

我聽到外頭的走廊地板，有赤足的腳零亂碎步跑過的聲音。而且一忽兒在這、一忽兒在那、趴趴一下遠去了，一會另一端又有人跑來，應是僕傭們進入警戒狀況，準備要迎接主人了。我只好把那女人搖醒，柔聲說：「不能再睡啦。」

她睜開眼時，那美目迷惘又嬌羞。微若。怎麼可能？我突然想起來了。那麼，她並不是王布置的、王的人。她是從我的世界出了某種錯差，被帶到這房子裡來的。她說：「你總算出現了。你知道你害我等多久了嗎？」我一時想不起她指的是「哪一個上次」，我將她撇在某個時光渡口。我想我們原本應該是戀人關係吧？她這樣赤身裸體在我懷裡，一點也沒有驚訝或慌亂的表情。

我告訴她，情況危急，我必須先將她藏起來（她嫣然一笑：「又要把我藏起來啦？」），等這風頭過去，我有好多話想跟她說，也想聽她細細道來到底這些時光她都遇到些什麼事？這時她把一頭長髮埋進我懷裡（天啊，她好香），然後抬頭，像小女孩撒嬌，紅著臉說：

「答應我，這次別再把我一個人丟下了。」

我對她說這次絕不會，然後我抱著她把她放進收納墊被的壁櫃裡（對了，我腦海也閃過「她會不會想尿尿」的念頭，這時我發現這和室寬敞榻榻米的角落放著一只長頸老式錫器扁尿壺，我遞進那壁櫃，她開一道縫笑咪咪收了進去）。

這時，房間的紙窗門被拉開——不是拉開一個門縫，或一般門打開的空間慣性——他們是豁啦豁啦，感覺那裡的一整面牆瞬間被拆掉，或許他們是真的把那五六扇木格框紙門全卸掉了。原本隱密性的「我的房間」像魔術變成可延展看到長廊那端或長廊的廊窗外的庭園大樹在日照下的耀眼綠光。我據坐在那放了幾頁可憐稿紙的小几旁，感覺像要簽訂什麼城下之盟的一個議事廳。陣列簇擁進來的僕傭們（皆低頭非常恭敬有禮），感覺每個衣著都比我華麗。而像小時候讀《西遊記》、《水滸傳》裡描述神仙出場那「霞光萬丈、瑞氣千條」的像一整片水鴨子斂翅降落蘆葦蕩，那水花飛濺的一陣眼花撩亂後，款款翩翩如鴨王登場，降臨這房間的，竟不是王，而是一個氣質端雅的中年女人。

觀音菩薩下凡了？

有一瞬間（或因她逆著那突然被拉開紙門，整片湧進的光，這樣戲劇性出現的效果），我差點想屈腰囁嚅喊：「師母。」我想她是王的正室妻子吧？她的年紀約大我十歲，臉上略施薄妝，年輕時定是可以當整個時代所有男子夢中情人的玉女紅星。我很難形容這種年紀的女人，一種和流沙般細細崩塌的時光獨自對抗的韻味和氣質：一種冷峻和嘴角線條的剛毅或寂寞的細紋。一種「雖然仍然那麼美」，但看透男人的不可信的輕蔑笑意，「加入到男人的權力世界那條國界線的這一邊來了」，像一架黃銅鏤雕鳥籠，或擱在舞台中央一把昂貴的大提琴。屬於這種等級美女，到這樣的年紀，一種是容顏凋零追憶似水年華的花瓣萎塌但仍習慣性瀰漫著她們不自知荷爾蒙芬芳（或腥臭）的，淚腺發達，一生喫過無數男人的騙但仍善良易原諒人的老阿姨；一種則像眼前這個女人，即使最精銳的觀察者能從她表情無數翻頁的某一光影，追蹤到她表情裡某一塊的荒蕪，源自於他人難以想像的某一段漫長時光的等待，但她們始終不讓自己的「樣子」跑掉，像一塊搓洗成梭子形的高級香皂，在某一個時刻便停擱在那（原本那個用它來搓洗的主人，死了，或被一群祕密警察帶走了，或跟別的女人跑了，永遠的遺棄這個空間了），慢慢變得像石膏雕塑那樣乾涸硬殼感，而帶著一縷不可輕狎的冷香。

女人屏退了那個僕傭和一個應是她的隨身特助的女孩（她退出前還對我擠了個調皮的鬼臉），和我據桌對坐。她的聲音柔和下來，但臉上仍是那不苟言笑的，「主母的威儀」。事實上，當她開始對我說話，我是過了許久，才在那像喇嘛嗡嗡誦咒，或清真寺裡宛如天籟罩清晨整座城上空那不容開玩笑的純淨和難以抗拒的神聖性中，分神出來，理解到她正對我說的內容。

她說：「我花了這一輩子終於想清楚了，我知道接下來我們要面對的非常複雜棘手，可能還會拖延很長一段時間。但這麼長的過去我們不也都捱過來了？有一些法律上的手續條文要解決，不同的人際關係網絡要解釋或不解釋讓他們接受，這都要像拆除一棟大樓裡的某處定時炸彈，必須一層樓一層樓，一個區塊一個區塊的搜尋，切割，耐性處理。我這邊都沒問題，我就是擔心你這個性，沉不住氣……」

我在一種「現在這是哪齣啊」的暈糊惘然情感（一旁的壁櫃裡還藏著一個全裸的美女），低頭看了她攤展在我們之間桌几上的文件，確定了「這不是個整人遊戲，她所正在說的每句話都是認真的」。

這個年紀應有五十多歲的貴氣的美女，正在要我娶她。而且，看她的態度，她是在告知我，她「答應了我很多年前的一個求婚」。她是「終於答應」的那一方。

我覺得我好像電影裡，那種被自己的組織出賣的國際特工，想對著自己體內（藏在眼球裡？腦額葉？鼻竇裡？或耳蝸管內？或某顆門牙裡？手腕的皮膚下面？）某具監聽微形麥克風，對那個沒告訴我任務真相的上級痛罵。但我找不到那道可以又坐回醉醺醺的跟我大談濕婆神的王對面的，那個任意門。

（「操你媽的！」我想大罵。）

但這是一個關於「太久、太久的負棄與等待」的故事，眼前這個老皇后，不，這個從她還青春如花，就被整個宇宙崩毀之景驚嚇，背叛、說謊、男盜女娼、戲子與婊子、人格分裂的權力者、被侮辱和損壞的斯德哥爾摩症「靈魂被手指伸進去玩過了」的可憐人、失去人類的形狀變成屠宰場鐵勾吊掛豬隻的暴力承受者、收藏家、戀童癖……她都堅毅地撐守住一個高貴的姿態，不瘋狂不扭曲。「未婚妻漫長的等待」。

我能告訴她，「我並不是妳以為正在說話的那個人」嗎？或是，我確實是她等待的那個人，只是時日久遠，我自己也忘記了？

我跟這女人解釋，此事需從長計議：首先，我要跟我母親稟告此事——當我這樣說的時候，我的腦中像電影分割畫面，同時出現三個女人特寫的臉。我母親，當然她是個怯懦的老婦了，一臉憂心忡忡聽我解釋此事非如此不可，但她的表情像是預感了如此做，她將失去這個兒子，以及在遺傳意義上，這一支子裔永遠的未來時間將被上天沒收，成為一種虛無的泡沫或粉塵。另一是眼前這女人（她小我母親約十五、六歲）豐潤的前額、堅毅的嘴和精緻的薄妝，像膠彩畫的透明但細微立體感，所烘托出一種豪華如牡丹的印象，她的炯炯雙眼，像正在面試的女主管，完全不可能有「被我拒絕」的一絲想像，而是降尊紆貴真心想像我的處境（因為我太弱了）。最後是躲在壁櫃裡全身赤裸，臉上帶著昨夜繾綣迷幻餘緒，但貼著夾板偷聽我正在允許另一個女人的婚約，但她只像《聊齋》裡狐神花鬼那樣輪廓漸稀薄的、微若那張美麗但悲不能抑的臉——我突然在有人用手指撥弄狎玩我內裡隱祕如海葵觸鬚的「同情理解他人之痛苦」的弦鍵，困窘地釐清這一切一觸即發、不可收拾的「負棄難題」，並非典型的風流男子、哄騙婦女感情、腳踏兩條船、用騙術享齊人之福但終被「你一次只有擁有一種時光，一種生活」的真理所噬……那一切只是時光的債務，像泅泳於深海見到整群螢光烏賊那樣多的，或像是「海底巨鯨墳場」那樣雙邊數公里的大型骸骨陣，「過去」的女人們長髮如瀑但被水中浮力朝上漂的亡靈。我意識到這一切都是王搞的鬼，他在我腦海中的某個簧片動了手腳。

這時我想起眼前這個中年女人，是我很多年前的老師。

事物的樣貌，像即使在同一座森林裡不同樹株，葉序按不同法則旋轉著，因之有不同切割光、折射光、透析光的，一個空間裡造成視覺撩亂的不同碎影或縱深的印象。

我不知怎麼搞地，對那些女孩，始終有一種高壓電網上，成串成串倒掛著被燒焦而翅翼緊縮的伯勞鳥、白頭翁，或麻雀……的印象。而我這個女老師，像被關在這巨大電網高架鳥籠裡的一隻亞馬遜大嘴鳥，她神經質歪頭轉頸，像玻璃珠一樣的眼球環繞映照周圍似乎鐵灰但又可以穿透看到遠方天空的景色。也許僅從翼展掌握飛行新滑翔概念的翅骨演化，那像壓克力顏料鮮豔黃嘴喙與豐盛的電藍、嫣紅與翡翠綠，你便可知她腦容量能運算的空間數千百倍於那些無辜的小鳥們。

我記得最初始和王、拖雷，就我們三個亂扯這個不著邊際，像宇宙星團我們想像中如少女薄紗襯裙那樣擺動弧度的外沿，一個不可能實現的「女兒」計畫。我曾靈機一動提過這位我念書時的老師。當然她只是許多個原型中的一種可能。我記得我當時只是為了提出一個靈魂模型：被遠超過古典經驗所能計量的，爆炸撐脹的、巨大空間的死星星系、被像乳白噴霧其實是上兆個星系漩渦狀包圍的一個黑洞、那眼球快速跳動如運算人類之前的數億年演化夢境貯存在我們大腦中可能最初是渦蟲感官細胞的殘餘基因記憶檔……這一切撬開，進占她那小小的身軀和頭顱。那像是什麼？最早最早的蒸氣火車頭鍋爐室，燒紅的炭將原本自身的黑影幻渡給那灼熱晃舞的火燄；烙著阿拉伯數字的生鐵閥排無情地將這一切輾碎，所有幾千年的心靈、空望時刻、那些錦繡羅綾、霸王別姬、本草綱目、天工開物、廣陵散或丹砂不死藥。一種在嘴唇舌尖挑逗喉間到聲帶這麼短的腔室繁複共鳴的嚴格規定；一種身體的鬆懈、喜怒哀樂像芳草萋萋的棉紙上暈散著。牽引著明暗濃淡的螺旋，被要求漫長，要求靜息，要求曠遠；然這一切卻又在自身融化的硬物中壓擠到所有神仙頭顱都吐舌成滑稽鬼臉；冒出熱汗嗆鼻的白色蒸氣，像練習現代體操反覆摺疊、模仿「瘋狂」、「激情」、「人格分裂」、「荒原」，從不斷爆炸的感官觸鬚再微分再碎裂，軍隊、醫院、小學操場、基督教文明與資本主義、自由、照相寫實的女體、電影院的集體、火車站建築的自走鐘，……那像一個六道輪迴的將一切新事物都黏糊糊噗突生出來的快轉產道，所有迸生出的都是五體不全的怪物。

我想：她一定在慢慢老去的生命餘光裡，驚恐痛恨著那些當初把她從一群平常女孩中挑選出來，然後把他們也無法承載的時間繁史，灌進她「靈魂」裡的老父親們。後來他們都離開人世了，只剩下她無比孤獨地繼續那古老宇宙模型，在她腔體中，繼續朝無垠擴張著，繼續把那些超新星的爆炸碎屑、熱燄、多脹好幾萬倍的空間，宇宙灰塵悉數吞納。即使每日都有大小黑洞在不預期的方位形成，將一個原本完美和諧的星系揉碎吸入，但她也像是水族箱打氣幫浦冒出的小氣泡群或漩流，不當回事了。

那確實有一種，最初那些老人在挑選她、規訓她、創造她、託付她或植入她內裡那麼龐大的古老神祇夢境，最初應可以預測到她像鈦合金在這高溫高速、隕石群瘋狂擊打對撞的「未來」飛行中，某種執拗的特質。

我記得那時我對王和拖雷說，這個神祕的穿越、神祕的介質，如何可以在夢境溶塌，巨艦沉沒，無數白色屍體像水母群漂浮四周，或如魚缸裡的水被倒入整罐墨汁，一種峽谷或鐘乳石垂掛岩洞的緩慢遮蔽場景，仍可以不驚嚇、崩潰、瘋狂，精衛銜石、女媧補天，奮力孤獨蹬腿揮臂閉氣朝那黑暗的黑暗的全面覆蓋，頭頂上微弱、小小的光隙破洞游去。這是我覺得「女兒」計畫，我可以提供的一個參例。

但我沒想到王那時就惦記上了。其實或許就在我以為是酒館大著舌頭胡說的時刻，他就已鎖定，侵入我的大腦了。

我記得那個酒館之夜，我還跟他們倆說了一個對我個人極隱密的事（啊我實在太不小心了）。

我說，我小的時候，家裡的飯廳供著一座神龕，除了父和母各自家族祖宗牌位，最右邊是一尊觀世音菩薩的塑像。那個老屋的空間非常狹窄，所以那半懸在牆壁幾乎抵著矮屋頂的木頭神龕也極小，上頭還擠放著鮮花供瓶、素果盤、三只小香爐、各自三只供淨水小瓷杯，以及裝紅紙袋的香和火柴、整個給孩童的我一個神靈們和我們一家人挨擠在這小破屋，且祂們更委屈更乖覺的貼壁少占空間，不打擾我們日常作息。

那尊觀音像，大約就一本書的大小，但很奇怪的是頗現代油畫顏料較明亮的彩繪工，窄小的臉是膚色的，細眉細眼垂目帶笑，像真的一個小小的女神在那上頭罰坐。她的雲霞花瓣坎肩，和金漆魚鱗甲束身，翹起的蓮花指，頭上的髮髻和金道冠，裙裾的皺褶，無一不微細著色、栩栩如生，非常寫真。我小時候跪在她下方磕頭、捻香、禱告，曾偷瞄她的胸是像瘦削男子那樣平坦，內心說不出的困惑。但似乎祂是融浴在一團香煙裊裊、曖曖濛昧看不真切的神光裡。我母親非常虔誠，所以我自小每天晨昏一定跟著對這女神和她一旁擠在暗色木牌的祖宗牌位，合掌跪拜。

因為祂的形象實在太寫實的一個「端麗的女神」，小男孩匍伏在這樣一個既非母親、非阿姨、非姊姊，然那色彩、華服、女性裝束，柔慈而靜靜的「什麼都看在眼裡」的秀氣的臉，在小男孩那內心叢林野獸、野草蔓長，不解人世邊界的魔幻異想世界裡，祂似乎可以全景、全知我父母都被瞞著的祕密。在那個小房子裡，懸空在神龕上的這個女神，其實待我長大後，恍然祂是某種精神上像科幻小說裡「二十四小時無所不在，監視著你的老大哥」，一台功率超強的監視器錄影機。但等你內心知道和她的力量懸殊無法對抗，你像意志瓦解的精神病患面對不說一語的心理醫師，或在暗室中跟小洞那邊神父懺悔的罪人，好像和一個唯一瞭解你的女上司商量、撒嬌、為自己犯的錯狡猾地對她編理由，討價還價。

一直到我上大學搬離開家之前，這個「一個人的遊戲」，不，儀式，仍每天進行。我記得我國中時，某一次大考前，我完全沒念書，那個夜晚突然像從夢遊中驚醒意識到這件事的真實性和嚴重性。於是我偷偷起床，跪在那只點著微弱紅燭光小燈的神龕下，向我的觀音禱告。「求求祢了，我就求祢這一次，拜託明天讓奇蹟出現，讓我度過這次的難關。我以後一定重新做人。」

觀音的臉在那看不分明的陰影中，仍是浮晃著漣漪波影那樣微笑著。

第二天，在學校教室，試卷紙發下來，我沒有一題看得懂題目，幾課考下，陷入一種自暴自棄的驚怒和恐懼。沒有任何神蹟出現。等著成績出來後，被那凶殘的導師和我嚴厲的父親，為那荒唐像惡作劇的成績痛揍吧。

那天回到家，父母都不在，我在神龕前跪下，內心對觀音咆哮著：

「祢完全沒有保佑我！祢這個言而無信的！」

觀音仍是像在某個不存在水潭的裡面，靜美的微笑。愚蠢的傢伙，還不覺悟！似乎祂對我氣定神閒的打了一耳光，不要用你那些將來拿去哄騙女人的甜言蜜語，來哄騙本宮。

如果是放在漫畫的格框內，那個少年的我，臉上一定浮現版畫的陰影的慘鬱斜線，我要毀掉祢裡面最珍貴純粹那小部分的我！或是，毀掉我裡面最珍貴純粹那小小的祢！於是爬上那老屋堆放雜物的小閣樓，在那灰塵蜘網和壓扁硬紙箱間，褪下褲子，拼命搓弄自己還孱幼的陰莖。像把一枚撐得極薄的氣球刺破、射精，噴灑出乳白小獸腥汁後，繼續搓弄，再勃起，再射精……

那樣為了懲罰那個原來並不愛我的女神，而不知其實仍在一個悲慘、純潔的蛋殼世界裡，盡可能把自己弄髒、玷汙。

王說：「還有沒有？還有沒有？」

他只差沒有伸出手指，戳進我鼻孔或眼洞裡，把那裡頭，附著在我的顱骨小隔腔裡，孱弱蒼白的，某個小人兒般的「女兒」，某種詩意的像笛膜那樣薄的一片什麼，摳出來。

「你這個變態的！」我對王說。

然後，像在一個膜膠裡嘻嘻笑著的一群小丑魚，我搖搖晃晃地站起身（我太醉了），感覺在這樣幾次傾跌差點摔倒，雙手往虛空中亂撈抓的撩亂分解動作，都像抓到一束束肉眼不見的細玻璃管垂穗，因之保持了身體重心的平衡。

（我的頭好像一個水晶骷髏摔在地那樣碎裂了。連耳半規管都感覺那碎粒蹦彈亂飛的震動。）

我從書包裡抽出一柄，好像是半年前拖雷送我當生日禮的藏刀造型的鑲五彩寶石的拆信刀，往王那像珊瑚蟲細長豎起的粉紅色頸脖揮下。超乎意料的柔軟（簡直像切果凍一樣），王的頭顱無聲地滾到那酒館骯髒的地板。我似乎聽到了一聲將整個世界的男人女人各種情感的聲音全混音壓縮進一個檔案中，那樣的哀嘆。「梵天的頭被切掉了！」屬於這個頭的宇宙在那一瞬被收掉了，像魔術桌巾刷地收進他的小霹靂腰包裡。天宇傾斜，星辰墜落，黑暗無光，海洋沖拍起鮮血顏色的巨浪。

我沒告訴他們的是，曾經有一個黃昏，我走進那女老師的獨居屋子。那是一排可以眺望河流出海口的半山腰社區。我開車繞著山路往上爬，一邊覺得我這頭的人煙之感，隨著一盞盞水銀路燈半亮不亮依序薄薄灑下光霧，反而被吞沒進那些雜樹林、山的影廓。成片高大、層層如屏障的芒草，那荒野的黑暗裡。但下方的寬闊河面，卻像抹上酡紅胭脂，暗金色晃動著點點碎碎的漁火或堤岸啤酒屋的燈泡串。對岸的觀音山，變成藍紫色的影廓，像一尊巨大女神，其實從來不存在，卻從她腳踝下那人間的一閃一閃夢想、卑微、貪歡、紛嚷的水中倒影的小燈球、鮟鱇魚前額的小光暈、軍事衛星拍攝數千艘捕烏賊漁船燦爛如銀河光帶的潑灑牛奶的拖曳流星雨印象……從這繁華髒汙的人世光陣中，像從那暮色的河流中涉水走出，那樣的暗影朦朧的巨大身影。她其實在屏幕另一邊的，「夢境那裡面」，疲倦地坐下歇息。以為沒有人看得見她，其實所有人仰頭都看見她獨坐在那發愣。

我不可能記得，那個天色慢慢暗下（像一個有上百只旋鈕可控燈光的「太空劇場」，有人在像指揮交響樂，從不同的方位，將燈一盞一盞的熄滅），我走進女老師的住房，在那可以眺望對岸觀音山紫廓淡景的落地窗前，她拿著真正的「建窯」（她說一只是鷓鴣紋，另一只是兔毫紋）——那種拙厚胎體，淋上黑亮釉汁，在高溫窯中煅燒時，流釉發生窯變，像黑色的夜幕後藏著七彩的、蜷縮極光，宋人好鬥茶，黃色茶湯注入這種像諸葛冠形狀硬線條的所謂「天目碗」中，茶色、泡沫、襯著黑曜石的閃亮底色，茶之品器一鬥高下立判——泡了據說雲南幾百歲老樹的普洱，我和她像靜游在這似乎可聽見空氣中淅瀝水聲，水族箱般的小魚，四壁如礁岩水草暗影重疊的書櫃，聊了些什麼？

她好像跟我說了兩段魏晉人的小故事，一是「阮籍時率意獨駕，不由徑入，車跡所窮，輒慟哭而返。」一是「王子猷居山陰，夜大雪，眠覺，開室命酌酒，四望皎然，因起彷徨，詠左思〈招隱詩〉，忽憶戴安道，時戴在剡，即便夜乘小舟就之，經宿方至，造門不前而返。人問其故，王曰：吾本乘興而行，興盡而返，何必見戴？」

或晚明袁宏道的〈雨後遊六橋記〉：

「寒食後雨，余曰：『此雨為西湖洗紅，當急與桃花作別，勿滯也。』午霽，偕諸友至第三橋，落花積地寸餘，遊人少，翻以為快。忽騎者白紈而過，光晃衣，鮮麗倍常，諸友白其內者皆去表。少倦，臥地上飲，以面受花，多者浮，少者歌，以為樂。偶艇子出花間，呼之，乃寺僧載茶來者。各啜一杯，蕩舟浩歌而返。」

然後她又從書櫃下拖出一只半人高的陶甕，像捕魚人撈魚簍不知會抓出什麼大小魚的神情，連撈幾把，嘩啦散放在我和她面前的小几上，那一瞬似乎原本暗晦的屋內突然熠熠生輝，那是一些古代銀鋌、銀板、銀餅、一把一把的古錢幣、金箔、玉布、一只鎏金雙狐紋雙桃形銀盤、一只鴛鴦蓮瓣紋金碗、一只鎏金舞馬銜杯紋銀壺。她像小女孩分享玩伴她的玩具箱，拿起數枚「金開元通寶」錢幣讓我觀賞，那些錢幣還有西域高昌國的「高昌吉利」錢、日本元明天皇的「和同開珎」銀幣、波斯的薩珊銀幣、東羅馬金幣，還有「銀開元通寶」、「拾兩太北」銀鋌、「東市庫」銀餅……

我覺得這些金碗銀壺、鑲金獸首瑪瑙杯、金仕女狩獵被八瓣銀杯，那些通往幽明古代某個繁華夢境的拓片，那些飛鳥、孔雀、鴛鴦、鳳凰、蓮瓣、石榴、葡萄藤、蔓草、鸚鵡羽紋、雲頭、金梳背、金臂釧、美人兒……好像不該出現在這個空間裡，它們應當是像，被盜挖開的某個唐代皇帝的陵墓；或是印象中像宋美齡、江青這樣的「皇后」威儀，命令家臣直接從國家博物館窖庫整箱用軍車送往她們的公館地下祕室……才可能出現的「昂貴時光遺物」？

她的臉確實被這些暮色中像深海螢光魚閃閃自體發光的古代金碗銀罐映照得一片迷離，我想不是它們影影幢幢難以估算的天價，而是一種褶皺盤舞，一種時光的粉塵重量，一種在高度工匠技藝後面的抑制和狂顛、崇尚和對人世歡樂的憧憬兩種力的互相馴服爭鬥，透過金和銀的貴金屬那種曾在太陽爆炸、高溫、撞擊、輪迴般的漫長時間氣味以藤蔓葉片的紋路，形成一種往虛空游動延伸，看不見的迴旋小梯。

她說：「你聽過『何家村唐代窖藏』吧？」

我迷迷糊糊，不懂裝懂，唯諾敷衍。她說：「郭沫若說這批文物，是唐玄宗李隆基天寶十五年（公元七五六年），安祿山之亂避逃四川時，邠王李守禮後人所窖藏。然北大齊東方教授，提出何家村窖藏與租庸使劉震有關：唐德宗建中四年（公元七八三年），涇陽兵變時，『天子出苑北門，百官奔赴行在』，劉震裝金銀羅錦二十馱讓其外甥王仙客押送出開遠門（唐長安外郭城西面偏北大門），自己隨後同家人從啟夏門（唐長安外郭南面偏東的大門）離長安，約定在出城後相會。但由於朱泚等叛軍已據含元殿稱天子，劉震只好回府將隨身財寶埋藏。唐平息叛亂後，劉震因曾受偽官職，與夫人一同被處死。因此推測這批金銀器及錢幣，正是那時劉震埋下之窖藏。」

於是，又像回到那許多個午後，她的研究室，我的「學習年代」，她翻開一本《唐傳奇》，摺頁處在薛調的〈無雙傳〉：

「時震為尚書租庸使，門館赫奕，冠蓋填塞。……一日，震趨朝，至日初出，忽然走馬入宅，汗流氣促，惟言：『鎖卻大門，鎖卻大門！』一家惶駭，不測其由。良久乃言：『涇原兵士反，姚令言領兵入含元殿，天子出苑北門，百官奔赴行在。我以妻女為念，略歸部署。』疾召仙客：『與我勾當家事。我嫁與爾無雙。』仙客聞命，驚喜拜謝。乃裝金銀羅錦二十馱，謂仙客曰：『汝易衣服，押領此物，出開遠門，覓一深隙店安下。我與汝舅母及無雙出啟夏門，遶城續至。』仙客依所教，至日落，城外店中待久不至。城門自午後扃鎖，南望目斷。遂乘驄，秉燭遶城，至啟夏門，門亦鎖。守門者不一，持白棓，或坐或立。仙客下馬徐問曰：『城中有何事如此？』又問：『今日有何人出此門者？』曰：『朱太尉已作天子。午後有一人重載，領婦人四五輩，欲出此門，街中人皆識，云是租庸使劉尚書。門司不敢放出。近夜追騎至，一時驅向北去矣。』仙客失聲慟哭，卻歸店。三更向盡，城門忽開，見火炬如晝。兵士皆持兵挺刃，傳呼斬斫使出城，搜城外朝官。仙客舍輜騎驚走，歸襄陽。」

接下來這個故事（或我在這女老師家的那個夜晚），進入一個奇怪的，像這個民族習慣將日光曝曬下、熱塵、絕望、殘酷的真實人世，曲徑通幽帶進一庭園疊翠、屏遮隱蔽、雲氣縹緲、刺繡勾描，一個乍看是對深情的謳歌，其實是在滅族、驚懼、改朝換代的「竟易賊服」的報復性身體破壞、徬徨竄走，天下之大無容身之處……。這個和舅舅一家在京城陷落、戒嚴搜捕的亂局走散了的王仙客，從此像鸛鳥踟躕，隔著一道屏搖燭影、劍戟森列的「官家之牆」，看不到那裡頭發生了什麼事。直到幾年後，唐又克復了京闕，王仙客偺伏回京，到處詢訪，遇見昔日老家僕，才知舅舅「授偽命官」，與夫人皆處極刑，小姐無雙也被送進宮廷作奴婢。

她說：舅舅、舅媽的頭被砍掉了，身體被破壞了，王仙客戀慕的小姐，被這複雜運轉龐大的皇家機器，烙下恥辱之印，變成這個輝煌夢境喀喀轉動的齒輪、機栝、彈簧、鎖片之間螻蟻般的奴婢、賤民、娼妓。她的父親曾經是這個大機械鐘運轉的上層階級，但他背叛了這個本身不斷吞食或嘔吐黯黑噩夢、義理與倫常不斷崩塌掉落的大機器，所以他們這族變成帝國夢境內裡的「病毒」、整個運轉的體系將你支解、撕裂、砍斷生命之株，必要時誅九族，滅絕清空任何遺傳基因夾縫存活、延續的可能。作為女兒，那個無雙僥倖沒死，然等於已被剝奪「作為人」在這片帝國土地上繼續活著的意義（包括她的尊嚴、身體、靈魂感受、她的子宮，或譬如她的容貌）。

她說：但歷史上，那個造成皇帝與群臣出逃，朱泚進入宣政殿，自立「大秦皇帝」的「涇原兵變」是怎麼回事呢？原本是淮西節度使叛變，圍襄陽，唐德宗詔令涇原節度使姚令言率五千兵馬解襄陽之圍。軍隊抵長安時，兵疲馬困、天寒地凍，或也是將帥挾危邀功，或當時整個帝國在瓦解前夕，連勤王之師士卒們衣單糧盡都無法照應，竟只命京兆尹犒賞軍隊粗飯。士兵譁變：「吾輩將死於敵，而食且不飽，安能微命拒白刃！聞瓊林、大盈二庫，金帛盈溢，不如相與取之。」於是擊鼓吶喊，進攻長安。危急中，德宗竟還只是宣令士卒每人賞賜布帛二匹，叛軍益怒。於是有後來故事中，京城破陷，天子出亡，而劉震倉皇帶妻女家人、包裹金銀珠寶（現在陳列在你眼前的這些）分兩路出城，但終於失敗，在啟夏門被門司攔停，且被追騎押回的引子。

這個〈無雙傳〉，至此，成為王仙客僥倖但孤獨被甩離「太陽閃爆」那將一切吞噬進光焰火球的，漂泊的冥王星，他個人的「流浪漢傳奇」。他小規模的「奧德賽」，他像沒頭蒼蠅在闕上門的皇家森嚴高牆外窺頭探腦，虛空中搭橋建棧，想從「冥王手中搶回妻子」。

她說：然無雙終究不是海倫，王仙客也不是敏里勞斯、亞加門農或奧德修斯，這個「上天入地大冒險」的展開，只能是個人在帝國森嚴的監視、流刑、恐怖控制之體系中，偽裝、滲透、賄賂、見縫插針、深諳層層錯織的官僚衙役「人吃人」的機械運轉，再從那密不透風的絞肉機將「已是死人」的無雙從無感情咀嚼她的帝國巨獸齒陣舌喉中，搶救出來。

所以這是一個贖回小妻子，搶救小妻子，像連恩尼遜《即刻救援》那樣的故事。

「後累日，忽傳說曰：『有高品過，處置園陵宮人。』仙客心甚異之。令塞鴻探所殺者，乃無雙也。仙客號哭，乃嘆曰：『本望古生。今死矣！為之奈何！』流涕，不能自已。是夕更深，聞叩門甚急，及開門，乃古生也。領一篼子入，謂仙客曰：『此無雙也，今死矣，心頭微暖，後日當活。微灌湯藥，切須靜密。』言訖，仙客抱入閣子中，獨守之。至明，遍體有暖氣。見仙客，哭一聲，遂絕。救療至夜方愈。古生又曰：『暫借塞鴻於舍後掘一坑。』坑稍深，抽刀斷塞鴻頭於坑中。仙客驚怕。古生曰：『郎君莫怕。今日報郎君恩足矣。比聞茅山道士有藥術。其藥服之者立死，三日卻活。某使人專求，得一丸，昨令采蘋假作中使，以無雙逆黨，賜此藥令自盡。至陵下，託以親故，百縑贖其尸。凡道路郵傳，皆厚賂矣，必免漏泄。茅山使者及舁篼人，在野外處置訖。老夫為郎君，亦自刎。郎君不得更居此。門外有擔子一十人，馬五匹，絹三百匹。五更，挈無雙便發，變姓名浪跡以避禍。』言訖，舉刃，仙客救之，頭已落矣。遂並尸蓋覆訖。未明發，歷西蜀下峽，寓居於渚宮，悄不聞京兆之耗，乃挈家歸襄鄧別業，與無雙偕老矣。男女成群。」

這個故事很怪：所有人都死了——老僕塞鴻、茅山使者、抬軟轎的人，可能那個婢女也被捂殺，最後是變出這一切戲法的這個魔術師也自刎砍掉自己的頭——只為了贖回那本已踩著夢遊者的腳步，混在其他被帝王宣判滅族的官家女孩裡列隊走進那死神，哦不，中國沒有這個神，一只巨大銅鑄龍頭鍘的齒列槽溝、魅影幢幢仍有亭台樓閣的墓窖死境，將那屛風後嬝娜的影子無雙從那連陰府都派官員衙役轄管，這個民族連鬼魂的個人自由都不給予，都要監管，結構森嚴的鋪天蓋地，鬼王偵騎四伏中搶救劫回。嘩啦一個「妙手空空兒」，先讓她死去，偷換屍體，重點是每個環節都要賄賂打點，把屍體偷下來，再讓她還魂復活。問題是所有讀這故事的人似乎都覺得值得。像《搶救雷恩大兵》。不會出現一種等價兌換的內心計算嗎？那麼多人慘烈怪異的莫名之死（包括古生也將自己的頭切下），只為了贖回那發著微濛光暈，純潔無辜的少女無雙？而且他們（砍下的頭還帶著沒想到自己會死，猝然被殺的手法太俐落，故栩栩如生，微微詫異的詭異笑臉）並不是在一場戰爭中，像特洛伊或封神榜的士兵，在一種軍事動員的互著盔甲互向敵人戳刺兵器而死去。他們像曇花被拔斷，只為了這個古生要封印所有可能洩露祕密的活口，布置成「什麼都沒發生，沒有證人可以追查」的一蓬煙那樣消失於虛無。那個巨大的恐怖感，是這個文明高度發展的追蹤術、拆解你想脫離它的機械儀軌之詐術、「千刀萬里追」，無論你布置怎樣的假場景，遁逃迷宮路徑、掩護者、逃到怎樣人煙罕至的深山荒野，這個文明高度演化的「洗腦」、「鐵鍊穿琵琶骨」、如影隨形追獵的智能，可能連當初救你的恩人都頂不住那逼供之殘酷虐刑，那個將「痛苦」、「背叛」編纏在一起，像那些鴛鴦蓮瓣紋金碗的細膩近乎變態之藝術高度，它像蛆蟲或香膏鑽進滲進陰惻著臉活在這日晷斜影下，每個人的腦額葉裡。所以這個古生，只是為了讓他的「偷天換日」、「偷死換生」的魔術，不得留下一絲破綻，不惜將那一顆顆可能會露餡壞梗的頭，全砍掉。

這個故事美嗎？其實非常醜陋。它讓人大汗淋漓、唇乾舌燥。這個文明讓人學習到，它不允許「惡童的遊戲」，你要跟它槓，小小的一個逆鱗，要付出的代價，是這麼妖異恐怖的大屠殺。因為天地間的所有可能道路、驛站、舟車、人家，全被它放出如藤蔓沙沙竄走的查緝觸鬚，像錯織繁繞的網絡，占據啦。

然後她突然開始哭泣，那些原本熠熠生輝的金碗銀器，那些流麗且鬼掐神繡的禽鳥花草盤纏圖案，那像崩塌小丘的銀幣銀鋌銀餅，像旋轉沉回幽黯深海的鯨群的鬼魂，之前的光輝印象不知何時消失了。以我混亂，這些年飽受抗憂鬱症藥和史蒂諾斯侵襲的大腦皮層，回憶的舷窗總如深海中極晦暗，一陣看不見的湧流就把依稀難辨的「我當時有沒有看見」的凹陷不全的沉骸碎物一個翻滾帶入虛無。我覺得，我覺得，應該接下來在那暝斂夜色的屋子裡，看見一只一只漆盤，每只上盛著一顆像蠟像館做的人頭，它們或鬍髭賁炸眼窩如銅鈴（古生？），或臉如蠟白眉薄眼細（婢女？），或就是古代道士的梳髻和雜灰山羊鬍（茅山道士？），或一張像正在打噴嚏或使勁捏栗子殼的滑稽表情（塞鴻？）……但這些頭似乎都泡過藥劑，又深埋地窖上千年，那像痰一般濁黃或曬乾蕈菇一般的黑褐色皮膚，像羊皮紙緊貼著縮小如拳的骷髏，布滿斑癬和白粉，鼻子和眼球都不見了（被蠹魚吃掉了），事實上它們看起來更像被遺忘在小學體育館倉庫的破舊棒球手套……這些是當初交換無雙的幾個冤魂、犧牲……但並沒有，好像並沒有……

她那樣哭著，我只能像個男人，趨前將她抱在懷裡，輕輕拍著她孱細的，像一隻天鵝輕輕抖索翅翼的肩胛。她的身架骨超乎我想像的輕盈嬌小。那是我腦海第一次浮現「女兒」這兩個字。當然我起了生理反應，但那不是重點。我感覺她是一個被摺疊壓縮了太巨幅時間維度，所以在眼前這個身影，像吸飽了太重汙水的海綿，支撐不住隨時要崩裂、糊塌破碎。像我父親多年前，在一場大水將整條街都淹漫，他獨自閉氣潛水，泅游進那所有家具什物都浸泡漂浮在水中的世界，那時他游到神龕那小廳，將玻璃罩已漂走的那尊小觀音神像抱在懷裡，像梭子魚那樣朝撞開的後門縫游出，那觀音像仍像祂踞坐神龕上方時，鳳冠霞帔、神祕微笑、面如凝脂、眼如點漆，甚至簌簌發抖。

（我知道你會不惜一切代價，出現把我從那冷酷異境救出。）

但她的裡面承裝了整個宇宙的重量，我不可能將她承托而起。而她一直哀哀哭著，像無法追問或投訴，最初那些老人，為何將她設計成這樣不可能存在於這個維度世界的「女兒神」。

「往古之時，四極廢，九州裂，天不兼覆，地不周載；火爁焱而不滅，水浩洋而不息；猛獸食顓民，鷙鳥攫老弱。」

於是第一代「女兒神」（她的經驗還太薄弱啊），煉五色石以補蒼天，斷鰲足以立四極，殺黑龍以濟冀州，積蘆灰以止淫水。「天傾西北，地陷東南」，她把天維向右旋轉一百三十五度，從先天八卦，轉換到後天八卦。但她本身的時空比重、夢境濃度太大了，不以爆炸形式無法迴旋、伸展。遠古的父親神祇缺乏想像力，將她作為定江海淺深的神鐵定子，殊不知她就算被放置在幾百萬劫所有冤死的兵災、饑荒、屠殺，層層纍聚、哀鴻遍野的最稠密的鬼魂沼澤，仍會下沉進那最絕望無光的深處。那些老人曾在銀河破裂一只窟窿，光瀑垂瀉，將人類看去只是相同的黑，其實無數星系正被吞噬進虛無倒影，她當時被投射向燒灼、瘋狂的夜空，將破塌的天帷補回原貌。印度人預言時間將會發生混亂，那運行著這一個梵天之夢境的宇宙鐘蕊心，被人類發現它只是一兆億倍他們時間感知，因此如此漫長緩慢的爆炸，她將被引爆，形成反衝波平衡力，作為安撫，夢中景觀重新定序、調音，將鬼哭神號繞指柔回原本的寂靜音樂。

我不知該怎麼辦。（或有多嘴詰難著，我想反問：「當宇宙在你眼前哭著，你能怎麼辦？」）

所以後來我讓她躺在那房間的地板上（她繼續哭著），盡量輕手輕腳的推門離開。走下山的時候，天幾乎快亮了，觀音山那淡藍色影廓後的天空，出現了像荷蘭足球隊球衣橘色那樣的朝霞，而且灰影般的小鱗雲真的像一群小人兒在追逐一顆足球那樣奔跑著。

我那時心裡想著：天啊，差一點點，我就玷汙了自己的老師。就像在她的研究室，完全沒念書卻能胡掰那些李維史陀、傅柯一樣輕易。但為什麼年輕的我，一直有一種她是一種重金屬的印象呢？像西元前一千五百年埃及人最早發現汞。它被作為陵墓中的假河流、最早的化妝品、避孕藥、長生不死仙丹（其實造成肝衰竭和腦損傷），中國宋朝曾發明將活人埋於土中只露出頭，用尖刀割開顱頂頭皮，灌入汞，那皮囊裡的人會從頭到腳底奇癢無比，像蛾蛻蛹那樣從那個裂口掙爬出一個血淋淋、沒有皮膚的怪東西，把整副人皮留在土底下。我覺得那種可變泥丸、可變冥河的比白銀還美的「女神的眼淚」，用雙手捧著，它會沉進你的掌肉和指骨裡，穿透你透明的手；擁抱在胸口，它會像碎浪石投入深港，咕通一下淹沒進你皮膚裡的胸肋骨，像灼燒的殞石穿過心臟和周邊的筋膜及血管，穿透你的背脊和皮膚，繼續沉入地底。

那一夜 I

我回想起那個夜晚在K的房子裡所進行的畫面，確實像在一個遠古部落帳幕、燭光搖晃、美酒烤羊、擠在像層次繁錯的不同角落植物叢間抽著大麻煙的人影，因為那個年代尚未發明矯正視焦的眼鏡，所以很多時候你眼前其實只是流幻的色彩和光影。

我想，那個晚上在K的那個房子裡的我們這一群人，或許在K的腦海裡，有另一幅他隱祕情感的圖景，類似那種百貨公司巨大機械音樂鐘下方的櫥窗，他們弄了一堆小熊、小松鼠、刺蝟、小鹿、浣熊或白雪公主與七矮人這類卡通人物，他們栩栩如生，一臉傻笑彷彿認真地在幹活，打鐵啊鋸木啊用吹管替爐子裡的木炭啊生火，而其實可能完全是兩組無關的精密鐘錶機械齒輪的嵌合運轉，讓觀看者以為那只巨鐘之所以能無感情的運轉，細細的指針在那一格格刻度間無有誤差地移動，是因為這群「住在機械鐘內部的小動物們在努力工作」，產生的動能。這種櫥窗展示的投影幻術，或緣自於一種K的悲願或懷舊情感：「我們本來應該在更好一點的世界裡。」一種近乎日本熱血運動漫畫的「少年愛」那樣的東西。我們茫然無知地被K挑選、邀請、湊聚在這裡，和他房子裡那些各自從擁有過美麗昔時塌毀的老街上的柑仔店、中藥鋪、早已封閉關門的老診所、那些自身已像一坨白蟻窩被石灰泥土掩覆的曾經華麗彩繪木梁的無人知曉的廢廟、那些老人早已死去像一座幽靈廢墟的三合院老屋……他和不同的老搜貨人一次一次進入時光異境，打撈出來的這些老櫃老桌老長條椅老官帽椅……其實是一樣的心情。「它們本來擁有它們的美麗時光，本來被擺置在那個繁華文明的場景裡，但不曉得發生了什麼事，那個包覆它們的景框，被某種粗暴的力捏癟掐爛了，變得奇醜無比」，於是，像一場召靈會，K將我們這些人湊聚在這個空間，確實有一種煙花爆竹庫將要點燃的「什麼」，我們都彷彿在這屋子裡的聚會，感到自己和其他人的臉上皆說不出來地熠熠發光、興奮、害羞，但又不知道將要發生什麼事。

我必須要說的是，這個夜晚，讓我聯想到近三十年前的那另外一個夜晚，我和一群不同掛的迌少年擠在一個對我們當時的出身、教養、人世閱歷來說，皆超出理解的「成人的生活」，其中一個少年的豪闊母親（她可能內心非常痛苦）布置的聖誕節排場。但其實我和老朱是勉力撐著，不要露出小孩子的傻氣，像大人那樣微笑著，我們焦慮地等待一通電話，這些感覺比我們更熟悉穿梭泅泳那傳說中的械鬥、殺戮的噩夢，像禽鳥羽禽、鮮衣怒冠、喉結勃跳的（我們根本沒有交情的）殘忍少年們，會簇聚夾帶著內心恐懼的我們，一起「出陣」。問題是三十年前的那個晚上，M的母親在煙霧瀰漫的牌桌罩燈下，吆喝我們不要客氣，冰箱裡有我們那個年紀那個時代還鮮少見識的美麗玻璃瓶的嘉士柏、海尼根、可樂娜或德國黑啤酒，那桌上鮮豔欲滴的烤火雞、起司、熱氣騰騰的披薩……那可是麥當勞還沒進駐台北的年代啊。桌上一條條扯開像積木散落的三五牌、Marbolo或日本七星菸，「隨意拿，隨意抽」。

我必須說，我如今回想，那個少年們聚集於一室，一種極域之夢的繁華和滾水沸騰感，唯一的巨大的空缺，就是少了一個「父親」的角色。

一個像「老大哥」這樣的角色，巫師，或訓誨師這一類的角色。即使他是個像唐吉訶德那樣的瘋子或傻子，但他擁有一種將眼前如此平庸、絕望、苦悶的生活，渡引至光影錯換的邊界出口，「接下來我們要幹什麼」，但少年們的身體和暗影挨擠在這屋子裡，即便虛張聲勢，像螢光水母或刺鬚賁張的河豚，在一種朦朧的水光中，撐持著那不平凡的自我渴望，但不斷地等待，不斷款款搖擺自己華麗的身形，然後面面相覷，喁喁私語，「接下來呢？」這樣的夜晚，時間只要不斷延長，我們終會像陶工的手指從一坨濕泥裡抽拉揑出的泥坯，整列排在巨大爐窯旁的鐵盤上，但「那個陶工」忘了這事，走了。時間進入到一種水分從泥坯裡像小珠粒蒸發的細微焦慮，這些原本濕糊糊揑得何其細緻的小泥偶，始終不送進那高溫燄的爐膛中。一排排挨擠著，終於出現裂紋，然後崩解，頭斷、散塌成半濕不乾的殘破形骸。

或許是因為K將這屋裡的這群年齡大約四十上下的男小說家女小說家們（說實話，我常常對於自己已是這樣大年紀這件事，覺得驚恐且缺乏真實感），「翻印」到他心目那幅燈火如畫、熠熠生輝卻又有林布蘭畫作中那種衣料、鬍鬚、女人的眼珠或嘴角……皆溶解於一種如此物質觸感的暗影中，那樣一幅畫。他太慎重其事了。事實上一開始我們發現除了我們這些受邀的創作者，還有一些散落走動於這屋子各角落的年輕人。我意識到他們全是K在研究所裡的學生。他們比我們還害羞，還不知所措。但可能在之前K的吩咐下，在這沙龍形式的晚宴上，扮演那些上菜、端雞尾酒或往貴客的空酒杯裡斟上紅酒、耳聽目明觀察誰的餐盤刀叉該換掉了，或招呼這圍坐的脾氣古怪的男女誰受到冷落了……這些侍者的角色。其中一個胖男孩甚至拿了一台專業的攝影機記錄著我們的一顰一笑和交談。但後來被一位女小說家喝止了。確實那太不自然了。而且在K高蹈性格將這晚上布置得如此輝煌像巴黎的文人宴會，但我們還是難以對抗貧窮這個事實：一只一只五元的粉紅色塑料免洗餐盤上盛著的，是拼裝自各餐館外賣或有名小攤的煎餃、東山鴨頭、蔥油餅、可麗餅、滷牛腱、滷豆乾海帶、蘭花乾、蛋炒飯，當然還有K親自下廚（從巴黎留學生時光帶回來的一手廚藝）的義大利麵和義大利餃子（只有這兩樣用極正式的瓷盤盛著）……

主要是，我（以及我認為在場其他同輩創作者）很難擺脫這個長期來觀察角色的視覺位置。一直以來我都是扮演站在一旁暗影中的「年輕人」角色。我充滿孺慕卻又緊張兮兮，旁觀著並聆聽著我們上一輩的文學諸神，在他們的餐桌，那麼博學睿智、冷雋風趣、繁花簇放地展開整幅對當代文學讓人心醉又心碎的描述；同時錯織了不在此桌但對我們而言也是赫赫大名字的某某或某某某的八卦；他們對時代的憂慮，對某些虛偽價值或假議題的抨擊；他們像玩猜字謎遊戲對二十世紀歐洲小說、俄國小說、拉美小說、印度小說、日本小說……那許許多多大名字（波赫士、納博科夫、奈波爾、昆德拉、略薩……這些人就像他們的遠房叔叔或某個脾氣古怪的表哥）和更多我聽都沒聽過的書名，他們充滿感情聊起那些書名時，我眼前浮現像一列火車孤獨往墨西哥或智利曠野直駛，沿途所有每一荒敗無人月台之小站皆停靠，那些小站的拗口古怪站名……

但視覺位置一旦被顛倒交換過來了，那種像從皮膚最裡面泛起的雞皮疙瘩感或「機伶伶打了個冷顫」，有一個陰影揮之不去：

「這些看似純真的小鬼正在觀察我們。」

我想：K原本充滿一種（機械音樂鐘式的？）讓他的年輕學生們看看，「這是你們本來該進入的，某種，更好的時光，或更高維度文明的宇宙」；卻同時讓我們這些原本該扮演一場弦樂重奏的高貴樂器們，不知道在各自哪個簧片或調音鈕或木頭音箱的肚腹弧彎上，出現了一種黑洞般的自我損毀、自我感傷、自我羞愧。

「我們原本可以變成更好的那個自己。」

事實上，那個在K的「時間之屋」，喔不，或應說「諸多壞棄之物堆積、布置而成的昔日感之屋」的夜晚，我始終心不在焉、惶惶迷亂，是因座中有一位我的好友X。以時光中的情感在我們何其有限的一生，向量、某個生涯記憶刻度、以其所謂的質量、重力與密度（想想那些宇宙大爆炸的假設，那霹靂朝四面八方奔散，開始進入極大之時間計量的擴散和流浪，最開始的那個「膨脹宇宙」、無數原本擠在一塊的銀河、天體、漩渦星雲、黑洞、不可思議的巨大密度……，這一切是在千萬分之一秒，「轟」地炸散，開啟了時間的箭矢），最後必然是在我們坐在這屋裡，感傷、懷念的衰老皮囊，如果每個人內心皆有神祕之刻度。我與X君之相識，比這屋裡任何一人都要來得早（包括K），也就是說，在這一室如今各自可召喚他們黯黑瑰麗的故事、尤里西斯大流浪，或是祕密花園的性冒險、腦前額葉曾被某人切削或用硫酸腐蝕之愛的創痛……在他們猶能以「小說」描述自身之前，我和X，在二十多歲時，便各自已是出過幾本小說集的「年輕武士」了。甚至那些如今已成為傳奇的，先後自殺的名字，在當時，也不過就是我們互相知道「有這個人」，然而皆在一卵殼內稀糊蜷縮一團尚未胚胎發育出清晰的翅翼、視神經、心臟、骨骼、睪丸。這甚至無法形成「少年愛」的像霧中風景或深海潛艇舷窗所見一片憂鬱的深綠色。在那個年代，在那個階段，你幾乎還難以用「成人的（或大爆炸之後的）視覺維度」來描繪、觀測自己是什麼樣一個形狀，或自己和世界的對位投影是在什麼樣（即使無足輕重、可憐兮兮）的一個對位。

然二十多歲的X，或因天賦智力、或因超出我們能想像的生存窘迫，他在那麼年輕時便已因其「擁有可以斬殺我們老師輩，或老師的老師輩，或老師的老師的老師輩……」的學術重武裝，且因個性孤傲不群，成為一種像星際大戰艦艇指揮室之外，好像在遙遠星河那一端的，傳說中的幻影。有點類似「黑武士」這樣的形象。對不起我又科幻電影化了。但確實在我不同年紀階段的小說創作生涯（想想我們二十多歲時，見到那些曾在文學獎評審會上贈與發光讚美的前輩，或如希臘神話「機器降神」那樣憑空而降出現一你崇拜的大家，卻寫了一篇序說你「後勢可期」，你兩腿發軟、淚腺失控，見到這些強大的先行者，心中充滿孺慕委屈的情感。卻瞥見那些前輩們，因為座中有年輕的X在場，臉色侷促漲紅，坐立不安，像找不到音準的演奏家，一直在半開玩笑半吹捧但又辛苦守住自己尊嚴的不同音域間摸索和X的對位。而X總是氣定神閑，「其心如鐵」，保持一個似笑非笑的模糊貓臉），偶或聽人像傳誦遠古英雄史詩那樣，說X又在某一場「諸神棲翼」的大型研討會上，隻手滅了群撲而上的狼群（某位老師布椿的學生，以及觀眾席那些學生的學生們），把那會場一劍劈成硝煙遮蔽的廢墟。對不起我說起這段往事，難免激動又武俠小說化了。總之，私下我同輩之人給了X一個說不出是尊敬或股慄的封號：

「殺神者」。

其實這些類似「第五代戰機」、「殺手衛星」、「宙斯盾電算屏幕」、「匿蹤塗料」、「核威懾」、「航母戰鬥群」……的現代深奧且幽微錯綜之軍事修辭，某些部分召喚的巨大時空的舊經驗裂破與顛覆，在我們退化的松果體裡，情感延續著「宙斯的雷霆之矛」、「二郎神的第三隻眼」、「后羿射死九只炎熾太陽，使它們翻滾摔落如焦炭烏鴉」、「阿奇里斯之腱」、「無頭共工觸山」、「孫行者與紅孩兒在火燄山上空之戰」……。那後面電光閃閃，鬼哭神嚎、千里外美麗的巨人頭落地……，這一切在我們這個世界文明邊緣小島上的二十多歲年輕創作者的腦海中，也不過就是那些穿行過二十世紀黑暗夜空的大名字：波赫士、納博科夫、卡夫卡、班雅明、福克納、普魯斯特、喬哀斯、吳爾芙、昆德拉、卡爾維諾、馬奎斯、川端、大江、奈波爾、魯西迪、李維史陀、傅柯、德勒茲、布朗修、蘇珊．桑塔格，有些女孩會固執提到莒哈絲和法國新小說，有些男孩會固執提到葛拉斯和德國戰後小說……眾口相傳，或像一列夢中行駛的火車你一個車廂一個車廂沒有盡頭地推門到下一節窗外景觀完全顛倒錯幻用另一套時空邏輯繪成的流逝風景。那確實像一部「大腦的奇幻旅程」。像一個在廟埕和他的刺青少年哥兒們一起抽菸吃檳榔、拿著媽祖神轎兩側的刀槊槍戟瓜鎚鐵鞭學一種喝醉的舞步跳八家將，卻要他硬生生地割開瞳孔，灌進由愛因斯坦、波爾、海森堡他們展開的量子力學大辯論，那一切必須拉到半人馬星才可能證實的實驗模型，那些測不準、矩陣、薛丁格的貓、粒子互旋法則……。他通常不可能完成什麼，像好萊塢電影裡演的悲傷國際特工，被植入亂七八糟的科技、頂尖搏擊、國際政治、各種炸彈的埋設和拆解、如何混過機場檢測儀器或身分辨識的系統、能在上層名流晚宴表現得風度翩翩不露馬腳、各種飛行器、船舶、頂級跑車的駕駛、同時必須是能侵入各國國防部機密電腦資料庫，甚至能啟動殺手衛星在大氣層擊毀核彈的無敵駭客……最後總是被在腦中植入一枚小型炸彈。無人知曉的輕輕「啵」一下，腦中就被炸成像火星表面一片灰白死寂的沙漠。

然而，從我二十多歲第一次見到X（當時他也是二十多歲）時，便確知他是「能完成些什麼的」，那個人。

但是那一個晚上，在K那禁錮了所有故障、壞掉、昆蟲標本般蟄伏在自己屍骸之殼而不再有時間流動的古董物陣的房子裡，對我而言，就是「將被殺的前一晚」。不論這個夜晚，被作為主人的K，布置成怎樣琥珀光暈的超現實：異國、古代，或我們這些瀝青場糊之人不可能再遇的「諸神之晚宴」……天一亮，我就會被我的老友X君，揮刀砍頭。當然那是指：他將祭起無可撒嬌、協商、說情的庖丁之刀，極簡地咻、咻、咻三刀吧，就把我頭顱裡管線錯纏、層層累聚、一個故事結縛著另一故事，像鴉片煙桿噴吐出一朵朵白煙蕈菇的障眼法，那將烏賊腴潤的腔體從裡面翻到外面，或是連線到無數詞條而形成的「命運交織的維基百科」……我將淚眼汪汪地將那一切「不可說的」（那幹嘛又要裝神弄鬼說），「無法抵達的」（X說：那就把它拆解開來，像拆解一台發條鉛皮玩具車一樣）」，「追憶似水年華」（也可能是偽造的殖民地花園）……那個我腦中孵養的「女兒」，喀嚓斬殺（滾下一只塑料金髮、玻璃眼珠會隨水平移動而像那睫毛眨巴眨巴張闔的廉價玩具洋娃娃的頭）。

於是那整晚，我像個解凍漏水的豬內臟，不斷喃喃自語：「要被殺啦，要被殺啦。」而X君，也像棄絕舊情的劊子手，對他明日下刀可能造成之干擾，刻意暗著臉，不理會我各種鬼臉、示好、想喚起他的少年同伴愛，或哀嘆我已是個餘日無多的老人啦……他像一把黑鐵鑄的刀，孤自坐在角落。

我回想起那個夜晚在K的房子裡所進行的畫面，確實像在一個遠古部落帳幕、燭光搖晃、美酒烤羊、擠在像層次繁錯的不同角落植物叢間抽著大麻煙的人影，因為那個年代尚未發明矯正視焦的眼鏡，所以很多時候你眼前其實只是流幻的色彩和光影。我心中充滿古老年代的陰鬱。無法超出你的時代限制想像力之窒息感。但還有一種對這充滿牲畜、羶臭味、香料的古典美德的感激。似乎在那個帳幕裡，第二天就要被推去砍頭的男人（他已經徹底垮了，大小便失禁了，臉歪斜眼睛翻白像那些墨西哥木板畫裡的受難基督），他的妹妹們，或女兒們，為了安慰他、修補他那靈魂破洞不斷流出的恐懼，不惜用她們芬芳花蕾般的少女身體，安慰他，像瓊漿蜜酒那樣慷慨贈與他那死亡絕對黑暗之前夜的輝煌白色光燄。但這其實是一種精神上的亂倫（但源自於女性的柔慈）。一個愚人宴之夜，或許是K屋裡那堆滿而將這空間變得影影幢幢無限繁複的古董櫥櫃、西洋老鐘、廟的礦彩木雕蟠龍雕花窗櫺。那些猙獰或癡傻的羅漢的臉、梁上一排古代屠戶吊死豬不同部分肉塊或器官的圓月彎鐵勾、那些磨石豬槽、青花瓷骨灰罈、有漂亮玻璃拉門的柑仔店大櫥……將諸人說出來的話像一朵一朵燎燒的煙泡；所有人的臉光影搖晃；時間彎曲或液化，我們好像被像公車上挨擠在一塊臭烘烘的高中生身體，那樣被屋裡所有人鼻腔噴出的各自不同夢境，不知所措地擠在這怪異的房子裡。

我想要說的是，我和K，和第二天勢必要變身成魏徵或一把神兵將我斬首的X，像古代的戰神，青甲在身，汗水淋漓在我們被驚怖和遠古荒涼曠野那極限力量之撞擊所魅惑而變得如峽谷陰影般的五官上流淌。我像那些手指結繭，其實不聽使喚的老武士（古代還沒發明帕金森症這個名詞），硬著頭皮摸當年威名莫測的鐵刀，卻止不住刀刃環珮因顫抖而嘩嘩亂響。但這時我卻深刻感受到這屋裡幾個女孩兒的「女兒性」。她們好像因植在腦中的記憶體晶片，當眼前層層纍聚的翳影，一重一重遮蔽成一百鬼哭、眾猿哀啼，任何光線也穿透不進來的稠液狀牆壁、封印之結界，地上漫淹著泥漿般的糞水，……她們便像蜂鳥揮動翅膀，騙過時間之神（不管是鐘面上尖細指針懸而不往下一格刻度移動；或是沙漏玻璃細頸那原本紛紛墜落的細粉，卻像沙漠清晨突然完全靜止），展開她們狡猾、風姿綽約、從不可能處找到曲折腔腸祕道的「大拯救」。

先是小說家W說起幾個月前，她獨自一人前去台北圓山附近一個非常老、歷史非常悠久的公立游泳池、我這麼說是因為連我都有小時候我母親帶我和我哥我姊去那游泳池游泳的印象。但我長大後卻不知道這家游泳池確實的位置在哪一帶。當然這種屈指可數的公家泳池（門票大約是二十元吧），如果經過了至少四十年還沒被建商的推土機鏟平，你可以想像一種年久失修，早就被大部分人遺忘，那種舊時光泳池的小方格白瓷磚面皆龜裂、像老人牙齒塗上一層焦黃色水垢、池畔救生員鐵梯高台椅全是鐵鏽、甚至在那也許連Google地圖上都忽略的一小塊祕境裡，那一方無人在裡頭游泳的池水，水面上還散落漂浮著附近的樹木掉落的枯葉或細碎花瓣。

W說，那時已是初秋，夏天結束了，連窮人家的小孩都回學校去上學了。整個泳池真的就她一個泳客，在那水光晃盪，偶爾天頂有朝機場降落因此顯得極近距極巨大的客機轟隆壓過，大部分時光只聽見她自己一個人在撥水蹬水的孤單的聲音。

後來她在某一次換氣（她只會蛙式）將頭升出水面時，看見一個穿紅泳褲的男人站在另一端池畔盯著她這裡。她有近視，又戴著蛙鏡，並看不清楚那男人的臉。但朦朧中那倒三角的寬闊肚肌和肩膊以及極窄的腰，使她認定那是這介於荒廢或只是無人淡季曖昧邊界的泳池之救生員。有一瞬她想那傢伙會不會掏出哨子來對她嗶嗶吹，要她立刻上岸，現在這泳池根本是不開放的。

但當她游到池畔，他蹲在她頭的上方略高處，她盡量做出小女生無辜不懂規則的嫣然微笑時，發現男人只是很輕鬆親切的跟她搭訕。問她，妹妹怎麼會自己一個人來這裡游。近距離一些她發現那男人有一口亮潔的白牙。她內心安定下來後（確定自己不是站在違規這一方），和他敷衍幾句，又轉身鑽入水中，用蛙式手腳開合划水。下一趟她又游回岸這端時，男人仍保持剛才那蹲下的姿勢，似乎在若有所思地觀察她的動作正不正確。

男人說：「妳想不想學『抬頭蛙』，如果真的在海上發生船難，要游回岸上，純為了救生，必須要會『抬頭蛙』。」

她想了一下，說好啊。男人跳進泳池。一開始非常專業地說明要領，要她把雙手撐著池沿壁面，頭抬起來踢腿。然後糾正她不對不對。非常自然地，他的手托住她泳衣胯骨兩側。妳這樣一游出去，頭就會沉下去了。確實像教練那樣要她一動照一動地做。難道這過程她沒有意識到，這種孤男寡女在此無人空間裡，一種性的暗示嗎？畢竟妳不是才二十歲的小女孩啊，她說有，應該有。但女孩在那樣的時刻，是像被催眠的青蛙，或一種夢遊般回返小女孩時光的渾渾噩噩，希望不要讓人認為是那種神經質覺得所有男人都要強姦自己的女中學生。

但是後來，在那冰冷的水池裡，男人手卻肆無忌憚。他的一個手掌整個托住她恥骨那個部位。當然你可把它解讀成，那裡確實是整個人平展時的重心點，讓她可以像花式跳傘選手懸浮在空中。他仍理性地叫她腿張開、蹬踢，然後夾腿。那使她在一種不舒服的狀態，身體卻仍聽他的指令，反覆練習「抬頭蛙」的動作。

最後一個神祕瞬刻，男人的手在水中翻開她泳裝最底處那內壁處，手指伸進她的小穴，她有一種他狎玩式地旋搓她的恥毛的感覺。

她立起身，推開他，朝另一端游了一段，爬上岸，濕漉漉抓著浴巾，快步離開。

「哇真的很危險。」我們都驚憂地說：「可能差一點點，他會在那個無人之境將妳強暴，甚至殺了。真的妳太大膽了。」

接著，換小說家S說起她年輕時發生的類似的一個畫面。事實上這兩個女孩的故事銜接故事的輕微跳接，很像我小時候那個年代，家中客廳還有一台有一根細細臂爪唱針的電唱機，有一雙看不見的手拿起一張還在旋轉其漩渦刻紋的黑膠圓盤唱片，放上另一張封套裡取出的黑膠唱片，細心地將唱針放上，開始旋轉……。

S說，那時她從台中搭一趟非常遠的路程到草屯去找她男友。那種奇怪因為在那個懷舊、物質尚匱乏的年代裡，乘客像在一隻巨大噴水鯨魚腔體內的遊覽車，窗玻璃是黑的，椅墊是一種藍紫碎花影綽的絨布面，有空調冷氣發出機械巨獸的嘶嘶聲響……她算是中途被「揀上去」的散客，所以從空氣閥門踩上駕駛員旁那窄窄兩階上到車廂時，會有一種闖入一群熟睡的老人們集體夢境中的侷促感。確實兩人一排兩人一排似乎整個車廂的座位都坐了在黑影裡垂頭熟睡了老人和老婦。很怪，有一刻你會覺得，像一部日本電影演的，一車高中畢業旅行的遊覽車，全被某種瓦斯給迷昏了。車子顛盪著，她在那座位間的窄甬道一直走到車廂最後一排。像小電影院最後一排較高起但五個座位連成一起的特別座。恰好剩左邊靠窗那個座位空著。她向旁邊那乘客道歉（他必須欠起身讓她鑽進去），然後坐定了這一車之人夢境中的一小格。

那時她也才二十出頭，穿了一件洋裝（別忘了她是精心打扮要去見男友）。被一種那車子在某種永恆如子宮中的顛盪，而窗外流逝的是一片被窗玻璃調暗成深海潛艇舷窗所見的綠光。不多久她也迷迷糊糊睡著了。

然後是，像從另一個黏膠界面的一端有一隻手，伸進她的身體裡。她迷迷糊糊想，是有人開玩笑在她的嘴裡溫柔撫弄她的舌蕾嗎？一種玻璃裡油液態的什麼，一下傾斜這邊，一下傾斜那邊。然後她突然清醒過來。是坐她身旁那個男人，很奇怪的用一件外套蓋在她和他之間的模糊地帶，然後手非常高明（像一個拉提琴的頂尖音樂家，或一個華麗手法的扒手），將她洋裝裙裾褪起，沿著大腿內側，剝開少女卡通小內褲，可能兩根手指，可能三根手指，無比吮合地滑進她的陰道裡。那已經不知進行多久了。她從一個無比幸福、舒服的夢中醒來時。發覺自己那邊濕成一片。她是否在配合著他這樣大膽對陌生女孩的性侵犯？

那時我們或許都喝了酒吧，K的古董木桌几上亂七八糟堆放著各式各樣的酒瓶：台灣啤酒、海尼根、可樂娜、紅酒（有智利的、加州的、西班牙的、澳洲的，但大約都是在超市買來一瓶不超過三百元的）、伏特加、金賓威士忌和一瓶威雀十二年（真正把我們擊倒的或就是這些威士忌），K將它們冰在冷凍庫裡，奇怪是那琥珀色的液體不會結冰，從瓶口緩緩流出是像麥芽糖那樣黏稠卻又發出寶石光澤的半凝固半流體的玩意，K將它倒在鐵湯匙上，讓我們每人一支像棒棒糖那樣含吮。女孩們都開心極了，但它究竟是烈酒啊，當你以為你含了五支棒棒糖，你根本就暈了。

我突然發現座間有一張臉似曾相識，「咦。」我說。我想起那傢伙是我從前在一所爛私立大學兼課時，班上的一個學生。他什麼時候變成K的研究生了？之前混在這些男孩女孩之間也幫著拆外賣食品的保麗龍盒，所以那些像暗夜池塘裡雜遝荷葉浮萍蓮蓬或闔上的荷花苞……那些年輕的臉你無從將它和其他的臉區隔分辨。

我想起來了。他是一位香港僑生。之所以讓人印象深刻，是因為他的人生（遭遇）真他媽太怪了。我記得他在我的小說課堂上，年紀比一般學生稍大幾歲，但他經歷的事那可真是連我聽了都目瞪口呆。有一堂我讓他們談談「某種專業技藝」，這小子用很重的廣東腔說起他少年時在撞球桌靠一手好球技贏錢的事蹟。他講得非常專門，怎麼和另兩個夥伴設局，裝白癡，引自以為高手的傢伙下注挑桿。後來他還害過我一次，他說他缺錢時就去澳門賭錢賺點學費，他有一招「必贏公式」，就是你別去賭加州撲克啦龍虎豹啦老虎機啦麻將啦十三支那些，就去挑一台擲骰子機，別押數字，只要押比大比小。譬如你先押一塊錢賭大，如果輸了，就加倍下注，但記得一定就押大，如果又輸，再加倍，兩塊、四塊、八塊、十六塊、三十二塊、六十四塊、一百二十八塊、二百五十六塊、五百一十二塊……就算機器有鬼一直出小，你就一直加倍纍上去，總有出大的時候，而不論你前面輸多少，這翻出的一次賭到的，必然和之前輸的總額相加後，多了一塊錢。如此你再重新從一塊錢猜大（或小）開始……這個缺點是無聊，每次只贏一塊錢，但絕不會輸……

這公式從理論上聽是可行的，但我去年去香港，被一票朋友拉去澳門，我心中惦記著這小子（他叫阿豪）教我的那兩手，獨自找了一台三四個大陸仔圍坐像太空艙的骰子機，照著那逐次加倍的公式，冷酷地下注。結果，幹他媽的不到五分鐘，我錢夾裡的兩千塊港幣就輸光光啦。我押大，但那機器連開了八次的小。

我想：「我他媽正要找你算帳！」但這小子一臉完全不認識我的純真模樣。他也真是什麼千奇百怪的事都遇過。據說他來台灣之前，在香港是踢足球國家隊的，我們那爛學校竟也有足球校隊，一直想拉他入夥。但他都世故笑笑推拒了（有一種瞧不起對方程度的意思），他倒是每個月回林口僑大，幫那些三腳貓的足球賽吹裁判，有一次還拉我和另一個他哥兒們去幫他一旁當邊審。問題是我們根本不懂啥屁足球規則，球被兩隊激烈衝撞出界外，我就亂比一個方向，亂吹。立刻被激動的球員們用汗臭的胸膛頂住包圍。只見阿豪站我旁邊，一臉獨裁，從Polo衫前襟小口袋掏出一張紅牌，非常激烈地一手朝天空晃招，惡狠狠地吹哨子趕其中某個球員出場。說起僑大，他說他來我們這所爛大學之前，曾來過台灣，在僑大念了兩個月，結果和一個黑道老大的女人搞上了（他說他們是真的相愛），老大找人追殺，他是逃回香港避了一年風頭，才又回來台灣（他考上了我們這間學店）。

我後來不再去那所學店上小說課了，所以跟阿豪和他那些廢材哥們也就失去聯絡。倒是輾轉聽說這小子，回香港後先是去當一些業餘隊足球賽的裁判，後來又考上機場的保安，最後竟然在幹警察（就像我們那年代在港片裡看到劉德華、李修賢、鄭則仕、任達華他們演的那種香港警察）。我問過不同時期告訴我「阿豪在香港當警察」的不同學生，這小子幹警察是哪種警察啊，也沒人能說出個所以然來，似乎隨著金融海嘯，阿豪當最低層港警，被調換過許多不同單位：有在停屍間陪阿sir詢問法醫（像CSI那樣）關於那些凶殺案、墜樓死、被砍死、從廢棄後車廂發現繩子綑綁的屍體、電梯姦殺案……各種死於非命者的細節。有一段時間，他在什麼警察聯歡晚會當主持人。後來他們又說，阿豪最近的消息，是他的管區就是那最多遊民悲慘租睡的「籠屋」，一個破爛老區公屋，裡頭小小單位被屋主隔成像菜市場雞販那樣一格一格鐵籠，每格僅夠一人躺入。那是又髒又臭整個社會最底層悲慘，完全失去人之尊嚴和形貌（就像一隻隻絕望的雞）的地獄。阿豪每天要和這些人打交道。

之後又發生了一件悲慘到你覺得像《鐵達尼號》、《阿波羅十三》這樣不真實的好萊塢用機器模型、遠近拍攝的錯置、在攝影棚裡靠演員們傻B至極的恐懼、絕望、逼真的演出人命渺小的悲哀……在香港發生了一個這樣悲慘的船難。那是一艘由香港島開往看海上煙火的渡輪，遭反向行駛的另一艘渡輪撞到船尾，據說船尾破一個大洞且立刻（像鐵達尼號）呈九十度垂直，船首插向天空，而且好像不過二、三分鐘，整艘船就沉入海中。這個船難死了三十幾個人。他們都是一家電燈公司的員工和家眷，參加公司辦的離島旅遊。這件事在香港造成極大震撼。主要那維多利亞港每天來來去去行駛香港島與不同離島的船舶，多不可數。而最駭人聽聞的，是當撞擊發生後，那艘肇禍的渡輪，竟不停留在那救援那艘瞬間下沉的船隻上呼救的，或像餃子下鍋落海的，在風浪裡舉手掙扎的人。他們掉頭把船駛離，停靠至另一座島的碼頭。許多落海溺水者就是錯失那黃金救難時間，活活淹死的。

阿豪的父母恰就在那艘被撞沉的渡輪上。原本該說他們運氣好，他們的座位靠近船首，所以當船艙空間像遊樂園摩天輪整個倒轉，且不斷下沉到黑夜裡恐怖的海浪裡，他父母和其他幾個人站在一張椅子的背面，雙手緊緊抓著上方的塑料壁面，陸續在別張椅有人哀嚎滑落下方轟轟漫淹的巨大漩渦。那真的就像電影《鐵達尼號》裡演的，後來他母親對他父親說，她不行了，沒力氣了，抓不住了。他父親就眼睜睜看著妻子一磕一翻掉落下那以不可思議的形貌像深淵底下不斷朝上漲湧的，比惡魔的臉還可怕的，「怒濤洶湧」。

他父親活下來了，而他母親卻因墜海，列進那三十幾個死亡名單之一。屍體在一天後才打撈到，且他母親墜海那時（也許這是目睹妻子掉落的他父親，修改了記憶的幻覺），他們這些撐著就快隨船滅頂的人，正好聽見救援船靠近的引擎聲，以及突然將這地獄場景正灌進濁浪的船艙，突然被探照燈照得燦亮如白晝。

這一切光怪陸離的遭遇，怎麼全發生在阿豪這年輕人身上。我記得當年在小說課堂上，他說的自己「印象最深的事」（那是那次的課堂作業），是他外婆的葬禮上，不，是守靈夜，他和母親家這些親戚哀戚地跪在靈堂前念經。但屋外他哥哥卻發出像貓頭鷹那樣古怪的桀桀笑聲。大家面面相覷，老一輩或只是覺得這後生太不懂事。只有阿豪他心裡想：「我哥瘋了。」那場喪禮之後，他哥確實愈來愈怪，愈瘋。後來他們帶他去看醫生，確定除了憂鬱、躁鬱，還有解離症這些精神疾病。他們家境頗糟，正確做法應是將他哥送進精神醫院，但他媽捨不得，堅持將變傻了有暴力傾向的大兒子留在家，自己照顧。這下他母親也掛了，他們接下來真的只能將他哥送進精神病院。

是以當我在那個難以言喻的晚上，在K的屋裡，這些面孔漆色剝落、鼻子被削掉、眼珠的彩礦髒汙糊掉，或少了一邊的耳朵只剩一黑幽幽的窟窿的菩薩、金剛的雕塑包圍著像一座霧夜森林裡某種時間故障的魔法被啟動，這些含了K發給大家的鐵湯匙結凍如琥珀之威士忌「麥芽糖」，兩眼醺暈迷茫的女孩們，還有我和K和X君這三個漸入中年，卻被某種擱淺、損壞的「少年愛」困住的男人，其他就是那群影影綽綽，像沙龍聽眾又像服務生的，K的學生們之間，發現了阿豪竟混在這一屋子的人群裡，我感到一種沒有辦法掌控如漏水下沉的船隻，從你不預期的四面八方，皆有那在這艙殼外是黑夜無垠的波浪海面，但它們正像夢境外的「什麼那裡」，汩汩灌進這個狹窄空間，那樣的疲憊和悲傷。

我是否該打破阿豪裝作和我不識（或他認為我應該不記得他這個學生了？他並不知道我從他哥兒們那邊聽來他那些像魔術箱裡一串一串拎出來的奇怪身世？），我該把他從這些道具布景般的其他年輕男孩女孩中指認出來，並向其他創作者介紹他？

但如今我回想K的那個房子的那個晚上，其實在場諸人各有心思，只是它變成譬如月光河流裡各自間或一閃的圓卵石上的某塊斑紋或鍊條疤的結晶礦，那些暗紅或墨綠或近乎金黃的閃爍靈光，被淹浸在一個整體的波光粼粼、不確定的虛幻與真實之流動中。這之間好像有個陌生女人推門進來，她完全不理會屋裡諸人，而我們似乎也因太專注於聆聽其中某人的自我陷溺演講，座間並沒有人和她打招呼或起身。她自顧自地走進K這屋子後面一個房間，過了好一會又抱著一疊書出來，然後像是我們並沒有進入她視網膜的投影（我們只是一群在她眼中並不存在的鬼魂），又無動於衷地開門出去。那時我心念淺淺想著：她應該是K的前妻吧。之前聽K說他和妻子在相處上出了很大問題，我腦海中自動形成一個其實可能並沒有發生過的印象：K正和妻子在處理離婚官司吧，諸如仍在繳貸款的房子的所有權狀、他們那台破二手車、這一屋子古董，或一些存款。這女人似乎有這屋子的鑰匙（所以可以自由進出），而且從這個晚宴開始，諸人陸續到達，便一臉驚惶不悅，蹲坐在一只大甕上的，那隻K養的日本黑白貓（牠的臉確實很像日本藝妓那種高雅卻又說不出滑稽的濃妝美人），女人經過牠身旁時，牠似乎非常熟絡地張開鬍鬚小嘴打了個哈欠，眼睛眷愛地瞇了起來。但旋即我又想起，幾年前我曾見過K的妻子啊，雖只有一面之緣，但她的臉孔給我頗深刻的印象，因為她和我妻子有一張類似的大眼美女而白皙到你會有一瞬幻覺：似乎她們的臉龐像白色玫瑰花瓣浮現著淡淡紋脈。而且她有一雙略朝上翹翻，有點像蝙蝠那樣的招風耳，並不是這個臉色黯黑穿門過戶後又無視整屋人自願離去的女人。

但這關我什麼事啊。然而當回憶的光源像原始人的火把舉向原本沉睡於全然黯黑中的洞穴，他們驚訝看著不知在他們之前多長年代的另一支族類，在那布滿苔蘚絨毛和石灰岩侵蝕的猙獰皺壁上，留下了極細緻、線條纏複，只有側臉的動物壁畫：蛇、狼、鷹、獅、馬、貓頭鷹、公牛……還有一些他們幻想也幻想不出來的，於是如果是現代人可以說是外星人操弄基因技術玩耍搞出來的，現實中不可能存在的動物。有許多原本你的感官屏幕沒有被描繪出來的事物，並非它們不存在，而是我們大腦中貯存的解析軟件尚沒有這些事物存在形貌的認識、概念，或想像，所以你的眼睛掃過那個空間，很多訊息漏失了，它們明明存在在那兒，可是你什麼也沒看到。

那天夜裡——其實可能已靠近天將發白的四、五點了——我睡在K這房子裡一間和式小客房（那可能是這整間屋裡唯一沒有擺設任何一件那些混淆時間感的古董家具或佛像的空間），非常小，其實應算是附在客廳旁讓人圍坐小几泡茶的一個小包廂。原本K可能只是將它作為收納那些去大潤發買的整袋衛生紙、大垃圾袋、一些可能是贈品的書包、廢棄電腦、兩台夏天才會拿出去吹的立式電扇，還有一些整落的法文雜誌。我應該非常醉了。那一整晚我們喝了非常多的混酒，我感到整個胃囊，不，腦袋裡都像羊皮水袋沉甸甸盛著那些發酸的暗紅色葡萄酒。模糊記得最後有一些人離開，但我不記得有哪些人和我一樣，就在K這屋裡借睡一宿（其實可能只有幾個小時了）。我記得後來這屋裡的不同人們又（像KTV裡點歌搶麥克風）輪流說了許多故事。後來連那原本K安排在這聚會扮演侍者的學生們，也加入說起自己的故事。像一座夜闇森林裡不知藏身在上下四方哪處樹叢的十幾隻貓頭鷹此起彼落地啼嗚，既靜謐、又瘋狂。後來我只是像吸大麻了的人，在我坐的那張古早屠夫凳上傻笑搖晃著，手爪抓著桌上盤碟裡的開心果、滷蘭花乾、煙醺烏梅、小魚杏仁片、起司塊、洋芋片，還有不知第幾輪換上的水果切盤……往嘴裡塞。桌上那一只只K用來充當菸灰缸的老藍花厚陶碗，被各自暗影微光中表情嚴肅的男女，噴吐煙來再用手指伸去捺熄的紙菸屁股塞爆像一坨坨賁張刺突的河豚屍體。

但此刻我躺在那小和室隔間的空心夾層木板上，卻突然睡不著了。那葡萄酒暗紅色酸味黏附在我的腔體內、皮膚下的血管、喉頭，乃至口腔內壁。K這公寓下方不遠處，竟傳來一陣陣船行的汽笛聲。我才想起白日搭K的車靠近他這公寓時，好像馬路另一側是一條運河般的水道，挨擠停泊著上百艘那種舢首油漆斑駁、木料蝕爛的小漁船，像是一處這些被大海傷害、施虐而傷痕累累，發出集體腥臭味的漁船的墳場。

我推開那和室細木格窗紙門，走去廁所撒了泡尿，並對著馬桶乾嘔了一陣，想把那似乎已成為洗水彩筆水罐裡整團暈散如一朵複瓣牡丹的暗紅、憂鬱的酒酸味，從腔體裡掏出來。但終還是失敗。K連這廁所內都置放了古早石鑿豬槽（裡頭很雅的盛水養了一些浮萍），洗手檯也換成一架古時候女人的紅漆雕花麒麟腳的木頭梳妝架、置著一只牡丹繪圖的搪瓷臉盆，連扔草紙的垃圾桶都是一只不知是峇里島還是中亞的番蓮花紋陶甕。我走回臥鋪途中，順手抓了一罐客廳小几上已溫了、滿是水珠的鋁罐啤酒。看見W和S這兩個女孩，相偎睡在那張頂上掛著一只只鐵吊鉤（K說是從前的豬肉販子，真的懸在肉案上鉤掛那些支解的豬腱子肉、豬心、豬腸、肋排用的……）的鴉片床上，她們合蓋著一張薄被，整客廳枝枒歧突的古代物件稜角的黯影，包圍著她們，但她們熟睡的臉像小女孩那樣無憂無邪。

我回到工作室抽了幾根菸，腦袋裡像壞掉的電視屏幕一片沙沙光點亂閃，我想著明天，哦不，幾個小時後，在那研討會上，X將怎樣抽刀，「你只有一次機會」，我該怎麼回答？那盛妝、插著綴滿金鈿步搖和珠花的簪子，盤起抹了冷茉莉花油的如雲黑髮、耳垂下也掛著纓絡寶塔的垂墜……那樣一顆過度沉重的頭，滾落到地板、一片光霧撩亂，兩顆玻璃珠般沒有感情的眼圓睜……

我該怎麼說？

「一開始的時候，是黑澤明那部老年時光拍攝的《夢》，其中一段〈桃花女〉。那個小男孩，在一屋子像《紅樓夢》不，像《源氏物語》那樣和服盛裝姹紫嫣紅女孩兒之中，被一個好像所有人都看不到，只有他能看見的嬝嬝亭亭的落單女孩逗引分神。他追著她（小碎步穿木屐跑著，發出銀鈴碎響）到屋後，隔著紗門她向他招手，他如果推開門，就要離開這座時光靜置的老屋，外頭的世界，綠光盈滿，鳥鳴宛轉，空氣中充滿潮濕的春天各種蕈類、腐木、落花、泥土噴湧而出的氣味。

我們可能忽視但又視覺暫留、匆匆掠過導演不經意拍到，屋子角落那排放在神龕上，隆重朝儀華服的王、后、侯、大臣、嬪妃、武士……一只一只的舞蹈傀儡小人。當然後來他禁不住那說不清是狐神或花鬼變幻之形，那清麗小女孩的逗引，撞門而出，跑進那一片光霧、氣味旋轉的春天山林，就遇上了那段經典的『山坡上諸神列陣，為他表演一場春神啟動桃花林綻放的華麗舞祭』。」

或許我會說到，卡洛·奧茲（Joyce Carol Oates）的一個短篇〈愛蜜麗·狄更森豪華複製人〉，故事是說一對孤獨無聊，無有子女的初老夫妻，上網訂購了一隻（像《AI人工智慧》那樣的機器人）美國傳奇女詩人愛蜜麗·狄更森的複製人（這位女詩人終其一生孤僻隱世，死後詩作才陸續為人驚豔發現，形象略可比擬我們的張愛玲），這樣一隻介乎寵物、女兒、女僕但又具備偉大女詩人性格特質（人們是從一批包括佛洛依德、全壘打王貝比魯斯、老羅斯福總統、梵谷、惠特曼……的豪華複製人之中，挑了這個角色），被迎進家裡，太太像少女時代學生室友的激情（她年輕時也寫詩，但是個平庸的女學生慢慢變成平庸的婦人）將家裡布置成類似這個詩人臥室、書房（她還買了《愛蜜麗·狄更森詩作全集》，好幾本傳記，還有一本巨大的攝影集），以迎嬌客。但是等這個眼神空洞，像個「萎縮的娃娃修女」的複製少女進駐他們家，卻像恐怖劇改變了這對平庸夫妻的婚姻生態，他們和「它」的關係不斷被混淆，心底的黑暗被喚出，太太像高中女生較醜的那個，對這發出神光的少女機器神極盡籠絡但並想控制，她要她陪喝下午茶，和她說悄悄話，拿自己的爛詩跟她分享。先生則因為自己受到冷落而討厭這個古怪的複製人（也許真正的愛蜜麗在她的生活裡就是這麼冷淡、無聊、常耽於自己世界的難相處女孩），他太太像初發情的少女愛上那隔段時間電腦列印出詩句（按「真的」那個已寫過的）的怪物。最後這先生在一種混亂（「她是我的財產」）的羞辱感和力量的擁有之宣示的瘋狂情感下，強暴了那隻少女機器人（「契約裡明定的，她是他的財產，可以任他處置，不論他對她做什麼，都沒有絲毫法律上的罪責」）。

我想，密室裡的暴力，常讓權力擁有者不可思議展演了成為人類行為奇景的恐怖、遮蔽對方任何活路的殘忍意志，但卸除了那森然羅列的權力建築，其後面只是一顆平凡庸懦的心。他們弄混了「擁有另一個人」的邊界。他們對絕美和激情如蝶蛾撲向光焰的某些藝術剎那神光，缺乏感性和崇畏的情感。像隔著一層塑膠膜看這個世界。於是，這對平庸夫妻在自家客廳可以「擁有」愛蜜麗・狄更森模糊、栩栩如生的身影形貌，複製其「活著的時光」，但那些美麗詩句創作背後的日常生活，於他們卻如核放射燃棒一樣「不知如何進入，一靠近便被灼燒」。最後便像織田信長回答禪僧問及，枝上杜鵑其聲淒美欲絕，美不可方物，主公如之何，信長曰：「我令杜鵑飛來我掌中，杜鵑不來，吾殺之。」

當我這樣在這間小和室裡自問自答時，我聽到（不是在我腦中，而是在我外面但極近距離之處）有人啃啃的咳痰聲，我一低頭，發現那原先放著已被我喝光並丟入菸蒂的啤酒鋁罐旁，有一只荷葉形的白瓷水皿，盤沿坐著兩個小人兒，他們穿著像京劇舞台上的淨角，一個蟒金冠大紅袍皂靴，另一個則一身暗色皮冑護胸護肘，兩個都虬髯大鬍，都是胖子。他們像繫馬坐在池畔歇息的古代出亡王侯和貼身將領，倒影在身後水盤裡，抬頭看著我。

我認得他們。王，和拖雷。

我嘆口氣（其實只是在心裡，沒有給他們聽見），像是我們只是延續著討論到一半的一個「計畫」，毫不驚訝他們是從腦袋中跑出來的；或是這和室紙窗門外那一整夜一屋子人，K的那些影影綽綽的骨董，那將要殺我的X，或為了攔阻、救贖而祭出她們私密色情故事的W和S，或是我不知道睡在哪間客房或哪處角落，喝了一夜酒抽了一夜菸，被各自故事沾染，像被沉沒油輪洩出之重油汙染的黑色海灘礁岩上，在那黏稠膠物中掙爬的疲憊螃蟹的那許多男孩女孩……也只是這兩個小人兒，在我腦中錯置的幻影？我知道他們會說，這一切只是測試我腦中的「女兒」程式，對吸吮故事的自我區隔或篩辨反應。

但其實我只要一俯身，一手一個，當下就可以把這兩隻像壁虎大小的小傢伙捏死。那或根本只是我精神分裂，從我腦袋，像從封閉核燃棒艙外洩出來的光爆和黑影。

王說：「繼續說。」我說：「我累了，沒什麼好說的了。」

拖雷說：「你們聽聽看這個：

那一夜 II

我們對腦後方的景象之處理，只能是「回憶」。所以愈恐怖、絕望的廢墟，愈能投影出哪怕小小一幅印象派畫作的美麗回憶。但對於「未來」，我們能投擲的最遠距，以個體而言，就是眼球水晶體表面那圓弧最外沿的切線，那根看不見的垂直軸線。

根據維基百科：

『印記城（Sigil）也被稱作「萬門之城」（City of Doors）。它坐落在外域的無極尖峰（the Spire）之上。這座城市的外形是一個環面，而整座城市就在這個環面的內表面上。在印記城中布滿了各種傳送門，而這些傳送門可以通往多元宇宙的任何一個世界。相反，不使用傳送門，就無法進入或離開印記城。所以這座城市也被稱作「籠子」。印記城常被視為多元宇宙的中心（雖然這其實與「多元宇宙之中心」定律相悖）。』」

王說：「所以在一九九〇年代，就有人弄出這一整套玩意兒？『可以通往多元宇宙的任何一個世界』，但如果你不使用這些傳送門，就永遠無法離開這座又被叫做『籠子』的印記城？」

拖雷說：「其實這只是個桌上遊戲卡，那時候可能還沒有網際網路。」

王說：「哼，美國人。」

「也未必，說不定帳該算在阿根廷人頭上，或義大利人、西班牙人，或印度人。」

「總之，『多元宇宙』這個概念真是老梗了，想想那個日本人的動畫《盜夢偵探》，後來的《全面啟動》，哪個界面都可以泅泳進去，『任何一個薛丁格的貓眼中的可能世界』，也許有一些換渡時的波頻不穩定，或全部粒子傳輸略慢而使投擲到那個『原本不存在之世界』的人，像馬賽克彩色小瓷磚一格一格的光譜拼圖板，違和地出現在城市廣場、攤販街、各種恐龍圍聚的湖泊，或日本戰國時代的武士對砍的長巷……。問題是，在網路的峽谷、如微血管叢的溝渠、海底的珊瑚礁不同角度的蝕孔，或是幾十億人一個晚上（甚至有時差、有換日線）那流光蛇竄的無數斷肢殘骸的夢境總和，『無處不能去』但卻又是一個累加後太巨大太多『世界』它們各自的建築、偽歷史、細節的陰影（即使是一枚小小牆上的鉚釘）。如果是一場古代攻城戰，那漫天如蝗的飛矢、攀城鐃鉤繩梯一串一串不斷摔落的小人兒、牆垛上朝下傾倒滾燙瀝青或持弩朝下發射的甲冑將士，主戰派或投降派之間的辯論，各自心機盤算；如果是《紅樓夢》那樣的世界，那花園樓閣、人物關係、衣裳髮飾、宴席飲膳、笑話、詩歌、不同女子的品貌身世；如果是一座城市，像《東京夢華錄》吧？它的編織、延展、櫛比鱗次、百工技藝、巷弄、顏色氣味的眼花撩亂、它的興衰史，或是獨立的作坊史、裁縫史、戲班史、道觀佛寺史、妓院街史、小偷拐子被砍頭的強盜賭場裡用鉛骰子的騙子史……這一切龐大到遠遠超過人類能感知的負荷、那些『多元宇宙』裡即使最輕的一根羽毛，一粒塵埃，街燈孤伶伶投在石板上如粉塵的清光，疊加再疊加之後，其重量足以壓垮那原本像紐約中央車站，可以出發、投射、到達『任何世界』的那個自由的『印記城』，那個『薛丁格的貓』的箱子。所以它到後來只剩下一種『全面啟動』的出發前的氣氛；一種站在帝國大廈之頂向下眺望，那街車亂流像海底微生物的盲目、針織般的細瑣閃跳；或者一個好色的皇帝站在數千個一絲不掛，光幻迷離的美麗嬪妃女體之前，你剛浮現『多元宇宙』這個意念，下一秒你可憐兮兮的『感官、經驗軸突』，立刻像被駭客瘋狂郵件程式灌爆的網站，被那你已滅絕、踩成粉屑而它仍持續，爆脹的那個『無限』所癱瘓。」

拖雷說：「那您說我們該怎麼辦？連量子宇宙的概念都陳舊到發出腐臭味了？只『出發』，下一秒就是嗑了純海洛因腦中某區早被炸爆，只剩一張幸福癡笑、翻白眼、『到了仙境』的臉？所有小說、帝王陵寢、機器人、超級核心智慧型手機，都是傻B？」

王說：「因為我們在這個演化的設計上，有其限制。想想我們不比我們發明出來的槍枝聰明多少：準星、瞄準孔，我們的眼睛置放在面對不可知的洶湧景觀的最前線，巨大的頭顱裡面處理資訊的大腦是置放在後頭。我們不比深海鮟鱇魚聰明，牠們那根發光的突觸，至少還懸垂在頭的前方幾公分處。所以我們看電影，還是得像看鏡子，仰頭看著在我們對面那一片光幕。你想想日本人那些鬼頭腦，研發設計了那些形貌亦神亦獸的『鋼彈超人』，頭盔、鞘翼、手腕的光波炮、像宙斯的雷霆之戟、繪有星際天文圖徽的超合金鎧甲、連機械關節的腳底都是可以垂直起飛的噴射靴。但是，這些『瀆神、僭越』的被創造神物，一旦成為小孩手中的玩具，它們就只能從後背一個按鈕，發射前胸的一顆玻璃彈珠。這很可笑嗎？不是的，我們對腦後方的景象之處理，只能是『回憶』。所以愈恐怖、絕望的廢墟，愈能投影出哪怕小小一幅印象派畫作的美麗回憶。但對於『未來』，我們能投擲的最遠距，以個體而言，就是眼球水晶體表面那圓弧最外沿的切線，那根看不見的垂直軸線。有智者，早早發明了譬如像『異域鎮魂曲』這種桌上牌戲。卡爾維諾錯了，塔羅牌不是用來像虛空建築其立體幾何圖形，繁殖『中世紀』、『文藝復興』、『十九世紀』，乃至『二十世紀』不同小說語境的『故事生產惡魔機器』。它是可以預測未來的，但投擲的時間彈道非常短（三個月？），你想做更多事，它必然被那繁錯的角色性格、關係網絡、錯綜複雜的因果像螞蟻雄兵那樣吞噬。譬如易卦、譬如巴比倫占星術、譬如紫微斗數……那個隱喻的鏡片之陣，騙過我們直立猿人的腦部構造，像天文望遠鏡，或許早就在無人之境，記錄了遙遠未來會發生的事。但它非常稀薄，甚至不能被即使眨眼之瞬的閃電靈感所照見。只能藏匿在那些壓扁的、裝神弄鬼的牌陣或數列裡。一組意有所指，卻又曖昧不清的詩籤裡。」

拖雷繼續唸著：

「（出場人物）——維基百科（異域鎮魂曲）

主角：無名氏（Nameless One）

因強大的巫術作用抽走凡人性而得以不死的男人。每次死亡後都會復活，但副作用是每一次重生都會失去前一次生命的記憶人格，精神也會受損最終成為白癡，而每一次復活都會奪走諸界中的一個生命做他的替死鬼，因而時常被因他而死的冤魂糾纏……最初他是一個靠給人提建議為生的人，然而他的一個建議為諸界帶來了嚴重的負面影響……」

「等一等，」王說：「這個像是在說我啊。怎麼可能有人連轉折起伏的路徑，都和我腦中想的近乎一樣？而且還PO在維基百科上？難道這就是榮格的神話原型？我們這個時代，連創造都難逃抄襲的詛咒？但我們可不是在設計電腦角色扮演遊戲啊。」

「王……」拖雷說。

「再唸下去，我想再聽聽看這個永遠不會死但一次次遺忘，最後變白癡的什麼鬼的鎮魂曲。」

「（可加入隊伍的角色）

莫提（Morte）

漂浮在空中的骷髏頭，被某一世的主角從巴托異界的人頭骨柱拔下來獲得自由，之後一直跟隨主角冒險。莫提多嘴並知道很多事情，容易和別的角色吵架。雖然死得只剩下骷髏頭卻仍然是個情聖，一有機會就想追求異性。」

「這是唐吉訶德旁邊的桑丘嘛。」王說。

「或者是豬八戒的功能。」拖雷說。

「達肯（Da'kon）

來自吉斯瑟雷的居民，也是卡瑞克之刃的最後揮舞者。這把特殊的武器，會隨著他的意志跟想法變形。達肯的言談有種老練深邃的智慧，來自吉斯人民掙脫奴役的歷史也來自本身闖蕩諸界多年的經驗。

伊格納斯（Ignus）

曾經是主角的學生，發現自己與火燄的聯繫後變成十分厲害的縱火狂法師，瘋狂地想要燒盡一切。伊格納斯出於縱火欲望把法印城巢穴的一部分燒掉，被其他法師聯合起來所制伏。他們在他身上開啟了往火元素異界的通道，而他只憑藉著意志存活。之後成為了燃燒屍體酒吧的招牌。在遊戲中可以透過無盡水瓶將他救下，之後他會加入隊伍。但若你在悔恨要塞裡陣營為秩序，他將被超凡人鼓動背叛你。

維勒（Vhailor）

一個不曉得自己已經死亡的慈悲殺手（屠憫者），肉體已經消失，只剩下意志附著於鎧甲之上。如果主角的行為不合正義就會被維勒當成敵人追殺，是一名雖強卻也讓人感到棘手的夥伴。受無名氏某一世身分的命令一直駐守在詛咒城……可加入隊伍。但若你在悔恨要塞裡陣營為混亂，他將被超凡人鼓動背叛你。」

王說：「重複了。想像力重複了。不過很絢麗就是了，這應該是一個年輕人團隊的集體創作。不過終歸缺乏一個懸垂而下的身世深井，太短時光的文明裡，人類的想像力有其死角和局限。這是機器人守則第一條。很多時候你以為在創造，其實你只是在布置罷了。對了，怎麼沒有女性角色？」

拖雷說：「有，這有一個。

失寵（Fall-From-Grace）

塔納里人，種族是『吸精女妖』……後來不再以勾引諸界各族男性墮落為人生目標，轉而追求多元宇宙中各式各樣的感官冒險經驗……在法印城中經營一家『賣藝不賣身妓院』，教導學生言談應對的藝術。」

王笑了起來，拖雷也笑得停止不唸，連我也笑了。

然後王看著我，皺著眉頭說：

「當然這是一群以男子氣概為聚合力的打鬥團夥。這遊戲是被變革來滿足那些自戀、暴戾、重金屬、基因裡還是有一段肥大的『殘殺序對』但被這虛擬消耗太多精力的世界，騙進一個封閉迴路中打轉的青少年。但這個『吸精女妖』——也許只是巧合——這個『追求多元宇宙中各式各樣的感官冒險經驗，乍聽之下好像比我們的『女兒』這個發明，可以啟動的涵蓋、搜尋、重建傷害峽谷的功能性更強？而且那個原本閱人無數的視覺高度，是跪蹲在一根一根翹起的男屌近距離的微觀：它們的勃跳、空洞的征服者沒有臉的圓盔形象、它們的哀愁、像海葵一樣沒有思考能力、可憐兮兮。但她應該是個美女吧？而且他們把對妓女和女心理諮商師的性幻想結合了。這些男子氣概者最可能是無法和女人性交，只能口交的『媽寶』。他們的戰鬥隊伍裡必然要帶這樣一個軍妓，但又是從良的，『賣藝不賣身』，她變成一首『屬於過去色情時光』的抒情詩。她愛上這個團夥的老大（但「愛情」在這裡頭同樣也只是一個布置），而這個老大什麼都不是，可能是一個人格解離症者，不，他其實是一大團時間，或許就是『輪迴』本身。『一個從良妓女愛上了輪迴』？」

我說，關於「塌縮的宇宙」，原本是更高維度的、瞬息萬變的宇宙，結果塌陷了，剩下這個「脫相干」的乳酪狀的宇宙。

「那是怎麼回事？」

「我們會想像：那是在『女兒』的腦內，其實不然。」

「蟲洞嗎？當我的手指插進她蜜汁淋漓的小穴，我感覺有一些城市在塌毀，有一些人們的臉、獨白、哀傷、回憶、憎恨、遺憾、快樂、懷念的情感、想不起來卻朦朧遮蔽的什麼……像溫德斯的《欲望之翼》，突然被瞬間壓扁了，像版畫，但又不對，像在蒸汽室裡的蒸發，它們不是朝無垠太空而散，而是在這高溫高壓下全氤氳在那。」

「那時她哀鳴出聲，眼角有淚沿頰側滑下，我不知道從她的子宮（像變成暗紅色的太陽）到她此刻好幾千萬顆星球瞬間光爆的大腦裡，這之間的距離，是否像我此刻赤身裸體拗著臀腰俯瞰著她的地球，和半人馬座的距離那麼遠。如果那麼遠，它們如何像兩顆已不可能聯繫對方意念的左旋和右旋的微粒子。」

「那這故事要怎麼說下去呢？」

「讓我試試看。」我說。

「他在那座重刑犯監獄跟那些『人間失格』者上了七年的文學課，每個月一次，一清早從高雄搭火車，再轉客運到台南。他給他們上三島由紀夫、川端、赫塞、馬奎斯《百年孤寂》、聖修伯里的《小王子》，甚至村上春樹、邱妙津、夏宇的詩……我聽著這些書單，忍不住笑了起來，這是我們二十歲在陽明山像幻獸那樣兩眼濕漉發光對文學朝聖的書單嘛，現在在大學開創作課，年輕孩子們也未必讀這些書啦。很難想像他是對一群穿著囚犯服，刺龍畫鳳，身上刀疤或槍傷凹洞，一臉橫戾其實你看到這樣的人立刻相信《水滸傳》講的，某些人他真的是天上殺星下凡投胎，來人間姦殺擄掠的。但他說：『他們本來也就是一些二十多歲的年輕男孩。』」

七年來他沒拿一毛講師費、自費車資和影印講義。其實他自己經濟狀況不好。他跟我講了其中幾個「他徒弟」的故事：判無期的、判十五年的、之前是海線哪個小鎮的角頭，帶了一群小弟拿槍去六合彩組頭要分紅，人家自然也找了殺手要幹掉他，如此火併、女友被押走、母親和哥哥被恐嚇，如此自然某一次就殺了人啦。還有家裡從小就是開賭場的，當兵退伍後就找了一些流鶯開應召站，某次有個援交少女主動要靠他行，數度警方破獲，結果是未成年的，那時恰好通過《未成年青少年性交易防治法》，判很重。我聽著聽著難免弄混了他講的這個誰誰和那個誰誰的身世。

這其中有個男孩叫阿德。一開始是他還在台北報紙副刊坐編輯台，某次監獄的輔導師鼓勵一些囚犯投稿（也許他們是四處亂投）。其中有一篇是阿德寫的，作品不好，他當即和其他諸篇放進退稿箱裡。但裡頭有一段句子讓他心中一動：「月亮像一個銀碗掛在夜空上」。他一時忍不住在那稿紙後寫上：「如果你一直用這樣的方式描寫月亮，那你的文章永遠不可能被登上副刊。」

不想一個月後，收到一封台南重刑犯監獄寄來的信。字跡工整像小學生抄課文，恭敬稱他「某某老師」，並說很認真但苦惱地思索「該怎麼描寫月亮」，監所的心靈導師鼓勵他直接寫信來向老師求教。於是很冒昧地提筆寫了這封信云云……

於是他和阿德一來一往通了有一年的信吧，也是這個因緣，後來那位監獄的心靈輔導師（一位好心的大姊）邀請他去給這些「末日殺神」上點文學創作課程（當然是義工性質），他立刻答應。這個阿德的故事好像是，他小六那年母親跑了，他爸交了個新的阿姨。他起肚爛、離家出走，在網咖混，睡公園或小學教室，後來身上沒錢，就翻進人家屋裡或店鋪偷竊。有一次失風驚醒主人，或因恐懼就把人家砍死了。被判無期。主要是，他們這種重刑犯，最後都會被親人或女友（翅仔）放棄。他們也不會怨怪，通常他們關進來後，親人在外面的世界要謀生存活就非常艱難了。偶有某個小女友會堅持每月來探監，但搭公車往監所探視的那段路，是即使盛夏仍覺得一片憂鬱的荒涼田野。慢慢半年來一次，一年，兩年，然後就消失了。

然而監獄對這些重刑犯，這些殺人者、強姦殺人者、強盜……如同被拋離出大氣層外的太空垃圾，除了肉身監禁之「規訓與懲罰」，除了刑期，還有在那個封閉世界裡，物質供應回復到原始時代（其實可能是奴隸制的精神延續），納稅人自然不負擔，所以監獄預算不提供的生活消耗品：譬如衛生紙、肥皂、牙刷、牙膏、信紙、原子筆（更別講書籍雜誌、香菸，甚至啤酒）。這些費用必須由犯人家屬匯錢進來監所供他們支付。但那些（在第三年、第四年、第五年……）被親人拋棄的傢伙，在一種近乎零度之匱乏，只能靠幫監所勞動，來掙那些正常世界裡覺得渺小、基本的東西。譬如黏信封，黏一百個有五毛錢，也就是黏一千個才五塊錢，要湊到十五塊就可以買一包衛生紙，或是信封。有時則是頭痛欲死，或是胯下癬奇癢難捱。當然沒有止痛藥或那種藥膏。

他後來沒再去那憂鬱田野、公路盡頭的獄所給他們上文學課了，主要是獄方後來對他們這樣的義工外師不很禮貌。確乎以公務員的想法，這些「罪人」們都是無間地獄的惡鬼，他們這樣來煞有其事地上什麼小說、現代詩，實質意義是給獄方添麻煩。當然他有時會想想念那似乎是另一個行星宇宙裡，那群絕望男人裡其中一兩個，之前對人世理解只到十七、八歲便停止的男孩。有一次阿德寫了封信給他，非常羞愧地請求他寄點錢到獄中給他。他抽菸失眠了一夜。第二天去郵局匯了兩千元給他。過了兩個月，又去郵局匯了一千元進監所。如此幽微成了一個固定，卻又似乎不存在的事。偶爾他也想去探望阿德一次吧。但他既不是他的父兄，也不是情人。

這個故事讓我想到多年前一部義大利電影《郵差》。講大詩人聶魯達流亡義大利小島上，與一位原本不知詩為何物的郵差馬里奧，結成浮生一期一會的忘年之交。詩人離開後，馬里奧以為還和這位大人物能保持時光中的情誼，不想詩人完全失去音信。十幾年後聶魯達回到那小島，馬里奧的妻子（當初詩人幫他寫情詩追求）還在，小孩也長大。但郵差馬里奧已因（受詩人感召？）投入抗爭政治活動被射殺。留下一卷錄影帶，是郵差用聶魯達當年留下的錄影機錄下海島上的各種聲音，因為當初聶魯達離開前問他：「你能說出這島上的一件最美麗的事物嗎？」他當時說不出來。但錄音機裡是已經死去的郵差，用一種對詩又懵懂又恭敬又著迷的情感，說：「聶魯達先生：請你聽聽看我覺得最美的聲音（他真的錄下那些聲音）：

『第一件是，輕輕的海浪聲，

第二件是，暴烈的海浪聲，

第三件是，掠過懸崖的風聲，

第四件是，穿過灌木叢的風聲，

第五件是，我父親悲傷的魚網，

……教堂的鐘聲，滿布星星的夜空，

第九件是，我兒子的心跳。』」

王說：「就這樣了嗎？」

我說：「還有一個，同樣是在這一樓層的故事，雖然這樣的故事我可以再說一百個，但這樣就夠了。」

我說：「這只是第二層的故事。」

拖雷說：「我知道你在學《全面啟動》（或者說『波赫士魔術』）的懸垂電梯。進入第一層的夢，但它的邏輯是，在夢中的『此在』一死，侵入夢境的這些盜夢者便會在現實世界中熟睡的狀況醒來。但他們為了使被侵入對象的夢境穩定，他們給他注射了強烈迷幻藥，使之陷入深沉睡眠。於是如果這人在夢中死去，他們全部會被困於『潛意識的混沌』裡，醒不過來。於是當那個『夢宿主』在第一層夢境中的槍戰中彈，他們便下降進入第二層的夢（夢中夢），像是電梯由B1下降至B2層。而在第二層的夢，時間括弧又被打開成第一層夢之時間的十倍（等比級數）。

他們便這樣搭著那台像通往醫院停屍間的電梯，當『夢宿主』又在這層夢境中彈，他們只好再下降到潛意識更深埋的下一層夢境，這樣第三層、第四層的下降，最底層的夢中，是他和死去的妻子共同建構了一座夢中城市，並因層層倍增的時間差，他們在那祕境生活了五十年，並弄混了真實與幻夢的感受。

確實這樣形成的俄羅斯娃娃式的奇幻複瓣時間疊塔何其壯觀。他們必須在這個夢中死去以在上一層的夢中醒來，且當夢境的劇本失控時，每一層夢中場景都在崩潰瓦解。他們層層懸垂下降進入的被侵入者已在第一層夢裡掛了。他們會像宇宙隕石永遠漂流在這一個吞含著另一個的夢境裡。

但是，你的故事，從印記城的那群電玩遊戲角色開始——是向下垂降嗎？還是朝上疊蓋這些空洞人物的故事峽谷？——到一個傢伙去跟一所重刑犯監獄的罪人們上小說課；再到其中某一個人少年時曾和他哥們要去砍一群等待著被砍的陌生人……。我們的『吸精女妖』呢？她到哪去了？你的故事電梯樓層數字鍵要下降到第幾層，才會進入我們的『女兒』計畫？」

我說：「拖雷，你太性急了。從前的人要等待故事的全貌豁然開朗，是可以耐性聽說故事者哈啦、拖延一千零一個夜晚啊。」

王說：「好吧，別鬥嘴了，我想聽聽第三層的故事。」

夢裡

我們有時會充滿對這世界的幻覺，以為憑一己之力可以打造出將那隨煙霧擴散成無限大的靈邪巨人，封印關禁其中的那只神燈——只要你摸到了那個咒語。

有一天他作了一個夢，夢中他的妻子和他仍像年輕時那樣，充滿對人的善意，他愛扮充哥兒們間的魯仲連，她則像個小女人永遠支持他，常在人群中用眼神對他示意，要他話別太多讓木訥的單身漢結結巴巴把心底話說完；要他別跟哪個喝醉了開始胡言亂語充滿挑釁的老大哥頂真；要他去哄某個剛剛失態而陷入困窘和自棄角落的眼鏡女孩。她的眼睛在這樣許多人臉嘰哩呱啦搶著說話時，像對街某個後窗影廓朦朧一具望遠鏡的小圓型玻璃一旋轉一折光，不動聲色，但恰都能讓他接收到她的提醒：那是她像老婦人對一種老派教養的堅持。他發現她的眼睛像薄霧般有一種淡綠光，那樣一個輕微皺眉或略有點鬥雞眼的美目一眄，他總是心中一動，覺得性感又女性化。

那個夢裡，他和妻子在一位老友的屋邸作客：其實應該是一個邀約許多老哥兒們來晚餐之前的時光。黃昏將至，作為主人的這個老兒卻完全沒有對這餐宴的任何安排。那整個空蕩蕩的空間像一座已廢棄無人的小鎮的禮拜堂，或是倒閉而貨物被搬空的家具批發商倉庫。地上鋪著薄薄一層苔蘚或嬰兒絨毛那樣的刨木粉屑。幾張散放的木椅。這位有木匠氣質的老哥正頹坐在其中一張椅子上，也許已喝得醉醺醺，且好像正稀里呼嚕地哭著。原來那個比他年輕二十歲的小女友終於離開他了。那可是個聰慧的小美人。這哥兒們一向是這群老友裡最男子氣概（也長得最帥）且算是個名人。很多年前，他的記憶中，都是被這種馬遺棄的女人跑來找他這老友，哭得一坨坨揉成團的面紙，上面唇膏睫毛膏蜜粉和了眼淚鼻涕讓他想把它們乾燥固化編號收藏起來。都是一些嬌滴滴的大美人呢。

不想有今日。這個小女友也算和他和妻子有交情，但他們總像她的父輩。在他和她剛在一起，第一次帶來這害羞易受驚嚇的美麗小母鹿神祕兮兮和他們約喝咖啡時，他稱職地扮演老哥兒調戲捧哏的角色，妻子則像個貼己保護她的大姊姊。他知道她喜歡他們，在這些年紀全和她父輩相差無幾的老哥兒之中。有一度那掩臉哭得讓他和妻子窘迫不知如何是好的這傢伙（看上去眼袋浮腫已是個老人了），突然抬起頭來兩眼發光：

「對，你幫我打個電話給她，看能不能勸兩句。」

他正為難，這傢伙又打消念頭，上身重新垮掉。「算了。沒有用的。」

地板上有一些死去的金龜子。光一點一點的褪去。但反而在地上凌亂的玻璃酒杯浮雕上，折射出一種金燦燦的印象。他的妻子丟下這兩個老男人，在那空蕩的屋內收拾著，也許她腦中仍盤算如何可以變魔術般，在這一小時不到的絕望時光，變出一桌不存在的芭比的饗宴。

他跟這老哥說起他妻子前一陣在大馬路上遇見的趣事（終於還是只能我們這些老哥們說些苦哈哈的笑話，逗得吃吃笑口水白沫從嘴角噴出，像老狗頹喪地互舔雞巴）。他的妻子有一天在人行道走著，一個非常老非常老的老先生，拄著四爪鐵支撐拐，像鐘擺搖搖晃晃朝她走來，「小姐，幫個忙啊。」他學那老人像門框壞掉的尖嘎氣聲。老人將左手手上的一盒錫箔飲料交給他妻子（她疑惑地看著那盒三百五十ＣＣ「麥香紅茶」），然後老人將右手拄的鐵拐，非常緩慢地換到左手。「好了。」老人又說。又要回他那盒飲料。「謝謝妳啊小姑娘。」原來只是將左右手上的物事對換。他妻子轉身要走，沒見到一輛計程車急轉過來，「小心。」老人突然變得超靈敏矯捷，一把把他妻子抓開，「小心哪，小心哪，」然後又像個馱著殼的老烏龜，緩慢挪騰著離開。

「哈哈哈。」老哥兒們被他逗笑了。

不知何時，他們坐在一桌老人之間，他們全像嘴裡被塞著一顆網球那樣笑著。他左手邊的老婦，從前是他們這群人裡一等一的風流騷貨，從前的聚會曾像是昆蟲學報告，跟他們連說了三十個一夜情男人，不同職業、外貌、性癖好、床上的調情讚美詩或髒話，那話兒的不同長相。結果現在是個得了「語言功能障礙」（因為中風，無人在旁延誤送醫，血塊壓迫到大腦語言中樞）的老婦。她的臉還是像薔薇花瓣那樣白皙透明，但想要表達一句完整的話，每一個單字每一個詞都像被人把她房間所有積木全偷換成奇怪形狀，銜接孔銼磨成無法對上任何另一只獨立三角形圓形或芒形的小塊，那樣一個被漂流放逐在外太空孤獨小飛行艙的，困苦的小孩。她說：「媽媽，媽媽。」其他老人問：「妳想起妳媽？」她憤怒搖頭，「不是不是！」「妹妹，」「妳妹妹？」「不是！」「阿妗啦。」「妳舅媽？」不是不是！如是一換再換，所有女性親屬稱謂，像所有老人在調戲一個傻姑娘。他們呵呵笑著，耐性跟著她一換再換手中抓來不對的詞。她急得臉更漲紅，甚至大喊自己的名字。終於被他猜出這個艱難的謎題。

原來她只是喊對面的，他妻子。

她只是想喊她的名字，「微若，謝謝妳。」

他妻子的美目又對他作了個信號。微微的譴責，充滿愛意。他發現她坐在他們之間顯得多麼年輕。他且疑惑地看著這一桌熱氣騰騰，豐饒的盛宴和狼藉酒杯。所以是她真的施了魔法？但怎麼會？他完全沒有意識到那移形換位的身影或聲音從眼皮上騷動發生。

當這一切塵埃落定。所有人分別搭乘不同廠牌的二手小卡車，里程數絕對三十萬以上破表的老賓士，或不知道是誰開來的一輛銀藍色福斯小甲殼蟲車……在清晨特有的晦曖髒霧中一一離開。整個屋子剩下筋疲力盡的他和妻子。還有那早已醉死裹著一條毛毯睡在角落的那被年輕女友拋棄的老哥兒們。他吁了一口氣坐在一張木椅上，撩起褲管，發現自己的兩隻小腿上像鮮豔紅墨水與藍墨水，鯉魚鱗片交錯鑲嵌著刺青圖案。他有點驚訝。好像想起這一切不過都是在夢裡發生。他的妻子臉上籠著一層薄霧，看去那麼美麗但悲哀，好像她母系家族一種掛在電線上閃爍的聖誕小燈泡，一種裝飾性的宿命。她們的男人總會一身濕冷、滿臉恐懼、被不認識的更強硬的一群男人凌辱、拷問、電擊、用泡水的皮鞭抽打，所以回家時總是驚恐、哆嗦、牙關緊咬說不出一句話。她們像月光映照的溪水，拿臉盆沾濕毛巾替他們擦去臉上的血汙和穢物。輕輕地擦拭。

他和她互望一眼，為自己腿肚和脛骨圖案，像孵養鰻魚魚苗那樣糾纏在一起的藍色和紅色活物，不停膨脹撐起，感到驚奇。原本是刺青，這時在他們小心翼翼的手指觸摸下，像一塊一塊浮凸的沙漠稜突，或像那些日本漫畫裡的賽亞人筋肉人。這一切如在白夜迷霧中溯溪而行，他幾乎聽見嘩嘩撥水聲。

和這些老哥兒們坐在那張長餐桌時，他突然想到，事情原本好像不是這個樣子，是哪裡被跳過、十六倍速快轉，或剪接過了？好像是……也許是……他正在思考，那些古老的，被炸成浮沉屑碎的粒子，它們裡頭像極微細化石印痕的記憶，在被淘篩洗選作為那個叫做「女兒」的，漂向無垠未來的奧德賽計畫，它們像金、鉑、銀、銠、鋨、鈦……這些古老貴族，在摻和著、最稀量和那些年輕、簡單而大量的元素，構成一顆年輕星球、星團，甚至黑洞，它們孤寂地「記得」些什麼？在這些年輕星球體內並不需要的場景。

譬如說，一個控制欲極強的老人，一個瘋掉的父親。他在她腦海裡塞進了一座純金打造的城市，只用他在羞辱權力、追殺、貪婪裡打滾，堅持某些美感作為風格、勢弱後對於噩夢般真正權力者可能發動的肅清，寢食難安，常怔忡憂懼……這些撞擊形成高密度的材質，重建了一個少女神般的機器人。她不再容易被外在世界的「卑金屬」改變和侵滲了。也許可以說，構成她的故事的那些粒子，早在那些老人生命史被撞擊、爆炸、重力塌縮、將他者抓來壓製成自我官能或情感一小部分，在這從前的從前，便完成了。如果是小說，她必須是煉金術士的小說，將雜碎、耗費低度心智在一無明狀態的，或是密度鬆散的貪嗔癡、暈車般搖晃漫遊的羅曼史，沒辦法給予啟悟的平庸大革命史……全予篩漏、高溫熔燒、濾去平庸濁汙的雜質，找尋金屬的靈魂。那或是每個句子皆是濃縮、隱喻、摺疊、典故、神話學、巫術或古樂譜的詩句。

我們有時會充滿對這世界的幻覺，以為憑一己之力可以打造出將那隨煙霧擴散成無限大的靈邪巨人，封印關禁其中的那只神燈——只要你摸到了那個咒語。謝謝你將我從萬丈深淵裡釋放出來！為了報答你，你可以許三個願望。我們都出現過這個「如何讓許願限制繁殖成無數」的暗自心機，最後一個願望「我希望能許無數個願望。」「我希望這條沙灘一路走去，能揀到一萬只關著像祢這樣提供願望的神燈巨人的壺，或牛奶瓶，或錫盒……都可以啦。」如果有那麼大數量的願望，像黑暗宇宙中的超新星從虛無中炸裂噴出，裹脅原本這個範域之外的微塵、粒子，或能量，瞬間將你腦中的電波顯影鑄造成形。一座金礦。一個幻豔絕倫到讓你掉淚的美人兒。一輛法拉利。一支十七世紀的西班牙無敵艦隊。永遠不會死去。可以隱身或自由飛行的能力。好吧一顆屬於你的星球。

這些願望都可以成真。但它們全被壓縮在一枚柳丁大小的黑洞裡，這個黑洞和我們這個時空沒有任何連結。夢的尺寸如果太大，它們可能互相纏擾，將對方吞食、塌縮，變成完全另一回事。

他們坐在那長桌，有很長一會兒凝視著對方。他問她：「我做錯什麼了嗎？」她又用那雙年輕時讓他不能自已的美目，笑著眄他一眼：「你是個傻瓜，你做錯的事可多了。」然後他們像回味一場晚宴，廚師失手的某一道湯，或是一根放潮了的雪茄，那瓶較貴的紅酒順序錯了不該開在那瓶誰誰帶來的劣酒之前……他們回憶品評著之前這長桌上的老哥們，誰誰誰的狀況又比之前更差了，誰誰還是那德性。

他說，主要是，那剛發生過的學生運動，其實像是剛打過一場內戰。滿目瘡痍、斷牆瓦礫，那些從立法院撤出的學生們，像從遠方打過一場沒有人知道發生什麼殘酷事情的游擊戰回來的戰士每個都臭烘烘，眼睛像狼一樣再也不信任人了。為什麼？因為在這整個過程，這些大人，像對付敵人那樣，什麼髒汙的、腐蝕的、猛烈的火網，全往他們身上招呼。動用鎮暴警察，把媒體趕出去，像密室打狗用那種伸縮鋼棍痛揍他們。當學生們被打得恍神，事後在媒體攝影機前哭泣時，大人們又嘲笑他們，這不是革命嗎？革命是要犧牲、流血的。然後你看看那些幫政府宣傳的媒體，是什麼嘴臉？用狗仔的視覺特寫，拍那些睡在廣場帳篷的年輕女孩，對她們的短褲、玉腿、薄紗襯衫大作意淫，嘲笑她們是夜店轟趴。再來不知哪來的黑道，敲鑼打鼓的車隊在學生靜坐廣場邊，恐嚇他們，用黑幫的狠勁辱罵他們。那個暴力和惡，那麼深沉憂鬱的浸染到這些年輕孩子的靈魂裡。這時有沒有看不過去的大人出來喝叱，幫學生說話？然後現在內戰結束了，學生化整為零回到我們裡面。這些大人像春夢一場，當作什麼事都沒發生過。開始心慌，哀聲嘆氣覺得自己是衰弱的老人被年輕人無感性的仇視。唇乾舌燥聊起世代戰爭，世代正義。然後我們這樣淚眼汪汪坐在這兒，無限懷念地回憶我們當年的革命，我們年輕時的那股瘋勁，我們對自由的渴望？其實都是穿著紙褲的漏尿老人了。

他的妻子說：「你啊，還是那個老毛病，你坐在他們裡頭，所有人都老了，像一個海灣某處凹窪岩礁裡的幾隻珊瑚蟲，各自的生命史已被上萬次漲潮退潮的鹹海水、泥沙、海草、小魚屍體來回沖刷，承受著拉扯侵蝕的力勁，他們都已到生命的盡頭了。但只有你，好像還相信這一切時間並沒有發生過。你還像最開始的時候——那曾經發生過什麼暴力、不好的事，而驚嚇呆坐在那間人已走光的教室的少年——你好像還以為可以把整個『時間簡史』吞進肚子裡的一隻小小的垃圾魚。其實那個暴力從頭開始就不是來自於你們這幾個人：譬如S在她少年時被她那因為債務壓垮成為不幸男人的父親，長期用戀人的親密哄騙在『貧窮的家』的小房間床板上，亂倫性侵；譬如D在他少年時，像小動物被他那獨自跑來台灣卻捲進白色恐怖的父親，痛揍體罰，像訓練斯巴達士兵那樣操練他身體心靈的極限；譬如Y的父親在他十五、六歲時把整個家族的數億資金在股市被坑殺蒸發，帶著他們母子逃債到台北，然後不負責任的得了胃癌，像魔術師把自己變不見了，從此讓他活進那《基督山恩仇記》的自我想像裡；譬如K把自己的屋子放滿了像峽谷般鬼影幢幢的台灣老家具、寺廟裡的礦彩佛像、清代的老木櫃、菜櫃、日據時期的醫院候診長木椅、柑仔店的玻璃櫥櫃、老西洋鐘……因為他那個覆滅而變形成怪物奇譚的大家族……更別講你們這裡頭，那幾個過早就自殺的。那麼長的時間，我坐在你這些哥們之間，感覺是一群眼珠掉了，窟窿流出黑油眼淚、手臂被惡童無意義折斷，頭髮也被拔光的，一臉驚嚇滑稽的壞毀玩具娃娃。那好像是一個漫長的，修補療癒的聚會。你們的喁喁私語、嘁嘁哫哫、淚眼汪汪說著各自創痛史的夜晚，好像永遠是一群被父親性侵、施暴、強塞髒汙腐蝕團渣進嘴裡的少年和少女。後來我又聽了許多他們各自眼花撩亂的愛情史或色情冒險，他們沒有一個有生孩子。也就是說，他們很清楚的，『在那壞毀之境重新組裝回自己』的那想像的一生，就是『自己的一生』，終於修補回一個完整人形的時刻，恰也正是這個『自己』生命走到盡頭衰老將死的時候……

但是，只有你，我不知道你坐在他們裡面的過程，發生了什麼事？你好像，瞞著大家，偷偷（不知從哪裡弄來？）養了一個女兒。那使你心不在焉，臉上帶著和大家不一樣的柔和光輝。他們私下議論紛紛，分別來問我你怎麼了，我總是安撫他們：別理他，他以為自己是『宇宙所有人性髒汙海洋的巨大濾鰓』，他的心智沒有進入時光的河流，一直還停在那個『為什麼要施暴於那個少年或少女』的他個人祕境的中學教室……」

這時他突然想起，這是在一個夢裡。真實（但那是在被一層一層厚牆、建築結構擋在好遠、好遠的哪裡了呢？）的世界，他的妻子，好久好久以前，就離棄他而去了。他（在那個界面的他）一直想問她：「為什麼要棄我而去？」他記得（也許這也只是他輾轉、移形換位、潛意識流動而偽造出來的記憶）其中一個模糊、舊照片光霧的畫面裡，年輕而臉蛋還美麗像拉斐爾畫中少女的她，一臉痛苦的說：「因為你是怪物，你想把整個世界吃下去，或者，你想把整個世界全部的夢境，透過奇怪的方式，讓它受精著床到我的子宮裡，我怎麼可能愛一整個世界？或者，我怎麼可能懷孕一整個世界？」

他眼前的這個女人，像電腦中毒螢幕的「馬賽克化」，或是像他們把畢卡索的畫變成動畫處理，那張美麗的臉像森林裡千萬片葉子在光裡翻動著，那揚著睫毛的大眼睛、側翼陰影的鼻子、因為塗上口紅而嬌豔欲滴的豐唇、光是弧線就奇怪讓人心醉神迷的臉頰……全像拼色板一小格一小格像甲蟲翅殼的變幻亮彩那樣快速顫跳著。她又變回從前那年輕時的模樣了。那使他心臟像被精密金屬鉗甲鎖住、嵌刺，而逐漸縮緊那樣疼痛。

「微若……」他喉頭發出老人哀傷的痰濁氣音。

他想說：不要離開我。但旋即想她不是早就離開，而且那是一段好長好長的故事了。他應該說：我一直在找妳，我找妳找得好苦。

文學叢書 411
INK PUBLISHING

女兒

作　　者	駱以軍
總 編 輯	初安民
責任編輯	陳健瑜
美術編輯	林麗華　黃昶憲　Fi
校　　對	吳美滿　陳健瑜

發 行 人	張書銘
出　　版	INK印刻文學生活雜誌出版有限公司 新北市中和區建一路249號8樓 電話：02-22281626 傳眞：02-22281598 e-mail：ink.book@msa.hinet.net
網　　址	舒讀網http://www.sudu.cc

法律顧問	漢廷法律事務所 劉大正律師
總 代 理	成陽出版股份有限公司 電話：03-3589000（代表號） 傳眞：03-3556521
郵政劃撥	19000691　成陽出版股份有限公司
印　　刷	海王印刷事業股份有限公司

港澳總經銷	泛華發行代理有限公司
地　　址	香港筲箕灣東旺道3號星島新聞集團大廈3樓
電　　話	(852) 2798 2220
傳　　眞	(852) 2796 5471
網　　址	www.gccd.com.hk

出版日期	2014年8月　　初版
ISBN	978-986-5823-85-6

定　價　599元

國家圖書館出版品預行編目資料

女兒／駱以軍著 --初版,
--新北市中和區：INK印刻文學，
2014.08　面；　公分.（印刻文學；411）
ISBN　978-986-5823-85-6（平裝）
857.7　　　　103012976

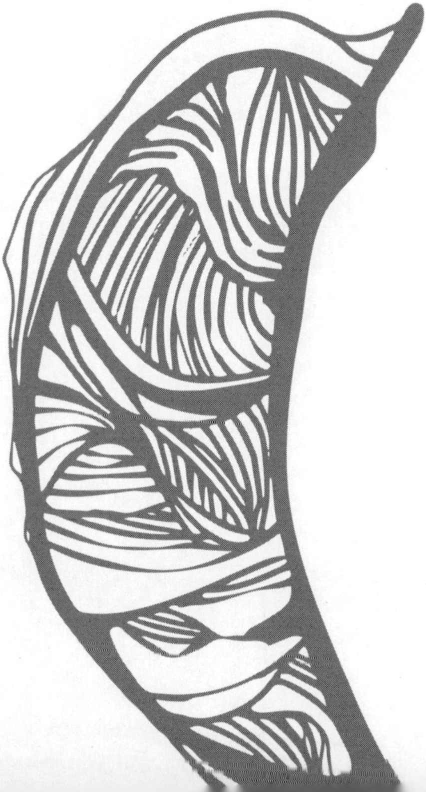